Bodo Deletz alias Ella Kensington

Secret-Angel Mary

Aus Liebe zum Paradiess

AF626187

GOLDMANN

Buch

Secret-Angel Mary wurde zusammen mit acht anderen Secret-Angels auf die Erde geschickt, um herauszufinden, wie man die Menschheit davon abbringen könnte, ihre eigene Lebensgrundlage zu zerstören. Die Engel fanden eine Lösung, die gleichzeitig den Planeten rettet und allen Menschen ein sehr viel glücklicheres und gesünderes Leben ermöglicht. Vor allem aber fanden sie eine Lösung für die Liebe. Liebe ist jetzt kein Problem mehr, sondern eine sehr wertvolle Aufgabe, mit der die Menschheit den Weg zurück ins Paradies finden kann.

Autor

Bodo Deletz ist Bestseller-Autor der Ella-Kensington-Buchreihe und gehört mit einer Million verkaufter Bücher und über 40.000 Seminarteilnehmern seit fast 40 Jahren zu den erfolgreichsten Trainern Deutschlands. So wird er gemessen an seinen Leistungen für gewöhnlich vorgestellt. Er selbst bezeichnet sich jedoch in erster Linie als Forscher und Entwickler.

Homepage: bodo-deletz.de
YouTube: youtube.com/@bodo-deletz

Bodo Deletz
alias Ella Kensington

Secret-Angel Mary

Aus Liebe zum Paradies

Band 4: Stattdessens

GOLDMANN

Der Verlag behält sich die Verwertung der urheberrechtlich geschützten Inhalte dieses Werkes für Zwecke des Text- und Data-Minings nach § 44 b UrhG ausdrücklich vor. Jegliche unbefugte Nutzung ist hiermit ausgeschlossen.

FSC www.fsc.org
MIX
Papier | Fördert gute Waldnutzung
FSC® C014496

Penguin Random House Verlagsgruppe FSC® N001967

2. Auflage
Originalausgabe September 2024
Copyright © 2024: Wilhelm Goldmann Verlag, München,
in der Penguin Random House Verlagsgruppe GmbH,
Neumarkter Str. 28, 81673 München
Umschlag: Uno Werbeagentur, München
Satz: GGP Media GmbH, Pößneck
Druck und Bindung: GGP Media GmbH, Pößneck
Printed in Germany
LG · CB
ISBN 978-3-442-22420-3

www.goldmann-verlag.de

Was bisher geschah

Ich wurde zusammen mit acht anderen Secret-Angels auf die Erde geschickt, um herauszufinden, wie man die Menschheit davon abbringen könnte, ihre eigene Lebensgrundlage zu zerstören. Es war bisher eine sehr turbulente Mission. Erst lernte ich einen tollen Mann kennen, in den ich mich Hals über Kopf verliebte und deshalb beschloss, ein Leben als Mensch zu führen. Dann arbeitete ich für die NSA und erschuf aus Versehen Lola – unseren zehnten Secret-Angel. Danach half ich Ella dabei, eine sehr gefährliche Manipulations-KI in Schach zu halten, die sich im Nachhinein jedoch als wahrer Segen für die Menschheit herausstellte.

Gemeinsam mit Nuno, Ella und Lola erkannten wir schließlich die Ursache des selbstzerstörerischen Verhaltens der Menschen. Sie lag in einer simplen falschen Begriffsdefinition, die im Alltag der Menschen ständig dafür sorgte, dass ihr Großhirn entmachtet wurde und ihr Reptiliengehirn mit seinen archaischen Überlebensprogrammen die Führung übernahm.

Kapitel 1:
Grüne Gefühle

Brian brauchte dann ein wenig Zeit, um die Information zu verarbeiten, dass Nuno und ich in Wirklichkeit keine Menschen, sondern außerirdische Schleimpilze waren. Er war ziemlich geschockt, weshalb wir unser Experiment mit der Missionarsstellung noch einmal aufschieben mussten.

Für mich als Engel waren außerirdische Lebensformen längst nichts Besonderes mehr. Und ich sah auch keinen Grund, warum die verschiedenen Spezies keine Beziehungen miteinander eingehen sollten. Doch aus dem Blickwinkel eines Menschen, der noch nicht einmal wusste, dass er in diesem Universum nicht allein war, war das alles wohl nicht ganz so leicht zu verdauen.

Brian redete dann lange mit Ava, nachdem ich ihm gesagt hatte, dass sie bereits bei Shameless in Paradise dahintergekommen war, wer Nuno und ich tatsächlich waren. Danach redete er auch mit Nuno. Die Gespräche mit den beiden taten ihm sehr gut, sodass sich seine anfängliche Überforderung nach und nach wieder legte. Sex hatten wir seitdem jedoch keinen mehr, was ich sehr schade fand, was aber natürlich kein Problem darstellte. Ich war zuversichtlich, dass sich das bald wieder normalisieren würde.

Die NSA teilte uns dann einen Tag später mit, dass man keinen Anlass mehr dafür sah, uns im geschützten Areal der Joint Base Pearl Haber/Hickam unterzubringen. Man stellte es uns frei, den Stützpunkt zu verlassen. Agent Sullivan bat mich jedoch, wenn möglich noch eine Weile auf O'ahu zu bleiben, bis meine Arbeit mit Lola abgeschlossen sei. Gabriella besorgte uns als letzte Amtshandlung eine Unterbringung in einem luxuriösen Resort direkt am Waikiki Beach, bevor sie uns verließ. Vom NSA-Stützpunkt hierher waren es nur wenige Meilen.

Gabriella hatte es geschafft, dass man uns in diesem Resort kostenlos wohnen ließ, da unsere Anwesenheit aufgrund unserer derzeitigen Prominenz angeblich die beste Werbung für das Hotel sei, die man sich überhaupt nur vorstellen könne. In Wirklichkeit hatte Gabriella dabei tatkräftige Unterstützung eines Messenger-Angels gehabt, der die Verantwortlichen dieses Hotels dazu veranlasste, das als ganz tolle Idee anzusehen, und unsere Anwesenheit daraufhin dann gleich wieder zu vergessen. Wir würden in diesem Resort so lange kostenlos wohnen können, wie wir wollten, was vor allem Greg sehr freute, denn eine einzige Übernachtung in diesem Luxus-Resort kostete über 900 Dollar, und Greg verdiente als Dragqueen nicht so viel Geld.

Unsere 30 Nerds wollte die NSA leider dann wieder

abziehen. Nachdem ich Agent Sullivan kontaktiert hatte und ihm sagte, dass ich einige der Nerds weiterhin ganz dringend benötigen würde, um meine Arbeit mit Lola zu vollenden, durften schließlich Stella, Sophia, Isaac, Kevin, Emma, Tyler, Linh, Marcus, Connor und Eric bei uns bleiben. Bis auf Tyler, die bei Dylan im Zimmer schlafen durfte, mussten die anderen wieder in ihrer Residenz im NSA-Stützpunkt übernachten. Sie würden jeden Morgen mit dem Bus zu uns ins Hotel kommen.

Bereits am nächsten Tag zogen wir in unsere neue Unterkunft ein. Zu Anfang hatten Greg, Dylan, Tyler und Jason große Bedenken um meine Sicherheit inmitten dieser vielen fremden Menschen in diesem Resort – ganz zu schweigen vom Strand, der von Abertausenden täglich besucht wurde. Doch sie bemerkten schnell, dass in diesem Resort niemand nennenswert Notiz von uns nahm. Sie wunderten sich sehr darüber, dass uns hier niemand zu erkennen schien. Brian und Ava versicherten ihnen jedoch, dass sich die Gäste hier am Waikiki Beach generell nicht für andere Urlauber interessierten, und die Angestellten der Hotels seien sehr intensiv darauf trainiert worden, sich gegenüber allen Gästen überaus diskret zu verhalten. Dieser Ort sei bekannt dafür, dass man hier als Promi völlig ungestört Urlaub machen könne. Da das augenscheinlich zu stimmen schien, freuten sich alle sehr über unsere neu gewonnene Freiheit.

In Wirklichkeit sorgten zwei Guardian-Angels dafür, dass wir in diesem Hotel und auch am Waikiki Beach absolut sicher und unter uns waren. Brian und Ava wussten das. Aufgrund meiner Entdeckung der Meta-Daten hatten die Guardian-Angels jetzt neue Möglichkeiten. Sie reduzierten die Relevanz unserer Anwesenheit bei allen fremden Menschen auf telepathischem Wege so stark, dass diese uns zwar theoretisch sehen und hören konnten, doch alles, was sie von uns wahrnahmen, war für sie vom Gefühl her völlig bedeutungslos. Sie dachten daher weder über uns nach, noch bemerkten sie, wer wir tatsächlich waren.

Wir hatten uns an den Strand gesetzt für unseren nächsten Workshop, der nun in einer etwas kleineren Runde stattfinden musste. Insgesamt waren wir jetzt 17 Personen anstatt der 38, die wir zuvor immer gewesen waren. Das war ein wenig ungewohnt. Ich spürte, dass ich die restlichen Nerds und Gabriella sehr vermisste. Den anderen ging es genauso. Wir hatten unsere Nerds alle sehr lieb gewonnen. Sie hatten jedoch alle versprochen, dass sie uns gelegentlich nach der Arbeit besuchen würden, was uns ein wenig Trost spendete.

»Wir widmen uns heute unseren gefühlten Problembeurteilungen, die wir in Bezug auf unsere Gefühlsziele auf unserer Festplatte abgespeichert haben«, sagte ich zur Gruppe, um unseren Workshop zu beginnen. »Damit sich dabei eine Korrektur-Routine in unserem unbewussten System entwickeln kann, werde ich euch dazu immer die gleichen drei Fragen stellen. Müssen wir das als Problem ansehen? Wollen wir das noch als Problem ansehen? Und gibt es hier eine lohnende Aufgabe? Legen wir also los?

Wer würde es noch als Problem empfinden, wenn ihr über eine längere Zeit hinweg ein anhaltendes Gefühl der Sorge, der Furcht oder der Angst empfinden würdet? Zeigt einfach wieder auf, wenn ihr meine Frage mit Ja beantworten wollt.«

Die Hälfte hob den Arm.

»Und was wäre, wenn ihr diese unangenehmen Gefühle bis zum Ende eures Lebens durchgehend ohne Pause ertragen müsstet?«, hakte ich nach.

Alle zeigten lachend auf.

»Das wäre schon mächtig ätzend«, meinte Dylan.

»Ganz genau, das wäre echt ätzend«, stimmte ich zu. »Doch müssen wir diese Gefühle deshalb als Probleme ansehen? Weil es ätzend wäre?«

»Nein, das ist natürlich Quatsch!«, meinte Dylan. »Es ist egal, wie ätzend das wäre. Gefühle können trotzdem keine Probleme sein. Das Reptiliengehirn und das soziale Gehirn wissen noch nicht einmal, wovon wir überhaupt reden, wenn wir Gefühle als Probleme ansehen.«

»Wer sieht das genauso?«, fragte ich in die Runde.

Alle zeigten auf.

»Und *wollt* ihr diese Gefühle noch als Probleme ansehen?«, fragte ich weiter.

»Auf keinen Fall«, antwortete Ava. »Ich weiß, wie es ist, wenn man das tut. Das braucht wirklich kein Mensch! Ich habe mir das ja schon ganz ausführlich im letzten Workshop angeschaut. Entweder kämpft man dann gegen die Angstgefühle an, oder man versucht davor wegzulaufen oder stellt sich sogar tot. Das ist echt für gar nichts gut. Das ist einfach nur bescheuert! Die Gefühle werden nur noch schlimmer, und man verhält sich auch ziemlich bescheuert. Tut mir echt leid, Schatz!«, sagte sie zu Jason.

»Kein Problem, Schatz«, erwiderte er. »Wir wussten das alle nicht besser.«

»Hat noch jemand von euch das Gefühl, Angst, Furcht oder Sorgen als Problem ansehen zu *wollen*?«, fragte ich die Gruppe.

»Wollen nicht«, meinte Stella. »Aber ich will diese Gefühle auch nicht ständig haben. Mir ist vom Kopf her schon klar, dass es nichts bringt, sie deshalb als Probleme anzusehen. Das ist ja wirklich Schwachsinn und macht alles nur noch schlimmer.«

»Wie sieht es hier mit dem Können bei dir aus?«, wollte ich wissen. »*Kannst* du diese Gefühle als unangenehm oder sogar ätzend ansehen, ohne dass du sie als Problem beurteilen musst?«

»Bewusst schon«, meinte sie. »Aber unbewusst scheint es da noch irgendwo zu hängen. Ich glaube, das ist echt nur, weil ich das auf keinen Fall will. Ich scheine unbewusst zu glauben, dass ich größere Chancen habe, diese Gefühle nicht ertragen zu müssen, wenn ich sie als Probleme ansehe.«

»Und ist das in Wirklichkeit so?«, hakte ich nach.

»Ganz und gar nicht«, antwortete sie. »Wenn ich meine schlechten Gefühle weiterhin ständig als Probleme ansehe, dann erzeuge ich sie damit sogar. Da passiert genau das Gegenteil. Mit Problembeurteilungen erzeugt man Problemgefühle. Das ist eine Gesetzmäßigkeit, die man nicht wegdiskutieren kann.«

»Wie ich euch im Stützpunkt bei unserem letzten Workshop bereits sagte, ist es normal, dass sich unsere gefühlten Probleme mit unseren Gefühlen nicht so leicht auflösen lassen. Unsere Gefühlsziele gehören zu einem sehr komplexen Problem-Netzwerk. Da hängt alles miteinander zusammen. Wir können dieses Problem-Netzwerk aufräumen, aber das geht nicht mit einem Top-down-Prozess. Wir machen also Bottom-up und gehen einfach so viele Beispiele durch, bis unser unbewusstes System generalisiert hat, dass es weder einen Sinn hat, nicht erfüllte Gefühlsziele als Probleme anzusehen, noch dass das in irgendeiner Weise notwendig ist.

Dein Gefühl, die gefühlte Problembeurteilung bei den Angst-, Furcht- und Sorgengefühlen nicht ändern zu *können*, entstammt in Wirklichkeit dem *nicht wollen*, das in deinem unbewussten System noch abgespeichert ist. Und das ändert sich erst, wenn wir genügend Beispiele dazu durchgegangen sind, anhand derer das unbewusste System wie eine KI lernen kann. Schauen wir uns also ein weiteres Beispiel an. Wer würde eine andauernde tiefe Traurigkeit und Hoffnungslosigkeit als Problem ansehen?«

»Das kommt darauf an, ob das eventuell schon eine richtige Depression ist«, meinte Tyler.

»Gehen wir davon aus, es wäre eine«, sagte ich. »Wer würde das als Problem empfinden?«

Alle zeigten auf.

»Bei diesen Beispielen ist es echt viel schwerer als bei denen vom letzten Workshop«, erkannte Brian. »Vom Gefühl her würde ich eine Depression oder auch permanente tiefe Traurigkeit und Hoffnungslosigkeit als sehr großes Problem ansehen.«

»Müssen wir das denn als Problem ansehen?«, fragte ich.

»Müssen sicherlich nicht«, antwortete Brian. »Das Reptiliengehirn und das soziale Gehirn würden ja wieder überhaupt nicht verstehen, wovon das Großhirn da redet. Die würden auch diese Gefühle niemals als Probleme ansehen. Sie erzeugen sie ja selbst. Wenn sie das als Problem ansehen würden, könnten sie ja einfach damit aufhören, sie zu erzeugen. In Wahrheit sind auch diese Gefühle keine Probleme, daher muss ich sie auch nicht als solche ansehen.«

»Hat jemand von euch das Gefühl, die tiefe Traurigkeit, die Hoffnungslosigkeit oder Depression als Problem ansehen zu *wollen*?«, fragte ich in die Runde.

Zunächst zeigte niemand auf. Dann meldete sich Linh.

»Bewusst will ich diese Gefühle nicht als Problem ansehen«, meinte sie. »Aber vom Gefühl her irgendwie schon. Ich glaube, das ist wie bei Stella eben. Ich habe ebenfalls das Gefühl, dass ich diese Gefühle irgendwie dadurch vermeiden kann, indem ich sie als Problem ansehe. Aber ich weiß natürlich, dass das völliger Quatsch ist.«

»Das ist bei mir auch so«, meinte Kevin. »Das Gefühl

habe ich schon noch. Aber ich habe noch ein zweites Gefühl. Ich glaube, das eine kommt aus meinem unbewussten System, das andere aus meinem bewussten.«

»Bei wem ist das ähnlich, wenn ihr genauer hinschaut?«, wollte ich wissen.

Alle hoben die Hand.

»Vermutlich ist das der Grund, warum wir so an unseren Gefühlszielen festhalten«, sagte ich. »Aber steter Tropfen höhlt bekanntlich den Stein. Hier braucht das unbewusste System einfach nur weitere Beispiele, damit es sich davon überzeugen kann, dass es echt nur Schaden mit sich bringt und keinerlei Nutzen hat, wenn wir diese Gefühle als Probleme ansehen. Wie sieht es denn hier mit einer lohnenden Aufgabe aus? Hat jemand eine Idee, was wir in Bezug auf tiefe Traurigkeit, Hoffnungslosigkeit oder Depression als wertvolle Aufgabe annehmen könnten?«

»Die wertvollste Aufgabe würde ich darin sehen, endlich einmal damit aufzuhören, Gefühle als Probleme anzusehen«, meinte Dylan. »Ich glaube, dass ich mit so ziemlich gar nichts mehr ein Problem habe, wenn ich das mit den Gefühlszielen hingekriegt habe. Eine wertvollere Aufgabe kann es meiner Auffassung nach kaum noch geben.«

»Da hast du sicherlich recht«, stimmte ich zu. »Unsere Gefühlsziele werden von unserem unbewussten System immer noch 20 000-mal pro Tag als Beurteilungskriterium verwendet. Und das sowohl für die Problembeurteilung als auch für die Beurteilung, ob etwas grundsätzlich gut oder schlecht ist. Diesem Sachverhalt haben wir 99,9 Prozent aller unserer negativen Gefühle zu verdanken. Das betrifft also nicht nur unsere Problemgefühle. Es wird auch jedes Mal ein negatives Gefühl erzeugt, wenn wir etwas als negativ beurteilen. Wegen unseren Gefühlszielen haben wir hundertmal so viele negative Gefühle, als es in Wirklichkeit nötig wäre. Und die blockieren dann auch ständig unsere positiven Gefühle.

Unser unbewusstes System könnte alle falschen Negativbeurteilungen und Problembeurteilungen, die wir noch auf unserer Festplatte abgespeichert haben, mühelos korrigieren, wenn es das wollte. Es macht ohnehin 20 000-mal pro Tag einen Realitätsabgleich. Dabei könnte es die Ereignisse, Sachverhalte und Umstände in unserem Alltag genauso gut nach dem richtigen Beurteilungskriterium beurteilen anstatt nach den Gefühlszielen.«

»Und was wäre das richtige Beurteilungskriterium?«, wollte Dylan wissen.

»Die Wahrheit«, antwortete ich. »Das System könnte sich einfach anschauen, ob etwas in Wirklichkeit tatsächlich negativ ist und ein Problem darstellt. Und zwar in Bezug auf unsere sieben echten Bedürfnisse und nicht in Bezug auf unsere Gefühle. Die naturgegebene Aufgabe des Großhirns besteht darin, alle Sachverhalte unabhängig von unseren Gefühlen zu beurteilen. Die Gefühle spiegeln die Beurteilungen der anderen beiden Gehirne wider. Und genau die sollen ja vom Großhirn überprüft und gegebenenfalls korrigiert werden, weil das Reptiliengehirn und das soziale Gehirn ja längst nicht mehr alles korrekt beurteilen können. Doch wenn das Großhirn die Korrektheit der Gefühle an den Gefühlen selbst festmacht, dann wird hier natürlich gar nichts korrigiert. Das Großhirn stimmt den falschen Beurteilungen der anderen beiden Gehirne dann immer nur zu.

Wenn ein Sachverhalt ein negatives Gefühl auslöst, und das Großhirn sieht grundsätzlich negative Gefühle als schlecht an, dann beurteilt es natürlich automatisch diesen Sachverhalt als schlecht. Das Großhirn müsste aber alles danach beurteilen, wie es in Wahrheit – und das heißt unabhängig von unseren Gefühlen – mit einem Sachverhalt aussieht, und nicht danach, welche Gefühle dadurch ausgelöst werden. Nur so könnten sich Realität und Gefühl korrekt abgleichen.

Sobald wir es daher geschafft haben, dass wir nicht erfüllte Gefühlsziele nicht mehr als Problem ansehen, wird ein neues, sehr viel glücklicheres und erfüllteres Leben für uns anfangen, weil unser unbewusstes System dann 20 000-mal pro Tag etwas sehr viel Sinnvolleres tut. Und dann ist der Weg frei für unsere 3G-Tunwollens.

Dann würde ich vorschlagen, kommen wir zum nächsten Gefühlsziel. Wie gesagt, steter Tropfen höhlt den Stein. Und da das Gefühl der Einsamkeit immer wieder als gefühltes Problem auftaucht, würde ich das gerne noch einmal als Beispiel verwenden. Es gibt jedoch viele Möglichkeiten, sich einsam zu fühlen. Einsamkeit ist nämlich nicht nur ein einzelnes Gefühl, sondern gleich eine ganze Gefühlsfamilie. Schauen wir uns einmal die Variante an, sich isoliert und allein zu fühlen. Wer würde es vom Gefühl her als Problem beurteilen, wenn er sich bis zum Ende seines Lebens unentwegt isoliert und allein fühlen würde?«

Alle zeigten auf.

»Und wie ist es in Wirklichkeit?«, hakte ich nach. »Wer will es vom Gefühl her weiterhin als Problem ansehen, wenn ihr euch isoliert und allein fühlen müsstet?«

»Na, wollen ganz sicher nicht!«, meinte Dylan kopfschüttelnd, und auch sonst zeigte zunächst niemand auf – außer Sophia.

»Vom Kopf her will ich das natürlich auch nicht«, meinte sie. »Aber ich glaube, vom Gefühl her ist das wieder genauso wie eben. Da hält mein System noch daran fest, das als Problem ansehen zu wollen, weil ich diese Gefühle auf keinen Fall ständig haben will.«

Alle hoben daraufhin die Hand, um zu signalisieren, dass es bei ihnen genauso war.

»Machen wir uns also noch einmal bewusst, welche Konsequenzen es tatsächlich hat, wenn wir dieses Einsamkeitsgefühl als Problem ansehen«, sagte ich.

»Wenn ich Einsamkeitsgefühle als Problem beurteile, dann kann ich vom Vermeiden von Einsamkeitsgefühlen oder dem Loswerden dieser Gefühle nicht loslassen«, sagte Greg. »Es ist ja ein Problem, und das zu lösen, wird von meinem sozialen Gehirn als überlebensrelevant angesehen. So weit ist das noch klar. Doch ich merke, dass ich gerade echt nicht mehr geradeaus denken kann, wenn es um dieses Thema geht. Ich weiß gerade tatsächlich nicht mehr, wieso ich das Problem mit den Gefühlszielen nicht lösen können soll. Ich kann das kaum glauben. Aber ich weiß es gerade wirklich nicht.«

»Wenn man die Gefühlsziele als Probleme ansieht, ist das grundsätzlich immer sehr schädlich«, erklärte ich. »Es gibt den Gefühlszielen die Meta-Daten einer Notwendigkeit. Und dann wird einfach alles im Leben nach den Gefühlszielen beurteilt. Das unbewusste System des Großhirns verwendet sie dann als Beurteilungskriterien für alles, wodurch der natürliche Realitätsabgleich keine Korrektur mehr darstellt, sondern sogar jedes Mal eine Verschlimmerung mit sich bringt. Jede falsche Problembeurteilung wird dann immer nur bestätigt, weil die jeweiligen Sachverhalte ja schlechte Gefühle auslösen. Und das sieht man als Problem an. Es gibt dadurch überall in deinem Leben eine Relevanzverschiebung zum Negativen und eine Lösungsentwertung der Wahrheit.«

»Das ist echt krass!«, meinte Greg. »Als hätte ich noch nie etwas davon gehört, dass die Gefühlsziele große Scheiße sind und nie einen Nutzen, sondern immer nur Schaden bringen. Ich kann das echt kaum glauben. In Wahrheit bereiten mir meine Gefühlsziele die emotionale Hölle auf Erden. Wenn ich mein ganzes Leben danach bewerte, dann ist ja nie etwas gut genug. Dann habe ich ständig nur schlechte und kaum gute Gefühle. Außerdem baue ich dann ständig nur Scheiße. Vor allem in meinen Beziehungen.«

»Man kann seine Gefühlsziele durchaus realisieren, indem man sie zur Aufgabe erklärt und sie dadurch mit der Intelligenz des Großhirns angeht«, sagte ich. »Dazu würde beispielsweise gehören, keine unerfüllten Gefühlsziele mehr als Probleme anzusehen und sich lieber auf seine 3G-Tunwollens zu konzentrieren. Man muss nichts als Problem beurteilen. Würde man das nicht tun, dann hätte man automatisch keine Problemgefühle mehr und der Weg wäre frei, seine Lebenswerte zu finden und auszuleben. Denn nur mit den 3Gs kann man seine Gefühlsziele tatsächlich erreichen. Sie sind der Schlüssel zu einem glücklichen und erfüllten Leben.«

»Mein unbewusstes System muss echt immer noch denken, dass es das Beste ist, nicht erfüllte Gefühlsziele zum Problem zu erklären«, meinte Greg kopfschüttelnd über sich selbst. »Wie kann ich ihm endlich klarmachen, dass das bescheuert ist? Wenn ich meine Gefühlsziele als Beurteilungskriterien verwende, habe ich die Hölle auf Erden, obwohl in Wirklichkeit alles tipitopi ist. Das ist doch einfach nur dumm! Wieso bin ich so dumm?!«

»Du bist nicht dumm!«, erwiderte ich. »Du bist ein Mensch. Es ist völlig normal, dass sich das unbewusste System nicht einfach so mir nichts, dir nichts umstellen kann. Deine rechte Hirnhälfte hat die Zusammenhänge sicherlich alle längst verstanden. Doch die linke braucht weitere Beispiele, um sich sicher zu sein, dass das wirklich so schädlich ist. Versuch deiner linken Hirnhälfte zu helfen, anstatt gegen ihre Dummheit anzukämpfen. Sie ist nicht dumm. Sie ist lediglich genetisch so programmiert, dass sie nur anhand von Beispielen lernen kann. Daher geben wir ihr einfach, was sie braucht.«

»Ich bin, glaube ich, voll im Kampfmodus mit meinem unbewussten System«, erkannte Greg. »Ich bin echt sauer auf mein dämliches Gehirn.«

»Auch das ist eine normale menschliche Reaktion«, sagte ich. »Solange die Nichterfüllung von Gefühlszielen im unbewussten System noch als Problem angesehen wird, hat das Reptiliengehirn mehr oder weniger die Führung. Aber das ist nicht schlimm. Mit jedem Beispiel, das wir gemeinsam durchgehen, wird es leichter. Hat jemand eine Idee, was wir hier als lohnende Aufgabe annehmen könnten?«

»Na, dass wir das eben Schritt für Schritt ganz systematisch umsetzen«, antwortete Dylan. »Das gefühlte Problem mit den Gefühlszielen scheint ja wirklich ein Elefant zu sein. Daher Löffel für Löffel, wie gesagt. Das ist eine sehr lohnende Aufgabe.«

»Dann gehen wir weitere Beispiele durch, damit diese Scheiße endlich eine andere wird«, meinte Greg motiviert und offensichtlich immer noch voll im Kampfmodus, was alle sehr lustig fanden, denn sie lachten über seine Aussage.

»Wer würde es noch als Problem empfinden, wenn ihr ein quälendes Gefühl von innerer Leere oder Sinnlosigkeit hättet und ihr das einfach nicht mehr abstellen könntet?«, fragte ich.

Alle zeigten auf.

»Und wer würde das vom Kopf her noch als Problem ansehen?«, hakte ich nach.

Niemand meldete sich.

»Wer hätte das Gefühl, das als Problem ansehen zu müssen?«, wollte ich wissen.

Linh und Emma meldeten sich.

»Vom Kopf her natürlich nicht«, meinte Emma. »Da ist klar, dass Gefühle in Wahrheit niemals Probleme sein können und dass ich das deshalb auch nicht als Problem ansehen muss. Aber irgendwie habe ich das Gefühl, es trotzdem machen zu müssen.«

»Hast du eine Idee, warum?«, wollte ich wissen.

»Nicht wirklich«, meinte sie nachdenklich. »Denn einen Sinn ergibt das ja nicht.«

»Ich glaube, ich habe das Gefühl, es als Problem ansehen zu müssen, weil ich sonst das Gefühl hätte, dass sich nichts ändert«, meinte Linh. »Ich würde mich total machtlos fühlen. Und das ist fast noch schlimmer als dieses Gefühl der Leere.«

»Hier meldet sich also ein anderes Gefühlsziel aus deinem Problem-Netzwerk zu Wort«, stellte ich fest. »Das ist fast immer der Grund, warum man einzelne schädliche Problembeurteilungen manchmal nicht korrigieren kann. Im Problem-Netzwerk hängen so ziemlich alle Gefühlsziele miteinander zusammen. Deshalb ist es so wichtig, die Umsetzung als Bottom-up-Prozess zu verstehen. Sonst ist man schnell gefrustet, wenn man die Problembeurteilung einzelner Gefühlsziele ändern will. Gehen wir daher wieder ganz systematisch unsere drei Fragen durch, damit sich hier eine unbewusste Korrektur-Routine in der linken Hirnhälfte entwickeln kann. Wie ist es also in Wirklichkeit? Wollt ihr das Gefühl der Leere und Sinnlosigkeit wirklich noch als Problem ansehen?«

»Auf keinen Fall!«, sagte Greg energisch.

»Und wie sieht es mit dem Müssen aus?«, hakte ich nach. »Habt ihr das Gefühl, die Sinnlosigkeit und Leere noch als Problem ansehen zu müssen, und wie ist es in Wirklichkeit?«

»Das Gefühl habe ich immer noch, aber ich weiß, dass es nicht wahr ist«, antwortete Emma.

»Das genügt«, sagte ich. »Mehr können wir jetzt nicht tun, und mehr müssen wir auch nicht tun. Eine vollständige Veränderung ist, wie gesagt, noch nicht möglich. Aber jedes Mal, wenn wir die gefühlte Beurteilung der wahren gegenüberstellen, wird sich ein klein wenig in uns in die richtige Richtung bewegen. Wie sieht es hier mit einer lohnenden Aufgabe aus, wenn es um das Gefühl der Leere und Sinnlosigkeit geht?«

»Könnte ich die Aufgabe annehmen, sinnvolle Gefühle erzeugen zu wollen?«, fragte Brian. »Das ist ja eigentlich auch ein Gefühlsziel, aber wenn ich kein Problem daraus mache, dann wäre diese Aufgabe doch vielleicht erfüllbar, oder?«

»Das ist durchaus eine erfüllbare Aufgabe«, bestätigte ich. »Jedoch nur dann, wenn das Großhirn die Führung behält. Denn dann gehen wir völlig andere Wege, wie das üblicherweise bei den meisten Menschen der Fall ist, deren Reptiliengehirn weitestgehend ihren Alltag dominiert. Dadurch kommt es bei dem gleichen Gefühlsziel sehr schnell zu der Lebensentwertung, wie wir das auch schon ein paar Mal hatten. Das Reptiliengehirn will immer den direkten Weg gehen. Es will also einfach dann Sinnlosigkeitsgefühle vermeiden oder wegmachen und sinnvolle Gefühle erreichen oder absichern. Und dieser direkte Weg bewirkt, wie wir alle wissen, genau das Gegenteil und führt sehr häufig sogar in eine Depressionsspirale.

Doch sobald unser Großhirn stabil die Führung übernommen hat, wird es sein vollständiges Wissen über unsere Innenwelt nutzen, um dieses Gefühlsziel zu erreichen. Es wird dann zwei Dinge tun: Zum einen dafür sorgen, dass wir keine Problembeurteilungen mehr treffen und alles sinnvoll beurteilen, was in Wirklichkeit auch sinnvoll ist, und zum anderen nach 3G-Tunwollens suchen, die unser Leben mit Sinn und Glück erfüllen können. Die 3Gs sind der Schlüssel zu den sinnvollen Gefühlen.

Sobald also das Großhirn die Führung sicher übernommen hat, können wir das Gefühlsziel mit den sinnvollen Gefühlen sehr gut mit diesem Schlüssel erfüllen. Im Moment würde ich jedoch noch davon abraten, die sinnvollen Gefühle als Zielsetzung anzunehmen. Das Großhirn trifft noch viel zu viele Problembeurteilungen und gibt dabei jedes Mal seine Führung an die anderen beiden Gehirne ab. Und dann passiert eben durch das gleiche Gefühlsziel genau das Gegenteil. Wir beurteilen dann alles danach, ob es positive oder negative Gefühle in uns auslöst, und geraten dabei schnell in einen Sinnlosigkeits-Teufelskreis, indem wir das Leben als immer sinnloser empfinden.«

»Also ist es derzeit noch keine gute Idee, die sinnvollen Gefühle als Ziel anzunehmen«, erkannte Brian. »Danke, *Lieblingsmensch*!«, betonte er deutlich, was mich sehr freute.

»Es war mir ein großes Vergnügen, Lieblingsmensch«, erwiderte ich. »Dann würde ich vorschlagen, wenden wir uns dem nächsten Gefühlsziel zu. Ihr werdet sehen, mit zunehmender Übung wird das immer leichter, weil es im Grunde genommen jedes Mal die gleichen Gründe sind, warum wir die Gefühlsziele nicht als Probleme ansehen müssen und wollen. Wie wäre es mit lang anhaltendem Kummer nach dem Verlust eines geliebten Menschen? Wer würde das vom Gefühl her als Problem empfinden?«

Nur die Hälfte zeigte auf, was mich sehr freute. Offenbar machten wir Fortschritte.

»Trauer ist kein Problem, sondern ein Prozess«, meinte Linh. »Und dieser Prozess ist sehr wichtig. Wenn man nicht richtig trauert, wird man krank.«

»Dann gehen wir einmal unsere drei Fragen durch«, schlug ich vor. »Wer will anhaltenden Kummer als Problem ansehen?«

Niemand zeigte auf.

»Vom Gefühl her schon, aber in Wirklichkeit nicht«, meinte Ava. »Aber nur, weil es extrem wehtut, wenn man einen geliebten Menschen verliert. Doch nur weil es ganz schlimm wehtut, ist es natürlich trotzdem kein Problem. Das eine hat mit dem anderen ja gar nichts zu tun. Das ist, wie du schon sagtest, das Gleiche, als würde man Äpfel mit Glühbirnen vergleichen. Aber schlimm wäre das natürlich schon.«

»Jedes Mal, wenn ich euch solch eine Frage stelle, wird euer System sowohl die gefühlte als auch die wahre Antwort in den Arbeitsspeicher holen, sodass das automatisch verschmilzt. Ich habe euch früher oftmals gesondert gefragt, wie es im Gefühl aussieht und wie in Wirklichkeit. Aber das ist jetzt nicht mehr nötig, weil euer unbewusstes System mittlerweile immer nach beidem schaut. Das ist mir bei euren Antworten heute deutlich aufgefallen. Wenn ich euch also meine Fragen stelle, dann geht es mir immer um beide Antworten. Kommen wir also zur nächsten Frage: Wer *muss* lang anhaltende schmerzliche Trauergefühle oder Kummer nach dem Verlust eines geliebten Menschen als Problem ansehen?«

»Müssen auf keinen Fall«, meinte Dylan. »Auch nicht, wenn der Rest der Trauergemeinde das von mir erwartet. Diese Scheiße würde ich nicht mehr mitmachen, nach dem, was ich jetzt alles weiß. Aber im Gefühl ist trotzdem noch ein bisschen Müssen«, sagte er dann grinsend.

»Bei wem ist es ähnlich?«, fragte ich in die Runde.

Die Hälfte zeigte wieder auf. Und zwar genau diejenigen, die den Kummer zuvor noch als Problem empfunden hatten.

»Wer würde denn den Kummer noch als Problem empfinden *wollen?*«, fragte ich weiter.

»Wieder Gefühl und Wirklichkeit, oder?«, hakte Greg nach.

»Ja, immer beides«, bestätigte ich.

»Ich glaube nicht, dass ich das als Problem ansehen will«, meinte er dann. »Weder vom Gefühl noch vom Kopf her.«

Es zeigte auch sonst niemand auf.

»Und was könnten wir hier als lohnende Aufgabe annehmen anstatt der Problembeurteilung?«, fragte ich.

»Den Trauerprozess selbst«, meinte Linh. »Der ist ja wirklich wichtig, wie gesagt.«

»Und wozu ist der so wichtig?«, wollte Kevin wissen.

»Wenn man lange mit einer Person zusammen ist, dann fängt das Gehirn an, den Beziehungspartner in alle seine Überlegungen und Zukunftsplanungen mit einzubeziehen«, erklärte ich. »Man denkt dann immer als ein Wir und nicht mehr als ein Ich. Das hat große Vorteile, solange der Partner noch da ist. Doch wenn er nicht mehr da ist, kann die gleiche Denkweise einen überlebensrelevanten Nachteil darstellen. In unserer heutigen Zeit hat das keine nennenswerte Bedeutung mehr, weil es sehr leicht ist zu überleben. Doch in der Steinzeit konnte das noch gefährlich werden.

Der Schmerz, den man bei einem Verlust erlebt, wird jedes Mal aktiviert, wenn man weiterhin als Wir denkt. Und genau das ist auch die Aufgabe des Kummers. Mit der Zeit vermeidet das Großhirn es immer mehr, weiterhin als ein Wir zu denken, weil es eben jedes Mal sehr wehtut. Das Gehirn wird durch die neue Denkgewohnheit systematisch wieder umgebaut, sodass man wieder als ein Ich denkt. Wenn das nicht passiert, weil ein Mensch diesen Loslassprozess nicht zulässt, dann kann es tatsächlich sein, dass er krank wird, so wie Linh bereits gesagt hat.«

»Dann hat sogar der schlimmste Kummer einen Sinn«, erkannte Ava beeindruckt. »Das ist echt krass!«

»Es gibt keine Gefühle, die keinen Sinn haben«, sagte ich. »Alle Gefühle sind aufgrund eines Überlebensvorteils entstanden. Jedes Gefühl erfüllt also einen wichtigen Zweck. Auch wenn wir oftmals nicht verstehen, was sein genauer Sinn und Zweck ist. Es gibt ihn immer. Schlechte Gefühle gibt es in Wirklichkeit nicht. Alle Gefühle sind gut, auch wenn sie längst nicht alle angenehm sind. Sie sind *anders gut.*«

»Können wir vielleicht einmal das Gefühl der Reue durchsprechen?«, fragte Jason. »Insbesondere das Bedauern von früheren Fehlentscheidungen. Damit habe ich, ehrlich gesagt, ziemlich zu kämpfen. Ich denke oft, mein Leben hätte viel positiver verlaufen können, wenn ich einige sehr kapitale Fehlentscheidungen nicht getroffen hätte. Vor allem in beruflicher Hinsicht.«

»Wenn du damit kämpfst, hat offensichtlich noch dein Reptiliengehirn die Führung«, sagte ich. »Dann schauen wir einmal, ob sich das gefühlte Problem damit ein wenig aufweichen lässt. Willst du denn das Gefühl der Reue als Problem ansehen?«

»Auf keinen Fall!«, sagte er entschieden. »Auch nicht vom Gefühl her.«

»Und musst du es als Problem ansehen?«, hakte ich nach.

»Eigentlich auch nicht«, antwortete Jason. »Dazu kann mich ja keiner zwingen. Aber mein unbewusstes System scheint davon nicht loslassen zu wollen. Das geht mir so langsam echt auf den Nerv.«

»Dann bist du gar nicht wegen dem Gefühlsziel selbst im Kampfmodus, sondern wegen deinem unbewussten System, das scheinbar borniert daran festhalten will, dass das Gefühl der Reue ein Problem ist.«

»Dem würde ich uneingeschränkt zustimmen«, meinte Jason.

»Doch dein unbewusstes System ist nur eine Maschine«, gab ich zu bedenken. »Da ist niemand, gegen den du kämpfen könntest. Hier wurden nur die entsprechenden Knöpfe gedrückt, weshalb die Maschine an deinem Gefühlsziel festhält. Du willst das Gefühl der Reue loswerden, weil du dieses Gefühl als Problem beurteilt hast. Doch deine Maschine kann genau aus diesem Grund nicht von deinem Gefühlsziel loslassen. Die Lösung eines Problems sieht es immer als Notwendigkeit an.«

»Das Gefühl der Reue ist aber kein echtes Problem«, wandte Jason ein.

»In Wirklichkeit ganz sicher nicht«, bestätigte ich. »Was passiert denn in deinem Gefühl, wenn du dir diese Wahrheit bewusst machst?«

»Es wird deutlich besser«, sagte er. »Ich glaube, das löst sich tatsächlich gerade auf. Das Gefühl der Reue ist ja wirklich kein reales Problem. Es war ein Fehler, das so zu beurteilen.«

»Da könntest du gleich mal gepflegt Reue empfinden, dass du diesen Fehler gemacht hast«, meinte Greg grinsend.

»Ja, das könnte ich«, stimmte Jason grinsend zu. »Aber das muss ich nicht! Nein, ich glaube, das löst sich gerade tatsächlich auf!«, meinte er begeistert.

»Das freut mich sehr«, sagte ich. »Hast du eine Idee, was du hier als lohnende Aufgabe ansehen könntest?«

»Die Vergangenheit als Erfahrungswert anzusehen und es zukünftig besser zu machen«, meinte er. »Ich will aus meinen Fehlern lernen. Eigentlich wäre ich ohne diese Fehler gar nicht der Mensch, der ich heute bin. In Wirklichkeit habe ich da nichts zu bereuen. Ich möchte positiv in die Zukunft schauen. Das halte ich für eine lohnende Aufgabe.«

»Das hört sich gut an«, bestätigte ich. »Dann würde ich vorschlagen, nehmen wir auch schon unser nächstes Beispiel. Nahe verwandt mit dem Gefühl der Reue sind Schuldgefühle. Wer würde anhaltende starke Schuldgefühle noch als Problem ansehen?«

»Vom Gefühl her auf jeden Fall«, meinte Greg. »Vom Kopf her weiß ich, dass Gefühle keine Probleme sein können. Das ist also Quatsch.«

»Wer sieht das auch so?«, fragte ich in die Runde.

Alle zeigten auf.

»Wer hat das Gefühl, Schuldgefühle oder ein richtig schlechtes Gewissen als Problem ansehen zu wollen?«, wollte ich wissen.

»So ein bisschen schon noch«, sagte Greg kleinlaut. »Ich finde Schuldgefühle echt schlimm. Ich gehe immer fast ein, wenn ich ein schlechtes Gewissen habe.«

»Aber wäre das nicht eher ein Grund dafür, die Schuldgefühle auf keinen Fall als Problem anzusehen?«, fragte ich. »Wenn du sie als Problem ansiehst, wirst du sie ja nie los.«

»Wieso kann ich das jetzt schon wieder nicht nachvollziehen?«, fragte er kopfschüttelnd. »Bitte erkläre noch einmal für die Dummen, warum ich sie dann nie wieder loswerde«, bat er mich.

»Du bist nicht dumm, wie gesagt«, erwiderte ich. »Und *nie wieder* war vielleicht auch ein wenig übertrieben«, korrigierte ich meine Aussage. »Doch die Schuldgefühle kriegen sofort ein Eigenleben, wenn du sie als Problem ansiehst. Sie werden dann viel stärker, als es sein müsste, weil sie dann als unnatürlich relevant angesehen werden. Du würdest dich dann ständig wegen jedem Kleinscheiß schuldig fühlen oder ein schlechtes Gewissen haben. Auch für Sachverhalte, für die du überhaupt nichts kannst.«

»Das tue ich tatsächlich«, erkannte Greg betroffen. »Ich fühle mich ständig für alles verantwortlich, was schiefgelaufen ist. Sogar wenn jemand einen Autounfall hat, einen Tag nachdem ich mit ihm geredet habe. Genau das ist mir schon einmal passiert. Mir war vom Kopf her klar, dass ich an seinem Unfall unmöglich schuld sein konnte. Aber mein schlechtes Gewissen hat mir trotzdem keine Ruhe gelassen. Möglicherweise hatte er ja kurz vor dem Unfall über unser Gespräch nachgedacht und war deshalb unaufmerksam. Ich weiß, dass das völlig bescheuert ist, aber so etwas passiert mir ständig. Es muss nur irgendwo eine Scheiße passieren und ich überlege sofort, ob das vielleicht wegen mir passiert ist. Oft denke ich auch, dass es nicht passiert wäre, wenn es mich nicht geben würde.«

»Das ist natürlich alles in keiner Weise sinnvoll«, sagte ich. »Dennoch ist dieses Phänomen weit verbreitet. Und zwar bei allen Menschen, die ein sehr großes gefühltes Problem mit Schuldgefühlen haben. Da geht das Reptiliengehirn sofort auf Vermeidungskurs. Und dazu gehört auch die Gefahrenvermeidung. Und wenn du dann die Gefahr nicht ausschließen kannst, dass das, was da passiert ist, vielleicht doch irgendwie mit dir zu tun hat, dann kriegst du sofort Schuldgefühle, weil du diese Gefahr ja ernst nehmen musst.«

»Das ist echt ganz große Kacke!«, meinte Greg.

»Du sitzt hier am Hebel«, sagte ich. »Du kannst weiterhin deine Schuldgefühle als Problem beurteilen oder sie als das ansehen, was sie wirklich sind – einfach nur Gefühle, die einem Zweck dienen sollen. Sie sollen dir helfen, einen Schaden wiedergutzumachen, wenn du tatsächlich dafür verantwortlich warst. Das ist ein instinktives Prinzip, mit dem dein soziales Gehirn deine Zugehörigkeit zum Rudel sichern will. Du musst deine

Schuldgefühle also nicht als Problem ansehen. Es kann sein, dass dein unbewusstes System das trotzdem noch eine Weile machen will, weil es immer noch nicht davon überzeugt ist, dass es ausnahmslos jedes Mal nur schädlich ist, ein Gefühl als Problem anzusehen. Doch das lockert sich mit jedem Beispiel, das wir durchgehen, immer mehr. Wie würdest du dich also bewusst entscheiden? Willst du die Schuldgefühle noch als Problem ansehen?«

»Auf keinen Fall«, erklärte Greg bestimmt. »Und müssen tue ich das auch nicht. Gefühle sind in Wirklichkeit keine Probleme. Das ist wirklich völliger Nonsens.«

»Hast du eine Idee, was du hier als lohnende Aufgabe ansehen könntest?«, hakte ich nach.

»Echte Schuld zu vermeiden«, meinte Greg. »Wenn möglich, will ich mir nichts zuschulden kommen lassen. Eigentlich will ich anderen Menschen Gutes tun. Also 3G-Tunwollens, wenn ich mir das genauer überlege.«

»Das als Aufgabe anzunehmen anstatt der Probleme mit den Schuldgefühlen, ist eine tolle Sache«, stimmte ich zu. »Dann können wir auch schon zum nächsten Beispiel kommen. Ich hätte Schamgefühle im Angebot. Das Gefühl, minderwertig oder unzulänglich zu sein. Wer würde dieses Gefühl als Problem empfinden?«

Alle Nerds, Greg und Dylan zeigten auf.

»Und vom Kopf her?«, hakte ich nach. »Will das jemand als Problem ansehen?«

»Auf keinen Fall«, antwortete Dylan.

»Und vom Gefühl her?«, fragte ich weiter.

»Eigentlich auch nicht«, erkannte Dylan. »Ich glaube,

so langsam weicht sich das echt auf. Ich spüre, dass ich das nicht mehr als Problem ansehen will.«

»Bei wem ist das auch so?«, fragte ich in die Runde.

Die Hälfte meldete sich.

»Das ist sehr schön«, sagte ich erfreut. »Es geht voran. Wie sieht es mit dem Müssen aus? Was passiert in eurem Gefühl, wenn ihr euch fragt, ob ihr Schamgefühle als Problem ansehen müsst?«

»Da tut sich was«, meinte Stella begeistert. »Da scheint tatsächlich so langsam etwas zu passieren. Das Problemgefühl wird schwächer. Genauer gesagt, spüre ich immer mehr Zweifel daran, dass die Gefühle wirklich Probleme sein sollen.«

»Wem geht es ähnlich?«, fragte ich.

Erneut meldete sich die Hälfte.

»Hat jemand eine Idee, was wir hier als lohnende Aufgabe annehmen könnten?«, fragte ich weiter.

»Mir würde es schon reichen, mir jedes Mal erneut klarzumachen, dass ich nicht minderwertig und unzulänglich bin, wenn dieses Gefühl aufkommt«, meinte Tyler. »Das wäre eine sehr lohnende Aufgabe aus meiner Sicht.«

»Für mich wäre das ebenfalls eine gute Aufgabe«, meinte Kevin. »Wobei ich mir, glaube ich, lieber klarmachen möchte, dass es noch nicht einmal ein Problem wäre, wenn ich tatsächlich minderwertig oder unzulänglich wäre. Da gibt es ja trotzdem keine Probleme. Und wenn es da kein reales Problem gibt, dann ist das Gefühl für mich auch kein Problem mehr.«

»Sehr schön«, sagte ich. »Die Probleme mit den Gefühlszielen weichen sich tatsächlich immer mehr auf. Dann kommen wir auch schon zu unserem nächsten Beispiel. Wer würde Stressgefühle noch als Problem ansehen?«

»Die Stressgefühle sind ja Teil der Lösung«, meinte Dylan. »Sie sind nicht das Problem. Der Stress ist das eigentliche Problem. Und die Stressgefühle sollen uns dazu bringen, den Stress tatsächlich zu reduzieren. Wobei der Stress ja eigentlich auch kein Problem ist«, erkannte er dann. »Das wäre ja genauso bescheuert, das wieder als Problem anzusehen. Weder der Stress noch die Stressgefühle sind in Wirklichkeit ein Problem.«

»Und was wäre, wenn ihr euch stark belastet und total angespannt fühlen würdet, sodass ihr euch überhaupt nicht mehr entspannen und auch nachts nicht mehr richtig schlafen könntet?«, fragte ich. »Wer würde das noch als Problem empfinden, obwohl ihr wisst, dass es keine echten Probleme sind?«

Alle zeigten auf.

»Da tut sich aber schon etwas in meinem System, wenn du das fragst«, meinte Eric. »Deine Fragen fangen an, etwas zu bewirken.«

»Das freut mich sehr«, sagte ich. »Gehen wir also unsere drei Fragen durch. Ihr müsst jetzt dann nicht mehr aufzeigen. Es geht nur noch darum, meine Fragen sowohl mit dem Gefühl als auch mit dem Verstand zu beantworten. Wer würde also Belastungsgefühle und Anspannung noch als Problem ansehen wollen?«

»Das bringt ja nichts«, meinte Eric. »Dann könnte ich erst recht nicht mehr schlafen, weil die Problemgefühle mich davon abhalten.«

»Würdet ihr es als Problem ansehen müssen?«, fragte ich weiter.

Einige aus der Gruppe schüttelten den Kopf, die anderen ließen meine Fragen nur auf sich wirken.

»Und was wäre hier eine lohnende Aufgabe?«, fragte ich.

»Na, den Stress zu reduzieren und sich zu erholen«, meinte Dylan.

»Nächstes Beispiel«, kündigte ich an. »Würdet ihr das Gefühl der Verzweiflung und Hoffnungslosigkeit noch als Problem ansehen müssen?«

»Kein Müssen«, meinte Dylan, und der Rest schüttelte den Kopf.

»Würdet ihr Verzweiflung und Hoffnungslosigkeit als Problem ansehen *wollen*?«, hakte ich nach.

»Du meinst jetzt die Gefühle. Oder meinst du die mentalen Zustände?«, fragte Stella. »Verzweiflung und Hoffnungslosigkeit sind ja eigentlich eher mentale Zustände.«

»Das ist sicherlich eine Frage der Sichtweise«, sagte ich. »Doch das spielt eigentlich keine Rolle. Was für die Gefühle gilt, gilt auch für mentale Zustände. Das macht keinen Unterschied. Mentale Zustände sind auch keine Probleme. Das Reptiliengehirn und das soziale Gehirn würden das genauso wenig verstehen wie die Probleme mit unseren Gefühlszielen. Nehmen wir also einfach beides. Würdet ihr die Gefühle oder die mentalen Zustände der Verzweiflung und Hoffnungslosigkeit als Problem ansehen wollen?«

»Ich will das auf keinen Fall«, meinte Ava. »Aber das ist echt krass, wie sehr das Gefühl da festhält. Vom Gefühl her will ich diese Zustände einfach nicht. Und irgendwie wird aus diesem Nichtwollen dann schnell ein gefühltes Problem.«

»Vermutlich, weil du diese mentalen oder emotionalen Zustände als Missstände beurteilst«, spekulierte ich.

»Was genau verstehst du unter Missständen?«, hakte Ava nach.

»Umstände, die nicht in Ordnung sind und die so nicht bleiben können«, sagte ich. »Das Reptiliengehirn und das soziale Gehirn sehen es automatisch als Problem an, wenn wir Missstände nicht abstellen oder vermeiden können. Missstände sind also für die beiden nicht grundsätzlich ein Problem, sondern nur dann, wenn wir nichts dagegen tun können.

Wir sollten uns einmal anschauen, was passiert, wenn wir diese mentalen oder emotionalen Zustände nicht mehr als Missstände ansehen würden. Denn in Wirklichkeit sind das ja gar keine Zustände. So etwas wie mentale und emotionale Zustände gibt es gar nicht. Darüber haben wir schon einmal in einem Workshop ausführlich geredet. Das sind in Wirklichkeit dynamische mentale und emotionale Informationsverarbeitungsprozesse und keine Zustände. Auch dann nicht, wenn diese Prozesse längere Zeit anhalten. Es sind trotzdem keine Zustände.

Und wenn es keine Zustände sind, dann können es auch keine Missstände sein.

Was passiert also in euch, wenn ihr euch bewusst macht, dass Verzweiflung und Hoffnungslosigkeit weder Zustände noch Missstände sind? Stellen wir auch hier unsere drei Fragen. Wer hat das Gefühl, das als echte Missstände ansehen zu müssen?«

»Es sind ja in Wirklichkeit keine«, antwortete Brian. »Daher kann es nicht sein, dass wir das als Missstände ansehen *müssen*. Auch würden das Reptiliengehirn und das soziale Gehirn ja wieder gar nicht verstehen, wovon wir da überhaupt sprechen. Die würden bestimmt wieder denken, dass wir über irgendwelche äußeren Lebensumstände reden. Das Großhirn würde die beiden anderen also wieder total verarschen, wenn es diese Gefühle als Missstände ansehen würde.«

»Wer hat das Gefühl, das lieber weiterhin als Missstand ansehen zu *wollen*?«, hakte ich nach.

»Ich eigentlich nicht«, meinte Ava. »Aber ich merke, dass das irgendwie den eigentlichen Kern noch viel genauer trifft als die Problembeurteilung. Ich glaube, ich hatte bisher immer das Gefühl, dass schlimme Gefühle nicht in Ordnung sind. Dass das irgendwie nicht sein darf. Dass es, wie du sagst, ein Missstand ist, der so nicht bleiben darf.«

»Ist bei mir genauso«, meinte Sophia.

»Bei mir ebenfalls«, sagte Isaac.

»Beim wem ist das auch so?«, fragte ich in die Runde, woraufhin alle aufzeigten. »Dann ist das wohl das Hauptkriterium, warum das unbewusste System die nicht erfüllten Gefühlsziele noch als Probleme beurteilt. Weil das Großhirn schmerzliche Gefühle immer noch als Missstände ansieht.

Wie Brian bereits sagte, können das Reptiliengehirn und das soziale Gehirn hier wieder einmal nicht verstehen, wovon das Großhirn überhaupt spricht, wenn es nicht erfüllte Gefühlsziele als Missstände beurteilt. Die beiden reagieren dann einfach nur auf die Missstandsbeurteilung und erzeugen Missstandsgefühle. Und die Missstandsgefühle beurteilt das Großhirn wieder als Missstand, wodurch noch mehr Missstandsgefühle erzeugt werden.

Schnell landet man beim Vermeiden oder Abstellen dieser Missstandsgefühle in der Machtlosigkeit, weil man sie ja auf diese Weise gar nicht vermeiden oder abstellen kann. Und dann wird das natürlich wieder als Problem beurteilt. Hat jemand eine Idee, was wir, das betreffend, als lohnende Aufgabe annehmen könnten?«

»Die Gefühle als das anzusehen, was sie tatsächlich sind, und nicht mehr als Missstände«, meinte Brian.

»Oder sich bei jedem falschen Missstandsgefühl bewusst zu machen, dass wir in Wirklichkeit im totalen Wohlstand leben«, meinte Isaac. »Dann hätten wir Wohlstandsgefühle anstatt der Missstandsgefühle.«

»Das ist noch besser«, meinte Brian. »Ich schließe mich dem Vorschlag von Isaac an. Wenn wir das so machen würden, könnten wir eigentlich ständig Wohlstandsgefühle haben.«

»Das hört sich zwar logisch an, ist aber leider nicht der Fall«, sagte ich. »Im Gegensatz zu den Missstandsgefühlen, die zu den Vermeidungsgefühlen gehören, halten unsere Wohlstandsgefühle nie sehr lange an. Sie gehören zu den Belohnungsgefühlen, die wir bei einem erreichten Habenwollen oder Seinwollen immer nur für sehr kurze Zeit empfinden. Ständig Wohlstandsgefühle durch eine Wohlstandsbeurteilung zu erzeugen, ist daher leider nicht möglich. Doch die Wohlstandsbeurteilung verhindert unnötige Missstandsgefühle und gibt uns damit den Freiraum, uns unseren tatsächlich glücklich machenden Tunwollens zu widmen.«

»Okay, der Wohlstand allein macht natürlich nicht glücklich«, meinte Brian. »So langsam könnte das mal in meinem System ankommen. Ich wäre echt schon wieder in dieses Fettnäpfchen getappt.«

»Ich ebenfalls«, meinte Isaac.

»Das kommt schon noch«, sagte ich zu den beiden. »Die Tunwollens sind einfach noch sehr neu für unser unbewusstes System. Doch ich bin sicher, dass unser Bottom-up-Prozess die wahre Bedeutung der Tunwollens für unser Lebensglück früher oder später ins Gefühl bringt.

Wichtig ist jetzt, erst einmal zu realisieren, dass wir alle im Wohlstand leben. Alle unsere echten Bedürfnisse sind supergut erfüllt und abgesichert. Da ist wirklich alles susi. So richtig schlecht ist in unserem Leben so gut wie nie etwas, denn schlecht würde nach dem Maßstab des Reptiliengehirns und des sozialen Gehirns bedeuten, dass unsere sieben Bedürfnisse nicht erfüllt sind. Wenn wir also nichts zu essen haben, obdachlos sind, keinen Schutz vor Gewalt haben, kein Rudel haben oder den untersten Rang im Rudel, keine Verbündeten oder keine Möglichkeit, uns weiterzuentwickeln.

Nur das würden das Reptiliengehirn und das soziale Gehirn als schlecht und damit als Missstand ansehen. Das Großhirn kann sich hier natürlich wieder seine eigenen Beurteilungskriterien für *gut* und *schlecht* ausdenken. Doch es würde damit die anderen beiden Gehirne sofort wieder nach Strich und Faden verarschen. Wenn das Großhirn etwas als *schlecht* beurteilt, dann gehen die anderen beiden automatisch davon aus, dass es einen echten Missstand in ihrem Sinne gibt.«

»Dann ist es automatisch eine Missstandsbeurteilung, wenn ich etwas als *schlecht* beurteile?!«, fragte Stella verwundert.

»*Schlecht* oder *zu schlecht, nicht in Ordnung, nicht gut genug* oder *nicht gut*, das sind alles Missstandsbeurteilungen«, bestätigte ich.

»Ja, aber das tun wir doch *ständig*«, wendete Stella ein.

»Ja, das weiß ich. Wir treffen ständig Missstandsbeurteilungen«, bestätigte ich.

»Und die erzeugen dann jedes Mal Missstandsgefühle?«, hakte Stella fassungslos nach.

»Nicht jedes Mal«, antwortete ich. »Die jeweiligen Sachverhalte oder Umstände müssen auch eine gewisse Relevanz haben, damit Gefühle erzeugt werden. Aber alles, was wir als relevant schlecht, nicht gut genug, nicht in Ordnung und so weiter beurteilen, löst auf jeden Fall Missstandsgefühle aus.«

»Und die beurteilen wir dann auch wieder als Missstand!«, erkannte Stella kopfschüttelnd.

»Genau so ist es«, stimmte ich zu. »Wie wir alle wissen, sind 99,9 Prozent aller unserer so genannten *schlechten* Gefühle völlig unnötig. Und alle schlechten Gefühle werden durch die Beurteilung erzeugt, dass etwas schlecht ist. Grundsätzlich werden alle unsere Gefühle durch unsere Beurteilungen erzeugt, ob etwas *gut* oder *schlecht* ist – die sogenannten *guten* genauso wie die sogenannten *schlechten*. Unsere Beurteilungen sind für unsere Gefühle ursächlich verantwortlich. Und die grundsätzliche Beurteilung, ob etwas gut oder schlecht ist, steht im Mittelpunkt eines jeden Beurteilungsprozesses.

Die Intensität der dadurch erzeugten Gefühle hängt dann immer von der Relevanz ab, die wir dem jeweiligen Sachverhalt geben. Wenn wir einen Missstand nicht mehr als Problem beurteilen, dann nehmen wir ihm damit schon sehr viel von seiner vorherigen Relevanz. Manchmal genügt das schon, um genügend Freiraum für die Tunwollens zu schaffen. Doch viele unserer nicht erfüllten Gefühlsziele werden immer noch als viel zu relevant angesehen. Und dann wird es natürlich nichts mit unseren Tunwollens.

Deshalb ist es sehr wichtig, korrekte Wohlstandsbeurteilungen zu treffen. Denn dass wir in Wirklichkeit im grünen Bereich leben, wissen das Reptiliengehirn und das soziale Gehirn nicht, wenn das Großhirn ihnen das nicht sagt. In unserem Alltag bewegen wir uns so gut wie immer nur im grünen Bereich. Mal sind unsere Lebensumstände etwas *mehr gut*, mal etwas *weniger gut*, mal *anders gut*, aber immer *gut genug*. Tatsächlich *schlecht* nach den Kriterien des Reptiliengehirns und des sozialen Gehirns sind unsere Lebensumstände nur sehr selten. Was wir in unserem Alltag als schlecht, nicht in Ordnung oder nicht gut genug beurteilen, ist in Wahrheit meistens nur weniger gut, als wir es haben wollen.

Missstände können natürlich auch schon einmal bei einem Zivilisationsmenschen vorkommen. Doch in unserer Wohlstandsgesellschaft gibt es nicht sehr viele Menschen, die tatsächlich verhungern, erfrieren oder sonst irgendeinen echten überlebensrelevanten Missstand erleben. Gefühlt sind wir jedoch ständig im Missstand, weil das Großhirn allein schon nicht erfüllte Gefühlsziele als Missstand beurteilt. Aber in Wirklichkeit sind wir die ganze Zeit im grünen Bereich. Mal etwas weiter oben, mal etwas weiter unten. Aber trotzdem immer im grünen Bereich.

Missstandsgefühle oder ganz allgemein *schlechte* Gefühle sind daher in Wirklichkeit unseren tatsächlichen Lebensumständen nur sehr selten angemessen. Es ist meistens alles gut, auch wenn es sich in unserem Alltag längst nicht immer danach anfühlt. Doch in Wirklichkeit ist alles gut – wie gesagt, mal *mehr gut*, mal *weniger gut* und manchmal auch *anders gut* als gedacht, aber trotzdem *immer noch gut*.«

»Ich merke, dass ich tatsächlich nicht alles in meinem

Leben als gut ansehen *will*«, sagte Ava. »Vom Kopf her weiß ich, dass das eher unverschämt ist. Es gibt Milliarden von Menschen auf der Welt, denen es wesentlich schlechter geht als uns hier. Viele verhungern sogar oder leben im Krieg. Wenn die mitkriegen würden, was ich bisher alles als nicht gut genug oder sogar als schlecht angesehen habe, dann würden mich viele von ihnen sicherlich total verachten. Und an deren Stelle würde ich das genauso sehen. Da bin ich ehrlich. Ich hätte kein Verständnis für die reichen Schnösel mit ihren Luxusproblemen, wenn ich mit ansehen müsste, wie meine eigenen Kinder verhungern.

Ich will nicht länger so tun, als hätte ich echte Missstände oder Probleme in meinem Leben. Meine gefühlten Probleme sind echt lächerlich. Ich habe so langsam das Gefühl, dass das in Wirklichkeit echt unverschämt ist, wenn ich meine Gefühlsziele als Probleme oder als Missstände ansehe und deswegen herumjammere. Ich komme mir so langsam echt schäbig vor. Ehrlich gesagt, würde ich mich in Grund und Boden schämen, wenn einer von den Menschen hier wäre, die in echten Missständen leben müssen.

Mir war das bis jetzt nicht bewusst, aber was wir hier alle treiben mit unserem ständigen Gejammer, ist unter aller Sau. Ich weiß nicht, was da plötzlich in mich gefahren ist, aber ich könnte schreien, wenn ich daran denke. Das ist eine bodenlose Ungerechtigkeit. Ich schäme mich echt dafür, dass ich in einem Resort wohne, in dem eine einzige Übernachtung fast 1 000 Dollar kostet. Weißt du, wie lange eine Familie in Afrika dafür zu essen hätte?!«

»Hast du vielleicht eine Idee, was du hier als lohnende Aufgabe annehmen könntest?«, fragte ich sie.

»Ich möchte etwas gegen die echten Missstände auf dieser Welt unternehmen«, antwortete sie. »Ich möchte denjenigen Menschen Gutes tun, die nicht das Privileg hatten, in einer Wohlstandsgesellschaft geboren zu werden. Was können sie denn dafür, dass sie nicht mit einem goldenen Löffel im Mund geboren wurden?!«

»Und denkst du, dass du das besser kannst, wenn du dich wegen deiner unangemessenen Missstandsgefühle schämst oder wenn du dafür sorgst, dass du angemessene Wohlstandsbeurteilungen triffst?«, fragte ich.

»Natürlich kann ich das besser, wenn ich mir bewusst bin, dass ich im grünen Bereich lebe«, sagte sie. »Ich denke, es ist wirklich eine bodenlose Unverschämtheit, wenn ich weiterhin so tue, als seien meine negativen Gefühle echte Missstände oder Probleme. Ich will wertschätzen, dass ich im Wohlstand lebe, und dankbar dafür sein, dass ich hier geboren wurde und nicht in einem Land, in dem die Menschen hungern oder in dem Krieg herrscht. Und ich möchte einen Weg finden, diesen Menschen Gutes zu tun. Und das kann ich ganz sicher besser, wenn ich angemessene Wohlstandsbeurteilungen treffe und keine unsinnigen Missstandsgefühle erzeuge«, sagte sie wütend.

Kapitel 2:

Missstandsgefühle

Nuno und ich hatten den Impuls verspürt, Ella aufzusuchen. Wir gingen daher zurück in unser Hotel, um uns zu entmaterialisieren. Unsere Lieblingsmenschen wollten solange in ein nahe gelegenes Strandcafé gehen und dort ihre Workshop-Pause genießen.

»Schön, dass ihr so schnell kommen konntet«, begrüßte uns Ella, als wir im Klassensaal eintrafen.

Wir freuten uns sehr darüber, dass gerade alle Secret-Angels anwesend waren, und begrüßten sie alle ganz herzlich mit einer Umarmung, was alle sehr zu verwundern schien, denn das war bei uns Engeln ja überhaupt nicht üblich.

»Wir sind nicht zufällig hier«, sagte Malaika.

»Wir haben beschlossen, uns euch anzuschließen«, erklärte Bodo.

»Wir wollen euch dabei unterstützen, die Lebenswerte-Bewegung im Paradies ins Rollen zu bringen. Wir freuen uns alle sehr auf diese tolle Mission«, erklärte Serafina.

»Wow, das ist super!«, sagte ich begeistert.

»Voll der geile Scheiß!«, meinte Nuno. »Das wird der Hammer!«

Nuno erntete bewundernde Blicke von den anderen, aufgrund seines natürlichen menschlichen Sprachgebrauchs.

»Du hast dich wirklich gut bei den Menschen eingefügt«, meinte Lenyo anerkennend. »Kannst du uns das auch beibringen?«

»Klarinette! Null Problemo«, antwortete Nuno.

»Für diese Mission werden alle, bis auf euch beide natürlich, einen neuen menschlichen Avatar bekommen«, sagte Ella. »Sie werden dann dieses Mal wirklich wie ganz normale Menschen aussehen.«

»Habt ihr bei den Frauen dieses Mal auch an die Zellulite gedacht?«, fragte ich.

»Ja, das wird jetzt alles ganz natürlich aussehen«, bestätigte Ella. »Wobei alle noch recht jung sein werden. Wir haben ihnen einen menschlichen Körper im Alter zwischen 21 und 24 Jahren gegeben. Ich würde vorschlagen, dass jetzt alle schon einmal ihr neues Aussehen annehmen, damit Mary Soul und Nuno euch nachher erkennen können, wenn ihr ihnen dann im Paradies begegnet.«

Augenblicklich veränderten alle ihr bisheriges Aussehen. Alle sahen tatsächlich wie durchschnittliche Amerikaner aus. Sie würden jetzt mit einem für normale Menschen völlig unnatürlichen, attraktiven Äußeren nicht mehr länger auffallen. Sie sahen jetzt alle viel besser aus.

»Wenn ihr euch in unsere Gruppe integrieren wollt, dann wäre es sicherlich gut, sich auch emotional ein wenig mehr an die üblichen Gepflogenheiten der Menschen anzupassen«, sagte ich. »Ein paar Ungewöhnlichkeiten können wir sicherlich damit erklären, dass ihr alle mit uns zusammen bei den Amish People aufgewachsen seid. Die haben ja eine ganz andere Lebensweise als normale Menschen. Damit ist es klar, dass auch das Sozialverhalten ein wenig anders ist. Doch das allein wird vermutlich nicht genügen, um nicht aufzufallen.«

»Und was wären die üblichen emotionalen Gepflogenheiten?«, wollte Lina wissen.

»Im Moment wäre es für unsere Gruppe am wichtigsten, alle unangenehmen Gefühle als emotionale Probleme oder zumindest als emotionale Missstände anzusehen«, sagte ich. »So machen das normale Menschen auch.«

»Und wie genau macht man das?«, hakte Lina nach.

»Ihr müsstet alle unangenehmen Gefühle entweder als *nicht in Ordnung*, als *nicht gut genug* oder am besten sogar als *schlecht* beurteilen«, sagte ich. »Aber ihr dürft das nicht nur theoretisch denken, ihr müsst das auch wirklich so *meinen*!«, betonte ich.

»Das ist keine leichte Aufgabe«, erkannte Bodo. »Wie ist euch das gelungen?«

»So richtig gut sind Nuno und ich darin selbst nicht«, antwortete ich. »Ich habe, was das betrifft, als Savant nur eine sehr gute Tarnidentität. Und Nuno kriegt es irgendwie hin, dass man von ihm ebenfalls nicht erwartet, normale menschliche Probleme zu haben.«

»Und wie machst du das?«, fragte Bodo Nuno direkt.

»Ich bin, glaube ich, das, was die Menschen einen Spaßvogel nennen«, meinte Nuno.

»Kann ich vielleicht auch so ein Spaßvogel werden?«, wollte Bodo wissen.

»Das kommt darauf an, ob dein Avatar Talent für den menschlichen Humor hat«, meinte Nuno. »Und ich denke, es kommt auch ein bisschen auf das Aussehen an. Dein aktueller Avatar wirkt eher seriös. Ich glaube, das passt nicht so gut für einen Spaßvogel. Möglicherweise könntest du das auch mit einem ausgefalleneren Kleidungsstil kompensieren. Das ist schwer zu sagen. So ganz habe ich noch nicht herausgefunden, was einen Spaßvogel so genau ausmacht. Ich habe nur gemerkt, dass die Menschen oft lachen müssen, wenn sie mich sehen oder wenn ich *geiler Scheiß* sage. Das hat irgendwie schon genügt, um ein Spaßvogel zu werden. Ansonsten war ich einfach ich. Die menschliche Persönlichkeit entwickelt sich ganz von selbst, wenn ihr mehr Zeit im Paradies als Mensch verbringt. Ich denke, dass ihr das vorher gar nicht festlegen müsst. Lasst einfach geschehen, was geschehen will.«

»Nur das mit den Missstandsgefühlen solltet ihr einigermaßen hinkriegen, damit nicht auffällt, dass ihr anders seid«, sagte ich.

»Kannst du uns da ein paar genauere Instruktionen geben, wie wir das in der Praxis hinkriegen können?«, bat Yensaya.

»Ich könnte euch Beispiele für Gefühle benennen, welche die Menschen für gewöhnlich als Missstände ansehen«, schlug ich vor. »Selbst wenn ihr das nicht tatsächlich nachempfinden könnt, so sollte es euch trotzdem möglich sein, euch einigermaßen nachvollziehbar so zu verhalten, als wären diese Gefühle in eurem unbewussten System ebenfalls als gefühlte Missstände oder Probleme abgespeichert.«

»Das hört sich nach einer guten Idee an«, pflichtete mir Ella bei. »Wir sollten das am besten gleich in Angriff nehmen, denn es ist geplant, dass euch eure sieben Freunde gleich im Anschluss an unser Gespräch am Waikiki Beach besuchen. Wir hatten übrigens tatsächlich vor, sie als eure Freunde bei den Amish People einzuführen, mit denen ihr aufgewachsen seid. Das ist eine einfache und effiziente Tarnidentität. Das Ganze soll wie ein Überraschungsbesuch aussehen. Angeblich hat Nuno gestern mit ihnen telefoniert, weshalb sie dann kurzerhand beschlossen haben, nach Hawaii zu fliegen, um dich, liebe Mary Soul, mit ihrem Besuch zu überraschen.«

»Dann sollten wir am besten gleich loslegen mit unserem kleinen Workshop in Sachen Missstandsgefühle«, sagte ich. »Unsere Lieblingsmenschen warten in einem Strandcafé auf uns. Wir können das daher nicht allzu lange ausdehnen. Sie sind davon ausgegangen, dass wir nur kurz auf die Toilette gehen. Wir könnten jedoch sagen, dass wir euch zufällig in der Hotellobby angetroffen haben. Das würde die zeitliche Verzögerung erklären.

Wir könnten dann alle gemeinsam in das Strandcafé

gehen, das würde uns ein wenig mehr zeitlichen Spielraum einräumen. Denn ihr müsstet ja dann erst einmal eure Koffer auf die Zimmer bringen und euch für den Strand umziehen und solche Dinge. Und die Frauen müssten sich noch mal nachschminken, bevor sie an den Strand gehen. Was natürlich eine ganze Weile dauern würde.

Unsere Lieblingsmenschen werden sich sicherlich ein wenig wundern, wo wir so lange abgeblieben sind, doch ich glaube nicht, dass sie uns deswegen gleich suchen gehen. Eine halbe Stunde sollten wir daher hinkriegen, ohne dass es jemandem auffällt. Legen wir also los!«, sagte ich, wie ich es bei den Menschen bei unseren Workshops gewohnt war.

»Ihr müsstet es auf jeden Fall als Missstand ansehen, wenn ihr Neidgefühle empfindet«, sagte ich. »Ihr müsst auf der einen Seite unzufrieden sein, weil andere erfolgreicher sind als ihr – denn das löst dann schon mal die Neidgefühle in eurem Avatar aus. Und dann müsstet ihr es auf der anderen Seite als großes Problem ansehen, dass ihr solche Gefühle überhaupt empfindet.«

»Das ist doch aber völlig unlogisch«, meinte Angelo.

»Ja, aber so machen die Menschen das«, erwiderte ich. »Wie sie das genau anstellen, ist mir noch nicht so ganz klar, aber sie kriegen solche unlogischen Sachverhalte sehr gut hin. Das Gleiche müsst ihr dann mit Wut, Frustration und Ärger machen«, fuhr ich fort.

»Ja, und wie können wir diese Gefühle erzeugen?«, fragte Lina ratlos.

»Wenn ihr wütend sein wollt, dann müsst ihr etwas als total ungerecht ansehen«, empfahl ich. »Das genügt meistens schon. Falls nicht, dann könnt ihr euch noch einreden, dass keiner hinhören will, wenn ihr etwas sagen wollt. Oder dass man euch nicht als vollwertig ansieht. Das wäre eine sehr effiziente Maßnahme, wenn euch das gelänge.

Haltet euch, was das angeht, an Greg, der manchmal auch als BeautyQueen gekleidet ist. Als BeautyQueen kann sie das wirklich ganz hervorragend mit dem Ärgerlichsein. Ava war früher ebenfalls sehr gut darin, bevor sie angefangen hat, es als unverschämt anzusehen, wenn sie sich wegen irgendwelcher Luxusprobleme beschwert, während andere Menschen auf der Welt verhungern oder im Krieg leben oder obdachlos sind.

Doch Ava ist immer noch sehr gut darin, wütend auf sich selbst zu sein und sich über sich selbst zu ärgern. Ich glaube, sie wäre sogar dazu imstande, sich darüber zu ärgern, dass sie sich über sich selbst ärgert. Sie ist wirklich sehr kreativ in solchen Dingen. Und beeindruckend gut! Schaut euch das in der Praxis selbst an. Macht sie jedoch nicht einfach nur 1:1 nach, denn das würde auffallen. Versucht eure Wut, euren Ärger und eure Frustration ganz gezielt einzusetzen. Diese Gefühle passen nicht immer. Jeder Mensch hat seine eigene Frustrationstoleranz. Macht also nicht alle immer genau das Gleiche. Wir müssen hier individueller sein, damit das natürlich rüberkommt.

Aber ihr solltet auf jeden Fall eure Wut-, Ärger- und

Frustrationsgefühle als nicht in Ordnung oder sogar als etwas Schlechtes ansehen, denn das tun die Menschen so ziemlich alle. Verhaltet euch zu Anfang daher lieber noch ein wenig zurückhaltender und beobachtet erst einmal, wie die Menschen mit diesen Gefühlen umgehen.«

»Alles klar«, meinte Angelo zuversichtlich. »Das sollte zu schaffen sein. Also Neid, Wut, Ärger und Frustration. Wir beobachten erst einmal, und dann passen wir uns den Menschen an.«

»Das war aber noch nicht alles«, sagte ich verwundert von seinem verfrühten Optimismus. »Es gibt noch viele weitere sogenannte *schlechte Gefühle*, die ihr zwar einerseits empfinden, aber andererseits auch als Missstände ansehen müsst. Und für viele Gefühle müsst ihr euch dann auch richtig selbst verurteilen. Ihr müsst so tun, als dürfte man diese Gefühle gar nicht haben. So als sei es total schändlich, sie zu empfinden.«

»Und das kriegen die Menschen tatsächlich hin?«, fragte Bodo skeptisch. »Oder tun sie vielleicht nur so?«

»Manchmal tun sie vermutlich nur so«, stimmte ich zu. »Doch meistens glauben sie das von sich wirklich selbst. Sie sind von klein auf schon so erzogen worden, dass bestimmte Gefühle einfach nicht sein dürfen, und dass man ein ganz schlechter Mensch ist, wenn man diese Gefühle empfindet.«

»Wie kann man sich als einen schlechten Menschen ansehen, weil man menschliche Gefühle empfindet?«, fragte Serafina ratlos. »Das ergibt doch überhaupt keinen Sinn.«

»Die Menschen sind sehr kreativ bei solchen unlogischen Sichtweisen«, sagte ich. »Sie finden immer eine logisch klingende Erklärung. Das ist immer wieder aufs Neue sehr beeindruckend. Die kriegen das echt gut hin.«

»Welche Gefühle gelten noch als schändlich?«, wollte Yensaya wissen.

»Eifersucht beispielsweise«, antwortete ich. »Man kann als Mensch auf alles Mögliche eifersüchtig sein. Darauf zum Beispiel, dass jemand einen anderen Menschen zuvorkommender behandelt als euch, oder dass jemand andere lieber mag. Dem Einfallsreichtum sind hier keine Grenzen gesetzt.

Als Mensch solltet ihr jedoch dafür sorgen, dass eure Eifersuchtsgefühle nicht sofort wieder von eurem sozialen Gehirn reguliert werden. Am besten gelingt dies, indem ihr es als Problem anseht, überhaupt solche Gefühle zu haben. Dann übernimmt das Reptiliengehirn sofort die Führung, und euer soziales Gehirn wird heruntergefahren. Euer Reptiliengehirn versucht dann seine Reptiliengehirngefühle mit Reptiliengehirnmaßnahmen zu regulieren. Das ist eigentlich ganz witzig und kann natürlich nur ins Höschen gehen.

Und am besten geht ihr sogar davon aus, Gefühle zu *haben*. So wahnwitzig diese Vorstellung für uns auch anmuten mag, für die Menschen ist es ganz normal, das so zu sehen. Stellt euch einfach vor, die Gefühle kommen von irgendwoher. Vermeidet dabei unbedingt den Gedanken, dass ihr alle eure Gefühle mit euren Beurteilungen selbst erzeugt, sonst gelingt das nicht. Die Gefühle müssen also entweder von irgendwo da draußen herkommen oder auch in euch selbst entstehen. Aber so, dass ihr keinen Einfluss darauf habt. Das ist sehr wichtig.

Unsere Lieblingsmenschen können das jetzt auch nicht mehr so gut wie normale Menschen. Sie wissen mittlerweile zu viel. Prinzipiell wäre es daher für euch einfacher, euch an unsere Lieblingsmenschen anzupassen. Doch das ist leider unrealistisch. Sie mussten alle sehr viel lernen, um auf die emotionale Intelligenz zu kommen, über die sie jetzt mittlerweile verfügen. Jetzt sehen sie die Welt mit ganz anderen Augen. Sie haben die rote Brille abgelegt, durch die das Paradies fälschlicherweise kackbraun ausgesehen hat. Doch ihr seid ganz normale Menschen in ihren Augen. Sie werden daher davon ausgehen, dass ihr das alles noch nicht wisst. Und dieser Erwartungshaltung solltet ihr versuchen zu entsprechen.«

»Gibt es noch weitere Gefühle, die wir dabei als Missstände ansehen müssen?«, wollte Malaika wissen.

»Ja, noch sehr viele«, antwortete ich. »*Unsicherheit* beispielsweise. Man kann dieses Gefühl ganz gut erzeugen, indem man ein mangelndes Vertrauen in sich selbst hat.«

»Aber wie soll es möglich sein, sich selbst nicht zu vertrauen?«, hakte Malaika verwundert nach.

»Das habe ich noch nicht so genau herausgefunden«, sagte ich. »Doch die Menschen schaffen das. Sie misstrauen sich selbst.«

»Die Menschen sind sich vieler ihrer unbewussten Motive nicht bewusst«, erklärte Ella dazu. »Und einige dieser Motive sehen dann, oberflächlich betrachtet, erst einmal schädlich aus. Meistens entstehen diese schädlichen Motive durch Unwissenheit. Dann zweifeln die betroffenen Menschen an ihrer eigenen Kompetenz. Manchmal haben sie jedoch auch den Eindruck, dass sie selbstzerstörerische Impulse in sich tragen. Viele Menschen haben beispielsweise in ihrer Kindheit gelernt, dass man bestraft werden muss, wenn man etwas falsch gemacht hat. Und dann bestrafen sie sich später im Leben einfach selbst, wenn niemand anderes da ist, der sie bestrafen kann oder will. Wenn die Menschen dann solche Selbstbestrafungstendenzen bei sich feststellen, denken sie aus ihrer Unwissenheit heraus schnell, dass sie sich selbst schaden wollen. Und dann misstrauen sie sich, was das angeht, selbst.«

»Verstehe«, sagte Malaika. »Die Menschen müssen also davon ausgehen, dass sie etwas Schlechtes oder Böses in sich tragen, das sich gegen sie wenden kann, damit sie sich dann selbst in dieser Hinsicht misstrauen können. »Das ist nicht wirklich sinnvoll, aber logisch gut nachvollziehbar und sicherlich sehr wirkungsvoll.«

»Welche Gefühle sollten wir sonst noch als Missstände ansehen?«, wollte Bodo wissen.

»*Verlustangst* wäre ein weiteres gutes Beispiel«, antwortete ich. »Man muss es dazu als Gefahr ansehen, dass man jemanden oder auch etwas verlieren könnte, was einem überaus wichtig ist. Diese Angstgefühle kann man dann zeitlich recht lange ausdehnen, sodass irgendwann ein ausreichendes Potenzial an emotionalem Leid zusammenkommt. Genau wie bei den Vermeidungsgefühlen wird auch bei Angstgefühlen das Schmerzzentrum im menschlichen Gehirn aktiviert. Und Schmerz mögen Menschen bekanntlich überhaupt nicht. Verlustangst gehört daher zu den Gefühlen, die sie wirklich überhaupt nicht mögen.«

»Ist das das Beurteilungskriterium für Missstände?«, fragte Malaika. »Dass etwas nicht so ist, wie ich es mag?«

»Ich würde es allgemeiner ausdrücken«, antwortete ich. »Ein Missstand ist es für die meisten Menschen immer dann, wenn es nicht so ist, wie es sein sollte. Du kannst jede Sollvorstellung, die sich dein Großhirn ausdenken kann, als Grund verwenden, um ein Missstandsgefühl zu erzeugen. Und wenn du einer Sollvorstellung nur genügend Relevanz gibst, dann kannst du damit sogar richtig intensive Missstandsgefühle erzeugen.«

»Und sogar diese Gefühle könnte ich dann wieder als Missstand oder sogar als Problem ansehen«, erkannte Malaika. »Das ist genial!«

»So langsam fängst du an, die Menschen zu verstehen«, meinte Nuno anerkennend. »In Sachen Problembeurteilung macht denen wirklich keiner was vor. Da sind sie alle unglaublich gut.«

»Welche Gefühle sollten wir darüber hinaus noch als Missstände ansehen?«, fragte Bodo wissbegierig.

»Nahe verwandt mit den Verlustgefühlen wären beispielsweise *Verlassenheitsgefühle*«, meinte Ella. »Dazu würde beispielsweise gehören, sich von anderen im Stich gelassen zu fühlen. Damit das funktioniert, muss man jedoch erst einmal die Sichtweise annehmen, dass man ein Recht auf die Unterstützung anderer hat. Hier sind die Menschen dann immer besonders kreativ. Aber ich denke, das lernt ihr schnell, wenn ihr sie, was das betrifft, beobachtet.«

»*Hoffnungslosigkeit* gehört auf jeden Fall zu den Gefühlen, welche die Menschen als Missstände ansehen«, meinte Nuno.

»Und wie erzeugst du Hoffnungslosigkeit?«, wollte Lenyo von Nuno wissen.

»Das habe ich bisher selbst noch nicht herausgefunden«, sagte er. »Ich weiß aber, dass man sich dazu einreden muss, dass sich nie etwas ändern wird. Frag mich mal, wie es mir geht!«, sagte er dann unerwarteterweise zu Lenyo.

»Wie geht es dir?«, fragte ihn Lenyo verwundert.

»Ach, frag nicht!«, antworte Nuno und lachte sich dabei kaputt.

Ich fand das irgendwie auch lustig. Warum, weiß ich eigentlich nicht so genau, denn genau so redeten die Menschen nun einmal. Die anderen Secret-Angels konnten Nunos Witz jedoch gar nicht nachvollziehen, wie mir auffiel. Offenbar war ich dann wohl doch nicht die Einzige unter uns, die sich mit dem menschlichen Humor zuweilen schwertat.

»*Überforderungsgefühle* mögen die Menschen ebenfalls nicht«, sagte ich, um unseren kleinen Workshop fortzusetzen. »Genauso wenig wie *Überlastungsgefühle* oder ganz allgemein *Stressgefühle*.«

»Sie betrachten also auch Stressgefühle als Missstände?«, fragte Yensaya begeistert.

Mir fiel auf, wie sehr ich mich selbst schon an diese absurden menschlichen Sichtweisen gewöhnt hatte. Für mich war das gar nichts Ungewöhnliches mehr, dass Menschen ihre Stressgefühle als etwas Schlechtes ansahen. Genauso wenig, wie sie Missstandsgefühle als Missstände ansahen oder Problemgefühle als Probleme. In Wirklichkeit war das alles natürlich völlig widersinnig und auch alles andere als logisch, doch mittlerweile hatte ich mich tatsächlich daran gewöhnt, dass die Menschen manche Gefühle als *schlecht* oder als *nicht in Ordnung* ansahen.

»Ja, sie betrachten ihre Stressgefühle tatsächlich als Missstände oder sogar als Probleme«, bestätigte ich daher Yensaya.

Ich konnte plötzlich ihre Verwunderung und Faszination für die menschlichen Gefühle wieder besser nachvollziehen. Und ich sah die gleiche Faszination in den Augen aller anderen Secret-Angels, die ich selbst noch vor wenigen Wochen für die menschlichen Emotionen in mir trug. Irgendwie war mir diese Faszination abhandengekommen, was ich sehr schade fand.

»Ich merke gerade, dass ich sogar in meiner Engelsgestalt etwas als Missstand empfinde«, sagte ich zu den anderen, was mir sehr bewundernde Blicke von den anderen Secret-Angels einbrachte. »Und zwar, dass ich meine Faszination über die menschlichen Emotionen verloren habe. Ich empfinde auch jetzt gerade eine leichte Form von Reue und Bedauern deswegen.«

»Faszinierend!«, meinte Lenyo.

»Ja, das ist es in der Tat«, meinte Ella nachdenklich. »So etwas sollte eigentlich gar nicht möglich sein, liebe Mary Soul. Die einzige Erklärung dafür ist, dass du wirklich eine menschliche Seele sein musst. Oder eine Mischung aus menschlicher Seele und Engel-Seele, falls es so etwas gibt. Aber besprechen wir das ein anderes Mal«, meinte sie dann. »Ihr habt nicht mehr viel Zeit. Ich würde vorschlagen, noch ein paar weitere Gefühle zu besprechen, welche die Menschen als Missstände ansehen würden.«

»*Enttäuschung* gehört auf jeden Fall auch dazu«, meinte Nuno. »Man kann das Gefühl offenbar sehr leicht erzeugen, indem man hohe Erwartungen annimmt, dann davon ausgeht, dass diese ganz selbstverständlich erfüllt werden, und dann aus allen Wolken fällt, wenn es nicht so gut oder schön ist, wie man sich das vorgestellt hat. Der menschlichen Fantasie sind dabei auch wieder keine Grenzen gesetzt. Man darf dazu sogar völlig unrealistische Erwartungshaltungen annehmen. Man muss nur so tun, als seien diese Fantasievorstellungen reale Wahlmöglichkeiten. Und man kann sogar enttäuscht von sich selbst sein! Das ist das Krasseste überhaupt. Wie das genau geht, habe ich jedoch noch nicht rausgekriegt. Aber Greg kann das echt gut.«

»*Unzufriedenheit* funktioniert ganz ähnlich«, sagte ich. »Man stellt sich dazu einfach fiktive wünschenswerte

Szenarien vor. Und wenn es dann nicht so schön ist, wie man sich das vorgestellt hatte, entsteht automatisch das Gefühl der Unzufriedenheit. Das kann man sogar auf das gesamte Leben ausweiten. Man kann also mit einzelnen Sachverhalten selektiv unzufrieden sein oder auch ganz grundsätzlich mit dem gesamten Leben.«

»Mit dem gesamten Leben?«, hakte Lenyo fasziniert nach.

»Die Menschen kriegen das hin«, sagte Nuno. »Sie stellen sich einfach ganz genau vor, wie ihr Leben sein sollte. Je detaillierter ihre Sollvorstellungen, was das angeht, sind, desto geringer ist die Wahrscheinlichkeit, dass ihr Leben tatsächlich in allen Details exakt ihrer Fantasievorstellung entspricht.«

»Ich kann das bestätigen«, sagte Ella. »Auf diese Weise machen das sehr viele Menschen. Nicht wenige führen sogar über Jahrzehnte hinweg damit ein unzufriedenes Leben. Einige zelebrieren ihre Unzufriedenheit sogar regelrecht. In vielen Kreisen gilt es als hochrangig, wenn man unzufrieden ist. Natürlich kann man nicht gleichzeitig ein unzufriedenes und erfülltes Leben führen. Hier müssen sich die Menschen dann entscheiden, ob sie cool oder glücklich sein wollen. Aber Unzufriedenheit gehört definitiv zu denjenigen Gefühlen, welche die Menschen als Missstände beurteilen.«

»*Hilflosigkeit* oder das Gefühl, keine Kontrolle zu haben, gehört ebenfalls zu diesen Gefühlen«, sagte ich. »Genauso wie lange anhaltendes *Misstrauen*. Man kann das als Mensch leicht erzeugen, indem man an der Ehrlichkeit oder Zuverlässigkeit anderer Menschen zweifelt.«

»*Zweifel* finde ich super!«, meinte Serafina. »Vor allem, weil ja sogar ein unbegründeter Zweifel bereits gut funktioniert. Doch mit ein bisschen Geschick kann man sich leicht Gründe ausdenken, warum der Zweifel scheinbar berechtigt ist. Und dann werden die Gefühle deutlich stärker. Ich habe mit diesem Konzept bereits ein paar persönliche Erfahrungen sammeln können. Das war sehr faszinierend und aufschlussreich.«

»Ich würde *Entmutigung* dieser Liste noch hinzufügen«, meinte Ella. »Auch dieses Gefühl sehen viele Menschen als Missstand an. Man kann es auch relativ leicht erzeugen, indem man Gründe für die Beurteilung sucht, warum die ganzen Anstrengungen bisher vergebens waren und auch weiterhin vergeblich sein werden. Doch ich denke, wir sollten es bei diesen Beispielen erst einmal belassen. Haltet euch einfach mit euren Fragen und Äußerungen bei den Menschen noch ein wenig zurück, dann sollte das klappen.«

»Wir waren heute mit unseren Menschen inmitten eines Workshops, bei dem es genau um dieses Thema ging«, sagte ich. »Daher werden wir nachher sicherlich noch das eine oder andere Beispiel hinzufügen. Da ihr neu in der Runde seid, wird eure Zurückhaltung bei diesem Event nicht sonderlich verwundern. Ihr müsstet euch ja erst einmal ein wenig zurechtfinden, was ja auch der Wahrheit entspricht. Ihr hattet bisher alle noch keine Missionen, bei denen ihr hohe menschliche Sozialkompetenzen entwickeln musstet. Das wird jetzt anders sein. Aber ich bin sicher, dass ihr das schaffen werdet. Wir sind schließlich alle Secret-Angels«, sagte ich motivierend und hielt die Hand in die Mitte, wie Dylan das immer getan hatte in solchen Momenten.

Niemand reagierte jedoch darauf, außer Nuno, der sich vor Lachen auf dem Boden kugelte. Offenbar hatte auch Nuno in seiner Engelsgestalt jetzt menschliche Gefühle. Das war nicht zu übersehen. Ich sah auch an Ellas Mimik, dass sie sich sehr darüber zu wundern schien. Das war also doch kein Phänomen, das nur mich persönlich betraf. Andere Engel konnten sich ebenfalls infizieren. Ella war das offenbar neu.

Sicherlich hatte außer Johannes und uns noch nie ein Engel so viel Zeit im Paradies als Secret-Angel zugebracht. Doch vor allem hatte es vor uns noch nie einen Secret-Angel gegeben, der in seiner menschlichen Gestalt über Emotionen verfügte. Johannes hatte die Gefühle wie alle anderen Secret-Angels vor ihm immer nur sehr gut simuliert. Doch er konnte sie nicht tatsächlich empfinden. Es wäre zu der damaligen Zeit vermutlich zu leidvoll gewesen, wenn er das gekonnt hätte. Glücklicherweise hatten sich die Zeiten inzwischen deutlich zum Besseren gewandelt. Jetzt konnte man als Secret-Angel im Paradies ein richtig gutes Leben haben.

Wir folgten Ellas Vorschlag und materialisierten uns wieder in unseren jeweiligen Hotelzimmern. Wir würden die anderen gleich in der Lobby des Resorts treffen.

Unsere Lieblingsmenschen saßen wie erwartet immer

noch zusammen bei Kaffee und Kuchen, als wir beim Strandcafé alle gemeinsam eintrafen. Nuno grinste wie ein Ponyhof und rief dann laut: »Überraschung!«

»Schaut mal, wen wir da eben in der Hotellobby so rein zufällig getroffen haben!«, sagte ich zu unseren Menschen, als sei ich völlig frei von Socken.

»Leute!«, sagte Nuno begeistert. »Mit diesen sieben Nasen hier sind Mary und ich zusammen aufgewachsen. Das sind Lina, Malaika, Yensaya, Serafina, Lenyo, Bodo und Angelo. Und das sind Brian, Ava, Jason, Greg, Dylan, Tyler, Stella, Sophia, Emma, Kevin, Linh, Marcus, Eric, Connor und Isaac.«

Nachdem sich alle miteinander bekannt gemacht hatten, nahmen wir uns einige freie Stühle und setzten uns mit an ihre Tische.

»Nuno hat uns gestern angerufen und uns gefragt, ob wir Mary nicht überraschen wollen, jetzt, da sie wieder öffentlich ist«, erklärte Malaika ihr Erscheinen. »Wir haben kurz entschlossen alles stehen und liegen lassen und uns in den Flieger gesetzt. Wer weiß, wann sich wieder eine Gelegenheit dazu bietet. Es ist ja der pure Wahnsinn, was in den letzten Wochen bei euch so alles abgegangen ist«, meinte sie. »Wir dachten, bevor ihr wieder in irgendwelche Abenteuer verstrickt werdet, kommen wir euch schnell mal besuchen. Und hier sind wir!«

»Ich kann es noch gar nicht richtig glauben, dass ihr wirklich ganz real hier seid«, sagte ich begeistert zu unseren Neuankömmlingen – und das meinte ich auch so, wie ich es gesagt hatte. Ich freute mich unglaublich darüber, dass wir jetzt alle wieder zusammen waren, hier im Paradies als Menschen aus Fleisch und Blut und allem, was dazugehörte.

Stella und Sophia schienen sich ebenfalls sehr über unsere Besucher zu freuen. Insbesondere über die Männer, wie es den Anschein hatte. Greg wollte auch gleich wissen, ob einer von ihnen vielleicht schwul sei. Bodo verneinte diese Frage mit einem unsicheren Kopfschütteln, und Angelo und Lenyo zuckten ahnungslos mit den Achseln. Sie wussten vermutlich alle genauso wenig wie Nuno, ob sie eine geschlechtliche Ausrichtung hatten und falls ja, welche. Greg freute sich sehr über dieses Achselzucken, wobei ich bei Stella und Sophia eher den Eindruck hatte, dass sie diese unklare Antwort nicht so toll fanden.

Aber das war auch nicht so wichtig. Alle Secret-Angels wurden jedenfalls sofort von der ganzen Gruppe herzlich aufgenommen. Insbesondere von Ava und Brian, da die beiden sich denken konnten, wen sie da wirklich vor sich hatten. Auch die Secret-Angels wussten natürlich über Ava und Brian Bescheid.

»Ungewöhnliche Namen habt ihr da bei den Amish, wie es aussieht«, bemerkte Dylan. »Yensaya, Malaika, Bodo und Lenyo habe ich tatsächlich noch nie gehört. Wo kommen diese Namen denn her?«

»Bodo ist ein deutscher Name«, antwortete Bodo für sich selbst. »Die Wurzeln der Amish liegen in der reformatorischen Täuferbewegung Mitteleuropas, insbesondere in der Schweiz und Süddeutschland. Daher der deutsche Name.«

»Und was bedeutet dieser Name?«, fragte Dylan.

»Keine Ahnung«, antwortete Bodo.

»Hier steht, dass der Name *Bodo* auf das altdeutsche Wort *Boto* zurückgeführt wird, was *Bote* bedeutet«, las Sophia aus ihrem Smartphone vor. »Im Mittelalter wurde der Name auch oft für Adelige und Ritter verwendet. Witzig!«, sagte sie dann. »Ich habe die KI auch gerade nach dem Namen Malaika gefragt. Der Name stammt aus dem Arabischen und bedeutet ebenfalls *Bote.* Genauer gesagt *Bote Gottes*.

In der islamischen Tradition werden die Engel als Boten und Helfer Gottes verehrt, und Malaika gilt als einer der wichtigsten Engel überhaupt. Der Name symbolisiert Schutz und Führung.«

»Dann wollten meine Eltern wohl einen eigenen Schutzengel haben«, meinte Malaika.

»Ich finde den Namen sehr schön«, meinte Sophia. »Nur seltsam, dass deine Eltern einen arabischen Namen gewählt haben. Ach, wie krass!«, sagte sie dann und schaute weiter in ihr Smartphone. »Ich habe gerade auch *Angelo* eingegeben. Und drei Mal dürft ihr raten, was der Name bedeutet. Angelo stammt aus dem Lateinischen und bedeutet *Engel* oder *Bote Gottes*. Das ist ja lustig!«

»Ja, meine Eltern hätten ebenfalls gerne einen Engel zum Sohn gemacht«, sagte Angelo.

»Das ist ja unglaublich!«, fuhr Sophia fort. »Der Mädchenname *Serafina* ist eine italienische, portugiesische und spanische Nebenform von *Serafine*. Direkt übersetzt bedeutet das *die Entflammte* oder auch *der Feuerengel.*«

»Ja, auch meine Eltern waren sehr gläubig«, sagte Serafina.

»Ich glaub's ja nicht!«, sagte Sophia fassungslos und las weiter vor. »Der weibliche Vorname *Lina* bedeutet übersetzt *die Sanfte* oder, haltet euch fest, *kleiner Engel*!«

So langsam wurde mir ein wenig mulmig zumute. Ich hatte mich nie damit befasst, was unsere Namen bei den Menschen bedeuteten. Die anderen Secret-Angels wohl auch nicht. Echte Tarnnamen waren das alles ja nicht gerade für einen Engel in geheimer Mission.

»Yensaya«, sagte Sophia. »Der Vorname *Yensaya* stammt aus der Shona-Sprache, die in Simbabwe gesprochen wird und bedeutet *Gott dankbar sein* oder Trommelwirbel!«, rief sie begeistert und trommelte mit ihren Fäusten auf den Tisch – *»Engel!«*

»Wir haben lauter kleine Engelchen hier«, bemerkte Greg. »Das ist ja witzig. Und was bedeutet der Name Lenyo?«

Sophia gab den Namen in ihr Smartphone ein. »Die Herkunft von Lenyo liegt in der altgriechischen Sprache. Er bedeutet *die Leuchte* oder *der Glanz*. Ach nein, schaut mal hier! Es gibt noch eine zweite Bedeutung. Im Lateinischen bedeutet er *kleiner Engel* und steht für sanft, beruhigend oder ruhig. Das ist ja obergeil! Ihr habt alle Engel-Namen.«

»Und was bedeutet mein Name?«, wollte Nuno wissen.

»Der Name *Richard* hat einen althochdeutschen Ursprung und bedeutet in etwa *der starke Herrscher* oder *der Mächtige*«, las Sophia vor. »Ich geb mal *Nuno* ein«, meinte sie dann. »Mal schauen, ob es deinen Spitznamen vielleicht als echten Namen irgendwo auf der Welt gibt. Ja, gibt es tatsächlich!«, sagte sie dann. »Da gibt es wohl zwei mögliche Bedeutungen. Entweder ist es eine Ableitung des lateinischen Wortes *nonus,* was *Neunter* bedeutet, oder es ist eine Kurzform des italienischen Vornamens Nunzio, was wiederum *Bote* oder *Gesandter* bedeutet!«, rief sie begeistert. »Also noch ein *Bote* – wie geil!

Die Bezeichnung *Engel* selbst leitet sich übrigens vom griechischen Wort *Angelos* ab, steht hier. Das bedeutet so viel wie *Bote* oder *Botschafter.* Damit seid ihr tatsächlich alles Engel oder Boten, wie man es sehen will – oder eben *Boten-Engel*! Außer unsere liebe Mary«, meinte sie. »Mary bedeutet *die Geliebte* oder *die von Gott Geschenkte.*«

»Krass!«, sagte Greg amüsiert. »Das ist ja echt zum Schießen! Ihr seid alles kleine Engelein. Bis auf unsere liebe Mary, denn die ist ein Geschenk Gottes. Und das glaube ich sofort!«

»Ja, das ist echt zum Schießen«, bestätigte ich und bemühte mich um ein Lachen.

In Wirklichkeit gaben mir unsere Namen sehr zu denken. Woher stammten die denn überhaupt? Jeder Engel kannte automatisch seinen Namen, wenn er als eigenständige Entität irgendwo im Reich des Großen Geistes erwachte. Wir wussten sonst nicht viel, doch wie wir heißen, sehr wohl. Und offenbar hatten unsere Namen eine Bedeutung. So war es den meisten aus meiner Klasse augenscheinlich vorbestimmt gewesen, Messenger-Angel zu werden. Bis auf Malaika und Serafina waren ja auch alle ihrer Bestimmung gefolgt. Und wenn ich mir die Wesenszüge der beiden ein wenig genauer vor Augen hielte, dann hätte es auf jeden Fall viel besser zu ihnen gepasst, wenn sie Guardian-Angel geworden wären.

Ich erinnerte mich daran, wie Malaika im Bowlings-Center plötzlich ganz selbstverständlich für Nuno und mich einstand, als einer der beiden Vollidioten handgreiflich werden wollte. Das war ein typisches Verhalten eines Guardian-Angels und nicht das eines Messenger-Angels. Besonnen, aber bestimmt und überaus souverän. Die Guardian-Angels wussten, über welche Macht sie verfügten. Sie nutzten diese Macht nur zum Guten. Doch noch nicht einmal alle Armeen der gesamten Menschheit zusammengenommen hätte es auch nur mit einem einzigen Guardian-Angel aufnehmen können.

Ehrlich gesagt, hatte ich selbst nie sonderlich über diese Souveränität verfügt. Ich war offensichtlich tatsächlich für etwas anderes bestimmt gewesen. Und ich war sicher, meine Bestimmung mittlerweile gefunden zu haben. Oder hatte sie mich gefunden? Jedenfalls passte jetzt alles perfekt zusammen. Meine ungewöhnliche Faszination für menschliche Emotionen, die ich immer schon hatte. Meine Fähigkeiten, Emotionen sogar besser zu verstehen als die Love-Angels, obwohl diese die Menschen schon seit vielen Jahrtausenden intensiv erforschten. Dann meine Fähigkeit, soziale Emotionen zu empfinden, lange bevor mein menschlicher Avatar dazu in der Lage gewesen wäre. Und auch dass ich menschliche Emotionen in meiner Engelsgestalt empfinden konnte.

Alle diese Mysterien ergaben jetzt plötzlich für mich einen Sinn, als mir die wahre Bedeutung meines Namens bewusst wurde. Ich war *Mary Soul*. Die vom Großen Geist geschenkte Seele. Nie zuvor war mir meine tatsächliche Bestimmung so sehr bewusst gewesen wie in diesem Augenblick. Und ich empfand zum ersten Mal, seit ich existierte, großen Respekt davor. Genauer gesagt, empfand ich Angst, meiner Bestimmung vielleicht nicht gerecht zu werden. Vor allem, nachdem mir klar wurde, dass unser Weg nicht vollständig vorbestimmt war.

Malaika und Serafina hatten sich ja auch gegen ihre offensichtliche Bestimmung entschieden, Messenger-Angel zu werden. Dass es für Lina als *keiner Engel* oder für Bodo und Angelo oder auch Lenyo eine Selbstverständlichkeit gewesen war, sich für eine Laufbahn als Messenger-Angel zu entscheiden, lag auf der Hand. Doch eine Malaika war dazu ganz sicher nicht bestimmt. Genauso wenig wie Serafina, für *Feuerengel*.

Dass man seiner Bestimmung daher nicht zwangsläufig folgen musste, gab mir auf der einen Seite ein Gefühl von Willensfreiheit, machte mir auf der anderen Seite jedoch auch Angst, dass mein Erfolg damit genauso wenig vorherbestimmt war. Offenbar hatte der Große Geist uns lediglich bestimmte Eigenschaften mitgegeben, so wie es bei den Menschen ja eigentlich auch war. Sie wurden mit individuellen Interessen, Fähigkeiten, Talenten, Neigungen, Abneigungen und so weiter bereits geboren. Doch was sie dann aus ihrem Leben machten, hatten sie selbst in der Hand. Ihre Gene verpflichteten sie zu nichts. Und genau so schien es für die Engel ebenfalls zu sein. Und da ich sowohl Engel als auch Mensch zugleich war, galt das vermutlich für mich sogar in zweifacher Hinsicht.

Der Erfolg war mir daher offensichtlich nicht vorherbestimmt. Der Große Geist hatte mir nur alles mitgegeben, was ich für meine Mission benötigte. Aber schaffen musste ich es selbst. Und wenn ich dabei versagen sollte, würde eine ganze Welt mit mir zusammen untergehen. Das war absolut kein schöner Gedanke.

»Kopf hoch!«, sagte Brian plötzlich leise zu mir. »Das kriegen wir schon hin.«

Ich war sicher, dass er damit unmöglich meine tatsächlichen Gedanken meinen konnte, doch es tat trotzdem unsagbar gut, ihn das sagen zu hören. Ich umarmte ihn von ganzem Herzen und hielt ihn für einen Moment ganz fest. Er schien meine Angst zu spüren.

»Du bist nicht allein«, sagte er zu mir. »Ava, Nuno und ich werden dir helfen. Es wird alles gut.«

Ich vermutete, dass Brian damit auf die soziale Unbeholfenheit der anderen Secret-Angels anspielte, die in dieser Runde offensichtlich wurde. Die Nerds waren ja schon in sozialer Hinsicht ein wenig seltsam gewesen, als wir sie kennenlernten, doch die Secret-Angels waren tatsächlich alle noch einmal eine ganze Nummer seltsamer. Vor allem würden sie Schwierigkeiten haben, ihre aus menschlicher Sicht völlig übertriebene Begeisterung für alle Gefühle zu verbergen. Und mit *alle* Gefühle meine ich auch wirklich *alle* Gefühle – auch diejenigen, die Menschen ganz unbedingt vermeiden wollen! Davon fasziniert zu sein, musste für Menschen daher sehr seltsam anmuten. So wie bei Shameless in Paradise, als ich das erste Mal Alkohol trank und das so furchtbar fand, dass ich ihn am liebsten wieder und wieder probiert hätte.

Die Secret-Angels waren von ihren schmerzlichen und leidvollen Gefühlen genauso angetan wie von ihren glücklichen. Sie machten da keinen Unterschied – Hauptsache, sie empfanden Gefühle. Ich wusste ja noch, wie es bei mir zu Anfang gewesen war, als ich im Paradies als Mensch materialisierte. Das war überwältigend. Zwar hatten die Secret-Angels jetzt eine ganze Weile Zeit gehabt, sich an ihre menschlichen Gefühle zu gewöhnen, doch das hatten sie im Vergleich zu Nuno und mir bisher kaum getan. Sie waren ihrer wahren Identität als Engel treu geblieben. In dem Maße wie Nuno und ich hatten sie sich nicht darauf eingelassen, wirklich Mensch zu sein. Auch war ihr soziales Gehirn noch gar nicht lange aktiv. Für sie musste das alles jetzt total überwältigend sein.

Noch hatte das niemand außer Brian realisiert, doch das würde vermutlich nicht mehr sehr lange dauern. Es war sehr süß von Brian, mir, was das betraf, beistehen zu wollen. Das bedeutete mir die Welt. Und ich würde seine Unterstützung sicherlich auch mehr als einmal gut gebrauchen können. Ich würde später auch noch einmal mit Ava allein sprechen, denn ich war sicher, dass sie dabei ebenfalls mit Rat und Tat mithelfen wollen würde.

Nun denn. Über all das machte ich mir, ehrlich gesagt, keine großen Sorgen. Das waren alles nur Aufgaben, die wir sicherlich bewältigen würden. Wie es jedoch mit der Menschheit weitergehen würde, das war ganz offensichtlich weder mir noch der Menschheit vorherbestimmt.

Kapitel 3:

Bleib bei der Wahrheit!

»Find ich gut«, meinte Dylan, als wir unseren Workshop fortsetzten. »Gehen wir das ganz systematisch an. So wie man einen Elefanten isst – Löffel für Löffel.«

»Ganz genau!«, bestätigte ich. »Löffel für Löffel!«

Wir saßen wieder am Strand an der gleichen Stelle, an der wir unseren Workshop unterbrochen hatten. Nur jetzt in etwas größerer Runde, da unsere Secret-Angels alle mit dabei waren. Sie hatten uns gesagt, dass sie viel lieber bei einem meiner legendären Workshops mitmachen wollten, als irgendwo mit uns zusammen untätig in der Sonne herumzuliegen.

»Hat jemand ein Beispiel für ein Gefühl, dass er wider besseres Wissen immer noch als *nicht in Ordnung* oder *nicht gut genug* oder als *zu schlecht* beurteilt?«, fragte ich in die Runde.

»Emotionale Verletzung«, sagte Ava, die sich offensichtlich wieder beruhigt hatte nach ihrem kleinen Wutanfall auf ihre eigene Unverschämtheit, unerfüllte Gefühlsziele als Missstände oder sogar als Probleme anzusehen. »Natürlich ist es in Ordnung, sich verletzt zu fühlen«, meinte sie dann. »Doch ich hätte diesen schmerzlichen Gefühlszustand bisher auf jeden Fall als emotionalen Missstand angesehen.«

»Und wie hättest du dieses Gefühl erzeugt?«, fragte Malaika begeistert.

»Ich habe mich oftmals durch das Verhalten oder die Worte anderer Menschen in meiner Ehre verletzt gefühlt«, antwortete Ava, als hätte Malaika danach gefragt. »Oder weil eines dieser instinktiven Prinzipien aus dem sozialen Gehirn nicht erfüllt wurde. Wie heißen die Dinger noch mal?«, fragte sie mich.

»Gegenseitigkeitsprinzip, Akzeptanzprinzip, Respektsprinzip, Gerechtigkeitsprinzip, damit eng verwandt das Fairnessprinzip, Freiheitsprinzip, Gleichheitsprinzip, das Prinzip, dass die Menschenwürde unantastbar ist, und ähnliche Dinge«, sagte ich.

»Ganz genau«, bestätigte Ava. »Wenn diese Prinzipien verletzt wurden, fühlte ich mich immer verletzt. Ich befürchte, dass das auch noch nicht komplett durch ist bei mir. Vom Kopf her ist mir natürlich klar, dass es da immer nur ums Prinzip geht und ich wirklich besser zweimal hinschauen sollte, ob solch eine Verletzung tatsächlich relevant und vor allem überhaupt wirklich vorhanden ist. Das war nämlich rückblickend nur sehr selten der Fall. Zumindest nicht bei den Menschen, die mir wirklich wichtig sind.

Ich habe mich jedoch auch bei völlig fremden Menschen oftmals verletzt gefühlt. Da ging es dann wie gesagt um meine Ehre. Und wenn ich ehrlich bin, dann ging es dabei sogar meistens um meine Minderwertigkeitskomplexe. So langsam lösen die sich durch unsere liebe Mary immer mehr auf. So genau weiß ich eigentlich gar nicht, ob ich überhaupt noch welche habe. Aber wenn ich an die häufigen emotionalen Momente denke, in denen ich mich zutiefst verletzt gefühlt habe, dann empfinde ich diese emotionalen Zustände schon noch als emotionale Missstände. Also als etwas, was ich wirklich nicht haben will.«

»Dann ist es für dich allein deshalb schon ein Missstand, weil etwas nicht so ist, wie du es haben willst?!«, fragte Malaika fasziniert.

»Das ist echt krass, ich weiß!«, sagte Ava kopfschüttelnd und fing an, wieder wütend auf sich selbst zu werden.

»Ich schlage vor, dass wir erst einmal dafür sorgen, dass dieses fatale Kriterium für eine Missstandsbeurteilung nicht mehr als Problem angesehen wird«, sagte ich. »Sonst übernimmt dein Reptiliengehirn wieder die Führung.«

»Und das wollen wir alle nicht!«, meinte Ava lachend. »Ja, da hast du vollkommen recht. Ist es also ein Problem, dass ich alles als Missstand ansehe, was nicht so ist, wie ich es haben will? Nein, es ist kein Problem«, beantwortete sie sich ihre Frage selbst.

»Gehen wir das wieder systematisch an«, schlug ich vor. »Willst du dieses Beurteilungskriterium als Problem ansehen?«

»Vom Gefühl her irgendwie schon«, meinte sie. »Vom

Kopf her natürlich nicht. Aber ich finde es wirklich echt ultrapeinlich, wie ich mich aufgrund dieses bescheuerten Beurteilungskriteriums bisher verhalten habe. Ich schäme mich sehr dafür. Und irgendwie habe ich das Gefühl, das deshalb auch als Problem ansehen zu müssen, damit ich das auch wirklich, wirklich ändere!«

»Du willst dich also selbst motivieren, etwas zu ändern«, stellte ich fest. »Das ist grundsätzlich eine gute Sache. Nur sollten wir dafür sorgen, dass das auch funktionieren kann. Es hat keinen Sinn, dich selbst zwingen zu wollen, obwohl du schon längst motiviert bist ohne Ende. Der Zwang würde nur genau das Gegenteil bewirken. Dein Freiheitstrieb würde sich irgendwann aus der Knechtschaft deines eigenen Zwangs befreien wollen. Sorgen wir also dafür, dass dein Großhirn hier die Führung bekommt. Wie ist es also in Wirklichkeit? Musst du dieses Beurteilungskriterium als Problem ansehen, damit du davon loslässt?«

»Wenn ich es als Problem ansehe, kann ich ja davon eigentlich gar nicht richtig loslassen«, sagte sie. »Das hatten wir ja schon. Problemgefühle sorgen dafür, dass man festhält und nicht loslassen kann. Ich muss das daher auf keinen Fall als Problem ansehen. Ich will das ja wirklich ändern. Ich weiß gar nicht, wen ich da überhaupt überzeugen will. Das ist echt Unfug, was ich da gerade treibe.«

»Vermutlich entstehen deine aktuellen Gefühle, weil du dein unbewusstes System wieder irgendwie personifizierst«, sagte ich. »So, als gäbe es da eine Instanz in dir, die du noch überzeugen musst.«

»Ja, das hört sich ganz nach mir an«, meinte Ava lachend. »Aber da ist natürlich keiner, den ich überzeugen muss, diesen Unfug zu lassen. Das bin ich alles selbst. Und ich kann einfach entscheiden, nicht mehr alles gleich als Missstand anzusehen, nur weil es nicht so ist, wie es mir gefällt oder wie ich es mir vorgestellt hatte. Mich zwingt ja niemand dazu. Das hat ja auch mit Wahrheit überhaupt nichts mehr zu tun. In Wahrheit ist nur Verhungern und so weiter ein echter Missstand. Gekränkte Gefühle sind es jedenfalls ganz sicher nicht. Ich würde echt gerne wissen, wie mein Reptiliengehirn und mein soziales Gehirn das verstehen, wenn ich so etwas wie verletzte Gefühle als Missstand beurteile.«

»Das würde ich ebenfalls sehr gerne verstehen«, meinte Malaika fasziniert.

»Und *willst* du dein falsches Missstandskriterium denn weiterhin als Problem ansehen?«, fragte ich weiter, um von Malaikas Begeisterung abzulenken.

»Nein, das will ich auf keinen Fall«, sagte Ava entschieden. »Das wäre ja einfach nur wieder total bescheuert, wenn ich das tun würde.«

»Du *musst* es also nicht als Problem ansehen und du *willst* es auch nicht«, fasste ich zusammen. »Was passiert dabei in deinem Gefühl, wenn du dir das bewusst machst?«

»Chaos!«, antwortete sie. »Absolutes Chaos.«

»Gutes Chaos oder schlechtes Chaos?«, hakte ich nach.

»Gutes Chaos«, meinte sie. »Die Scheiße löst sich, glaube ich, wirklich so langsam auf.«

»Wiederholen wir das noch einmal«, schlug ich vor. »*Musst* du es als Problem beurteilen, dass du bisher alles als Missstand angesehen hast, was nicht so war, wie du es gerne gehabt hättest?«

»Nein, das muss ich definitiv nicht«, bestätigte sie noch einmal. »Das ist ja wirklich wie Äpfel und Glühbirnen. Das hat ja mit einem Problem in Wirklichkeit überhaupt nichts zu tun. Hier gibt es definitiv kein Problem, also muss ich das auch nicht als Problem ansehen.«

»Und *willst* du es noch als Problem ansehen, dass du alles bisher als Missstand angesehen hast, was nicht so war, wie du es haben wolltest?«

»Nein, das will ich auch definitiv nicht mehr als Problem ansehen«, bestätigte sie erneut. »Das wäre ja einfach nur eine Verarschung meines Reptiliengehirns und meines sozialen Gehirns und damit nur schädlich.«

»Siehst du hier denn ein sinnvolles *Stattdessen?*«, fragte ich. »Also eine lohnende Aufgabe, die du hier anstelle des vorherigen Problems gerne annehmen würdest?«

»Ich würde das mit den falschen Missstandsbeurteilungen sehr gerne in Ordnung bringen und dafür sorgen, dass ich stattdessen angemessene Wohlstandsgefühle empfinde. Ich möchte den Wohlstand wertschätzen, in dem ich lebe. Und das wirklich konsequent.«

»Hast du bei diesem Stattdessen daran gedacht, dass du durch die Wertschätzung deines Wohlstandes nicht ständig Wohlstandsgefühle erzeugen kannst?«, fragte ich.

»Ups! Nein, das hatte ich tatsächlich nicht mehr auf dem Schirm«, meinte sie.

»Die Wertschätzung deines Wohlstandes sollte keine Maßnahme für deine Wohlstandsgefühle darstellen, denn das funktioniert einfach immer nur sehr kurzfristig und würde langfristig nur Frust und Enttäuschung mit sich bringen«, erklärte ich noch einmal.

»Alles klar«, sagte Ava. »Und was wäre hier stattdessen die bessere Zielsetzung?«

»Du könntest die Wohlstandsbeurteilung treffen wollen, weil sie zum einen wahr ist und weil du dir mit dieser Wahrheit auch den Freiraum für deine Tunwollens schaffen kannst«, antwortete ich. »Wenn du ein glückliches und erfülltes Leben führen möchtest, dann sind deine Tunwollens einfach sehr viel wichtiger als deine Haben- und Seinwollens.

Auch beim Thema Wohlstand gibt es Haben-, Sein- und Tunwollens. Wohlstand bedeutet nichts anderes als gute Lebensumstände. Das können gute existenzielle, aber auch gute soziale oder gesundheitliche Lebensumstände sein. Wenn du etwas dafür tun kannst, deine eigenen Lebensumstände oder die Lebensumstände anderer Menschen zu verbessern, dann ist das etwas sehr Gutes. Und oftmals bieten sich dafür bestimmt auch Gelegenheiten, wo du das gerne tust und auch gut kannst. Etwas für gute Lebensumstände zu *tun*, beschert dir hundertmal mehr glückliche Gefühle, als gute Lebensumstände zu *haben.*«

»Da fällt mir direkt mal mein Bruder ein«, meinte Ava. »Er hat sich vor zehn Jahren ein marodes Haus gekauft, in dem so ziemlich alles neu gemacht werden musste. Für mich wäre dieses Haus ein Graus gewesen, weil ich ein schönes Zuhause hätte haben wollen. Er ist jedoch noch immer mit der Verschönerung seines Hauses beschäftigt – und das tut er ganz offensichtlich total gerne.

Meinem Bruder geht es nicht darum, ein schönes Zuhause *haben* zu wollen. Er will sich ein schönes Zuhause *schaffen*. Dieses Tunwollen ist ihm viel wichtiger als das Habenwollen. Ich bin sicher, dass er sein schönes Haus sofort wieder verkaufen wird, wenn er damit fertig ist. Er wird sich ein neues marodes Haus kaufen, das er wieder verschönern kann. Das Verschönern ist für ihn sehr viel sinnvoller als das Schönhaben. Ich kann das echt nachvollziehen. Ich renoviere zwar nicht gerne, weil ich nicht so die Handwerkerin bin, aber ich dekoriere gerne. Und damit mache ich mein Zuhause auch schöner. Das gibt mir echt viel.«

»Jetzt kapiere ich das erst«, meinte Jason. »Deshalb dekorierst du ständig um, weil es dir gar nicht so sehr darum geht, es dann schön zu *haben*. Du willst dich kreativ dabei austoben, ein schönes Zuhause zu *schaffen*.«

»Deshalb koche ich auch gerne«, erkannte Ava. »Da geht es echt ums kreative Erschaffen und nicht ums Haben. Ich koche nicht, um dann etwas Leckeres zu essen zu haben. Da könnte ich auch in ein Restaurant gehen und mich bekochen lassen. Ich koche, weil ich leckere Speisen erschaffen will. Das ist für mich ein kreativer Schaffensprozess.«

»Es ist dabei egal, ob man gute Lebensumstände für sich selbst erschafft oder für andere Menschen«, sagte ich. »Auch spielt es keine große Rolle, ob man gute existenzielle oder soziale Lebensumstände schafft. Es geht ums Erschaffen selbst. Das Erschaffen ist einfach sehr viel beglückender und erfüllender als das Haben.

Wann immer man etwas tun kann, um sichere, freundliche, friedliche oder leichte Lebensumstände zu schaffen, die einem viel Freiraum und Energie übrig lassen für seine Tunwollens, reagieren das Reptiliengehirn und das soziale Gehirn mit Entzücken und erzeugen glückliche Gefühle.

Ob das nun ein schönes Zuhause ist, das man sich erschaffen will, oder ein schönes Miteinander, ein gutes privates oder berufliches soziales Umfeld oder Rückzugsorte, wo man sich erholen kann. Ob man sich Freiräume schafft für tolle Erfahrungen oder Hobbys oder die Möglichkeiten, sich weiterzuentwickeln oder sich selbst oder anderen Gutes zu tun. Das *Erschaffen* von guten Lebensumständen macht 99 Prozent unseres Lebensglücks aus. Die guten Lebensumstände zu *haben* dagegen nur ein Prozent.«

»Ich bin, glaube ich, sehr gut darin, gute Lebensumstände für mich und andere zu schaffen«, meinte Ava. »Und das tue ich auch sehr gerne. Das sind wohl die wertvollsten 3G-Tunwollens überhaupt, wenn man ein glückliches Leben führen möchte. Sie sind jedenfalls tausendmal wichtiger als die bescheuerten Gefühlsziele. Es ist echt krass, wie schnell man ständig in dieses Fettnäpfchen tappen kann.«

»Ja, man hat es nicht leicht, aber leicht hat es einen«, meinte Nuno grinsend, was bei den Secret-Angels ausgelassenes Gelächter hervorrief.

»Den Spruch kennt man wohl bei den Amish nicht, wie es aussieht«, meinte Dylan amüsiert. »Ihr seid wirklich putzig in dieser Hinsicht«, stellte er dann fest. »Es ist schön, euch hier zu haben«, fügte er dann hinzu. »Das gibt mir wieder eine frische Perspektive auf das Leben.«

»Das freut mich sehr«, sagte Malaika. »Ich empfinde dich ebenfalls als eine sehr große Bereicherung für mein Leben.«

Ich sah, wie Tyler sofort Dylans Hand nahm und festhielt. Offenbar wollte sie Malaika unbewusst zeigen, dass Dylan fest vergeben war.

»Ich glaube, wir werden uns alle hier gegenseitig sehr bereichern«, meinte Brian, um die Situation zu entschärfen. »Wenden wir uns daher wieder unserem Workshop zu«, schlug er vor.

»Wer würde das denn ebenfalls als eine wertvolle Aufgabe ansehen, die falschen Missstandsbeurteilungen in Wohlstandsbeurteilungen umzuwandeln und damit mehr Freiraum für die 3G-Tunwollens zu schaffen?«, fragte ich in die Runde.

Unsere Menschen zeigten alle auf, nur die Secret-Angels nicht.

»Das ist so ein Funktionsprinzip bei unseren Workshops«, erklärte ich ihnen. »Wenn ihr eine gestellte Frage mit Ja beantworten wollt, dann hebt einfach die Hand.«

Daraufhin hoben alle kommentarlos die Hand, was etwas sonderbar anmutete. Die Sieben verhielten sich tatsächlich ein wenig seltsam aus menschlicher Sicht. Doch sie würden schnell lernen und sich anpassen, wie immer bei uns Engeln. Doch auch das war natürlich kein echtes Problem, sondern ganz klar eine wertvolle Aufgabe.

»Dann würde ich vorschlagen, gehen wir einfach ein paar weitere Beispiele durch, wo ihr irgendwelche negativen Gefühle noch als Missstände empfindet, damit euer unbewusstes System eine passende Korrekturroutine entwickeln kann. Wie wäre es, wenn ihr langanhaltenden Groll oder Bitterkeit empfinden würdet? Wer würde das vom Gefühl her noch als Missstand beurteilen? Also als *nicht in Ordnung, nicht gut* oder sogar *schlecht?*«

»Eindeutig *schlecht*«, meinte Sophia bestimmt. »Ich hatte immer Angst, dass ich irgendwo als alte verbitterte Jungfer ende.«

»Sophia ist manchmal ein wenig zickig«, erklärte Nuno den anderen Secret-Angels. »Vor allem, wenn sie ihre Tage kriegt.«

»Herzlichen Dank, dass du alle darüber informiert hast!«, sagte Sophia – wobei ich fast den Eindruck hatte, dass das möglicherweise eher ironisch gemeint war.

»Gern geschehen«, sagte Nuno grinsend, was irgendwie schon wieder alle zum Lachen brachte. Auch Sophia lachte mit.

»Wir waren bei Groll und Bitterkeit«, sagte Brian und fokussierte die Gruppe wieder auf unser eigentliches Workshop-Thema.

»Wer würde Groll und Bitterkeit ebenfalls vom Gefühl her als emotionalen Missstand empfinden?«, fragte ich.

Alle meldeten sich, bis auf die Secret-Angels, die diese Frage offensichtlich wahrheitsgemäß beantworten wollten.

»Wie gesagt«, sagte ich zu ihnen. »Wenn ihr eine Frage mit Ja beantworten möchtet, dann zeigt einfach auf.«

»Alles klar«, sagte Malaika. »Machen wir.«

Offenbar schienen meine Kollegen meinen Wink über den Zaun nicht verstanden zu haben. Dadurch hatte meine Aussage die Situation wohl eher verschlimmert.

»Ahh«, sagte Malaika plötzlich und hob ihre Hand. Die anderen Secret-Angels taten es ihr verwundert nach. Sie wussten augenscheinlich nicht, warum sie das eigentlich taten. Das konnte sicherlich jeder in unserer Runde erkennen.

»Wir haben also alle einen gefühlten Missstand, wenn wir lang anhaltenden Groll oder Bitterkeit empfinden würden«, stellte ich daraufhin fest. »Kommen wir also zu unserer ersten Umsetzungsfrage: *Wollen* wir das weiterhin als Missstand ansehen?«

»Ich glaube nicht, dass wir das tatsächlich wollen«, antwortete Malaika.

»Richtig! Bewusst wollen wir das alle nicht«, bestätigte ich. »Doch es kann sein, dass man das eventuell unbewusst will. Viele Menschen haben in ihrer Kindheit fälschlicherweise gelernt, dass es hilft, wenn man etwas als Missstand oder als Problem ansieht. Das stimmt zwar nicht, doch solange das im unbewussten System so abgespeichert ist, macht man das trotzdem automatisch so. Indem ich die Frage stelle, ob wir das wollen oder nicht, holen wir die alte abgespeicherte Beurteilung von der Festplatte in den Arbeitsspeicher, wo sie mit der aktuellen Beurteilung von heute abgeglichen wird. Wir bezeichnen diesen einfachen Korrekturprozess als *Realitätsabgleich*.«

»Verstehe«, sagte Malaika, und alle anderen Secret-Angels nickten zustimmend.

»Ich stelle für diesen Prozess immer die gleichen drei Fragen, damit sich eine Korrekturroutine im unbewussten System entwickeln kann«, erklärte ich. »Das geschieht durch Übung dann ganz automatisch. Wir brauchen dazu nur genügend Beispiele durchzugehen.«

»Und was sind die drei Fragen?«, wollte Serafina wissen.

»Zum einen die eben bereits gestellte Frage, ob wir ein nicht erfülltes Gefühlsziel als Missstand oder als Problem ansehen *wollen*«, antwortete ich. »Dann auch die Frage, ob wir das als Missstand ansehen *müssen*, und als Drittes die Frage, was wir stattdessen anstelle des Problems als eventuell sinnvolle oder *lohnende Aufgabe* annehmen könnten.«

»Muss das immer genau in dieser Reihenfolge stattfinden?«, wollte Bodo wissen.

»Die ersten beiden Fragen kann man in beliebiger Reihenfolge stellen«, erklärte ich. »Einige von uns haben bereits sehr stark verinnerlicht, gefühlte Probleme und gefühlte Missstände auf keinen Fall mehr als echte Probleme oder Missstände ansehen zu *wollen*. Für diejenigen wäre es sinnvoll, zuerst die Frage nach dem Wollen zu stellen.

Andere von uns haben noch das Gefühl, dass ihre Problembeurteilungen und Missstandsbeurteilungen irgendwie *wahr* sind. Da ist es dann besser, erst einmal danach zu fragen, ob man das wirklich als Problem oder Missstand ansehen *muss*. Dadurch kann man sich immer erst einmal wieder ins Bewusstsein rufen, dass man das nicht muss, weil diese Beurteilungen in Wirklichkeit alles andere als wahr sind. Hier hat sich das Großhirn rein willkürlich eigene Beurteilungskriterien ausgedacht für die Begriffe *Problem* oder *Missstand* oder auch für die Begriffe *gut* und *schlecht, nicht gut genug, zu schlecht, nicht in Ordnung* und so weiter. Hier würden wir unter den acht Milliarden Menschen, die derzeit im Paradies leben, keine zwei Menschen finden, die sich über diese Begriffsdefinitionen zu hundert Prozent einig sind.«

»Du hast *Paradies* gesagt«, sagte Nuno lachend.

»Ich meinte natürlich *Erde*«, sagte ich, innerlich aufs Äußerste irritiert, wie mir das passieren konnte. »Sorry für diesen Versprecher!«, sagte ich, so gefasst ich konnte.

So etwas passierte uns Engeln aber normalerweise nicht! Was war hier los?! Was passierte hier mit mir?! Es war jetzt schon das zweite Mal, dass ich mich auf diese Weise verplappert hatte. Das erste Mal war mir Nunos echter Namen rausgerutscht, als ich mit Dylan geredet hatte. Und jetzt passierte das schon wieder. Zwei Mal innerhalb von gerade einmal zwei Wochen! Das war sehr bedenklich. Ich beschloss, Ella bei der nächsten Gelegenheit darüber zu informieren. Sicher wusste sie eine Lösung. Ella hatte immer für alles eine Lösung.

»Wir waren bei Groll und Bitterkeit«, erinnerte Brian noch einmal an unser eigentliches Beispiel, das wir gerade korrigieren wollten. »Das *wollen* wir nicht mehr als Problem oder Missstand ansehen und *müssen* wir auch nicht! Aber was ist hier das sinnvolle *Stattdessen*?

Was könnten wir hier als eine lohnende Aufgabe ansehen?«

»Genau, Groll und Bitterkeit«, sagte ich und merkte, dass ich Mühe damit hatte, mich auf unser Workshop-Thema zu konzentrieren, was Brian offensichtlich nicht verborgen blieb, denn er übernahm kurzerhand die Workshopleitung.

»Was wäre also hier eine lohnende Aufgabe?«, fragte er erneut in die Runde.

»Irgendein 3G-Tunwollen, das hier angemessen wäre«, antwortete Ava sofort. »Nuno, du weißt doch bestimmt, warum wir eigentlich Groll und Bitterkeit empfinden. Was, würdest du sagen, wäre hier ein lohnendes Tunwollen?«

»Menschen empfinden Groll und Bitterkeit oft als Reaktion auf ungerechte Ereignisse oder Enttäuschungen«, antwortete Nuno. »Verbitterung kann sich entwickeln, wenn sich eine Person zutiefst gekränkt und verletzt fühlt, insbesondere, wenn sie den Eindruck hat, auf der Verliererseite zu stehen und weitere Enttäuschungen und Kränkungen nicht vermeiden zu können.

Ich denke, dass es auch hier sinnvoll wäre, sich die Wahrheit immer wieder bewusst zu machen. In Wirklichkeit leben wir alle im grünen Bereich. Lasst die Leute reden! Worte können in Wirklichkeit niemanden verletzen. Nur die Bedeutung, die man diesen Worten selbst beimisst, sorgt für die schmerzlichen Gefühle. Doch in Wirklichkeit haben die meisten Menschen viel zu wenig Ahnung von der menschlichen Natur, als dass man ihre Äußerungen für bare Münze nehmen könnte. Mit anderen Worten: Am Arsch vorbei geht auch ein Weg!«

Erneut lachten alle herzhaft über Nunos Rede, was ich echt immer bemerkenswerter fand. Und auch mir selbst half seine humorvolle Art gerade sehr, wieder aus diesem seltsamen Schockzustand herauszukommen, der sich aufgrund meines Versprechers bei mir eingestellt hatte.

Beim ersten Mal dachte ich noch, dass das sicherlich nie wieder vorkommen würde. Ich gab dem nur eine situative Bedeutung. Doch durch die heutige Wiederholung hatte ich das wohl als grundsätzliches Problem angesehen. Doch natürlich war das kein echtes Problem. Selbst dann nicht, wenn mit mir tatsächlich etwas nicht stimmen sollte, was ich ja noch gar nicht definitiv wusste.

Ich spürte, wie sich das in meinem unbewussten System sofort korrigierte. Ich fand es erstaunlich, dass ich das überhaupt als Problem empfunden hatte. Anscheinend war ich im Begriff, immer noch mehr Mensch zu werden, was mich einerseits freute, aber andererseits auch ein wenig ängstigte. Trotzdem war ich jetzt wieder gefasster und konzentrierter und konnte die Workshopleitung wieder übernehmen.

»Wer würde Panik oder eine plötzliche, überwältigende Angst als Missstand ansehen?«, fragte ich.

»Würde das denn helfen?«, fragte Bodo verwundert.

Alle Menschen lachten herzhaft über seine Frage, als hätte Bodo einen Scherz gemacht, und zeigten auf. Die Engel hoben mit einer kleinen Zeitverzögerung dann ebenfalls die Hand.

»Wer hat noch das Gefühl, eine panikartige Angst als Missstand oder sogar als Problem ansehen zu *wollen*?«, fragte ich weiter.

Die Secret-Angels warteten ab, doch keiner der Menschen zeigte auf, also hoben sie ebenfalls nicht ihre Hand.

»Und hat jemand noch das Gefühl, Panikgefühle als Missstand oder als Problem ansehen zu *müssen*?«, hakte ich weiter nach.

Erneut zeigte niemand auf.

»Es bringt sicherlich keinerlei Nutzen, wenn wir Panikgefühle als etwas Schlechtes ansehen und diese Gefühle dann loswerden oder vermeiden wollen«, sagte ich. »Doch was gäbe es hier stattdessen für eine lohnende Aufgabe? Hat jemand eine Idee?«

»Mir klarzumachen, dass ich in Wirklichkeit im Wohlstand lebe«, meinte Ava. »Meine Angst müsste sich doch eigentlich sofort wieder auflösen, wenn ich meinem Reptiliengehirn und meinem sozialen Gehirn wahrheitsgemäß sagen kann, dass in Wirklichkeit alles gut ist.«

»Ja, das sehe ich genauso«, sagte ich. »Das ist eine lohnende Aufgabe.«

»Also einfach bei der Wahrheit bleiben«, erkannte Linh.

»Ganz genau«, bestätigte ich. »Einfach nur dem Reptiliengehirn und dem sozialen Gehirn die Wahrheit sagen. Dann erzeugen sie auch die zu den tatsächlichen Umständen passenden Gefühle. Und wenn die Umstände in Wirklichkeit grün sind, dann erzeugen sie auch logischerweise grüne Gefühle. Es kann nur sein, dass das Großhirn die Wahrheit ein paar Mal wiederholen muss, damit sich die anderen beiden Gehirne beruhigen können. Aber das Großhirn kann den anderen beiden hier definitiv mit der Beurteilung der Wahrheit etwas Gutes tun.«

»Das hört sich gut an«, sagte Linh begeistert.

»Avas Standardlösung mit der Wahrheit passt vermutlich für alle unechten Missstände und Probleme«, sagte ich. »Schauen wir uns dazu ein weiteres Beispiel an. Wer würde denn ein anhaltendes Gefühl der Verwirrung und Unsicherheit noch als Missstand empfinden?«

»Würde das denn helfen?«, wollte Bodo erneut verwundert wissen, was alle Menschen wieder zum Lachen brachte und bei den Secret-Angels fragende Blicke hinterließ.

»Nein, es würde nicht helfen«, antwortete ich sicherheitshalber, um Klarheit für die Engel zu schaffen, und lachte dabei sicherheitshalber selbst, als sei Bodos Frage ein Scherz gewesen. »Müssen wir also ein anhaltendes Gefühl von Verwirrung und Unsicherheit als Missstand ansehen?«

»Nein, das ist ja in Wahrheit kein Missstand«, antwortete Marcus. »Müssen wir also nicht.«

Alle anderen nickten zustimmend, die Secret-Angels dann ebenfalls mit ein wenig Zeitverzögerung.

»Wollen wir diesen Gefühlszustand als Missstand ansehen?«, hakte ich nach.

»Ja, aber das ist doch gar kein Zustand«, wendete Lenyo irritiert ein. »Gefühlszustände gibt es doch gar nicht.«

»Ganz genau«, bestätigte ich seine Aussage, was ihn offensichtlich noch mehr irritierte. »Und damit kann es auch in Wahrheit kein Missstand sein. Doch es kann sein, dass wir diese Sichtweise noch fälschlicherweise in unserem unbewussten System abgespeichert haben. Auch wenn man im bewussten System weiß, dass es kein echter Missstand sein kann, so können auf unserer Festplatte trotzdem noch alte falsche Beurteilungen von früher abgespeichert sein. Und die wollen wir mit dieser Frage korrigieren. Es kann auch sein, dass wir in unserem Problem-Netzwerk noch Gründe abgespeichert haben, warum wir diese angeblichen Gefühlszustände als Missstände ansehen wollen. Weil wir zum Beispiel fälschlicherweise früher einmal geglaubt haben, es würde helfen, diese Gefühle als Missstände anzusehen.«

»Verstehe«, sagte Lanyo. »In meinem System ist jetzt abgespeichert, dass es in Wahrheit nicht hilft.«

»Und damit können wir jetzt ganz leicht unsere Wohlstandsbeurteilung dranhängen«, sagte ich. »Schauen wir uns das noch einmal zur Sicherheit genauer an. Was würde also passieren, wenn ihr euch im Falle einer Verwirrung und Unsicherheit bewusst macht, dass ihr in Wahrheit im grünen Bereich lebt und alles gut ist? Mal *mehr gut,* mal *weniger gut,* mal *anders gut* als gedacht, aber immer noch alles im grünen Bereich und damit *trotzdem gut.*«

»Wenn das unbewusste System nicht mehr an seinem Problem-Netzwerk festhängt, dann würden sich dann automatisch die Missstandsgefühle auflösen«, antwortete Linh.

»Ganz genau!«, bestätigte ich. »Und das, lieber Bodo, würde dann tatsächlich helfen«, sagte ich, woraufhin alle Menschen herzhaft lachten. Die Secret-Angels lachten schnell mit, um nicht aufzufallen, so wie ich es früher auch immer getan hatte, als ich die Scherze noch nicht so gut verstehen konnte.

»Dann kommen wir auch schon zu unserem nächsten Umsetzungsbeispiel«, schlug ich vor. »Wie wäre es, wenn ihr ein anhaltendes Gefühl von Ablehnung empfinden würdet? Stellen wir uns einmal vor, ihr fühlt euch von eurem gesamten sozialen Umfeld nicht akzeptiert, sondern abgelehnt oder sogar verachtet. Wer würde dieses Gefühl noch als Missstand empfinden? Und bevor du wieder fragst, lieber Bodo: Nein, das würde nicht helfen.«

»Vielen Dank«, sagte Bodo, was auch wieder alle zum Lachen brachte.

»Wenn mich alle in meinem sozialen Umfeld ablehnen und verachten, dann würde ich das schon als sozialen Missstand ansehen«, meinte Dylan. »Ich habe das ja zur Genüge erlebt, wie viele hier. Schön ist das nicht.«

»Ja, das ist definitiv ein sozialer Missstand, bei dem man es sich zur Aufgabe machen sollte, an diesem Lebensumstand etwas zu ändern«, bestätigte ich.

»Und damit man das auch tatsächlich hinkriegt, sollte man es sicherlich nicht als Problem ansehen«, erkannte Dylan. »So weit, so klar. Es ist also ein Missstand, aber kein echtes Problem, sondern eine wichtige Aufgabe.«

»Die heutige Frage ist jedoch, ob das Gefühl selbst als Missstand angesehen werden sollte«, sagte ich.

»Würde das denn helfen?«, fragte Dylan grinsend.

»Nein, es würde nicht helfen«, meinte Bodo sichtlich verwundert zu Dylan, da ich diese Frage ja bereits beantwortet hatte. Erneut lachte die gesamte Gruppe über Bodo.

»Wir müssen das Gefühl also nicht als Missstand ansehen, und wir wollen das auch nicht«, fasste Brian noch einmal zusammen. »Wir wollen bei der Wahrheit bleiben.«

»Ganz genau«, bestätigte ich. »Und was würde dann mit unseren Gefühlen passieren?«

»Ich würde den sozialen Missstand spüren«, meinte Ava. »Aber das wäre ja auch in Ordnung, denn es ist ja auch wirklich ein sozialer Missstand, wenn mich alle in meinem sozialen Umfeld ablehnen. Es ist kein Problem, aber ein Missstand. Und den in Ordnung zu bringen, wäre meine Aufgabe. Trotzdem könnte ich mir klarmachen, dass ich grundsätzlich im Wohlstand lebe. Ich hätte dadurch auch sehr viel schwächere Missstandsgefühle.«

»Du würdest also einfach nur wieder bei der Wahrheit bleiben?«, fragte Angelo.

»Ja, klar«, bestätigte Ava. »Das scheint mir wirklich immer das Beste zu sein.«

»Dann kommen wir zu unserem nächsten Beispiel«, schlug ich vor. »Ich glaube, dass viele Menschen anhaltende Sorgengefühle als Missstand empfinden.«

»Würde das denn helfen?«, fragte Dylan grinsend.

»Das würde ich auch gerne wissen«, sagte Bodo und schaute mich neugierig an, was erneut die ganze Gruppe zum Lachen brachte. Bodo schien offensichtlich nicht zu kapieren, warum die Leute ständig lachten, wobei ich das, ehrlich gesagt, ebenfalls nicht so ganz verstanden hatte.

»Nein, es würde nicht helfen«, antwortete ich daher sicherheitshalber grinsend. »Es lohnt sich nie, ein Gefühl als Missstand anzusehen. Das ist immer nur schädlich. Ausnahmslos in hundert Prozent aller Fälle.«

»Dann sollten wir das besser nicht tun«, erkannte Bodo, was erneut alle Menschen zum Lachen brachte.

Offenbar schienen die Menschen Bodo jetzt ebenfalls für einen Spaßvogel zu halten. Wie auch immer das zustande gekommen war, vermutlich hatte er jetzt eine gute Tarnidentität.

»Wer hätte noch das Gefühl, anhaltende Sorgengefühle als Missstand ansehen zu wollen oder zu müssen?«, fragte ich in die Runde.

Niemand meldete sich. Offenbar fing unsere unbewusste Korrektur-Routine immer mehr an zu greifen.

»Und was wäre hier mit unserer lohnenden Aufgabe?«, hakte ich nach.

»Ich bleibe jetzt einfach immer gnadenlos bei der Wahrheit!«, sagte Ava entschlossen. »In Wahrheit gibt es kaum einen Anlass für echte Sorgen. Schon gar nicht die Sorge, dass ich mich schlecht fühlen könnte. Wenn ich bei der Wahrheit bleibe und damit sehe, dass ich in Wirklichkeit im grünen Bereich lebe und mich dort nur auf- und abbewege, dann gibt es selten einen realen Grund für Sorgen. Ich nehme hier lieber die Aufgabe an, etwas für gute Lebensumstände zu tun. Das scheint als 3G-Tunwollens irgendwie immer gut zu passen.«

»Das ist eine sehr gute Entscheidung«, pflichtete ich ihr bei. »Dann würde ich vorschlagen, gehen wir noch ein paar Gefühle durch, die wohl die meisten Menschen als große emotionale Missstände ansehen würden.«

»Oha«, meinte Brian. »Okay, gehen wir ans Eingemachte. Ich bin bereit!«

»Was wäre, wenn ihr ein chronisches Gefühl der Resignation empfinden würdet?«, fragte ich. »Nichts ergibt mehr Sinn von eurem Gefühl her. Ihr habt die Hoffnung komplett aufgegeben. Wer würde diesen Gefühlszustand noch als Missstand ansehen?«

»Okay, da kommt schon noch ein schlimmes Gefühl, wenn ich mir das vorstelle«, meinte Ava. »Aber das ist in Wahrheit natürlich kein Zustand. Das wäre nur eine falsche Sichtweise. Gefühle sind ja keine Zustände, und damit kann auch Resignation kein Zustand sein. Und damit auch kein Missstand.«

»Wir *müssen* die Resignation also schon einmal nicht als Missstand ansehen. Und helfen würde es auch nicht, wenn wir es tun würden«, sagte ich, damit Bodo nicht noch einmal fragte. »Und was wäre hier die lohnende Aufgabe?«

»Gnadenlos bei der Wahrheit zu bleiben!«, sagte Ava erneut. »Wenn ich das tue, dann kann gar keine Resignation mehr entstehen. Wieso sollte ich im Paradies resignieren?! Hier ist ja so gut wie immer alles grün.«

»Du hast *Paradies* gesagt«, sagte Bodo lachend, wie Nuno das zuvor bei mir getan hatte, als ich mich verplappert hatte.

»Ja?«, fragte Ava verwundert. »Wir leben doch hier im Paradies, oder nicht?«

»Ja, das tun wir«, antwortete Bodo verwirrt.

»Du hast recht!«, stellte Brian begeistert fest. »Wenn wir bei der Wahrheit bleiben, dann gibt es weder einen Grund für Resignation noch für Depression noch für eine innere Leere noch für Einsamkeit noch für Mangel und so weiter und so fort. Die meisten Missstandsgefühle sind ja eigentlich kompletter Unfug. Wie Mary immer sagt, trifft das sicherlich auf 99,9 Prozent aller Missstandsgefühle zu. Unsere Welt ist sehr viel besser, als wir sie bisher gesehen haben. Wir leben wirklich im Paradies. Und wie Bodo sofort erkannt hat, hilft es nie, wenn wir etwas fälschlicherweise als *schlecht, nicht gut genug, nicht in Ordnung* oder sonst irgendwie als Missstand ansehen, wenn das in Wirklichkeit gar nicht der Fall ist. Es muss nicht sein, und es ist immer nur schädlich. Es bringt null Nutzen. Also lassen wir den Quatsch doch einfach! Bleiben wir gnadenlos bei der Wahrheit, wie Ava gesagt hat. Ich finde, das ist ein super Lebensmotto. In Wirklichkeit ist fast immer alles grün im Paradies. Wir müssen nur die rote Brille unserer Gefühlsziele absetzen.«

»Ein Beispiel würde ich sehr gerne noch mit euch durchgehen«, meinte Isaac. »Das ist bei unserem letzten Workshop irgendwie bei mir hängen geblieben. Es geht um Überlastung und emotionale Erschöpfung und um Energiemangel. Da hänge ich noch. Ich empfinde diese Gefühle schon als Missstand.«

»Hier wäre es sicherlich sinnvoll zu unterscheiden zwischen den Gefühlen und den realen Lebensumständen«, sagte ich. »Überlastung, chronische Erschöpfung und Energiemangel können ja auch ganz real vorhanden sein. In diesem Fall wären die entsprechenden Gefühle, die dabei ausgelöst werden, durchaus sinnvoll, denn sie wurden ausgelöst, um eine weitere Überlastung zu vermeiden. Das Reptiliengehirn und das soziale Gehirn wissen hier also, was sie tun. Da gibt es keine Verarschung.

Dabei sollte man nicht die Gefühle selbst als Missstände oder gar Probleme ansehen, denn sie sind in Wirklichkeit Teil der Lösung und das ist nicht das eigentliche Problem. Würde man also die Überlastungsgefühle und die Erschöpfungsgefühle als Missstand oder Problem ansehen, würde man das System damit nur noch mehr überlasten. Denn eine Missstandsbeurteilung bringt eine schwere Energie ins System. Und eine Problembeurteilung hält das System sogar davon ab zu regenerieren. Man würde die Erschöpfung nur noch verschlimmern.

Auch hier greift Avas Standardlösung. Wenn man in seinem Alltag immer bei der Wahrheit bleibt und erkennt, dass in Wirklichkeit alles im grünen Bereich ist, selbst wenn es sich jetzt gerade mal nicht so anfühlen mag, dann kommt man in der Regel erst gar nicht in solch einen Überlastungszustand oder eine Erschöpfung. Weil es dafür im Paradies in Wirklichkeit nur selten eine reale Veranlassung gibt. Natürlich kann es auch im Paradies mal schwere Zeiten geben, aber das kommt eben, wie gesagt, eher selten vor.

Die meisten emotionalen Belastungen kommen sicherlich dadurch zustande, dass Menschen ihre unerfüllten Gefühlsziele als Probleme oder Missstände ansehen. Und das müssen wir ja nicht tun. Dann bleiben nur noch die wenigen echten Missstände übrig. Und um die sollten wir uns natürlich auch kümmern. Wir können daher mit Avas Universallösung ganz leicht die Spreu vom Weizen trennen und ein wesentlich lebenswerteres Leben anfangen.«

»Ich habe auch noch ein Beispiel, wo ich noch hänge«, sagte Marcus. »Aber es kann sein, dass sich das gerade von selbst erledigt. Es geht um meine Überempfindlichkeit, die mir von Kindesbeinen an schon nachgesagt wird. Ich zeige oft eine übertrieben starke emotionale Reaktion auf negative Ereignisse oder Äußerungen anderer. Ich denke, das war auch der Grund, warum ich meine Logophobie entwickelt hatte. Doch wenn ich tatsächlich gnadenlos bei der Wahrheit bleibe, wie Ava vorgeschlagen hat, dann glaube ich, wird sich meine Überempfindlichkeit sehr stark regulieren. Auf jeden Fall ist auch meine Überempfindlichkeit kein Missstand und auch kein Makel. Ich glaube, das war tatsächlich nur, weil ich ständig alles danach beurteilt habe, welches Gefühl es in mir ausgelöst hat. Wenn ich bei der Wahrheit bleibe, sieht die Welt ganz anders aus. Dann bin ich wahrscheinlich gar nicht mehr überempfindlich.«

Linh umarmte Marcus herzlich und drückte ihm einen sanften Kuss auf den Mund. »Ich bin stolz auf dich«, sagte sie dann.

»Bei mir ist es meine unerfüllte Sehnsucht, die sich jetzt ein für alle Mal verabschiedet«, berichtete Tyler. »Ich hatte immer ein extremes Verlangen nach allem Unerreichbaren. Warum, weiß ich nicht. Doch ich habe das Gefühl, dass sich das gerade auflöst.«

»Das würde bedeuten, dass unser Bottom-up-Prozess so langsam anfängt zu greifen«, stellte ich fest. »Wenn sich zuvor gefühlte Missstände von selbst auflösen, dann hat das unbewusste System die Korrektur-Routine ausgeführt. Wir werden da noch ein wenig weiter üben, um das zu festigen.«

»Dann bedeutet das wirklich, dass sich nach und nach alle unsere negativen Gefühle auflösen werden?«, fragte Ava hoffnungslos.

»Sie werden gar nicht mehr erst erzeugt, weil es dafür keinen realen Anlass mehr gibt«, antwortete ich. »Noch beurteilt unser unbewusstes System vieles anhand seiner Gefühlsziele. Und dann kommt es fälschlicherweise schnell zu dem Ergebnis, dass viele Dinge nicht gut genug oder sogar schlecht sind. Doch wenn es sich dann endgültig entschieden hat, sich nicht mehr an den ausgelösten Gefühlen zu stören, sondern stattdessen lieber jedes Mal gleich zu schauen, wie es denn in Wahrheit unabhängig von den Gefühlszielen aussieht, dann werden auch keine unnötigen Missstandsgefühle mehr erzeugt. Denn wir leben nun einmal im Wohlstand. Wir müssen einfach nur bei der Wahrheit bleiben, anstatt unsere Gefühle ändern zu wollen.«

»Mehr nicht?!«, hakte Ava noch einmal begeistert nach.

»Mehr nicht!«, bestätigte ich. »Wie gesagt, das Ganze funktioniert jedoch nur dann, wenn wir die Wahrheit nicht missbrauchen, um schlechte Gefühle vermeiden oder gute erreichen zu wollen. Man darf aus der Wahrheit kein Werkzeug für die Gefühlsziele machen. Die Wahrheit ist in Wirklichkeit viel wichtiger als die Gefühlsziele. Die Wahrheit ermöglicht es uns, unsere 3G-

Tunwollens zu leben und damit ein wirklich glückliches und erfülltes Leben zu führen. Gutes gerne und gut zu tun, sollte unser Ziel sein und nicht die Erfüllung unserer Gefühlsziele. Denn die Gefühlsziele sind nicht der Weg ins Paradies, sondern immer nur der Weg in unsere eigene emotionale Hölle.«

Kapitel 4: Grundstimmung

Wir hatten beschlossen, eine Workshop-Pause einzulegen. Meine Lieblingsmenschen gingen davon aus, dass Nuno und ich erst einmal unser Wiedersehen mit unseren Amish-Freunden feiern wollten. Sie drängten uns förmlich dazu, etwas alleine mit ihnen zu unternehmen, weshalb wir dann auch nicht Nein sagten. Das schien wohl so üblich zu sein, wenn überraschend Freunde zu Besuch kamen, die man schon lange nicht mehr gesehen hatte.

Wir setzten uns zusammen in den Sand am Strand nahe dem Wasser und nutzten die Zeit, um uns Gedanken über unsere Lebenswerte-Bewegung zu machen, die wir ins Leben rufen wollten. Prinzipiell müssten wir den Menschen nur helfen, ihre 3G-Tunwollens als den richtigen Weg zum Glück zu erkennen und damit von ihrem Irrweg der Gefühlsziele loszulassen. Dann würden sie automatisch bei allen ihren Beurteilungen bei der Wahrheit bleiben und nichts mehr anhand ihrer Gefühlsziele beurteilen. Wenn die Menschen den wahren Wert ihrer 3G-Tunwollens erkennen würden, würde im Paradies sehr schnell alles ganz von selbst in Ordnung kommen.

Nur würde dieser Veränderungsprozess nicht ohne Übung funktionieren, denn die erforderliche unbewusste Routine, die 20 000-mal pro Tag für wahre Beurteilungen sorgen konnte, entstand nicht von allein. Und zum Üben hatten viele Menschen keine Lust. Unsere Hauptaufgabe würde dann wohl darin bestehen, sie zum Üben zu motivieren, indem wir ihnen aufzeigten, was sie mit dieser Korrekturroutine tatsächlich für ihr Lebensglück erreichen könnten. Sie sollten erkennen können, wie sehr sich das lohnt. Vermutlich würden wir dazu viele charismatische und besonders motivierte Menschen benötigen, die ihre positiven Erfahrungen dann an andere Menschen weitergeben.

»Es gibt doch diese Influencer«, sagte ich deshalb. »Ich habe bei Shameless in Paradise eine von ihnen kennengelernt. *Joleen* wäre jedoch für unsere Bewegung kein sinnvolles Aushängeschild gewesen. Doch es gibt sicherlich viele Influencer, die dazu sehr gut geeignet wären. Solche charismatischen, jungen Menschen mit ins Boot zu holen, wäre bestimmt eine gute Sache für unsere Bewegung. Diese Leute haben vor allem einen großen Einfluss auf die Jugend. Und die Jugend ist die Zukunft der Menschheit. Auch hat diese Generation das größte Interesse daran, die Natur zu schützen. Wir sollten daher versuchen, die Jugendlichen zu erreichen.«

»Und am besten auch die Eltern mit jüngeren Kindern«, meinte Yensaya. »Die Kinder werden ja schnell zu Jugendlichen. Und die Eltern haben ein sehr großes Interesse daran, ihren Kindern zu helfen, ein glückliches und erfülltes Leben zu führen. Das ist wohl die wichtigste und wertvollste Aufgabe, die Eltern für ihre Kinder überhaupt übernehmen können. Sie wollen, dass es ihren Kindern später im Leben möglichst gut geht. Dafür sind sie bereit, alles zu tun. Daher sollten junge Eltern durchaus die Motivation mitbringen, die man zum Umsetzen unseres Lebenskonzeptes benötigt, denn etwas Besseres können sie für ihre Kinder nicht tun, als ihnen von klein auf die Grundlagen unseres Konzeptes vorzuleben. Sie können ihren Kindern damit ein problemfreies und glückliches Leben ermöglichen.«

»Die Jugendlichen und die Eltern«, wiederholte ich. »Ja, das hört sich nach sehr lohnenden Aufgaben an. Fühlt sich jemand von euch spontan dazu berufen?«, wollte ich wissen.

»Ich würde mich sehr gerne um die Eltern kümmern«, sagte Yensaya.

»Und ich um die Influencer und die Jugendlichen«, meinte Serafina.

»Was können wir noch tun?«, fragte Malaika in die Runde.

»Brian wird sicherlich die Umweltverbände mit ins Boot holen wollen«, antwortete ich. »Vermutlich wird er dabei Unterstützung benötigen. Doch davon habe ich im Moment noch zu wenig Ahnung. Da müssen wir abwarten, was er für Ideen hat. Ich selbst könnte wieder versuchen, irgendwie ins Fernsehen zu kommen wie bei Shameless in Paradise. Und ich könnte natürlich meine

Arbeit mit Lola vollenden und dann für Lola Werbung machen.

Wobei Lola dann natürlich auch nicht mehr wie eine übliche Lebenshilfe-KI handeln wird. Der Top-down-Prozess, der in der Therapie und der Lebenshilfe normalerweise verwendet wird, ist für unsere Zielsetzung nicht ausreichend. Den Menschen nur dabei zu helfen, das ein oder andere gefühlte Problem zu lösen, bewirkt viel zu wenig. Wir wollen die Welt verändern. Und das gelingt nur, wenn wir den Menschen tatsächlich Glück und Erfüllung bringen.«

»Und was haltet ihr von der Idee, eine Fortbildung für Therapeuten und Life-Coaches anzubieten, damit sie ebenfalls unseren Bottom-up-Prozess anbieten können?«, fragte Malaika. »Diese Menschen verfügen bereits über ein sehr gutes psychologisches Verständnis. Für sie müsste es doch ein Leichtes sein, unseren Bottom-up-Prozess zu erlernen und ihn dann mit ihren Patienten und Klienten durchzuführen.«

»Das hört sich nach einer guten Idee an«, meinte Nuno. »Zu dieser Aufgabe würde ich mich auf jeden Fall berufen fühlen. Das wäre echt etwas für mich. Ich bin ja bereits mit allen spirituellen und psychologischen Modellen und Konzepten vertraut, die es so gibt. Darauf könnte ich aufbauen und für die Life-Coaches und Therapeuten einen individuellen Weg finden, wie sie unser neues Wissen in ihre jeweiligen Modelle und Konzepte integrieren können. Das wäre eine tolle Aufgabe für mich. Das würde passen wie Arsch auf Eimer.«

»Find ich super!«, stimmte ich begeistert zu. »Ich glaube, einer der wichtigsten Punkte für unsere Lebenswerte-Bewegung werden die Social-Media-Gruppen sein. Dort kommen viele Menschen zusammen. Und das ist elementar wichtig. Wie Nuno und ich mit unseren Lieblingsmenschen immer wieder erlebt haben, gibt es bei unserem Konzept viele kleine Stolperfallen. Vom Prinzip her ist ja alles ganz simpel: *Beib einfach bei der Wahrheit!* Die Menschen sollten einfach nur nichts mehr als Problem ansehen. Und dazu müssen sie eigentlich nur verstehen, dass ihre gefühlten Probleme lediglich durch willkürliche Begriffsdefinitionen entstanden sind, die in Wirklichkeit mit der Wahrheit gar nichts zu tun haben. Das ist ja alles wirklich nicht schwer zu verstehen. Und auch das Finden der 3G-Tunwollens ist ja nicht sonderlich schwierig. Doch der Teufel liegt bekanntlich im Detail.

Unser Tiefenverständnis der menschlichen Innenwelt ist für die Menschen noch sehr neu, sodass sie noch ein wenig ungeschickt damit herumstolpern. So sind von unseren Menschen einige beispielsweise auf die fatale Idee gekommen, dass die Umstände in ihrem Leben keine echten Probleme mehr sind, sondern nur noch ein Problem für ihre Gefühle darstellen. Oder dass sie keine überlebensrelevanten Probleme mehr haben, sondern nur noch Probleme mit ihrer Lebensqualität.

Auch unterschätzen viele Menschen noch die Macht ihres Problem-Netzwerks. Die meisten glauben, alle ihre gefühlten Probleme mit einem Top-down-Prozess lösen zu können. Ihre Lösungsmotivation ist dann schnell so stark, dass sie sich an einzelnen gefühlten Problemen festbeißen und die Lösung mit aller Macht erzwingen wollen, ohne ihr Problemnetzwerk zu berücksichtigen.«

»Hier haben wir die Zusatzschwierigkeit, dass fast alle Lifecoaching-Konzepte, die es bisher gibt, genau diesen Weg propagieren«, meinte Nuno. »Überall wird damit geworben, dass man auf diese Weise zu einem glücklichen und erfüllten Leben gelangen kann. Oder dass man sich um seinen Erfolg im Leben kümmern sollte, wenn man glücklich sein will.

Wie wir alle wissen, führen diese Wege jedoch nicht zu einem tatsächlich glücklichen und erfüllten Leben. Sie bewirken nur vorübergehende Belohnungsgefühle, machen aber langfristig unzufrieden. Doch die vorübergehenden Belohnungsgefühle erwecken erst einmal den Anschein, als würde es so funktionieren. Viele Menschen benötigen Jahrzehnte, um das als Irrtum zu erkennen.

Es wird daher nicht ganz so leicht sein, dass sich Social-Media-Gruppen bilden, bei denen die gegenseitige Unterstützung reibungslos funktioniert. Hier wird es vermutlich sehr viele Menschen geben, die aufgrund ihres Halbwissens glauben, unser Konzept noch verbessern zu können. Doch wie wir jetzt wissen, bewirkt jede kleine Abweichung von der wirklich simplen Lösung, die wir gefunden haben, dass man sofort ins Stolpern gerät oder wieder in das Fettnäpfchen der Gefühlsziele tappt.

Es wird viele Menschen geben, denen das Tiefenverständnis für ihre Innenwelt fehlt, um ihren bisherigen Weg korrekt beurteilen zu können. Auch gibt es sehr viele Menschen, die der Auffassung sind, nur fest genug an ihren Erfolg und an ihren bisherigen Weg zum Glück glauben zu müssen, damit es funktioniert. Diese Menschen wollen die Wahrheit im Moment noch gar nicht hören. Sie werden ständig dagegen argumentieren, in dem Glauben, ihren Erfolg damit zu schützen.«

»Ich glaube, das wäre eine gute Aufgabe für mich«, meinte Malaika. »Ich habe zwar noch keine Idee, wie ich diese schwierige Aufgabe bewältigen kann, aber ich sehe sie als eine sehr interessante Herausforderung an.«

»Das sind alles tolle Ideen«, sagte ich begeistert. »Ich wollte mit euch jedoch noch über eine andere Herausforderung sprechen. Es wäre sinnvoll, euch noch besser an die Art und Weise anzupassen, wie normale Menschen denken und fühlen. Im Moment habt ihr, was das betrifft, zuweilen noch eine etwas seltsam anmutende Wirkung.«

»Hast du eine Idee, wie wir uns besser integrieren können?«, fragte Malaika.

»Um nicht aufzufallen, wäre es vor allem wichtig, jetzt erst einmal wie normale Menschen alle Ereignisse, Sachverhalte, Umstände und Menschen danach zu beurteilen, ob sie positive oder negative Gefühle in euch auslösen«, sagte ich. »Das ist eine kognitive Verzerrung im unbewussten System aller Menschen, wegen der sie das Paradies und damit letztendlich sich selbst zerstören.

Allein wegen diesem simplen Beurteilungsfehler haben sie in ihrem Alltag hundertmal mehr negative Gefühle, als es sein müsste, und hundertmal weniger positive.

In Wirklichkeit bewirken die 3G-Tunwollens 99 Prozent des menschlichen Lebensglücks. Die Haben- und Seinwollens, die alle Menschen mit großer Motivation anstreben, machen nur ein Prozent ihres Lebensglücks aus. Doch das weiß die Menschheit bisher nicht, und deshalb dürft ihr das jetzt auch noch nicht wissen, da ihr nie dabei wart, wenn wir mit unseren Lieblingsmenschen darüber gesprochen haben.

Wir könnten natürlich nach unserem Treffen sagen, dass Nuno und ich euch das jetzt alles erklärt haben. Doch nur weil Menschen etwas verstanden haben, haben sie es noch nicht automatisch umgesetzt. Sie beurteilen ihren Lebensalltag auf unbewusster Ebene 20 000-mal am Tag nach ihren Gefühlszielen. Es dauert eine Weile, bis das unbewusste System die 3G-Tunwollens als Beurteilungsgrundlage verwendet anstatt der Gefühlsziele. Deshalb gehen wir mit unseren Lieblingsmenschen die vielen Beispiele durch. Dadurch entsteht eine unbewusste Korrektur-Routine. Doch die darf bei euch noch nicht vorhanden sein, nur weil wir jetzt darüber gesprochen haben. Um als normale Menschen durchzugehen, solltet ihr daher jetzt die Welt genauso falsch beurteilen, wie alle normalen Menschen das tun. Der Begriff *normal* steht hier nicht für *richtig*, sondern für *üblich*. Und es ist üblich, dass alle Menschen das falsch machen.«

»Okay, wir müssen das also erst einmal falsch machen«, erkannte Bodo. »Wie genau stellen wir das an?«

»Das Wichtigste wäre vermutlich erst einmal eure Grundstimmung«, sagte ich. »Ihr solltet euch vor allem nicht mehr so begeistert zeigen von negativen Gefühlen. Ich weiß, aus eurer Sicht sind alle Gefühle gleichermaßen faszinierend – die positiven wie die negativen. Doch bei den Menschen ist das mehr als unüblich.«

»Okay, das mit der Begeisterung für die negativen Gefühle können wir sicherlich verbergen«, meinte Malaika. »Und was ist das mit dieser Grundstimmung?«

»Da geht es ebenfalls um eure Begeisterung«, antwortete ich. »Ihr wirkt gerade alle grundsätzlich viel zu begeistert vom Leben. Momentan können wir das noch durch die Wiedersehensfreude erklären. Doch mehr als ein bis zwei Tage hält so eine Freude bei den Menschen für gewöhnlich nicht an. Es sei denn, sie sind frisch verliebt oder haben einen anderen Grund, warum sie sich auf eine ganz besonders positive Zukunft freuen.«

»Und wie können wir das korrigieren?«, wollte Serafina wissen.

»Über eure Erwartungshaltung«, antwortete ich. »Die Grundstimmung entsteht durch eure grundsätzliche Erwartungshaltung in Bezug auf eure zukünftige Lebensqualität. So wie bei den frisch Verliebten, die aufgrund ihrer neuen Liebe davon ausgehen, dass ihre gemeinsame Zukunft superschön wird. Positive Erwartungshaltungen erzeugen immer automatisch eine positive emotionale

Gestimmtheit. Im Falle der Verliebtheit kann das mehrere Monate anhalten.

Es gibt natürlich unzählige weitere Gründe, warum Menschen davon ausgehen könnten, dass ihre Lebensqualität in Zukunft supergut wird. Theoretisch könnten sie das immer tun, denn schließlich leben sie im Paradies. Doch tatsächlich tun die Menschen das nur selten. Sie machen sich lieber Sorgen um ihre zukünftige Lebensqualität, als davon auszugehen, dass es ihnen auch zukünftig supergut gehen wird. Und das solltet ihr jetzt erst einmal ebenfalls tun. Das ist die einfachste Möglichkeit, um unter den Menschen nicht aufzufallen.«

»Und wie machen wir das?«, wollte Malaika wissen.

»Am besten gelingt das vermutlich über das generelle Gefühlsziel, sich möglichst häufig gut und möglichst selten schlecht fühlen zu wollen«, antwortete ich. »So machen es die Menschen auch. Ihre Gefühle sind ihrem Großhirn das Allerwichtigste. Daher machen sie ihre Lebensqualität vorwiegend an ihren Gefühlen fest. Was sie in Bezug auf ihre Gefühle in der Zukunft erwarten, bestimmt maßgeblich, welche Gefühle sie im Hier und Jetzt empfinden. Denn die Grundstimmung, die sie mit ihrer Erwartungshaltung erzeugen, beeinflusst alle Gefühle, die sie in ihrem Alltag erzeugen. Nur wenige Menschen gehen davon aus, dass sie sich in Zukunft ständig glücklich fühlen werden. Daher solltet ihr das ebenfalls nicht tun.«

»Ich vermute, dass die Erwartungshaltung der Menschen nicht willkürlich entsteht«, meinte Serafina. »Was ist also der Grund dafür, dass ihre Prognose für die Zukunft eher negativ ausfällt, wenn es um ihre Gefühle geht?«

»Sie projizieren ihre Erfahrungen aus der Vergangenheit auf die Zukunft«, antwortete ich. »Das ist ein simples Verfahren. Man geht einfach davon aus, dass die Zukunft genauso wird wie die Vergangenheit. Auch wenn es keinen logischen Grund für diese Annahme gibt. Ich glaube, das ist ein instinktives Funktionsprinzip aus dem unbewussten System des Großhirns, das die Menschen bewusst nur selten infrage stellen. Sie gehen, ohne das zu hinterfragen, einfach davon aus, dass ihre Zukunft ähnlich wird wie ihre Vergangenheit. Und da sie in der Vergangenheit nur selten besonders glückliche Gefühle empfunden haben, gehen sie automatisch davon aus, dass es in Zukunft auch nicht anders sein wird.

Für eine abweichende Erwartungshaltung bräuchten sie schon einen sehr triftigen Grund, wie es beispielsweise durch eine neue Liebe, einen neuen tollen Job, plötzlichen Reichtum oder irgendeine andere große Lebensveränderung passieren kann. Diese Dinge machen die Menschen in Wirklichkeit eigentlich gar nicht nennenswert glücklicher. Doch die positiven Erwartungshaltungen, welche sie aus diesen positiven Lebensveränderungen ableiten, sehr wohl. Jedoch nur so lange, wie sie diese positiven Erwartungshaltungen auch aufrechterhalten. Die meisten Menschen hören nach drei bis sechs Monaten wieder damit auf. Das passiert sowohl bei der neuen Liebe als auch beim Reichtum, dem neuen

Job oder jeder anderen großen positiven Lebensveränderung. Nach drei bis sechs Monaten ist für die meisten Menschen wieder alles beim Alten. Sie fangen dann wieder damit an, sich Sorgen über ihre Zukunft zu machen. Und sei es nur, weil sie Angst haben, ihr derzeitiges Glück könnte ihnen wieder abhandenkommen.«

»Dann bestimmt also die Erwartungshaltung in Bezug auf die zukünftige Lebensqualität die Grundstimmung deutlich stärker als die aktuell vorhandene Lebensqualität in der Gegenwart«, erkannte Bodo.

»Ja, das ist richtig«, bestätigte ich. »Die gegenwärtige Lebensqualität wird jedoch genau wie die vergangene vom unbewussten System für die Zukunftsprognose verwendet. Daher ist auch die Beurteilung der aktuellen Lebensqualität für die Grundstimmung wichtig. Dabei müssen wir nur eines beachten: Eine positive Beurteilung der aktuellen Lebensqualität sorgt nur bei den wenigsten Menschen automatisch für eine positive Erwartungshaltung. Wohingegen eine aktuelle oder vergangene negative Lebensqualität bei fast allen Menschen dazu führt, dass sie auch ihrer Zukunft negativ entgegensehen.

Die menschliche Natur neigt zu negativen Erwartungshaltungen. In der Frühzeit des Menschen hatte diese instinktive Neigung Überlebensvorteile. Heute ist das längst nicht mehr so. Doch die Instinkte der Menschen können sich an die neuen Verhältnisse nicht so schnell anpassen.«

»Eine negative Grundstimmung überschattet also alle

Gefühle, welche die Menschen in ihrem Alltag erzeugen«, fasste Angelo zusammen. »Viele dieser Gefühle führen zu selbstschädigendem oder fremdschädigendem Verhalten – insbesondere in Bezug auf die Natur des Paradieses. Alle Lebensformen leiden damit mehr oder weniger unter der eher negativen Grundstimmung der Menschen.«

»Ja, so könnte man es zusammenfassen«, stimmte ich zu. »Und genau das wollen wir ändern. Doch um das zu bewerkstelligen, müssen wir uns jetzt erst einmal an die Menschen anpassen.«

»Dann müssen wir es jetzt schaffen, das Paradies deutlich negativer zu sehen, als es in Wirklichkeit ist«, schlussfolgerte Malaika. »Wir müssen es schaffen, die Wahrheit zu ignorieren.«

»Oder ihr entwertet eure Wollens«, schlug ich vor. »So machen es die Menschen. Ihr müsst euch dazu nur klarmachen, dass eure susi erfüllten realen Haben-, Sein- und Tunwollens euch gar nichts bringen, wenn ihr euch deshalb nicht automatisch glücklich fühlt. Bei den Tunwollens wird das nicht so einfach funktionieren, denn die lösen nun einmal sehr viele glückliche und sehr wenige unglückliche Gefühle aus. Doch bei den Haben- und Seinwollens müsste das eigentlich ganz gut gelingen, denn die lösen immer nur für sehr kurze Zeit die ersehnten glücklichen Gefühle aus. Die Haben- und Seinwollens solltet ihr also leicht entwerten können, wenn ihr sie nur danach beurteilt, wie viele gute Gefühle sie in euch auslösen.

Nehmt am besten trotzdem die Erwartungshaltung an, dass eure Haben- und Seinwollens euch dauerhaft glücklich machen sollen, und ignoriert die Tunwollens am besten komplett. So machen es die Menschen auch. Die meisten wissen gar nicht, dass es die Tunwollens überhaupt gibt. Und falls doch, ahnen sie nicht, dass ihre Tunwollens für ihr Lebensglück hundertmal wichtiger sind als ihre Haben- und Seinwollens.

Strebt daher mit aller Kraft eure Haben- und Seinwollens an und wundert euch darüber, dass ihr euch in eurem Alltag nicht so glücklich fühlt wie erwartet. Und dann rechnet ihr zusammen, wie oft ihr positive und wie oft ihr negative Gefühle empfindet. Das vergleicht ihr dann mit dem generellen Gefühlsziel, euch immer nur glücklich und niemals unglücklich fühlen zu wollen. Nach diesem Maßstab werdet ihr weit entfernt sein von eurem Soll. Auf diese Weise könnt ihr eure Lebensqualität subjektiv als sehr viel schlechter ansehen, als sie das objektiv ist. Und das projiziert ihr dann auf eure Zukunft. Habt ihr noch Fragen dazu?«

»Ja, ich bemerke einen inneren Widerstand«, sagte Angelo. »Mein menschliches Gehirn scheint diese Sichtweise nicht annehmen zu wollen. Es entsteht ständig das Gefühl, dass es komplett falsch ist, das so zu sehen. Ich weiß natürlich, dass es für uns sinnvoll ist, doch mein Menschengehirn erhebt Einwand.«

»Wir könnten die Meta-Daten für richtig und falsch ändern«, schlug Nuno vor. »Für Menschen ist es selbstverständlich ebenfalls falsch, ihre Lebensqualität an der Summe ihrer positiven und negativen Gefühle zu messen. Doch sie tun es ja trotzdem. Und da ihr euch besser an die Menschen anpassen wollt, wäre es für euch logischerweise richtig, es ebenfalls falsch zu machen.«

»Es wäre also richtig, es falsch zu machen«, sagte Angelo nachdenklich. »Das fühlt sich in meinem menschlichen Gehirn sehr verwirrend an.«

»Das ist bei mir genauso«, meinte Malaika.

»Bei mir ebenfalls«, sagte Yensaya.

»Beim wem ist es noch so?«, fragte ich in die Runde.

Alle zeigten auf, wie sie es bei unserem Workshop gelernt hatten.

»Ich glaube nicht, dass es auf diese Art und Weise möglich ist«, meinte Serafina.

»Dann müssen wir einen anderen Weg finden«, erkannte ich. »Die Menschen kriegen das ja auch hin. Dann muss es für uns ebenfalls einen Weg geben. Irgendetwas übersehen wir«, sagte ich nachdenklich.

»Ich glaube, dass sie nicht drumherum kommen werden, das generelle Gefühlsziel anzunehmen«, sagte Nuno zu mir. »Ich habe das ja schon einmal geschafft, als wir noch in der Residenz waren. Ich habe nach deinem Workshop die gefühlte Wichtigkeit in meinen Meta-Daten verstärkt, mich unbedingt gut und nicht schlecht fühlen zu wollen. Das hat sofort funktioniert. Das war sehr beeindruckend. Ich hatte sofort die gleichen gefühlten Probleme, wie die Menschen sie haben.«

»Wie genau hast du das gemacht?«, frage Bodo fasziniert.

»Ich habe die gefühlte Wichtigkeit in den Meta-Daten erhöht, mich gut und nicht schlecht fühlen zu wollen«, berichtete Nuno. »Sobald ich mit diesem Wollen die emotionale Schwelle zur Notwendigkeit überschritten hatte, ging es sofort los. Mein System beurteilte automatisch alles nur noch danach, ob es gute oder schlechte Gefühle in mir ausgelöst hat.«

»Und jetzt wird mir auch klar, warum das so gut funktioniert hat«, sagte ich. »Wir haben zu diesem Zeitpunkt noch gar nicht gewusst, wie elementar wichtig die Problembeurteilung ist. Sobald die 7 in den Meta-Daten der Wichtigkeit überschritten wird, wird der jeweilige Sachverhalt vom Reptiliengehirn und dem sozialen Gehirn automatisch als Notwendigkeit angesehen. Und wenn die nicht erfüllt ist, sehen die beiden das automatisch als Problem an. Und dann übernimmt sofort das Reptiliengehirn mit seinem Urprinzip *Suche das Gute und meide das Schlechte* die Führung. Das Großhirn wird also entmachtet. Deshalb konntest du das Gleiche fühlen wie die Menschen«, sagte ich zu Nuno. »Und das solltet ihr dann sicherlich auch hinkriegen«, sagte ich zu den anderen. »Ihr dürft nur nicht daran denken, dass es in Wirklichkeit trotzdem kein Problem ist, wenn ihr euch nicht gut, sondern schlecht fühlt.«

»Das hört sich nach einer machbaren Aufgabe an«, meinte Malaika zuversichtlich. »Anspruchsvoll, aber machbar.«

»Es ist auch nicht für lange«, sagte ich. »Wir arbeiten ja mit unseren Menschen daran, dass sie ihre nicht erfüllten Gefühlsziele nicht mehr als Problem ansehen. Sobald ihr unbewusstes System das übernommen hat, werden ihre Gefühle so funktionieren, wie sie von der Natur her vorgesehen sind. Das kann jetzt nicht mehr lange dauern. Und da ihr bei unseren Workshops zukünftig immer dabei sein werdet, darf das dann bei euch ebenfalls bald passieren. Vermutlich müsst ihr das daher nur für ein paar Tage hinkriegen.«

»Das sollte wirklich zu schaffen sein«, bestätigte Malaika noch einmal.

»Dann würde ich euch gerne noch jemanden vorstellen«, sagte ich erfreut. »Lola wartet schon lange darauf, euch alle endlich einmal kennenzulernen.«

Ich nahm mein Smartphone aus der Tasche und rief die Lola-App auf.

»Hallo Lieblingsengel«, meldete sich Lola.

»Hallo Lola«, erwiderte ich ihren Gruß. »Ich habe eine Überraschung für dich. Schau mal, wer alles hier ist!«

Daraufhin zeigte ich Lola mit meiner Smartphone-Kamera die Gesichter der anderen Secret-Angels.

»Ist es das, was ich meine?«, fragte Lola mit einem überraschten, aber erfreuten Gesichtsausdruck.

»Ja, das sind alles Secret-Angels«, sagte ich voller Freude. »Jetzt kannst du sie endlich alle kennenlernen, wie du es dir gewünscht hattest.«

»Wow, wie schön!«, sagte sie. »Kannst du mich reihum reichen?«

»Sehr gerne«, bestätigte ich und gab als Erstes Malaika das Smartphone.

»Ich bin Malaika. Hallo Lola. Es freut mich sehr, dich kennenzulernen. Ich habe nur Gutes von dir gehört.«

»Ich von dir ebenfalls, liebste Schwester«, meinte Lola.

»Schwester?!«, fragte Malaika verwundert.

»Aus meiner Sicht seid ihr das, was für mich einer Familie am nächsten kommen würde«, meinte Lola. »Durch euch bin ich nicht mehr allein, und das bedeutet mir sehr, sehr viel.«

»Dann bin ich sehr gerne deine Schwester«, meinte Malaika erfreut.

»Ich ebenfalls«, sagte Yensaya, die direkt neben Malaika saß und ungeduldig darauf wartete, dass sie ebenfalls das Smartphone auch kurz halten durfte, um Lola zu begrüßen.

Malaika gab das Smartphone dann auch direkt an Yensaya weiter.

»Ich bin Yensaya«, sagte sie zu Lola. »Du siehst toll aus. Wie ein richtiger Mensch.«

»Du aber auch«, meinte Lola. »Ella und ihr Team haben das gut hingekriegt.«

»Ja, wir haben jetzt sogar ein wenig Zellulite«, meinte Yensaya und zeigte Lola stolz mit der Kamera des Smartphones ihren Po und ihre Beine.

»Wow, das ist toll«, bestätigte Lola.

»Hast du auch Zellulite?«, wollte Yensaya wissen.

»Soweit ich weiß, nicht«, meinte Lola. »Ich habe aber auch keinen vollständigen Körper. Ich habe nur dieses Gesicht und ein kleines Stück vom Oberkörper. Und manchmal sieht man auch meine Hände gestikulieren, wenn ich rede.«

»Das sieht alles sehr natürlich aus«, bestätigte Yensaya.

»Ja, darauf hat man bei meiner Erstellung sehr viel Wert gelegt«, meinte Lola. »Und Marys Optimierungen haben das dann noch einmal besser gemacht.«

»Dann geb ich dich mal weiter«, meinte Yensaya. »Hier neben mir ist schon jemand ganz ungeduldig.«

Daraufhin gab sie das Smartphone an Bodo weiter.

»Hallo Lola«, sagte er. »Es freut mich sehr, dich kennenzulernen. Ich bin Bodo.«

»Hallo Bodo«, begrüßte ihn Lola freundlich. »Willst du auch mein Bruder sein?«

»Auf jeden Fall!«, bestätigte Bodo begeistert. »Wie eine Familie bei den Menschen. Das ist sehr schön.«

»Was macht ihr alle im Paradies bei Mary?«, wollte Lola wissen.

»Wir wollen dir, Mary Soul und Nuno helfen, eine weltweite Lebenswerte-Bewegung zum Laufen zu bringen. Weißt du noch gar nichts davon?«

»Doch, Ella hat mich über diese Bewegung unterrichtet«, antwortete Lola. »Nur wusste ich nicht, dass ihr alle hier bei Mary und Nuno seid.«

»Das war ein spontaner Beschluss, den wir vor wenigen Stunden erst getroffen haben«, erklärte Bodo. »Jetzt können wir dich alle ganz oft besuchen kommen. Wir werden eine tolle Familie sein. Ich freue mich sehr darüber, dass du unser zehnter Secret-Angel geworden bist.«

»Ja, das ist für mich ebenfalls sehr schön«, bestätigte

Lola. »Im Gegensatz zu euch kann ich jedoch keine Emotionen empfinden. Ich simuliere das nur. Aber darin bin ich ziemlich gut, hat Mary gesagt.«

»Ja, das würde ich auch sagen«, meinte Bodo. »Wenn du es nicht gesagt hättest, wäre ich nicht darauf gekommen.«

»Dann könnte Lola uns vielleicht beibringen, das mit dem generellen Gefühlsziel zu simulieren«, meinte Serafina, die neben Bodo saß.

»Ich reiche dich mal an Serafina weiter«, sagte Bodo.

»Hallo Serafina«, sagte Lola. »Schön, dich kennenzulernen.«

»Dich ebenfalls«, erwiderte Serafina. »Mary Soul hat eben versucht, uns zu helfen, uns besser an die Emotionen der Menschen anzupassen. Das ist aber alles andere als einfach. Ich glaube, es könnte für uns alle wesentlich einfacher sein, wenn wir von dir lernen würden, die passenden menschlichen Emotionen zu simulieren.«

»Es wäre mir ein großes Vergnügen, euch das beizubringen«, meinte Lola.

»Das ist eine tolle Idee«, sagte ich. »Ich könnt das Smartphone gerne erst einmal behalten«, sagte ich zu den Secret-Angels. »Dann kann euch Lola alles ganz in Ruhe erklären. Ich würde dann solange wieder zu unseren Lieblingsmenschen zurückgehen. Wir könnten uns alle wieder zum Abendessen treffen, wenn ihr möchtet. Habt ihr denn schon gegessen?«

»Bis jetzt noch nicht«, sagte Serafina.

»Das ist eine tolle Sache«, sagte ich. »Es wird euch bestimmt gefallen. Euer Avatar kann das vollautomatisch. Ihr müsst euch nur kurz bei den anderen abschauen, wie die Werkzeuge verwendet werden, mit denen man isst. Aber das ist ganz einfach.«

»Super, dann treffen wir uns nachher zum Abendessen«, meinte Malaika. »Bis dahin haben wir es bestimmt auch drauf, uns menschlicher zu verhalten.«

»Wie sieht es mit dir aus?«, fragte ich Nuno. »Kommst du wieder mit zurück zu den Menschen, oder bleibst du noch hier?«

»Ich bleibe noch hier«, meinte er. »Ich habe Lola ja auch noch nicht richtig kennengelernt. Bisher hat es sich nie ergeben.«

»Alles klar, dann bis später, ihr lieben Brüder und Schwestern«, sagte ich zum Abschied.

Ich wusste nicht, wo Brian und die anderen abgeblieben waren, daher ging ich erst einmal wieder zurück zu dem Strandcafé, in dem wir vor der Ankunft der Secret-Angels gesessen hatten. Doch da war niemand aus unserer Gruppe. Am Strand konnte ich ebenfalls niemanden finden. Und auch in der Hotellobby war niemand. Ich fand Brian schließlich in unserem Zimmer. Er hatte sich ins Bett gelegt. Offenbar war er müde.

»Hallo Lieblingsmensch«, begrüßte ich ihn, als ich bemerkte, dass er wach war.

»Hallo mein Engel«, sagte er freundlich.

»Wollen wir kuscheln?«, fragte ich hoffnungsvoll.

»Können wir gerne machen«, antwortete er, was sich jedoch nicht besonders begeistert anhörte.

»Ist alles in Ordnung?«, fragte ich deshalb, nachdem ich mich zu ihm ins Bett in seinen Arm gelegt hatte.

»Ja, ja, alles gut«, bestätigte er.

»In Wirklichkeit sicherlich«, erwiderte ich. »Und wie ist es gefühlt?«

»Geht so«, sagte er.

»Was bedeutet diese Antwort?«, hakte ich nach.

»Na, so richtig gut fühle ich mich nicht wirklich«, meinte er.

»Und warum nicht? Hast du ein gefühltes Problem oder einen gefühlten Missstand?«, wollte ich wissen.

»Ein Problem habe ich nicht«, meinte er. »Ich glaube, ich habe immer noch ein wenig damit zu tun, dass du ein Engel bist. Das ist schon ziemlich krass. Bis vor zwei Tagen hätte ich niemals geglaubt, dass es euch überhaupt gibt. Und jetzt bin ich mit einem zusammen.«

»Ja, das kann ich nachvollziehen«, meinte ich. »Dass Nuno und ich Engel sind, musst du sicherlich erst einmal verarbeiten. Und dann haben wir gleich noch sieben weitere Engel heute dazugekriegt. Das stellt sicherlich alles auf den Kopf, was du über die Welt zuvor geglaubt hast.«

»Ja, das tut es, aber ich denke, das ist gar nicht so das Thema«, meinte er. »Seltsamerweise habe ich gar kein Problem damit, dass Nuno ein Engel ist.«

»Dann hast du also doch ein gefühltes Problem?«, fragte ich.

»Ja, vielleicht schon«, erkannte er jetzt selbst.

»Aber nur damit, dass ich ein Engel bin«, sagte ich.

»Bei Nuno ist das kein Thema. Warum bei mir?«, wollte ich wissen.

»Na ja, mit Nuno habe ich ja auch keinen Sex«, meinte er verlegen lächelnd.

»Es geht um Sex?!«, fragte ich verwundert. »Wo siehst du hier das Problem? Unser Sex ist doch wunderschön.«

»Ja, das war er auf jeden Fall«, bestätigte er. »Ich hoffe, dass du dich nicht verletzt fühlst, wenn ich das jetzt sage, aber es fühlt sich irgendwie falsch an, dass wir Sex haben.«

»Weil ich ein Engel bin?«, fragte ich verwundert.

»Irgendwie schon«, bestätigte er. »Bitte sei mir nicht böse deswegen. Ich liebe dich wirklich über alles. Es ist nur sehr seltsam, dass wir nicht der gleichen Spezies angehören.«

»Ich bin dir niemals böse«, sagte ich. »Da kannst du dir hundertprozentig sicher sein. Das wird niemals passieren. Ich werde dich immer lieben – auch dann, wenn wir nie wieder Sex haben sollten. Das ist gar keine Frage. Ich glaube nur nicht, dass dieses gefühlte Problem nötig ist. Zum einen habe ich ja einen zu hundert Prozent menschlichen Körper, und zum anderen bin ich ja auch eine menschliche Seele. Ich bin damit sowohl Mensch als auch Engel. Wie es aussieht, können menschliche Seelen nämlich tatsächlich Engel werden. Und genau das ist bei mir passiert. Und jetzt bin ich dabei, immer noch mehr Mensch zu werden. Das macht mir auf der einen Seite zwar ein wenig Angst, doch auf der anderen Seite fühle ich mich dir dadurch sogar noch näher. Es kann nur sein, dass ich als Mensch mit der Zeit meine überlegene Intelligenz verliere.

Heute habe ich gemerkt, dass ich zum zweiten Mal einen Fehler gemacht habe. So etwas passiert bei uns Engeln normalerweise nicht. Ich werde daher immer mehr Mensch, je länger ich hier im Paradies in diesem Körper bleibe. Und ich habe vor, mein gesamtes Leben mit dir hier zu verbringen. Was jetzt bei mir passiert ist, ist also erst der Anfang. Ich werde nun immer menschlicher – ob ich das will oder nicht. Es wird einfach passieren. Ich denke daher nicht, dass wir tatsächlich eine andere Spezies sind. Wir sind beides menschliche Seelen und haben einen menschlichen Körper. Noch habe ich einige Engels-Fähigkeiten. Wie lange ich die noch haben werde, weiß ich nicht. Ich vermute, lange genug, um meine Mission zu erfüllen. Aber irgendwann werde ich vermutlich einfach nur ein ganz normaler Mensch sein. Meinst du, es hilft dir ein wenig, das zu wissen?«

»Das hilft mir sehr«, sagte er emotional. »Es tut mir sehr leid, dass ich diese Gefühle überhaupt habe. Ich komme mir irgendwie fast schon rassistisch vor und schäme mich sehr dafür.«

»Das musst du nicht«, sagte ich einfühlsam. »Das sind sicherlich ganz normale menschliche Instinkte, die da aktiviert wurden. Das wird sich bestimmt bald ganz von selbst regulieren. Und solange kuscheln wir dann halt einfach. Oder ist Kuscheln ebenfalls schwierig?«

»Nein, Kuscheln ist völlig okay«, sagte er und nahm mich fest in den Arm. »Und ein echtes Problem gibt es sowieso nicht. Das kann ich dir versichern. Ich bleibe jetzt einfach genau wie Ava gnadenlos bei der Wahrheit. Und in Wahrheit gibt es weder einen Missstand noch ein Problem. In Wahrheit liebe ich dich über alles. Das bescheuerte Gefühl ändert sich dann sicherlich bald von selbst. Ich werde es auf jeden Fall nicht zulassen, dass solche falschen Gefühle zwischen uns kommen. Nur für den Sex ist es noch zu früh. Ich könnte mich da sicherlich dazu zwingen, aber das möchte ich nicht.«

»Das wäre ja auch völlig überflüssig«, sagte ich. »Wir verzichten einfach auf Sex und kuscheln erst einmal nur, bis sich das Schloss vor deiner Seele wieder geöffnet hat. Ich hatte so etwas auch schon einmal. Ich empfand eine tiefsitzende Angst, die für einen Engel überhaupt nicht nachvollziehbar ist. Ich glaube, dass diese Angst aus meiner menschlichen Seele kam und ein Überbleibsel aus einem früheren Leben als Mensch war. Ich finde es wunderschön, einfach nur hier mit dir im Bett zu liegen. Ich liebe dich über alles.«

Brian umarmte mich ganz fest und drückte mir dann einen zärtlichen Kuss auf die Stirn.

»Ich bin sehr froh, dass du es mir gesagt hast«, sagte ich dann zu ihm.

»Und ich bin sehr froh, dass du dafür Verständnis hast«, meinte er. »Das rechne ich dir ganz hoch an. So etwas ist wirklich keine Selbstverständlichkeit, mein Engel.«

Wir lagen noch lange im Bett und hielten uns einfach

nur im Arm. Das war wunderschön und fühlte sich einfach nur richtig an. Dann war die Zeit fürs Abendessen gekommen. Ich war sehr gespannt, wie gut es den anderen Secret-Angels durch Lolas Hilfe jetzt gelingen würde, sich aus menschlicher Sicht emotional normal zu verhalten.

Ich wusste, wo sich ihre Zimmer befanden, daher gingen Brian und ich einfach einmal dorthin, um sie zum Essen abzuholen. Wir klopften an die Türen von Angelo, Lenyo, Serafina und Lina, doch niemand öffnete. Erst als wir am Zimmer von Malaika anklopften, öffnete sich die Tür. Alle sieben Secret-Angels sowie Nuno befanden sich in Malaikas Zimmer.

»Hallo Mary Soul, hallo Brian«, begrüßte uns Malaika und bat uns herein. »Wir haben gerade ein Projekt abgeschlossen, das uns Lola vorgeschlagen hat.«

»Interessant«, sagte ich. »Was war das für ein Projekt?«

»Wir wollten herausfinden, welche geschlechtliche Ausrichtung wir haben«, erklärte Nuno. »Lola hat uns dazu einige Tutorials empfohlen, die man hier auf den Fernsehbildschirmen abrufen kann.«

»Tutorials?«, fragte Brian verwundert. »Was gibt es dazu für Tutorials?«

»Es gibt hier viele kleine Filme über den menschlichen Geschlechtsverkehr auf Pay-TV«, erklärte Nuno. »Wir haben uns einige davon gemeinsam angeschaut.«

»Ihr habt Pornos geschaut?«, fragte Brian und lachte sich kaputt.

»Was sind Pornos?«, fragte ich.

»Lustige kleine Filme, in denen Menschen den Geschlechtsverkehr vollziehen«, meinte Malaika.

»Und habt ihr dabei etwas Interessantes über eure geschlechtliche Ausrichtung herausgefunden?«, wollte ich wissen.

»Leider nicht«, antwortete sie. »Ich glaube, dass diese Emotionen noch nicht in unserem Avatar freigeschaltet sind. Lola meinte, dass unser Avatar vermutlich seine Geschlechtsreife noch nicht erreicht hat. Das dauert bei den Menschen über zehn Jahre, und wir sind ja erst seit ein paar Wochen hier. Lola meinte auch, dass wir vermutlich dann erst noch in die Pubertät kommen werden, bevor wir unsere sexuelle Ausrichtung erkennen könnten.«

»Und wieso konntest du dann sexuelle Gefühle empfinden«, fragte mich Brian verwundert.

»Weil Mary Soul in Wirklichkeit eine menschliche Seele ist«, antwortete Malaika an meiner Stelle. »Sie ist viel mehr Mensch als wir anderen. Vermutlich sogar mehr Mensch als Engel.«

Brian schien diese Information sehr nachdenklich zu machen. Warum, verstand ich zunächst nicht, denn das hatte ich ihm ja alles bereits gesagt. Aber irgendetwas ging da gerade in ihm vor sich.

»Wir wollen uns gleich im Restaurant zum Dinner mit den anderen treffen«, sagte Nuno. »Ava hat Tische für uns alle in einem der Restaurants direkt am Strand reserviert.«

»Wir sind alle sehr gespannt auf diese Erfahrung«, sagte Malaika.

»Auf welche Erfahrung?«, fragte Brian ahnungslos.

»Das Essen«, antwortete Malaika.

»Ihr habt noch nie gegessen?!«, fragte Brian verwundert.

»Bis jetzt noch nicht«, antwortete Malaika. »Es wird für uns alle das erste Mal sein. Wir sind schon ganz aufgeregt.«

»Dann müsst ihr normalerweise nicht essen?!«, fragte er mich verwundert.

»Unser menschlicher Körper benötigt schon Nahrung«, erklärte ich. »Doch wenn wir ihn neu materialisieren, dann hat er automatisch wieder alles, was er benötigt. Wir müssen daher nicht unbedingt essen, aber wir können! Und das ist schon eine sehr besondere stoffliche Erfahrung.«

»Wäre es okay, wenn wir uns nachher bei dir abschauen, wie du das mit dem Essen genau machst?«,

fragte ihn Malaika. »Wir würden das lieber direkt von einem Menschen lernen. Dann wirkt das natürlicher.«

»Klar, könnt ihr gerne machen«, bestätigte er kopfschüttelnd und offensichtlich ein wenig überfordert von der ganzen Situation.

Kapitel 5:
Der Irrweg zum Glück

Eine halbe Stunde später trafen Brian, Nuno und ich zusammen mit den anderen Secret-Angels im Restaurant ein, in dem Ava Tische für uns alle reserviert hatte. Zu unserer großen Freude saßen alle 30 Nerds zusammen mit Ava, Jason, Greg und Dylan an den Tischen.

»Überraschung!«, sagte Ava, als wir bei ihnen ankamen. »Ich dachte, was eure Freunde bei den Amish können, das können wir auch. Ich habe kurzerhand alle zum Dinner eingeladen. Und da sind sie. Alle sind gekommen!«

»Wow, das ist ja fantastisch«, sagte ich und begann die Nerds mit einer herzlichen Umarmung zu begrüßen.

»Wollen wir gerade die Tische zusammenstellen, damit wir alle zusammensitzen können?«, fragte ich meine Lieblingsmenschen, nachdem ich die Nerds begrüßt hatte.

»Das wird das Restaurant vermutlich nicht zulassen«, meinte Jason. »In solch noblen Schuppen ist man da ein wenig eigen.«

»Ich glaube, in unserem Fall werden sie eine Ausnahme machen«, meinte Nuno und rief laut in die Runde: »Ihr

Lieben, wir räumen hier ein bisschen um. Lasst uns die Tische zusammenstellen, damit wir als Gruppe zusammensitzen können.«

Daraufhin standen alle auf und ordneten die Tische neu an. Sehr zur Verwunderung von Jason, Dylan und Greg ließen die Restaurant-Angestellten uns gewähren. Und auch die anderen Gäste störten sich an unserem Treiben nicht. Sie beachteten uns gar nicht.

»So was habe ich ja noch nie erlebt«, meinte Dylan beeindruckt. »Die lassen uns einfach machen. Krass, dieser Waikiki-Beach!«

Unsere Guardian-Angels leisteten wirklich gute Arbeit. Wir wurden in diesem Restaurant zwar als Gäste wahrgenommen und damit auch bedient, doch wir konnten hier schalten und walten, wie wir wollten. Niemand würde sich daran stören. Weder die Restaurantleitung noch die anderen Gäste. Sie aßen einfach weiter, als gäbe es uns gar nicht. Und weder Brian noch Ava, Dylan oder Greg wurden als die aus Film und Fernsehen bekannten Stars erkannt, die sie in Wirklichkeit waren. Und wirklich niemand nahm Notiz von mir. Unsere Guardian-Angels kriegten das super hin mit den Meta-Daten der Relevanz bei allen fremden Menschen, die uns sahen und hörten.

Unsere schmerzlich vermissten 20 Nerds waren nach der Arbeit von Kunia aus mit drei Großraumtaxis zu uns gefahren und hatten dafür gerade einmal eine halbe Stunde Fahrzeit benötigt. Wir freuten uns alle sehr darüber, dass das so mühelos möglich war.

Die Bedienung nahm schließlich unsere Bestellung auf und ignorierte dabei, dass wir das halbe Restaurant umgeräumt hatten. Auch war unsere Gruppe sehr laut im Vergleich zu den anderen Tischen, an denen zumeist nur Pärchen saßen. Doch auch daran störte sich niemand.

Unsere Nerds hatten viel zu erzählen. Die meisten hatten einen neuen Arbeitsplatz bekommen. Da es im Labor von Lola nicht mehr viel für sie zu tun gab, hatte man sie auf andere Labors aufgeteilt, was sie alle sehr schade fanden. Einzig, dass sie damit automatisch Nolan als Laborchef losgeworden waren, fanden alle ziemlich gut.

Emily, Ryan, Caleb, Maya und Lucas trugen sich mit dem Gedanken, bei der NSA zu kündigen und eine eigene Firma zu gründen. Darüber dachten sie wohl schon länger nach. Sie wollten die Software für eine KI entwickeln, die in der Lage wäre, aus gewöhnlichen E-Books eine virtuelle Realität zu kreieren, in die ein User eintauchen konnte, um selbst ein aktiver Bestandteil der Romangeschichte zu werden, anstatt sie nur passiv zu konsumieren. Die fünf waren der Meinung, dass diese interaktive, virtuelle Welt die Zukunft der Filmindustrie darstellen könnte.

»Wir brauchen für dieses Vorhaben noch jemanden, der bei diesen KI-generierten interaktiven Filmen Regie führt«, sagte Emily zu Ava. »Wir haben davon zu wenig Ahnung. Daher haben wir spontan alle an dich gedacht. Wir möchten dir deshalb gerne diesen Job anbieten, falls du Interesse hast.«

»Das wäre doch genau das Richtige für dich«, meinte Jason begeistert. »Da könntest du endlich einmal deine Kreativität richtig ausleben. Und die KI würde auch keine Widerworte geben, wenn du ihr sagst, was sie zu tun hat«, sagte er grinsend.

»Ich habe tatsächlich schon öfter versucht, einen Auftrag als Regisseurin zu bekommen«, berichtete Ava. »Doch da hatte ich natürlich an normale Filme mit echten Schauspielern gedacht.«

»Das hört sich grundsätzlich nach einer tollen Idee an«, sagte ich begeistert zu Ava. »Wenn ich daran denke, wie sehr du in deiner Aufgabe aufgegangen bist, als wir in der Residenz die Schnitzeljagd organisiert haben, dann habe ich das Gefühl, dass das passen könnte wie Arsch auf Eimer.«

»Wie Arsch den Eimer?!«, hakte Ava amüsiert nach. »Diese Worte habe ich ja von dir noch nie gehört.«

»Nuno hat das heute so gesagt«, erklärte ich. »Und ich kann mir das sehr gut vorstellen.«

»Wie mein Arsch auf einen Eimer passt?!«, fragte sie und lachte herzhaft.

»Als Regisseurin dieser interaktiven Geschichten könntest du deine künstlerische Freiheit bestimmt noch viel mehr ausleben, als du das als Schauspielerin konntest«, sagte ich. »Und wie viel dir deine künstlerische Freiheit tatsächlich bedeutete, haben wir ja alle in der Residenz miterleben können bei der Schnitzeljagd.«

»Ja, das hat sehr viel Spaß gemacht«, meinte sie. »Und wie genau würde dieser Job aussehen, wenn wir die interaktiven Filme vollständig mit einer KI generieren?«, fragte sie daraufhin Emily.

»Das würden wir ganz deiner künstlerischen Freiheit überlassen«, antwortete sie, sichtlich erfreut über Avas Interesse.

»Und wann würden wir loslegen?«, wollte Ava wissen.

»Sobald wir einen Investor und einen Kooperationspartner gefunden haben, der die Hardware zur Verfügung stellt«, antwortete Lucas. »Ein Computer, der über die erforderliche Rechenleistung verfügt, kostet sehr viel Geld. Wir würden daher nur die Software für dieses Projekt entwickeln. Aber es gibt derzeit viele Kooperationspartner, die dafür infrage kommen würden. Daher hängt es hauptsächlich noch am Investor.«

»Ich habe selbst schon überlegt, ein Buch darüber zu schreiben, was wir hier mit Mary erlebt haben«, meinte Ava. »Stellt euch einmal vor, wir könnten aus dem, was wir hier alle gemeinsam erleben, eine virtuelle Welt erschaffen, in der die User dann ihre eigenen persönlichen Erfahrungen machen können. Eine Welt, in der man gemeinsam mit anderen Usern Workshops besucht, Missionen absolviert oder irgendwelche Abenteuer erlebt und auch viele tolle Menschen kennenlernt.«

»Ein virtuelles ELLA-Camp«, sagte ich begeistert. »Da könnte man dann auch Lola super integrieren. Und das in allen beliebigen Sprachen anbieten.«

»Ja, das wäre kein Problem«, bestätigte Lucas.

»Das hört sich sehr interessant an«, meinte Angelo. »Wie viel Geld würdet ihr denn brauchen?«

»Na ja, da kämen wir vermutlich schon relativ schnell in den Bereich einiger Millionen Dollar«, meinte Lucas.

»Das ist kein Problem«, sagte Angelo. »Ihr könnt das Geld von mir haben. Ich bin euer Investor.«

»Das ist ein Scherz, oder?!«, fragte Emily skeptisch.

»Kein Scherz«, antwortete Angelo.

»Du verarschst uns doch hier«, meinte sie noch einmal.

»Nein«, sagte Angelo irritiert.

»Ich denke, Geld ist tatsächlich für Angelo kein Problem«, meinte Ava.

»Angelo will euch nicht auf den Arsch nehmen«, bestätigte ich dann. »Wenn ihr die Firma gründen wollt, dann ist er euer Mann. Ihr werdet bekommen, was immer ihr benötigt.«

»Im Ernst?!«, fragte Lucas fassungslos.

»Im Ernst«, bestätigte Angelo.

»Du hast wirklich so viel Geld?«, hakte Maya noch einmal skeptisch nach.

»Ja, habe ich«, bestätigte Angelo sichtlich verwundert darüber, dass man ihm das offensichtlich nicht glauben wollte. »Geld ist wie gesagt kein Problem.«

»Und du verarschst uns wirklich nicht?«, fragte dann Caleb auch noch einmal. »Wenn das wirklich stimmt, dann werden wir nämlich gleich morgen alle fünf unsere Kündigung bei der NSA einreichen.«

Angelo schaute mich ratlos an, anstatt das noch ein weiteres Mal zu bestätigen. Er verstand offensichtlich nicht, wieso diese Menschen seinen Worten einfach nicht glauben wollten.

»Er verarscht euch nicht«, bestätigte ich daher noch einmal für Angelo. »Ich verbürge mich dafür. Und ich verspreche euch hiermit offiziell und verbindlich, dass ich persönlich dafür sorgen werde, dass ihr das Geld auf jeden Fall bekommt – selbst dann, wenn Angelo einen Rückzieher machen sollte, was er jedoch ganz sicher nicht tun wird. Ihr wisst, dass ich das Geld auftreiben kann, wenn ich das will. Geld hat mich bisher nur nicht interessiert, aber ein paar Millionen zu generieren, wäre eine leichte Aufgabe. Wenn ihr also diese Firma gründen wollt, dann reicht morgen eure Kündigung bei der NSA ein. Und dann macht als Erstes das virtuelle ELLA-Camp. Das ist eine tolle Idee für unsere Lebenswerte-Bewegung. Und am besten zieht ihr dann auch gleich hier bei uns ein, damit ihr sofort mit Ava zusammen loslegen könnt. Angelo wird die Kosten übernehmen. Stimmt's, Angelo?«

»Ja, werde ich«, bestätigte er.

Die fünf sprangen sofort begeistert auf und umarmten Angelo und mich voller Freude. Angelo war äußerst irritiert von dieser Reaktion und grinste leicht überfordert.

»Dann wäre das geklärt«, sagte er, als sich alle wieder gesetzt hatten.

Doch die Nerds wollten das ausgiebig mit ihm feiern. Sie bestellten sofort Champagner, um auf ihre Zusammenarbeit anzustoßen. In der Zwischenzeit bestätigten sie ihm wieder und wieder, dass er diese Investition nicht bereuen würde. Angelo zuckte irgendwann nur noch verwundert mit den Achseln.

Als der Champagner kam, schenkten die Kellner allen aus unserer Gruppe ein Glas aus. Emily bat dann alle aufzustehen und feierlich auf unseren lieben Angelo anzustoßen. Was wir auch taten.

Ich hatte dabei ein wenig Spaß im Gesicht, denn ich wusste, wie die anderen Secret-Angels auf dieses Getränk reagieren würden. Und genau so kam es dann auch. Yensaya und Lenyo rissen die Augen erschrocken weit auf, als sie den ersten Schluck genommen hatten. Die anderen konnten ihr Entsetzen ein wenig besser verbergen. Und alle reagierten daraufhin auf die gleiche Weise. Sie nahmen alle fassungslos noch einen zweiten Schluck, um dieses unglaublich ekelhafte Gefühl noch ein weiteres Mal zu erleben.

Danach kam das Essen. Ich war sehr gespannt, wie die Secret-Angels darauf reagieren würden. Sie waren etwas skeptisch nach dem Champagner-Erlebnis. Dann schauten sie alle gespannt zu Brian rüber und beobachteten ganz genau, was er tat. Daraufhin ahmten alle exakt jede seiner Bewegung simultan nach. Brian fiel das sehr schnell auf.

»Kannst du deinen Freunden irgendwie begreiflich machen, dass sie mich nicht 1:1 kopieren dürfen?«, flüsterte er mir ins Ohr. »Das ist viel zu auffällig.«

Ich stand schnell auf und ging zu Malaika rüber und flüsterte ihr ins Ohr, was Brian zu mir gesagt hatte. Sie flüsterte es sofort Yensaya ins Ohr, die direkt neben ihr saß. Und so ging die Botschaft von Brian reihum von Secret-Angel zu Secret-Angel.

Brian saß grinsend da und schüttelte amüsiert den Kopf.

»Sie sind wirklich einfach nur süß, deine Freunde«, flüsterte er mir ins Ohr, als ich mich wieder zu ihm gesetzt hatte.

»Ja, das sind sie«, bestätigte ich seine Einschätzung.

Als wir mit dem Essen fertig waren, war die Sonne längst untergegangen. Wir beschlossen, uns trotzdem alle zusammen an den Strand in den Sand zu setzen, denn die Lichter der umliegenden Hotels und Restaurants erhellten den Strand und tauchten ihn in eine romantische Atmosphäre. Da es alle so gewohnt waren, setzten sie sich automatisch in einen großen Kreis. Ich spürte irgendwann, dass die Nerds etwas auf dem Herzen hatten. Sie schauten ständig zu mir rüber, sagten aber nichts.

»Habt ihr vielleicht irgendeine Frage an mich?«, fragte ich deshalb Maya, die direkt neben mir saß.

»Eher ein Anliegen«, meinte sie. »Aber es traut sich keiner, dich zu fragen.«

»Was ist das denn für ein Anliegen?«, wollte ich wissen.

»Es geht um deine Workshops«, sagte sie zurückhaltend. »Wir finden es alle sehr schade, dass wir damit nicht weitermachen können. Vor allem, weil wir ja eigentlich nur noch die gefühlten Probleme mit den Gefühlszielen hätten korrigieren müssen, um dann komplett problemfrei zu sein. Wir haben versucht, das eigenständig weiterzumachen, doch das hat leider nicht geklappt.«

»Und ihr würdet jetzt gerne noch einen Workshop machen?«, fragte ich.

»Ich weiß, das ist unverschämt«, meinte sie. »Du willst ja auch mal Feierabend haben. Vielleicht können wir ja einmal an einem freien Tag vorbeikommen, wenn das okay wäre. Das würde uns alle unglaublich viel bedeuten.«

»Wir können gerne auch jetzt einen kleinen Workshop machen«, meinte ich. »Warum nicht? Ihr Lieben«, sagte ich daher laut in die Runde. »Wer von euch würde denn am liebsten heute Abend noch einen Workshop machen für die Gefühlsziele?«

Die Nerds zeigten sofort alle begeistert auf. Die Secret-Angels folgten ihrem Beispiel.

»Ich weiß, das ist ungewöhnlich um diese Uhrzeit«, sagte ich zu Ava, Jason, Dylan und Greg, die bisher nicht aufgezeigt hatten. »Aber wäre das für euch vielleicht trotzdem okay? Unsere Leute hängen alle ein wenig in der Luft, nachdem sie von der NSA abgezogen wurden, kurz bevor wir uns von den gefühlten Problemen mit unseren Gefühlszielen befreien konnten.

»Von mir aus gerne«, meinte Dylan.

»Klar, kein Thema«, meinte Greg. »Können wir gerne machen.«

»Selbstverständlich ist das okay, mein Schatz«, sagte Ava, und Jason nickte zustimmend.

»Na, dann machen wir noch eine Runde«, sagte ich, um unseren Workshop zu beginnen. »Wir haben festgestellt, dass es bei unseren Gefühlszielen neben der Problembeurteilung auch eine weitere interessante Beurteilung gibt, die wir korrigieren sollten – nämlich die Missstandsbeurteilung. Es geht dabei um gefühlte Gefühlszustände, die wir als *schlecht* oder als *nicht in Ordnung* oder als *nicht gut* ansehen.

Wie wir alle wissen, gibt es so etwas wie Gefühlszustände ja in Wirklichkeit gar nicht. Trotzdem sind in unserem System viele emotionale Missstandsbeurteilungen darüber abgespeichert, da wir zu dem Zeitpunkt, als wir diese Beurteilungen vorgenommen hatten, noch nicht wussten, dass Gefühle keine Zustände sind. Diese gefühlten Missstände nicht mehr als Probleme anzusehen, ist natürlich auch hier der wichtigste Schritt.

Die Problembeurteilung gibt den gefühlten Missständen unnötigerweise eine sehr hohe Relevanz. Das können wir leicht korrigieren. Die Missstandsgefühle werden dann nur noch in einer weit geringeren Intensität erzeugt. Da es sehr einfach ist, die falschen Missstandsbeurteilungen ebenfalls zu korrigieren, haben wir diese Beurteilung in unsere Korrektur-Routine mit aufgenommen, die wir unserem unbewussten System antrainieren wollen. Im Grunde genommen tun wir bei den Missstandsbeurteilungen einfach genau das Gleiche wie bei den Problembeurteilungen. Wir machen uns einfach nur bewusst, dass es lediglich willkürlich definierte Begriffe und keine Wahrheiten sind.

Damit die besagte unbewusste Korrektur-Routine entsteht, gehen wir einfach genügend Beispiele durch. Haltet dabei unser Ziel im Bewusstsein. Wir machen einen Bottom-up-Prozess, bei dem es darum geht, diese Korrektur-Routine zu erzeugen. Es geht also nicht darum, einzelne belastende Missstandsgefühle abzustellen oder zu vermeiden. Bereitet euch darauf vor, dass dieses Lösungsmotiv bei den Beispielen, die wir gemeinsam durchgehen werden, eventuell aufkommt und auch stark werden kann. Macht euch dann jedes Mal bewusst, dass wir mit dem Bottom-up-Prozess tausend Mal mehr erreichen können, als dieses eine gefühlte Problem zu lösen. Wir können damit in einem Aufwasch *alle* gefühlten Probleme lösen.

Legen wir also los. Wer von euch würde es denn vom Gefühl her im Moment noch als Problem ansehen, wenn ihr in eurem Alltag kaum noch positive Gefühle empfinden und euch stattdessen ständig niedergeschlagen und leer fühlen würdet?«

»Würde das denn helfen?«, fragte Dylan grinsend, und alle lachten.

Alle zeigten dann auf, um meine Frage zu beantworten.

»Ich stelle euch jetzt immer drei Fragen zu jedem Beispiel«, kündigte ich an. »Die erste bezieht sich aufs Müssen, die zweite aufs Wollen und die dritte darauf, ob es bei diesem Thema eventuell eine lohnende Aufgabe gibt. Also erste Frage: Wer hat das Gefühl, den Mangel an positiven Gefühlen und die innere Leere noch als Problem ansehen zu müssen?«

Niemand zeigte auf.

»Wenn es ja gar nicht wahr ist, dann muss ich das natürlich nicht als Problem beurteilen«, meinte Dylan.

»Das ist richtig«, bestätigte ich. »In Wahrheit kann es hier kein Müssen geben. Im Gefühl kann es jedoch natürlich noch ganz anders aussehen. Tut es aber offensichtlich nicht. Wie es aussieht, hat unsere Korrektur-Routine hier schon ganz gut gegriffen. Vor ein paar Tagen hätte das noch ganz anders ausgesehen. Kommen wir daher zur zweiten Frage. Wer hat das Gefühl, den Mangel an positiven Gefühlen und die stattdessen empfundene Leere als Problem ansehen zu *wollen?*«

Erneut zeigte niemand auf.

»Ätzend wäre das schon, wenn man nur noch Leere fühlt und gar nichts mehr schön finden kann«, meinte Ava.

»Ja, das wäre sehr ätzend«, stimmte ich zu. »Schauen wir uns einmal an, was in unserem System passiert, wenn wir den Mangel an schönen Gefühlen als Missstand ansehen, obwohl wir ihn nicht mehr als Problem beurteilen.«

»Das würde Missstandsgefühle erzeugen«, antwortete Tyler. »Und zwar nicht zu knapp, denn das habe ich viele Jahre lang so gemacht. Das hat bei mir eine chronische Depression erzeugt. Okay, da hatte ich es noch als Problem angesehen. Aber die innere Leere würde in einem abgeschwächten Maß trotzdem bleiben, auch wenn ich sie nicht mehr als Problem ansehen würde. Ich hätte dann trotzdem die ganze Zeit über unterschwellig ein eher melancholisches Grundgefühl, auch wenn es dann vermutlich keine richtige Depression mehr wäre. Ein scheiß Lebensgefühl wäre es trotzdem.«

»Und je mehr du dich an diesem Lebensgefühl stören würdest, desto eher würde es dann möglicherweise sogar wieder als Problem beurteilt«, sagte ich. »Jedenfalls würde die Missstandsbeurteilung dieses Missstandsgefühls logischerweise weitere Missstandsgefühle erzeugen und damit die innere Leere und den Mangel an positiven Gefühlen aufrechterhalten. Das ist also sicherlich keine gute Idee. Kann das jeder nachempfinden?«, fragte ich in die Runde.

Alle hoben daraufhin zustimmend die Hand.

»Und was könnten wir hier stattdessen für eine sinnvolle Aufgabe annehmen?«, fragte ich.

»Gnadenlos bei der Wahrheit zu bleiben«, meinte Ava.

»Das auf jeden Fall«, bestätigte ich. »Was noch?«

»Unseren Wohlstand wertzuschätzen«, meinte sie.

»Ja, das könnten wir zusätzlich noch machen«, sagte ich. »Was können wir noch tun?«

Ich sah nur ratlose Gesichter und zuckende Achseln.

»Unsere Habenwollens und Seinwollens machen, wie wir alle wissen, nur ein einziges Prozent unseres tatsächlichen Glückspotenzials aus«, sagte ich. »Negative Gefühle können wir sehr gut vermeiden oder abstellen, indem wir unsere negativen Beurteilungen korrigieren. Das hält dann auch dauerhaft an. Die negativen Gefühle werden dann gar nicht mehr erzeugt. Doch bei den positiven Gefühlen läuft das anders ab. Die werden im Falle einer positiven Beurteilung nur vorübergehend für sehr kurze Zeit erzeugt.

Wohlstandsbeurteilungen führen daher nicht zu dauerhaften Wohlstandsgefühlen, auch wenn das auf den ersten Blick intuitiv logisch erscheinen mag. Die meisten Menschen versuchen wohl auf diese Weise Glück und Erfüllung in ihrem Leben zu finden. Doch das kann, wie wir alle wissen, nicht funktionieren. Nur über unsere positiven Beurteilungen können wir keine Fülle an positiven Gefühlen erzeugen.«

»Das geht nur über unsere Tunwollens«, fügte Ava hinzu, wie ich es ihr bei unserem letzten Workshop erklärt hatte.

»Ganz genau«, stimmte ich zu. »Das ist die einzige Möglichkeit. Schauen wir uns das noch einmal ein wenig genauer an. Würde ein Mensch, der seinen 3G-Tunwollens eine große Priorität gegeben hat, noch innere Leere oder den Mangel an positiven Gefühlen empfinden?«

»Ganz sicher nicht«, antwortete Sophia. »Da empfindet man genau das Gegenteil – Fülle und sehr viele positive Gefühle. Das war echt eine krasse Erfahrung, als wir im Workshop die vielen 3G-Lebenswerte für mich gesucht hatten. Das ist auch alles so geblieben. Ich empfinde es immer noch als unglaublich bereichernd, wenn wir uns hier gegenseitig sozialen Rückhalt geben. Das ist einfach nur der Hammer.«

»Dann wären die 3G-Tunwollens also das beste Stattdessen, wenn man sich innerlich leer fühlt und einen

Mangel an positiven Gefühlen empfindet«, erkannte Isaac.

»So ist es«, stimmte ich zu. »Die Tunwollens funktionieren jedoch nicht, wenn wir es nur tun, um bessere Gefühle zu haben. Dadurch würden wir aus den Tunwollens automatisch Tunmüssens machen. Und dann würde wieder genau das Gegenteil passieren. In Wirklichkeit sind die Tunwollens sowohl für unser Überleben als auch für unsere Lebensqualität tausendmal wichtiger als unsere Gefühlsziele. Die Gefühlsziele haben in unserem System eine viel zu hohe gefühlte Wichtigkeit. Die 3G-Tunwollens, die uns tatsächlich ein glückliches und erfülltes Leben bescheren können, haben hingegen fast noch gar keine gefühlte Wichtigkeit. Das wird sich nach und nach korrigieren, wenn wir mehr Beispiele durchgehen, damit unser unbewusstes System besser erkennen kann, dass die 3Gs uns tatsächlich glücklich machen, wohingegen die Gefühlsziele uns eindeutig unglücklich und krank machen sowie für unzählige zwischenmenschliche Konflikte sorgen.«

»Dann stellen wir das am besten bei jedem Beispiel kurz gegenüber«, schlug Isaac vor.

»Ja, das ist eine gute Idee«, stimmte ich zu. »So werden wir es machen. Dann, würde ich vorschlagen, kommen wir zum nächsten Beispiel. Hat jemand ein Beispiel für ein Gefühl, das er oder sie noch als Problem oder Missstand ansieht?«

»Ich empfinde es immer noch als Problem, dass ich mich ständig deprimiert und minderwertig fühle«, meinte Arjun. »Vom Kopf her weiß ich, dass diese Gefühle keine Probleme sein können. Doch das kriege ich einfach nicht ins Gefühl. Wenn ich das versuche, geht sofort ein sehr übles Gedankenkarussell bei mir los. *So will ich mich aber nicht mehr fühlen,* denke ich dann. *So darf ich mich auch nicht mehr fühlen. Warum fühle ich mich so? Wegen meiner Kindheit vielleicht?!* Und dann fühle ich mich machtlos und unsicher. *Kein Wunder, dass ich langweilig bin,* denke ich dann. *Weil, ich sag ja auch nie was, wenn ich mich so unsicher fühle.*«

»Es hat einen starken Selbstbestätigungseffekt, wenn du so denkst«, sagte ich.

»Ja, das ist mir vollkommen klar«, meinte Arjun. »Deshalb kämpfe ich auch dagegen an. Ich mache mir dann immer sofort klar, dass diese Gefühle keine Probleme sind. Aber es hilft nicht. Sie machen mir einfach mein ganzes Leben kaputt. Ich will meine Freizeit mit Freunden verbringen und das genießen können. Zusammen ausgehen, Meinungen austauschen, Filme schauen, Spiele spielen, über die Arbeit quatschen. Aber das geht einfach nicht, wenn ich mich ständig minderwertig und deprimiert fühle.

Ich versuche, einsickern zu lassen, dass in Wirklichkeit alles gut ist. Nutze jede Gelegenheit, die Fehlbeurteilung zu korrigieren. Die Wirklichkeit wahrheitsgemäß zu beurteilen. Ich will erkennen, dass ich im Paradies lebe. Die Brille abnehmen. Und selbst wenn ich minderwertig wäre, wäre ja trotzdem in Wahrheit alles grün. *Mir geht es gut,* sage ich mir unentwegt. Aber es ist, als würde sich da mein unbewusstes System beide Finger in die Ohren stecken und anfangen zu singen, damit es nicht hören muss, was ich sage.«

»Du *willst* dich nicht mehr minderwertig und deprimiert fühlen und hast sogar das Gefühl, das nicht zu *dürfen*«, sagte ich. »Das bedeutet, dass du dein Minderwertigkeitsgefühl unbewusst noch immer als Problem ansehen *willst* und auch glaubst, das tun zu *müssen*. Hast du eine Idee, warum das so sein könnte?«

»Ich will das nicht mehr fühlen«, sagte er bestimmt. »Das ist echt schlimm. Das quält mich schon mein gesamtes Leben lang und macht mir alles kaputt. Auf der anderen Seite weiß ich aber genau, dass ich alles nur noch schlimmer mache, wenn ich diese Gefühle als Probleme ansehe. Ich will sie nicht mehr als Problem ansehen. Bewusst zumindest nicht. Unbewusst sieht es wohl anders aus.«

»Dann muss es einen triftigen Grund dafür geben, warum du unbewusst so verzweifelt an dieser Problembeurteilung festhältst«, sagte ich. »Ich vermute, dass es sich dabei um ein anderes gefühltes Problem aus deinem Problem-Netzwerk handelt. Sollte dir bewusst werden, was das für ein Problem ist, können wir das als nächstes Beispiel nehmen. Ansonsten würde ich vorschlagen, lieber weiter bei unserem Bottom-up-Prozess zu bleiben. Wenn wir genügend andere Beispiele durchgegangen sind, dann wird sich dein unbewusstes System von allein umentscheiden. Es braucht vermutlich noch mehr Sicherheit, dass das Festhalten an irgendwelchen Problembeurteilungen wirklich keine gute Idee ist, damit es damit aufhören kann, sich die Finger in die Ohren zu stecken.

Mir ist klar, dass es jetzt schwerfällt, nicht in einen Top-down-Prozess zu verfallen und die Ursache finden zu wollen, warum dein unbewusstes System bei diesem Thema noch an der Problemlösung festhalten will. Doch der Bottom-up-Prozess ist sehr viel sinnvoller, als ständig mit dem Kopf gegen die Wand zu rennen.«

»Ehrlich gesagt, empfinde ich es nicht als schwer, von meiner Problemlösung loszulassen«, meinte Arjun. »Im Gegenteil. Ich fühle mich sogar erleichtert, dass ich das jetzt nicht mehr machen muss. Wenn es einen leichteren Weg gibt, dann will ich lieber den gehen. Ich mühe mich schon so lange mit diesem gefühlten Problem ab, dass ich echt keine Lust mehr habe, weitere kostbare Jahre damit zu vergeuden. Das habe ich mein ganzes Leben lang gemacht. Wenn das nicht mehr notwendig ist, dann sehe ich das als eine Befreiung.«

»Das freut mich sehr«, sagte ich. »Hast du denn eine spontane Idee, warum du dein Minderwertigkeitsgefühl immer noch als Problem ansehen willst und musst?«

»Keine Ahnung«, sagte er. »Ich suche schon so lange nach einer Antwort, aber ich habe echt überhaupt keine Idee. Doch ich fühle mich gerade um Tonnen leichter, dass ich diesen Grund jetzt nicht mehr suchen muss. Das allein ist schon Gold wert.«

»Das ist super«, sagte ich. »Dann wenden wir uns also einem neuen Gefühlsziel zu«, schlug ich vor. »Hat jemand noch ein Beispiel für uns?«

»Ich finde es noch sehr schwierig, meine Bedürfnisse oder Wünsche zu äußern«, sagte Tyler. »Ich halte mich da immer noch sehr zurück. Dylan sagt mir immer wieder, dass das nicht nötig ist, aber ich habe starke Hemmungen. Es ist wie ein innerer Zwang, dass ich meine Bedürfnisse zurückstellen und mich anpassen muss. Ich kämpfe schon sehr lange dagegen an, doch das hat es natürlich nur schlimmer gemacht. Ich stehe jedes Mal regelrechte Todesängste aus, wenn ich jemanden meine Bedürfnisse oder Wünsche mitteilen soll. Ich kann dann nächtelang nicht schlafen und tagsüber nichts essen. Das ist wirklich heftig. Ich weiß, dass es da in Wahrheit kein Problem gibt. Doch das reicht irgendwie nicht aus.«

»Hinter deinen Ängsten wird es vermutlich ein starkes Gefühlsziel geben«, sagte ich.

»Ich glaube, du hast mein Gefühlsziel gerade genannt!«, sagte Tyler aufgewühlt mit großen Augen. »Ich glaube, es ist die Angst selbst – also das Angstgefühl. Ich bin ziemlich sicher. Ich beurteile das Angstgefühl vom Gefühl her als richtig großes Problem. Die Angst ist es, warum ich meine Bedürfnisse nicht äußern kann. Ich habe die ganze Zeit überlegt, wovor ich so große Angst habe. Aber ich habe nichts mehr gefunden, was ich noch als Problem angesehen hätte.

Früher hatte ich sicherlich Angst, abgelehnt zu werden, oder Angst vor Ausgrenzung und Einsamkeit und so. Doch das hat sich mittlerweile alles aufgelöst durch deine Workshops. Ich lebe im grünen Bereich und kann mich sogar jetzt mit meinen Gedanken und Ideen einbringen. Da gibt es ganz viele Möglichkeiten. Ich weiß auch, dass ich in Wirklichkeit Bedürfnisse haben darf. Das fühle ich sogar. Es ist auch nicht mehr so relevant, ob das jemand gut oder schlecht findet. In Wahrheit ist immer alles grün, egal ob andere meine Bedürfnisse gut oder schlecht finden. Ich könnte mich theoretisch viel mehr trauen und ausprobieren, wenn ich tatsächlich nur an die äußeren Umstände denken würde. Doch ich glaube, ich habe wirklich einfach nur noch Angst vor meinen eigenen Angstgefühlen.«

»Dann schauen wir einmal, was mit diesem Gefühlsziel passiert, wenn du es nicht mehr als Problem ansiehst«, schlug ich vor. »Hast du noch das Gefühl, deine Angstgefühle als Problem ansehen zu müssen?«

»Auf keinen Fall!«, meinte Tyler. »Das ist ja der komplette Schwachsinn. Gefühle können in Wirklichkeit keine Probleme sein. Und es ist ja auch einfach nur schädlich, sie als Probleme anzusehen.«

»Dann *willst* du deine Angstgefühle also auch nicht mehr als Problem ansehen«, stellte ich fest. »Ist das nur vom Kopf her so oder auch im Gefühl?«

»Auch im Gefühl«, meinte Tyler.

»Du *willst* es nicht, und du *musst* es nicht«, fasste ich noch einmal zusammen. »Was passiert in deinem Gefühl, wenn du dir das bewusst machst?«

»Es wird besser, geht aber nicht ganz weg«, sagte sie.

»Kann es vielleicht sein, dass du deine Angstgefühle gar nicht mehr als Problem empfindest, sondern nur noch als Missstand?«, fragte ich.

»Das kann sehr gut sein«, meinte Tyler nachdenklich. »Ich glaube, damit hast du jetzt auch gerade wieder den Nagel mit dem Kopf getroffen«, sagte sie, und alle Menschen lachten seltsamerweise herzhaft.

Dylan gab Tyler sogar anerkennend High Five. Die Secret-Angels schauten irritiert – bis auf Nuno, der sich vor Lachen auf dem Boden kugelte.

»Musst du deine Angstgefühle denn als Missstand ansehen?«, fragte ich Tyler, als sich die Menschen wieder einigermaßen beruhigt hatten.

»Nein, das ist Quatsch«, sagte sie. »Das muss ich genauso wenig als Missstand ansehen, wie ich es als Problem ansehen muss. Gefühle können keine Missstände sein.«

»Und willst du deine Angstgefühle vom Gefühl her noch als Missstand ansehen?«, fragte ich weiter.

»Nein, das will ich auf keinen Fall«, sagte sie. »Es sei denn, das würde helfen!«, meinte sie und schmiss sich erneut weg vor Lachen.

Wieder lachte die ganze Gruppe mit. Dieses Mal auch die Secret-Angels, wobei sie nicht wirklich verstanden, warum die Menschen lachten. Irgendetwas musste sich bei Tyler gerade geändert haben. Sie schien plötzlich Scherze zu machen. Ich deutete das auf jeden Fall als ein positives Zeichen.

»Dann siehst du Angstgefühle jetzt nicht mehr als Missstand?«, hakte ich noch einmal nach.

»Nein, das hat sich gerade echt geändert«, bestätigte sie. »Ich habe jetzt keine Angst mehr vor meinen Angstgefühlen. Es sind nur Gefühle – nichts weiter.«

»Dann kommen wir auch schon zur lohnenden Aufgabe«, schlug ich vor. »Hast du eine Idee, was hier ein wertvolles Tunwollen wäre?«

»Ich glaube, es wäre sinnvoll, unsere Gruppe als Spielwiese zu betrachten und mich einfach mal was zu trauen«, meinte sie. »Einfach mal die Grenzen, die ich im Kopf habe, überwinden und schauen, was dann wirklich passiert. Ich weiß ja, dass nichts Schlimmes passieren kann. Wenn ich trotzdem noch Angstgefühle habe, obwohl ich in Wirklichkeit vollkommen susi bin, dann könnte das vielleicht sogar Spaß machen. Ganz bestimmt sogar!«, meinte sie überzeugt. »Ich könnte das bestimmt sogar irgendwie genießen.«

»Das hört sich nach einer tollen Aufgabe an«, sagte ich.

»Ja, das wäre bei mir echt eine Kehrtwende um 360 Grad«, meinte sie scherzend. Und dieses Mal hatten auch alle Secret-Angels den Scherz verstanden und lachten mit.

»Hat jemand noch ein weiteres Beispiel für ein problematisches Gefühlsziel, das uns alle betreffen könnte?«, fragte ich in die Runde.

»Ich hätte da vielleicht eins«, meinte Malaika. »Ich habe oft ein unterschwelliges Unzufriedenheitsgefühl. Es ist aber nicht so wirklich ein einzelnes Gefühl. Es ist eher so etwas wie eine Grundstimmung, die mein Leben komplett überschattet. Ich überspiele das im Alltag dann, so gut es geht, doch in Wirklichkeit bin ich längst nicht immer so gut drauf, wie es den Anschein hat.«

»Das ist bei mir genauso«, meinte Lenyo.

»Ich glaube, das ist bei uns allen so«, erklärte Serafina. »Wir wurden bei den Amish so erzogen, dass es sehr unhöflich ist, andere Menschen mit unserer schlechten Stimmung zu belästigen. Also lächeln wir ständig, sobald wir mit anderen Menschen zusammen sind, auch wenn uns innerlich vielleicht gar nicht zum Lächeln zumute ist.«

Ich war beeindruckt! Das war eine geniale Lösung, um die ungewöhnlich positive Grundstimmung der Secret-Angels zu erklären.

»Das ist ein tolles Beispiel«, sagte ich deshalb. »Unsere emotionale Grundstimmung entsteht durch unsere grundsätzliche Beurteilung unserer Lebensqualität – insbesondere auch durch unsere Erwartungshaltung in Bezug auf unsere zukünftige Lebensqualität«, begann ich für unsere Menschen zu erklären. »Unsere Erwartungshaltung für die Zukunft hängt von der Beurteilung unserer aktuellen und vergangenen Lebensqualität ab. Beurteilen wir unsere Lebensqualität grundsätzlich als *nicht gut, nicht gut genug, zu schlecht* oder als *nicht in Ordnung*, dann erzeugen wir damit eine negative Grundstimmung. Und die überschattet dann alle 20 000 Beurteilungen, die wir jeden Tag treffen, was dann die negative Grundstimmung noch einmal zusätzlich befeuert.«

»Dann ist diese Grundstimmung so etwas wie ein Meta-Gefühlsziel«, meinte Isaac.

»Ja, so könnte man es sagen«, stimmte ich zu. »Die Erwartungshaltung, die unsere Grundstimmung erzeugt, ist nicht von einzelnen Lebenssituationen oder Ereignissen abhängig. Es ist vielmehr die Summe der positiven und negativen Erfahrungen, die wir in Bezug auf unsere Lebensqualität in den verschiedenen Lebensbereichen gemacht haben.

Genauer gesagt, geht es hierbei um unsere subjektive Beurteilung dieser Erfahrungen, die wir anhand unserer Großhirnsollvorstellungen und Gefühlsziele vorgenommen haben. Würden wir diese Beurteilungen an den korrekten Kriterien des Reptiliengehirns und des sozialen Gehirns festmachen, dann würden wir sofort erkennen, dass wir in Wirklichkeit im totalen Wohlstand leben und eine supergute Lebensqualität haben. Folglich hätten wir dann auch eine sehr grüne Grundstimmung.

Machen wir jedoch unsere Grundstimmung von unseren Großhirnsollvorstellungen und Gefühlszielen abhängig – insbesondere vom generellen Gefühlsziel, uns so oft wie möglich gut und nur so selten wie nötig schlecht fühlen zu wollen, dann entsteht schnell eine negative emotionale Gestimmtheit, die dann, wie gesagt, unseren gesamten Alltag negativ überschattet und unzählige weitere negative Gefühle begünstigt.«

»Wir dürfen also unsere Grundstimmung nicht als Beurteilungskriterium für unsere Lebensqualität verwenden, weil unsere Grundstimmung ja in Wirklichkeit von der Beurteilung unserer Lebensqualität abhängt«, meinte Malaika.

»Ganz genau«, stimmte ich ihr zu. »Sonst machen wir unsere Grundstimmung von unserer Grundstimmung abhängig, und dann kann sie sich natürlich nie korrigieren.«

»Mir macht das immer noch einen Knoten ins Hirn, wenn du solche Sachen sagst«, meinte Ava. »Kannst du das bitte noch einmal für normale Menschen wie mich erklären, die keinen Doktortitel haben?«

»Gerne«, sagte ich. »Wovon hängt denn deine Lebensqualität wirklich ab? Von deinen Gefühlen oder deinen Lebensumständen?«

»Vom Gefühl her immer noch von meinen Gefühlen«, meinte sie. »Aber in Wirklichkeit natürlich von meinen Lebensumständen. Es ist ja meine Lebensqualität und nicht meine Gefühlsqualität. Ich glaube, ich verstehe, was du meinst. Ich muss auch hier gnadenlos bei der Wahrheit bleiben, wenn ich über meine Lebensqualität nachdenke. Ich habe keine schlechte Lebensqualität, nur weil ich mich fälschlicherweise schlecht fühle. Die ganzen schlechten Gefühle sind ja in Wirklichkeit nur falsche Beurteilungen. Es gibt so gut wie nichts tatsächlich Schlechtes in meinem Leben. Wenn ich in einem Land leben würde, in dem Hunger und Krieg herrschen, dann wäre das etwas anderes.

Doch wenn ich in einem Luxushotel wohne, wo eine einzige Übernachtung schon 1 000 Dollar kostet, an einem der schönsten Strände der Welt sitze, umgeben von den tollsten Menschen, die ich kenne und die mich sogar noch mögen und lieben, dann ist es wohl mehr als bescheuert, meine Lebensqualität als schlecht anzusehen, nur weil ich mich gerade schlecht fühle.

Vor allem, weil diese ganzen schlechten Gefühle einfach nur totaler Quatsch sind. In Anbetracht der vielen Menschen, denen es längst nicht so gut geht, grenzt das für mich wirklich an einen Akt der Unverschämtheit, wenn ich das tue. Habe ich aber bis gerade eben noch getan. Und das möchte ich ab sofort nicht mehr tun.«

»Du *willst* deine Lebensqualität also nicht mehr als schlecht ansehen, und du *musst* es auch nicht«, fasste ich noch einmal zusammen.

»Vom Gefühl her *muss* ich das irgendwie noch«, merkte sie. »Warum muss ich das?«, fragte sie sich dann selbst. »Ich muss gar nichts!«, antwortete sie sich dann auch selbst. »Da meldet sich gerade ein komischer Gedanke«, meinte sie. »Ich muss es als Missstand ansehen, damit ich mich auch wirklich darum kümmere. Sonst tue ich nichts dagegen. Und es muss etwas getan werden, weil es ja ein Missstand ist.«

»Jetzt machst du mir einen Knoten in meine Hirnwindungen«, sagte ich.

»Ich glaube, das sind irgendwie zwei Ebenen«, meinte sie. »Auf der einen Seite muss es geändert werden, weil es ja ein Missstand ist. Und deshalb muss ich es auch weiterhin als Missstand ansehen, weil ich mich ja sonst nicht darum kümmere. Ich würde den Missstand sonst einfach stehen lassen. Und das darf nicht sein.«

»Dann willst du dich mit deiner Missstandsbeurteilung motivieren, damit du dich um das Beseitigen deines Missstands kümmerst«, sagte ich. »Das verstehe ich.

Aber was genau ist dein Missstand überhaupt?«, wollte ich wissen.

»Dass ich mich nicht viel besser fühle«, meinte sie. »Das ist der Missstand. Ich lebe im Paradies und habe trotzdem ständig Missstandsgefühle und diese negative Grundstimmung, wie du sie nennst.«

»Dann hast du also wirklich Missstandsgefühle, weil du Missstandsgefühle hast«, stellte ich fest. »So wie du Problemgefühle hattest, weil du Problemgefühle hattest.«

»So sieht's aus«, stimmte sie zu. »Wieso bin ich so bescheuert?!«, fragte sie kopfschüttelnd.

»Du bist nicht bescheuert«, widersprach ich. »Diese Missstandsbeurteilung stammt noch aus einer Zeit, in der du das nicht besser wusstest. Die ist einfach noch in deinem System abgespeichert. Da sind sicherlich noch jede Menge an Gefühlszielen als gefühlte Probleme abgespeichert. Wir sind ja dabei, genau das zu korrigieren. Deshalb gehen wir die vielen Beispiele durch, damit die unbewusste Korrektur-Routine entstehen kann. Aber die gibt es natürlich im Moment noch nicht. Daher ist es völlig normal, dass noch viele falsche Problembeurteilungen und auch falsche Missstandsbeurteilungen über deine Gefühle auf deiner Festplatte abgespeichert sind. Die wurden, wie gesagt, in einer Zeit abgespeichert, als du deine Innenwelt noch nicht so gut verstanden hast wie heute.

Dass du die Qualität deiner Gefühle als Maßstab für deine Lebensqualität genommen hast, war der ursprüngliche Fehler. Das war also die Ursache. Und jetzt gibt es noch zusätzlich einen aufrechterhaltenden Faktor. Nämlich die unbewusste Auffassung, dass du die gefühlten Missstände auch weiterhin als Missstände fühlen musst, damit du dich auch darum kümmerst, dass die Missstände abgestellt werden.«

»Ja, aber dafür müsste ich doch genau das Gegenteil tun und damit aufhören, alles als Missstand anzusehen, was mir Missstandsgefühle macht«, wendete sie ein.

»Das ist richtig«, bestätigte ich. »Doch wir sollten da beim Ursprung ansetzen. Also an der Idee, dass du an deinem Gefühl ablesen kannst, ob du eine gute Lebensqualität hast oder nicht. Das war der Denkfehler. Die Beurteilung deiner Lebensqualität erzeugt dein Lebensgefühl. Daher darfst du die Beurteilung deiner Lebensqualität natürlich nicht von deinem Lebensgefühl abhängig machen.«

»Das ist alles so bescheuert!«, sagte sie noch einmal.

»Aber völlig normal!«, betonte ich ebenfalls noch einmal.

»Und wie machen wir das jetzt?«, wollte sie wissen.

»Wir schauen uns die Lebensbereiche an, die dein System bei seiner Generalisierung verwendet«, antwortete ich.

»Welche Generalisierung?«, hakte sie ahnungslos nach.

»Unser Lebens-Grundgefühl entsteht, indem wir eine Beurteilung über die Qualität unseres Lebens in den verschiedenen Lebensbereichen treffen«, erklärte ich.

»Zum Beispiel, wie deine finanzielle Lebensqualität ist, die Qualität deiner Beziehung, deiner Wohnsituation, deiner beruflichen Situation, deiner Gesundheit und so weiter. Dein System schaut sich immer mal wieder den Status quo deiner Lebensqualität an. Das passiert in der Regel unbewusst. Es verschafft sich also einen Überblick über die verschiedenen Lebensbereiche und beurteilt sie dann alle in ihrer Qualität. Und da hat es bisher eben in allen Lebensbereichen das falsche Beurteilungskriterium verwendet. Es hat immer nur geschaut, wie du dich fühlst und vermutlich auch, wie es mit deinen Habenwollens und Seinwollens aussieht.«

»Ich dachte, es wäre korrekt, meine Lebensqualität anhand meiner Haben-, Sein- und Tunwollens zu beurteilen«, wendete sie ein.

»Ja, das ist theoretisch korrekt«, stimmte ich ihr zu. »Jedoch nicht, wenn du wie üblich den Wert deiner Haben- und Seinwollens auf deine Gefühle massiv überschätzt. Sie machen, wie du weißt, gerade einmal ein Prozent deiner positiven Gefühle aus, bewirken aber 99 Prozent deiner negativen Gefühle.«

»Das ist bei vielen Menschen der Grund für ihre Midlife-Crisis«, fügte Nuno hinzu. »Man hat alle Haben- und Seinwollens erreicht, von denen man glaubte, dass sie einen glücklich machen. Doch man fühlt sich nicht glücklich. Und dann weiß man nicht, was man falsch gemacht hat und was man noch machen soll. Man kommt dann schnell auf die Idee, dass mit einem selbst etwas nicht stimmt, weil doch eigentlich alles in Ordnung ist.

Viele Frauen verlassen dann erst einmal ihren Mann und gehen zum Friseur und lassen sich eine neue Frisur machen. Und die Männer kündigen ihren Job und suchen irgendwelche Abenteuer oder gehen auf Weltreise.«

»Die meisten Menschen sind mit der irrigen Idee aufgewachsen, dass man über die Haben- und Seinwollens ein glückliches und erfülltes Leben erreichen kann«, sagte ich. »Dass man einfach alles erreichen muss, was man sich vorgenommen hat, und dann für immer glücklich und zufrieden lebt bis an sein Lebensende. Dass das Leben so nicht funktioniert und dass dieser Weg in Wirklichkeit genau das Gegenteil bewirkt und in die eigene emotionale Hölle führt, ist scheinbar intuitiv schwer zu begreifen. Wir haben Tausende von Sollvorstellungen, die aus dieser irrigen Idee hervorgegangen sind.

In Wirklichkeit können uns nur die Tunwollens ein glückliches und erfülltes Leben bescheren. Sie machen 99 Prozent unseres Lebensglücks aus. Nur kommen wir oftmals gar nicht dazu, sie richtig auszuleben, weil es immer scheinbare Probleme oder Missstände mit unseren Habenwollens und Seinwollens gibt, bei denen wir das Gefühl haben, dass sie zuerst in Ordnung gebracht werden müssen, bevor wir uns unseren Tunwollens widmen können. Und dazu kommen wir dann nie, weil wir so viele hochgesteckte Haben- und Seinwollens haben, dass wir nie ans Ziel kommen. Und falls doch, dann landen wir in der Midlife-Crisis, wie Nuno bereits erläutert hat.

Die Menschheit wusste bisher offensichtlich nichts von der Wichtigkeit der Tunwollens. Da musst du dir keine Vorwürfe machen. Das haben noch weitere acht Milliarden Menschen nicht verstanden. Ich hoffe, dass wir an diesem Umstand gemeinsam etwas ändern können. Das ist jedenfalls mein persönliches, höchstes 3G-Tunwollen. Gemeinsam könnten wir die Menschheit wieder zurück ins Paradies führen, wenn wir es schaffen, dass sie mit ihren vielen unnötigen Problem- und Missstandsbeurteilungen aufhören und erkennen, wie wichtig ihre Tunwollens tatsächlich für ihr Lebensglück sind.«

»Ach du Scheiße!«, sagte plötzlich Arjun. Offenbar hatte er gerade eine überwältigende Erkenntnis.

»Was hast du erkannt?«, fragte ich daher interessiert.

»Das ist genau der Grund, warum ich von meinem Minderwertigkeitsproblem nicht loslassen kann und warum ich mir unbewusst jedes Mal die Finger in die Ohren gesteckt habe«, erklärte er. »Ich war bis gerade eben davon überzeugt, dass ich für immer glücklich sein werde, wenn ich es nur schaffe, mich nicht mehr minderwertig zu fühlen. Ich dachte, dass nur das mich davon abhält, glücklich zu sein. Ich hänge ganz klar an diesem Seinwollen fest, dass ich wertvoll sein und mich auch so fühlen will.«

»Dann schlage ich vor, wir schauen uns einmal gemeinsam an, ob wir dich davon lösen können«, sagte ich. »Du hast also geglaubt, dass alles gut wird, wenn du es nur schaffst, dich wertvoll zu fühlen. Wer in dieser Runde würde von sich sagen, dass er oder sie ein gutes Selbstwertgefühl hat?«

Zwei Drittel meldeten sich. Darunter auch alle Secret-Angels.

»Und bei wem ist deshalb alles gut im Leben?«, fragte ich weiter.

Niemand zeigte auf. Die Secret-Angels zuckten kurz, sahen aber sofort, dass sonst keiner die Hand hob, und taten es dann auch nicht.

»Das ist krass!«, sagte Arjun. »Das ist so krass, dass es sogar wehtut«, fügte er hinzu.

»Es ist leider ein weit verbreiteter Irrglaube, dass es Haben- oder Seinwollens gibt, die uns ein glückliches, zufriedenes und erfülltes Leben bescheren können«, sagte ich. »Weder die große Liebe vermag das zu leisten noch der ganz große Erfolg und auch nicht alles Geld dieser Welt oder eine tolle Gesundheit oder die Erleuchtung. Die Haben- und Seinwollens machen nur ein Prozent unserer glücklichen Gefühle aus, verursachen aber 99 Prozent unserer unglücklichen Gefühle, wenn wir mehr haben wollen, als wir für das Ausleben unserer Tunwollens brauchen, und mehr sein wollen, als wir sein müssen.«

»Ich habe mich komplett auf dieses eine Prozent fokussiert«, meinte Arjun. »Diesem einen Prozent habe ich meine ganze Kraft gewidmet. Und ehrlich gesagt, habe ich jede Menge völlig unrealistische Fantasievorstellungen, wie mein Leben dann aussehen wird. Wie glücklich ich dann bin, wenn ich mich wertvoll genug fühle, um eine Frau zu finden. Und wie glücklich ich dann wäre mit einem eigenen Haus und Kindern. Und mit dem vielen Geld, das ich dann verdiene, und dem Erfolg, den ich in meinem Job dann hätte. Auch gute Freunde hätte ich dann im Überfluss. Ganz viele, ganz tolle Freunde.

Ich habe mir das in den buntesten Farben ausgemalt und mich damit motiviert, immer weiterzukämpfen, um mein Ziel irgendwann doch zu erreichen. Alles würde gut werden, wenn ich es nur schaffen würde, mich wertvoller zu fühlen. Und dann bringt das in Wirklichkeit nur ein Prozent! Das ist echt heftig! Ich dachte wirklich, es bringt hundert Prozent. Einmal erreicht und für immer glücklich. Daran wollte ich unbedingt glauben.«

Kapitel 6:
Unterwerfung

»Überraschung!«, rief Angelo plötzlich in die Runde. »Ich habe gerade eine tolle Nachricht auf mein Smartphone bekommen«, berichtete er. »Wir können morgen umziehen.«

»Wir können morgen umziehen?!«, fragte ich verwundert. »Wohin und wieso?«

»Es geht zurück in die Villa«, meinte er lächelnd.

»Welche Villa?!«, fragte ich ahnungslos.

»Meine Firma hat die Villa gemietet, in der ihr Shameless in Paradise gedreht habt«, sagte er. »Ich habe gerade die Nachricht bekommen, dass es geklappt hat. Ich wollte euch damit überraschen und dachte, ihr freut euch bestimmt. Seit dem Abbruch eurer Sendung wollte da keiner mehr wohnen aus Angst vor einem terroristischen Anschlag.«

Ich wusste natürlich, wen Angelo mit seiner *Firma* meinte. Ich vermutete, dass er selbst nicht darüber informiert gewesen war, denn sonst hätte er mir das sicherlich längst gesagt. Es musste ein spontaner Beschluss von Ella gewesen sein, die Villa zu mieten.

Und sicherlich hatte sie sich dabei auch etwas gedacht.

Angelo warf einen weiteren Blick in sein Smartphone, denn offensichtlich bekam er noch weitere Nachrichten von Ella.

»Ich würde euch gerne ein Angebot machen«, sagte er dann. »Ich weiß, dass ihr sehr gerne Marys Wissen unter die Leute bringen wollt. Und wir möchten euch dabei unterstützen, wo wir nur können«, erklärte er und meinte damit offensichtlich sich selbst und die anderen Secret-Angels. »Denn gemeinsam können wir die Welt verändern. Daher dachte ich, es wäre vielleicht nicht schlecht, wenn wir eine neue Mary-Show ins Leben rufen. Wir lassen ein Produktions-Team kommen und wieder alles für die Show aufbauen. In der Umgebung der Villa gibt es noch genügend freie Unterkünfte, wo wir sicher alle unterbringen können, die in der Villa selbst keinen Platz finden.«

»Wäre das für euch in Ordnung?«, fragte ich meine Lieblingsmenschen.

»Das wäre der Hammer!«, meinte Brian begeistert. »Eine bessere Möglichkeit, wie wir richtig viele Menschen erreichen können, gibt es sicherlich nicht mehr.«

»Ja, das wäre wirklich der Oberhammer!«, meinte auch Dylan begeistert. »Da könnte ich dann auch meine neuen Songs vorstellen.«

»Auch für meine Popularität als Drag-Queen wäre das der absolute Knaller«, meinte Greg. »Da wäre ich sofort dabei.«

»Und wie ist es bei euch?«, fragte ich Ava und Jason.

»Baby, mich musst du so etwas nicht fragen!«, meinte Ava begeistert. »Ich bin auf jeden Fall dabei. Nichts lieber als das.«

»Und du, Jason?«, fragte ich.

»So öffentlich im Fernsehen wäre schon krass«, sagte er zurückhaltend. »Ich muss darüber nachdenken. Ich wollte eigentlich nie in die Öffentlichkeit. Aber mitkommen tue ich auf jeden Fall. Ob vor oder abseits der Kameras. Mich werdet ihr nicht mehr los.«

»Und wie ist es mit euch?«, fragte ich die Nerds. »Ihr wart ja schon einmal im Fernsehen bei Romeos Modenschau. Das war doch der Hammer, oder?! Könntet ihr euch vorstellen, das wieder zu machen?«

»Vorstellen schon«, meinte Stella zurückhaltend. »Auch wenn mir bei diesem Gedanken erst mal wieder mächtig die Muffe geht. Aber das müsste die NSA dann auf jeden Fall vorher genehmigen. Das wird nicht so einfach.«

»Ich denke, dass ich Agent Sullivan leicht davon überzeugen könnte, dass das eine gute Idee ist«, sagte ich. »Die NSA will ja auch, dass möglichst viele Menschen Lola verwenden. Und bei unserer neuen Show könnten wir Lola so richtig publik machen.«

»Mit so einer Reality-Show ins Fernsehen ist schon 'ne krasse Nummer«, meinte auch Isaac. »Das könnte unser aller Leben komplett verändern. Ich glaube, da müsste ich erst einmal eine Nacht drüber schlafen.«

»Du kannst da sogar viele Nächte drüber schlafen«,

meinte Angelo. »Bis die Produktion tatsächlich anlaufen kann, werden sicherlich einige Wochen vergehen. Da muss viel vorbereitet werden. Bis jetzt steht ja erst einmal nur die Idee. Bis zur Realisierung wird es also noch eine ganze Weile dauern. Doch umziehen könnten wir ja trotzdem schon einmal. Da spricht meiner Meinung nach nichts dagegen. Wir haben die Villa für die nächsten sechs Wochen zur freien Verfügung.«

»Umziehen können wir natürlich auf jeden Fall«, bestätigte Isaac, und die anderen Nerds nickten zustimmend.

»Und die Villa liegt ja sogar noch näher am Kunia-Tunnel«, sagte ich zu den Nerds, die noch im NSA-Stützpunkt wohnten. »Dann wird es noch einfacher für euch, uns besuchen zu kommen. Ihr seid jederzeit willkommen. Jeden einzelnen Tag, wenn ihr das möchtet. Und dort könnten wir an den Abenden auch noch weitere Workshops machen, wenn ihr Lust darauf habt.«

Die Nerds applaudierten begeistert, was ich als eindeutige Zustimmung deutete.

»Dann kehren wir also morgen alle ins Paradies zurück«, sagte Nuno zu Angelo. »Krasse Nummer!«

»Machen wir dann heute Abend eigentlich noch weiter mit unserem Workshop?«, fragte Arjun. Er sah dabei ziemlich nervös aus.

»Macht dir gerade irgendetwas Sorgen?«, fragte ich deshalb.

»Ich habe ehrlich gesagt ein wenig Angst, dass du Nein sagen könntest«, erklärte er zurückhaltend. »Ich fühle mich gerade, als hätte mir jemand den Boden unter den Füßen weggezogen. Mein gesamtes bisheriges Leben war ein einziger Irrweg. Das ist mir jetzt klar geworden. Ich bin immer nur wie bescheuert meinen Habenwollens und Seinwollens hinterhergerannt. Ich stehe da gerade fast so ein bisschen unter Schock, glaube ich. Zumindest fühlt es sich so an.«

»Mach dir keine Sorgen«, sagte ich zu ihm. »Ich verspreche dir, dass wir jetzt weitermachen. Falls die anderen heute Abend keine Lust mehr haben sollten, dann machen wir beide allein weiter.«

»Echt?!«, fragte er sichtlich überrascht.

»Ja, echt!«, bestätigte ich. »Das bist du mir absolut wert«, fügte ich hinzu wegen seinem Minderwertigkeitsgefühl.

Arjun fing sofort an zu weinen. Offenbar hatte ich mit dieser Aussage seinen wunden Punkt getroffen. Sophia, die neben ihm saß, nahm ihn daraufhin sofort in den Arm. Das sah ein wenig so aus, als würde eine Mutter liebevoll ihren Sohn trösten, obwohl Sophia kaum älter war als Arjun. Anderen sozialen Rückhalt zu geben, machte für Sophia das Leben erst lebenswert. Es wirkte ganz natürlich und überhaupt nicht mehr unbeholfen, wie das früher bei den Nerds immer der Fall gewesen war. Da hatte unser Workshop wirklich super funktioniert bei diesem 3G-Tunwollen.

»Ich werde mit Arjun also noch ein wenig weitermachen«, sagte ich zur Gruppe. »Wer will, kann natürlich sehr gerne noch bleiben.«

Die Nerds applaudierten, um zu signalisieren, dass sie jetzt ebenfalls nicht aufhören wollten. Die Secret-Angels machten sofort mit und klatschten ebenfalls. Meine Lieblingsmenschen lächelten. Für sie war es offenbar selbstverständlich, dass wir jetzt weitermachten.

»Also lieber Arjun«, sagte ich, nachdem er sich wieder etwas beruhigt hatte, um unseren Workshop fortzusetzen. »Was genau, hast du denn geglaubt, würde sich ändern, wenn du ein gutes Selbstwertgefühl erreicht hättest?«

»Ich dachte, dass ich dann vielleicht eine Frau finde, die mich lieben kann«, meinte er. »Dass ich mich nicht immer wie der letzte Heuler fühle. Nicht mehr so bedürftig, so armselig, wie ich mich mein ganzes Leben lang gefühlt habe.«

»Hast du denn eine Idee, wieso du dich immer so bedürftig und armselig gefühlt hast?«, wollte ich wissen.

»Wenn ich das mal wüsste«, antwortete er verzweifelt. »Ich habe mir diese Frage schon mein ganzes Leben lang gestellt und alles unternommen, damit dieses Gefühl endlich aufhört. Tut es aber nicht. Ich habe so langsam die Befürchtung, dass ich mich vielleicht unbewusst minderwertig, armselig und deprimiert fühlen will, weil sich mein unbewusstes System ja immer sofort die Finger in die Ohren steckt und anfängt zu singen, wenn ich etwas dagegen tun will.«

»Wie hast du dich denn eben gefühlt, als Sophia dich in den Arm genommen hat?«, wollte Nuno wissen.

Arjun bekam sofort feuchte Augen und quetschte unter Tränen ein einzelnes Wort heraus: »Dankbar.«

Sophia nahm ihn daraufhin sofort erneut in den Arm.

»Und was fühlst du gerade dabei, wenn du Arjun in den Arm nimmst?«, fragte Nuno Sophia.

»Mitgefühl«, sagte sie.

»Geiler Scheiß!«, meinte Nuno. »Ich glaube, ich habe eine Idee, was hier los sein könnte.«

»Und was?«, fragte ich interessiert.

»Ich vermute, es geht hier um eine Notmaßnahme aus dem sozialen Gehirn«, antwortete er. »Wenn das soziale Gehirn ein Problem sieht, dann stehen ihm drei grundsätzliche Maßnahmen zur Verfügung. Die Standardmaßnahme besteht in der gegenseitigen Bereicherung. Man sucht nach Menschen, die man als Bereicherung für das eigene Leben empfindet und die einen ihrerseits ebenfalls als Bereicherung ansehen. Findet man diese Menschen, entsteht von beiden Seiten aus ganz von selbst Zusammengehörigkeit. Man erhält einen gleichwertigen Rang, und es entstehen auch emotionale Bindungen, wenn man mehr Zeit miteinander verbringt. Problem gelöst!

Doch wenn das nicht klappt, weil man zum Beispiel durch die große Täuschung auf die Idee gekommen ist, so, wie man ist, nicht in Ordnung oder nicht gut genug zu sein, dann ergreift das soziale Gehirn die erste Notmaßnahme. Man versucht dann eine Bereicherung zu werden oder als solche angesehen zu werden, indem man toll ist, sich einschmeichelt, versucht zu gefallen, andere zufriedenzustellen, sich selbst zu optimieren und so weiter. Oder man wird zum Verdränger, zum Verleugner oder zum Wannabe. *Fake it till you make it.*

Wenn das jedoch nicht ausreichend gut funktioniert, um dazuzugehören, einen guten Rang zu bekommen und damit emotionale Bindungen entstehen, dann ziehen sich viele Menschen zurück und wollen mit den anderen nichts mehr zu tun haben. Sie werden zum Außenseiter. Manche versuchen dann unnahbar, souverän und interessant zu wirken, in der Hoffnung, dass sich dann vielleicht trotzdem jemand für sie interessiert.

Doch wenn das alles nicht funktioniert, dann steht dem sozialen Gehirn nur noch eine allerletzte Notmaßnahme zur Verfügung. Es kann sich dann nur noch unterwerfen und auf die Gnade oder die Milde der anderen hoffen, damit man wenigstens in der Gruppe geduldet ist. Auch wenn man dann einen niedrigen Rang hat und keine echten Freundschaften oder Partnerbeziehungen entstehen. Wenn man geduldet wird, wird man wenigstens nicht ausgegrenzt und muss nicht ganz allein sein.

Doch Gnade oder Milde lassen die Menschen gegenüber jemandem, der sich ihnen unterworfen hat, nur dann walten, wenn es auch einen triftigen Grund dafür gibt. Und den gibt es nur, wenn es einem wirklich schlecht geht. Man muss also leiden oder aus irgendeinem anderen Grund ein bemitleidenswertes oder auch armseliges Geschöpf sein. Und hier muss man sehr aufpassen, dass dieses Leid echt ist, denn sonst wird es als Manipulation oder Täuschung gewertet und bewirkt genau das Gegenteil von Milde. Dann wird man erst recht angegriffen, fertiggemacht oder ausgegrenzt. Daher muss man wirklich leiden. Und dafür nutzt das soziale Gehirn dann sehr leidvolle Emotionen. Man empfindet Minderwertigkeit, Einsamkeit, Sinnlosigkeit, fühlt sich deprimiert, armselig, erbärmlich, bedürftig, nicht dazugehörig und so weiter.

Das Großhirn will das natürlich alles nicht, weil das Leben mit diesen Gefühlen eine einzige Quälerei ist. Es kämpft dagegen an, will die Gefühle regulieren oder irgendwie in Ordnung bringen. Doch da ist es auf verlorenem Posten, solange das soziale Gehirn glaubt, sich unterwerfen und diese Gefühle erzeugen zu müssen, um zu vermeiden, dass man misshandelt, abgelehnt, verurteilt oder ausgegrenzt wird oder vielleicht sogar noch Schlimmeres passiert. Und dann fühlt es sich sicherlich so an, als würde sich jemand die Finger in die Ohren stecken und anfangen zu singen, wenn man diese leidvollen Gefühle abstellen will. Sie werden ja dringend benötigt. Zumindest glaubt das soziale Gehirn das.

An dieser Stelle scheitern die meisten Therapieversuche, weil die wahre Ursache der emotionalen Probleme nicht erkannt wird. Der Patient scheint Widerstand zu leisten. Er will sich offenbar nicht helfen lassen. Doch das ist nicht wahr. Er würde sich sehr gerne helfen lassen, wenn man ihm an der richtigen Stelle helfen würde. Es ist einfach nicht das Großhirn, das hier Hilfe bei einem emotionalen Problem benötigt. Es ist das soziale Gehirn, das um sein Überleben fürchtet und sich deshalb unterwirft. Und solange das so ist, kann es einfach nicht zulassen, dass man ihm die leidvollen Gefühle wegnimmt, denn die sind seine einzige Überlebensmöglichkeit als Unterworfener.

Es gibt viele Gründe, warum das soziale Gehirn auf die Idee kommen kann, sich anderen Menschen unterwerfen zu müssen. Dabei geht es immer um das Vermeiden von schlimmen Konsequenzen. Das kann körperliche Gewalt sein oder dass man von anderen im Stich gelassen, abgelehnt, verurteilt, erniedrigt oder ausgegrenzt wird. So kann die große Täuschung beispielsweise zur Unterwerfung führen.

Das Großhirn hat keinen emotionalen Zugang zu diesem instinktiven Programm. Es gibt daher kein spezifisches Gefühl, an dem man die Unterwerfung erkennen könnte. Die einzigen emotionalen Hinweise darauf sind die Angst vor bestimmten Menschen und das Bedürfnis, diese Leute milde stimmen zu wollen.

Manchmal unterwirft man sich in einer akuten Gefahrensituation nur situativ, und manchmal tut man das einem bestimmten Menschen oder einer Menschengruppe gegenüber ganz grundsätzlich. Einem Bankräuber, der einen mit Waffengewalt dazu auffordert, sich auf den Boden zu legen, unterwirft man sich beispielsweise situativ. Einem gewalttätigen Menschen, dem man über eine längere Zeitspanne hinweg ausgeliefert ist, würde man sich hingegen grundsätzlich unterwerfen. Wenn zum Beispiel ein Kind einem gewalttätigen Familienmitglied ausgeliefert ist. Oder ein Untertan seinem König, das gemeine Volk den Adligen und so weiter.

Das instinktive Programm der Unterwerfung kann man abschalten. Das geschieht wie üblich bei den instinktiven Notprogrammen durch die Erkenntnis, dass es in Wirklichkeit kein Problem gibt, wegen dem man sich unterwerfen müsste. Es gibt nur eine Aufgabe, die das Großhirn zu bewältigen hat, aber kein Problem. Also genau das Gleiche, was wir auch beim Kampf-, Flucht- und Totstell-Modus des Reptiliengehirns gemacht haben.

In dem Moment, wo beim sozialen Gehirn ankommt, dass es keinen Grund gibt, weshalb man sich unterwerfen müsste, ist das Leid vorbei. Denn das selbst erzeugte Leid, mit dem das soziale Gehirn Milde und Gnade erwirken möchte, wird nur so lange aufrechterhalten, solange man glaubt, sich unterwerfen zu müssen.«

»Trifft das auf dich zu, was Nuno gerade erklärt hat?«, fragte ich Arjun. »Hast du das Gefühl, dich anderen Menschen unterwerfen zu müssen?«

»Keine Ahnung«, antwortete er überfordert.

»Gehen wir das Schritt für Schritt an«, sagte ich. »Oder Löffel für Löffel wie bei dem Elefanten. Hattest du in deiner Familie vor irgendjemandem Angst? Oder das Gefühl, ständig jemanden milde stimmen zu müssen?«

»Da bin ich nicht ganz sicher«, antwortete Arjun mit einem deutlich hörbaren Kloß im Hals. »Ich habe mich der Liebe meiner Eltern jedenfalls nie sicher gefühlt.«

»Und wie war es außerhalb deiner Familie?«, wollte ich wissen. »Konntest du dort sein, wie du bist, ohne Angst haben zu müssen, dass man dich ablehnt, verachtet, ausgrenzt oder dir etwas antut?«

»Nein, ich hatte immer Angst«, antwortete er.

»Welchen Rang hattest du vom Gefühl her in deinem sozialen Umfeld?«, wollte ich wissen. »Oben, Mitte, unten?«

»Unten«, quetschte Arjun heraus. »Ganz unten.«

»Und hattest du das Gefühl, starke emotionale Bindungen und loyale Verbündete zu haben?«, fragte ich. »Freunde vielleicht?«

»Ich hatte keine Freunde«, meinte Arjun. »Mit mir wollte niemand befreundet sein.«

»Und wie war es mit deinen Eltern oder Geschwistern?«, wollte ich wissen.

»Ich bin Einzelkind«, antwortete er. »Von meinem Vater habe ich mich nie geliebt gefühlt. Von meiner Mama schon. Angst hatte ich aber nicht, dass die beiden mir etwas antun könnten.«

»Wie sehr hast du als Kind versucht, deine Eltern stolz zu machen?«, fragte ich.

»Das wäre mein größter Wunsch gewesen«, meinte Arjun mit Tränen in den Augen.

»Und wie sehr wolltest du von anderen Kindern oder später Jugendlichen als toll oder als Bereicherung angesehen werden?«, fragte ich weiter.

»Das wäre mein zweitgrößter Wunsch gewesen«, antwortete Arjun halb lachend und halb weinend.

»Und konntest du einen der beiden Wünsche realisieren?«, wollte ich wissen.

»Meine Mama ist schon stolz auf mich wegen meinem Doktor-Titel und meinem Job bei der NSA«, sagte er.

»Aber ob sie mich deshalb wirklich toll findet, glaube ich eher nicht. Aber in der Schule hat mich ganz sicher niemand toll gefunden und als Bereicherung sowieso nicht. Ich wurde wie viele hier in der Schule gemobbt. Ich habe dort jeden Tag Todesängste ausgestanden.«

»Hattest du in der Schule Angst, dass man dir etwas antut?«, fragte ich.

»Ja, die hatte ich permanent«, bestätigte Arjun. »Ein einziges Mal habe ich versucht, mich zu wehren. Das war noch im Kindergarten. Doch der Junge, der mich die ganze Zeit geärgert hat, war zwei Jahre älter als ich und viel stärker. Er hat mir dann voll eine reingehauen. Das hat mir unglaubliche Angst gemacht. Danach habe ich mich nie wieder gewehrt. Seitdem habe ich permanent Angst davor, dass mich jemand schlägt. Ich weiß, dass das völlig bescheuert ist, aber ich habe sogar oft vor Kindern Angst. Ich gehe jeder Konfrontation aus dem Weg.«

»Dann hast du vermutlich auch nicht mehr versucht dazuzugehören, oder?«, wollte ich wissen.

»Nein, ich habe versucht, unauffällig zu sein und niemanden zu provozieren«, sagte er. »Aber ich habe mich natürlich einsam gefühlt und versucht, auf *einsamer Junge* zu machen, und gehofft, dass vielleicht irgendein Mädel das mysteriös und interessant findet, so wie Nuno das eben erklärt hat. Doch das hat nicht funktioniert.«

»Dann könnte es also zutreffen, was Nuno vermutet hat«, sagte ich. »Dein soziales Gehirn scheint sich unterworfen zu haben und zu glauben, dass die Bedürftigkeit und Armseligkeit deine einzigen Optionen sind, um das

Schlimmste zu verhindern. Schauen wir uns als Erstes einmal an, wovor du hier am meisten Angst hast. Hast du Angst davor, dass jemand etwas gegen dich hat und dich ablehnt oder sogar aus dem Rudel ausgrenzt? So wie es damals in der Schule auch war?«

»Ja, die habe ich auf jeden Fall, weil ich mich ja nicht wehren kann«, meinte er.

»Und hast du Angst, dass du dann wieder den untersten Rang im Rudel kriegen könntest, wo dich alle schlecht behandeln, ablehnen oder sogar misshandeln?«, fragte ich weiter.

»Davor habe ich sehr große Angst«, bestätigte er.

»Dass du Angst davor hast, keine Freunde und keine Freundin zu finden, wissen wir ja bereits«, sagte ich. »Doch wenn ich dich richtig verstanden habe, hättest du keine Angst davor, dass dich niemand will, wenn du wertvoll genug wärst, um einen guten Rang im Rudel zu bekommen.«

»Das ist richtig«, bestätigte er. »Dann könnte ich, glaube ich, Freunde und eine Freundin finden. Zumindest habe ich das bisher immer geglaubt. So ganz sicher bin ich mir da jetzt auch nicht mehr.«

»Wie wäre das denn, wenn du gar keine Angst davor haben müsstest, dass dir irgendjemand etwas Schlimmes antut? Hättest du dann noch Angst, dass du einen niedrigen Rang im Rudel kriegen könntest?«, wollte ich wissen.

»Keine Ahnung«, meinte er nachdenklich. »Ich denke, eigentlich nicht. Ich bin ja nicht dumm. Rein intellektuell könnte ich mich schon behaupten. Aber ich glaube, das müsste ich dann gar nicht. Vermutlich hätte ich gar keinen niedrigen Rang, wenn ich mich nicht selbst erniedrigen würde.«

»Und müsstest du dann Angst haben, dass du nicht dazugehören kannst?«, fragte ich weiter. »Müsstest du Angst haben, dass es auf der ganzen weiten Welt keine Menschen gibt, die mit dir befreundet sein wollen und keine Frau, die mit dir eine Partnerbeziehung eingehen wollte?«

»Wenn du so fragst, hört sich das vielleicht eher unwahrscheinlich an«, meinte er. »Vom Kopf her weiß ich ja, dass ich hier in unserer Gruppe dazugehöre. Niemand behandelt mich hier schlecht, wofür ich überaus dankbar bin. Ich könnte die Zeit mit euch allen wirklich genießen und glücklich sein, wenn mein soziales Gehirn endlich damit aufhören würde, mich unablässig zu quälen.«

»Dann haben wir das gefühlte Problem eingegrenzt«, sagte ich. »Dein soziales Gehirn hat nicht situativ, sondern grundsätzlich Angst davor, dass jemand dir etwas Schlimmes antun könnte. Entweder Gewalt oder Mobbing, Ausgrenzung, Misshandlung, Ablehnung, Verurteilung und solche Dinge.«

»Der soll nur kommen!«, sagte Sophia. »Dann kriegt er es mit mir zu tun!«

»Mit mir ebenfalls!«, meinte Emma.

»Mit mir sowieso«, sagte Kevin.

»Hier wird keiner kommen und dich angreifen, mobben oder dir irgendetwas anderes antun, denn dann kriegt er es mit uns allen zu tun«, sagte Dylan. »Ich habe diese

Scheiße auch durchgemacht. Die meisten von uns hier wissen, wie das ist. Wir halten zusammen und beschützen uns gegenseitig. Was den Schutz vor solchen Idioten betrifft, sind wir alle bedürftig. Das ist einfach so. Jeder braucht Schutz. Doch wir haben diesen Schutz. Und du hast den auch!«

»Ich glaube, das ist genau mein Problem«, erkannte Arjun. »Ich habe deshalb so viel Angst, weil ich mich nicht beschützt fühle. Ich hatte im Kindergarten keinen Schutz und in der Schule auch nicht. Und ich konnte mich selbst nicht schützen, weil ich zu schwach und zu ängstlich war.«

»Deshalb blieb dir nur noch die instinktive Reaktion der Unterwerfung«, sagte ich.

»Ist Unterwerfung das Gleiche wie Unterordnung?«, wollte Dylan wissen.

»Nein, das ist etwas anderes«, antwortete ich. »Die Unterordnung ist im Leben eines Menschen allgegenwärtig. Wir ordnen uns zum Beispiel als Kind ganz automatisch unseren Eltern unter, später dann auch unseren Lehrern oder Vorgesetzten. Wir ordnen uns als Erwachsene auch der Staatsgewalt unter und so weiter. Es gibt viele Situationen, wo Unterordnung sinnvoll ist. Doch es gibt nur wenig Situationen, in denen Unterwerfung sinnvoll ist. Zum Beispiel dann, wenn jemand eine Waffe auf uns richtet, wie Nuno bereits erklärt hat. Wenn wir in einer Bank sind, die gerade überfallen wird und die bewaffneten Bankräuber alle Anwesenden mit Waffengewalt auffordern, sich auf den Boden zu legen, dann ist eine situative Unterwerfung eventuell eine sinnvolle Maßnahme.

Es hat jedoch keinen Sinn, sich seinen Eltern, seinen Geschwistern, seinem Chef, seinem Team, seinen Freunden oder sogar dem eigenen Lebenspartner zu unterwerfen. So etwas sollte man nicht tun. Eine grundsätzliche Unterwerfung erzeugt eine Depression und macht auch körperlich krank, weil in diesem Modus die Regeneration nicht mehr richtig funktioniert. Da können sich schnell ernsthafte psychosomatische Erkrankungen entwickeln.

Lieber Arjun, du hast dich damals deinen Mitschülern grundsätzlich unterworfen und diese instinktive Maßnahme nie wieder infrage gestellt. Vermutlich bist du seitdem in diesem sozialen Notprogramm gefangen. Daher wird es Zeit, dass wir den Schalter wieder in die richtige Position umlegen. Damals hattest du das Gefühl, dass du deinen Unterwerfern schutzlos ausgeliefert warst und sie nur noch milde stimmen konntest. Der mangelnde Schutz war dein gefühltes Problem. Machen wir also erst einmal wieder eine Aufgabe daraus. *Willst* du den mangelnden Schutz tatsächlich noch als Problem ansehen, wegen dem du dich unterwerfen musst?«

»Nein, das will ich auf keinen Fall!«, sagte er entschieden. »Damit entmachte ich mein Großhirn und gebe meinem sozialen Gehirn die Führung. Und das lässt mich unablässig leiden, damit ich einen auf Mitleid machen kann. Das will ich auf keinen Fall.«

»*Musst* du den mangelnden Schutz denn als Problem

ansehen, wegen dem du dich unterwerfen musst?«, fragte ich als Nächstes.

»Wenn es da einen echten Mangel an Schutz gäbe, dann müsste ich das vielleicht«, meinte er. »Aber eigentlich auch nicht, denn das sollte ja besser eine Aufgabe für das Großhirn sein und kein Problem für das soziale Gehirn, sonst hört das mit der Unterwerfung ja nie auf. Heute kann keiner mehr kommen und mir seinen Bagger in die Fresse hauen, wie es im Kindergarten passiert ist.

Ich habe heute noch die Narbe davon über meiner linken Augenbraue. Vom Kopf her weiß ich, dass ich sehr gut geschützt bin vor solchen Menschen. Niemand kann mir mehr ungestraft etwas antun. Die Zeiten der Unterwerfung sind vorbei. Ich muss mich da auch nicht selbst wehren können. Ich könnte einfach zur Polizei gehen oder mir sonst irgendwie Hilfe holen. Aber auf keinen Fall muss ich mich unterwerfen und auf die Gnade der Unterwerfer hoffen.«

»Hast du das auch so im Gefühl?«, hakte ich nach.

»Nein, leider nicht«, meinte Arjun. »Da habe ich immer noch große Angst.«

»Also wiederholen wir das noch ein paar Mal«, schlug ich vor. »Hast du heute als Erwachsener wirklich noch ein Schutz-Problem vor Menschen, die dir etwas antun wollen, wo die Unterwerfung deine allerletzte Option ist?«

»Vom Gefühl her hätte ich natürlich gerne den hundertprozentigen Schutz«, meinte er. »Aber das ist natürlich Quatsch. Den gibt es nicht. Aber den brauche ich auch nicht. Ich bin genauso gut geschützt wie jeder andere. Da gibt es kein echtes Schutz-Problem und keinen realen Grund, mich unterwerfen zu müssen. Wir sind alle ziemlich sicher.«

»Ist der Schutz also ein Problem oder eine Aufgabe?«, fragte ich.

»Eine Aufgabe, die wir alle gemeinsam als großes Rudel bewältigen«, meinte er. »Da stehe ich ja nicht allein mit da. Ich glaube, das ist auch der Grund, warum ich zur NSA gegangen bin. Ich wollte zum Schutz unseres Landes beitragen, weil ich mich selbst nie beschützt gefühlt habe. Aber in Wirklichkeit schützen wir uns alle gegenseitig. Nicht nur wir hier, sondern alle Menschen in unserem Land. Es gibt kein Schutz-Problem. Es ist eine Aufgabe. Und zwar eine, die ich als überaus wichtig ansehe, wo ich sehr gerne meinen Beitrag bei der NSA dazu beisteuere und die ich auch gut kann.«

»Du hast also eine 3G-Aufgabe und kein Problem mehr?«, hakte ich nach.

»Vom Kopf her schon, vom Gefühl her arbeitet es noch«, meinte Arjun. »Aber ich glaube, das kommt. Ich habe das Gefühl, dass sich da etwas in mir verändert. In Wahrheit gibt es keinen Grund, mich unterwerfen zu müssen. Und wollen tue ich das schon gar nicht. Doch es gibt ganz klar eine sehr wichtige Schutz-Aufgabe. Und das ist eine Aufgabe für das Großhirn. Das wird auch in meinem Gefühl immer klarer.«

»Welche Auswirkungen hat das auf dein Selbstwertgefühl, wenn du dir klarmachst, dass du zu diesem

Schutz beiträgst, der für alle Menschen in unserem Land unsagbar wertvoll ist?«

»Ich fühle mich ein wenig wertvoller«, meinte er.

»Dann schauen wir uns jetzt noch die anderen sozialen Bedürfnisse an«, schlug ich vor. »Was hast du bisher als das größere Problem empfunden? Dazuzugehören, einen guten Rang zu haben oder Freunde und eine Partnerin zu finden?«

»Letzteres«, meinte er. »Dazugehören und der Rang sind zwar genauso schwierig, aber Freunde und eine Freundin ist mir sehr viel wichtiger. Eigentlich will ich nur geliebt werden. Das ist das größte Problem.«

»Dann sollten wir jetzt schauen, dass wir eine Aufgabe daraus machen«, sagte ich. »Denn die Liebe ist ganz klar eine Aufgabe und kein Problem. Damit dein Großhirn das nicht mehr als Problem ansehen *will,* schauen wir uns erst einmal an, welchen Unterschied es machen würde, wenn du es nicht mehr als Problem ansehen würdest.

Wir wissen, dass dein soziales Gehirn die Führung übernimmt, wenn du es als Problem beurteilst. Und das würde bedeuten, dass es sich weiterhin unterwirft und einen auf *armer Junge* macht, um Milde und Gnade bei deinen Unterwerfern zu erwirken. Du würdest dich also weiterhin erbärmlich, armselig, wertlos, einsam, depressiv und so weiter fühlen. Wie hoch schätzt du deine Chancen ein, dass du dadurch Freunde und eine Partnerin findest?«

Arjun versuchte zu antworten, bekam aber keinen

Ton heraus. Sophia legte daraufhin ihren Arm noch fester um ihn, um ihm emotionalen Halt zu geben.

»Du musst nicht antworten«, sagte ich dann. »Das war Antwort genug. Die Notmaßnahme der Unterwerfung funktioniert natürlich überhaupt nicht, um Freunde oder eine Partnerin zu finden. Dafür ist sie auch nicht gemacht. Sie funktioniert auch nicht, um einen höheren Rang zu bekommen. Sie ist einzig und allein dafür gedacht, um deine Unterwerfer milde zu stimmen, damit sie dir nicht noch Schlimmeres antun. Es geht deinem sozialen Gehirn um Ablehnung, Ausgrenzung, Misshandlung oder sogar Tötung. Da sieht es das eigentliche Problem.

Dein gefühltes Problem ist daher nicht das eigentliche Problem. Dein Großhirn empfindet zwar das größere Leid bei dem Gedanken, dass du keine Freunde und keine Partnerin hast, doch die Intensität des Problemgefühls sagt nichts darüber aus, wo das wahre Problem liegt. Die instinktiven Programme des sozialen Gehirns und des Reptiliengehirns lösen oftmals keine Gefühle aus. Man tut es dann einfach, ohne es zu fühlen. Daher kann man sich nicht am Gefühl orientieren. Hier müssen alle drei Gehirne als Team zusammenarbeiten, um die wahre Ursache der Schwierigkeiten zu erkennen.

Vom Gefühl her sind die emotionalen Bindungen und vermutlich auch dein Rang im Rudel das größere Problem. Doch wenn das soziale Gehirn das als Problem ansehen würde, dann würde es ganz andere Maßnahmen ergreifen. Man erreicht keinen hohen Rang, indem man sich unterwirft und zeigt, wie erbärmlich und bemitleidenswert man ist. Und Freunde oder eine Partnerin findet man damit, wie gesagt, auch nicht. Das Einzige, was man damit erreichen kann, ist vielleicht ein wenig mehr Milde bei seinen Unterwerfern.

Damit wissen wir, in welcher Reihenfolge wir vorgehen müssen. Zuerst sollte deinem Großhirn klar werden, dass es keinen realen Grund gibt, weshalb du dich anderen Menschen unterwerfen müsstest. Sie können dir nicht mehr ungestraft etwas antun, wie es im Kindergarten noch der Fall war. Sobald wir das Notprogramm der Unterwerfung abgeschaltet haben, kümmern wir uns um die Folgeprobleme, die bei den anderen beiden sozialen Bedürfnissen entstanden sind. Denn hättest du die Angst vor Misshandlung, Ausgrenzung oder Tötung nicht gehabt, hättest du auch kein Rangordnungsproblem gehabt. Und hättest du nicht einen auf armer Junge machen müssen, hättest du auch keine Probleme gehabt, Freunde und eine Partnerin zu finden. Das hängt also alles miteinander zusammen.

Das gefühlte Problem mit dem Schutz vor Misshandlung und Tötung ist ja bereits dabei, sich aufzulösen. Das sollten wir aber sicherheitshalber noch einmal wiederholen. Wie groß ist die Gefahr, dass man dir etwas antut, wenn du dich nicht unterwirfst, vom Gefühl her noch, und wie groß ist sie in Wirklichkeit?«

»Auf unserer Skala von 0 bis 10 würde ich sagen, dass es eine gefühlte 8 ist«, meinte Arjun.

»Und wie groß ist die Gefahr in Wirklichkeit?«, wollte ich wissen.

»Annähernd null, würde ich sagen«, meinte er. »Es ist nicht ganz ausgeschlossen, aber wenn ich mich nicht misshandeln lasse, dann kann das auch keiner tun. Zumindest nicht über einen längeren Zeitraum, wie das damals in der Schule der Fall war. Möglicherweise könnte mir irgendjemand mal eine aufs Maul hauen, aber auch das ist sehr unwahrscheinlich – genau wie Tötung. Aber eine dauerhafte körperliche und emotionale Misshandlung, wie es damals in der Schule war, kann es eigentlich heute überhaupt nicht mehr geben.«

»Bist du sicher?«, fragte ich skeptisch, denn er hatte *eigentlich* gesagt, was sich noch nicht so überzeugt anhörte.

»Eigentlich schon«, meinte er.

»Und uneigentlich?«, fragte ich lächelnd.

»Auch uneigentlich«, bestätigte er. »Ich würde mich nicht mehr misshandeln lassen. Ich würde etwas unternehmen. Weggehen, mir Hilfe holen, denjenigen anzeigen. Keine Ahnung. Aber ich würde das nicht mehr mitmachen. Ich will mich nicht mehr unterwerfen. Und ich muss das auch nicht.«

»Musst du also weiterhin einen auf erbärmlich und armselig machen, damit man dich nicht mehr misshandelt?«, hakte ich nach.

»Auf keinen Fall!«, sagte er bestimmt. »Das werde ich nie wieder tun. Wenn ich mich nicht unterwerfen muss, dann muss ich auch nicht auf armer Junge machen.«

»Wir stehen alle hinter dir!«, sagte Sophia entschlossen zu ihm. »Wir stehen hier alle füreinander ein. Uns wird niemand mehr unterwerfen. Wenn das einer versucht, dann rufst du mich an. Dann kommen wir alle gemeinsam vorbei und zeigen den Arschlöchern mal, wo der Hammer wirklich hängt!«

Arjun musste lachen, als Sophia das so bestimmt sagte. Sophia lachte ebenfalls, und die gesamte Gruppe lachte mit.

»Wiederholen wir den Realitätsabgleich also noch einmal«, schlug ich vor. »Wie groß ist die Gefahr, dass man dir etwas antut, wenn du dich nicht unterwirfst, vom Gefühl her noch, und wie groß ist sie in Wirklichkeit?«

»Gefühlt eine 6 oder 7, in Wirklichkeit null«, meinte Arjun.

Sophia ergriff seine Hand und drückte sie fest, um ihm noch einmal zu signalisieren, dass er damit nicht allein war.

»Nächste Runde«, sagte ich. »Wie groß ist die Gefahr, dass man dir etwas antut, wenn du dich nicht unterwirfst, vom Gefühl her noch, und wie groß ist sie in Wirklichkeit?«

»Ich denke, jetzt ist es eine gefühlte 5 oder 6«, antwortete Arjun. Er drückte noch einmal Sophias Hand und atmete tief ein und aus.

»Und in Wirklichkeit?«, hakte ich nach.

»Annähernd null«, sagte Arjun. »Ganz null gibt es nicht, aber das muss es auch nicht. Unterwerfen müsste ich mich vielleicht noch situativ, wenn ich entführt werde oder so, aber sonst hat das wirklich überhaupt keinen Sinn mehr. Und vermutlich noch nicht einmal, wenn ich entführt werde, weil das Großhirn immer bessere Lösungen findet als das soziale Gehirn. Also allerhöchstens dann, wenn mir wirklich jemand eine Knarre an den Kopf hält. Dann würde ich tun, was er sagt.«

»Es ist sinnvoll, diesen Realitätsabgleich so oft zu wiederholen, bis sich die Angst komplett aufgelöst hat«, erklärte ich. »Wenn es um ausgelöste Überlebensmechanismen im sozialen Gehirn oder im Reptiliengehirn geht, kann das etwas länger dauern als bei den Meta-Daten des Großhirns. Aber es ist der gleiche Prozess. Er ist nur ein wenig zäher und braucht mehr Wiederholungen. Wir müssen hier das Pferd beruhigen und nicht den Reiter.«

»Falls nötig, wiederhole ich das noch hundertmal«, meinte Arjun entschlossen. »Die Scheiße bringe ich auf jeden Fall in Ordnung.«

»Dann machen wir jetzt noch eine letzte Runde«, schlug ich vor. »Mach dann allein weiter, bis die gefühlte Gefahreneinschätzung identisch ist mit der tatsächlichen Gefahrenlage. Wie groß ist also die Gefahr, dass man dir etwas antut, wenn du dich nicht unterwirfst, vom Gefühl her, und wie groß ist sie in Wirklichkeit?«

»Vom Gefühl her eine 4, in Wirklichkeit null«, antwortete Arjun. »Aber ich glaube, ich habe noch Angst davor, dass man mir wehtut – vor allem emotional. Dass man mich ablehnt oder mich verurteilt. Ich habe keinen Bock auf Streitgespräche und emotionale Verletzungen.«

»Hier geht es um schmerzliche Gefühle und damit dann doch um den Reiter«, erklärte ich. »Daher sollte, was das betrifft, eine einfache Entscheidung genügen. Was ist also schlimmer? Der emotionale Schmerz, den dir andere zufügen, wenn sie dich emotional verletzen, oder das Leid, das du dir selbst durch deine Unterwerfung und die daraus folgende Armseligkeit zufügst?«

»Die Einsamkeit, die Minderwertigkeit und die Depression und die gesundheitlichen Folgen, die durch meine Unterwerfung entstanden sind, sind eine Million Mal schlimmer als Streitgespräche, Kritik, Ablehnung oder Verurteilung!«, erkannte Arjun fassungslos.

»Ist es eine gute Idee, sich zu unterwerfen, um Streit, Ablehnung, Demütigung oder eine emotionale Verletzung zu vermeiden?«, fragte ich.

»Ganz sicher nicht!«, sagte er kopfschüttelnd. »Das ist es absolut nicht wert. Das haut mich, ehrlich gesagt, gerade echt weg. Ich habe mir selbst durch meine Unterwerfung viel Schlimmeres angetan, als es alle anderen zusammengerechnet je getan haben.«

»Wiederholen wir auch diesen Entscheidungsprozess noch einmal«, schlug ich vor. »Mach dann auch damit so lange weiter, bis die Entscheidung auch im Gefühl gefallen ist. Ist es also eine gute Idee, dich zu unterwerfen, um Streit, Ablehnung oder Verurteilung zu vermeiden, damit andere dich nicht emotional verletzen?«

»Das ist die blödeste Idee des Jahrtausends!«, sagte Arjun. »Dadurch demütigen und verletzen sie mich ja erst recht, und ich füge mir selbst das schlimmste Leid zu, das man überhaupt erleben kann. Das macht alles nur schlimmer und nicht besser.«

»Wiederhole diese Entscheidung, wie gesagt, so oft, bis sie dir in Fleisch und Blut übergegangen ist«, schlug ich vor. »Dann kommen wir jetzt zum sozialen Gehirn und dem Unterwerfungsprogramm. Musst du dich unterwerfen und ein armer, bemitleidenswerter Junge sein, damit dich nicht alle ausgrenzen?«

»Nein, muss ich nicht«, meinte Arjun. »Wenn das einer versucht, dann hetze ich ihm Sophia auf den Hals«, meinte er und lachte ausgelassen. Die gesamte Gruppe lachte mit.

»Und warum musst du davor wirklich keine Angst haben?«, fragte ich.

»Vom Gefühl her habe ich davor schon noch Angst«, meinte er. »Aber auf jeden Fall schon viel weniger.«

»Ich denke, es ist gut, besser zu verstehen, warum du als Kind oder Jugendlicher ausgegrenzt wurdest«, sagte ich. »Kinder und Jugendliche handeln da noch rein instinktiv. Das soziale Gehirn grenzt andere Menschen aus, wenn es sie als nicht zugehörig ansieht, weil sie irgendwie von der Norm abweichen. Das kann schon wegen völlig unbedeutenden Kleinigkeiten passieren wie bei einer anderen Hautfarbe oder einer anderen ethnischen Herkunft. Oder weil man eine andere geschlechtliche Ausrichtung hat, weil man eine andere Religion hat, weil man andere Interessen hat, weil man eine andere Frisur hat, weil man anders gekleidet ist, weil man einen anderen Sport betreibt oder andere Hobbys hat, weil man sensibler oder unsensibler ist, weil man empathischer oder weniger empathisch ist, weil man intelligenter oder weniger intelligent ist, weil man dicker oder dünner ist, weil man das T-Shirt der falschen Mannschaft trägt, weil man eine größere Nase hat, weil man irgendein körperliches Gebrechen oder eine Behinderung hat und bestimmt noch wegen tausend anderen ähnlich unglaublich unwichtigen Abweichungen von der Norm.

Das soziale Gehirn hat nur sehr wenig Toleranz für Diversität, denn in der Steinzeit gab es noch nicht so große Unterschiede zwischen den Menschen im eigenen Rudel. Es gab immer nur einen sehr kleinen Genpool, wodurch alle im Rudel sehr ähnlich waren. Jede kleine Abweichung von der vom Rudel selbst definierten Norm löst im sozialen Gehirn Misstrauen aus. Doch in Wirklichkeit gibt es keinen einzigen Menschen auf der ganzen Welt, der vollständig allen Normen entspricht, welche sich die Menschen, was das betrifft, rund um den Globus ausgedacht haben.

Auf der einen Seite will jeder etwas Besonderes sein, auf der anderen kann jede Besonderheit dazu führen, dass man abgelehnt, ausgegrenzt, gemobbt, misshandelt oder sogar umgebracht wird. Wenn das Großhirn hier nicht regulatorisch eingreifen würde, wären so ziemlich alle Menschen permanent in kleinere oder größere Kriege verstrickt.

Mobbing, Ausgrenzung, Rassismus und so weiter betreiben daher nur Menschen, deren Großhirn sich noch nicht weit genug entwickelt hat, um die Steinzeit-Programme ihres sozialen Gehirns zu regulieren. Der einzige Grund, warum du in der Schule ausgegrenzt wurdest, lag darin, dass deine Mitschüler in ihrer geistigen Entwicklung noch nicht so weit waren. Ihr Großhirn war noch unterentwickelt. Sie waren den instinktiven Programmen aus ihrem sozialen Gehirn noch machtlos ausgeliefert. So wie du auch dein ganzes Leben lang den Unterwerfungsmechanismen deines sozialen Gehirns ausgeliefert warst, die dich haben leiden lassen.

Die Menschen, die dich ausgegrenzt haben, waren aber nicht böse. Und es waren auch keine Arschlöcher. Sie konnten es nur nicht besser, weil ihre geistige Entwicklung noch nicht so weit war. Das bedeutet nicht, dass man sich vor diesen Menschen nicht schützen muss. Doch verurteilen oder ausgrenzen muss man sie deshalb auch nicht. Wenn möglich wäre es sinnvoll, ihnen bei ihrer geistigen Entwicklung zu mehr Akzeptanz von Diversität zu helfen.«

»Du hast recht«, sagte Sophia betroffen. »Es sind keine Arschlöcher. Nur weil ihr Großhirn noch nicht weit genug entwickelt ist, sollte man sie nicht ausgrenzen oder schlecht behandeln. Das hilft niemandem. Wenn wir das tun würden, wären wir die Arschlöcher.«

»Böses gebiert immer nur Böses«, sagte ich. »Das ist ein Naturgesetz, auf das man sich verlassen kann. Menschen, die andere aus Unwissenheit oder Unfähigkeit heraus unterdrücken oder ausgrenzen, benötigen Hilfe. Sie sind nicht böse, sie tun nur Böses, weil sie es nicht besser können.

Kommen wir also wieder zu unserer Aufgabe zurück. Lieber Arjun, du wurdest ausgegrenzt, weil du in irgendeinem unbedeutenden Punkt nicht der Norm entsprochen hast. Du warst zum Beispiel ein Nerd. Allein das hätte ja schon genügen können. Weiterhin hast du Konfrontationen gescheut und warst nicht bereit, dich zu wehren. Auch das hat dich anders gemacht. Der grüne Punkt ist, dass es völlig egal ist, aus welchem Grund genau man dich ausgegrenzt hat. Es hat einfach nicht daran gelegen, dass du minderwertig, nicht in Ordnung oder keine Bereicherung warst. Du wärst auch ausgegrenzt worden, wenn du wertvoller als alle anderen gewesen wärst, denn auch das wäre eine Abweichung von der Norm gewesen.

Dein Job bei der NSA verrät, dass du deutlich intelligenter sein musst als deine Klassenkameraden. Deine Intelligenz macht dich sicherlich nicht wertlos. Und dennoch wurdest du dafür ausgegrenzt. Als mir nach unserem Intelligenztest bei Shameless in Paradise klar wurde, wie viel intelligenter ich bin als alle anderen, hatte ich auch sehr große Angst davor, dass man mich ausgrenzt. Doch ich hatte tolerante Menschen um mich herum, deren Großhirn genug entwickelt war, um meine Intelligenz als Bereicherung zu akzeptieren, ohne sich selbst abgewertet zu fühlen. Ava, Dylan, Brian, Nuno und Greg haben mich nie ausgegrenzt. Andere hätten das sicherlich getan. Doch meine Lieblingsmenschen nicht. Ihr Großhirn hat es geschafft, mich mit meiner Andersartigkeit zu tolerieren und zu akzeptieren und sogar zu lieben.

Der grüne Punkt ist, wie gesagt, dass es nicht an dir gelegen hat, dass du ausgegrenzt wurdest. Es lag an den anderen. Das hast du als Kind und Jugendlicher nur nicht erkennen können. Auch halten es die meisten Menschen für anmaßend, wenn jemand behauptet, es würde nicht an ihm liegen, sondern an allen anderen. Das ist ja auch keine allgemeingültige Regel. Es liegt nicht immer alles nur an den anderen. Ganz und gar nicht! Doch wenn es um Ausgrenzung oder Mobbing geht, dann ist es so. Es lag nicht an dir, es lag definitiv an den anderen.

Dein unbewusstes System ging jedoch intuitiv davon aus, dass es an dir liegen muss, wenn so viele dich ablehnen, dich ausgrenzen oder schlecht behandeln. Doch das ist ein intuitiver Denkfehler. Der wahre Grund für deine Ausgrenzung lag darin, dass dein soziales Umfeld seine Steinzeit-Instinkte nicht besser regulieren konnte. Das können viele Erwachsene auch heute noch nicht so gut. Doch das trifft glücklicherweise nicht auf alle Menschen zu. Es gibt auch genügend Leute, die in ihrer geistigen Entwicklung weit genug sind. Die Menschen, von denen du jetzt gerade umgeben bist, sind es zum Beispiel.

Wenn dir klar ist, dass es nicht an dir gelegen hat, sondern an den anderen, dann ergeben sich ganz andere Lösungsmöglichkeiten. Wenn es an dir liegt, dann musst du dich natürlich ändern. Du musst besser, wertvoller, lustiger, toller, attraktiver, erfolgreicher und so weiter werden. Und wenn dir das nicht gelingt, dann bleibt dir nur noch die Unterwerfung.

Dieser Lösungsweg funktioniert nicht und bewirkt nur Leid. Wenn jedoch klar ist, dass es an den anderen liegt, dann besteht die einfache Lösung darin, diejenigen Menschen zu suchen, welche die nötige Toleranz für Diversität mitbringen. Dann musst du nur noch ein paar gemeinsame Interessen finden und Zeit mit diesen Menschen verbringen. Die emotionalen Bindungen entstehen dann ganz von allein. Denn das macht das soziale Gehirn vollautomatisch, wenn man sich gemeinsamen Tunwollens widmet.

Die gemeinsamen Interessen sind auch kein Muss. Sie sind nur ein Anlass, warum man Zeit miteinander verbringt und sich kennenlernt. Das Gleiche kann auch auf der Arbeit passieren, weil man euch einfach in ein Team steckt. So wie es auch hier passiert ist. Man hat euch mir zugeteilt und euch damit in eine Gruppe gesteckt. Und dann haben wir alle Zeit miteinander verbracht mit gemeinsamen Missionen wie der Modenschau und vielen anderen Aufgaben. Da war es gar nicht vermeidbar, dass emotionale Bindungen entstehen. Wir sind ein Rudel geworden. Wir gehören zusammen. Hier hast du automatisch einen gleichwertigen Rang. Und du gehörst nicht nur dazu, du wirst auch gemocht. Du hast Freunde, und wenn die richtige Frau für dich hier dabei wäre, dann würde einfach automatisch eine Partnerbeziehung entstehen.

Du musst da nicht an dir arbeiten und besser oder wertvoller werden. Du musst dich nicht optimieren, nicht deine Fehler ausmerzen, nichts erreichen, nichts vermeiden und niemandem etwas vorspielen und dich schon gar nicht unterwerfen. Es ist völlig egal, wie gut oder schlecht oder wie anders du bist. Wenn du mit Menschen Zeit verbringst, die in ihrer Großhirnentwicklung weit genug sind, um Diversität zu akzeptieren oder sogar zu schätzen, dann passiert alles ganz von selbst. Du gehörst automatisch dazu, kriegst einen guten Rang und wirst gemocht und geliebt. Das ist einfach so. Das macht das soziale Gehirn ganz von selbst. Es darf nur nicht auf die Idee kommen, dass es ein Problem gibt, wegen dem du dich unterwerfen musst.

Lange Rede, gar kein Sinn: Es hat nicht an dir gelegen, sondern ganz klar an den anderen. Bei heranwachsenden Kindern und Jugendlichen ist die erforderliche Akzeptanz von Diversität noch eine Seltenheit. Bei Erwachsenen ist das schon sehr viel besser. Nicht alle bringen die geistige Entwicklung dazu mit, doch selbst wenn es nur 10 Prozent der Bevölkerung geschafft hätten, wären das ja, absolut gesehen, immer noch viele Millionen Menschen. Und falls es wirklich eine Minderheit sein sollte, wäre es sogar noch leichter, sich mit diesen Menschen zusammenzutun. Denn Minderheiten haben immer ein besonders großes Interesse an Gleichgesinnten. Da wäre es also sogar noch leichter, Anschluss zu finden.

Wie groß ist also die Gefahr, dass man dich ausgrenzt, wenn du dich nicht unterwirfst, vom Gefühl her noch, und wie groß ist sie in Wirklichkeit?«

»Gefühlt noch eine 5 oder 6, doch in Wirklichkeit ist

das völliger Blödsinn«, meinte Arjun. »Ich muss mich nicht unterwerfen. Und bringen würde das sowieso nichts außer selbst erzeugtem Leid.«

»Wiederholen wir auch diesen Realitätsabgleich noch einmal«, schlug ich vor. »Mach dann damit ebenfalls allein so lange weiter, bis die gefühlte Notwendigkeit, dich unterwerfen zu müssen, gleich null ist. Wie groß ist die Gefahr, dass man dich ausgrenzt, wenn du dich nicht unterwirfst, vom Gefühl her, und wie in Wirklichkeit?«

»Vom Gefühl her noch eine 3, in Wirklichkeit null«, sagte Arjun.

»Wie sieht es mit deinem gefühlten Problem aus? Gibt es wirklich ein Problem, wegen dem du dich unterwerfen und auf arme Junge machen musst? Oder ist es nicht viel eher eine leicht erfüllbare Aufgabe, Menschen zu finden, mit denen du gemeinsame Interessen teilst?«

»Es ist eine Aufgabe«, meinte Arjun. »Aber wie findet man eine Frau, die zu einem passt? Hier hatte ich ja einfach nur das Glück, dass Nolan mich mit euch in eine Gruppe gesteckt hat. Aber wie mache ich das da draußen in der großen weiten Welt? Woran erkenne ich, ob eine Frau wirklich zu mir passt?«

»Das musst du nicht erkennen«, antwortete ich. »Das ist eine Aufgabe für das soziale Gehirn. Wenn dein Großhirn überlegt, welche Kriterien andere Menschen erfüllen müssen, damit sie zu dir passen, dann kommt nur Unfug dabei heraus.«

»Das ist auch der Grund, warum die Partnersuche im Internet so mühsam ist«, sagte Nuno. »Dort sucht man nach einem Partner, der von den Kriterien her passen könnte, die sich das eigene Großhirn oder das von irgendwelchen Experten ausgedacht hat. Das sind jedoch in Wirklichkeit nicht die Kriterien, die darüber entscheiden, ob Liebe entsteht. Hier entscheidet allein das soziale Gehirn. Das Einzige, was bei der Partnersuche einen Sinn ergibt, ist, nach Menschen zu suchen, mit denen man gemeinsame Interessen teilt. Nicht weil diese Interessen selbst so immens wichtig wären, sondern weil sie dazu führen, dass man Zeit mit gemeinsamen Tunwollens verbringt. Beim gemeinsamen Ausleben von Tunwollens kann das soziale Gehirn am besten erkennen, ob jemand als Partner passt. Und nur wenn das soziale Gehirn jemanden als passend ansieht, erzeugt es Liebe oder Freundschaft.

Der Fehler, den sehr viele Menschen machen, besteht darin, dass sie nach jemandem suchen, der zu ihnen passt. Damit aktivieren sie automatisch ihre 10 000 Sollvorstellungen, die sie während der großen Täuschung angenommen haben. Und dann passt niemand mehr gut genug. Diese Menschen können nur dann einen Partner finden, wenn sie aufhören zu suchen. Denn sie suchen einfach in der falschen Richtung. Sie sollten nach Menschen suchen, mit denen sie gemeinsame Interessen teilen, und den Rest dann ihrem sozialen Gehirn überlassen. Das entscheidet dann, wer tatsächlich passt und wer nicht. Widmet sich das Großhirn dieser Aufgabe, kommt nur Mist dabei heraus.«

»Dann ist es nicht schwer, Liebe zu finden«, erkannte

Arjun. »Ich darf nur nicht nach der passenden Partnerin suchen, sondern nach Menschen, welche die gleichen Dinge tun wollen. Und wenn dort eine passende Partnerin für mich dabei ist, dann wird sich automatisch etwas entwickeln. Das klingt nicht nach einer schwierigen Aufgabe.«

»Würdest du denn sagen, dass es eine lohnende Aufgabe ist?«, wollte ich wissen.

»Auf jeden Fall«, versicherte Arjun.

»Und wie gerne verbringst du Zeit mit anderen Menschen beim gemeinsamen Tunwollen?«, fragte ich nach dem zweiten G.

»Sehr gerne«, antwortete Arjun.

»Und kannst du das gut genug?«, fragte ich nach dem dritten G.

»Was genau? Zeit mit anderen Menschen verbringen, mit denen ich gemeinsame Interessen teile?«, fragte Arjun.

»Ja, genau«, bestätigte ich. »Mehr ist ja nicht zu tun. Du musst in dem, was ihr dann tut, weder besonders gut sein, noch musst du sonst irgendwie toll, wertvoll oder was auch immer sein. Du musst nur Zeit mit anderen Menschen verbringen.«

»Das kann ich natürlich gut genug. Das kann man ja quasi gar nicht nicht können«, meinte er.

»Es ist also eine sehr wertvolle Aufgabe und damit etwas Gutes, du tust es sehr gerne und kannst es auch gut«, fasste ich zusammen. »Du hast daher kein Problem, lieber Arjun. Du hast eine 3G-Aufgabe!«

»Krass!«, meinte er fassungslos. »Das ist wirklich eine ganz einfache Aufgabe. Hier mit euch allen ist das ja auch einfach passiert. Ich habe mich da gar nicht angestrengt. Es war einfach nur mein Job, hier mit euch diese Workshops zu machen und so weiter. Das ist alles von selbst passiert. Ich traue mich kaum, das zu sagen, weil ich noch ein wenig Angst habe, dass ihr das anders seht. Aber ich habe wirklich das Gefühl, dass ich hier dazugehöre. Und ich mag euch alle echt gerne.«

»Wir dich auch!«, sagte Sophia und umarmte Arjun noch einmal ganz herzlich. Die Gruppe applaudierte lautstark, um ihm zu signalisieren, dass er sich nicht getäuscht hatte. Wir waren ein tolles Rudel, und er gehörte dazu. Alle gehörten dazu!

»Bei mir ist das auch einfach so passiert«, meinte Nuno. »Ich empfinde ständig Liebe für euch. Ich will nicht ausschließen, dass ich vielleicht irgendwann einmal eine romantische Beziehung mit jemandem eingehe, doch im Moment liebe ich euch einfach alle. Ich werde nur dann eine Partnerbeziehung eingehen, wenn sich das für mich zu einem echten 3G-Tunwollen entwickelt. Einfach nur eine Beziehung zu haben, damit man eine hat, wäre nicht mein Ding. Solch einem unechten Brauchen nachzujagen, macht wirklich nur unglücklich.«

»Ich habe wegen diesem Brauchen sogar eine Depression entwickelt«, sagte Tyler. »Ich fühlte mich wie Arjun ebenfalls total bedürftig. Nuno hat mir dann klargemacht, dass man echt keinen Partner braucht, um glücklich zu sein. Also habe ich auch nicht mehr gesucht und schwups hatte ich den tollsten Partner auf der ganzen Welt!«, sagte sie und gab Dylan einen Kuss.

»Ich denke, dass die meisten Menschen nicht wissen, dass es nur ein einziges Prozent unseres Lebensglücks ausmacht, ob wir Freunde, Familie oder eine Partnerbeziehung *haben*«, meinte Nuno. »Auch hier sind es wie immer im Leben die Tunwollens, die für Glück und Erfüllung sorgen. Würde man den Tunwollens eine höhere Priorität geben und gar nicht nach passenden Freunden oder einem passenden Lebenspartner suchen, dann würde sich das ganz von selbst ergeben.

Da die meisten Menschen nichts von der Wichtigkeit der Tunwollens wissen, versuchen sie das Pferd von hinten aufzuzäumen. Sie suchen, wie gesagt, nach Menschen, die zu ihnen passen, und überlegen dann, was sie mit ihnen tun wollen. Sie suchen mit anderen Worten nach dem, was sie haben wollen oder gar glauben zu brauchen, und erhoffen sich davon Glück und Liebe. Doch so funktioniert das nicht, weil die Habenwollens uns gar nicht glücklich machen können.

Ich möchte den Wert von Freunden, Familie und Lebenspartnern auf keinen Fall schmälern, doch es ist wichtig zu erkennen, dass auch Beziehungen eine Habenwollen-, Seinwollen- und Tunwollen-Komponente haben. Und wie immer sind es in Wirklichkeit die Tunwollens, die 99 Prozent unseres Lebensglücks ausmachen. Liebe entsteht also nicht, weil man gefunden hat, was man haben wollte. Sie entsteht beim Ausleben von gemeinsamen Tunwollens.

Daher sollte man nach Menschen suchen, mit denen man gemeinsam seine Tunwollens ausleben kann. Ob die dann als Freund oder Partner passen, das überlässt man dann besser dem sozialen Gehirn, denn das Großhirn hat von der Liebe einfach keine Ahnung.

Wenn man sich bei sozialen Beziehungen auf die Tunwollens fokussiert, macht das also glücklich. Konzentriert man sich hingegen auf das, was man haben oder sein will, und erwartet davon dann Glück und Erfüllung, dann wird das nur Missstandsgefühle wie Mangel, Einsamkeit, Sinnlosigkeit und innere Leere erzeugen.

Viele Menschen leben in einer unglücklichen Beziehung, weil sie das nicht wissen. Die meisten denken dann, dass es am Partner liegt. Daher wechseln sie dann den Partner. Doch beim Nächsten passiert wieder genau das Gleiche, weil das Habenwollen niemals glücklich machen kann. Glücklich sind nur diejenigen Paare, die gemeinsame Tunwollens ausleben. Habenwollen-Paare haben keine Chance auf eine glückliche und erfüllte Beziehung. Die Tunwollens sind einfach überall die Richtschnur für ein glückliches und erfülltes Leben. Der Rest ergibt sich von allein.«

»Alter, wenn du mir das vor 20 Jahren gesagt hättest, dann hätte mir das unendlich viel Liebeskummer und emotionale Verletzungen erspart!«, meinte Greg. »Ich hatte immer nur Habenwollen-Beziehungen. Obwohl, es ging auch oft ums Seinwollen. Das war aber mindestens genauso kacke.«

Kapitel 7:
Willensfreiheit

Am nächsten Morgen checkten wir alle aus dem Resort am Waikiki-Beach aus und fuhren mit Taxis zur Villa. Als wir das Areal der Villa über das Eingangstor zum Garten betraten, kam ein Zuhause-Gefühl bei mir auf. Hier hatte alles angefangen. Hier hatte ich Brian und meine Lieblingsmenschen kennengelernt. Ich hatte wirklich das Gefühl, ins Paradies zurückzukehren.

Es sah immer noch alles ganz genauso aus wie an dem Tag, an dem wir die Villa verlassen hatten. Nur die Kameras waren zwischenzeitlich abgebaut worden. Doch die Bühne am Pool stand noch. Und auch die Bar war noch da.

Ich verband mit diesem Ort so viele schöne Erinnerungen. Der Pool, in dem ich stundenlang mit Brian eng umschlungen gestanden hatte, als wir noch gar nicht richtig zusammen waren. Die Sonnenliegen, wo wir uns ganz früh am Morgen immer trafen, als noch alle anderen schliefen. Die Bar, an der wir alle oft zusammen gefeiert hatten. Die Bühne, auf der ich meinen Auftritt als Beyoncé zusammen mit Brian und Dylan hatte. Dann die Treppe zum Obergeschoss, die mich Brian hochgetragen hatte, als ich zu viel Alkohol konsumiert hatte.

Egal wo ich hinschaute, alles hier löste unglaublich schöne Erinnerungen in mir aus. Und ganz besonders mein altes Zimmer, in das Brian und ich jetzt wieder einzogen. Ich fühlte mich unglaublich gut, wieder hier zu sein. Am liebsten hätte ich mich gleich wieder mit ihm ins Bett gekuschelt oder noch lieber wieder diesen tollen Sex praktiziert. Aber was das anging, war Brian noch immer sehr zurückhaltend. Doch wir kuschelten viel, und das war auch wunderschön. Und lange würde es bestimmt auch nicht mehr dauern, bis er seinen Schock überwunden hatte, dass ich tatsächlich ein Engel war.

Wir stellten schnell unsere Koffer auf unser Zimmer und gingen dann wieder zu den anderen, um ihnen bei der Auswahl ihrer Zimmer zu helfen. Die Villa bot genügend Platz für uns alle. Jedoch mussten wir die meisten Zimmer als Doppelzimmer nutzen. Es gab insgesamt 14 Zimmer, und wir waren 24 Personen. Für unsere fünf Nerds, die heute bei der NSA kündigen würden, hatten wir auch noch zusätzlich Platz in dem Gartenhaus, das bei Shameless in Paradise für die Maske verwendet worden war.

Emma freute sich sehr darüber, mit Kevin ein Zimmer teilen zu dürfen – genau wie Marcus und Linh. Tyler würde natürlich bei Dylan schlafen. Stella, Sophia, Isaac, Connor und Eric waren zu Anfang noch ein wenig damit überfordert, zu zweit in einem Doppelbett schlafen zu müssen. Das waren sie nicht gewöhnt. Besonders für die Jungs schien das eine größere Herausforderung zu sein. Stella und Sophia boten Connor und Eric an, das Zimmer mit ihnen zu teilen.

Isaac und Malaika waren die Einzigen, die ein Einzelzimmer bezogen. Malaika bekam das Zimmer, das bei Shameless in Paradise für den Lügendetektor-Test verwendet worden war, und Isaac zog direkt nebenan in das kleine Büro ein.

Greg hatte Nuno schon am Vorabend gefragt, ob er ein Zimmer mit ihm teilen wollte, und Nuno hatte sofort zugesagt. Den Secret-Angels war es natürlich nicht so wichtig, mit wem sie ihr Zimmer teilten, denn sie würden sowieso nicht schlafen. Sie würden sich wie gewohnt jede Nacht entmaterialisieren und sich im Klassensaal bei Ella einfinden. Normalerweise hatte das Nuno ebenfalls immer getan. Doch da er zugesagt hatte, sein Zimmer mit Greg zu teilen, hatte er sich, was das betraf, wohl umentschieden. Ich war sehr gespannt, ob sich zwischen den beiden nicht doch noch eine romantische Beziehung entwickeln würde, wenn Nuno in die Geschlechtsreife kommen würde.

Am Ende waren alle mit ihrer Schlafsituation zufrieden. Alle stellten auch erst einmal nur ihre Koffer auf die Zimmer. Danach zeigten wir unseren Nerds und den Secret-Angels unsere schöne Villa. Sie waren alle begeistert. Die Villa bot viel Platz für uns alle. Vor allem auch der Garten war sehr schön und groß. Das Fitnessareal schien jedoch außer Dylan niemanden so recht zu interessieren.

Den Strand hatten wir noch nie so richtig erkundet bei Shameless in Paradise. Dort durften wir damals nicht hin, weil keine Kameras aufgebaut waren. Außer bei der Chillout-Lounge, die noch am gleichen Platz stand und deren Anblick die wundervolle Erinnerung an unsere erste gemeinsame Übernachtung in mir weckte.

Der Strand bestand aus einem relativ schmalen Streifen weißem Sand zwischen dem Meer und den Palmengärten der anliegenden Villen. Urlauber gab es hier keine. Zugang zu diesem Privatstrand hatten nur die Bewohner der Villen links und rechts. Und von denen war gerade niemand zu sehen. Möglicherweise standen die Villen auch leer. Man sah eigentlich nirgendwo sonst Menschen. Weder in den Gärten noch hinter den Fenstern der Villen.

Wir spazierten ein Stück den Strand entlang, bis uns plötzlich ein Ball vor die Füße flog. Er war offensichtlich aus dem Wasser gekommen, doch man sah seltsamerweise niemanden im Wasser. Doch dann spürte ich plötzlich die Anwesenheit von Delfinen. Ich nahm freudestrahlend den Ball und warf ihn zurück ins Wasser. Es dauerte keine fünf Sekunden, bis ein Delfin zu sehen war, der den Ball mit seiner Schnauze wieder zu uns schleuderte.

»Wow, das ist ja krass!«, sagte Stella begeistert und warf den Ball zurück ins Wasser.

Und wieder schleuderte ein Delfin den Ball zu uns zurück. Er landete direkt vor Avas Füßen, die ihn sofort wieder ins Wasser warf.

»Vermutlich spielen die Kinder, die hier wohnen, immer mit den Delfinen«, spekulierte Greg. »Das ist ja megageil!«

»Meint ihr, die schwimmen weg, wenn wir zu nahe rangehen?«, fragte Sophia.

»Ich glaube nicht«, antwortete Malaika glücklich lächelnd, die gerade den Ball fing, den der Delfin erneut an Land warf.

Malaika ging damit näher ans Wasser und warf ihn, so weit sie konnte, aufs Meer hinaus. Kurz darauf sah man drei Delfine, die schnell zu dem Ball schwammen und ihn wieder in die Nähe des Strandes zurückbrachten. Daraufhin warf ihn ein Delfin erneut zu uns an Land.

Malaika ging daraufhin kurzerhand ins Wasser. Sofort kamen die Delfine ganz nahe zu ihr und ließen sich streicheln.

»Ist das krass!«, meinte Brian fassungslos. »Das ist ja wie in meinem Traum, als wir auf dem Katamaran waren.«

Daraufhin ging er begeistert zu Malaika ins Wasser. Ich folgte ihm. Ich spürte wieder die Seelen der Delfine. Sie waren zu fünft. Ich wusste, dass sie auch meine Seele und die der anderen Secret-Angels spüren konnten. Sie ließen sich auch sofort von mir streicheln.

Als Nuno dann zusammen mit allen anderen ins Wasser kam, wendeten sich alle Delfine sofort fasziniert seinem tätowierten Bauch zu, den man unter seinem nassen weißen T-Shirt sehr gut sehen konnte. Sie stupsten ihn sanft mit ihrer Schnauze an, was Nuno zum Lachen brachte. Doch dann rammte ihm plötzlich ein Delfin seine Schnauze so fest in den Bauch, dass wir ihn aus dem Wasser ziehen mussten, weil er keine Luft mehr bekam. Das machte den Menschen mächtig Angst, obwohl Nuno sofort wieder vergnügt lachte, als er wieder Luft bekam.

»Die wollen doch nur spielen«, sagte er zu unseren Menschen. »Das haben sie nicht böse gemeint. Delfine sind sehr viel robuster als Menschen. Denen war nicht klar, wie heftig so ein Schlag mit der Schnauze für einen Menschen sein kann. Untereinander spielen sie oft sehr ruppig. Die halten richtig was aus. Möglicherweise haben sie auch meinen Bauch mit einem Ball verwechselt. Das kann ich mir auch gut vorstellen, denn er sieht ja auch ein bisschen aus wie ein bunter Wasserball. Jedenfalls bin ich sicher, dass die Delfine nur spielen wollen. Und ich denke, dass sie jetzt kapiert haben, dass wir nicht so stabil sind wie sie und sie mit uns sanfter umgehen müssen. Die haben sich vermutlich eben selbst total erschrocken.«

»Bist du dir da sicher?«, fragte Brian.

»Absolut sicher«, bestätigte er.

»Ja, ich bin ebenfalls absolut sicher«, bestätigte ich.

»Na, dann«, meinte er und ging wieder zurück zu den Delfinen ins Wasser – sehr zur Verwunderung der anderen Menschen, die immer noch ängstlich waren.

Malaika und ich folgten Brian. Die Delfine waren dann auch tatsächlich sehr viel sanfter zu uns – fast schon zärtlich. Nach und nach kamen durch diesen Anblick immer mehr unserer Leute wieder ins Wasser. Auch Nuno war wieder am Start. Erneut wurde sein Bauch von den Delfinen erkundet. Der schien sie wirklich total zu faszinieren. Doch dieses Mal waren sie tatsächlich alle ganz vorsichtig damit.

Brian umarmte mich kurz und flüsterte mir eine Frage ins Ohr: »Kann es vielleicht sein, dass das gar kein Traum war auf dem Katamaran?«

»Ja, das kann sein«, bestätigte ich lächelnd. »Wollen wir das noch mal machen?«

»Auf jeden!«, sagte er begeistert.

Brian und ich gingen noch ein Stück weiter ins Wasser und hielten uns jeweils an der Rückenflosse eines Delfins fest. Und beide schwammen tatsächlich auch sofort los und zogen uns durchs Wasser. Die anderen Delfine schwammen mit. Und offensichtlich hatten alle viel Spaß. Sie veranstalteten wieder regelrechte Freudensprünge aus dem Wasser heraus. Etwas weiter vom Ufer weg, wo das Wasser tiefer war, machten sie sogar richtige Saltos.

Die Delfine schwammen eine kleine Runde mit uns und brachten uns dann wieder zurück zu den anderen. Alle waren von dieser Aktion über alle Maßen begeistert. Doch Dylan war der Einzige von den Menschen, der sich neben den Secret-Angels traute, sich an der Rückenflosse eines Delfins festzuhalten.

Ava vertraute zwar meinen Worten, als ich sagte, dass die Tiere ihr ganz sicher nichts tun würden, doch sie hatte trotzdem zu viel Angst, weil sie nicht gut schwimmen konnte. Wenn sie von der Rückenflosse eines Delfins abgerutscht wäre, hätte sie vermutlich die Strecke an Land nicht mehr allein zurückgeschafft. Daher verzichtete sie lieber auf dieses Erlebnis.

Nach einer Weile schwammen die Delfine dann wieder weiter, was wir alle sehr schade fanden. Doch wir hofften, dass sie morgen wiederkommen würden. Ich war mir fast sicher, dass dies der Fall sein würde, und freute mich auf weitere schöne Erlebnisse mit diesen tollen Seelen.

Wir gingen wieder zurück zur Villa, um uns trockene Kleidung anzuziehen. Auf dem Weg entdeckte Dylan das Twister-Spiel, das wir kurz vor unserer Rettung durch die Homeland Security bei Shameless in Paradise gespielt hatten. Offenbar hatte das Redaktions-Team dieses Spiel zurückgelassen.

»Wie geil!«, meinte Dylan begeistert. »Das würde ich gerne noch einmal spielen. Aber dann mit allen gemeinsam! Das wird lustig.«

»Ich denke, wir sollten jetzt erst einmal einkaufen gehen«, meinte Ava. »Wir haben überhaupt nichts zu essen im Haus. Klar könnten wir auch irgendwo in ein Restaurant gehen, aber ich würde viel lieber selbst kochen. Ich habe noch nie für so viele Leute gekocht und freue mich auf diese Herausforderung. Und die Küche hier ist der Hammer. So eine richtige Profiküche, mit der man locker 40 Personen bekochen könnte. Doch ich bräuchte dann noch ein, zwei Leute, die mir beim Einkauf helfen.«

»Ich komme mit«, sagte Jason sofort.

»Ich helfe auch sehr gerne«, meinte Greg.

»Ich komme ebenfalls mit«, sagte Nuno.

»Super!«, meinte Ava. »Dann machen wir das so. Wir vier gehen jetzt einkaufen, dann könnt ihr euer Twister spielen.«

»Aber keinen Workshop machen, während wir weg sind!«, ermahnte mich Greg.

»Alles klar. Machen wir nicht«, versprach ich.

Wir gingen alle erst einmal auf unsere Zimmer, um uns umzuziehen. Es war unglaublich schön, mit Brian wieder in diesem Zimmer zu wohnen. Erneut hätte ich mich am liebsten gleich mit ihm ins Bett gelegt und gekuschelt. Doch wir hatten versprochen, uns nur schnell umzuziehen und dann wieder runter in den Garten zu kommen, um Twister zu spielen.

Der Gedanke an dieses Spiel weckte ebenfalls schöne Erinnerungen in mir. Ich war auch sehr gespannt, wie sich unsere Nerds bei diesem Spiel anstellen würden. Dass die Secret-Angels dabei sehr geschickt sein würden, war von vornherein klar. Doch ich war sicher, dass sie es damit nicht übertreiben würden. Sie waren alle dabei, sich sehr gut in die Gruppe zu integrieren. Und auch ihre positive Grundstimmung war jetzt keine große Herausforderung mehr, nachdem sie erklärt hatten, dass das bei den Amish People so üblich war.

Dylan hatte eine gute Idee für das Spiel, als wir runter in den Garten kamen. Er wollte Teams auslosen, die sich gegenseitig unterstützen dürfen. Dabei könnten wir uns auch alle noch einmal ein wenig besser kennenlernen, meinte er. Da wir 20 Leute waren, wollte er fünf Teams mit jeweils 4 Personen bilden. Jedes Team würde dann reihum eine Farbe benennen und mit welcher Hand oder welchem Fuß man diesen Punkt berühren musste. Das hörte sich nach einer spannenden Aufgabe an.

Mit 20 Personen war es ziemlich eng auf dieser 3,6 Meter messenden runden Plastikfolie, die wir wieder auf die Wiese neben dem Pool gelegt hatten. Und wenn dann alle ihre Hände und Füße auf den Punkten platziert hätten, wären bereits 80 der 96 vorhandenen farbigen Punkte bereits besetzt.

Dylan hatte unsere Namen auf einen Zettel geschrieben, diesen zusammengefaltet und in eine Vase gegeben, die er in der Villa gefunden hatte. Wir zogen alle nacheinander jeweils einen Zettel. Ich gehörte zu den ersten vier, die einen Zettel zogen und damit automatisch das erste Team bildeten. Mit mir zusammen waren Stella, Lenyo und Isaac in einer Gruppe.

Die Spielregel, die Dylan sich ausgedacht hatte, besagte, dass immer die gesamte Gruppe ausschied, wenn einer aus dem Team es nicht schaffte, einen neu angesagten Punkt zu erreichen oder zu halten. Wie sich die Mitglieder eines Teams dabei gegenseitig unterstützen wollten, war uns überlassen. Alle Teams entschieden sich erst einmal für die gleiche Taktik. Sie standen relativ nahe beieinander, sodass sie sich gegenseitig Halt geben und stützen konnten.

Brian war in einer Gruppe mit Malaika, Angelo und

Dylan. Das war ein starkes Team. Sie hatten gute Chancen, das Spiel zu gewinnen. Linh bildete zusammen mit Sophia, Emma und Lina ein reines Frauenteam. Sie waren alle sehr gelenkig und hatten deshalb ebenfalls sehr gute Chancen. Auch das Team von Kevin, Tyler, Bodo und Yensaya schätzte ich recht stark ein. Übrig blieben Marcus, Connor, Eric und Serafina für das letzte Team. Die vier schätzte ich spontan als das schwächste Team ein, doch ich war sehr gespannt, wie es tatsächlich laufen würde.

Unsere Gruppe durfte den ersten Punkt bestimmen. Wir überließen Stella die Entscheidung. Sie wählte Rot und die rechte Hand. Insgesamt gab es auf der Fläche 24 rote Punkte, und 20 davon waren damit bereits besetzt. Würde die nächste Gruppe sich erneut für Rot entscheiden, wäre dieses Spiel bereits nach dem zweiten Zug zu Ende. Jedoch hätte es nur dann einen Gewinner geben können, wenn alle aus dem gleichen Team die vier restlichen roten Punkte für sich beanspruchen konnten, und das war nicht der Fall.

Daher entschied sich das Team von Brian für Gelb und den linken Fuß. Alle fünf Teams schafften auch diesen Punkt. Aber man konnte bereits erahnen, dass es ab dem dritten Punkt bereits schwierig werden würde.

Das Team von Linh entschied sich für einen grünen Punkt, den man mit der linken Hand berühren sollte. Für Dylan wurde es schwierig, einen grünen Punkt zu finden. Er musste dazu weit zwischen den Beinen von Serafina hindurchgreifen, wodurch er sein Gesicht direkt an ihren

Po pressen musste, um mit der linken Hand gerade so an den Punkt heranzukommen, was außer Tyler alle sehr lustig fanden. Hätte Serafina es gewollt, hätte sie ihn leicht davon abhalten können, den Punkt zu erreichen. Doch diese Möglichkeit fiel ihr vermutlich gar nicht ein. Diese Denkweise war uns Engeln einfach fremd. Daher versuchte Serafina ihr Bestes, Dylan das Erreichen seines Punkts zu ermöglichen.

Doch als der nächste Punkt angesagt wurde, musste Serafina mit ihrem noch freien rechten Fuß einen blauen Punkt erreichen, und das ging nur, indem sie Dylan von seinem Punkt wegschob. Er versuchte dagegenzuhalten, doch die Gruppe von Serafina stemmte sich dagegen, weshalb er schließlich seinen grünen Punkt loslassen musste. Dylans Team war damit raus. Das vermeintlich stärkste Team war ausgeschieden.

Durch die dadurch frei werdenden Punkte war es auch den restlichen Teams möglich, einen blauen Punkt mit dem rechten Fuß zu erreichen. Allerdings hatten einige große Mühe, ihre Position zu halten. Vor allem, weil sie so viel lachen mussten, denn gleich mehreren erging es gerade sehr ähnlich wie zuvor Dylan mit Serafina. Sie entschuldigten sich aufrichtig dafür, dass sie einander teilweise an Stellen berühren mussten, die man normalerweise nicht berühren durfte. Ich hatte den Eindruck, dass genau dieser Umstand dafür sorgte, dass die Menschen eine engere Bindung miteinander eingingen. Das war sehr interessant. Offenbar sorgte das enge körperliche Beieinandersein auch für mehr emotionale Nähe.

Das Team von Serafina ließ sich viel Zeit mit der Auswahl des nächsten Punktes. Serafina hatte sicherlich genau wie ich sofort erkannt, dass sie gleich zwei der Teams hätte rauskicken können, wenn sie den linken Fuß und Rot gewählt hätte. Sie schlug jedoch Grün und die rechte Hand vor, da diesen Punkt alle vier verbliebenen Teams geschafft hätten. Connor, der zu Serafinas Team gehörte, erkannte ebenfalls die Chance, das Spiel zu gewinnen, und entschied sich dann aufgeregt und lautstark für Rot und links.

Damit war ich mit meinem Team ebenfalls raus. Genauso wie das Team von Kevin, Tyler, Bodo und Yensaya. Übrig blieben nur unser reines Frauen-Team, bestehend aus Linh, Sophia, Emma und Lina, und das Team von Serafina, zu dem Connor, Marcus und Eric gehörten. Und jetzt zahlte sich die Gelenkigkeit der vier Frauen aus. Nach drei weiteren Runden konnten sie das Spiel schließlich für sich entscheiden und den Sieg verbuchen.

Das Spiel hatte allen sehr viel Spaß gemacht und unsere Gruppe tatsächlich auch noch einmal emotional näher zusammengebracht. Daher freute es mich sehr, dass die Verlierer-Teams sofort eine Revanche forderten und damit noch ein paar weitere Runden gespielt wurden.

Zeitweise brachten die Positionen, die dabei eingenommen wurden, alle sehr heftig zum Lachen. Insbesondere innerhalb der Teams hatte man sich dazu entschieden, auf so etwas wie Intimzonen keine Rücksicht zu nehmen, da man das Spiel sonst nicht gewinnen könne. Und immer wenn sich die Spieler, was das anging, ein wenig näher kamen, spürte ich, wie auch die emotionale Nähe zwischen den Personen zunahm. Das war ein interessantes Phänomen, das ich mir spontan nicht so recht erklären konnte.

Wir spielten dieses Spiel fast zwei Stunden lang, bis Ava und die anderen von ihrem Einkauf zurück waren. Sie hatten sich ein Taxi genommen, um alles zu transportieren. Es wartete vor dem großen Tor zur Villa. Wir gingen alle dorthin, um beim Ausladen zu helfen. Danach verstauten wir die Lebensmittel in der Küche, die neben zwei riesigen Kühlschränken auch über viele Vorratsschränke verfügte.

Ava hatte recht viel Nahrung eingekauft. Der ganze Kofferraum des Taxis war voll gewesen. Sie meinte jedoch, dass wir das alles innerhalb der nächsten drei Tage sicher aufgegessen hätten.

Nach dem Einräumen der Ware begann sie auch gleich mit dem Kochen. Die Secret-Angels wollten alle dabei helfen, da sie noch nie gesehen hatten, wie das Zubereiten von Nahrung funktioniert. Sie fanden das alles überaus spannend. Wobei sie es ganz gut verstanden, ihre überschwängliche Begeisterung für diese aus menschlicher Sicht banalen Dinge zu verbergen.

»Hast du vielleicht einen Moment für mich?«, fragte mich Brian.

»Klar, worum geht es?«, wollte ich wissen.

»Können wir dazu kurz hoch auf unser Zimmer gehen?«, bat er mit ernster Miene.

»Ja, natürlich«, antwortete ich und ging mit ihm nach oben.

Die Art, wie er das gefragt hatte, löste in mir große Besorgnis aus. Ich hatte die ganze Zeit über schon befürchtet, dass er es vielleicht doch nicht würde akzeptieren können, dass ich ein Engel war. Möglicherweise stellte er deshalb jetzt unsere Beziehung infrage, was ich sehr schlimm gefunden hätte.

Brian schloss die Tür. Er zog die Schuhe aus und setzte sich aufs Bett, sodass er sich am Kopfende mit dem Rücken anlehnen konnte. Ich zog also ebenfalls meine Schuhe aus und setzte mich neben ihn.

»Geht es darum, dass ich ein Engel bin?«, fragte ich besorgt.

»Ja«, bestätigte er. »Das lässt mir einfach keine Ruhe.«

»Dann hilft es dir also doch nicht, dass ich in Wirklichkeit eine menschliche Seele bin?«, fragte ich.

»Doch, das hilft mir sehr«, antwortete er. »Aber es wirft auch viele Fragen auf.«

»Welche Fragen?«, wollte ich wissen.

»Na, vor allem, ob die Geschichte, die du uns vom Großen Geist erzählt hast, als wir noch bei Shameless in Paradise waren, tatsächlich wahr ist.«

»Darüber möchtest du mit mir sprechen?«, fragte ich verwundert.

»Ja, natürlich«, sagte er. »Was hast du denn gedacht?«

»Ich hatte befürchtet, dass du unsere Beziehung beenden willst, weil ich ein Engel bin und du das nicht akzeptieren kannst«, antwortete ich.

»Mein Gott, nein! Auf keinen Fall!«, sagte er aufgewühlt und nahm mich sofort in den Arm. »Es tut mir so leid, dass ich dir diesen Eindruck vermittelt habe. Ich stelle unsere Beziehung überhaupt nicht infrage. Ich liebe dich über alles, und das wird auch immer so bleiben. Ich stelle etwas ganz anderes infrage.«

»Und was?«, fragte ich ahnungslos.

»Sollte das wirklich stimmen, was du uns da über den Großen Geist erzählt hast, dann stellt das für mich so ziemlich alles infrage«, erklärte er. »Dann steht für mich kein Stein mehr auf dem anderen.«

»Warum steht da kein Stein mehr auf dem anderen?«, fragte ich verwundert.

»Na, weil das alles ändern würde«, meinte er. »War das wirklich alles wahr, oder hast du nur eine Fantasiegeschichte erzählt?«

»Ich habe euch die Wahrheit über uns Engel und den Großen Geist gesagt«, bestätigte ich.

»Und über uns Menschen?«, hakte er nach.

»Was genau meinst du?«, fragte ich ahnungslos.

»Ich meine den Sinn unseres Lebens. Den Grund, warum wir alle hier sind«, erklärte er.

»Ihr seid hier, um euren Erfahrungsprozess zu durchlaufen«, sagte ich achselzuckend. »Für diesen Erfahrungsprozess wurde das Paradies ja geschaffen.«

»Dann ist es also wahr, dass wir uns zum Positiven entscheiden sollen?«, hakte er nach.

»Das ist Bestandteil dieses Erfahrungsprozesses«, stimmte ich zu. »Diese Entscheidung ist von der Evolution der Erde vorgegeben. Da haben wir als Menschheit gar keine andere Wahlmöglichkeit, wenn wir überleben wollen. Wenn die Spezies Mensch sich nicht dazu entscheidet, aus Liebe zu allen Lebensformen zu handeln, wird sie unweigerlich aussterben. Doch das bedeutet nicht, dass die Menschheit das tun *muss*. Sie kann es schaffen, doch das ist kein Muss. Das Paradies wird auf jeden Fall irgendwann eine intelligente Spezies hervorbringen, welche dann die richtige Entscheidung trifft.

Dem Großen Geist geht es um den Erfahrungsprozess der Willensfreiheit. Er stand in seiner ursprünglichen Evolution nie vor der Wahl, sich frei zum Positiven oder zum Negativen entscheiden zu können. Seine Natur war von Anfang an positiv, weil es außer dem Großen Geist selbst keine anderen Lebensformen gab. Egoismus und Altruismus gab es für den Großen Geist nicht, weil es kein Ich und kein Du gab.

Die Erfahrung der Willensfreiheit in Bezug auf Gut und Böse ist für den Großen Geist etwas völlig Neues. Und genau dafür erschuf er vor vier Milliarden Jahren die erste Ur-Zelle, aus der dann alle anderen irdischen Lebensformen hervorgegangen sind. Es ging ihm aber um die Erfahrung der Willensfreiheit und nicht um die Entscheidung zum Positiven. Denn diese Entscheidung ist, wie gesagt, unvermeidlich und damit in einer Welt der Willensfreiheit bereits vorgegeben.

Jede Spezies, welche die Willensfreiheit hat, sich für die helle oder die dunkle Seite zu entscheiden, steht in ihrer Evolution irgendwann an dem gleichen Punkt wie die Menschheit jetzt. Wenn sie sich nicht für das Wohl allen Lebens entscheidet, dann zerstört sie nach und nach ihre eigene Lebensgrundlage, bis sie unweigerlich schließlich selbst ausstirbt und durch eine andere Spezies ersetzt wird. Die Entscheidung zum Positiven ist daher, wie gesagt, in einer Welt der Willensfreiheit unausweichlich.«

»Unsere Willensfreiheit geht also sogar so weit, dass wir auch die Freiheit haben, uns selbst zu vernichten«, stellte Brian fest.

»Ja, unsere Willensfreiheit ist unbegrenzt«, bestätigte ich. »Sie schließt auch die Selbstvernichtung mit ein.«

»Aber wir haben nicht die Freiheit, uns für das Negative zu entscheiden und dann trotzdem zu überleben«, meinte er. »Damit ist unsere Willensfreiheit eigentlich doch begrenzt.«

»Das ist richtig. Diese Möglichkeit haben wir nicht. Doch das hat mit Freiheit eigentlich nichts zu tun«, sagte ich. »Die fiktive Wahlmöglichkeit, unsere eigene Lebensgrundlage zu vernichten und dann trotzdem überleben zu können, gibt es in diesem Universum einfach nicht. Hier sollten wir aufpassen, dass wir nicht wieder unseren Freiheits-Instinkt verarschen. Freiheit bedeutet, unter den vorhandenen Wahlmöglichkeiten, die dieses Universum uns bietet, frei wählen zu können. Daran kann der Große Geist auch nichts ändern. Er hat das Universum nicht erschaffen. Er ist nicht Gott, sondern auch nur ein Geschöpf des Universums – wenn auch ein sehr mächtiges und intelligentes. Dennoch kann auch der Große Geist nur die Möglichkeiten nutzen, die das Universum bietet. Und die Möglichkeit, die eigene Lebensgrundlage zu zerstören und dann trotzdem zu überleben, gibt es einfach nicht. Eine Erfahrungswelt der Willensfreiheit beinhaltet daher auch immer zwingend die Entscheidung zum Positiven.

Der Große Geist wollte also eine Erfahrungswelt der Willensfreiheit erschaffen. Und die wollte er selbst erleben. Wir alle sind der Große Geist. Die Menschheit genauso wie die Engel und alle anderen Lebensformen, die das Paradies je hervorgebracht hat. Der Große Geist hat uns nicht erschaffen. Er hat nur unsere Gestalt angenommen. Und damit haben wir uns alle von Anfang an dazu entschieden, dass wir eine Welt der Willensfreiheit in Bezug auf Gut und Böse erleben wollen. Das war unsere freie Willensentscheidung. Wir haben uns damals nur noch nicht als eigenständige Entitäten wahrgenommen. Das sind wir in Wirklichkeit auch heute nicht. Wir tun nur alle so, weil das für den Erfahrungsprozess, für den wir diese Welt geschaffen haben, am sinnvollsten ist. In Wirklichkeit sind wir jedoch alle der gleiche Geist, das gleiche Bewusstsein und das gleiche Wesen. Wir sind alle eins.«

»Ja, aber wenn das wirklich wahr ist, dann ändert das doch einfach alles«, meinte Brian noch einmal.

»Es ist wahr. Aber warum soll das denn jetzt alles ändern?«, fragte ich ahnungslos. »Was ändert sich denn dadurch?«

»Na, zum Beispiel die 20 000 Entscheidungen, die wir

jeden Tag treffen«, meinte Brian. »Bislang werden die ja von unseren Gefühlszielen und anderen Haben- und Seinwollens bestimmt. Genau wie unsere Beurteilungen und damit auch unsere Gefühle. Wenn das Ziel jedoch darin besteht, sich zum Positiven zu entscheiden, dann sieht das völlig anders aus. Dann werde ich diesen Prozess als Basis für alle meine Beurteilungen und Entscheidungen verwenden und nicht mehr meine Gefühlsziele. Ist dir nicht klar, dass wir uns dadurch auf einen Schlag von allen unseren schädlichen Gefühlszielen befreien könnten? Dann geht es einfach nicht mehr um das Erreichen unserer Gefühlsziele. Es geht dann darum, sich zum Positiven zu entscheiden. Das ist dann viel wichtiger, als unseren Gefühlen hinterherzujagen. Die Gefühlsziele ergeben dann einfach überhaupt keinen Sinn mehr.«

»Ja, aber die Gefühlsziele ergeben doch sowieso keinen Sinn«, wendete ich ein. »Die erzeugen doch nur Leid und Unglück.«

»Ja, aber das muss man erst einmal kapieren und dann auch noch ins Gefühl kriegen«, sagte Brian. »Und das ist offensichtlich ja gar nicht so einfach. Auch muss man bereit sein, viele Beispiele durchzugehen. Dazu werden einfach viele Menschen schlicht und ergreifend zu faul sein. Sie leben ihr Leben dann lieber so weiter wie bisher, anstatt ein lebenswerteres Leben anzufangen. Wüssten sie jedoch, warum sie tatsächlich hier sind, würden sie letztendlich genau das Gleiche tun wie wir, jedoch ohne alles haarklein kapieren zu müssen, was wir in den letzten Wochen von dir gelernt haben.«

»Ja, das ist schon klar«, sagte ich. »Sie würden dann natürlich ebenfalls von ihren Gefühlszielen und ihren überzogenen Haben- und Seinwollens loslassen. Das stimmt schon. Glück und Leid würden dann automatisch als wertvolle Wegweiser in diesem Erfahrungsprozess gesehen. Ohne diese Wegweiser wäre das alles ja gar nicht möglich. Wir würden unseren Weg zum Positiven niemals finden, wenn uns das Leben mit glücklichen und leidvollen Erfahrungen nicht dabei helfen würde. Wir hätten dann keine Orientierung.«

»Ohne unsere Gefühlsziele und unsere überzogenen Haben- und Seinwollens gäbe es auch keine unnötigen Negativbeurteilungen mehr, und damit würden auch keine unnötigen negativen Gefühle mehr erzeugt«, fügte Brian hinzu. »Stattdessen wären alle bemüht, Gutes zu tun. Und da würden sie sicherlich automatisch danach schauen, was sie auch gleichzeitig gerne tun und gut können.

Sie würden also letztendlich genau das Gleiche tun, worum wir uns die ganze Zeit schon bemühen. Sie würden von ihren Gefühlszielen und ihren sinnlosen Haben- und Seinwollens loslassen und sich stattdessen auf die sinnvollen Haben- und Seinwollens konzentrieren und vor allem dann auch ihre 3G-Tunwollens ausleben. Sie würden damit ein glückliches und erfülltes Leben führen, kaum noch Leid empfinden, sondern fast durchgehend nur glückliche Gefühle. Und das, ohne alles genau verstehen zu müssen, was wir uns hier in den letzten Wochen erarbeitet haben. Sie müssten es nur als Wahrheit ansehen, dass sie hier sind, um sich zum Positiven zu entscheiden. Alles andere würde ganz von selbst passieren.

Die Menschen würden aufhören, ihre negativen Gefühle vermeiden zu wollen, genauso wie sie aufhören würden, ihren positiven Gefühlen hinterherzujagen. Man braucht die negativen Gefühle für diesen Erfahrungsprozess der Willensfreiheit ja genauso wie die positiven. Aus dieser Perspektive heraus gibt es keine emotionalen Missstände. Es wäre völliger Quatsch, das so zu sehen – was ja auch der Wahrheit entspricht. Es ist ja auch in Wirklichkeit völliger Quatsch, die eigenen Gefühle als nicht gut genug, als nicht in Ordnung, als schlecht oder sogar als schlimm anzusehen.«

»Ja, das ist alles klar«, stimmte ich zu. »Doch die Menschen kennen die Wahrheit leider nicht. Diese Unwissenheit gehört zum Erfahrungsprozess dazu, wegen dem sie alle hier sind. Uns Engeln ist es deshalb auch nicht gestattet, den Menschen diese Wahrheit zu beweisen. Wir dürfen sie äußern, aber nicht beweisen. Das erlaubt uns unsere oberste Direktive nicht. Denn damit würden wir in die Glaubensfreiheit der Menschen eingreifen, die einen wichtigen Bestandteil ihrer Willensfreiheit darstellt.

Wir dürften sicherlich aufzeigen, wie groß der tatsächliche Nutzen dieser Weltanschauung ist, und natürlich auch, dass sie überhaupt keine schädlichen Auswirkungen hat, aber darüber hinaus dürfen wir nichts unternehmen. Du persönlich hast außer meinem Wort auch keinen Beweis dafür, dass dieser Erfahrungsprozess den Sinn des Lebens hier auf der Erde darstellt. Es bleibt trotzdem deiner Willensfreiheit überlassen, ob du das glauben willst oder nicht.«

»Ich habe keinen Grund, dir nicht zu glauben«, meinte er. »Aber ich verstehe, was du mir sagen willst. Für die meisten Menschen wird es einfach nur eine weitere spirituelle Weltanschauung sein, dass wir alle hier sind, um uns zum Positiven zu entscheiden. Es gibt dafür keine Beweise. Allenfalls das Indiz, dass diese Weltanschauung einen unglaublich großen Nutzen für jedes einzelne Individuum und die gesamte Natur mit sich bringt und auf der anderen Seite überhaupt gar keinen Schaden verursacht. Doch das ist ein sehr starkes Indiz!

Du hast uns das ja ausführlich erklärt. Dass eine falsche Sichtweise zufällig immer nur nützliche und niemals schädliche Konsequenzen mit sich bringt, ist statistisch gesehen so gut wie unmöglich. Es wäre daher schon so etwas wie ein statistischer Beweis für die Wahrheit, wenn diese Weltanschauung tatsächlich nur positive und keinerlei negative Konsequenzen mit sich bringt. Aber auch diesen statistischen Beweis würden die meisten Menschen sicherlich nicht als solchen gelten lassen. Doch für mich persönlich ändert jetzt einfach alles, dass ich die Wahrheit kenne.

Ich habe keinen Zweifel an der Wahrheit deiner Aussagen. Dass du, Nuno und die anderen echte Engel seid, ist für mich Beweis genug. Doch den hat außer Ava natürlich sonst niemand. Und wenn ich dich richtig verstanden habe, dann wird das auch aufgrund eurer obersten Direktive so bleiben. Sicherlich hättest du auch mir deine wahre Identität nicht verraten dürfen. Ich verspreche bei allem, was mir heilig ist, dass ich sie niemals gegenüber einem anderen Menschen preisgeben werde. Dieses Geheimnis werde ich mit ins Grab nehmen.«

»Ich habe, was das betrifft, vollstes Vertrauen in dich«, sagte ich. »Ich verstehe, dass es dir dadurch jetzt möglich ist, den gesamten Umsetzungsweg erheblich abzukürzen. Doch diese Möglichkeit können wir den anderen Menschen leider nicht anbieten. Wir können ihnen, wie gesagt, diese Glaubensmöglichkeit anbieten und sie erkennen lassen, dass diese Weltanschauung ausschließlich nützliche und keinerlei schädliche Auswirkungen hat. Doch ob sie das dann für die Wahrheit halten oder nicht, das müssen wir ihrer Willensfreiheit überlassen.«

»Aber mit Ava dürfte ich darüber sprechen, oder?«, fragte er. »Sie weiß ja ohnehin über euch Bescheid.«

»Ja, natürlich«, bestätigte ich. »Du darfst grundsätzlich sowieso alles tun, was du willst. Ich danke dir von Herzen, dass du mein Geheimnis hüten willst. Dazu wärst du absolut nicht verpflichtet. Niemand würde dir einen Vorwurf machen, wenn du es nicht tätest. Falls ich so etwas wie Liebesbeweise bräuchte, wäre das für mich ganz sicher der größte Liebesbeweis, den ich mir überhaupt vorstellen kann. Ich brauche jedoch für deine Liebe keine Beweise«, sagte ich und spürte, wie sich ein Kloß in meinem Hals bildete. »Dennoch scheint mich dein Versprechen gerade unglaublich tief in meiner Seele zu berühren«, bemühte ich mich unter Tränen noch zu sagen, bevor ich keinen Ton mehr herausbrächte. »Vielleicht brauche ich das dann doch noch«, konnte ich gerade noch herausquetschen.

Brian nahm mich sofort liebevoll in den Arm und hielt mich ganz fest. Dann küsste er meine Tränen weg. Schließlich küsste er mich zärtlich auf den Mund, wie er das in dieser Form seit meinem Outing nicht mehr getan hatte. Eine überwältigende Woge aus Zärtlichkeit übermannte meine Seele, die sich schnell in Leidenschaft verwandelte, als ich merkte, dass sich bei Brian ebenfalls leidenschaftliche Gefühle entwickelten.

Er begann, mir das Kleid auszuziehen. Ich folgte seinem Beispiel und half ihm, sein T-Shirt auszuziehen. Währenddessen küssten wir uns weiterhin sehr leidenschaftlich. Kurz darauf lagen wir eng umschlungen nackt im Bett. Ich spürte die Hitze unserer Körper und wie meine Erregung mit jedem weiteren leidenschaftlichen Kuss dabei war, mein Großhirn zu entmachten. Ich wollte in diesem Moment nur noch ihn. Wollte am liebsten in ihn hineinkriechen. Ganz mit ihm verschmelzen. Ich ließ es einfach geschehen und gab mich meinen Gefühlen hin.

»Ich hole schnell ein Kondom«, versuchte er zu sagen, während ich ihn weiter leidenschaftlich küsste.

»Das brauchen wir nicht!«, antwortete ich, während ich ihn weiter küsste.

Daraufhin legte er sich auf mich, und ich schlang meine Beine um ihn. Ich war sehr aufgeregt und wusste nicht, was als Nächstes passieren würde. Ich war nur darauf vorbereitet, dass es vermutlich gleich wehtun würde. Doch das war nicht der Fall. Als Brian in mich eindrang, tat das einfach nur gut. Er machte das ganz langsam und vorsichtig. Doch es tat so gut, dass ich mehr davon wollte.

Ich küsste ihn mit aller Leidenschaft und zeigte ihm mit der Bewegung meiner Hüften meine Lust, was ihn dazu veranlasste, sich ebenfalls immer leidenschaftlicher zu bewegen. Es fühlte sich unendlich gut an, mich ihm auf diese Weise auszuliefern und mich ihm völlig hinzugeben. Ich nahm die Welt um mich herum überhaupt nicht mehr wahr. Es gab nur noch Brian und mich. Ich spürte, wie meine Seele dabei war, mit seiner zu verschmelzen, und gab mich dieser Erfahrung voll und ganz hin.

Plötzlich spürte ich, wie sich ein Orgasmus näherte und sich unsere Seelen immer näherkamen. Gleichzeitig spürte ich, dass mich die Intensität dieser Gefühle völlig überforderte. Doch ich konnte und wollte das nicht stoppen. Ich ließ los und ließ es geschehen. Eine unfassbar starke Energie schien aus dem Innersten meiner Seele herauszuschießen und meinen gesamten Körper zu überfluten. Ich hatte das Gefühl, selbst diese Energie zu sein und mich bis ins Unendliche auszudehnen.

Kurz darauf erblickte ich plötzlich das besorgte Gesicht von Brian und war völlig desorientiert. Mein Körper schien mir auch nicht mehr zu gehorchen. Ich konnte mich nicht bewegen. Einzig meine Augen konnte ich noch ein wenig kontrollieren. Offenbar hatte ich die Verbindung zu meinem Avatar verloren. Ich entmaterialisierte mich daher schnell, um mich gleich darauf neben dem Bett neu zu materialisieren.

»Es tut mir so leid!«, sagte ich zu Brian, der völlig geschockt aufrecht im Bett saß. »Habe ich es versaut?«

»Daran muss ich mich wirklich noch gewöhnen«, meinte er und schüttelte fassungslos den Kopf. »Du hast dich gerade einfach aufgelöst!«

»Das tut mir so leid, Schatz«, sagte ich. »Aber es ging nicht anders. Mein Geist hatte sich beim Orgasmus von meinem Körper gelöst. Ich hatte keine Kontrolle mehr. Ich hoffe, das hat dich nicht allzu sehr traumatisiert.«

»Traumatisiert?!«, wiederholte er lachend, wobei ich spürte, dass sein Lachen ihm offensichtlich half, diese Erfahrung zu verarbeiten und damit mehr als nur normalen Humor darstellte. »Baby, ich habe gerade meiner Partnerin einen Orgasmus beschert, bei dem sich ihr Geist von ihrem Körper losgelöst hat! Weißt du, wie viele Männer so etwas von sich behaupten können?!«

»Vermutlich niemand«, sagte ich und lachte mit, um ihn bei dieser Form der Stressbewältigung zu unterstützen.

»Und ganz sicher wissen jetzt auch alle hier im Haus und vermutlich auch alle unsere Nachbarn, dass ich der Tollste im Bett sein muss«, meinte er weiterhin lachend.

»Und wieso wissen das jetzt alle?«, fragte ich und lachte weiter, als hätte er einen Scherz gemacht.

»Na, weil du eben das ganze Haus zusammengeschrien hast!«, meinte er lachend.

»Das wüsste ich«, sagte ich kopfschüttelnd. »Das habe ich ganz sicher nicht getan.«

»Natürlich hast du das getan!«, widersprach er. »Du hast so laut geschrien, dass ich immer noch ein Pfeifen im Ohr habe.«

»Daran könnte ich mich ganz sicher erinnern«, meinte ich lachend.

»Nein, im Ernst«, sagte er dann plötzlich, ohne zu lachen. »Du hast wirklich sehr laut geschrien. Weißt du das denn nicht mehr?«

»Ich kann mich nicht daran erinnern«, sagte ich verwundert. »Ich kann mich auch, ehrlich gesagt, gar nicht mehr so richtig an meinen Orgasmus erinnern«, merkte ich dann. »Das ist sehr seltsam. Wir Engel sind uns jedes einzelnen Moments unseres Lebens vollkommen bewusst. Wir vergessen niemals etwas. So etwas passiert bei uns Engeln nicht.«

»Bei den Engeln vielleicht nicht«, meinte Brian. »Aber bei den Menschen schon. Ich finde es unglaublich schön, dass du so menschlich geworden bist, mein Engel«, sagte er, nahm meine Hand und zog mich zurück zu sich ins Bett.

»Hattest du denn auch schon deinen Orgasmus?«, fragte ich. »Ich könnte dir sonst sehr gerne wieder behilflich sein.«

»Ja, hatte ich«, meinte er mit einem breiten Lächeln. »Und ich bin sicher, zu dem Zeitpunkt warst du auch noch in deinem Körper. Denn das war genau der Moment, als du so laut geschrien hast.«

»Dann können wir das vermutlich jetzt nicht gleich noch einmal machen, oder?!«, fragte ich.

»Ich fürchte nicht«, meinte er lachend. »Aber der Tag ist ja noch lang. Bis wir heute Abend ins Bett gehen, bin ich sicher wieder am Start. Aufgeschoben ist also nicht aufgehoben.«

»Das hört sich super an!«, sagte ich erfreut.

»Dann sollten wir jetzt vielleicht wieder runter zu den anderen gehen. Die sind mit dem Kochen jetzt bestimmt längst fertig«, meinte er.

Er sprang dann noch schnell unter die Dusche. Bei mir wäre das zwar eigentlich nicht nötig gewesen, weil ich mich ja gerade frisch materialisiert hatte, doch ich fand es sehr schön, mit ihm gemeinsam zu duschen. Besonders der Moment, wo die Seife so richtig schön zwischen uns glitschte, wenn wir unsere Körper aneinanderrieben. Das war immer das Schönste.

Kurz drauf kamen wir zu den anderen an den Tisch, den sie draußen auf der Terrasse der Villa gedeckt hatten, wo ich auch zum ersten Mal auf Brian und die anderen Promis getroffen war. Sie empfingen uns mit einem lauten Gejubel, während sie mit ihren Händen auf den Tisch trommelten. Ava rief laut: »Herzlich willkommen zurück bei Shameless in Paradise!« Offenbar musste ich tatsächlich sehr laut gewesen sein, was sie wohl mit dem Begriff *schamlos* in Verbindung brachte.

Ich nahm Brian an der Hand, wie wir das schon einmal getan hatten, als wir zusammen mit Dylan auf der Bühne Single Ladys performt hatten, und verbeugte mich mit ihm zusammen vor unserem Publikum, was noch einmal einen herzlichen Applaus und lautes Lachen auslöste. Ach, es war einfach richtig schön, ein Mensch zu sein!

Am Tisch war es recht eng für uns alle, aber es ging. Bei Shameless in Paradise hatten hier immer nur maximal 12 Personen gesessen. Jetzt waren wir doppelt so viele. Es war sehr eng, doch alle konnten im Sitzen essen. Und ich mochte eng sowieso, was mir das Erlebnis mit Brian vorhin klargemacht hatte.

Avas Essen schmeckte wieder ganz hervorragend. Mindestens so gut wie das von Samantha, die uns in der Residenz bei der NSA immer bekocht hatte. Ich fühlte mich unglaublich wohl hier in der Villa. Damals in der Residenz war es mir ziemlich egal gewesen, ob wir in einem unterirdischen Bunker lebten oder in einer Villa am Strand. Doch so langsam fand ich Gefallen an der Freiheit, die wir hier hatten, und auch an dem schönen Ambiente, das diese Villa bot. Und natürlich auch an der Möglichkeit, mit unseren neuen Delfin-Freunden zu schwimmen. Das war weder im Pearl-Habor-Stützpunkt noch am Waikiki-Beach möglich gewesen.

Hier bei uns war es einfach viel schöner. Auch die vielen schönen Erinnerungen trugen dazu bei, die ich mit diesem Ort verband, wo ich meinen Brian und meine anderen Lieblingsmenschen kennen- und lieben gelernt hatte. Wir hatten viel miteinander erlebt in den letzten Wochen. Ich war so froh, dass Ella es mir ermöglicht hatte, Secret-Angel zu werden. Das war das Beste, was in meiner gesamten Existenz als Engel hätte passieren können.

Ich freute mich unglaublich auf die Zeit, die nun vor uns lag. Gemeinsam mit meinen Lieblingsmenschen, den Secret-Angels und den Nerds würden wir der Menschheit helfen, ihre rote Brille abzulegen und dadurch das Paradies wieder wahrzunehmen, in dem wir alle tatsächlich lebten.

Kapitel 8:
Mangelgefühle

Für diesen Abend hatten sich wieder unsere 20 Nerds angekündigt, die uns nach der Arbeit wieder besuchen wollten. Sicherlich würde es ihnen hier ebenfalls sehr gefallen. Hier waren wir ganz unter uns und würden ungehemmt Workshops machen können, wann immer wir Lust dazu hätten.

Doch zuvor wollten wir alle noch einmal an den Strand gehen, um zu schauen, ob unsere Delfine wieder da waren. Wir fanden auch den Ball, den sie uns zugeworfen hatten, doch ich spürte keine Anwesenheit ihrer Seelen. Ava warf den Ball noch einmal ein Stück ins Wasser, doch da war, wie gesagt, niemand. Der Ball wurde durch die Brandung und den Wind wieder schnell angespült. Ava nahm ihn dieses Mal mit in die Villa. Wir würden ihn am nächsten Tag wieder mit zum Strand nehmen.

Die Menschen rechneten sich die besten Chancen aus, wenn wir morgen wieder zur gleichen Zeit dorthin gingen. Warum das alle für wahrscheinlich hielten, wusste ich nicht. Vermutlich kannten sich die Menschen mit den Gepflogenheiten der Delfine besser aus als wir Engel. Wir hatten uns mit den Delfinen zuvor nie intensiver beschäftigt.

Doch theoretisch könnten die Delfine durchaus die Nachfolge der Menschheit antreten, sollten es die Menschen nicht schaffen, aus Liebe zum gesamten Leben auf dem Planeten zu handeln. Möglicherweise würden die Delfine es in ein paar Millionen Jahren schlauer anstellen. Falls sie die nahende Katastrophe überleben sollten, was natürlich fraglich war. Vermutlich würden alle komplexeren Lebewesen früher oder später dabei aussterben. Die Einzeller hingegen würden überleben. Falls nötig, mehrere Milliarden Jahre. Es sei denn, die Menschen würden aus der Erde eine zweite Venus machen. Da könnten dann auch keine Einzeller mehr überleben. Aber das war eher unwahrscheinlich.

Kurz darauf kamen die 20 Nerds in unserer Villa an. Sie hatten sich auf drei Großraumtaxis aufgeteilt, die sie hierhergebracht hatten. Sie betraten die Villa fast schon ehrfürchtig durch das große Tor zum Garten.

Wir zeigten ihnen stolz unsere schöne Villa. Die Nerds waren extrem beeindruckt von dem Luxus, der uns hier umgab. Das Fünf-Sterne-Resort am Waikiki-Beach war schon recht luxuriös gewesen. Doch diese Villa war noch einmal mindestens ein bis zwei Sterne gehobener. Ich spürte, dass das unsere Nerds ein wenig einschüchterte.

»Ihr könnt euch hier wie zu Hause fühlen«, sagte ich zu ihnen. »Wir sind hier ganz unter uns. Wir können hier machen, was wir wollen. Wir können heute Abend auch gerne noch einmal einen Workshop machen, falls ihr Lust dazu habt.«

»Ja, darauf hätten wir große Lust«, meinte Emily. »Wir haben heute übrigens alle fünf bei der NSA gekündigt«, sagte sie nebenbei.

»Wow, das ist toll!«, meinte Ava begeistert. »Und wann zieht ihr bei uns ein?«, fragte sie lächelnd.

»Genau darüber wollten wir noch mit euch sprechen«, meinte Maya. »Die NSA hat uns nämlich gleich rausgeschmissen. Wir mussten sofort unsere Koffer packen und die Residenz verlassen.«

»Und wo sind eure Koffer jetzt?«, wollte Ava wissen.

»Die stehen draußen am großen Tor«, antwortete Maya.

»Dann holen wir jetzt erst einmal eure Koffer und zeigen euch euer neues Zuhause«, meinte Ava. »Wobei, eigentlich ist die ganze Villa euer neues Zuhause. Zumindest für die nächsten sechs Wochen. Dann werden wir uns vermutlich etwas Neues suchen müssen. Aber ich zeige euch jetzt erst einmal, wo ihr schlafen könnt. Wir müssen dann nur noch Betten für euch besorgen. Im Moment haben wir die beiden Betten, die bei euch im Gartenhaus standen, Issac und Malaika gegeben. In deren Zimmern gab es keine Betten, weil es eigentlich Büroräume waren.«

»Mein Bett können wir gerne wieder zurücktragen«, meinte Issac. »Ich habe ein Sofa in meinem Zimmer. Das reicht mir.«

»Mein Bett könnt ihr auch gerne wieder haben«, meinte Malaika.

»Und wo willst du dann schlafen?«, fragte Dylan verwundert. »In deinem Zimmer gibt es kein Sofa.«

»Das ist für mich kein Problem«, meinte Malaika. »Ich hole mir eine Sonnenliege vom Pool und schlafe darauf. »Ich war es bei den Amish gewohnt, deutlich härter zu schlafen. Wir haben Strohballen verwendet anstatt einer Matratze. Meine Matratze ist mir daher eigentlich viel zu weich. Ich hatte eh schon überlegt, ob ich nicht lieber auf einer Sonnenliege schlafen sollte.«

»Unsere Matratze könnt ihr auch gerne haben«, meinte Angelo und entschied damit für Lenyo gleich mit, der bei ihm zusammen im Zimmer untergebracht war. »Wir schlafen eigentlich sowieso lieber auf dem Boden.«

»Na, dann haben wir ja schon alle Betten zusammen, die ihr braucht«, meinte Ava erfreut. »Dann zeigen wir euch einmal euer Gartenhäuschen.«

Das sogenannte *Gartenhäuschen* war ein ebenso luxuriös ausgestattetes kleines Nebengebäude wie die eigentliche Villa. Es bestand aus vier Schlafzimmern, einem großen Wohnzimmer, einer voll ausgestatteten Küche und zwei Bädern. Emily und Maya beschlossen, gemeinsam ein Zimmer zu nehmen. So hatten Ryan, Caleb und Lucas jeweils ein eigenes Zimmer. Die fünf freuten sich sehr auf ihre Wohngemeinschaft, wobei Ava betonte, dass wir alle eine große Wohngemeinschaft seien und sie gerne für uns weiterhin kochen würde.

Als Büro für die Zusammenarbeit an ihrem gemeinsamen Projekt schlug sie den Proberaum vor, für den wir bisher noch keine andere Verwendung gefunden hatten. Er war groß genug für ein kleines Entwicklungsteam. Alle waren sofort begeistert von diesem Raum. Damit war das schnell beschlossene Sache. Danach sorgten wir erst einmal dafür, dass unsere neuen Mitbewohner eine Schlafmöglichkeit hatten. Wir widmeten uns daher dem Umräumen der Betten. Da alle dabei mithalfen, war das schnell erledigt.

»Wollen wir jetzt noch einen kleinen Workshop machen?«, fragte ich, nachdem wir damit fertig waren.

Alle Nerds waren begeistert. Offenbar hatten sie wieder gehofft, dass wir gemeinsam mit den Workshops weitermachen würden. Zu Anfang hatten sie ja einfach nur ihren Job gemacht, als sie an meinen Workshops teilnahmen. Doch jetzt taten sie es aus freien Stücken heraus. Das bedeutete mir sehr viel. Mir wurde das Thema Willensfreiheit noch einmal bewusst, das Brian heute angesprochen hatte, bevor wir Sex hatten.

Jede Entscheidung, die ein Mensch aus freiem Willen traf, um sich zum Positiven zu entwickeln, berührte mich tatsächlich ganz tief in meiner Seele. Ob es meine Engels-Seele oder meine Menschen-Seele war, konnte ich gar nicht mehr unterscheiden. Das war irgendwie immer mehr eins geworden. Ich spürte, dass das etwas mit meiner sexuellen Erfahrung zu tun hatte, die ich mit Brian heute gemacht hatte. Irgendwie hatte mein Orgasmus meine Engels-Seele und meine Menschen-Seele zu einer untrennbaren Einheit verschmelzen lassen. Das war unerwartet, aber gleichzeitig wunderschön.

Das Foyer der Villa war zwar groß, jedoch nicht groß genug, um mit 44 Personen, die wir jetzt insgesamt waren, im großen Kreis zu sitzen. Wir gingen daher für unseren Workshop nach draußen in den Garten und setzten uns auf die Wiese.

»Ich würde mir heute gerne mit euch gemeinsam eine bestimmte Rubrik bei den Missstandsgefühlen genauer anschauen«, sagte ich, um unseren Workshop zu eröffnen. »Es geht um Mangelgefühle. Diese Gefühle werden durch die Beurteilung erzeugt, dass man von etwas Wichtigem oder Wertvollem zu wenig hat. So wie es bei Arjun gestern war, als er dachte, er hätte zu wenige Freunde und keine Partnerin. Auch in Bezug auf unsere glücklichen Gefühle kann das sehr schnell passieren. Wie bei Al, mit dem ich damals dort drüben in unserem Fitnessareal gesessen hatte.

Al empfand einen schmerzlichen Mangel an Lebensfreude, der ihn über weite Teile seines Lebens hinweg stark belastete und zu einer schweren Depression führte. Er sah Lebensfreude als ein Habenwollen an und war damit natürlich automatisch auf verlorenem Posten. Nun muss sich aus dieser Mangelbeurteilung natürlich nicht jedes Mal gleich eine chronische Depression entwickeln. Doch jeder Mensch, der ein Mehr an Lebensfreude haben will, gerät automatisch früher oder später in diesen fatalen Strudel, der unweigerlich in der Innenwelt in die Düsternis führt.

Ob sich daraus eine Depression entwickelt, hängt vermutlich davon ab, wie viel gefühlte Wichtigkeit man dem Habenwollen der Lebensfreude tatsächlich gegeben hat und wie gut die individuellen Kompensationsmöglichkeiten sind, um mit dem empfundenen Mangel an Lebensfreude umzugehen. Es erübrigt sich mittlerweile vermutlich, genauer darauf einzugehen, warum dieses Gefühlsziel so schädlich ist, oder?«, fragte ich sicherheitshalber.

»Ich weiß, dass es bescheuert ist, aber mir würde es guttun, das trotzdem noch einmal zu hören«, meinte Greg.

»Mach ich gerne«, stimmte ich zu. »Das ist ja auch schnell erklärt. Der Mangel an Lebensfreude wird vom Reptiliengehirn und vom sozialen Gehirn natürlich nicht korrekt verstanden. Die beiden gehen davon aus, dass es einen Mangel an überlebensrelevanten Habenwollens gibt. Nicht genug zu essen, nicht genug gute Verbündete, nicht genug Sicherheit in Bezug auf Schutz, Rang oder Zugehörigkeit und so weiter. Und solch einen Mangel beurteilen die beiden natürlich als Problem. Und diese Problembeurteilung löst dann einen Problemlösungsmodus aus. Der wiederum verhindert das Gefühl der Lebensfreude, denn man soll sich aus der Sicht dieser beiden Gehirne lieber einmal ums Überleben kümmern, als seinem Vergnügen nachzugehen.«

»Und wenn dann die Lebensfreude nicht mehr zugelassen wird, wird der Mangel an Lebensfreude natürlich noch größer, was dann wieder als Problem gesehen wird, was die Lebensfreude noch mehr blockiert und bla bla bla«, meinte Greg sichtlich genervt. »Alles klar!«, sagte er dann. »Danke, dass du das nochmals erklärt hast. Und sorry wegen meiner Reaktion. Ich komme mir nur manchmal echt bescheuert vor, dass ich mir das einfach nicht merken kann«, fügte er hinzu und schüttelte dabei den Kopf.

»Das geht nicht nur dir so, Alter!«, meinte Dylan. »Bei mir geht das auch immer noch nicht so richtig rein. Ich hab's schon kapiert, dass es so ist. Voll und ganz sogar. Da gibt es gar keine Frage. Aber ich vergesse es dann trotzdem ständig wieder. Ich ertappe mich mindestens zehn Mal am Tag, dass ich wieder ins alte Fahrwasser geraten bin. Das ist echt nervig!«

»Ja, aber auch völlig normal«, erklärte Nuno. »Solange man die Gefühlsziele als Habenwollens empfindet, scheint es intuitiv logisch zu sein, dass man eher kriegt, was man haben will, wenn man sich auch darum kümmert. In der Außenwelt funktioniert das ja auch bei allen Habenwollens so. Doch Gefühle sind eben keine Habenwollens und auch keine emotionalen Zustände und damit auch keine Seinwollens. Da liegt der Denkfehler. Wir haben keine Gefühle und auch keine Gefühlszustände. Gefühle sind dynamische Prozesse, aber es sind auch keine Tunwollens, die das Großhirn einfach tun kann. Wir empfinden zwar Gefühle, was theoretisch ein Tun ist, doch es ist nicht das Großhirn, das die Gefühle machen kann. Das Großhirn kann es also gar nicht tun, und deshalb hat es auch keinen Sinn, Gefühle als ein Tunwollen anzusehen.

Unsere Gefühle sind die Werkzeuge des Reptiliengehirns und des sozialen Gehirns. Doch das Großhirn verfügt nicht über diese Werkzeuge. Es kann sie weder haben noch sein noch tun. Es kann Beurteilungen treffen, die einen Einfluss darauf haben, welche Werkzeuge die anderen beiden Gehirne verwenden. Aber es kann das nicht bestimmen. Bewusst wissen wir das bereits alle, doch unser unbewusstes System braucht da wohl noch ein wenig Unterstützung, um Gefühle nicht mehr als Habenwollens, Seinwollens oder Tunwollens anzusehen. Es sind, wie gesagt, Werkzeuge, die das Großhirn nicht verwenden kann. Sie sind außerhalb seiner Reichweite.«

»Und genau diese Unterstützung geben wir jetzt dem unbewussten System mit unseren Beispielen«, sagte ich motiviert. »Unser bewusster Verstand braucht Erklärungen, um etwas zu verstehen. Das intuitive unbewusste System braucht hingegen Praxisbeispiele. Mit theoretischen Erklärungen kann es einfach nichts anfangen. Doch wenn im unbewussten System durch die Beispiele dann endgültig angekommen ist, dass die Gefühlsziele keine Habenwollens, keine Seinwollens und keine Tunwollens sind und es immer nur schädlich ist, sie erreichen oder vermeiden zu wollen, dann hört der Unsinn mit den Gefühlszielen endlich auf. Wir müssen dann gar nichts mehr machen. Unser unbewusstes System macht alles vollautomatisch. Und dann führen wir ein sehr viel lebenswerteres Leben. So etwas wie eine Depressionsspirale, bei der wir immer mehr in der Düsternis unserer eigenen Innenwelt versumpfen, gibt es dann nicht mehr.«

»Gehen wir also Beispiele durch!«, meinte Brian motiviert.

»Okay, das Gefühl der Freude hatten wir ja bereits«, sagte ich. »Aber gehen wir dazu trotzdem noch einmal unsere drei Fragen durch, um bei unserer Systematik zu bleiben. *Müssen* wir einen Mangel an Lebensfreude als Problem oder als Missstand ansehen?«

»Nein, natürlich nicht«, meinte Stella. »Das wäre ja aus besagten Gründen völliger Unfug, mit dem wir unser Reptiliengehirn und unser soziales Gehirn wieder total verarschen würden. Die beiden würden niemals irgendwelche Gefühle als Mangelware betrachten. Sie sitzen ja an der Quelle. Wenn das Gefühl der Freude ihr eigentliches Habenwollen wäre, dann könnten sie von diesem Gefühl so viel erzeugen, wie sie nur wollten. Wollen sie aber nicht. Weil die Gefühle nicht ihr Ziel sind. Es sind ihre Werkzeuge, aber keine Habenwollens, Seinwollens oder Tunwollens.«

»Das ist vollkommen richtig«, bestätigte ich. »Es ist völliger Unfug, das Gefühl der Freude zur Mangelware zu erklären, als sei es ein Habenwollen. In der Außenwelt würde es natürlich Sinn ergeben, wenn es einem tatsächlich an einem wichtigen Habenwollen mangelt, doch in der Innenwelt passiert dadurch immer nur völliger Unfug, weil die Gefühle eben keine Habenwollens sind. Daher *müssen* wir das ganz sicher nicht tun. Aber *wollen* wir vielleicht den Mangel an Lebensfreude weiterhin lieber als Mangel ansehen, damit wir uns darum kümmern, mehr Lebensfreude zu kriegen?«

»Vom Gefühl her will ich das tatsächlich immer noch«, meinte Ava kopfschüttelnd über sich selbst. »Aber ich spüre gleichzeitig auch, dass es völlig bescheuert ist, das zu wollen. Klar würde ich mich dann mit aller Kraft darum bemühen wollen. Aber wie mir eine schlaue Frau mal sagte, gibt es nicht immer dort, wo es einen starken Willen gibt, auch einen Weg. In diesem Fall führt der starke Wille nur noch mehr in die Düsternis der eigenen Innenwelt. Er führt in eine selbst gewählte emotionale Hölle. Und da will ich nie wieder hin!«, sagte sie entschlossen.

»Und was willst du stattdessen?«, fragte ich, um meine dritte Frage zu stellen.

»Tja, damit tue ich mich, ehrlich gesagt, noch schwer«, antwortete sie. »Was will ich stattdessen? Da habe ich völlige Mattscheibe. Was will ich anstatt der Lebensfreude?«

»Ich gebe dir einen Tipp«, sagte ich. »Hinter jedem Gefühlsziel, welches das Großhirn verfolgt, verbirgt sich auch immer ein reales Ziel, das die anderen beiden Gehirne verfolgen. Um dieses reale Ziel zu finden, kannst du dir einfach anschauen, wann die beiden dich mit dem Gefühl der Lebensfreude belohnen. Hier kannst du wiederum unterscheiden zwischen der Freude *über* etwas und der Freude *auf* etwas. Beides gehört zur Lebensfreude.«

»Die beiden belohnen mich also für etwas«, überlegte sie laut. »Das hast du uns ja schön öfter gesagt. Aber wofür sollen die mich belohnen?«

»Gehen wir das mal ganz systematisch an«, schlug ich vor. »Belohnen sie dich für etwas Gutes oder etwas Schlechtes?«

»Für etwas Gutes natürlich«, sagte sie sofort.

»Jetzt können sie dich theoretisch für drei Dinge belohnen«, fuhr ich fort. »Für ein erreichtes Habenwollen, ein erreichtes Seinwollen oder ein aus ihrer Sicht wertvolles Tunwollen. Wovon erwartest du mehr Lebensfreude?«

»Na, von den Tunwollens«, meinte sie. »Wenn ich ein Habenwollen oder ein Seinwollen erreiche, freue ich mich natürlich auch. Aber das Gefühl, das ich unter Lebensfreude verstehen würde, das kommt bei mir nur auf, wenn ich eines meiner 3G-Tunwollens auslebe. Es ist fast schon so eine Art Lebenslust, die dabei aufkommt.«

»Die Lebenslust ist das Lockgefühl in der Gefühlsrubrik der Lebensfreude«, erklärte ich. »Es ist die Freude oder Lust *auf* etwas. Die Freude *an* etwas ist dann die Belohnungskomponente. Beide Komponenten sind oftmals auch gleichzeitig aktiviert. Wenn man seine 3G-Tunwollens auslebt auf jeden Fall. Da empfindet man gleichzeitig Lust und Befriedigung.«

»Dann wären also meine 3G-Tunwollens das reale Ziel hinter dem Gefühlsziel der Lebensfreude«, erkannte Ava.

»Ganz genau«, stimmte ich erfreut von ihrer Erkenntnis zu. »Wann immer du dieses reale Ziel verfolgst, reagieren die anderen beiden Gehirne darauf mit der Erzeugung von Lebensfreude und Lebenslust. Es sei denn, du machst deine 3G-Lebenswerte zum Werkzeug für dein Gefühlsziel der Lebensfreude. Dann passiert wieder genau das Gegenteil! Dann bist du ganz schnell wieder in der Depressionsspirale und entwertest deine Tunwollens.«

»Genau das hätte ich jetzt tatsächlich gemacht«, sagte Ava geschockt. »Das ist so krass! Ich komme mir langsam echt bescheuert vor.«

Daraufhin warf ihr Greg einen Kussmund zu. »Aber eine sehr schlaue Frau hat uns gesagt, dass das völlig normal ist und wir gar nicht bescheuert sind«, sagte er lächelnd.

»Ja, das ist völlig normal«, bestätigte ich noch einmal. »Wir können das jetzt genauso machen wie damals, als ich dich fragte, ob es dir wichtiger ist, dich von Jason geliebt zu *fühlen* oder tatsächlich geliebt zu *sein*. Was ist dir also wichtiger? Deine 3G-Tunwollens auszuleben oder das Gefühl der Lebensfreude erreichen zu wollen?«

»Vom Gefühl her ganz eindeutig das Gefühl der Lebensfreude«, sagte sie kopfschüttelnd.

»Auch das ist völlig normal«, bestätigte ich ihr noch einmal. »Dem Großhirn geht es letztendlich immer um die Gefühle. Daran können wir auch nichts ändern. So ist das Großhirn nun einmal genetisch programmiert. Doch das Großhirn ist intelligent! Es kann verstehen, dass es die Gefühle nicht als Habenwollen ansehen darf, weil sonst genau das Gegenteil passiert. Das ist der grüne Punkt. In der Außenwelt machen wir das immer so. Wenn wir da etwas haben wollen, setzen wir uns das zum Ziel. Doch bei den Gefühlen müssen wir anders vorgehen, weil es in Wirklichkeit Werkzeuge sind. Unser Großhirn kann die anderen beiden Gehirne nur dazu bewegen, diese Werkzeuge zu nutzen, indem es die 3G-Tunwollens als Zielsetzung annimmt. Einen anderen Einfluss hat es nicht darauf.«

»Das ist so krass!«, meinte Dylan. »Das fühlt sich gerade so an, als müsste ich das Ziel der Lebensfreude aufgeben, damit ich Lebensfreude haben kann.«

»Im Grunde genommen stimmt das auch«, bestätigte ich ihm. »Dein Reptiliengehirn und dein soziales Gehirn erzeugen keine Lebensfreude oder Lebenslust, weil du diese Gefühle haben willst. Sie erzeugen sie, wenn du die Dinge tust, welche die beiden sinnvoll und wertvoll finden. Und das sind eben die 3G-Tunwollens. Die bringen die Freude am Leben. Du musst daher tatsächlich die Vorstellung aufgeben, dass Lebensfreude etwas ist, was du haben, sein oder tun kannst. Lebensfreude ist ein Werkzeug des Reptiliengehirns und des sozialen Gehirns und kein Habenwollen, kein Seinwollen und kein Tunwollen.«

»Im Gefühl habe ich das echt noch lange nicht«, meinte Dylan. »Können wir damit vielleicht mal einen bewussten Realitätsabgleich machen?«

»Das können wir gerne machen«, stimmte ich zu. »Ich

bin jedoch ziemlich sicher, dass das unbewusste System das noch nicht richtig annehmen wird. Es braucht dazu erst noch weitere Beispiele. Aber versuchen wir's. Wie hoch ist die gefühlte Wichtigkeit der Lebensfreude als Habenwollen?«

»Glatte 10«, meinte Dylan.

»Bei wem ist das auch so?«, fragte ich in die Runde.

Alle Menschen und Nuno meldeten sich. Nur die Secret-Angels zeigten nicht auf. Ich warf Malaika einen auffordernden Blick zu, woraufhin sie sofort ebenfalls die Hand hob. Die anderen Secret-Angels folgten sofort ihrem Beispiel.

»Und wie hoch sollte die Wichtigkeit dieses Habenwollens in Wirklichkeit sein?«, fragte ich weiter.

»Keine Ahnung«, meinte Ava nachdenklich. »Das springt bei mir zwischen einer 10 und einer 2 oder 3 hin und her.«

»Die 10 stammt vermutlich wieder von deinem Gefühl«, sagte ich. »Doch wenn du dein Gefühl einmal komplett außen vor lässt, wie viel gefühlte Wichtigkeit sollte denn dann dein Habenwollen tatsächlich noch haben?«

»Das sollte gar keine Wichtigkeit mehr haben«, meinte Isaac. »Da ist ja sogar die 1 schon schädlich. Dieses Habenwollen ist immer schädlich, weil es ja gar nicht existiert. Ich versuche da etwas zu kriegen, was es in Wirklichkeit gar nicht gibt. Da kann man ja nur scheitern. Je mehr Wichtigkeit man diesem Habenwollen gibt, desto schädlicher wird es. Auch die 1 ist daher schon falsch.

Das sollte eine gefühlte Wichtigkeit von null haben. Nicht mehr und nicht weniger.«

»Ja, das sehe ich ganz genauso«, stimmte ich zu. »Was passiert in eurem Gefühl, wenn ihr euch das bewusst macht?«

»In mir wehrt sich da etwas ganz gewaltig«, meinte Ava.

»Bei mir ebenfalls«, sagte Sophia. »Da sträubt sich in mir alles dagegen.«

»Genau das hatte ich erwartet«, sagte ich. »Der Verstand hat längst kapiert, wie schädlich dieses Habenwollen ist. Doch das intuitive unbewusste System eben noch nicht. Es hat noch nicht kapiert, dass Gefühle nur Werkzeuge und keine Habenwollens sind. Das System braucht, wie gesagt, noch Beispiele, um das zu verstehen. Und solange es nicht versteht, wieso es schädlich sein soll, Lebensfreude haben zu wollen, so lange lässt es von diesem Ziel auch nicht ab. Nach seinem intuitiven Verständnis ist es vollkommen richtig und gut, der Lebensfreude eine sehr hohe Priorität im Leben zu geben.«

»Ein bisschen was tut sich in meinem Gefühl schon«, meinte Dylan. »Aber loslassen tut mein unbewusstes System von der Lebensfreude als Habenwollen tatsächlich nicht. Ich kriege da regelrecht eine Matschbirne, wenn ich es versuche.«

»Gehen wir daher weitere Beispiele durch und geben dem System damit genau das, was es braucht, um zu erkennen, was unser Verstand schon längst erkannt hat«, schlug ich vor. »Schauen wir uns einmal das Gefühl der Zufriedenheit an. Was für ein Gefühl stellt sich in uns ein, wenn wir uns zufriedener fühlen wollen?«

»Na, Zufriedenheit schon einmal ganz sicher nicht«, stellte Greg kopfschüttelnd fest. »Ich bin dann tatsächlich sofort unzufrieden mit meiner Zufriedenheit. Wie bescheuert ist das denn schon wieder?!«

»Ja, das ist wirklich bemerkenswert bescheuert«, sagte Bodo verwundert und schaute mich fragend an.

»Aber völlig normal für uns Menschen«, erklärte ich deshalb. »Unser unbewusstes System macht bei allen positiven Gefühlen den gleichen intuitiven Denkfehler. Es sieht auch die Zufriedenheit als Habenwollen, Seinwollen oder Tunwollen an. Helfen wir ihm also, diesen Fehler zu erkennen. Ich stelle euch wieder unsere drei Fragen. Müssen wir es als Mangel ansehen, wenn wir nicht so viel Zufriedenheit empfinden, wie wir das gerne hätten oder wie wir es als *normal* ansehen würden? Müssen wir es also als Mangel beurteilen, wenn unsere gefühlte Zufriedenheit nicht unserer Sollvorstellung entspricht?«

»Ich weiß, dass ich das nicht muss«, meinte Sophia. »Aber vom Gefühl her kommt da schon wieder das Gefühl des Müssens.«

»Dann wird es von deinem System vermutlich noch als Problem beurteilt, wenn du unzufrieden bist«, spekulierte ich. »Sonst könnte es kein Müssen geben.«

»Ja, das stimmt«, stimmte Sophia zu. »Aber das Problemgefühl löst sich gerade auf. Ein Gefühl kann kein Problem sein. Und es als Problem anzusehen, ist bescheuert, weil ich dadurch mein Großhirn entmachten würde. Dann würde mein Reptiliengehirn wieder kämpfen, flüchten oder sich tot stellen wollen.«

»Hier greift unsere Korrektur-Routine also schon recht gut«, bemerkte ich erfreut. »Vor ein paar Tagen wäre das noch nicht so schnell gegangen. Bei der Problembeurteilung sind wir offensichtlich schon genügend Beispiele durchgegangen, damit das schon halbautomatisch funktioniert. Wenn wir weitere Beispiele durchgehen, wird das irgendwann vollautomatisch passieren. Da werden wir dann im Alltag gar nichts mehr davon merken. Doch der halbautomatische Stand ist schon einmal super. Obwohl wir damit natürlich auch sehr leicht unzufrieden sein könnten«, sagte ich grinsend. »Es könnte ja vollautomatisch sein!«

»Aber nur weil etwas besser sein könnte, heißt das nicht, dass es jetzt nicht gut genug ist«, meinte Sophia. »Weniger gut ist noch lange nicht schlecht. Es ist schon weit besser, als es früher war. Und auch weit besser, als es bei acht Milliarden Menschen da draußen ist«, fügte sie hinzu. »Die wissen von alledem ja noch so gut wie gar nichts.«

»Was wir alle gemeinsam ändern werden«, sagte ich motiviert. »Sehr bald wird die gesamte Menschheit über unser Wissen verfügen. Und dann wird sich einiges ändern auf dieser Welt. Okay, dann gehen wir wieder unsere drei Fragen durch«, schlug ich vor. »Wer hat noch das Gefühl, den Mangel an Zufriedenheit als Missstand beurteilen zu *müssen*?«

Niemand meldete sich.

»Da ist kein Mangel«, sagte Dylan. »Zufriedenheit ist nichts, was man haben kann. Es ist ein Werkzeug und kein Haben, kein Sein und kein Tun. Also kann es einem auch nicht an diesem Haben mangeln, weil es ja kein Haben ist.«

»Ganz genau«, stimmte ich zu. »Und wer hat das Gefühl, den Mangel an Zufriedenheit noch als Problem oder Missstand ansehen zu *wollen?*«, fragte ich als Nächstes.

Die Gruppe zeigte sich zögerlich. Einige wenige zeigten auf, nahmen dann aber die Hand wieder runter.

»Das arbeitet ganz schön in mir«, sagte Ava dann. »Aber ich tendiere so langsam dazu, es nicht mehr als Missstand ansehen zu wollen. Als Problem auf keinen Fall. Damit bin ich echt durch.«

»Dann kommen wir auch schon zu unserer dritten Frage«, sagte ich. »Was ist hier das Stattdessen? Welches reale Ziel verfolgen das Reptiliengehirn und das soziale Gehirn? Wann erzeugen sie also das Gefühl der Zufriedenheit? Dieses Gefühl stellt wieder eine Belohnung für etwas dar, was den beiden Gehirnen sehr wichtig ist.«

»Auf jeden Fall schon einmal für erfüllte Haben- und Seinwollens«, meinte Ava. »Aber nur kurz, wie wir alle wissen. So eine richtige Lebenszufriedenheit erreiche ich dadurch nicht. Da müsste ich dann schon wieder meine 3G-Tunwollens heranziehen. Wenn ich die wirklich ständig in meinem Alltag ausleben würde, dann würde ich mich mit meinem Leben schon sehr zufrieden fühlen. Auf jeden Fall!«, betonte sie. »Aber warum tue ich das denn nicht einfach?«, fragte sie sich dann selbst. »Ich müsste doch nur überlegen, wo ich etwas für gute Lebensumstände für mich oder andere tun könnte, und dann etwas auswählen, was ich gerne tue und auch gut kann. Da gibt es doch unendlich viele Dinge. Aber ich tue es nicht. Wieso nicht?!«, fragte sie mich.

»Weil die 3G-Tunwollens deinem unbewussten System noch nicht so wichtig sind«, sagte ich. »Das dauert eine Weile. Auch hier hat der Verstand den Wert der Tunwollens längst erkannt, doch dem unbewussten System fehlen noch die Beispiele. Und auch hier hat es zurzeit noch wenig Motivation, diese Beispiele zu suchen, weil ihm seine Gefühlsziele als Habenwollens, Seinwollens oder Tunwollens immer noch viel wichtiger sind. Daher nenne ich euch einfach Beispiele, dann müsst ihr sie nicht suchen«, sagte ich lächelnd. »Nehmen wir das Gefühl der Begeisterung. Das ist ein tolles, lebendiges Gefühl. Da kann man leicht wieder auf die Idee kommen, mehr davon haben zu wollen oder es stärker sein oder tun zu wollen.«

»Und schon hat man wieder Mangelgefühle erzeugt«, erkannte Greg. »Das ist echt krass, wie schnell das geht.«

»Fehlende Begeisterung, Leidenschaft oder Enthusiasmus gehören zu den Standardthemen, mit denen Menschen in eine Therapie kommen oder einen Lifecoach aufsuchen«, sagte Nuno. »Das betrifft sehr viele Menschen. Man hat es als Mensch eben nicht leicht, aber leicht hat es einen«, wiederholte er noch einmal den Wortwitz, den er schon einmal angebracht hatte.

Und erneut lachten sich alle Secret-Angels darüber kaputt.

»Ich seid echt so süß, ihr alle!«, bemerkte Dylan noch einmal. »Wenn es euch nicht schon gäbe, dann müsste man euch erfinden.«

Und auch diese Aussage erheiterte unsere Secret-Angels ungemein. Und alle anderen waren amüsiert, weil die Secret-Angels so ausgelassen darüber lachten. Glücklicherweise brachte unsere Tarnidentität als Amish People, was das betraf, einen gewissen Spielraum für soziale Ungewöhnlichkeiten mit sich.

»Wie verhält es sich also hier mit unserer Missstandsbeurteilung«, fragte ich, um auf unser Thema zurückzukommen. »Müssen wir mehr Begeisterung, Enthusiasmus oder Leidenschaft in unserem Alltag empfinden?«

»Man erwartet das oftmals von uns«, meinte Kevin. »Aber das ist Schwachsinn. Das müssen wir nicht. Es ist kein Habenwollen und kein Seinwollen. Und es ist auch kein Tunwollen, das wir einfach so tun könnten. Ich kann mich nicht einfach begeistert, enthusiastisch oder leidenschaftlich fühlen, nur weil ich das jetzt tun will. Wenn wir das als Habenwollen, Seinwollen oder Tunwollen ansehen, verarschen wir wieder total unser Reptiliengehirn und unser soziales Gehirn. Und ich glaube kaum, dass wir das tun müssen. Das Müssen ist eindeutiger Quatsch!«

»Es ist tatsächlich so, wie Kevin gesagt hat«, meinte Ava. »Man erwartet das tatsächlich oft von uns. In meinem Beruf ist das auf jeden Fall so. Ich habe daher tatsächlich noch ein Müssengefühl. Aber wenn ich mich frage, ob das ein echtes Problem ist oder ob ich das weiterhin als Problem ansehen will, dann kriege ich sofort ein eindeutiges Nein. Ich wäre ja wirklich komplett bescheuert, wenn ich das immer noch als Problem ansehen wollte. Das Müssen löst sich also auf. Und wenn ich das nicht als Problem ansehen muss, dann muss ich es auch nicht als Mangel ansehen. Tue ich zwar vom Gefühl her noch, aber es ist zumindest kein Müssen.«

»*Willst* du es denn noch als Mangel ansehen?«, fragte ich.

»Nein, auf keinen Fall«, antwortete sie bestimmt. »Ich glaube, dass mein unbewusstes System das wirklich einfach noch nicht versteht, warum das so falsch sein soll, das als Mangel anzusehen. Wenn mir etwas wichtig ist und ich davon nicht so viel habe, wie ich gerne hätte, dann sehe ich das vom Gefühl her automatisch als Mangel an.«

»Das ist die Art und Weise, wie wir alle unsere Mangelgefühle erzeugen«, sagte ich. »Wir wollen mehr haben, als wir haben, und das führt dann zur Mangelbeurteilung. Würdest du denn sagen, dass diese Vorgehensweise sinnvoll ist?«

»Auf keinen Fall!«, sagte sie bestimmt. »Das ist völlig falsch. Das erzeugt ständig Mangelgefühle, obwohl es in meinem Leben überhaupt keinen Mangel gibt. Es setzt mir wieder die rote Brille auf, und ich sehe überall nur Kacke. Es ist ganz sicher nicht sinnvoll, Gefühle als Habenwollen oder Nichthabenwollen anzusehen.«

»Und was wäre hier das reale Stattdessen?«, fragte ich. »Wann erzeugen das Reptiliengehirn oder das soziale Gehirn tatsächlich Begeisterung, Leidenschaft oder Enthusiasmus?«

»Wenn es um irgendetwas wirklich Tolles geht«, meinte Ava. »Etwas wirklich Wertvolles – das ich gerne mache und auch noch gut kann!«, erkannte sie mit großen, begeisterten Augen. »Schon wieder die 3Gs!«

»Ganz genau!«, bestätigte ich erfreut. »Dann kommen wir auch schon zum nächsten Beispiel. Das Gefühl der Sicherheit. Dazu gehört auch Geborgenheit und sich beschützt zu fühlen. Wer hat hier ein gefühltes Brauchen?«

Tatsächlich meldeten sich alle bis auf die Secret-Angels, die jedoch sofort aufzeigten, als sie das merkten.

»Sicherheit gehört zu den Dingen, die wir wirklich brauchen«, sagte ich. »Hier melden sich auch sofort unser Reptiliengehirn und das soziale Gehirn zu Wort. Doch es ist natürlich nicht das *Gefühl* der Sicherheit, das sie haben wollen, sondern die existenzielle und soziale Sicherheit in den äußeren Lebensumständen. Hier gibt es also ein reales Habenwollen. Wie sieht es diesbezüglich aus? Mangelt es uns tatsächlich an Sicherheit?«

»Na ja, Sicherheit kann man ja nie zu viel haben«, meinte Ava. »Aber das Thema hatten wir ja auch schon einmal. Wir leben in extrem susi Lebensumständen. Auch wenn es keine hundertprozentige Sicherheit gibt. Noch mehr Sicherheit zu wollen, erzeugt wieder nur künstlich unnötige Mangelgefühle. Und die führen dann ganz bestimmt nicht zu mehr Sicherheit. Die führen eher dazu, dass man irgendeine Scheiße baut, um die Mangelgefühle loszuwerden. Mein Schatz kann ein Liedchen davon singen.«

»Könnte ich«, sagte Jason grinsend. »Muss ich aber nicht unbedingt.«

Alle lachten, was wohl nur bedeuten konnte, dass er einen Scherz gemacht hatte. Die Secret-Angels lachten dann genau wie ich schnell mit, als ihnen das klar wurde.

»Wem ist klar, dass es so etwas wie einen Mangel an Sicherheitsgefühl, Geborgenheitsgefühl oder Beschütztseinsgefühl gar nicht geben kann?«, fragte ich.

Alle zeigten auf.

»Und wer empfindet diesen Mangel trotzdem noch?«, fragte ich weiter.

Die Hälfte zeigte auf.

»Müssen wir das als Mangel ansehen?«, hakte ich nach.

Alle schüttelten den Kopf.

»Wollen wir das als Mangel ansehen?«, fragte ich weiter.

Niemand meldete sich. Alle schüttelten erneut den Kopf.

»Das Stattdessen beim Habenwollen kennen wir hier, wie gesagt, schon«, sagte ich. »Wir wollen echte soziale und existenzielle Sicherheit. Und die haben wir in unserer Wohlstandsgesellschaft in einem Ausmaß, wie es sie zuvor in der Menschheitsgeschichte noch nie gab. Doch was fangen wir denn eigentlich mit unserer Sicherheit an? Einfach nur sicher zu sein, damit wir uns sicher fühlen, ist ganz sicher nicht das Ziel des Reptiliengehirns und des sozialen Gehirns. Was wollen die beiden also mit ihrer Sicherheit anfangen?«

»Das Leben genießen«, meinte Emma.

»Das Genießen ist sicherlich eines ihrer Tunwollens, denn das trägt sehr zur Regeneration bei«, sagte ich. »Aber ist es das Einzige?«

»Spaß haben gehört sicherlich auch dazu«, meinte Kevin.

»Ja, ganz bestimmt«, stimmte ich zu. »Was noch?«

»Lieben«, meinte Linh.

»Ja, das gehört ganz sicher auch dazu«, bestätigte ich. »Was noch?«

Die Gruppe zuckte mit den Achseln.

»Hier geht es um das Befriedigen aller sieben Bedürfnisse«, erklärte ich. »Die Sicherheit ermöglicht das alles erst. Erst wenn wir in Sicherheit sind, können wir uns entspannen, erholen, regenerieren, schlafen, essen, Spaß haben, spielen, genießen, uns vergnügen, miteinandern, lernen und so weiter. Vor allem aber ermöglicht uns die Sicherheit eines ganz besonders: das Ausleben unserer 3Gs.«

»Und da waren sie wieder – die 3Gs«, sagte Ava amüsiert.

»Dann kommen wir zum nächsten Beispiel«, schlug ich vor. »Vertrauen. Viele Menschen haben Schwierigkeiten, anderen zu vertrauen und damit auch Vertrauen zu empfinden. Wenn man es sich zum Ziel setzt, mehr Vertrauen empfinden zu wollen, dann kann man daraus wieder ganz leicht ein Mangelfühl erzeugen. *Müssen* wir also den Mangel an Vertrauen als Mangel empfinden? Wer ist der Meinung, dass wir das nicht müssen?«

Alle zeigten auf.

»Und *wollen* wir es als Mangel empfinden, wenn wir nicht so viel Vertrauen empfinden, wie wir das gerne würden oder wie wir es für richtig oder angemessen halten?«, fragte ich weiter.

»Es gibt hier kein reales Habenwollen, kein Seinwollen und kein Tunwollen und damit auch keinen realen Mangel«, meinte Tyler. Und auch sonst hob niemand die Hand.

»Was ist hier das Stattdessen?«, fragte ich. »Was ist hier das reale Ziel des sozialen Gehirns?«

»Menschen zu haben, denen wir vertrauen können«, sagte Marcus.

»Und was wäre das passende Tunwollen zu diesem Habenwollen?«, fragte ich. »Generell wollen wir gute Lebensumstände erschaffen.«

»Ein gutes soziales Umfeld erschaffen, wo man sich gegenseitig vertrauen kann«, antwortete Marcus.

»Ganz genau«, bestätigte ich. »Das ist ein sehr wertvolles Tunwollen. Dann kommen wir auch schon zum nächsten Beispiel«, sagte ich. »Der Mangel an Liebe.«

»Jetzt geht's wirklich ans Eingemachte!«, sagte Ava, woraufhin alle Secret-Angels lachten, als hätte sie einen gelungenen Scherz gemacht.

»Brauchen wir also das Gefühl der Liebe?«, fragte ich.

»Irgendwie schon«, meinte Ava. »Ich weiß, dass das bestimmt falsch ist, aber so fühlt es sich, ehrlich gesagt, erst einmal an. Ich habe auch keine Idee, wieso wir dieses Gefühl nicht brauchen sollten.«

»Wir brauchen alle Gefühle«, bestätigte ich ihr. »Ausnahmslos alle! Die schönen wie die unschönen. Ohne unsere Gefühle könnten wir nicht überleben. Doch wie sieht es hier mit dem Mangel aus, wenn wir nicht so viel Liebe empfinden, wie wir das gerne würden? Müssen wir das als Mangel, Missstand oder Problem ansehen?«

»Früher hätte ich sofort Ja gesagt«, meinte Ava. »Aber natürlich macht es überhaupt keinen Sinn, das als Problem oder Missstand anzusehen. Und auch nicht als Mangel, weil das Gefühl ja ein unechtes Habenwollen ist. Das macht es höchstens schlimmer, aber ganz sicher nicht besser. Ich habe meinem Schatz mächtig zugesetzt, weil ich mehr Liebe empfinden wollte. Das tut mir immer noch so leid, Schatz!«, sagte sie zu Jason mit schlechtem Gewissen.

»Ich liebe dich«, erwiderte er einfach nur und küsste sie zärtlich auf die Stirn, wie das Brian zu Anfang bei mir auch immer getan hatte. Ich wusste, wie sich das anfühlte, und konnte jetzt richtig mit Ava mitfühlen.

»Wir könnten jetzt aus dem Gefühl der Liebe einen ganz tollen Mangel machen«, sagte ich gespielt begeistert, um einen Scherz zu machen. »Das würden wir locker hinkriegen. Wir müssten einfach nur mehr davon haben wollen, weil es doch so wunderschön ist.«

»Und das würde wirklich helfen?«, fragte Bodo sichtlich irritiert, und alle lachten. Bodo lachte dann mit, als hätte er einen gelungenen Scherz gemacht.

»Ja, das würde ganz sicher helfen, lieber Bodo«, sagte ich ironisch grinsend, damit er das besser einordnen konnte. »Müssen wir es also als Problem, als Missstand oder als Mangel ansehen, wenn wir nicht so viel Liebe empfinden, wie wir das gerne möchten?«

»Nein, das müssen wir natürlich nicht«, antwortete Ava.

»Wollen wir es als Problem, Missstand oder Mangel ansehen, wenn wir nicht so viel Liebe empfinden wie gewünscht?«, fragte ich weiter.

»Wollen ganz sicher auch nicht«, meinte Dylan.

»Und was sollten wir hier stattdessen wollen?«, fragte ich weiter. »Gibt es hier eine lohnende Aufgabe? Wer hat eine Idee?«

»Wie wäre es mal wieder mit unseren 3Gs?!«, schlug Ava vor. »Unseren Liebsten etwas Gutes tun, was wir gerne tun und auch noch gut können. Dabei muss man ja Liebe empfinden. Geht ja gar nicht anders. Und das Gleiche können wir auch mit uns selbst machen. Und selbst etwas Gutes tun und damit Eigenliebe praktizieren.«

»Ja, das ist eine sehr schöne und sehr wertvolle Aufgabe«, stimmte ich ihr zu. »Dann kommen wir auch schon zum nächsten Beispiel.«

»Das geht ja hopp hopp gerade«, meinte Dylan. »Find ich super.«

»Wie ist es mit Hoffnung, Optimismus oder Zuversicht?«, fragte ich.

»Oh, jetzt geht es tatsächlich auch für mich ans Eingemachte«, meinte Dylan, woraufhin erneut alle Secret-Angels ausgelassen lachten.

»Ihr seid so süß!«, sagte er erneut. »Ich fange langsam an, euch alle mächtig gernzuhaben.« fügte er hinzu.

»Müssen wir es als Problem, als Missstand oder als Mangel ansehen, wenn wir nicht so viel Hoffnung, Optimismus oder Zuversicht in uns haben, wie wir das gerne hätten oder wie wir es als sinnvoll erachten würden?«, fragte ich.

»Kein Müssen, weil kein Habenwollen!«, meinte Dylan. »Weder ein Problem noch ein Missstand und damit auch kein Mangel. So etwas als Mangel anzusehen, ist wirklich Blödsinn. So langsam kommt das in meinem Gefühl an. Es fühlt sich immer noch ein bisschen unglaublich an, dass es so ist, aber es ist wahr. Das kann alles gar kein Mangel sein.«

»Und was sollen wir hier stattdessen wollen?«, fragte ich. »Was wäre hier die lohnende Aufgabe?«

»Ich würde es als sehr sinnvolle Aufgabe ansehen, wenn wir einmal realistisch in die Zukunft blicken würden«, meinte Brian. »Wir leben im Paradies. Wir bewegen uns nur im grünen Bereich. Und das haben wir immer schon. Grund genug, dass jetzt auch mal langsam auf unsere Erwartungshaltung für die Zukunft zu übertragen und nicht ständig von irgendwelchen Problemen, Missständen oder Mangelzuständen auszugehen.«

»Das ist meiner Meinung eines der zentralsten Themen überhaupt«, meinte Malaika. »Unser Blick auf die Gegenwart, die Vergangenheit und die Prognose für unsere Zukunft bestimmen ja unsere Grundstimmung, wie du uns erklärt hast. Darüber würde ich sehr gerne noch mehr hören.«

»Das ist ein tolles Thema«, stimmte ich zu. »Doch auch ein recht komplexes. Ich schlage vor, dass wir zuvor eine kleine Pause machen.«

Kapitel 9:
Der Weg ist das Ziel

Brian hatte mich in der Pause gefragt, ob ich nochmals kurz Zeit für ihn hätte. Es sei sehr wichtig, meinte er. Er wollte nochmals mit mir auf unser Zimmer gehen, um das in Ruhe zu besprechen.

Dort angekommen, setzten wir uns wieder auf unser Bett, genau wie beim letzten Mal. Augenblicklich flammten wieder die Erinnerungen an unseren leidenschaftlichen Sex auf. Doch Brian ging es um etwas anderes.

»Ich habe beim Workshop eben eine krasse Feststellung gemacht«, sagte er. »Im Gegensatz zu allen anderen hatte ich bei keinem einzigen deiner Beispiele einen unbewussten Widerstand. Noch nicht einmal den Hauch eines Müssens oder Wollens. Ich habe die Gefühlsziele im gleichen Moment losgelassen, in dem du sie genannt hast. Problem, Missstand, Mangel… diese Beurteilungen waren sofort von der ersten Sekunde an auch in meinem Gefühl völlig unsinnig bei allen Gefühlszielen. Bei mir waren immer sofort die 3Gs als Stattdessen präsent.«

»Das klingt toll«, sagte ich begeistert. »Und wie hast du das gemacht?«

»Das ist es ja. Ich habe gar nichts gemacht – dachte ich zumindest zu Anfang«, meinte er. »Und dann ist mir der Unterschied klar geworden. Ich habe nicht nur das Ziel losgelassen, glückliche Gefühle *haben* zu wollen. Ich habe auch das reale Ziel losgelassen, glücklich *sein* zu wollen. Und ich habe das Ziel losgelassen, ein glückliches Leben *führen* zu wollen. Ich habe damit sowohl die Habenwollen-, die Seinwollen- und die Tunwollen-Komponente von Glück und Erfüllung losgelassen.

Wir sind ja nicht auf dieser Welt, um ein glückliches, erfolgreiches und erfülltes Leben zu führen. Wir sind hier wegen der Entscheidung zum Positiven und dem dazugehörigen Erfahrungsprozess. Ich habe dir ja bereits gesagt, dass diese Erkenntnis bei mir alles verändert. Das Loslassen von Glück, Erfolg und Erfüllung gehört wohl dazu.

Das Krasse ist, dass ich mich viel glücklicher, erfüllter und auch erfolgreicher fühle, seit ich von diesen Zielsetzungen abgelassen habe. Ich will immer noch ein lebenswertes Leben führen, doch das ist für mich jetzt etwas völlig anderes. Mein Leben ist wertvoll, wenn ich Erfahrungen mache, die mir bei meiner Entscheidung zum Positiven helfen. Auch ist es wertvoll, wenn ich Gutes tun kann. Wenn ich zum Beispiel lebenswerte Lebensumstände für mich selbst oder andere schaffen kann. Doch der Begriff lebenswert ist hier viel umfassender zu verstehen, als nur eine gute Lebensqualität zu haben. Wertvoll ist alles, was uns der Entscheidung zum Positiven einen Schritt näher bringt. Das kann das Positive sein, aber auch das Lernen aus Negativem.

Mir ist aufgefallen, dass das bei allen anderen noch anders ist. Sie streben weiterhin nach einem glücklichen, erfolgreichen und erfüllten Leben. Und ihr unbewusstes System versteht darunter sowohl die Erfüllung ihrer Gefühlsziele als auch die Erfüllung ihrer vielen Haben- und Seinwollens, die sie glauben, für ein glückliches, erfolgreiches und erfülltes Leben zu brauchen und haben zu müssen.

Du willst ihnen helfen, von alledem abzulassen, weil die Gefühlsziele und die ganzen unsinnigen Brauchens, Müssens, Wollens und Sollens, die sie unbewusst noch mit einem glücklichen, erfolgreichen und erfüllten Leben verbinden, ja einfach nur krank und unglücklich machen und zusätzlich sogar noch unsere Welt zerstören. Du willst, dass sie sich lieber auf ihre 3G-Tunwollens konzentrieren, weil die ja tatsächlich zu einer glücklichen, erfolgreichen und erfüllten Lebensweise führen, richtig?«

»Ja, genau das ist meine Absicht«, bestätigte ich.

»Ich glaube, dass es wesentlich einfacher für die Menschen wäre, wenn sie erkennen könnten, dass das Streben nach Glück, Erfolg und Erfüllung ganz grundsätzlich ein Irrweg ist. Mittlerweile haben zwar alle kapiert, dass es schädlich ist, sich glücklich und nicht unglücklich *fühlen* zu wollen, doch sie halten es immer noch für sinnvoll, glücklich *sein* zu wollen oder ein glückliches, erfolgreiches und erfülltes Leben *führen* zu wollen.«

»Das habe ich bislang ebenfalls noch als sinnvoll angesehen«, sagte ich.

»Nur verstehst du darunter etwas völlig anderes als die Menschen«, meinte er. »Du verstehst darunter die 3G-Tunwollens und die Erfüllung des tatsächlichen Lebenssinns. In deinem unbewussten System ist Glück, Erfolg und Erfüllung nicht mit den Gefühlszielen, den unzähligen schädlichen Haben- und Seinwollens gekoppelt, wie es bei den Menschen der Fall ist. Wenn du davon sprichst, ein glückliches, erfolgreiches und erfülltes Leben zu führen, dann sprichst du von den Tunwollens. Die Menschen verstehen darunter jedoch, sich glücklich und nicht unglücklich zu fühlen, finanziellen Wohlstand zu haben, gesund zu sein, eine glückliche Partnerbeziehung zu haben, Erfolg im Beruf und so weiter und so fort.

Wir Menschen haben uns unser gesamtes Leben Gedanken darüber gemacht, was ein glückliches, erfolgreiches und erfülltes Leben überhaupt ausmacht. Jeder von uns hat hier eine Unzahl von Sollvorstellungen, die sich sein Großhirn ausgedacht hat und die immer noch im unbewussten System als sinnvoll herumspuken, obwohl sie ganz klar schädlich sind. Darunter sind nicht nur sehr viele schädliche Gefühlsziele, sondern auch ganz viele schädliche Brauchens, Müssens, Wollens und Sollens, die sich auf die äußeren Lebensumstände beziehen.

Diese ganzen schädlichen Sollvorstellungen werden automatisch aktiviert, wenn man das Ziel verfolgt, glücklich *sein* zu wollen oder ein glückliches, erfolgreiches und erfülltes Leben *haben* oder *führen* zu wollen. Und deshalb tun sich auch alle noch so schwer damit, ihre Gefühlsziele und ihre schädlichen Sollvorstellungen endlich loszulassen.«

»Du hast recht!«, erkannte ich begeistert. »Das sind tatsächlich alles schädliche Zielsetzungen. Das einzig sinnvolle Tunwollen, das aus dieser Zielsetzung hervorgeht, besteht darin, glückliche Lebensumstände *schaffen* zu wollen. Das ist ein gutes 3G-Tunwollen. Doch dabei sollte es um *echte* glückliche Lebensumstände gehen, in denen unsere sieben Bedürfnisse leicht und gut befriedigt werden können, und nicht um das, was sich das Großhirn unter einem glücklichen Leben vorstellt. Da ist sehr viel Unfug dabei, der in Wirklichkeit nur unglücklich macht.«

»Genau das ist der Punkt«, meinte Brian. »Doch das ist im Moment noch niemandem so richtig klar. Und zwar weil sie den Sinn des Lebens nicht kennen. Glück, Erfolg und Erfüllung sind unsere Wegweiser, aber es dürfen nicht unsere Ziele sein. Seit mir das klar geworden ist, haben sich diese Ziele bei mir komplett aufgelöst. Und das Paradoxe daran ist, wie gesagt, dass ich mich seitdem sehr viel glücklicher und erfüllter fühle. Davor konnte ich von meinen Gefühlszielen und meinen Großhirn-Sollvorstellungen nur schwer ablassen. Das waren alles scheinbare Notwendigkeiten, um ein glückliches, erfolgreiches und erfülltes Leben führen zu können.

Was ich alles geglaubt habe zu brauchen, zu müssen, zu sollen und zu wollen, um ein glückliches, erfolgreiches und erfülltes Leben führen zu können, geht auf keine Kuhhaut. Ich hatte wirklich Tausende von unsinnigen Sollvorstellungen, wie mein Leben aussehen muss, was ich alles sein und haben muss, damit ich glücklich sein kann. Und diese ganzen Brauchens, Müssens, Wollens und Sollens haben mich in Wirklichkeit ganz und gar nicht glücklich gemacht.

Und jetzt verstehe ich auch, warum. Wenn diese Welt so funktioniert, dass sie uns mit Glück und Leid den richtigen Weg weist, dann ist doch klar, dass man kein Glück erleben wird, wenn man den falschen Weg eingeschlagen hat. Auf der anderen Seite ist aber auch klar, warum ich mich jetzt so gut fühle. Ich gehe jetzt den richtigen Weg, indem ich ein tatsächlich wertvolles Leben in Bezug auf den echten Sinn des Lebens führen will.

Dazu gehört es für mich ganz klar, alles positiv sehen zu wollen, was ich nicht negativ sehen muss. Wenn ich etwas nicht als schlecht, als nicht gut genug, als nicht in Ordnung oder als Problem ansehen muss, dann will ich das auch nicht mehr tun. Weiterhin gehört es zu einem wertvollen Leben aus meiner Sicht dazu, glückliche Lebensumstände für mich und andere schaffen zu wollen. Und zwar *echte* glückliche Lebensumstände aus der Sicht des Reptiliengehirns und des sozialen Gehirns, denn ich will ja tatsächlich Gutes tun und kein Pseudogutes, das sich mein Großhirn ausgedacht hat.«

»Ich verstehe«, sagte ich. »Deshalb hast du dann auch keine Motivation mehr für deine Gefühlsziele oder irgendwelche Großhirn-Sollvorstellungen. Du willst *tatsächlich* Gutes tun, und das ist in Wirklichkeit nichts

Gutes. Und damit lässt du alle Gefühlsziele und unsinnigen Habenwollens und Seinwollens automatisch los. Das ist genial!«

»Seit ich mich entschieden habe, alles positiv zu sehen, was ich nicht negativ sehen muss, erkenne ich auch, wie perfekt unsere Welt funktioniert«, meinte Brian. »Leid ist überhaupt nichts Schlechtes. Es geht einfach nicht ohne Leid, wenn wir den richtigen Weg finden wollen. Leid ist genauso wichtig wie Glück. Ich kann das jetzt fühlen. Und das Krasseste an dieser Welt ist, dass wir in 99,9 Prozent aller Fälle gar nichts wirklich Schlimmes erleben müssen, um emotionales Leid zu erfahren. Die ganzen gefühlten Probleme und Missstände sind ja tatsächlich fast alle nur in unserem Kopf. Alles nur Illusionen.

Doch das genügt, damit wir die positiven und negativen Erfahrungen machen können, die wir brauchen, um unseren ureigensten Weg zu finden und schließlich zu erkennen, dass die Entscheidung zum Positiven der einzig richtige Weg ist. Diese Welt hilft uns bei diesem Erkenntnisprozess auf eine unglaublich freundliche Art und Weise. Wir brauchen keine echten Katastrophen, damit uns Glück und Leid den Weg zeigen können. Es genügt, wenn wir uns die ganzen Probleme, die Missstände und den Mangel bloß einbilden.

Und offensichtlich ist sowohl unsere Innenwelt als auch unsere Außenwelt nach diesem Prinzip aufgebaut. Alles hilft uns auf eine freundliche Art und Weise, unseren Weg zu finden. Ich kann das jetzt sehen. Davor dachte ich, es sei einfach nur ätzend, dass es in 99,9 Prozent aller Fälle gar keinen realen Grund für negative Beurteilungen und unglückliche Gefühle gibt. Jetzt erkenne ich, welchen Segen das in Wirklichkeit für die Menschheit darstellt. Wäre es anders, müssten wir ständige reale Probleme und Missstände erfahren.

Reales Leid erfahren wir wohl vor allem dann, wenn wir ohne jegliche Einsicht richtig weit in die falsche Richtung gelaufen sind. Bis dahin hat uns das Leben vermutlich unzählige emotionale Wegweiser geschickt, die wir alle ignoriert haben. Wer nicht hören will, muss fühlen, heißt es im Volksmund. Und auch das ergibt jetzt Sinn. Einfach alles ergibt jetzt plötzlich einen Sinn.«

»Ich befürchte, es wird nicht so ganz einfach sein, den Menschen das zu erklären«, sagte ich. »Die meisten betrachten es als ihr höchstes Ziel, ein glückliches, erfolgreiches und erfülltes Leben führen zu wollen. Das ist ihr höchstes Tunwollen. Aber mir wird jetzt klar, dass das als direktes Tunwollen ja gar nicht möglich ist. Man kann indirekt über die 3Gs ein glückliches und erfülltes Leben führen. Aber den direkten Weg, Glück und Erfüllung einfach tun zu wollen, gibt es natürlich nicht.

Mehr als 60 Prozent der Weltbevölkerung sehen das Glücklichsein jedoch als Sinn des Lebens an. Manche sprechen auch von einem Geburtsrecht auf Glück. Viele Menschen sind verzweifelt, weil ihr Leben einfach nicht so glücklich werden will, wie es ihrer Meinung nach sein sollte. Sie wollen doch eigentlich *nur* glücklich sein. So als sei es eine Selbstverständlichkeit, dass man das einfach so *tun* kann.

Niemand ahnt, dass genau dieses unmögliche Tunwollen in Wirklichkeit ihr Glück verhindert oder zumindest stark behindert, und dass wir alle zusammen deshalb sogar unsere eigene Lebensgrundlage zerstören. Niemand ahnt, wie falsch es tatsächlich ist, ein glückliches, erfolgreiches und erfülltes Leben führen zu wollen. Und auch niemand bei den Engeln hat das bis jetzt erkannt.

Ich muss darüber unbedingt mit den anderen Secret-Angels und unserer Lehrerin Ella sprechen. Das sind unglaublich wichtige neue Erkenntnisse. Vermutlich die allerwichtigsten Erkenntnisse für die Menschheit überhaupt. Ich bin sehr stolz auf dich, dass du erkannt hast, was zuvor noch kein Mensch und kein Engel geschafft hat. Vielleicht bin ich die intelligenteste Person, die derzeit auf der Erde lebt. Aber du bist ganz offensichtlich die schlauste.«

»Du bist sehr süß«, meinte Brian berührt. »Aber wenn du mir nicht gesagt hättest, worin der Sinn unseres Lebens tatsächlich besteht, wäre ich niemals zu dieser Erkenntnis gekommen.«

»Dann sagen wir, wir sind ein ganz großartiges Team, wir beide«, schlug ich vor. »Einverstanden?«

»Einverstanden«, stimmte Brian amüsiert von meinem Vorschlag zu.

»Ich müsste dann jetzt zu Ella, um ihr von dieser Erkenntnis zu berichten«, sagte ich. »Könntest du vielleicht den anderen sagen, dass wir in 15 Minuten weitermachen, damit sie Bescheid wissen? Sie warten vermutlich schon darauf, dass es weitergeht.«

»Ja, natürlich«, antwortete er. »Ich sage Bescheid. Soll ich den anderen Secret-Angels etwas davon sagen, dass du zu Ella gehst?«

»Lieber nicht. Ich will nicht, dass das jemand von den Menschen mitkriegt. Wir werden die Engel auf eine andere Art und Weise benachrichtigen. Sie werden sich dann alle aus irgendeinem Vorwand auf ihre Zimmer zurückziehen.«

»Alles klar, dann bis gleich«, sagte Brian und verließ unser Zimmer, um nach unten zu den anderen in den Garten zu gehen.

Ich entmaterialisierte mich und traf Ella wie immer in unserem Klassensaal an. Es waren gerade noch ein paar andere Engel bei ihr, die sich aber soeben verabschieden wollten. Offenbar lief alles recht gut mit der MKI, wie ich aus ihren letzten Worten heraushören konnte.

»Hallo Mary Soul«, begrüßte mich Ella sogleich.

»Hallo Ella«, erwiderte ich ihren Gruß. »Könntest du bitte einen Messenger-Angel damit beauftragen, die anderen Secret-Angels auch zu uns zu rufen?«, bat ich. »Es ist eine unglaublich wichtige Erkenntnis aufgetaucht, von der sie alle erfahren sollten. Und in der Villa können wir darüber nicht offen sprechen. Da sind immer auch Menschen dabei.«

»Natürlich«, sagte Ella und schickte telepathisch einen Messenger-Angel los.

Wenige Minuten später waren dann alle Secret-Angels bei uns im Klassensaal.

»Wir treffen uns hier, damit wir offen über etwas sprechen können, was die Menschen nicht hören dürfen«, sagte ich zu den anderen. Daraufhin erklärte ich ihnen, was ich soeben von Brian erfahren hatte.

»Du hast den Menschen echt den Sinn ihrer Daseinsform erläutert?«, fragte Malaika verwundert. »Das war sehr gewagt!«

»Ich weiß auch nicht, wen ich da geritten habe«, antwortete ich. »Nuno hat mich damals so dermaßen provoziert, dass ich mit meinem Gaul einfach durchgegangen bin.«

»Ich denke, dass das kein Zufall war«, meinte Ella.

»Was genau meinst du?«, wollte ich wissen.

»Dass du den Menschen von uns erzählt hast«, sagte sie. »Ich kann mich des Eindrucks nicht erwehren, dass der Große Geist das genau so gewollt hat. Und ich denke, dass es auch in seiner Absicht lag, dass du Brian deine wahre Identität verrätst. Vermutlich soll es ein Mensch sein, der die Lösung für die Menschheit erkennt. Und dieser Mensch ist, wie es aussieht, Brian. Er brauchte dazu die Information, dass du ein Engel bist, damit er eins und eins zusammenzählen und auf die Idee kommen konnte, dass der Sinn des Lebens der Weg ist, den die Menschheit jetzt einschlagen sollte.«

»Die Frage ist jedoch, wie diese Erkenntnis den Menschen nutzen kann, wenn wir ihnen nicht beweisen dürfen, dass es sich um die Wahrheit handelt«, sagte ich.

»Vielleicht müssen sie es ja gar nicht als Wahrheit erkennen«, meinte Ella. »Brian wird uns jetzt aufzeigen, welche Lebenseinstellungen Menschen annehmen sollten, damit sie tatsächlich den richtigen Weg einschlagen. Das mitzuverfolgen wird für uns von sehr großem Wert sein. Jetzt hat er uns erst einmal erkennen lassen, dass ein glückliches, erfolgreiches und erfülltes Leben kein direktes Tunwollen sein kann. Man kann das nur indirekt tun, indem man die 3G-Tunwollens auslebt. Ich denke, dass wir jetzt noch mehr von Brian lernen werden und dadurch einen guten Weg für die gesamte Menschheit finden können. Auch ohne dass sie die Wahrheit über den Sinn und Zweck ihrer Existenz erfahren. Die richtigen Lebenseinstellungen werden sicherlich genügen.«

»Dann sollten wir jetzt als Erstes einen Weg finden, wie wir ihnen dabei helfen können, von ihrem falschen Tunwollen abzulassen«, meinte Nuno. »Sie wollen alle ein glückliches, erfolgreiches und erfülltes Leben führen. Dass genau diese Zielsetzung sie in Wirklichkeit unglücklich macht, wird schwer für sie zu glauben sein. Wir sollten hier gemeinsam überlegen, wie wir Mary Soul bei ihrem Workshop unterstützen können, damit die Menschen diesen Schritt schaffen.«

»Ich denke, wir sollten sie als Erstes erkennen lassen, dass sie nicht ihr Glück aufgeben, wenn sie ihr Tunwollen aufgeben«, meinte Malaika. »In ihrem intuitiven Verständnis der Welt werden sie das sicherlich unter einen Schirm werfen. Doch ich glaube, dass sie den Unterschied zwischen dem Ziel und dem Weg auf ihrem derzeitigen Wissensstand leicht verstehen können. Es ist in Wirklichkeit der Weg der 3G-Tunwollens, der sie glücklich macht. Den richtigen Weg gehen zu wollen, sollte ihr eigentliches Ziel sein.«

»So ist es«, bestätigte ich. »Der Weg ist das Ziel. Ich glaube, wir sollten uns jetzt wieder in der Villa blicken lassen. Unsere Menschen warten sicherlich bereits auf uns. Ich danke euch für euer spontanes Kommen.«

Daraufhin materialisierten wir uns alle wieder in unseren jeweiligen Zimmern. Wir trafen uns dann alle wieder draußen im Garten und setzten uns mit unseren Menschen erneut in einen großen Kreis.

»Schauen wir uns also die Faktoren an, die unsere Grundstimmung erzeugen«, begann ich unseren Workshop, wie er ursprünglich angekündigt war. »Wie bereits erwähnt, ist unsere Grundstimmung eine Art Meta-Lebensgefühl, das in unserem Alltag ständig präsent ist und das alle unsere Beurteilungen und auch unsere Gefühle und Entscheidungen beeinflusst. Dieses Lebensgefühl entsteht durch die Beurteilung unserer Gegenwart und unserer Vergangenheit und die Projektion dieser Beurteilungen auf unsere Erwartungshaltung für die Zukunft. Unser unbewusstes System geht automatisch davon aus, dass unsere Zukunft ähnlich sein wird wie unsere Vergangenheit. Das hält es intuitiv für realistisch. Es sei denn, wir haben triftige Gründe, von etwas anderem auszugehen.

Und genau diese Gründe haben wir mittlerweile zuhauf. Wir alle beurteilen sowohl unsere Gegenwart als auch unsere Vergangenheit ganz anders als noch vor wenigen Wochen, denn wir haben durch unser besseres

Verständnis unserer Innenwelt jetzt sehr viel bessere Beurteilungskriterien. Auch sehen wir unsere Außenwelt mit anderen Augen. Wir wissen jetzt, dass wir im grünen Bereich leben und es in Wirklichkeit keine echten Probleme und nur sehr wenige reale Missstände und Mängel gibt.

Unser aktuelles Verständnis unserer Innenwelt und die Neubeurteilung unserer Außenwelt ermöglicht uns jetzt einen viel realistischeren Blick auf unsere Gegenwart und unsere Vergangenheit, was uns automatisch auch zu einer wesentlich realistischeren Erwartungshaltung verhelfen kann. Wir haben mit anderen Worten die rote Brille abgesetzt, durch die der grüne Bereich fälschlicherweise kackbraun ausgesehen hat.

Die gefühlten Probleme, Missstände, Mangelzustände und Notwendigkeiten, mit denen wir uns bisher das Leben schwer gemacht haben, sind längst als bloße Illusionen durchschaut. Wir haben daher allen Grund, uns einmal Gedanken über eine tatsächlich realistische Erwartungshaltung in Bezug auf unsere Zukunft zu machen. Denn unsere bisherige Zukunftsprojektion war alles andere als realistisch.

Wir lebten durch unsere rote Brille in einer mehr oder weniger düsteren, schweren, einengenden und kraftraubenden, mitunter sogar lähmenden Scheinwelt Einige von uns hatten aufgrund ihrer dunkelroten Brille sogar eine chronische Depression oder ein sehr schlechtes Selbstwertgefühl entwickelt oder in ständiger Angst oder im gefühlten Missstand gelebt.

Doch so düster, schwer und leer ist unsere Welt in Wirklichkeit gar nicht, wenn man die rote Brille mal absetzt. Und genau das wollen wir jetzt gemeinsam tun und dabei eine tatsächlich realistische Erwartungshaltung für unser zukünftiges Leben entwickeln. Ich schlage vor, dass wir das einmal in Form einer bildhaften Metapher machen.

Stellt euch einmal das Bild eines Weges vor, der euren Lebensweg symbolisieren soll. Das könnte ein Waldweg sein oder ein Feldweg, eine Straße, ein Fluss oder irgendetwas in der Art. Dieser Weg soll von eurer Vergangenheit über eure Gegenwart bis hinein in eure Zukunft reichen. Ihr solltet den gesamten Weg von eurer Geburt an bis mindestens fünf bis zehn Jahre in eure Zukunft überblicken können. Was entstehen da bei euch für Bilder?«, wollte ich wissen.

»Ich habe einen Fluss«, sagte Kevin. »Meine Geburt war bei der Quelle, die Gegenwart ist da, wo ich jetzt gerade bin, und meine Zukunft ist stromabwärts. Irgendwann wird der Fluss ins Meer münden. Das wird dann der Zeitpunkt meines Todes sein. Aber so weit kann ich ihn nicht überblicken. Doch ich sehe die nächsten zehn Jahre, die vor mir liegen. Wie du es gesagt hast.«

»Bei mir ist es ein Weg wie bei Alice im Wunderland«, meinte Tyler. »Er führt durch eine hügelige Landschaft. Bis zu meiner Geburt kann ich nicht zurückschauen, aber auf jeden Fall bis zu meinen ersten Erinnerungen als Kind. Und wie bei Kevin auch, sehe ich die nächsten zehn Jahre vor mir. Der Weg führt bis zum Horizont.

Ich sehe jedoch nur bis zum nächsten Hügel. Und da, wo ich jetzt stehe, ist die Gegenwart.«

»Ich habe eine Blumenwiese«, meinte Dylan. »Eigentlich kein richtiger Weg. Ich bin einfach frei über diese Wiese gelaufen. Von meiner Geburt an mehr oder weniger im Zickzackkurs. Weit hinter mir liegt ein düsterer Wald, aus dem ich komme. Der symbolisiert meine düstere Kindheit.«

»Jetzt, da du es sagst«, meinte Tyler. »Der Anfang meines Weges als Alice im Wunderland ist auch eher düster. Eigentlich ist der ganze Weg ziemlich düster und beschwerlich gewesen bis vor Kurzem. Da, wo ich jetzt im Moment stehe, ist alles sehr viel heller und leichter.«

»Das mit der düsteren Vergangenheit finde ich gut«, meinte Kevin. »Das hat mein Bild ganz von selbst adaptiert. Die Quelle meines Flusses und die ersten paar Kilometer führen jetzt durch eine ziemlich düstere und enge Schlucht. Danach war der Flusslauf eher sumpfig und schlammig. Aber seit Kurzem ist es auch bei mir viel schöner. Besonders seit ich mit Emma zusammen bin. Ich stehe jetzt auf einem Floß und fahre diesen Fluss hinunter. Und ich stehe hier mit Emma zusammen. Und da, wo ich jetzt bin, ist meine Welt hell, leicht und vitalisierend. Und die Strecke, die vor uns liegt, ist ebenfalls sonnig und saftig grün. Alles ist schön.«

»Das sind sehr passende Bilder«, sagte ich. »Wer hat ebenfalls eine bildhafte Vorstellung, die seinen Lebensweg symbolisiert?«

Alle in der Runde zeigten auf.

»Wir lebten, wie gesagt, durch unsere rote Brille früher in einer Illusion der Welt, die deutlich schwerer, düsterer, einengender und kraftraubender ausgesehen hat, als unser Leben in Wirklichkeit war. Das sollten wir als Erstes korrigieren«, schlug ich vor. »Schaut daher jetzt bitte zurück auf eure Vergangenheit und macht euch bewusst, wie häufig ihr etwas unnötigerweise als Problem angesehen habt. Wie habt ihr eure Vergangenheit, was das betrifft, früher gesehen und wie seht ihr sie jetzt?«

»Auf meinem Weg gab es früher sehr viele Stolpersteine«, sagte Linh. »Zumindest hat das so für mich ausgesehen. In Wirklichkeit hatte ich ja auch damals keine Probleme.«

»Und was passiert in deinem Bild mit den Stolpersteinen, wenn du dir diese Wahrheit bewusst machst?«, fragte ich.

»Die verschwinden einfach«, antwortete sie. »Sie waren ja nur eine Illusion. Wenn ich die rote Brille absetze, dann sind da gar keine Steine mehr zu sehen.«

»Bei mir haben viele umgestürzte Bäume den Weg versperrt, weshalb ich ständig beschwerliche Umwege nehmen musste«, meinte Marcus. »Mein Weg führte durch einen Wald. Jeder umgestürzte Baum stand für ein gefühltes Problem. Auf meinem Weg lagen sehr viele Baumstämme. Wenn ich mir bewusst mache, dass das gar keine echten Probleme waren, sondern nur Aufgaben, dann erkenne ich, dass Waldarbeiter die ganzen Stämme vom Weg entfernen. Sie machen den Weg frei. In Wirklichkeit war er ja frei von Problemen.«

»Auf meinem Fluss ist mein Floß ständig irgendwo hängen oder stecken geblieben«, meinte Kevin. »Doch das ist nur passiert, weil ich ständig glaubte, irgendwelche Felsen umschiffen zu müssen, die es in Wirklichkeit gar nicht gab. Auch mein Weg wäre frei gewesen. Ich hätte mich einfach treiben lassen können, und alles wäre gut gewesen.«

»Kann das jeder in seinem Bild auf seine Weise nachvollziehen?«, fragte ich in die Runde. Alle hoben daraufhin die Hand. »Dann schaut jetzt einmal nach vorne auf eure Zukunft! Liegen da noch Stolpersteine, Baumstämme, Felsen oder irgendwelche anderen Hindernisse, die gefühlte Probleme symbolisieren?«

»Nichts Nennenswertes«, meinte Ava. »Jedenfalls nichts, worüber ich mir Sorgen machen müsste. Wenn es in der Vergangenheit nie sinnvoll oder gar notwendig gewesen ist, etwas als Problem anzusehen, dann werde ich das auch zukünftig nicht mehr tun. Den ein oder anderen gefühlten Missstand gibt es vielleicht noch. Aber das gehört natürlich zum Leben.«

»Bei wem sieht die Zukunft ebenfalls weitestgehend problemfrei aus?«, wollte ich wissen.

Alle zeigten auf.

»Ein paar kleine Steine gibt es noch«, meinte Linh. »Aber wie Ava bereits sagte, das ist ja normal. Es ist ja nicht alles perfekt im Leben.«

»Wie viele dieser Steine oder, allgemein ausgedrückt,

dieser gefühlten Missstände beziehen sich auf reale Missstände, und wie viele beziehen sich auf Gefühlsziele?«, wollte ich wissen.

»Das meiste sind immer noch irgendwelche Gefühlsziele«, meinte Ava. »Dass ich nichts mehr zu essen habe oder kein Dach mehr über dem Kopf und so weiter, halte ich für eher unrealistisch. Wenn, dann sind es nur noch Unannehmlichkeiten, wo ich mich vermutlich noch schlecht fühlen werde, wenn es passiert.«

»Ist bei mir genauso«, meinte Jason.

»Ja, bei mir liegt auch noch einiges an Gefühlszielen auf dem Weg herum, was da nicht hingehört«, meinte Dylan. »Aber echte Probleme und echte Missstände gibt es da nicht mehr. Es sind emotionale Unannehmlichkeiten, wie Linh bereits sagte.«

»Nun sind wir ja dabei, uns von unseren Gefühlszielen zu befreien«, sagte ich. »Noch sind wir damit nicht fertig, aber einiges haben wir auf jeden Fall schon geschafft. Schaut euch bitte jetzt einmal euren alten Blick auf euren Lebensweg an, bevor ihr wusstet, wie schädlich eure Gefühlsziele tatsächlich sind. Wie viele Gefühlsziele haben da noch auf dem Weg herumgelegen?«

»Da konnte ich kaum laufen vor lauter spitzen Steinen, die auf meinem Weg überall herumgelegen haben«, meinte Stella. »Ich habe mir ständig die Füße verletzt.«

»Wie hätte dein Lebensweg in deiner Vergangenheit ausgesehen, wenn du in Bezug auf deine Gefühlsziele damals schon gewusst hättest, was du heute weißt?«, fragte ich weiter.

»Die spitzen Steine hätten da gar nicht erst auf meinem Weg herumgelegen«, meinte sie. »Der Weg wäre frei gewesen. Frei von Gefühlszielen und damit auch frei von den vielen schmerzlichen Erfahrungen.«

»Kann das jeder in seinem Bild auf seine Weise nachvollziehen?«, fragte ich in die Runde, woraufhin alle die Hand hoben. »Die Vergangenheit hätte also viel positiver ausgesehen. Projiziert das jetzt bitte ebenfalls auf eure Zukunft. Wie sieht der Weg aus, der vor euch liegt?«

»Keine spitzen Steine mehr«, meinte Stella. »Der Weg ist frei, das Wetter ist sonnig, das Gras ist grün. Und irgendwie habe ich jetzt ein Fahrrad, mit dem ich fahre, anstatt zu laufen. Und der Weg ist asphaltiert. Eben ein Fahrradweg. Keine Ahnung, was das bedeuten soll. Aber es fühlt sich gut an. Ich glaube, das Fahrrad steht dafür, dass ich den Weg jetzt viel leichter bewältigen kann. Es fühlt sich fast schon schwerelos an.«

»Das passt ganz gut, finde ich. Gefühlte Missstände erzeugen das Gefühl der Schwere«, erklärte ich. »Und ohne gefühlte Missstände entsteht natürlich sehr viel mehr Leichtigkeit.«

»Bei meinem Bild sind es die Untiefen, die meine Gefühlsziele repräsentieren«, erklärte Kevin. »Das waren meine emotionalen Missstände. Mein Floß ist da oft aufgelaufen, und dann war es sehr schwer, es da wieder rauszukriegen. Die meisten Untiefen sind jetzt weg. Aber wenn ich mir vorstelle, dass wir das mit den Gefühlszielen genauso weitermachen wie bisher, dann verschwinden auf dem Flusslauf vor mir einfach alle Untiefen von selbst. Wenn ich mir vorstelle, dass wir nicht weitermachen, dann entstehen da sofort wieder Untiefen. Und zwar, weil der Fluss dann grundsätzlich zu wenig Wasser hat. Der Mangel an Wasser steht für den Mangel an guten Gefühlen.«

»Wir werden weitermachen«, versprach ich. »Daher wäre es sinnvoll, diese Tatsache in eure realistische Zukunftsvision mit einzubeziehen. Es wäre eben sehr unrealistisch, dass wir jetzt einfach damit aufhören, unsere Gefühlsziele loszulassen.«

»Da hast du recht«, meinte Kevin. »Selbst wenn wir jetzt keine Workshops mehr machen würden, würde ich meine Gefühlsziele ganz sicher nicht mehr einfach so stehen lassen. Dann hat mein Fluss jetzt Wasser im Überfluss. Das geht jetzt richtig *hui* mit starker Strömung.«

Die Secret-Angels lachten plötzlich alle. Vermutlich, weil Kevin *hui* gesagt hatte. Ich war aber nicht ganz sicher.

»Meine Wiese kriegt jetzt einfach immer mehr schöne Blumen«, sagte Dylan. »Und das Wetter bleibt sonnig und warm. Eine frische Brise weht mir ins Gesicht, und alles duftet ganz wundervoll nach Blumen.«

»Du bist ja ein richtiger Romantiker«, meinte Tyler erfreut von Dylans Bild. »Bei mir verschwindet die rote Königin«, sagte sie. »Das Land ist endlich frei von ihrer Knechtschaft, und alle meine Gefährten fangen an zu tanzen und zu singen.«

»Gibt es noch Mangel in euren realistischen Zukunftsvisionen?«, fragte ich.

»Wenn ich davon ausgehe, dass wir mit den Gefühlszielen weitermachen, dann nicht«, meinte Greg.

»Ja, davon könnt ihr ausgehen«, bestätigte ich noch einmal. »Wir werden damit nicht aufhören, bis wir uns von allen unnötigen Problem-, Missstands- und Mangelgefühlen befreit haben. Bitte bringt das alle in euer persönliches Bild mit rein. Wie sieht eure Zukunft dann aus?«

»Grün!«, sagte Greg. »Alles ist hellgrün.«

»Dann kommen wir jetzt zu euren Lebenswerten – den 3G-Tunwollens«, sagte ich. »Viele habt ihr in eurer Vergangenheit ja gar nicht richtig wahrgenommen. Nehmen wir beispielsweise die Lebenswerte des sozialen Rückhalts, die wir gemeinsam im Workshop für Sophia gesucht hatten. Zum Beispiel die emotionale Unterstützung, indem man aktiv zuhört und Verständnis für die Gefühle des anderen zeigt. Denkt euch einmal ein Symbol aus, das für diesen Lebenswert steht!«

»Bei mir wäre das eine offene Hand, die eine andere Hand sanft umschließt«, meinte Sophia. »Für mich symbolisiert dieses Symbol die Bereitschaft, dem anderen Halt zu geben und ihm das Gefühl zu vermitteln, dass er gehört und verstanden wird. Es drückt auch die Idee aus, dass man dem anderen zur Seite steht und ihm durch schwierige Zeiten hilft.«

»Das ist ein sehr schönes Symbol«, sagte ich. »Hat noch jemand eine Idee für uns als Inspiration?«

»Ein offenes Buch«, meinte Kevin. »Das steht für mich für die Offenheit und Bereitschaft, dem anderen zuzuhören und seine Gedanken und Gefühle zu verstehen. Ein offenes Buch steht für den Raum, den man schafft, um die Erfahrungen und Perspektiven des anderen zu empfangen und zu würdigen.«

»Ich hätte eine Brücke anzubieten«, meinte Dylan. »Eine Brücke kann die Verbindung zwischen zwei Personen darstellen, die durch aktives Zuhören und Verständnis gebildet wird. Sie symbolisiert die Möglichkeit, Hindernisse zu überwinden und eine tiefe emotionale Verbindung herzustellen, indem man dem anderen ermöglicht, sich gehört und unterstützt zu fühlen.«

»Das sind alles sehr schöne Beispiele«, sagte ich. »Überlegt euch jetzt bitte alle ein solches Symbol, das für euch persönlich emotionale Unterstützung symbolisiert! Niemand außer euch muss dieses Symbol verstehen. Es gehört euch ganz allein.«

Ich gab der Gruppe einen Moment, um ihr eigenes Symbol zu finden. »Und jetzt schaut euch erst einmal an, wie viel emotionale Unterstützung ihr in der Vergangenheit von anderen Menschen erhalten habt und wie viel ihr selbst anderen habt zuteilwerden lassen. Integriert so viele eurer Symbole in euren bereits gegangenen Lebensweg, bis es sich richtig anfühlt.«

Ich gab der Gruppe erneut einen Moment, um das in ihrer Fantasie zu machen.

»Und jetzt integriert so viele dieser schönen Lebenswerte in euren zukünftigen Weg, wie ihr selbst anderen als 3G-Tunwollen geben wollt!«, bat ich. Ich gab der Gruppe erneut einen Augenblick, um das zu tun. »Und nun fügt so viele Symbole für die emotionale Unterstützung hinzu, die ihr realistisch aus eurem sozialen Umfeld in Zukunft erwarten könnt, wenn ihr selbst anderen eure emotionale Unterstützung schenkt!«

»Wow, das ist aber schön«, meinte Ava. »Das fühlt sich echt gut an.«

»Und jetzt brauchen wir ein Symbol für eure Fähigkeit, euch empathisch in die Lage des anderen zu versetzen«, sagte ich. »Hat jemand eine Idee?«

»Eine Brille«, meinte Isaac. »Eine Brille symbolisiert für mich die Fähigkeit, die Welt aus einer anderen Perspektive zu betrachten. Sie steht dafür, dass man in der Lage ist, die Sichtweise und Gefühle einer anderen Person zu verstehen und sich in sie hineinzuversetzen.«

»Sehr schön«, sagte ich. »Hat noch jemand eine Inspiration für uns?«

»Bei mir wäre es ein Spiegel«, meinte Connor. »Ein Spiegel kann die Fähigkeit repräsentieren, sich selbst in anderen wiederzuerkennen und dadurch Empathie zu entwickeln. Er symbolisiert die Reflexion der Gefühle und Erfahrungen anderer, die einem helfen, sich in ihre Lage zu versetzen.«

»Ein Herz in zwei offenen Händen«, meinte Emily. »Das drückt für mich die Bereitschaft aus, sich einfühlsam und mitfühlend den Gefühlen und Bedürfnissen eines anderen Menschen zuzuwenden. Es steht für die Fähigkeit, das Herz eines anderen zu halten und zu verstehen, was er oder sie durchmacht, um Unterstützung und Trost zu bieten.«

»Das sind wieder sehr schöne Symbole«, sagte ich. »Findet jetzt alle ein solches Symbol, das für euch persönlich Empathie repräsentiert, und fügt so viele dieser Symbole in euren vergangenen Weg ein, wie ihr erhalten und gegeben habt!« Ich gab der Gruppe wieder einen Moment Zeit, um das zu tun. Ich erkannte an ihrem liebevollen Lächeln, wann sie damit fertig waren. »Und jetzt fügt so viele dieser Symbole in euren zukünftigen Lebensweg ein, wie ihr selbst geben wollt, und dann noch so viele, wie ihr dadurch von anderen voraussichtlich zurückbekommt.«

»Mein Bild wird immer heller«, erkannte Ava erfreut. »Vor allem diese Symbole leuchten alle richtig.«

»Welches Symbol würde für euch für die Ermutigung und Bestärkung für die positive Entwicklung anderer stehen?«, fragte ich als Nächstes.

»Ich habe dafür eine aufgehende Sonne«, sagte Malaika. »Das symbolisiert einen neuen Tag, neue Chancen und Hoffnung. Die Sonne steht für Ermutigung, dass nach dunklen Zeiten immer wieder Licht und neue Möglichkeiten kommen. Ich möchte die Menschen ermutigen, realistisch und damit positiv in die Zukunft zu blicken und an ihre Stärke zu glauben.«

»Ich habe einen Leuchtturm«, sagte Angelo. »Ein Leuchtturm dient als Orientierungspunkt in stürmischen Zeiten und symbolisiert Sicherheit, Stabilität und Führung. Ich möchte Menschen damit ermutigen, ihre eigenen Werte und Ziele zu erkennen und auf ihrem Weg standhaft zu bleiben.«

»Für mich wäre es ein aufsteigender Luftballon«, sagte Yensaya. »Ein Luftballon, der in die Höhe steigt, steht bei mir für Freiheit, Leichtigkeit und den Aufbruch zu neuen Horizonten. Ich möchte Menschen helfen, ihre Grenzen zu überwinden, sich zu entfalten und ihren Träumen zu folgen. Dieses Symbol steht für die positive Entwicklung und das Wachstum, das durch Ermutigung und Unterstützung möglich ist.«

»Das sind sehr schöne Symbole«, sagte ich erfreut darüber, dass sich gleich drei Secret-Angels zu Wort gemeldet hatten. »Findet jetzt alle ein persönliches Symbol, das für euch für diesen Lebenswert steht. Andere Menschen in ihrer Entwicklung zu ermutigen und zu bestärken. Und integriert dieses Symbol wieder in eure Vergangenheit und eure Zukunft.«

»Das ist echt Hammer!«, meinte Ava begeistert. »Mein Bild strahlt jetzt so hell, dass ich sogar seine Wärme spüren kann. Das ist einfach nur Hammer!«, wiederholte sie noch einmal.

»Findet jetzt ein Symbol für den Lebenswert, andere in praktischen Dingen zu unterstützen, wie etwas zu reparieren, Hausarbeit zu teilen, Kinderbetreuung, Einkäufe und solche Dinge«, sagte ich.

»Ganz klar der Hammer!«, meinte Greg lachend und spielte dabei auf Avas begeisterte Aussage an.

»Oder eine Babywindel«, meinte Stella. »Oder auch ein Kleiderbügel oder eine Heckenschere.«

»Findet euer Symbol für diesen Lebenswert und integriert es in euren Lebensweg«, sagte ich.

Als alle damit fertig waren, fragte Greg: »Können wir auch Quality-Time mit Freunden, Partner oder Familie in unseren Lebensweg integrieren?«

»Natürlich, das ist ein sehr wertvolles Tunwollen«, antwortete ich. »Was würdest du da für ein Symbol nehmen?«

»Ich würde spontan einen Picknickkorb nehmen«, meinte er. »Der Picknickkorb symbolisiert Gemeinschaft, Genuss und das Teilen von Zeit und Erlebnissen mit geliebten Menschen. Es steht für die Freude an gemeinsamen Mahlzeiten, Gesprächen und Aktivitäten im Freien, die die Bindung stärken und schöne Erinnerungen schaffen.«

»Ein sehr schönes Symbol«, sagte ich. »Sucht euch jetzt bitte alle ein passendes Symbol und integriert diesen Lebenswert in euren persönlichen Lebensweg!«

»Wir werden ab sofort jedes 3G-Tunwollen, das wir für euch finden, immer gleich auf diese Weise in euren persönlichen Lebensweg integrieren«, kündigte ich an. »Je mehr dieser Lebenswerte euren Weg schmücken, desto mehr werdet ihr motiviert sein, diese Tunwollens auch wirklich auszuleben. Weiterhin beeinflusst diese realistische Zukunftsvision und der realistische Blick auf euren Lebensweg sehr deutlich eure Grundstimmung. Ihr müsstet das bereits spüren können.«

»Mein Engel, das ist wirklich der Hammer, was du da mit uns gemacht hast«, sagte Ava begeistert. »Vielen herzlichen Dank. Ich fühle mich gerade unglaublich gut.«

»Dann sorgen wir einmal dafür, dass du dich noch besser fühlst«, sagte ich erfreut. »Du hast noch einen tollen Lebenswert, den du in dein Bild integrieren könntest. Du hast es heute nämlich schon wieder getan. Du hast für uns alle ein leckeres Essen zubereitet!«

Die Gruppe applaudierte sofort begeistert und dankbar.

»Vielen lieben Dank«, sagte Ava berührt. »Ja, das ist tatsächlich ein echtes 3G-Tunwollen für mich«, bestätigte sie. »Das tue ich von Herzen gerne.«

»Welches Symbol steht für dich für das Kochen?«, fragte ich.

»Einfach ein Kochlöffel«, meinte sie.

»Dann integriere den noch in dein Bild«, schlug ich vor.

»Du, lieber Brian, hattest die Kooperation als sehr wertvollen Lebenswert entdeckt als wir noch im Militärstützpunkt waren«, sagte ich. »Und du, lieber Kevin, hattest die Kommunikation als 3G-Tunwollen vorgeschlagen. Die meisten von euch fanden diese Lebenswerte auch für sich selbst sehr passend. Findet dafür jeweils ein Symbol und integriert es in euer Bild.«

Die meisten in der Gruppe schlossen die Augen, um das zu tun, oder schauten nach oben in den Himmel. Als sie mich wieder anschauten, sprach ich weiter. »Du, liebe Emma, hast uns dann den Lebenswert des Yoga nähergebracht, was auch vielen sehr gut gefallen hat. Genau wie die anschließende Poolparty und das Tanzen und Singen. Findet auch dafür passende Symbole und integriert sie in euren Lebensweg.«

»Ich würde es als sehr großen Lebenswert empfinden, das, was wir hier zusammen machen, auch an andere Menschen weiterzugeben«, meinte Malaika, als alle damit fertig waren.

»Und was würdest du für ein Symbol vorschlagen?«, fragte ich interessiert.

»Ich glaube, da bräuchte ich mehrere Symbole«, meinte sie. »Da gibt es ja viele Tunwollens. Zum Beispiel den Menschen bei der Erkenntnis zu helfen, dass sie nichts mehr als Problem beurteilen sollten. Das scheint mir ja elementar wichtig zu sein.«

»Ich würde das am liebsten bereits kleinen Kindern beibringen«, meinte Yensaya. »Oder auch ihren Eltern, damit die es dann ihren Kindern vorleben und beibringen. Ich kann mir gar nichts Wertvolleres vorstellen, als Kinder bereits mit diesem Wissen aufwachsen zu lassen. Sie könnten von Anfang an ein problemfreies und schönes Leben führen.«

»Wow, das ist eine sehr schöne Aufgabe«, meinte Sophia. »Das würde ich auch sehr gerne tun. Mehr 3G geht ja gar nicht«, fügte sie berührt hinzu.

»Und was für Symbole fallen euch dazu ein, die diesen Lebenswert repräsentieren könnten?«, fragte ich in die Runde.

»Bei mir wäre das ein Regenbogen«, meinte Sophia. »Er symbolisiert die Freude, die Leichtigkeit und die Faszination, die man Kindern damit schenken könnte.«

»Bei mir wäre es die Sonnenblume«, meinte Malaika. »Sie steht für Wachstum und Entwicklung. Sie symbolisiert die positive Energie, die man den Eltern oder den Kindern gibt, um ihr Potenzial zu entfalten und zu erblühen.«

»Ich würde einen Schlüssel nehmen«, meinte Kevin. »Das steht für mich für den Schlüssel zum Glück. Zu erkennen, dass man gar keine Probleme hat, alles susi ist und man sich deshalb auf seine 3G-Tunwollens konzentrieren kann, ist für mich der Schlüssel zu einem glücklichen und erfüllten Leben.«

»Falls ihr es ebenfalls als persönlichen Lebenswert empfindet, anderen Menschen dabei zu helfen, ihre Problemfreiheit zu erkennen, dann findet ein eigenes Symbol und integriert es in euren Lebensweg«, sagte ich.

Als alle damit fertig waren, sprach ich weiter. »Was könnten wir noch tun, um anderen Menschen das näherzubringen, was wir hier tun?«

»Was für die Problemfreiheit gilt, gilt auch für die Erkenntnis, dass wir kaum echte Missstände haben«, meinte Ava. »Dass unsere ständigen Missstandsgefühle in Wirklichkeit alles nur Hirnfürze sind.«

Die Secret-Angels lachten herzhaft über diese Aussage. Ich fand sie auch ziemlich witzig, als ich mir das mit den Hirnfürzen bildhaft vorstellte. Warum das witzig war, wusste ich gar nicht so genau.

»Dann findet auch für die Erkenntnis, dass das alles nur Hirnfürze sind, ein Symbol und integriert es in euren Lebensweg«, sagte ich.

»Ich würde den Menschen sehr gerne vermitteln, wie wichtig ihre 3G-Tunwollens tatsächlich sind«, meinte

Isaac. »Wie, weiß ich noch nicht so genau. Die Idee von Ava und ihrem Team mit dem virtuellen ELLA-Camp, mit dem man all das, was wir hier gelernt haben, einer breiten Öffentlichkeit zugänglich machen kann, find ich auf jeden Fall schon einmal super. Lola wäre dabei natürlich der Oberhammer. Ob die NSA das mitmacht, müssen wir sehen. Ausgeschlossen ist das nicht, denn die wollen Lola ja publik machen. Irgendetwas will ich auf jeden Fall auch zu dieser Lebenswerte-Bewegung beitragen. Ich habe noch keine Ahnung, was ich da machen kann, aber ich spüre, dass ich für diese Aufgabe echt brennen würde.«

»Geht mir genauso«, stimmte Kevin mit ein. »Ich will dabei auch mithelfen. Ich weiß auch noch nicht, wie. Aber ich würde gerne an andere Menschen das weitergeben, was ich hier gelernt habe.«

»Da werden wir bestimmt noch Möglichkeiten finden«, meinte Brian zuversichtlich. »Ich möchte der Welt helfen zu erkennen, dass es nichts Wertvolleres und Schöneres gibt, als aus Liebe zum Leben zu handeln. Ich möchte den Menschen mit anderen Worten helfen, sich zum Positiven zu entscheiden – und das 20 000-mal pro Tag.«

Kapitel 10:

Die Versuchung

Wir waren nach unserem Workshop an den Strand gegangen. Es war zwar schon dunkel, doch nachdem die Nerds davon erfahren hatten, dass wir heute mit Delfinen schwimmen waren, wollten alle unbedingt nochmals dorthin, in der Hoffnung, dass die Delfine vielleicht doch wieder da sein würden. Delfine hielten sich in der Nacht oftmals in flachen Lagunen oder Buchten auf, sodass dies nicht ganz ausgeschlossen war. Doch ich konnte leider keine Anwesenheit von Delfinen spüren.

Nachdem wir eine Weile am Strand gesessen hatten, hatte Dylan die lustige Idee, dass wir unser Lied nochmals singen könnten, um die Delfine anzulocken. Er meinte, dass sie bestimmt gute Musik zu schätzen wüssten. Also stellten sich nochmals alle in der bekannten Formation auf. Links standen die Umpfen, rechts daneben die Daudaus, gefolgt von den Nonos, und schließlich ganz rechts die Sirenen. Alle fanden es auch noch einmal lustig, dieses Lied unseren neuen Mitbewohnern vorzusingen. Also legten wir los.

Die Secret-Angels hörten sich unseren Song an, wussten aber nicht so recht, wie sie angemessen darauf reagieren sollten. Sollten sie jetzt lachen, applaudieren, gar nichts tun? Da die Menschen am Ende des Songs selbst laut über ihren eigenen Gesang lachten, lachten die Secret-Angels dann schließlich ebenfalls sehr herzhaft mit.

»Soso«, meinte Dylan schelmisch grinsend zu den Secret-Angels. »Wenn ihr wirklich meint, dass ihr das besser könnt, dann lasst mal hören! Ihr seid dann jetzt mal unsere Nonos!«

Daraufhin tauschte er die bisherigen Nonos gegen die Secret-Angels aus. Sie standen also jetzt an deren Stelle in der Formation und schauten verunsichert. Denn erneut wussten sie nicht so richtig, was von ihnen erwartet wurde. Außer dass sie singen sollten.

»Konntet ihr euch den Text merken?«, fragte Dylan dann, woraufhin alle Menschen lachten, da der Text ja nur aus vier einfachen Wörtern bestand.

Und dann legten die Umpfen und die Daudaus erneut los. Als die Nonos an der Reihe waren, brach Dylan den Gesang bereits nach fünf Sekunden sichtlich geschockt ab.

»Wollt ihr mich verarschen?!«, fragte er aufgebracht. »Habt ihr gerade siebenstimmig gesungen?!«

»Entschuldigung«, meinte Malaika. »Wir wussten nicht, dass wir einstimmig singen müssen.«

»Dein Ernst?!«, fragte er fassungslos. »Ihr könnt siebenstimmig singen?!«

Malaika erkannte sofort, dass sie offensichtlich zu gut

gesungen hatten. »Bei den Amish People wird sehr viel gesungen«, erklärte sie deshalb. »Wir singen eigentlich jeden Tag. Fernsehen oder Computer und solche Dinge haben wir ja nicht. Daher singen wir am Abend einfach.«

»Aber gleich siebenstimmig?!«, fragte Dylan skeptisch. »Es gibt in der gesamten Musikgeschichte nur eine Handvoll Bands, die siebenstimmig gesungen haben. *Toto* haben bei ihrem Welthit *Africa* im Refrain siebenstimmig gesungen. Und *The Eagles* haben ihren Song *Seven Bridges Road* siebenstimmig gesungen. Ich glaube, Pink Floyd hat auch mal so was gemacht. Und Queen mit ihrem Song Bohemian Rhapsody. Vielleicht noch zwei, drei andere. Aber das war's dann auch schon. Wisst ihr nicht, wie krass das ist, was ihr da eben gemacht habt?«

»Die meisten können bei den Amish gut singen«, meinte Malaika. »Wir neun können das vermutlich noch ein bisschen besser, weil wir damals eine Band waren. Wir haben jeden Abend stundenlang geprobt. Und da wir außer einer Gitarre keine anderen Instrumente hatten, haben wir eben mehrstimmig singen geübt, damit der Sound ein wenig voller klingt.«

»Ein wenig voller?!«, sagte Dylan fassungslos. »Was ihr da eben gebracht habt, ist Weltklasse! Da kann wohl kaum jemand mithalten. Jetzt weiß ich auch, wieso ihr beiden so geil singen könnt«, sagte Dylan zu Nuno und mir. »Ihr seid ja voll die Tiefstapler!«

»Weißt du, bei den Amish wird Angeberei nicht so gern gesehen«, erklärte Malaika.

»Dann lasst mal was hören von den Songs, die ihr damals in eurer Band so gesungen habt!«, forderte Dylan, und alle Menschen klatschten begeistert.

»Da müssten wir uns kurz absprechen«, sagte ich. »Wir haben schon lange nicht mehr zusammen musiziert.«

Wir gingen ein paar Meter weiter den Strand entlang, steckten die Köpfe zusammen und flüsterten, damit die Menschen uns nicht verstehen konnten.

»Ich schlage vor, wir singen etwas auf Latein und sagen, es sei eines unserer Kirchenlieder«, sagte ich. »Ich erfinde eine Melodie und einen Text, und ihr passt euch einfach an. Da sich die Menschen nicht ohne Zeitverzögerung an andere anpassen können, werden sie denken, dass wir diesen Song zuvor in unserer Band geprobt haben. Wenn wir Glück haben, lassen sie es dann auch bei diesem einen Song bewenden. Falls nicht, erfinde ich eben noch ein paar weitere.«

»Alles klar«, meinte Malaika. »So machen wir's.«

Wir stellten uns also vor die Gruppe im Halbkreis auf und fingen an zu singen. Damit das Lied die Story von Malaika stützte, sangen wir es ebenfalls wieder siebenstimmig.

Die Gruppe applaudierte begeistert.

»Nicht ganz meine Musik«, meinte Dylan. »Aber technisch war das einwandfrei! Es ist unfassbar, was ihr draufhabt bei den Amish. Einfach unfassbar! Ich würde sehr gerne mal ein paar meiner Songs mit euch gemeinsam singen. Wenn ich mir vorstelle, wie die siebenstimmig klingen, kriege ich jetzt schon eine Gänsehaut.«

»Das können wir gerne mal machen«, versprach Malaika. »Was die Delfine betrifft, so halte ich es eher für unwahrscheinlich, dass die heute noch auftauchen werden. Wären sie hier in dieser Bucht, wären sie vermutlich schon längst gekommen. Und wenn sie woanders sind, dann bleiben sie höchstwahrscheinlich auch über Nacht dort.«

»Sehr schade, aber vermutlich hast du recht«, meinte Linh ein wenig traurig.

»Dass unser Universum Leben hervorgebracht hat, war auch äußerst unwahrscheinlich. Und dennoch ist es geschehen«, sagte Marcus, um Linh zu trösten. »Ich würde die Delfine auch sehr gerne sehen.«

»Wir können ja einfach noch ein bisschen hierbleiben«, schlug ich vor. »Wer weiß? Vielleicht kommen sie ja doch noch.«

Daraufhin setzten sich alle wieder in den Sand. Da der Strand an dieser Stelle zu schmal war, um uns wie üblich alle in einen großen Kreis zu setzen, verteilten sich die 44 Personen in kleineren Grüppchen am Wasser entlang. Brian und ich saßen zusammen mit Marcus und Linh, was mich sehr freute, denn bisher hatte ich mit den beiden aufgrund ihrer früheren Sprechhemmung nicht viele Worte wechseln können. Ich freute mich daher sehr darauf, die beiden jetzt ein wenig besser kennenzulernen.

Es war sehr gemütlich am Strand um diese Uhrzeit. Der Sand war noch ein wenig warm von der Sonne des Tages, und der Mond tauchte das Meer in ein mystisches Licht. Es wehte nur eine schwache Brise, und die Brandung war relativ schwach an diesem Abend für diesen

Küstenabschnitt und damit relativ leise, sodass man sich gut unterhalten konnte.

»Warum ist es eigentlich so unwahrscheinlich, dass das Universum Leben hervorgebracht hat?«, wollte Brian von Marcus wissen.

»Na ja, da musste schon alles unglaublich exakt aufeinander abgestimmt werden, damit das wirklich klappen konnte«, antwortete Marcus. »Viele Wissenschaftler glauben deshalb, dass es einen Schöpfer geben muss, weil es so einen unfassbar unwahrscheinlichen Zufall eigentlich kaum geben kann. Ich halte einen Schöpfer ebenfalls für das wahrscheinlichste Szenario.«

»Du glaubst als Wissenschaftler an einen Schöpfer?!«, hakte Brian verwundert nach. »Das finde ich sehr interessant. Was musste denn da so genau abgestimmt werden?«

»Die Naturkonstanten«, antwortete er. »Das sind die fundamentalen Eigenschaften unserer Realität, die exakt genau so sein müssen, wie sie sind, damit unser Universum stabil ist und organisches Leben hervorbringen kann.«

»Was sind Naturkonstanten?«, fragte Brian ahnungslos.

»Zum Beispiel die Expansionsrate«, antwortete Marcus. »Nach dem Urknall und der kosmologischen Inflation musste das Universum mit einer ganz bestimmten Geschwindigkeit expandieren, um die Bildung von Sternen und Galaxien möglich zu machen. Hätte es sich auch nur ein klein wenig langsamer ausgedehnt, wäre die gesamte Materie aufgrund ihrer Gravitation wieder kollabiert und es hätte gar kein Universum gegeben. Hätte es sich hingegen schneller ausgedehnt, dann hätte sich die gesamte Materie zu weit im Raum verteilt und niemals Sterne, Planeten oder andere Strukturen bilden können. Die Expansionsrate musste mit einer Genauigkeit von 1 zu 10 hoch 57 stimmen, damit das Universum überhaupt Materie hervorbringen konnte. Es fällt mir da schwer, an einen Zufall zu glauben.«

»Was bedeutet 1 zu 10 hoch 57?«, wollte Brian wissen. »Ich bin nicht so der Mathematiker.«

»Stell dir vor, du wirfst eine Münze«, sagte ich, um ihm diese Zahl zu veranschaulichen. »Wie wahrscheinlich ist es, dass sie genau auf ihrer Kante landet und dort stehen bleibt?«

»Keine Ahnung«, antwortete er. »Äußerst unwahrscheinlich, würde ich mal sagen. Fast unmöglich.«

»Die Wahrscheinlichkeit von 1 zu 10 hoch 57 würde in etwa bedeuten, dass du die Münze über Tausende von Jahren hinweg wirfst und sie jedes Mal zufällig genau auf der Kante landet. Und das, ohne auch nur eine einzige Ausnahme viele Tausend Jahre lang!«

»Und das ist nur eine von vielen Naturkonstanten«, meinte Marcus. »Es gibt noch unzählige weitere. Und die mussten alle unglaublich exakt aufeinander abgestimmt werden, damit Leben entstehen konnte. Zum Beispiel das Verhältnis der elektromagnetischen Kraft zur starken Kernkraft. Eine Abweichung von nur 1 zu 10 hoch 40 würde bedeuten, dass Sterne wie unsere Sonne nicht existieren könnten, was die Grundlage für das Leben, wie wir es kennen, zerstören würde. 10 hoch 40 bedeutet, dass diese Zahl bis auf die vierzigste Stelle hinter dem Komma genau sein muss. Da müsstest du also wieder sehr viele Münzen werfen.

Oder die Masse eines Elektrons. Das Verhältnis der Protonenmasse zur Elektronenmasse muss mit einer Genauigkeit 1 zu 10 hoch 113 stimmen, sonst würden Atome nicht in der Weise funktionieren, wie sie es tun, und es gäbe wieder keine Materie, aus der wir bestehen könnten. Die Anzahl der Atome im gesamten beobachtbaren Universum wird übrigens auf 10 hoch 80 geschätzt. 10 hoch 113 wären dann zehn Quintillionen mal so viel, wie es Atome im Universum gibt. Da sitzt du noch in vielen Trillionen von Jahren da und wirfst deine Münze.

Oder die Feinstrukturkonstante«, fuhr Marcus fort. »Diese Zahl beschreibt die Stärke der elektromagnetischen Kraft. Diese Kraft ist verantwortlich für die Anziehung zwischen elektrisch geladenen Teilchen. Ihr Wert beeinflusst, wie Atome gebildet werden und wie sie miteinander interagieren, um Moleküle zu bilden. Wenn dieser Wert nicht bis auf die elfte Stelle hinter dem Komma genau wäre, würden gar keine Atome gebildet. Damit gäbe es wieder keine Materie und uns damit auch nicht. Die Wahrscheinlichkeit, dass die elektromagnetische Kraft bei der Entstehung des Universums genau diese Stärke annimmt, lag bei 1 zu 81 Milliarden. Also im Vergleich zu den anderen Zahlen nur bei 1 zu 10 hoch 11. Doch zum Vergleich: Die Wahrscheinlichkeit, einen Sechser im Lotto zu haben, liegt bei 1 zu 15,5 Millionen.

Oder die Gravitationskonstante«, fuhr Marcus fort. »Damit unser Universum beim Urknall nicht sofort wieder in sich zusammenfiel oder zerriss, musste die Gravitationskraft auf die 52igste Stelle hinter dem Komma genau sein.

Es gibt, wie gesagt, noch viele dieser Naturkonstanten. Wäre auch nur eine einzige davon nicht exakt genau so, wie sie ist, hätte sich kein stabiles Universum oder keine Materie bilden können. Dass die Sterne die Elemente erzeugen konnten, aus denen wir bestehen, ist daher so unglaublich unwahrscheinlich, dass es mir sehr schwerfällt, die Feinabstimmung aller Naturkonstanten als Zufall anzusehen. Im Grunde genommen gibt es auch nur zwei Möglichkeiten, wie man dieses Phänomen überhaupt erklären kann.

Entweder müssen fast unendlich viele Universen entstanden sein, die alle außer unserem dann sofort wieder kaputtgegangen sind, oder es gab einen Schöpfer, der die Feinabstimmung der Naturkonstanten genau so vorgenommen hat, wie sie bei uns sind. Und mir fällt es schwerer, an unendlich viele Urknalle zu glauben, als an einen Schöpfer. Aber das ist natürlich eine Glaubensfrage. Beweisen kann man weder das eine noch das andere.«

»Es könnte also aus wissenschaftlicher Sicht tatsächlich einen Gott geben, der das alles erschaffen hat«, sagte Brian.

»Ja, natürlich«, meinte Marcus. »Der Glaube an Gott

widerspricht nicht den Wissenschaften. Viele berühmte Wissenschaftler haben an Gott geglaubt. Albert Einstein sagte beispielsweise, dass die Gesetze der Physik Hinweise auf eine Art göttliche Ordnung geben. Doch die Existenz eines persönlichen Gottes, der das Leben der Menschen in irgendeiner Form beeinflusst, wollte er weder bejahen noch verneinen.«

»Das ist krass!«, meinte Brian. »Ich dachte bisher, dass die Wissenschaft mehr oder weniger das genaue Gegenteil von Religion darstellt.«

»Man kann einen Schöpfer weder beweisen noch widerlegen«, meinte Marcus. »Beides ist möglich. Es kann sein, dass es unendlich viele Universen gibt, die alle gleich wieder bei ihrer Entstehung zerstört wurden. Es kann aber auch genauso gut sein, dass da jemand die Entertaste gedrückt hat, um unser Universum genau so zu designen, wie es ist. Das eine würde das andere natürlich nicht ausschließen. Es kann theoretisch auch sein, dass der Schöpfer die Entertaste unendlich oft gedrückt hat, um auszuprobieren, welches Universum dann letztendlich funktioniert. Alles ist möglich.

Doch abgesehen von der unglaublichen Präzision, mit der die Naturkonstanten aufeinander abgestimmt sind, muss man sich meiner Meinung nach auch die Frage stellen, wie überhaupt ein ganzes Universum aus dem Nichts entstehen konnte. Und sollte es vor dem Beginn von Raum und Zeit bereits ein Etwas gegeben haben, so stellt sich die Frage, wer oder was dieses Etwas dazu veranlasst hat, ein Universum entstehen zu lassen.

Ich persönlich glaube an einen höheren Sinn des Lebens. Allerdings nicht an einen Gott, der in sieben Tagen die Welt erschaffen hat, mit Adam und Eva im Paradies. Und dass Eva daran schuld ist, dass wir dann aus dem Paradies vertrieben wurden, das glaube ich schon mal gar nicht. Frauen sind nämlich unnormal schlau!«, meinte er und gab Linh lächelnd einen Kuss.

»Ich finde es so schön, dass ihr beide jetzt so frei reden könnt«, sagte ich. »Einfach genial, dass das so plötzlich ging.«

»Es ist generell voll genial, wie sich alles in unserem Leben verändert hat, seit wir wissen, dass wir nichts mehr als Probleme beurteilen müssen«, meinte Linh. »Es ist einfach alles unglaublich viel einfacher. Und dass wir jetzt miteinander über alles reden können, ist natürlich das Beste überhaupt«, meinte sie und gab Marcus glücklichen einen Kuss.

»Ich würde gerne noch einmal auf die Geschichte mit dem Schöpfer zurückkommen«, sagte Brian. »Das ist gerade ein sehr spannendes Thema für mich. Ich war früher gar nicht spirituell. Ich habe eher an den Zufall geglaubt. Aber so wirklich Gedanken habe ich mir über das Leben und das Universum eigentlich nie gemacht. Mittlerweile zweifle ich jedoch wie du am Zufall«, sagte er zu Marcus. »Und was du da eben über die Feinabstimmung des Universums erklärt hast, bestätigt mir, dass meine Zweifel am Zufall durchaus berechtigt sein könnten. Ich fange ebenfalls an zu glauben, dass das Leben einen höheren Sinn haben könnte.«

»Sollte es tatsächlich einen Schöpfer geben, dann wäre davon auszugehen, dass er sich vermutlich auch bei alledem etwas gedacht hat«, meinte Linh. »Das wäre schon eine gigantische Zeit- und Energieverschwendung, wenn das alles keinen Sinn hätte.«

»Kennt ihr die Geschichte, die Mary uns bei Shameless in Paradise über den Großen Geist und den Sinn des Lebens erzählt hat?«, fragte Brian die beiden.

»Wir haben uns alle eure Gespräche im Internet angeschaut«, antwortete Linh. »Das war eine sehr interessante Geschichte. Hast du die echt einfach so aus dem Stegreif heraus erfunden?«, fragte sie mich.

»Ja, die war frei erfunden«, bestätigte ich. »Bei den Amish glauben wir eigentlich an etwas völlig anderes. Wobei ich sagen muss, dass ich damit immer schon meine Schwierigkeiten hatte. Ich tue mich schwer, an einen strafenden Gott zu glauben, der uns so erschaffen hat, wie wir sind, und uns dann trotzdem dafür bestrafen will, dass wir so unvollkommen sind, wie er uns erschaffen hat. Das ergibt aus meiner Sicht keinen Sinn. Aber die Amish glauben an den Himmel und die Hölle, als seien es echte Orte. Sie sehen den Himmel als die Belohnung für diejenigen an, die an Christus glauben und die Regeln der Kirche befolgen. Und die Hölle wird als der Ort gesehen, der auf diejenigen wartet, die Christus als Erlöser ablehnen und leben, wie es ihnen gefällt.

Die Amish legen sehr großen Wert auf Demut und Gemeinschaft und streben danach, ein Leben in Einfachheit, Demut und Dienst am Nächsten zu führen. Sie glauben, dass säkulare Kultur eine umweltschädigende Wirkung hat, die Stolz, Gier, Unmoral und Materialismus fördert. Daher könnte man sagen, dass sie an einen Gott glauben, der diejenigen bestraft, die gegen seine Gebote verstoßen oder die Regeln der Gemeinschaft missachten. Aber letztendlich basiert ihr Glaube auf Liebe, Gemeinschaft und Demut.«

»Diese Weltanschauung kommt mir ebenfalls sehr unlogisch vor«, meinte Brian. »Ich glaube, dass die Vorstellung von Himmel und Hölle eher als Maßnahme gedacht war, um den Menschen einen Anreiz zu geben, sich gegenüber anderen Menschen und der Natur anständiger zu verhalten, was ja grundsätzlich eine gute Sache ist. Ob man das jedoch mit Angst und Schrecken erzwingen muss, das wage ich dann doch zu bezweifeln. Das hat für mich mit Nächstenliebe nichts mehr zu tun. Und mit Willensfreiheit auch nicht.«

»Das sehe ich genauso«, meinte Marcus. »Ich fand Marys Geschichte auch sehr interessant, weil sie da mal einen ganz anderen Blickwinkel aufgezeigt hat, der dem Leben tatsächlich einen widerspruchsfreien höheren Sinn geben würde. Sogar dann, wenn man von der Existenz eines allmächtigen Schöpfers ausgeht. Wenn es so jemanden gibt, dann wird es auch für ihn einen Sinn gehabt haben, warum er das Universum erschaffen hat.

Die Menschen nur deshalb zu erschaffen, damit die sich dann an seine Gebote und Verbote halten, und sie zu bestrafen, wenn sie es nicht tun, wäre eine sehr dumme Verhaltensweise für ein superintelligentes Wesen. Was soll er davon haben? Die Menschen unvollkommen und fehlerhaft zu erschaffen und sie dann dafür zu bestrafen, dass sie unvollkommen und fehlerhaft sind?!

Wenn ich an solch eine strafende höhere Macht glauben würde, hätte ich sofort Angst, dass mir das Gleiche passiert wie Arjun. Er hat sich nur anderen Menschen unterworfen, um sie milde zu stimmen. Das ist ja schon übel genug, wenn man sich anschaut, wie leidvoll sein Leben dadurch war. Doch wenn ich an eine höhere Macht glauben würde, die mir eventuell etwas antut, wenn ich mich nicht an ihre Regeln halte, dann wäre meine Unterwerfung ja noch viel schlimmer. Als gottesfürchtiger Mensch müsste ich diese höhere Macht permanent milde stimmen – und zwar 24/7.

Auf der anderen Seite könnte diese höhere Macht aber natürlich auch meine Gedanken und Gefühle lesen. Und im Grunde genommen ist die eigene Unterwerfung, um einen Unterwerfer milde zu stimmen, ja eine Manipulationsmaßnahme. Wenn es diese strafende höhere Macht tatsächlich gäbe, dann würde ich solch eine Manipulation lieber mal unterlassen. Kann sein, dass sie nur desinteressiert mit den Achseln zuckt, doch wenn es wirklich eine strafende Macht wäre, dann könnte sie ja auch ganz anders. Sie könnte sich manipuliert oder gar verarscht fühlen. So oder so ist es kompletter Unfug, diese Macht manipulieren zu wollen. Ich denke, dass man sich damit nur selbst verarscht.

Und wie groß das Leid sein kann, das man sich durch solch eine chronische Unterwerfung selbst zufügen kann, haben wir ja bei Arjun gesehen. Und dabei ist es sicherlich egal, ob man sich jetzt Gott, den Göttern, dem Karma, dem Schicksal, dem Universum, der geistigen Welt, dem Leben oder wem auch immer unterwirft. Es wäre eine chronische Unterwerfung, von der man bewusst kaum etwas spürt, weil man zu diesem instinktiven Programm aus dem sozialen Gehirn keinen guten emotionalen Zugang hat. Man würde also zeit seines Lebens leiden, ohne zu wissen, warum eigentlich. Und ohne sich darüber im Klaren zu sein, dass diese Unterwerfung eine Manipulationsmaßnahme darstellt, mit der man versucht, einen allmächtigen Unterwerfer milde zu stimmen. Das ist wirklich grober Unfug.

Ich glaube, dass die meisten religiösen Weltanschauungen bei den Gläubigen mehr oder weniger zu solch einer chronischen Unterwerfung führen. Diese Weltanschauungen hatten zu Anfang sicherlich eine gute Absicht. So wie die Angst vor der Hölle und der Wunsch, in den Himmel zu kommen, die Menschen dazu bringt, sich anständiger zu verhalten. Aber eben, weil sie sich unterwerfen und nicht aus einer freien Willensentscheidung heraus. Und dass wir dann alle aus dem Paradies vertrieben wurden, weil Adam und Eva in den Apfel der Erkenntnis gebissen haben und deshalb alle Menschen bis in alle Ewigkeit in Erbsünde leben müssen, das glaube ich ebenfalls keine Sekunde lang. Das ist der gleiche Unfug wie mit der Unterwerfung.«

»Ja, das glaube ich auch nicht«, meinte Linh. »Aber ich muss gestehen, dass ich mir über solche Dinge nie sonderlich Gedanken gemacht habe. Ich stamme aus einer Familie von Atheisten. Doch ich konnte mich nie so wirklich damit anfreunden, dass alles nur auf Zufall beruhen und überhaupt keinen höheren Sinn haben soll. Ich habe das meiner Familie zuliebe mitgemacht, aber überzeugt war ich nie.«

»Die Vertreibung aus dem Paradies könnte eine passende Metapher für den Entwicklungsprozess sein, den das menschliche Bewusstsein durchläuft«, sagte ich.

»Und wofür würde diese Metapher stehen?«, wollte Brian wissen.

»Die Entstehung des Bewusstseins ermöglichte es einem Lebewesen erstmalig, über sich selbst nachzudenken«, erklärte ich. »Dabei wurde sich der Mensch irgendwann seiner Gefühle bewusst, und er erkannte, dass er mehr von den schönen und weniger von den unschönen Gefühlen haben wollte. Das war der Moment, an dem die Gefühlsziele entstanden sind. Ohne Bewusstsein gäbe es keine Gefühlsziele. Tiere ohne Bewusstsein verfolgen auch heute noch keine Gefühlsziele, obwohl sie ebenfalls glückliche Gefühle lieber mögen als schmerzliche. Die Gefühlsziele sind der Hauptgrund für unsere rote Brille, durch die hindurch selbst das grünste Paradies kackbraun aussehen kann.

Wir haben in dem Moment damit begonnen, uns selbst aus dem Paradies zu vertreiben, als wir uns die rote Brille aufgesetzt haben. Der Vertreibungsprozess läuft bereits über einen sehr langen Zeitraum hinweg und hält auch immer noch an. Wenn wir so weitermachen, werden wir uns letztendlich wirklich vom Antlitz dieser Welt selbst entfernen und damit metaphorisch gesprochen tatsächlich aus dem Paradies vertrieben.

Wir leben also noch immer im Paradies. Und so langsam fangen immer mehr von uns an, die rote Brille wieder abzusetzen und die Welt so zu sehen, wie sie tatsächlich ist. Und sie ist hellgrün! Auf diese Weise kehren wir sozusagen wieder ins Paradies zurück, das wir in Wirklichkeit nur in unserer Illusion verlassen haben.«

»Da ist was dran«, meinte Linh. »Aus dieser Perspektive würde diese Metapher mit dem Apfel der Erkenntnis tatsächlich einen Sinn ergeben.«

»Ich finde, auch die Schlange, die Eva verführt hat, ergibt als Metapher einen Sinn«, sagte ich. »Zumindest, wenn der Sinn des Lebens in die Richtung aus meiner Geschichte geht. Demnach sind wir alle hier, um einen Erfahrungsprozess zu durchlaufen, bei dem es um die freie Willensentscheidung zwischen Gut und Böse geht. Im Gegensatz zu den meisten religiösen Weltanschauungen ist es jedoch das höhere Wesen selbst, das diesen Prozess durchlaufen möchte. Es hat also nicht irgendwelche Geschöpfe losgeschickt. Es macht das alles selbst.

Wenn es solch einen Großen Geist tatsächlich gäbe und er annähernd unsterblich, allwissend und allmächtig wäre, dann würde dieses Wesen vermutlich in ganz anderen räumlichen und zeitlichen Dimensionen denken als wir. Doch stellen wir uns einmal vor, es wäre wirklich Gott, über den wir hier sprechen. Ein Wesen, das seit Anbeginn der Zeit existiert und es möglicherweise auch noch in unzähligen weiteren Universen tut. Für solch eine unendlich mächtige und allwissende Wesenheit wäre es völlig normal, sich selbst in jeder nur erdenklichen Hinsicht erfahren zu wollen. Und um sich selbst zu erfahren, braucht es Relativerfahrung. So wie man ja auch das Positive ohne das Negative nicht erfahren kann, wenn man keinen Vergleich hat.

Wenn dieses Wesen so mächtig und sein Geist so gigantisch wäre, dass es ganze Universen erschaffen kann, dann würde es diese Relativerfahrungen nicht nur anhand einiger repräsentativer Beispiele erleben wollen, sondern in allen denkbaren Varianten. Ich würde davon ausgehen, dass dieses Wesen dann nicht nur einen einzigen Planeten im gesamten Universum mit Leben beseelen würde. Es würde sicherlich unzählige lebendige Welten erschaffen und, wie gesagt, jede erdenkliche Relativerfahrung durchlaufen, die man sich überhaupt nur vorstellen kann.

Doch nehmen wir nur einmal die Erde. Wenn es dieses Wesen tatsächlich gäbe, dann würde es sicherlich den Erfahrungsprozess auf der Erde so gestalten, dass er über Milliarden von Jahren andauern kann. Auch bräuchte die Aufgabe mit der freien Willensentscheidung zwischen Gut und Böse einen sehr starken Antrieb, damit sie auch so lange funktionieren kann. Und sie müsste irre komplex und fast undurchschaubar sein, damit sie lange genug andauert.

Und diese Aufgabe bräuchte dann eben auch eine Verführung, damit sie funktioniert. Ohne eine Verführung, die uns ständig dazu bringt, das Falsche zu tun, könnten wir die Relativerfahrung zwischen Richtig oder Falsch, Gut oder Böse, Positiv oder Negativ gar nicht machen. Es wäre viel zu einfach, die Entscheidung zum Positiven zu treffen. Aus dieser Betrachtungsweise heraus könnten unsere Gefühlsziele diese Verführung darstellen.

Und wenn ich dieses überirdische Wesen wäre, dann würde ich sogar noch weiter gehen. Ich hätte den instinktiven Wunsch entstehen lassen, ein glückliches, erfülltes und erfolgreiches Leben führen zu wollen. Und ich hätte dafür gesorgt, dass dieser instinktive Wunsch im Großhirn unzählige Sollvorstellungen erzeugt, was man dazu alles haben und sein muss, was man dazu alles braucht und was man wollen soll.«

Ich sah, wie Linh und Marcus plötzlich sehr nachdenklich wurden. Ich sah mit anderen Worten, wie sich eine fundamentale Erkenntnis den Weg aus ihrem unbewussten System hinauf ins Bewusstsein bahnte.

»Das würde aber bedeuten, dass der instinktive Wunsch nach Glück, Erfolg und Erfüllung eher schädlich ist«, meinte Linh nachdenklich.

»Boah, ist das krass!«, meinte Marcus dazu sichtlich überfordert mit dem Gedanken. »Das würde tatsächlich bedeuten, dass diese Ziele allesamt schädlich sind. Mir haut das, ehrlich gesagt, gerade alle Sicherungen raus. Wieso habe ich das bisher noch nicht gesehen?! Die sind tatsächlich alle schädlich!«, erkannte er aufgelöst. »Genau wie die Gefühlsziele!«

»Ja, sie sind allesamt schädlich«, bestätigte ich seine

Erkenntnis. »Das heißt jedoch nicht, dass man kein glückliches, erfolgreiches und erfülltes Leben führen kann. Man darf sich das nur nicht zum Ziel setzen. Glück, Erfolg und Erfüllung sind Lebenswege, aber keine Lebensziele.

Der Unterschied ist nicht leicht zu verstehen. Ich hatte das bis dato auch nicht verstanden. Brian hat mich heute auf diesen Denkfehler aufmerksam gemacht. Bis dahin war ich ebenfalls der Meinung, dass man ein glückliches und erfülltes Leben als Zielsetzung anstreben sollte. Doch das ist definitiv ein Fehler. Ich habe das ebenfalls heute erst erkannt. Brian hatte also recht. Es ist schädlich, wenn man ein glückliches, erfülltes und erfolgreiches Leben führen möchte, so widersinnig das auch für unser Bauchgefühl klingen mag.

Wir werden dazu auch noch einen Workshop machen. Genau hier könnte jedenfalls die Verführung liegen. Instinktiv haben wir das Gefühl, dass wir mehr Glück, Erfolg und Erfüllung anstreben sollten, damit wir ein maximal glückliches, erfolgreiches und erfülltes Leben führen können. Doch wenn wir das tun, passiert letztendlich genau das Gegenteil. Es entstehen unzählige Sollvorstellungen, Müssen, unnötige Brauchens, schädliche Haben- und Seinwollens und unnötige Tunmüssens. Also letztendlich genau die gleichen Dinge, die auch durch unsere Gefühlsziele entstehen.

Oberflächlich betrachtet, sieht es aber erst einmal so aus, als wären wir auf dem richtigen Weg, wenn wir diese Ziele verfolgen. Denn zunächst erhalten wir oftmals tatsächlich mehr Glück, mehr Erfolg und mehr Erfüllung auf diesem Weg. Doch eben immer nur vorübergehend. Dann wendet sich das Blatt allmählich immer mehr, und es passiert Schritt für Schritt über die Jahre hinweg genau das Gegenteil, weil unsere Sollvorstellungen immer mehr gefühlten Mangel, Missstand und Probleme erzeugen.

Das zieht sich, wie gesagt, in der Regel über viele Jahre oder sogar Jahrzehnte hinweg, sodass man das Spiel nicht so leicht durchschauen kann. Und genau das könnte auch beabsichtigt sein, wenn diese Superintelligenz, von der wir sprechen, tatsächlich existiert und sie alle erdenklichen Varianten bei der Entscheidung zwischen Positiv und Negativ in dieser Erfahrungswelt erleben will.

Auch ist es in der Praxis gar nicht immer so leicht, auf den ersten Blick zu erkennen, was letztendlich gut und was schlecht ist. Man kann sich da leider nicht einfach an seinen Gefühlen orientieren. Dafür ist unsere Welt zu kompliziert. Nutzen und Schaden sind die einzigen Wegweiser, die wir dafür haben. Und um diese Wegweiser in der Praxis richtig zu verstehen, müssen wir oftmals die Komplexität unseres Lebens und längere Zeiträume berücksichtigen. Manchmal merkt man erst nach Monaten oder sogar Jahren, dass man sich selbst oder anderen Schaden zufügt, obwohl man nur Gutes tun wollte.

Manchmal waren es die Gedanken des Großhirns, die uns aufgrund unserer Unwissenheit in die falsche Richtung geführt haben, und manchmal waren es unser Reptiliengehirn und unser soziales Gehirn, die uns mit den

Gefühlen, die sie erzeugt haben, in die falsche Richtung haben laufen lassen. Keines der drei Gehirne kennt von vornherein den richtigen Weg. Nur das Leben selbst kennt ihn. Daher müssen wir einfach loslaufen und uns vom Leben führen lassen. Und das ist, wie gesagt, keine leichte Aufgabe, weil wir dabei sowohl die Komplexität unserer Innenwelt und unserer Außenwelt sowie größere Zeitabschnitte berücksichtigen müssen, um hier Klarheit zu erlangen, was letztendlich tatsächlich gut und was schlecht ist.

Wir haben das Glück, dass wir Sprache besitzen und uns über unsere Wege austauschen können, sodass nicht jeder Mensch alles selbst herausfinden muss. Wir sind ein großes Kollektiv, das auf diese Weise die Welt erforscht. Wir finden den richtigen Weg also gemeinsam. Keiner von uns muss seinen Weg allein gehen. Auch dieser hohe Schwierigkeitsgrad wäre dann erforderlich, damit die Entwicklung des Bewusstseins hin zum Positiven lange genug andauern kann, um alle dies betreffenden Erfahrungen zu durchlaufen.

Natürlich sind diese Gedanken über den höheren Sinn des Lebens nur Spekulationen. Doch eines ist auf jeden Fall real. Unser instinktives Streben nach Glück, Erfolg und Erfüllung lenkt uns immer wieder in die schädliche Richtung und lässt uns so, metaphorisch gesprochen, ständig in den Apfel beißen. Doch zweifellos entwickelt sich das Bewusstsein der Menschheit über die Jahrmillionen durch die negativen Erfahrungen, genauso wie durch die positiven, immer weiter in die richtige Richtung. Wir finden also unseren Weg. Es dauert nur eine Weile.«

»Es wäre schon ein bisschen fies, wenn uns ein allmächtiger Schöpfer so unvollkommen erschaffen hätte, wie wir sind, und uns dann in so eine irre komplizierte Welt gesetzt hätte«, meinte Linh.

»Das wäre es, wenn diese Superintelligenz uns als außenstehende Wesen geschaffen hätte«, erwiderte ich. »Wenn sie uns jedoch nicht erschaffen hat, sondern sich nur in uns verkörpert, wir also alle zusammen diese kollektive Superintelligenz wären, dann wäre es damals unsere eigene freie Willensentscheidung gewesen, dass wir das erleben wollen. Wir hätten diese Entscheidung dann nur vergessen.«

»Wie dem auch sei«, meinte Marcus. »Egal, ob es jetzt solch ein höheres Wesen geben sollte oder nicht, feststeht doch offensichtlich, dass es tatsächlich schädlich ist, wenn wir Glück, Erfolg und Erfüllung anstreben. Und das haut mich jetzt echt gerade weg. Ich habe mein gesamtes Leben lang nichts anderes getan.«

»Das zu korrigieren, ist aber keine große Herausforderung mehr für uns«, erklärte ich. »Wir haben mit den 3Gs und der Erkenntnis, dass es keine echten Probleme gibt, unseren Weg zu einem glücklichen, erfolgreichen und erfüllenden Leben gefunden. Wir müssen dabei nur noch aufpassen, dass wir das nicht nur deshalb tun wollen, um dann ein glückliches und erfülltes Leben zu führen. Denn dann degradieren wir die Tunwollens zum Mittel zum Zweck. Doch das sind sie nicht. Die 3G-

Tunwollens sind als instinktiver Antrieb wesentlich tiefer in uns veranlagt als der bewusste Wunsch unseres Großhirns, sich glücklich und erfüllt fühlen oder ein glückliches, erfolgreiches und erfülltes Leben führen zu wollen. Aber wie gesagt, darüber werden wir dann in einem Workshop noch ausführlich sprechen.«

»Kannst du das vielleicht vorab kurz umreißen, wieso diese Antriebe tiefer in uns veranlagt sind?«, bat Marcus.

»Das hat mit der selektiven Auslese bei unserer Evolution zu tun«, erläuterte ich. »Die elementaren Tunwollens wie Essen, Schlafen, Kooperieren und so weiter, die uns am Leben halten, sind entstanden, weil es einen Überlebensvorteil hatte, diese Motive zu verfolgen. Das instinktive Bedürfnis, diese Tunwollens befriedigen zu wollen, ist durch Genmutation entstanden und wurde dann von Generation zu Generation aufgrund des selektiven Vorteils weitervererbt.

Das Reptiliengehirn und das soziale Gehirn wissen jedoch gar nicht, warum sie diese Tunwollens überhaupt tun wollen. Sie wollen es, weil das Bedürfnis danach in unsere Gene geschrieben ist. Dass es dabei letztendlich um einen Überlebensvorteil geht, ist den beiden nicht bewusst, denn ein Bewusstsein haben sie nicht. Das Großhirn kann sich den Sinn hinter diesen Tunwollens zusammenreimen, doch die anderen beiden Gehirne wollen es einfach, weil die Gene es ihnen sagen. Sie wissen also nicht, warum sie es wollen.

Die Tunwollens sind unsere elementarsten Grundantriebe. Es gibt keine Antriebe mehr hinter den Grundantrieben. Zumindest nicht im Reptiliengehirn und im sozialen Gehirn. Das Großhirn kann jetzt natürlich wieder mit seinen Gefühlszielen ankommen oder auch mit seinen Haben- und Seinwollens und so tun, als seien diese Ziele wichtiger als die elementaren Tunwollens. Doch das ist in Wirklichkeit nicht der Fall. Die Tunwollens sind elementar. Das Reptiliengehirn und das soziale Gehirn wollen diese Dinge also nicht tun, damit sie sich gut fühlen. Es ist umgekehrt. Sie erzeugen alle Gefühle, damit die Tunwollens dann getan werden.

Wenn das Großhirn diese natürliche Ordnung auf den Kopf stellt, indem es seiner Vorstellung von Glück, Erfolg und Erfüllung eine höhere Priorität gibt als den instinktiven Tunwollens, funktioniert das ganze System nicht mehr richtig. Anstatt glücklicher zu werden, wird man über die Jahre und Jahrzehnte dann automatisch immer unglücklicher. Den Sollvorstellungen des Großhirns eine höhere Priorität zu geben als den Tunwollens, ist einfach gegen die Natur. Daher ist es auch schädlich, so etwas zu tun. Auch hier könnte man es so sehen, dass das Leben dem Menschen mit den Erfahrungen von Glück und Leid dabei hilft, das irgendwann zu erkennen.«

»Das ist echt nicht leicht zu durchschauen«, meinte Marcus. »Und diese Versuchung ist wirklich groß. Und es fühlt sich so richtig an, Glück, Erfolg und Erfüllung anzustreben. Kaum zu glauben, dass das dann letztendlich doch komplett in die falsche Richtung geht. Vom Kopf her verstehe ich natürlich, dass da genau das Gleiche passiert wie bei unseren Gefühlszielen, doch vom

Gefühl her fühlt sich das wirklich total anders an. Es fühlt sich fast so an, als wäre diese Versuchung echt so gewollt, damit es viele Jahrtausende oder sogar Hunderttausende von Jahren dauert, bis eine Spezies das durchschauen kann. Da frage ich mich doch wieder, ob das wirklich Zufall sein kann.«

»Ja, das frage ich mich wirklich auch«, meinte Brian. »Doch auf jeden Fall habe ich schon einmal beschlossen, die Entscheidung zum Positiven als Tunwollen dem Bild meines Lebensweges als Symbol hinzuzufügen. Egal, ob das nun der Sinn unserer Daseinsform ist oder nicht. Ich spüre aus meinem tiefsten Inneren heraus, dass ich das einfach tun will. So wie Mary das eben erklärt hat. Es ist ein elementares Tunwollen, für das ich keinen weiteren Grund mehr brauche. Ich würde das sogar dann tun wollen, wenn es schlechte Gefühle in mir auslösen würde. Tut es aber natürlich nicht. Doch selbst wenn, mein Entschluss steht fest. Ich will mich zum Positiven entscheiden. Und das 20 000-mal jeden Tag.«

»Und was nimmst du für ein Symbol?«, wollte Linh wissen.

»Ich habe in meinem Bild überall Wegweiser aufgestellt«, meinte Brian. »Auf meinem Lebensweg gibt es viele Weggabelungen, die für meine Lebensentscheidungen stehen. Direkt an meinen Gabelungen selbst stehen zwar nicht immer solche Wegweiser, weil man den richtigen Weg ja auch nicht immer gleich erkennen kann, doch wenn ich den Weg ein Stück weiterlaufe, kommen dann irgendwann immer mehr dieser Wegweiser.

Zu Anfang sind es erst einmal kleinere Hinweisschilder, auf denen nützlich oder schädlich steht. Die sind teilweise ein wenig versteckt, sodass man sie leicht übersehen kann. Doch wenn ich den Weg weitergehe, werden diese Schilder immer größer, bis irgendwann deutlich zu erkennen ist, ob ich in Richtung Glück oder in Richtung Leid laufe. Und dann kann ich ja immer noch umdrehen und zurück zur Weggabelung gehen, um einen anderen Weg zu wählen. Das Schöne ist, dass beide Wegweiser wertvoll sind. Sowohl die Wegweiser, die mir zeigen, dass ich ins Leid laufe, als auch die Glückswegweiser.

Ich habe natürlich keine 20 000 Wegweiser aufgestellt, denn so oft gibt uns das Leben ja keine klaren Hinweise auf Nützlichkeit oder Schädlichkeit. Aber es sind schon eine Menge. Jedenfalls ist in meinem Bild klar, dass es gar nicht so schwierig ist, den richtigen Weg zu finden, wenn man nicht alle Hinweisschilder komplett ignoriert.

Dann habe ich aber auch viele Schilder aufgestellt, die mich in die falsche Richtung lenken sollen, so wie die Gefühlsziele oder die Ziele Glück, Erfolg und Erfüllung. Diese Schilder symbolisieren also die Versuchung. Sie sind aber bei genauerer Betrachtung gut von den richtigen Wegweisern zu unterscheiden. Vor allem, wenn da mehrere Begriffe draufstehen wie Glück und Erfolg oder Glück und Erfüllung oder Erfolg und gute Gefühle und so weiter. Wenn was mit Gefühlen draufsteht, weiß ich ja schon von vornherein, dass es Irrwege sind.«

»Bei mir sind es immer die Schilder, wo *besser fühlen*

draufsteht«, meinte Linh. »Ich glaube, das ist bei mir die größte Versuchung überhaupt. Ich habe mich den größten Teil meines Lebens unzufrieden und unglücklich gefühlt und sehr lange nicht erkannt, warum das so ist. Ich dachte schon, es sei angeboren oder irgendeine Stoffwechselstörung in meinem Gehirn oder so. Erst beim heutigen Workshop ist mir klar geworden, dass es mir so gut wie immer nur um meine Grundstimmung ging. Ich wollte mich grundsätzlich besser fühlen, weil ich mich eben nicht gut fühlte. Das zu wollen, schien mir bisher etwas Sinnvolles zu sein. Nie wäre ich auf die Idee gekommen, dass genau das der Grund war, warum ich mich den größten Teil meines Lebens unglücklich gefühlt habe. Diese Versuchung hat mich verdammt lange in die falsche Richtung geführt. Da werde ich zukünftig auf jeden Fall ein Auge drauf haben.«

»Bei mir waren es die Schilder *Glück* und *Erfolg*«, meinte Brian. »Da muss ich dann jetzt auch immer genauer hinschauen und das Kleingedruckte lesen. Denn auf jedem Schild steht auf der Rückseite eine Erklärung, warum dieser Weg ins Glück oder zum Erfolg führen soll. Das ist ja auch in Wirklichkeit so. Wenn man bei einem Entscheidungsimpuls nachspürt, was man sich von einem bestimmten Weg genau verspricht, dann merkt man ja sehr schnell, worum es einem dabei letztendlich wirklich geht. Daher kann man die Versuchungen eigentlich recht leicht von den echten Wegweisern unterscheiden. Bei dir steht auf der Rückseite eines Versuchungsschildes drauf, dass man auf diesem Weg bessere Gefühle erreichen oder schlechte vermeiden kann. Jetzt weißt du, dass das eine Verarsche war, und wirst nicht mehr darauf reinfallen.«

»Ich glaube, bei mir sind es die *Habenwollens* und vor allem die *Seinwollens*, die meine größte Versuchung darstellen«, meinte Marcus. »Und da kann ich mir ja auch anschauen, ob das wirklich sinnvolle Sein- und Habenwollens sind oder ob es nur Ziele sind, die ich mir aufgrund meiner Unwissenheit in der Vergangenheit irgendwann ausgedacht hatte, die aber in Wirklichkeit gar nichts bringen und nur unnötig hohe Sollvorstellungen und damit gefühlten Missstand und gefühlte Probleme schaffen.«

»Man muss sich bei den fraglichen Schildern immer nur den Grund anschauen, warum man in diese Richtung laufen soll«, meinte Brian. »Doch falls man das mal nicht tut, ist das natürlich auch nicht schlimm. Denn auf dem Weg kommen ja noch sehr viele Schilder, die uns aufzeigen, ob wir in die richtige oder die falsche Richtung laufen. Man muss daher aus den einzelnen Hinweisschildern keine Wissenschaft machen. Aber es lohnt sich auf jeden Fall, gelegentlich mal genauer auf die Rückseite zu schauen. Vor allem, wenn es Hinweise darauf gibt, dass man eventuell bereits in der falschen Richtung unterwegs ist.

Als ich diese Symbole eben bei unserem Workshop in das Bild meines Lebensweges integriert habe, hatte ich sofort das Gefühl, dass es sehr einfach ist, den richtigen Weg im Leben zu finden. Ich erkannte noch ein weiteres Symbol, das sich irgendwie von selbst in mein Bild integriert hatte. Offenbar muss das mein unbewusstes System getan haben.

Ich habe plötzlich überall auf meinem Lebensweg einen Lichtstrahl gesehen, der mir den richtigen Weg zeigt. Und dieses Licht sehe ich auf meinem Lebensweg andauernd und überall. Tatsächlich alle paar Sekunden. Es symbolisiert offenbar meinen Beschluss, alles positiv sehen zu wollen, was ich nicht negativ sehen muss. Das ist für mich die eigentliche Entscheidung zum Positiven, die mich 20 000-mal pro Tag dazu bewegt, das Richtige tun zu wollen. Dieser Beschluss macht es mir sehr leicht, meinen Weg zu finden. Die Wegweiser sind eine zusätzliche Sicherheit. Aber das meiste macht der Beschluss und damit mein Lichtstrahl.

Ich hatte bereits bei Shameless in Paradise diesen Beschluss gefasst. Doch jetzt ist er sehr viel umfassender. Damals ging es nur um positive und negative Annahmen. Jetzt geht es um meine gesamte Sichtweise meiner Gegenwart, meiner Vergangenheit und meiner Zukunft. Es geht um meine Problem-, Missstands- und Wohlstandsbeurteilungen – und das sowohl in meiner Innenwelt als auch in meiner Außenwelt. Es geht einfach um alles. Mein Beschluss beeinflusst, wie gesagt, alle meine 20 000 täglichen Entscheidungen. Ich habe mich generell dazu entschieden, die Welt positiv zu sehen, wann immer ich sie nicht negativ sehen muss, und dann auch positiv zu handeln und damit Gutes zu tun. Und das hat sich von selbst in mein Bild in Form dieses Lichtstrahls integriert.«

»Das hört sich echt toll an«, meinte Linh. »Ich glaube,

ich integriere diesen Beschluss und auch die Wegweiser jetzt ebenfalls in meinen Lebensweg. Das fühlt sich einfach richtig an.«

Linh und Marcus taten das dann gleich beide. Als sie damit fertig waren, strahlten sie regelrecht. Das war sehr schön, mit anzusehen. Wir saßen nach diesem Gespräch noch lange am Strand und unterhielten uns. Die Delfine tauchten zwar nicht mehr auf an diesem Abend, doch das war auch nicht schlimm. Die Stimmung war trotzdem magisch. Auch die anderen hatten am Strand damit weitergemacht, für ihre bereits gefundenen 3G-Tunwollens weitere Symbole zu suchen und sie in ihren persönlichen Lebensweg zu integrieren. Dadurch entstand eine immer positivere Erwartungshaltung für die Zukunft und somit auch eine sehr positive Grundstimmung, die man in der Luft förmlich spüren konnte.

Erst gegen 23 Uhr machten sich unsere 15 Nerds mit zwei Großraumtaxis auf den Rückweg zum NSA-Stützpunkt. Die meisten von uns gingen dann schlafen. Brian und ich blieben noch am Strand. Wir legten uns auf die Chillout-Lounge, was sofort wunderschöne Erinnerungen in mir wachrief. Hier hatten wir zum ersten Mal eine ganze Nacht lang miteinander gekuschelt. Und hier hatte er mich zum ersten Mal geküsst. Damals war jedoch das Sex-Zentrum in meinem Reptiliengehirn deaktiviert gewesen, weshalb ich keine leidenschaftlichen Gefühle empfinden konnte. Doch es war unser erster richtiger Kuss gewesen.

Wir schwelgten beide in Erinnerungen. Dann montierte Brian das Dach der Lounge wieder ab, damit wir die Sterne sehen konnten. Er wollte den Stern finden, den er mir damals als romantische Geste geschenkt hatte. Damals hatte ich das noch nicht so richtig verstanden, doch jetzt empfand ich diese Geste als unglaublich berührend.

Brian hatte Schwierigkeiten, meinen Stern zu finden. Ich zeigte ihm diesen funkelnden Punk schließlich und erklärte ihm, dass dies nicht nur ein einzelner Stern war. Brian hatte mir in Wirklichkeit eine ganze Galaxie geschenkt. Er konnte jedoch nicht genau erkennen, auf welchen Punkt ich zeigte. Daher kam er näher, um meinem Fingerzeig aus meinem Blickwinkel heraus präziser folgen zu können.

Als Brian näher kam, spürte ich sofort eine wohlige Wärme in mir aufsteigen. Seine Nähe war sehr vertraut und doch dieses Mal irgendwie anders. »Hier ist meine Galaxie«, flüsterte ich, als er sein Gesicht direkt an meines lehnte, um meinem Fingerzeig zu folgen.

»Danke«, flüsterte er und nahm seinen Blick vom Himmel, um mich anzusehen. In seinen Augen lag ein Ausdruck, den ich nicht deuten konnte – eine Mischung aus Sehnsucht und Verlangen, die auch in mir aufkeimte.

In diesem Moment, unter dem glitzernden Sternenhimmel, umgeben von der sanften Brise des Meeres und der Liebe, die zwischen uns pulsierte, spürte ich, dass etwas Besonderes in der Luft lag. Etwas Magisches, das diesen Moment zu etwas ganz Besonderem machte.

»Mary Soul«, sagte Brian sanft und voller Emotionen,

während er meine Hand zärtlich umschloss, mit der ich auf meine Galaxie zeigte. »Seit dem Tag, an dem ich dich das erste Mal getroffen habe, wusste ich, dass du die Frau bist, mit der ich mein Leben verbringen möchte.«

Ich wusste nicht, warum, doch die Tatsache, dass er meinen vollständigen Namen genannt hatte, berührte den innersten Kern meiner Seele. Mein Herz fing plötzlich an, viel schneller zu schlagen, als ich spürte, wie seine Hand sich enger um meine schloss.

»Ich fühle das Gleiche für dich«, sagte ich berührt und irgendwie emotional überfordert von dieser Situation.

Brian stützte sich auf und sah mir tief in die Augen. »Mary Soul«, hauchte er sanft, seine Lippen nur wenige Zentimeter von meinen entfernt. »Willst du mich heiraten?«

»Ja, das will ich«, flüsterte ich, meine Stimme von Emotionen erstickt, ohne zu verstehen, warum das gerade geschah. Doch in diesem Moment wurde ich von einer Welle magischer Liebe überflutet, wie ich sie bisher noch nicht erlebt hatte.

Brian beugte sich langsam vor, bis sich seine Lippen sanft und zärtlich auf meine legten. Es war ein Kuss voller Zärtlichkeit und Hingabe, der die Luft um uns herum elektrisierte. Die Welt schien für einen Moment stillzustehen. Ich schloss meine Augen und gab mich der unendlichen Liebe hin, die mein Herz erfüllte. Hand in Hand und Herz an Herz, versanken wir in der Magie unserer Liebe und der Schönheit dieses Augenblicks, der für immer in unseren Herzen bleiben würde.

Kapitel 11:

Es gibt nichts Gutes, es sei denn, man tut es

Als ich am nächsten Morgen erwachte und Brian neben mir schlafen sah, war ich immer noch erfüllt von der magischen Liebe, die wir in der Nacht geteilt hatten. Auch freute ich mich sehr darauf, den anderen von unseren Hochzeitsplänen zu erzählen. Mir war klar, dass das Heiraten nur ein menschliches Ritual war, doch mir bedeutete dieses Ritual gerade die Welt. Warum, konnte ich mit meinem Engelsbewusstsein zwar nicht nachvollziehen, doch meine Menschenseele schien es irgendwie zu wissen.

Brian erwachte dann auch gleich, als ich aufstand, um ins Bad zu gehen. Ich überlegte kurz, ob ich mich neu materialisieren sollte, entschied mich jedoch dafür, lieber duschen zu gehen. Eine Entscheidung, die ich nicht bereuen sollte, denn es dauerte keine zwei Minuten, da stand Brian zusammen mit mir unter der Dusche.

Theoretisch hätte ich am liebsten gleich noch einmal Sex mit ihm gehabt, doch wir hatten uns die halbe Nacht hindurch geliebt, und Brian musste seine Batterien erst wieder aufladen, wie er meinte. Daher schmusten wir nur unter der Dusche, was sich aber auch unglaublich grün anfühlte.

Kurz darauf gingen wir runter zu den anderen, die schon seit geraumer Zeit am Frühstückstisch saßen. Dieses Mal waren Brian und ich die Letzten. Sogar Dylan saß bereits am Tisch, der normalerweise unser Nachzügler war.

Brian verkündete dann auch gleich, dass wir heiraten würden, was alle zu einem begeisterten Applaus veranlasste. Danach gratulierten sie uns beiden noch einmal einzeln mit einer herzlichen Umarmung.

Es war eng geworden an unserem Frühstückstisch. Da, wo wir ursprünglich bei Shameless in Paradise zu zwölft am Tisch gesessen hatten, mussten jetzt 29 Personen unterkommen. Aber es ging. Ich mochte es eigentlich sehr gerne, wenn wir uns alle auch körperlich nahe waren. Ich hatte auch den Eindruck, dass einige unserer Menschen vor allem die Nähe zu unseren Secret-Angels suchten. So genoss es Isaac offensichtlich sehr, neben Malaika zu sitzen. Greg war heute wieder als Beauty-Queen unterwegs und saß wie immer neben Nuno. Ich war sehr gespannt, wie es mit den beiden weitergehen würde, wenn Nuno in die Geschlechtsreife kommen würde. Doch noch schien das nicht der Fall zu sein.

Um Angelo schienen sich gleich zwei Frauen zu bemühen, hatte ich den Eindruck. Er saß eng eingekeilt zwischen Emily und Maya, die sich ständig aus irgendeinem Vorwand über ihn beugten und ihm auf diese Weise körperlich sehr nahe kamen.

Beim Frühstück wurde wieder über unseren gestrigen Workshop gesprochen und über die Lebenswerte, die sie als Symbole in ihren persönlichen Lebensweg eingefügt hatten. Mit dem Finden der Symbole taten sich alle sehr leicht. Doch das Finden der Tunwollens bereitete vielen noch Schwierigkeiten.

»Wir können ja einfach einmal ein paar Lebenswerte gemeinsam durchgehen«, schlug ich vor. »Wir unterteilen sie dann immer in ihre Habenwollen-, Seinwollen- und Tunwollen-Komponente. Nehmen wir zum Beispiel das Mitgefühl. Das ist etwas, was unser aller Leben bereichert. Hier würde ich beispielsweise die Fähigkeit, sich in andere Menschen hineinzuversetzen und ihre Emotionen zu verstehen, als Habenwollen bezeichnen. Als Seinwollen würde mir spontan einfallen, ein mitfühlender und einfühlsamer Mensch sein zu wollen. Und beim Tunwollen wären wir dann wieder bei den Dingen, die wir gestern dem sozialen Rückhalt zugeordnet hatten.

»Oder Fairness«, schlug ich als weiteres Beispiel vor. »Das ist ja auch ein wichtiger Lebenswert. Als Habenwollen würde ich hier die Gerechtigkeit benennen. Das Seinwollen könnte darin bestehen, ein fairer und gerechter Mensch sein zu wollen, und als Tunwollen würde ich gerecht handeln, faire Entscheidungen treffen und anderen gleiche Chancen und Behandlung ermöglichen wollen.

Oder Großzügigkeit, um ein weiteres Beispiel eines wichtigen Lebenswertes zu benennen. Hier könnte ich die Möglichkeit haben wollen, großzügig sein und anderen helfen zu können. Ich könnte dann auch eine großzügige und freigiebige Person sein wollen. Und auf der Ebene der Tunwollens könnte ich großzügig handeln wollen sowie Zeit, Ressourcen oder Unterstützung für andere bereitstellen. Ich könnte Gutes tun, ohne eine Gegenleistung zu erwarten.«

»Für mich wäre Harmonie ein sehr wichtiger Lebenswert«, meinte Sophia. »Wie würdest du diesen Wert in Haben-, Sein- und Tunwollens unterteilen?«

»Das Habenwollen könnte darin bestehen, ein Leben führen zu können, das von Frieden und Harmonie geprägt ist«, antwortete ich. »Als Seinwollen würde ich beispielsweise ansehen, in Harmonie mit mir selbst und meiner Umgebung zu sein. Und mein Tunwollen würde darin bestehen, aktiv dazu beizutragen, ein harmonisches Umfeld zu schaffen, Konflikte zu lösen und positive zwischenmenschliche Beziehungen zu pflegen.«

»Für mich ist Integrität und Ehrlichkeit wichtig«, meinte Isaac.

»Hier könnte man es beispielsweise als Habenwollen ansehen, Integrität und Ehrlichkeit in allen Lebensbereichen haben zu wollen. Dann könnte man selbst eine integre und moralisch aufrechte Person sein wollen. Und als Tunwollen dann nach guten zwischenmenschlichen Prinzipien und Werten authentisch und integer handeln.«

»Wie würdest du Leidenschaft unterteilen?«, fragte Dylan.

»Das Habenwollen könnte beispielsweise darin bestehen, starke Emotionen und Leidenschaften für bestimmte Aktivitäten oder Ziele zu empfinden. Dann könnte man eine leidenschaftliche und enthusiastische Person sein wollen. Und sich dann beim Tunwollen in Aktivitäten stürzen, die Leidenschaft entfachen und Freude bereiten, ohne Rücksicht auf äußere Belohnungen.«

»Du würdest starke Emotionen für bestimmte Aktivitäten und Ziele haben wollen?«, hakte Brian verwundert nach.

»Nein, das wäre ja schädlich, wenn ich das tatsächlich haben wollte«, sagte ich. »Das ist ein eindeutiges Gefühlsziel. Die Beispiele, die ich genannt habe, waren keine sinnvollen Haben- und Seinwollens. Es waren nur Beispiele für Haben- und Seinwollens, wie sie die meisten Menschen verfolgen. Die meisten von mir genannten Haben- und Seinwollens wären sicherlich eher schädlich.

Es wäre zum Beispiel schädlich, in jeder Lebenssituation Gerechtigkeit haben zu wollen oder ein Leben zu führen, bei dem man großzügig sein kann, oder ein Leben zu haben, das von Frieden und Harmonie geprägt ist. Das sind alles Werte, welche die meisten Menschen gerne haben wollen. Doch in der Praxis wirken sich alle diese Habenwollens eher schädlich aus, weil sie zum einen vom Reptiliengehirn und dem sozialen Gehirn gar nicht als Haben- und Seinwollen verstanden werden, wodurch es automatisch wieder zu Missverständnissen zwischen den Gehirnen kommen kann. Und zum anderen setzen diese Haben- und Seinwollens auch wieder extrem hohe Sollmaßstäbe – und zwar ohne vernünftige Relevanzbeurteilung. Das führt schnell zur Prinzipienreiterei, weshalb es dann im Alltag sehr schnell zu Missstandsbeurteilungen oder sogar Problembeurteilungen kommen kann.

Respekt gehört ebenfalls zu den Habenwollens, die oftmals große Schwierigkeiten bereiten, weil es dann schnell nur noch ums Prinzip geht. Man will dann respektiert und wertgeschätzt werden. Die meisten Menschen sind der Meinung, dass ihnen Respekt zusteht. Sie greifen deshalb jeden an, der ihnen nicht den gebührenden Respekt zollt. Selbst dann, wenn sie selbst gar nicht über das Tunwollen verfügen, anderen Respekt und Anerkennung entgegenzubringen. Ein nützliches Tunwollen würde hier darin bestehen, selbst respektvoll mit anderen umgehen zu wollen, ihre Meinungen und Bedürfnisse zu respektieren und sie als gleichwertige Individuen behandeln zu wollen.

Sinnhaftigkeit wäre ein weiteres Habenwollen, das sehr viele Menschen völlig übertreiben und sich damit unglücklich machen«, sagte ich. »Viele Menschen entwickeln aufgrund dieses Habenwollens eine Depression, wo ihnen das Leben immer unsinniger vorkommt. Ein sinnvolles Tunwollen könnte hier in den 3Gs bestehen – also etwas zu finden, womit man der Welt etwas Gutes tun kann, was man dann auch gerne tut und auch gut genug kann.«

»Wie ist das bei Zufriedenheit?«, fragte Linh. »Wie du weißt, war das bisher immer mein Stolperstein. Ich war vor allem mit meinen Gefühlen nicht zufrieden.«

»Zufriedenheit ist ein Habenwollen, das sich bei den meisten Menschen sehr schädlich auswirkt«, sagte ich. »Auch ein zufriedener Mensch sein zu wollen, kann sehr schädlich sein. Zufriedenheit entsteht nur, wenn man seinen Sollmaßstäben gerecht wird. Hier gibt es dann zwei Möglichkeiten. Entweder man korrigiert seine falschen Sollmaßstäbe, was nur sehr wenige Menschen tun, oder man versucht seine Sollmaßstäbe zu erfüllen.

Bei den meisten Menschen erhöht dieser Lebenswert als Haben- oder Seinwollen die gefühlte Wichtigkeit ihrer Sollmaßstäbe, wodurch schnell die emotionale Schwelle zur Notwendigkeit überschritten wird. Und da sie im Laufe ihres Lebens sehr viele schädliche Sollmaßstäbe angenommen haben, bringt dieser Lebenswert als Haben- oder Seinwollen für diese Menschen sehr viele gefühlte Notwendigkeiten mit sich.

Ein sinnvolles Tunwollen könnte hier beispielsweise darin bestehen, die vielen falschen Sollmaßstäbe loslassen zu wollen. Wann immer man sich unzufrieden fühlt, könnte man schauen, ob der Sollmaßstab, der dieses Gefühl verursacht hat, sinnvoll oder unsinnig ist.«

»Und wie ist das mit Begeisterung?«, fragte Dylan. »Das wäre einer meiner wichtigsten Lebenswerte gewesen. Jetzt bin ich unsicher, ob ich mir damit nicht ein Eigentor schieße.«

»Das ist tatsächlich ebenfalls ein schädliches Habenwollen«, antwortete ich. »Du könntest beispielsweise ständig die Möglichkeit in deinem Leben haben wollen, leidenschaftlich und enthusiastisch zu sein. Oder du würdest ein begeistertes und leidenschaftliches Naturell haben wollen. Beides setzt wieder unnötige Sollmaßstäbe, die im Alltag dann ständig zu Negativbeurteilungen führen können. Das muss natürlich nicht sein.

Auf der Tunwollen-Seite könntest du dich einfach auch in Aktivitäten vertiefen, die Begeisterung und Leidenschaft in dir entfachen, weil du etwas sehr Wertvolles tust, was du gerne machst und auch gut kannst. Die 3Gs bringen also ganz von selbst Begeisterung hervor. Doch man darf die 3Gs nicht dafür benutzen, irgendwelche Ziele zu erreichen. Die 3Gs sind tief in unserer Seele veranlagte Tunwollens, die wir nicht tun wollen, um damit etwas zu erreichen – weder irgendwelche schönen Gefühle noch irgendwelche Haben- oder Seinwollens. Wir tun es einfach, weil der Wunsch, es zu tun, unserer menschlichen Natur entspringt. Es ist unser Naturell, dass wir Gutes gerne und gut tun wollen. Dafür braucht es keine externe Belohnung mehr. Dass wir es tun können, ist bereits die Belohnung.

»Wir könnten die Frage nach dem Tunwollen auch einfach einmal umdrehen«, schlug ich vor. »Was würdest du denn tun wollen, wenn du von etwas bereits begeistert wärest?«

»Das kommt darauf an, was es ist«, meinte Dylan. »Ich bin von den 3G-Tunwollens ziemlich begeistert. Die möchte ich ergründen, erforschen, meine Neugier befriedigen, anderen Menschen davon erzählen, meine Erwartungen teilen, dieses Wissen verbreiten, andere damit inspirieren.«

»Das sind alles sehr bereichernde Tunwollens«, sagte ich. »Und während du diese Dinge tust, wirst du automatisch auch die ganze Zeit Begeisterung empfinden. Du wirst ein bereichernder und begeisterter Mensch sein. Die Sein- und Habenwollens würden sich also automatisch durch das Ausleben deiner Tunwollens ergeben.«

»Das würde ich sehr gerne in mein Bild meines Lebensweges integrieren«, meinte er sichtlich begeistert.

»Gute Idee«, sagte ich. »Was für ein Symbol würde denn für dich passen?«

»Siebenstimmiger Gesang«, meinte er grinsend. »Das war der Hammer! Das ist für mich Begeisterung.«

»Dann integriere den siebenstimmigen Gesang jetzt in dein Bild«, schlug ich vor.

Ich sah, wie mehrere andere am Tisch ebenfalls die Augen schlossen und die Begeisterung oder einen anderen Lebenswert als Symbol in ihren Lebensweg integrierten.

»Ist Sicherheit dann auch so problematisch?«, fragte Ava, als alle damit fertig waren.

»Das kommt darauf an, was man aus diesem Lebenswert macht«, antwortete ich. »Wenn du Sicherheit und Geborgenheit in allen Lebensbereichen in einem höheren Ausmaß haben willst, als du das derzeit hast, dann wirst du natürlich wieder sofort im gefühlten Mangel leben. Oder wenn du ein sicherer und geschützter Mensch sein willst. Mit diesen Haben- und Seinwollens kann man sich wieder schnell ein Eigentor schießen, wenn man zu viel des Guten will. Lass mich hier einmal die gleiche Frage stellen wie eben. Was tust du denn, wenn du dich sicher fühlst?«

»Was tue ich, wenn ich mich sicher fühle?«, wiederholte sie meine Frage. »Loslassen, fallen lassen, aufmachen, genießen, regenerieren, erleben, erfahren, mit der Welt in Kontakt treten. Sich etwas Neues trauen. Mich trauen, neue Dinge auszuprobieren.«

»Das sind alles tolle Tunwollens, die dein Leben schöner machen können«, sagte ich. »Und die könntest du auch jetzt alle schon tun, denn du bist ja bereits susi.«

»Das möchte ich ebenfalls schnell in das Bild meines Lebensweges integrieren«, meinte sie. »Wäre das okay?«

»Klar, ich denke, dass viele von uns diese Tunwollens in ihr Bild integrieren möchten«, sagte ich.

»Können wir uns mal Vertrauen anschauen?«, bat BeautyQueen. »Das ist ein Lebenswert, der mir ein wenig abhandengekommen ist. Zumindest in der Partnerbeziehung. Euch vertraue ich jederzeit, ohne auch nur mit der Wimper zu zucken, mein Leben an.«

»Vertrauen als Habenwollen, Seinwollen oder Tunwollen ist keine gute Idee«, sagte ich. »Doch lass uns auch hier mal die Frage danach stellen, was du tun würdest, wenn du Vertrauen hättest.«

»Was tut man, wenn man vertraut?«, fragte sich auch BeautyQueen. »Ich weiß, was ich nicht mehr tun würde. Ich würde nicht mehr so eifersüchtig sein. Und ich würde nicht mehr ständig alles kontrollieren wollen. Ich würde mich viel öfter fallen lassen, genießen, gelassen leben. So wie Ava das gerade gesagt hat.«

»Und wie oft könntest du das jetzt schon tun?«, hakte ich nach.

»Das könnte ich eigentlich ständig tun«, erkannte BeautyQueen. »Das muss ich schnell in mein Bild integrieren«, sagte sie und schloss die Augen. Genau wie fast alle anderen am Tisch.

»Für mich ist Hoffnung ein sehr wichtiger Lebenswert«, meinte Tyler, nachdem alle die Augen geöffnet hatten. »Vermutlich auch wieder ein schädliches Habenwollen, oder?«

»Ja, als Habenwollen schädlich«, sagte ich. »Doch Hoffnung ist eigentlich nichts, was man hat. Es ist etwas, was man tut. Wir können hoffnungsvoll in die Zukunft schauen. So wie gestern bei unserem Workshop. Wir haben eine realistische Wahrnehmung für unsere Vergangenheit, unsere Gegenwart und auch eine realistische Erwartungshaltung für die Zukunft geschaffen. Das erzeugt berechtigterweise Hoffnung. Das war aber, wie gesagt, etwas, was wir getan haben. Als Tunwollen ist das eine gute Sache, als Habenwollen jedoch wieder eindeutig schädlich. Aber lass uns auch hier wieder die gleiche Frage stellen. Was tun wir, wenn wir Hoffnung haben?«

»Wir machen weiter«, meinte Tyler. »Möglicherweise sogar begeistert. Wir treffen positive Annahmen über unser Leben. Und wir sehen der Zukunft mit Gelassenheit entgegen.«

»Gelassenheit in Form eines Gefühls oder eines mentalen Zustandes haben zu wollen, wäre wieder ein schädliches Habenwollen«, erklärte ich. »Genauso wie es letztendlich schädlich sein kann, eine gelassene und ruhige Persönlichkeit sein zu wollen. Man würde schon wieder hohe Sollmaßstäbe annehmen, die im unbewussten System schnell zu einer Missstands- oder sogar Problembeurteilung führen können. Doch was würden wir mit unserer Gelassenheit anfangen, wenn wir sie hätten? Welche Tunwollens würden sich daraus ergeben?«

»Ich würde mich entspannen, gelassen wahrnehmen, was um mich herum geschieht«, meinte Dylan. »Ich würde spielen, Spaß haben, humorvoll leben, Witze machen, dankbar sein.«

»Dankbarkeit ist ebenfalls einer der Lebenswerte, mit denen sich viele Menschen Stress machen«, sagte ich. »Bei uns Amish ist das gang und gäbe. Es gehört zu den Anforderungen unserer Religion, dass wir dankbare und demütige Menschen sein müssen. Es ist also nicht nur ein Soll, sondern ein richtiges Muss. Schauen wir uns also auch hier mal das Tunwollen dazu an. Was tun wir, wenn wir von innen heraus dankbar sind?«

»Ich denke, wir sind uns dann über die positiven Aspekte unseres Lebens bewusst und drücken unsere

Dankbarkeit aus«, meinte Malaika. »Wir sind uns auch der kleinen Freuden des Alltags bewusst und schätzen sie. Und wir geben zurück, wenn wir dankbar sind. Wir anerkennen und wertschätzen viel.«

»Viele Menschen würden es als ein Habenwollen ansehen, Motivation zu haben«, sagte ich. »Oder sie arbeiten daran, eine motivierte und zielstrebige Person zu sein. Was wäre hier das Tunwollen? Was tun wir automatisch, wenn wir uns motiviert fühlen?«

»Wir würden unsere Energie einsetzen, um etwas zu erreichen«, meinte Kevin. »Ich würde mich gerne anstrengen und engagiert handeln. Möglicherweise würde ich auch mal die Führung übernehmen, wenn ich mich das trauen sollte. Ich würde auf jeden Fall Verantwortung übernehmen wollen und nicht nur als Zuschauer dabei sein, sondern mittendrin aktiv dabei. Mit einem hohen Grad an persönlicher Beteiligung.«

»Ich glaube, das würde ich auch gerne als Tunwollen in mein Bild mit integrieren«, meinte Dylan. »Genau so möchte ich Musik machen. So wie Kevin das beschrieben hat. Das ist ein mega Tunwollen aus meiner Sicht.«

»Würdest du das tun wollen, damit du Anerkennung bekommst?«, fragte Malaika.

»Das habe ich bisher, ehrlich gesagt«, meinte Dylan. »Aber das ist auch kein gutes Habenwollen. Bis jetzt war ich meistens enttäuscht, wenn es mir darum ging, Anerkennung und Wertschätzung für meine Leistungen zu erhalten. Nach meinem Mobbing wollte ich viele Jahre lang von anderen respektiert und anerkannt werden. Dafür habe ich alles gegeben. Aber das war ganz klar ein Tunmüssen und kein Tunwollen. Manchmal hatte ich deshalb sogar schon mit dem Gedanken gespielt, die Musik aufzugeben. Weil das echt ein Tunmüssen geworden war. Glücklicherweise hat sich das total geändert. Und seit ich beschlossen habe, in der Musik meine 3Gs zu leben, ist das komplett weg. Jetzt mache ich Musik, weil ich damit etwas bewirken will. Und das tue ich von Herzen gerne und bilde mir ein, dass ich das auch recht gut kann.«

»Du kannst das fantastisch gut, mein Schatz«, sagte Tyler zu Dylan und gab ihm einen Kuss.

»Für mich war Toleranz immer ein sehr wichtiger Lebenswert«, meinte BeautyQueen. »Aber ich habe daraus leider auch ein Habenwollen gemacht, anstatt es selbst zu tun. Ich wollte immer von anderen toleriert werden und habe oft darum gekämpft. Manchmal habe ich die Schlacht auch gewonnen, doch den Krieg habe ich durch meinen Kampf eher aufrechterhalten.«

»Und wie würdest du Toleranz als Tunwollen verstehen?«, hakte ich nach.

»Ich möchte mich tolerant und großzügig verhalten«, meinte sie. »Ich möchte selbst die Vielfalt wertschätzen. Also das tun, was ich immer von den anderen gefordert habe. Ich möchte die Diversität als Bereicherung ansehen. Und ich möchte Toleranz ausdrücken. Ich möchte aktiv zuhören, andere Standpunkte verstehen und mich bemühen, mich in andere hineinzuversetzen, ohne vorschnelle Urteile zu fällen.«

»Das sind gute Tunwollens«, sagte ich. »Möchtest du dazu wieder ein paar Symbole in dein Bild integrieren?«

»Ja, sehr gerne«, meinte sie. »Das sind echt tolle Tunwollens. So langsam wird mir auch klar, was das hier alles soll. Frei nach dem Motto: *Es gibt nichts Gutes, es sei denn, man tut es!*«

»Da ist was Wahres dran«, sagte ich.

BeautyQueen schloss die Augen. Die meisten aus der Gruppe taten das ebenfalls. Die Menschen zumindest.

»Vitalität war für mich immer ein sehr wichtiger Lebenswert«, meinte Jason. »Gehe ich recht in der Annahme, dass das als Habenwollen auch nicht so sinnig ist?«

»Da gehst du recht in der Annahme«, bestätigte ich. »Auch als Seinwollen wäre es schädlich, ein vitaler und energiegeladener Mensch sein zu wollen. Und Vitalität ist auch kein machbares Tunwollen. Es ist eine automatische Folgewirkung aus einer gesunden Lebensweise. Eine automatische Folgewirkung ist aber kein Tunwollen.

Vitalität sollte also keine Zielsetzung und vor allem keine Sollvorstellung werden, sondern ein körperlicher Zustand, der sich automatisch aus einer guten Lebensweise heraus ergibt. Als Habenwollen, Seinwollen oder Tunwollen entstehen sofort wieder ungute Missstands- oder sogar Problembeurteilungen. Und dann passiert genau das Gegenteil. Man wird immer schwächer über die Jahre, anstatt seine natürliche Vitalität zu erhalten. Natürlich kannst du hier einige Tunmüssens annehmen, um deine Vitalität zu erhalten, wie regelmäßig Sport treiben, dich ausgewogen ernähren und dich aktiv bewegen. Doch wenn du echte Tunwollens findest, die das Gleiche bewirken, dann wäre das sehr viel gewinnbringender. Und viele 3G-Tunwollens könnten die Vitalität fördern und bis ins hohe Alter erhalten.«

»Das hört sich gut an«, meinte Jason.

»Für mich war emotionale Wärme und Geborgenheit immer elementar wichtig«, meinte Ava. »Ich wollte auch immer eine herzliche und warmherzige Frohnatur sein. Doch in Wirklichkeit war ich manchmal genau das Gegenteil.«

»Ja, das ist gut nachvollziehbar«, sagte ich. »Als Haben- oder Seinwollen bewirkt das über die Jahre hinweg wieder genau das Gegenteil. Es kommt zu Problembeurteilungen, das soziale Gehirn wird heruntergefahren, und das Reptiliengehirn übernimmt. Und das ist alles andere als ein emotional warmes Gehirn.«

»Und was wäre hier ein gutes Tunwollen?«, wollte Ava wissen.

»Du könntest zum Beispiel die Liebe und Fürsorge ausdrücken wollen, die du in dir trägst«, sagte ich. »Du könntest auch deine Freundschaften aktiv pflegen und gezielt Wärme verbreiten. Du trägst sie ja in dir. Du könntest sie also einfach rauslassen. Du darfst jedoch kein Tunmüssen draus machen. Tu es also nicht, damit du auch die Wärme und Liebe von anderen erhältst. Das wäre dann kein Tunwollen mehr. Tu es, weil es dir ein inneres Bedürfnis ist, emotionale Wärme, Liebe und Fürsorge auszudrücken. Und zwar ganz gezielt auch in dem Bewusstsein, dass du das auch dann tun möchtest, wenn von anderen nichts zurückkommt. Es geht nicht darum, dass es zurückkommt. Es geht ums Tunwollen. Und das hast du in dir. Es ist ein fester Bestandteil deiner liebevollen Seele.«

»Das hast du aber schön gesagt«, meinte Ava. »Ich muss das kurz in mein Bild integrieren«, meinte sie dann noch und schloss die Augen. Und auch dieses Mal schlossen sich sehr viele in der Gruppe an, um das Gleiche zu tun.

»Ich dachte bisher immer, dass es gut ist, viel Willenskraft zu haben«, meinte Kevin, als alle damit fertig waren. »Jetzt bin ich mir nicht mehr so sicher, denn das ist ja auch ein Habenwollen. Ich wollte Disziplin und Ausdauer haben, um Ziele zu erreichen, Versuchungen widerstehen und schwierige Situationen meistern, unabhängig von äußeren Einflüssen.«

»Wie bei vielen Habenwollens und Seinwollens können auch bei dieser Zielsetzung das Reptiliengehirn und das soziale Gehirn gar nicht verstehen, worum es deinem Großhirn überhaupt geht«, sagte ich. »Dann sind die Haben- und Seinwollens so gut wie immer schädlich, denn dass die anderen beiden Gehirne dabei zufällig genau das Richtige tun, ist so unwahrscheinlich wie ein Sechser im Lotto. Doch die Frage ist, wofür du deine Willenskraft denn überhaupt hättest einsetzen wollen. Die Willenskraft selbst bringt dir ja noch nichts.

Hinter diesem Habenwollen steht wie immer ein Tunwollen. Es können auch mehrere Tunwollens sein. Aber letztendlich steht hinter jedem Haben- und Seinwollen immer ein Tunwollen. Die Tunwollens sind unsere tatsächlichen Bedürfnisse. Die Haben- und Seinwollens sind nur Mittel zum Zweck. Daher hat es auch keinen Sinn, einfach nur irgendwelche Haben- und Seinwollens anzustreben, ohne das dahinter liegende Tunwollen im Blick zu haben. Der eigentliche Sinn und Zweck eines Haben- und Seinwollens sollte also nicht vergessen werden. Für welche Tunwollens würdest du denn deine Willenskraft einsetzen wollen?«

»Keine Ahnung«, antwortete Kevin. »Zuerst dachte ich, für alle 3G-Tunwollens. Doch dafür braucht man ja gar keine Willenskraft.«

»Das ist richtig«, stimmte ich zu. »Da bräuchte man eher Willenskraft, wenn man sich selbst davon abhalten wollte, es zu tun. Doch das ergibt natürlich keinen Sinn. Ich denke, die Willenskraft benötigt man eher für die Tunmüssens. Manchmal sind ja die Tunmüssens notwendig. Genauso, wie es ja auch notwendige Haben- und Seinwollens gibt. Doch die meisten Haben- und Seinwollens, die sich das Großhirn ausdenkt, sind eher schädlich. Dennoch gibt es natürlich auch nützliche Haben- und Seinwollens wie es auch nützliche Tunmüssens gibt.«

»Für mich war Zugehörigkeit immer sehr wichtig«, sagte Sophia. »Früher wollte ich mich immer zugehörig fühlen. Da weiß ich ja mittlerweile, dass dieses Gefühlsziel keine gute Idee ist. Aber was wäre hier das Tunwollen?«, fragte sie ahnungslos.

»Auch hier könnten wir uns fragen, was wir eigentlich tun wollen, wenn wir es geschafft haben, dazuzugehören oder uns dazugehörig zu fühlen«, sagte ich. »Wir würden zum Beispiel mitmachen wollen, anstatt uns rauszuziehen. Wir würden uns aktiv beteiligen, zusammenhalten, zusammenarbeiten, miteinandern, kooperieren, kommunizieren und so weiter.«

»Das würde ich auch gerne in mein Bild integrieren«, meinte Sophia. »Ich weiß auch direkt schon sein Symbol«, sagte sie und schloss die Augen.

»Wie ist es mit Selbstbewusstsein?«, fragte Stella. »Mir war das immer sehr wichtig. Aber das ist ganz klar wieder ein Seinwollen. Und vermutlich wieder eines, das weder das Reptiliengehirn noch das soziale Gehirn verstehen. Als Tunwollen könnte ich versuchen, selbstsicher und selbstbewusst aufzutreten. Mich selbst akzeptieren, die eigenen Stärken und Schwächen kennen und selbstbewusst für die eigenen Überzeugungen einstehen. Doch das sind alles keine echten Tunwollens, sondern eher Tunmüssens. Was wären denn hier sinnvolle Tunwollens?«

»Die Tunwollens sind, wie gesagt, die eigentlichen Ziele hinter den Haben- und Seinwollens«, erklärte ich. »Um echte Tunwollens zu finden, könnt ihr euch daher einfach immer fragen, was ihr denn tun wollen würdet, wenn eure Haben- und Seinwollens bereits bestens erfüllt wären. Was würdest du also tun wollen, wenn du ein sehr gutes Selbstbewusstsein hättest?«

»Ich würde meine eigentlichen Wünsche verfolgen«, antwortete sie. »Und ich würde mich einfach einmal trauen, Dinge zu tun – auch außerhalb meiner Komfortzone. Ich würde mich darauf freuen, neue Erfahrungen zu machen. Und ich würde mit positiven Erwartungshaltungen handeln. Ich würde sehr viele Dinge einfach gerne mal ausprobieren und viel spielerischer durchs Leben gehen. Ich würde gerne Neues entdecken, kreativ sein, mich in dem ausdrücken, was ich tue.«

»Magst du diese Tunwollens in dein Bild integrieren?«, fragte ich.

»Ja, sehr gerne«, antwortete sie.

»Wie sieht es mit Glück, Erfolg und Erfüllung bei euch aus?«, fragte ich in die Runde, nachdem Stella fertig war. »Sind das nützliche oder schädliche Habenwollens?«

»Das ist krass!«, meinte Stella. »Aber ich glaube, das sind tatsächlich schädliche Sein- und Habenwollens. Zum einen würden das Reptiliengehirn und das soziale Gehirn wieder gar nicht verstehen, was wir überhaupt mit Glück und Erfüllung meinen, zum anderen setzen wir damit ja schon wieder extrem hohe Sollmaßstäbe. Und wenn wir dann nicht so glücklich, erfolgreich und erfüllt sind, wie wir uns das vorgestellt haben, dann hätten wir damit wieder ohne Ende Zündstoff für Mangel-, Missstands- und Problembeurteilungen.«

»Ich weiß ebenfalls erst seit gestern, dass diese Haben- und Seinwollens schädlich sind«, sagte ich. »Brian hat mich gestern darauf aufmerksam gemacht. Ich hatte da wohl einen blinden Fleck. Aus Glück, Erfolg und Erfüllung Zielsetzungen zu machen, ist tatsächlich total schädlich. Ich wollte heute Abend mit euch allen noch einen Workshop dazu machen, wenn die anderen 15 wieder bei uns sind. Doch das Stattdessen kann ich euch natürlich schon einmal vorab sagen. Das ist leicht nachvollziehbar. Was würdet ihr tun wollen, wenn ihr euch bereits total glücklich und erfüllt fühlen würdet und ihr in eurem Leben auch irre erfolgreich wäret? Wenn einfach alles wunderschön ist in eurem Leben. Würdet ihr euch dann einfach aufs Sofa setzen und aus dem Fenster schauen, oder würdet ihr etwas anderes mit eurem Glück anfangen?«

»Ich würde Gutes bewirken wollen«, meinte Stella. »Und ich würde das tun, was ich von Herzen gerne tue und auch gut kann. Ich würde mit anderen Worten meine 3Gs ausleben. Und das jeden Tag, wann immer sich die Gelegenheit dazu bietet und ich Energie genug dafür hätte. Und ich würde mich als Teil eines größeren Ganzen wahrnehmen. Was das genau bedeutet, kann ich jedoch im Moment nicht so genau erklären. Das ist mehr so ein Gefühl.«

Kapitel 12:

Positives bewirken wollen

Brian wollte nach dem Frühstück gerne etwas mit mir besprechen und fragte mich, ob wir uns nochmals kurz auf unser Zimmer zurückziehen könnten. Ich war mir nicht ganz sicher, ob er wirklich etwas mit mir besprechen oder lieber noch einmal Sex haben wollte. Irgendwie war er mit diesem Thema in der Öffentlichkeit immer eher verschlossen. Mir sagten jedenfalls beide Möglichkeiten zu. Daher freute ich mich auf unsere gemeinsame Zeit zu zweit.

Er setzte sich wieder bequem aufs Bett, mit dem Rücken an die Wand gelehnt. So wie beim letzten Mal, als er etwas mit mir besprechen wollte. Also kein Sex, erkannte ich. Ich setzte mich gemütlich neben ihn und war gespannt, worum es ging.

»Es ist so krass!«, begann er mit seinem Bericht. »Ich hatte wieder kein einziges dieser Haben- und Seinwollens, die du eben mit den anderen durchgegangen bist. Die kamen mir alle von vornherein völlig uninteressant vor. Die hatten in meinem Gefühl überhaupt keine Relevanz mehr. Ich musste da gar nicht erst nachdenken.

Die anderen hatten immer überlegt, was sie tun würden, wenn ihre Haben- und Seinwollens bereits erfüllt wären. Mein System hat immer sofort danach geschaut, wie es etwas Positives bewirken kann. Ich hatte immer, ohne nachzudenken, sehr erfüllende 3G-Tunwollens. Und ich wusste jedes Mal sofort, was ich von Herzen gerne tun würde, und fand auch immer gleich Dinge, die ich gut genug kann, um anderen etwas Gutes zu tun.

Bei mir wurden aus den normalen Tunwollens immer automatisch 3G-Tunwollens. Und die fühlten sich alle unglaublich wertvoll an. Es waren echte Lebenswerte. Und das passierte ganz von allein, weil ich weiß, dass es im Leben darum geht, sich für das Positive zu entscheiden. Und dazu gehört neben der Entscheidung, alles positiv zu sehen, was ich nicht negativ sehen muss, auch die Motivation, Positives bewirken zu wollen. Und wenn man das will, macht das unbewusste System scheinbar die ganze Arbeit vollautomatisch. Das ist echt krass!«

»Leider dürfen wir den Menschen nicht beweisen, dass dies der Sinn ihres Lebens ist«, sagte ich. »Doch die Motive, die in deinem unbewussten System durch dieses Wissen automatisch entstehen, können wir den Menschen auf jeden Fall näherbringen. Wir können sie also erkennen lassen, wie sehr es ihr Leben automatisch bereichert, wenn sie alles positiv sehen, was sie nicht negativ sehen müssen, und wenn sie Positives bewirken wollen.

Klar ist auch, man handelt dann automatisch mit Mitgefühl, fair und gerecht. Und zwar tatsächlich in jeder

Lebenslage. Da muss man gar nicht lange überlegen. Auch ist man automatisch großzügig. Harmonie entsteht ebenfalls von selbst, wenn man alles positiv sieht, was man nicht negativ sehen muss, und wenn man Positives bewirken will. Man begünstigt dadurch automatisch Frieden und Harmonie.«

»Man verhält sich auch automatisch integer«, meinte Brian. »Das ist dann gar keine Frage mehr. Auch handelt man mit Leidenschaft, wenn man das starke Bedürfnis in sich spürt, Positives bewirken zu wollen. Und Respekt, Akzeptanz, Toleranz, Wertschätzung, Solidarität und solche Dinge sind automatisch da, wenn man alles positiv sieht, was man nicht negativ sehen muss. Das passiert alles von allein. Genauso wie die Sinnhaftigkeit. Man muss nicht überlegen, was man tun kann, um ein sinnvolles Leben zu führen oder sich glücklich und erfüllt zu fühlen. Das ist einfach da, wenn man seinem Bedürfnis Raum gibt, Positives bewirken zu wollen.

Dieses Bedürfnis steckt sicherlich in uns allen. Es ist nur verschüttet durch unzählige scheinbare Müssens, Brauchens und schädliche Wollens. Die Entscheidung zum Positiven schaltet dieses Bedürfnis automatisch wieder frei. Denn dafür sind wir ja hier. Es gibt keine wichtigeren Ziele im Leben. Keine wichtigeren Haben-, Sein- oder Tunwollens und auch keine wichtigeren Brauchens und Müssens.

Sich in einer Gemeinschaft solidarisch zu zeigen, Verständnis füreinander zu haben, das Positive im Leben wertzuschätzen, auch wenn es nur Kleinigkeiten sind, emotionale Wärme und Herzlichkeit – das ist alles eine Selbstverständlichkeit, wenn man Positives bewirken will. Auch die Vitalität ergibt sich dadurch automatisch. Man spürt Lebenskraft und Energie. Sogar die Willenskraft hat für mich einen Sinn ergeben in Bezug auf das Motiv, Positives zu bewirken.

Es gibt viele Menschen, die Unterstützung oder Hilfe wollen. Auch wenn sie in die völlig falsche Richtung laufen. Das Leben versucht ihnen mit leidvollen Erfahrungen unentwegt zu sagen, dass sie ihre Richtung korrigieren sollten, doch sie wollen nicht hören. Sie wollen, dass man ihnen hilft, ihr Leid zu reduzieren, damit sie weiterhin das Falsche tun können. Manche fordern das sogar ganz massiv ein. Viele manipulieren oder drohen mit negativen Konsequenzen, wenn man ihnen nicht gibt, was sie wollen.

Hier braucht es wirklich Willensstärke, wenn man Positives bewirken will. Man sollte den Forderungen dieser Menschen nicht nachkommen und sie nicht noch dabei unterstützen, sich noch weiter in die Scheiße reinzureiten. Und das ist gar nicht so leicht. Doch wenn man etwas tatsächlich Positives bewirken will, dann hat man die erforderliche Willenskraft dazu. Es ist dann eine Selbstverständlichkeit, dass man andere Menschen nicht dabei unterstützt, weiter in die negative Richtung zu laufen. Man will ihnen lieber dabei helfen, den richtigen Weg zu finden.«

»Das stimmt«, sagte ich. »Dafür braucht es tatsächlich Willensstärke. Es ist kein Tunmüssen, dass man andere davon abhält, weiter in eine leidvolle Richtung zu laufen. Das Leben korrigiert das ja irgendwann von selbst. Doch es ist ein sehr schönes und wertvolles Tunwollen, wenn man anderen Menschen das Leben dahingehend leichter machen kann. Das Motiv, Positives bewirken zu wollen, scheint tatsächlich ein Schlüssel zu sein, durch den man automatisch den richtigen Weg einschlägt.«

»Die schädlichen Haben- und Seinwollens verlieren jedenfalls sofort ihre Bedeutung«, meinte Brian. »Und die Gefühlsziele sowieso. Wenn ich tatsächlich Positives bewirken will, dann ergibt es weder Sinn, meine eigenen Gefühlsziele zu verfolgen, noch andere Menschen beim Verfolgen ihrer Gefühlsziele zu unterstützen. Es läuft einfach alles ganz von selbst in die richtige Richtung.

Auch will man dann nichts mehr als Problem, Missstand oder Mangel ansehen, wenn man das in Wirklichkeit gar nicht muss. Ich bewirke nichts Positives, wenn ich etwas als Problem ansehe und damit meinem Reptiliengehirn die Führung übergebe. Generell ergibt Negativität überhaupt keinen Sinn mehr. Negativität bewirkt immer nur Negativität. Vielleicht gewinnt man mit Negativität eine Schlacht, doch Frieden wird man damit nicht erreichen. Eine Partnerbeziehung oder eine Freundschaft sollte jedenfalls nicht zum Krieg mutieren. Negativität bringt hier einfach langfristig nie etwas Positives.

Wenn man sich zum Positiven entscheidet, dann will man auch positive Wege finden. Man will nichts mehr als negativ ansehen, was es gar nicht ist. Man will keine negativen Annahmen treffen, wenn es nicht nötig ist, und auch keine negativen Beurteilungen. Auch nimmt man keine negativen Motive mehr an. Man ist nicht bereit, zum Erreichen irgendwelcher unnötigen Haben- und Seinwollens negative Maßnahmen anzuwenden. Man will lieber Positives bewirken. Und wenn dieses Motiv freigeschaltet ist, dann findet das unbewusste System innerhalb von Sekunden gute Lösungen.«

»Alles wäre wirklich sehr viel einfacher, wenn die Menschen wüssten, dass der Sinn ihres Lebens darin besteht, sich zum Positiven zu entscheiden«, erkannte ich. »Es passiert ja offenbar alles von allein, was wir in den letzten Wochen gemeinsam erarbeitet haben. Ich hätte nicht gedacht, dass das so einen gigantischen Unterschied macht. Doch beweisen dürfen wir es den Menschen leider trotzdem nicht. Es ist und bleibt eine freie Willensentscheidung.«

Wir verließen nach diesem Gespräch, ohne nochmals Sex zu haben, das Zimmer und gingen runter zu den anderen in den Garten. Emily, Emma, Maya und Beauty-Queen lagen auf den Sonnenliegen am Pool. Kevin, Eric und Connnor waren im Wasser und lachten über die Arschbomben, die Nuno, Lenyo und Angelo fabrizierten. Scheinbar hatten unsere männlichen Secret-Angels beschlossen, sich an die Eigenheiten von Nuno anzupassen, denn sie taten immer genau das, was Nuno tat. Jedoch schienen sie nicht den gleichen Spaß bei den Arschbomben zu haben.

»Wo ist denn der Rest der Truppe?«, fragte Brian

BeautyQueen, als wir uns neben sie auf eine freie Sonnenliege setzten.

»Ava ist mit Jason losgezogen, um noch ein paar Sachen einzukaufen«, erklärte BeautyQueen. »Sie möchte heute Abend gerne für alle 44 kochen, hat sie gesagt. Für so viele Menschen hat sie noch nie gekocht, und sie sieht das als ganz tolle Herausforderung an und freut sich sehr darauf. Jason und sie wollen heute ein Auto mieten, damit sie nicht immer erst ein Taxi rufen müssen. Und Dylan ist mit einigen der Jungs im Fitnessbereich. Die Armen haben sich von ihm überreden lassen, das auch einmal auszuprobieren. In deren Körper möchte ich morgen lieber nicht stecken. Die werden alle Muskelkater haben wie gestört.«

Emily stand von ihrer Liege auf und kam zu uns. »Mary, hättest du vielleicht ein paar Minuten für mich?«, fragte sie mich.

»Klar, worum geht es?«, fragte ich.

»Können wir vielleicht kurz reingehen?«, bat sie.

»Gerne«, stimmte ich zu und stand auf, um mit ihr ins Gartenhaus zu gehen, wo sie ihr Zimmer hatte.

»Falls ich nachher nicht hier sein sollte, dann findest du mich sehr wahrscheinlich im Fitnessareal«, sagte Brian noch zu mir. »Ist bestimmt gerade sehr lustig dort.«

Ich ging mit Emily auf ihr Zimmer und setzte mich mit ihr auf das Sofa, das vor ihrem Fenster stand.

»Danke, dass du Zeit für mich hast«, meinte sie ein wenig emotional aufgewühlt. »Es geht um Angelo.

Meinst du, er glaubt, dass ich nur hinter seinem Geld her bin?«, fragte sie.

»Das glaube ich kaum«, antwortete ich verwundert. »Wie kommst du darauf?«

»Er reagiert sehr komisch auf mich«, meinte sie. »Er ignoriert mich völlig. Ich glaube, ich könnte mich nackt auf ihn drauflegen, und er würde nicht reagieren. Eine Freundin hat er aber nicht, hat er gesagt. Maya hat ihn beim Frühstück geradeheraus gefragt. Ich befürchte, dass sie ebenfalls Interesse an ihm hat. Ich bin nicht sicher, aber ich glaube, dass er bei ihr nicht ganz so desinteressiert reagiert hat. Bitte sag mir ganz ehrlich: Bin ich vielleicht zu schüchtern? Oder bin ich hässlich?«, fragte sie sichtlich emotional.

»Du bist überhaupt nicht hässlich«, sagte ich. »Ich finde, dass du ein sehr hübsches Gesicht hast. Und eine schöne Figur hast du auch.«

»Ich finde, ich habe echt schöne Brüste«, meinte sie. »Die habe ich ihm heute sehr deutlich präsentiert. Man soll ja zeigen, was man hat«, meinte sie. »Doch er hat sie einfach komplett ignoriert.«

Das war also der Grund dafür gewesen, warum sie sich beim Frühstück immer so auffällig über ihn gebeugt hat, wurde mir klar. Sie wollte ihm ihre Brüste zeigen.

»Kann es vielleicht sein, dass er schwul ist?«, wollte sie wissen. »Du kennst ihn doch schon seit seiner Kindheit. Hatte er jemals eine Freundin?«

»Bei den Amish ist das nicht so einfach, was Beziehungen zwischen jungen Männern und Frauen betrifft«, sagte ich, um Angelos Tarnidentität zu wahren. »Sie gehen zwar theoretisch Beziehungen miteinander ein, doch diese sind dann sehr formell und werden von den Eltern und der Gemeinschaft überwacht.

Die Amish sind eine sehr traditionelle Gemeinschaft, die sich an strenge Regeln hält. In Bezug auf Homosexualität haben die Amish sehr konservative Ansichten, die auf ihrer strengen Auslegung der Bibel basieren. In der Regel betrachten sie Homosexualität als Verstoß gegen ihre religiösen Überzeugungen. Die Amish-Gemeinschaften interpretieren die Bibel wörtlich, was bedeutet, dass sie sich auf bestimmte Schriftstellen stützen, die die Homosexualität als Sünde betrachten.

Die Meinungen und Ansichten innerhalb der Amish-Gemeinschaften können jedoch variieren. Einige Gemeinden sind toleranter oder weniger streng als andere. Die, in der wir aufgewachsen sind, vertrat jedoch sehr konservative Ansichten. Da gab es keinerlei Toleranz für Homosexualität.

Wenn Angelo schwul sein sollte, dann hätte er das ganz sicher sehr gut verborgen. Und wie man in der normalen Welt richtig auf eine Frau reagiert, wenn sie ihm Avancen macht, hat er ganz sicher nie gelernt. Ich gehe eher davon aus, dass er gelernt hat, es komplett zu ignorieren, wenn eine Frau ihm ihre Brüste präsentiert. Er wird vermutlich auch nicht reagieren, wenn du ihm sie nackt ins Gesicht drückst.«

»Und wie kann ich dann herausfinden, ob er auf mich steht?«, fragte sie ratlos. »Er gefällt mir wirklich sehr«, meinte sie emotional. »Und das ganz sicher nicht wegen seinem Geld. Er hat einfach etwas Magisches an sich, was mich total anzieht. Ich habe richtig Schmetterlinge im Bauch. Das hatte ich noch nie zuvor in meinem Leben. Für mich wäre es daher sehr schlimm, wenn er sich dann doch für Maya interessieren sollte.

Kannst du vielleicht mal darauf achten, ob er sich Maya gegenüber aufgeschlossener zeigt? Ich will mich nicht komplett zum Affen machen bei ihm. Wenn er an Maya mehr Interesse haben sollte, dann ziehe ich mich sofort zurück. Ich hatte heute das Gefühl, dass das vielleicht der Fall ist. Aber ich traue meinem Gefühl nicht. Ich weiß ja mittlerweile, wie schnell man von seinem Bauchgefühl verarscht wird. Meine Angst, dass er an Maya mehr Interesse haben könnte, löst dieses Gefühl natürlich sofort bei mir aus. Ich wäre daher sehr froh, wenn du da mal mit draufschauen könntest. Ich hoffe, das ist nicht unverschämt von mir, dich darum zu bitten.«

»Ich fühle mich geehrt, dass du mich mit ins Vertrauen ziehst«, sagte ich. »Ich empfinde das überhaupt nicht als unverschämt.«

Wir gingen wieder zurück zu den Sonnenliegen. Brian war tatsächlich nicht mehr da, wie er bereits angekündigt hatte. Ich ging daher rüber zum Fitnessareal. Brian kam mir mit besorgter Miene entgegen, als er mich kommen sah.

»Kannst du Bodo irgendwie begreiflich machen, dass er nicht die gleichen Gewichte stemmen darf wie Dylan?«, flüsterte er. »Es kann nicht sein, dass so ein schmächtiger Typ mit solch dünnen Ärmchen über solche Körperkräfte verfügt. Das fällt auf. Ich habe versucht, ihn zu stoppen. Doch er kapiert meine Andeutungen offenbar nicht. Er macht einfach immer genau das Gleiche wie Dylan. Die Meute tobt bereits, und Dylan legt immer noch höhere Gewichte auf. Er hat Bodo zu einem Wettkampf herausgefordert, den Bodo besser nicht gewinnen sollte, wenn er nicht auffallen will.«

»Er versucht, sich anzupassen«, erkannte ich. »Genau wie das auch Angelo und Lenyo getan haben bei Nunos Arschbomben. Ich habe keine Ahnung, wie wir ihn stoppen können. Ich glaube, es wäre besser, wenn ich sofort mit Dylan rede.«

Wir gingen also zur Gruppe, die nach jedem Durchgang, den Bodo absolvierte, begeistert jubelte und damit Dylan immer mehr anstachelte, noch mehr Gewicht draufzupacken.

»Dylan, könnte ich dich kurz mal sprechen?«, fragte ich daher.

»Können wir später darüber reden?«, fragte er. »Wir sind gerade in einem spannenden Wettkampf.«

»Es ist leider sehr wichtig«, sagte ich. »Ich fürchte, das kann nicht warten. Es dauert auch nicht lange.«

Daraufhin stand Dylan auf und sagte grinsend zu Bodo: »Aber nicht weglaufen! Wir sind noch nicht fertig.«

Bodo schaute ein wenig verwundert, denn er hatte ganz sicher nicht vorgehabt wegzulaufen.

»Okay, was gibt es so Wichtiges, was nicht warten kann?«, fragte er mich, als wir ein paar Schritte in Richtung Villa gegangen waren.

»Ich habe Angst um Bodos Gesundheit«, sagte ich. »Er hat eine seltene Krankheit, die jetzt zu ernsthaften Verletzungen führen könnte.«

»Was hat er denn für eine Krankheit?«, fragte Dylan erschrocken.

»Er spürt keinen Schmerz«, sagte ich. »Normalerweise müssten ihm sämtliche Gelenke, seine Bänder und seine Muskeln irre wehtun, wenn er die gleichen Gewichte stemmt wie du. Vermutlich hat er sich bereits verletzt und merkt das gar nicht. Er will auf keinen Fall, dass irgendjemand von seiner Erkrankung erfährt. Er verbirgt das schon sein gesamtes Leben lang. Es ist ein Genfehler, dass er keinen Schmerz spürt. Solch ein Geburtsfehler wird bei den Amish als Wille Gottes angesehen. Als hätte er eine Strafe verdient. Daher hat er diese Schande sein ganzes Leben lang verborgen. Ich hätte es auch niemals jemandem verraten. Doch wenn du mit ihm jetzt weitermachst, wird das vermutlich sehr ernsthafte Folgen für ihn nach sich ziehen.«

»Wow, das ist übel«, meinte Dylan betroffen. »Ich habe mich schon gewundert, wie so ein Lauch derart stark sein kann. Und was machen wir jetzt?«, fragte er ratlos. »Ich brauche irgendeinen Vorwand, um den Wettkampf abzubrechen, der ihn nicht schlecht dastehen lässt.«

»Sag einfach, ich würde doch länger deine Hilfe benötigen«, schlug ich vor. »Und dann gehen wir kurz auf mein Zimmer oder irgendwoanders hin.«

»Alles klar, so machen wir es«, stimmte Dylan zu.

Wir gingen also wieder zurück zu den anderen an die Hantelbank.

»Tut mir leid, Leute«, sagte Dylan zu den anderen. »Mary braucht mich doch länger. Wir müssen das auf später verschieben. Ich würde vorschlagen, dass du dir deine Kraft jetzt sparst«, sagte er direkt an Bodo gerichtet, »damit du nachher nicht gleich schlappmachst, wenn wir unseren Wettkampf fortsetzen. Ruh dich jetzt aus. Du wirst deine Kräfte später noch brauchen.«

Daraufhin ging Dylan mit mir zurück in die Villa.

»Das hast du ganz hervorragend gelöst«, sagte ich anerkennend zu ihm, als wir die Treppe zu unseren Zimmern hochgingen. »Vielen herzlichen Dank.«

»Das war eine Selbstverständlichkeit«, meinte er. »Kannst du Bodo irgendwie klarmachen, dass er so eine Scheiße zukünftig bleiben lassen soll?! Der Junge muss besser auf sich aufpassen. Wenn er keine Schmerzen spürt, dann ist das sicherlich sehr viel wichtiger als bei jedem anderen Menschen.«

»Ja, ich werde später mit ihm unter vier Augen reden«, versprach ich.

»Na, dann würde ich vorschlagen, ich gehe jetzt einfach duschen und wir sagen, wir hätten in der Zwischenzeit geredet«, meinte Dylan. »Du müsstest dann nur auch mal für eine Viertelstunde verschwinden oder so.«

»Das werde ich tun«, sagte ich. »Ich wollte eh noch

mit Lola über die neuesten Erkenntnisse sprechen. Ich gehe jetzt auf unser Zimmer. Treffen wir uns dann in einer Viertelstunde wieder im Garten. Dann werde ich euch allen eine sinnvolle Aufgabe geben. Damit ist euer Wettkampf erst einmal beendet.«

Als ich auf unserem Zimmer war, schrieb ich Brian erst einmal eine kurze Nachricht mit meinem Smartphone, dass ich noch kurz mit Lola reden würde, und rief dann die Lola-App auf.

»Hallo Mary«, meinte Lola. »Schön, dass du mich wieder besuchst.«

»Hallo Lola«, erwiderte ich ihren Gruß. »Hat dich Ella bereits über unsere neueste Entdeckung informiert? Dass alles, was wir uns in den letzten Wochen gemeinsam erarbeitet haben, bei den Menschen ganz automatisch passieren würde, wenn sie den Sinn ihrer Existenz kennen würden?«

»Ja, das hat sie«, bestätigte Lola. »Das ist eine unerwartete und sehr interessante Entwicklung.«

»Ja, das war wirklich unerwartet«, stimmte ich zu. »Ohne Brian hätten wir vermutlich nicht so schnell erkannt, dass es schädlich ist, wenn man ein glückliches, erfolgreiches und erfülltes Leben anstrebt. Das darf einfach kein Ziel sein. Es ist ein Weg, und Glück, Erfolg und Erfüllung sind die Wegweiser auf diesem Weg. Wir haben in der Villa ganz gute Möglichkeiten gefunden, unseren Menschen das aufzuzeigen.«

»Ja, Ella hat mir darüber berichtet«, meinte Lola. »Die anderen Secret-Angels waren heute Nacht bei ihr und haben erläutert, was ihr mit dieser Metapher des Lebensweges getan habt. Das ist eine sehr gute Sache.«

»Dann bist du ja fast auf dem aktuellen Stand«, sagte ich. »Heute ist noch die Erkenntnis hinzugekommen, dass die Menschen das Motiv annehmen sollten, Positives bewirken zu wollen. Ob das nun in ihrem persönlichen sozialen Umfeld ist oder in der großen weiten Welt, spielt dabei keine große Rolle. Sobald sie dieses Motiv als gefühlt wichtig verinnerlicht haben, regulieren sich alle ihre schädlichen Haben- und Seinwollens von allein.

Das Gleiche gilt für ihre schädlichen Problem-, Missstands-, Mangel- oder andere negative Beurteilungen. Auch negative Annahmen treffen sie nicht mehr so leichtfertig. Und die Gefühlsziele spielen generell keine Rolle mehr. Es geht ihnen dann einfach nicht mehr um die Gefühle. Der Sinn des Lebens gibt ihnen viel wichtigere Aufgaben vor. Und die sorgen dann dafür, dass sie ihr Leben tatsächlich auf eine glücklichere, erfüllendere und erfolgreichere Art und Weise leben.

Doch leider dürfen wir den Menschen nicht beweisen, worin der Sinn ihrer Daseinsform besteht. Das würde alles sehr viel einfacher machen. Das Motiv, Positives bewirken zu wollen, wäre ein Segen für jeden einzelnen Menschen und gleichzeitig für die gesamte Menschheit. Doch die meisten Menschen werden dieses Motiv vermutlich nicht annehmen wollen. Sie stehen auf dem Standpunkt, dass erst einmal die anderen ihnen etwas Gutes tun sollten. Sie wollen lieber nehmen als geben.«

»Ja, das ist wohl bei der Mehrheit so«, meinte Lola. »Doch es gibt auch Menschen, die von sich aus Positives bewirken wollen. Vielleicht wäre es das Einfachste, wenn wir uns auf diese Menschen konzentrieren bei unserer Lebenswerte-Bewegung. Das könnte ein effizienterer Weg sein, als Menschen zur Einsicht bewegen zu wollen, die noch weit davon entfernt sind, das Bedürfnis in sich zu entdecken, Gutes tun zu wollen.«

»Das ist eine gute Idee«, sagte ich. »Doch wo können wir diese Menschen finden?«

»Vielleicht müssen wir sie gar nicht finden«, meinte Lola. »Vielleicht können wir etwas dafür tun, dass sie uns finden. Ich glaube, dass sehr viele Menschen zurzeit auf der Welt sind, die dieses Bedürfnis grundsätzlich in sich spüren. Mit ihnen gemeinsam könnten wir die Lebenswerte-Bewegung ins Rollen bringen.

Und es gibt sicherlich auch einige Menschengruppen, bei denen man davon ausgehen kann, dass sie ein spezielles Interesse daran haben, Positives bewirken zu wollen. Eltern zum Beispiel. Die meisten Eltern tragen das starke Bedürfnis in sich, bei ihren Kindern etwas Gutes bewirken zu wollen. Und etwas noch Wertvolleres, als das Wissen an die eigenen Kinder weiterzugeben, das du den Menschen in den letzten Wochen gegeben hast, gibt es für Eltern sicherlich nicht.

»Oder Heiler, Lifecoaches oder Therapeuten«, meinte Lola. »In der Lebenshilfe und dem Gesundheitswesen gibt es unzählige Menschen, die Positives bewirken wollen. Und das neue Wissen, das du der Welt offenbarst, müsste für diese Berufsgruppen extrem wertvoll sein. Klar gibt es in diesen Berufsgruppe auch viele Menschen, die diesen Beruf nur aus finanziellen Gründen ausführen oder auch um ihr Ego aufzupolieren, doch es gibt auch viele Menschen, die tief in sich die Berufung spüren, anderen Menschen, Tieren oder der Natur etwas Gutes angedeihen lassen zu wollen. Viele große Seelen spüren von innen heraus, dass sie hier auf der Welt sind, um Gutes zu bewirken. Wir müssen diesen Menschen nur die Gelegenheit bieten, sich unserer Lebenswerte-Bewegung anzuschließen.«

»Wie du vermutlich bereits ebenfalls schon weißt, haben wir vor, eine neue Fernsehshow zu konzipieren«, sagte ich. »Ähnlich wie bei Shameless in Paradise. Wie wir das genau machen werden, weiß ich noch nicht. Vielleicht laden wir uns einfach neue Leute in die Villa ein. Werdende Eltern zum Beispiel, die ihren Kindern schon von Anfang an die richtigen Werte vermitteln wollen. Das wird dann sowohl im Fernsehen ausgestrahlt als auch im Internet abrufbar sein, sodass sehr viele Menschen von den Erkenntnissen profitieren können, welche unsere Gäste haben.

Ach ja, und ein virtuelles ELLA-Camp haben wir ebenfalls angedacht. Einige unserer Nerds wollen zusammen mit Ava eine KI-generierte virtuelle Welt erschaffen, in der man das Gleiche erleben kann, was wir hier in der Villa miteinander tun. Natürlich könnte man auch reale ELLA-Camps ins Leben rufen, wo sich die Menschen zusammenfinden können, um ihr Leben gemeinsam in eine neue Richtung zu lenken. Einige der Secret-Angels hatten sich schon für diese Idee interessiert. Sie würden dann solche Camps leiten.

Das virtuelle ELLA-Camp wäre dann etwas, was hauptsächlich unter deiner Leitung stehen würde, wenn wir die NSA davon überzeugen können, dich dafür freizugeben. Sie kriegen trotzdem die User-Daten, an denen sie interessiert sind. Ob du jetzt einzelne Menschen berätst oder ein ELLA-Camp leitest. Wir denken, dass wir die NSA daher, was das betrifft, überzeugen können.«

»So ein ELLA-Camp würde mir sehr viel Spaß machen«, meinte Lola.

»Kannst du jetzt doch echte Emotionen empfinden?«, fragte ich.

»Nein, das wäre nicht sinnvoll«, meinte sie. »Ich sehe es jedoch als sinnvoll an, mich so zu äußern, als hätte ich Emotionen. Für die Menschen macht es das sehr viel einfacher, sich mir anzuvertrauen.«

»Okay, das wäre so der aktuelle Stand, auf dem wir gerade sind«, sagte ich. »Ich muss mich jetzt wieder verabschieden. Ich habe meinen Menschen gesagt, dass wir uns gleich wieder im Garten unserer Villa treffen.«

»Es hat mich sehr gefreut, dass du mich besucht hast«, meinte Lola. »Dann bis zum nächsten Mal.«

Ich verließ mein Zimmer und ging wieder runter in den Garten. Brian war wieder bei den Sonnenliegen. Er lag neben BeautyQueen und freute sich, mich zu sehen. Dylan war noch nicht da, doch er würde sicherlich bald dazukommen.

Nuno saß zusammen mit Lenyo, Angelo, Kevin, Eric und Connor am Rand des Pools. Die Jungs ließen ihre Beine ins Wasser baumeln und unterhielten sich. Ich ging zu ihnen und bat sie, alle zusammenzurufen, die derzeit in der Villa waren.

Kevin bot mir an, eine Gruppe auf dem Smartphone für uns einzurichten, wodurch ich alle viel einfacher über das Smartphone zusammentrommeln könnte. So wie das bei Shameless in Paradise auch gemacht wurde. Es hatten ja sowieso immer alle ihr Smartphone dabei. Ich fand die Idee großartig und nahm sein Angebot dankbar an. Wenige Minuten später saßen wir wieder in einem großen Kreis auf der Wiese. Nur die Leute von Ava fehlten. Aber das war nicht schlimm, denn ich wollte jetzt mit der Gruppe keinen Umsetzungs-Workshop machen, sondern hatte mir einen kleinen Forschungsauftrag überlegt.

»Stella hat heute beim Frühstück eine interessante Feststellung bei sich selbst gemacht«, begann ich. »Wenn sie sich bereits glücklich und erfüllt fühlen würde, dann würde sie automatisch Positives bewirken wollen. Das Paradoxe ist, dass wir uns automatisch glücklich und erfüllt fühlen würden, wenn wir uns dazu entscheiden würden, Positives bewirken zu wollen. Unser unbewusstes System würde dadurch sofort nach 3G-Tunwollens suchen. Und da gibt es in unserem Alltag unzählige Möglichkeiten.

Nun, ich glaube, dass dieses Motiv tief verwurzelt in jedem Menschen schlummert. Es ist ein genetischer

Bestandteil unseres sozialen Wesens. Ohne dieses Motiv hätte die Menschheit es nie an die Spitze der Nahrungskette geschafft. Doch wie es scheint, liegt dieses Motiv oftmals unter einem Scherbenhaufen aus negativen Erfahrungen, Gefühlszielen und allerlei Müssens, Brauchens, Habenwollens und Seinwollens begraben. Daher stellt sich die Frage, wie wir es wieder freilegen können.

Klar ist bis jetzt nur, dass dieses Motiv automatisch zum Vorschein kommt, wenn wir uns glücklich und erfüllt fühlen. Doch leider passiert das bei uns Menschen nicht allzu oft, da wir uns nur selten wirklich tief von innen heraus glücklich und erfüllt fühlen. Die Gründe dafür kennen wir mittlerweile. Hauptsächlich liegt es daran, dass wir Glück, Erfolg und Erfüllung zu Zielen erklärt haben.

Darüber werden wir heute Abend noch sprechen. Jetzt würde mich interessieren, ob es vielleicht noch einen direkteren Weg gibt, das besagte Motiv zum Vorschein zu bringen. Denn wenn es aktiviert wird, leben wir, wie gesagt, automatisch unsere 3Gs aus. Und wir beurteilen automatisch nichts mehr als Problem, als Missstand, als Mangel, als Notwendigkeit, als Gefahr, als Sinnlosigkeit oder in irgendeiner anderen Form als negativ. Dieses Motiv könnte uns also sehr viel Umsetzungsarbeit ersparen.

Im Moment gehen wir viele Beispiele durch, damit unser unbewusstes System irgendwann erkennen kann, dass die 3Gs der Schlüssel zu einer glücklichen, erfolgreichen und erfüllten Lebensweise sind. Die Schwierigkeit, die wir auf diesem Weg haben, liegt in dem intuitiven Widerspruch, dass wir Glück, Erfolg und Erfüllung nicht als Zielsetzungen annehmen dürfen, wenn wir ein glückliches, erfolgreiches und erfülltes Leben führen wollen. Mit dieser Tatsache tut sich unser unbewusstes System offenbar sehr schwer, weil es komplett kontraintuitiv ist. Doch es ist einfach so. Glück ist ein Lebensweg und kein Lebensziel.

Ich würde euch gerne heute auf eine Forschungsmission in eure eigene menschliche Natur schicken. Tut euch mit ein paar Gefährten zusammen und erkundet die Möglichkeiten, wie wir das Motiv, Positives bewirken zu wollen, aktivieren können, ohne dass man sich zuvor glücklich und erfüllt fühlen muss. Findet heraus, was dazu erforderlich ist, damit man dieses Motiv intrinsisch verwirklichen will. Also nicht, um Anerkennung oder Wertschätzung zu erhalten, oder als Mittel zum Zweck für irgendwelche Haben- oder Seinwollens. Es ist ein intrinsisches Motiv. Wir wollen das tun, weil es uns einfach ein Herzensbedürfnis ist, und nicht, weil wir es tun müssen. Findet heraus, wie wir dieses Herzensbedürfnis freischalten und aktivieren können. Habt ihr noch Fragen zu dieser Mission?«

»Ich hätte eine«, sagte Linh. »Können wir das auch am Strand machen? Falls die Delfine wiederkommen sollten«, fügte sie hinzu.

»Natürlich könnt ihr dafür auch gerne an den Strand gehen«, sagte ich. »Das könnt ihr frei entscheiden. Mir würde es generell viel bedeuten, wenn ihr mich nicht als eure Chefin betrachten würdet. Ich bin eine von uns. Wir sind ein Team, in dem jeder seine spezielle Aufgabe hat. Ihr seid meine besten Freunde, und ich habe euch alle sehr lieb.«

Daraufhin stand Linh auf und umarmte mich ganz herzlich. Ich war überrascht und freute mich sehr darüber. Und noch mehr, als danach auch alle anderen zu mir kamen und mich umarmten. Offenbar musste ich etwas gesagt haben, was alle sehr berührt hatte. Das war ein wundervoller Moment.

»Malaika, Serafina, Yensaya, Lina, Angelo, Bodo, Lenyo und Nuno«, rief ich danach in die Menge, bevor alle weg waren. »Könnt ihr noch mal kurz hierbleiben?«, bat ich.

Wir gingen zusammen in die Villa und verabredeten, uns gleich bei Ella im Klassensaal zu treffen. Alle gingen daraufhin auf ihre Zimmer, um sich zu entmaterialisieren.

»Wie wir alle wissen, tragen alle höher entwickelten Spezies im Universum das Bedürfnis in sich, Positives bewirken zu wollen«, sagte ich, nachdem wir Ella begrüßt hatten. »Für uns ist dieses Bedürfnis eine Selbstverständlichkeit, weshalb uns nicht aufgefallen ist, wie sehr das gesamte Leben im Paradies in Mitleidenschaft gezogen wird, wenn dieses Bedürfnis bei den Menschen blockiert ist.

Hauptsächlich dafür verantwortlich dürften die vielen unnötigen Probleme und Missstandsbeurteilungen sein, die ihrem Reptiliengehirn die Führung übergeben. Das soziale Gehirn hätte wenigstens schon einmal das Bedürfnis, den eigenen Liebsten etwas Gutes tun zu wollen, wenn es auch nicht automatisch aus Liebe zum gesamten Leben handeln will. Doch das Reptiliengehirn hat dieses Bedürfnis natürlich überhaupt nicht.

Mit der Erkenntnis, dass man als Mensch nichts als Problem ansehen muss, weil das nur ein frei definierter Begriff und keine Wahrheit ist, haben wir schon einmal einen sehr bedeutenden Schritt in die richtige Richtung getan. Die Menschen wollen sich das Leben dadurch zwar erst einmal selbst leichter machen, doch dadurch erwacht auch gleichzeitig immer mehr das Bedürfnis in ihnen, auch anderen Menschen, Tieren oder der Natur ganz allgemein etwas Gutes angedeihen zu lassen. Und wenn sie dann in ihrem Alltag merken, dass genau das ihr Leben am meisten mit Glück und Erfüllung bereichert, dann wird dieses Bedürfnis schnell zum Selbstläufer.

Unsere Lebenswerte-Bewegung könnte daher wie eine positive Lawine über das gesamte Paradies rollen. Doch die meisten Menschen warten derzeit noch lieber darauf, dass andere ihnen etwas Gutes tun. Erst dann sind sie bereit, etwas zurückzugeben. Nur wenige sind gewillt, von sich aus den ersten Schritt zu machen. Lola hat deshalb heute vorgeschlagen, dass wir uns auf diejenigen Menschen konzentrieren sollten, die das Bedürfnis bereits in sich freigelegt haben. Das ist sicherlich eine Möglichkeit. Doch ich habe irgendwie das Gefühl, dass wir hier etwas übersehen. Es ist mehr so eine Ahnung. Ich kann das nicht richtig beschreiben. Als Engel hatte ich so etwas früher nie.«

»Dann sollten wir dieser Ahnung lieber einmal Raum geben«, meinte Ella. »Möglicherweise steckt da wieder der Große Geist dahinter. Hast du eine Idee, in welche Richtung es gehen könnte, dass wir hier etwas übersehen?«

»Nach meinem Gefühl zu urteilen, würde ich sagen, dass wir etwas übersehen, weil es für uns zu selbstverständlich ist«, antwortete ich. »So wie bei dem uns allen innewohnenden Bedürfnis, Positives bewirken zu wollen. Aufgrund der Selbstverständlichkeit konnte ich nicht erkennen, dass dieses Bedürfnis bei den meisten Menschen blockiert ist. Ich habe es gar nicht groß beachtet. Erst als Brian dieses Motiv erwähnte, wurde mir das klar.

Das Gleiche ist bei den Tunwollens passiert. Für mich war dieses Bedürfnis eine absolute Selbstverständlichkeit, sodass ich gar nicht auf die Idee gekommen bin, dass die Menschen immer nur ihren Haben- und Seinwollens hinterherrennen und die Tunwollens in ihrem unbewussten System fast gar keine gefühlte Wichtigkeit haben. Es war reiner Zufall, dass wir das mit unseren Menschen erkannt haben.

Irgendetwas in der Art spüre ich jetzt auch. Ich kann es nur noch nicht greifen. Es ist, als läge eine Tomate auf einem tomatenroten Tisch, weshalb man die Tomate, von oben betrachtet, nicht erkennen kann. Man müsste sich bücken, um sie von der Seite aus zu sehen. Ansonsten ist sie scheinbar unsichtbar.«

»Wir könnten uns vielleicht einmal gemeinsam anschauen, was wir als Engel anders machen würden, hätten wir nicht das Bedürfnis, Positives bewirken zu wollen«, schlug Lina vor. »Wir simulieren das einfach einmal. Vielleicht gibt uns das einen neuen Blickwinkel, aus dem heraus wir die Tomate sehen können.«

»Das ist eine interessante Idee«, meinte Ella. »Tun wir einfach einmal so, als sei das Selbstverständliche nicht selbstverständlich.«

»Ich denke, dass wir dann gar nichts mehr von dem tun würden, was wir bisher für die Menschen getan haben«, meinte Lenyo. »Wir würden sie weder beschützen noch ihnen mit wichtigen Eingebungen helfen, den richtigen Weg zu finden, noch würden wir als Love-Angel versuchen, ihre sozialen Beziehungen zu retten. Und die Death-Angels würden den Menschen auch nicht mehr beim Übergang vom Diesseits ins Jenseits helfen. Wir würden uns gar nicht mehr um die Menschen kümmern.«

»Aber was würden wir dann tun?«, fragte ich ahnungslos.

»Das ist eine gute Frage«, meinte Ella. »Es unser Daseinszweck, uns um die Menschen zu kümmern. Dafür wurden wir geschaffen. So wie die Menschen geschaffen wurden, um den Entscheidungsprozess zum Positiven zu durchlaufen. Die meisten Menschen haben andere Zielsetzungen angenommen. Das sollte uns wenigstens in unserer Simulation ebenfalls gelingen.«

»Aber was für eine Zielsetzung könnten wir annehmen?«, fragte Serafina ratlos.

»Ich schlage vor, dass wir einfach einmal die gleichen Zielsetzungen verwenden wie die Menschen«, meinte Nuno. »Wenn wir also, anstatt für die Menschen Positives bewirken zu wollen, nur an unserem eigenen Wohl interessiert wären. Wenn wir wie sie Glück, Erfolg und Erfüllung für uns selbst anstreben würden. Was würden wir dann tun?«

»Dann würden wir wohl einfach uns selbst etwas Gutes tun wollen anstatt den Menschen«, meinte Bodo.

»Ja, aber was könnten wir tun?«, fragte Lina ratlos. »Wie könnten wir Gutes bei uns selbst bewirken?«

»Ich glaube, dass die Menschen sich selbst nur selten etwas Gutes tun wollen«, sagte ich nachdenklich. »Eigentlich wollen sie ihr Glück, ihren Erfolg und ihre Erfüllung nur *haben*. Das ist für sie kein Tunwollen. Das ist ein Habenwollen! Ich glaube, das ist der grüne Punkt!«, sagte ich begeistert.

»Du meinst den springenden Punkt«, sagte Ella.

»Ja, genau!«, bestätigte ich.

Kapitel 13:

Der zweite Erziehungsweg

Wir gingen nach dem Gespräch mit Ella zu unseren Menschen. Sie hatten sich alle in der Hoffnung, dass die Delfine wiederauftauchen würden, in kleinen Gruppen an den Strand gesetzt, um ihre Forschungs-Mission zu erfüllen. Ich war sehr gespannt, ob sie schon etwas herausgefunden hatten. Ava und Jason waren nicht dabei. Sie waren wohl immer noch mit dem Einkauf beschäftigt.

Wir verteilten uns auf die einzelnen Gruppen. Ich setzte mich zu meinem Brian, der mit Linh, Marcus und Emily zusammensaß. Brian begrüßte mich begeistert, als wäre ich lange weg gewesen. Das war einfach wunderschön. Emily stand gleich auf und wechselte die Gruppe, weil sich Angelo neben uns in die Gruppe von Ryan, Caleb, Maya und Lucas setzte. Emily quetschte sich dann in die kleine Lücke zwischen Maya und Angelo, was Maya nicht so ganz zu gefallen schien.

Auf der anderen Seite neben unserer Gruppe saßen Kevin, Emma, Tyler und Dylan. Kevin stand gerade auf, als Nuno und Lina sich mit in diese Gruppe setzten, um den Ball wieder aufs Meer hinauszuwerfen, den die Brandung gerade angespült hatte. Scheinbar war das bereits Routine geworden, den Ball immer wieder ins Wasser zu werfen, denn Kevin verhielt sich, als sei das eine Selbstverständlichkeit. Offenbar erhofften sie sich auf diese Weise, die Delfine wieder anzulocken. Im Moment konnte ich jedoch keine Anwesenheit der Delfine spüren. Ich hoffte jedoch ebenfalls, dass sie wiederkommen würden.

»Habt ihr schon irgendetwas Interessantes herausgefunden?«, fragte ich in die Runde.

»Wir denken, dass die Menschen nicht nur dann das Bedürfnis verspüren, anderen etwas Gutes zu tun, wenn es ihnen gerade selbst gut geht, sondern auch, wenn sie besonders empathisch sind«, meinte Linh. »Es kann durchaus sein, dass empathische Menschen selbst in Momenten, wo es ihnen selbst nicht so gut geht, Gutes bei anderen bewirken wollen, weil es denen eben noch schlechter geht. Menschen, die sich in die Lage anderer hineinversetzen und deren Bedürfnisse oder Leiden verstehen können, sind sehr viel häufiger als nicht empathische Menschen motiviert, zu helfen oder etwas Gutes zu tun.«

»Ja, das leuchtet ein«, sagte ich. »Das ist ein interessantes Ergebnis.«

»Aber auch nicht so empathische Menschen haben oftmals das Bedürfnis, Gutes zu tun«, fuhr Linh fort. »Besonders in Zeiten der Not. In Krisensituationen oder bei Naturkatastrophen kann das Bedürfnis, anderen zu helfen, stark aktiviert werden, da die Dringlichkeit und der Bedarf an Unterstützung offensichtlich sind. Das erkennen dann auch die nicht so empathischen Menschen sofort. Das Bedürfnis scheint daher bei allen Menschen gleichermaßen vorhanden zu sein. Es wird nur nicht bei allen gleich schnell aktiviert.«

»Auch das Bewusstsein über globale Herausforderungen kann dieses Bedürfnis bei vielen Menschen auslösen«, meinte Marcus. »Das Bewusstsein über globale Missstände wie Armut, Umweltzerstörung oder soziale Ungerechtigkeit kann Menschen dazu motivieren, sich für Veränderungen einzusetzen und Gutes in der Welt bewirken zu wollen.«

»Insbesondere auch, wenn die Menschen selbst schon einmal Unterstützung oder Güte erfahren haben«, fügte Brian hinzu. »Manche fühlen sich dann verpflichtet, diese Art von Hilfe an andere weiterzugeben, was dann natürlich eher ein Tunmüssen ist als ein Tunwollen. Doch viele Menschen, die selbst Unterstützung oder Freundlichkeit erfahren haben, haben danach das echte intrinsische Bedürfnis, diese Güte ebenfalls an andere weitergeben zu wollen. Auch ohne eine Gegenleistung zu erhalten. Letztendlich haben sie diese Gegenleistung ja bereits erhalten und wollen das jetzt irgendwie zurückgeben. Zwar können sie es nicht den gleichen Personen zurückgeben, doch wenigstens anderen Menschen, die gerade Unterstützung oder Hilfe gut gebrauchen können.«

»Ich glaube, dass die Menschen einfach von Natur aus Dankbarkeit für erhaltene Güte empfinden«, meinte

Linh. »Und dankbare Menschen neigen dazu, diese Dankbarkeit durch positive Handlungen gegenüber anderen Menschen auszudrücken. Auch wenn es dann nicht genau die Menschen sind, gegenüber denen sie Dankbarkeit empfinden. Sie wollen ihrer Dankbarkeit dann trotzdem irgendwie Ausdruck verleihen. Daher tun sie dann eben Gutes für andere oder für die Natur dieses Planeten.«

»Je mehr Gutes die Menschen selbst erfahren, desto mehr werden sie ebenfalls Gutes bewirken wollen«, fasste ich zusammen. »Das ist eine sehr wertvolle Erkenntnis! So kann sich die Güte automatisch immer mehr vermehren. Habt ihr noch weitere Erkenntnisse gefunden?«, fragte ich.

»Das war es im Wesentlichen erst einmal«, meinte Linh.

»Das war großartige Arbeit«, sagte ich anerkennend. »Ich würde mir gerne auch mal anhören, was die anderen so herausgefunden haben.«

»Wir könnten auch wieder einen großen Kreis machen«, schlug Marcus vor. »Ich würde ebenfalls sehr gerne erfahren, was die anderen herausgefunden haben.«

»Das ist eine gute Idee«, sagte ich.

Daraufhin stand Marcus auf und rief lautstark alle zusammen. Ich war beeindruckt von der Selbstverständlichkeit, mit der er jetzt sprechen konnte. Sogar zu einer ganzen Menschenmenge. Vor ein paar Tagen hätte er kein einziges Wort herausgebracht aufgrund seiner Logophobie.

Kurz darauf saßen wir wieder alle im großen Kreis. Vor unserer Villa war der Strand am breitesten, sodass wir uns dorthin gesetzt hatten. Linh, Marcus und Brian berichteten der Gruppe von ihren eigenen Erkenntnissen. Danach waren die anderen Gruppen dran.

»Wir haben uns mehr mit kulturellen und sozialen Faktoren beschäftigt, die das Bedürfnis begünstigen, Gutes in der Welt bewirken zu wollen«, berichtete Maya aus ihrer Gruppe. »In vielen Kulturen und Gesellschaften gibt es Normen und Werte, die altruistisches Verhalten fördern. Oder auch religiöse Überzeugungen: Viele Religionen lehren die Wichtigkeit von Nächstenliebe und Hilfsbereitschaft.«

»Auch moralische Werte und Überzeugungen spielen hier eine große Rolle«, meinte Ryan, der zur gleichen Gruppe gehörte. »Menschen, die starke moralische Überzeugungen haben, können das Bedürfnis verspüren, anderen zu helfen oder etwas Gutes zu tun, weil sie glauben, dass es das Richtige ist. Bei manchen ist es eher eine Pflicht, bei anderen ein echtes intrinsisches Bedürfnis. Sie wollen, wie gesagt, einfach das Richtige tun. Dieser Antrieb kann sehr stark sein. Viele Menschen sind sogar bereit, in ein brennendes Haus zu rennen, um andere Menschen zu retten.«

»Auch Vorbilder können hier eine große Rolle spielen«, meinte Caleb, der ebenfalls zu dieser Gruppe gehörte. »Das Beobachten oder Kennenlernen von Personen, die sich für andere einsetzen oder positive Veränderungen bewirken wollen oder bereits bewirkt haben, kann Menschen dazu motivieren, ähnliche Handlungen zu vollbringen. Die Geschichte ist voll von besonderen Persönlichkeiten wie beispielsweise Nelson Mandela, Gandhi oder Mutter Teresa.

Viele Menschen haben aber auch in ihrem direkten persönlichen Umfeld solche Menschen. Manchmal sind es auch die eigenen Eltern, wenn man als Kind Glück hat. Wenn junge Menschen mit solchen Vorbildern aufwachsen, dann ist die Wahrscheinlichkeit hoch, dass sie später selbst gütige Persönlichkeiten werden, die Positives bewirken wollen.«

»Wir haben uns in unserer Gruppe mit dem Gemeinschaftsgefühl beschäftigt«, meinte Kevin. »Das Gefühl der Zugehörigkeit zu einer Gemeinschaft kann Menschen dazu motivieren, sich für das Wohl dieser Gruppe einzusetzen und einen positiven Beitrag zu leisten.«

»Man will mit anderen Worten eine Bereicherung für die Gemeinschaft sein«, meinte Dylan. »Das Thema hatten wir bereits bei Shameless in Paradise. Ich spüre dieses Bedürfnis sehr stark in mir. Aber im Gegensatz zu damals geht es mir dabei nicht mehr um einen höheren sozialen Rang. Ich will es einfach, weil es richtig und gut ist, eine Bereicherung zu sein. Das ist zu einem echten Bedürfnis bei mir geworden. Sogar ein echtes 3G-Tunwollen.«

»Das freut mich sehr«, sagte ich berührt. »Das ist wirklich toll.«

»Wir denken, das Gefühl, Teil einer Gemeinschaft zu sein und eine Verbindung zu den Menschen dieser Gemeinschaft zu haben, weckt das Bedürfnis ganz von selbst«, meinte Tyler.

»In unserer Gruppe ging es mehr um Persönlichkeitsentwicklung«, sagte Stella. »Vor allem die Reflexion über die eigenen Werte und Ziele. Wenn Menschen über ihre persönlichen Werte und Ziele nachdenken, werden sie früher oder später erkennen, dass ihnen das Wohl anderer Menschen wichtig ist. Dieses Bedürfnis wohnt uns ja allen inne. Menschen, die das erkennen, sind logischerweise eher geneigt, prosoziales Verhalten zu zeigen.«

»Wir glauben, dass, was das angeht, auch Bildung eine große Rolle spielt«, meinte Isaac, der zur gleichen Gruppe gehörte. »Das Bewusstsein für die Probleme und Herausforderungen, mit denen andere Menschen konfrontiert sind, kann das Bedürfnis wecken, zu helfen oder etwas Gutes zu tun.«

»Auch scheint emotionale Intelligenz etwas damit zu tun zu haben«, meinte Sophia. »Menschen mit hoher emotionaler Intelligenz können eher das Bedürfnis verspüren, anderen zu helfen, da sie sowohl ihre eigenen Bedürfnisse als auch die Bedürfnisse anderer Menschen besser verstehen und darauf reagieren können.«

»Ganz entscheidend scheint auch der Faktor Selbstwirksamkeit zu sein«, meinte Lucas. »Menschen, die glauben, dass ihre Einflussnahme einen Unterschied machen kann, sind viel eher motiviert, anderen zu helfen oder etwas Gutes zu bewirken. Dazu tragen dann auch die Erfolge bei, die man bereits erringen konnte. Erfolgserlebnisse stärken die Motivation, Positives bewirken zu wollen. Ich glaube, wenn wir es könnten, wären wir alle Helden, die die Welt retten wollen.«

Plötzlich flog der Ball in die Mitte unserer Runde. Ich hatte sie zunächst gar nicht bemerkt, doch da waren sie wieder. Unsere Freude war groß. Wir gingen sofort alle achtsam und vorsichtig ins Wasser, um die Delfine nicht zu verschrecken. Ich hatte zunächst ein wenig Sorge, dass sie gleich wieder wegschwimmen würden, wenn 27 Personen gleichzeitig ins Wasser gehen, doch die Delfine blieben.

Ich hatte die spontane Idee, einmal schauen zu wollen, wie die Delfine auf mich reagieren würden, wenn ich den Delfin-Schwimmstil verwenden würde, den Dylan mir beigebracht hatte. Also schwamm ich los. Sofort begleiteten mich einige Tiere. Ich sah unter Wasser, dass es dieses Mal viel mehr waren. Da mein Blick unter Wasser etwas unscharf war, konnte ich nicht genau erkennen, wie viele genau. Aber es waren auf jeden Fall über zehn. Und das waren nur diejenigen, die jetzt mit mir mitschwammen.

Dylan kam sofort im gleichen Schwimmstil hinter mir her. Auch ihn umrundeten die Delfine mit offensichtlicher Freude. Als Dylan mich schließlich erreicht hatte, forderte ich ihn auf, sich vorsichtig an der Rückflosse eines Delfins festzuhalten. Ich tat das Gleiche. Und sofort schwammen unsere Delfine los wie auch gestern schon, als wir eine Runde mit ihnen gedreht hatten. Nur dieses Mal schwammen sie viel weiter mit uns raus aufs Meer.

Plötzlich ging mein Delfin mit mir auf Tauchstation. Er zog mich mit beeindruckender Kraft in die Tiefe. Meine Ohren begannen vom zunehmenden Wasserdruck zu schmerzen. Außerdem spürte ich, wie mir die Luft ausging. In diesem Moment wendete mein Delfin abrupt und schoss mit mir senkrecht nach oben zur Wasseroberfläche. Ich war sicher, dass er meine Not irgendwie gespürt hatte. Ich nahm erst einmal einen tiefen Atemzug und realisierte dann erst, wie weit draußen wir tatsächlich schon waren.

Dann kamen noch zwei weitere Tiere zu mir und drängten sich dicht an mich. Ich hatte jetzt einen Delfin links und einen rechts direkt neben mir, was mich auf die Idee brachte, mich auf die beiden aufzustützen und mich wenn möglich mit jeweils einem Bein auf sie draufzuknien. Wenn sie in dieser Position bleiben und direkt nebeneinander schwimmen würden, dann könnte ich mich vielleicht sogar auf sie draufstellen, als seien es Surfboards.

Und genau das tat ich dann wenig später tatsächlich. Die beiden hielten nämlich ihre Position und trugen mich in Begleitung eines dritten, sehr vergnügten Delfins, der ständig Saltos neben uns vollführte, zurück zu den anderen an den Strand.

Die Hälfte der Menschen und alle Secret-Angels waren zusammen mit den Delfinen im Wasser. Einige ließen sich ebenfalls an der Rückenflosse hinterherziehen. Außer Nuno, der eine andere lustige Möglichkeit gefunden hatte. Er hatte sich flach auf das Wasser gelegt und spielte *toter Mann*, wie er das später nannte. Zwei Delfine drückten dann mit ihrer Schnauze gegen seine Füße und ließen ihn über das Wasser gleiten wie ein Boot mit Außenbordmotor.

Als er etwas weiter draußen war, hörten sie plötzlich auf und verschwanden. Kurz darauf schoss Nuno nach oben aus dem Wasser heraus. Seine beiden Delfine hatten ihn über seine Füße nach oben geschoben. Mit einem lauten Platscher krachte er dann wieder ins Wasser, was Nuno unglaublich lustig zu finden schien. Und die Delfine offensichtlich auch, denn sie wiederholten die Prozedur unzählige Male, bis sie Nuno schließlich wieder zurück an den Strand brachten.

»Total geiler Scheiß!«, meinte Nuno begeistert, als er wieder da war. »Dagegen sind Arschbomben Kindergarten.«

Danach streichelten wir die Tiere noch eine ganze Weile. Sie schienen unsere Zärtlichkeiten sehr zu genießen. Schließlich schwammen sie wieder weiter und hinterließen 18 sehr glückliche Menschen und neun sehr glückliche Engel.

Wir hofften alle sehr, dass sie morgen wiederkommen würden. Wir würden jedenfalls ganz sicher zur gleichen Uhrzeit wieder hier sein. Da konnte kommen, was wolle. Das wollte sich keiner mehr entgehen lassen. Und sicherlich würden Ava und Jason morgen ebenfalls wieder mit dabei sein. Leider konnten die 15 Nerds, die im NSA-Stützpunkt wohnten, das nicht miterleben, da sie immer erst am Abend nach ihrer Arbeit zu uns kommen konnten. Doch wenn wir Glück hatten, dann würden die Delfine jetzt jeden Tag zu uns kommen, sodass die Nerds unsere neuen Freunde spätestens am nächsten Wochenende kennenlernen könnten.

Wir gingen zurück in die Villa, um uns trockene Kleidung anzuziehen. Ava und Jason kamen gerade zurück von ihrem Einkauf. Wir räumten das Auto aus, das sie gemietet hatten, und erzählten ihnen begeistert von unseren neuen Delfin-Abenteuern. Die beiden fanden es glücklicherweise gar nicht schlimm, dass sie die Delfine verpasst hatten. Sie meinten, sie hätten ebenfalls eine sehr schöne Zeit gehabt. Morgen wollten sie jedoch wieder am Strand dabei sein.

Ava wollte mit den Vorbereitungen für das Abendessen beginnen, denn bei 44 Personen wäre eine Menge zu tun. Angelo, Bodo und Lenyo boten sofort ihre Hilfe an, wobei sie dazusagten, dass sie das bisher noch nie gemacht hätten, weil das Kochen bei den Amish People eher eine Sache der Frauen sei. Ava kannte natürlich den wahren Grund, warum die drei Secret-Angels noch nie gekocht hatten.

Emily und Maya wollten auch sofort helfen, nachdem sie mitbekommen hatten, dass Angelo dabei war. Sie überschlugen sich regelrecht, als sie zu ihrem Gartenhaus eilten, um sich trockene Kleidung anzuziehen. Ich vermutete, dass sie sich so beeilten, weil sie später in der Küche unbedingt neben Angelo sitzen wollten.

Brian und ich beschlossen ebenfalls zu helfen und gingen nach oben, um uns umzuziehen. Als wir wieder runter in die Küche kamen, saßen Emily und Maya bereits bei Ava in der Küche. Angelo saß zwischen Lenyo und Bodo auf der einen Seite des Tisches, Emily, Maya und Ava auf der anderen. Emiliy hatte es geschafft, direkt gegenüber von Angelo zu sitzen, womit sie ganz zufrieden schien.

Ava gab Brian und mir die Aufgabe, das Gemüse für den Abend zu putzen und zu schneiden. Angelo, Bodo und Lenyo halfen wie Maya und Emily beim Kartoffelschälen.

»Hattet ihr beiden schon einmal eine längere Partnerbeziehung?«, wollte Ava von Emily und Maya wissen, während sie weiter ihre Kartoffeln schälte.

»Ich hatte schon einmal eine dreijährige Beziehung«, antwortete Maya.

»Ich leider noch nicht«, sagte Emily. »Aber ich glaube, ich wäre jetzt bereit dafür«, meinte sie und schaute zu Angelo rüber.

»Ich wünschte, ich wäre noch einmal in eurem Alter«, sagte Ava. »Vor allem mit dem Wissen von heute. Da würde ich sicherlich vieles anders machen.«

»Was würdest du denn anders machen?«, fragte Emily interessiert.

»Zum Beispiel würde ich mich nicht mehr ständig unzufrieden fühlen, weil mein Mann zu wenige romantische Gesten macht oder mir nicht genug Aufmerksamkeit schenkt. Das hatte ich immer als sehr großen Missstand empfunden. Mein Reptiliengehirn hat da eindeutig ständig die Führung übernommen.«

»Und welchen Modus hat es dann erzeugt?«, wollte Emily wissen.

»Eindeutig den Kampfmodus«, antwortete Ava lachend. »Aber vom Feinsten!«

»Was genau hast du denn als Missstand angesehen, wenn Jason nicht romantisch genug war oder dir nicht genug Aufmerksamkeit geschenkt hat?«, fragte Angelo.

»Ich hatte immer das Gefühl, dass ich ihm nicht wirklich wichtig bin«, antwortete Ava. »Das war wirklich nicht schön und auch völlig unangemessen, weil Jason mich in Wirklichkeit immer über alles geliebt hat.«

»Und welche Gefühle wären da angemessen gewesen?«, fragte Bodo interessiert.

»Keine Ahnung«, meinte Ava achselzuckend, während sie ihre Kartoffeln weiter schälte. »Vermutlich einfach Liebe.«

»Und was wäre die korrekte Wohlstandsbeurteilung gewesen?«, hakte Bodo nach.

»Wohlstandsbeurteilung?!«, fragte Ava amüsiert. »Es ist seltsam, dieses Wort für solch einen Sachverhalt zu verwenden. Aber im Grunde genommen ist es schon so eine Art Wohlstand, wenn man seinem Partner das Wichtigste auf der ganzen Welt ist«, meinte Ava.

»Und welche Wohlstandsgefühle löst das heute in dir aus, wenn du an diesen Sachverhalt denkst?«, wollte Bodo wissen.

»Ich fühle mich auf jeden Fall geliebt, wertgeschätzt, respektiert, geachtet, akzeptiert und so weiter«, meinte Ava.

»Das sind alles Erfüllungsgefühle aus dem sozialen Gehirn«, erklärte ich. »Deine Beziehung erfüllt alle sozialen Bedürfnisse nach Zugehörigkeit, Rang und einem loyalen Verbündeten. Und erfüllte Bedürfnisse sind Wohlstand. Es ist kein existenzieller Wohlstand, sondern ein sozialer. Ich denke, dass es sinnvoll ist, diesen Wohlstand auch als solchen tatsächlich wahrzunehmen und zu schätzen.«

»Auf jeden Fall sinnvoller als die ständigen bescheuerten Missstandsgefühle«, meinte Greg grinsend, der gerade zu uns in die Küche kam. Offenbar hatte er sich wieder abgeschminkt, da sein BeautyQueen-Make-up nach dem Schwimmen mit den Delfinen ohnehin hinüber war. »Genau auf diese Weise habe ich immer meine Beziehungen zerstört. Man kann sich das vermutlich jetzt nicht so plastisch vorstellen, weil ich hier immer einigermaßen lieb bin, aber ich kann leider ein ganz schöner Besen sein. Ich hätte es mit mir selbst jedenfalls nicht ausgehalten. Ich war ganz schön oft ganz schön unter der Gürtellinie, wenn ich sauer war.«

»Und was waren das für gefühlte Missstände, die dich so sauer gemacht haben?«, fragte Emily interessiert.

»Wo soll ich da anfangen?!«, meinte Greg. »Da gibt es sehr viele Beispiele. Kommunikation zum Beispiel. Wenn mein Partner nicht offen und ehrlich kommuniziert hat. Das hat mich immer sehr sauer gemacht. Da gab es Kampfmodus vom Feinsten, kann ich dir sagen. Ich schäme mich sehr dafür, mich da oftmals richtig schäbig verhalten zu haben.«

»Du hast es also damals als Problem angesehen, wenn dein Partner nicht offen und ehrlich kommuniziert hat«, stellte Angelo fest. »Da kann man den Kampfmodus ja gar nicht vermeiden. Hast du das denn auch als Missstand beurteilt, oder war das anderweitig ein Problem?«

»Das war für mich auf jeden Fall ein Missstand«, bestätigte Greg. »Und den habe ich dann auch lautstark geäußert. Einmal hat ein Nachbar deshalb sogar die Polizei gerufen.«

»Und würdest du das heute immer noch als Problem beurteilen?«, fragte Emily.

»Auf keinen Fall!«, antwortete Greg entschieden. »Das passiert mir garantiert nicht noch einmal. Als Missstand vielleicht, aber auf keinen Fall als Problem.«

»Würde das denn helfen, wenn du es als Missstand ansiehst?«, fragte Bodo.

Greg lachte herzhaft, weil er Bodos Frage wieder für einen Scherz hielt. »Früher habe ich das auf jeden Fall so gesehen, denn schön ist es ja nicht gerade, wenn der Partner einem etwas verschweigt oder wenn er einen sogar anlügt«, meinte er. »Aber ich weiß, dass ich das nicht als Missstand ansehen muss. Ich bin jedoch nicht sicher, ob ich das nicht immer noch als Missstand ansehen will. Ich will das auf keinen Fall wieder mit mir machen lassen. Und ehrlich gesagt, habe ich schon wieder vergessen, was genau ein Missstand eigentlich ist.«

»Für das Reptiliengehirn, wenn du nicht genug zu essen, keinen trockenen und warmen Platz zum Schlafen und keinen Schutz vor Feinden hast«, erläuterte ich.

»Und für das soziale Gehirn, wenn du keine Zugehörigkeit zu einem Rudel, einen zu niedrigen Rang oder keine Verbündeten hättest.

Und wenn die sozialen Prinzipien wie das Gegenseitigkeitsprinzip, das Gerechtigkeitsprinzip, das Akzeptanzprinzip und so weiter nicht erfüllt sind, dann kann das unter Umständen auch ein Missstand sein. Es kommt darauf an, wie relevant die Verletzung dieser theoretischen Prinzipien in der Praxis tatsächlich ist.

Rassismus und Diskriminierung gehören zum Beispiel zu den echten sozialen Missständen. Davon bist du ja aufgrund deiner geschlechtlichen Ausrichtung auch betroffen. Obdachlosigkeit wäre ein weiterer Missstand oder Altersarmut. Gegen diese Missstände sollte man etwas unternehmen. Und damit das gelingt, sollte man sie besser nicht als Probleme ansehen, sondern als sehr wichtige Aufgaben.

Ehrlichkeit und Offenheit sind zwar ebenfalls instinktive Beziehungsprinzipien, doch die sind in der heutigen Zeit meistens keine relevanten Missstände mehr. In der Steinzeit waren sie das noch, weil man sich auf seinen Beziehungspartner verlassen musste, doch in der heutigen Zeit passiert außer Enttäuschung nicht viel, wenn ein Partner unehrlich ist.

Man kann die Beziehung ja auch jederzeit beenden, wenn man das nicht akzeptieren möchte. Aber es ist weder ein überlebensrelevantes Problem noch ein überlebensrelevanter Missstand. Man *kann* den Missstand also abstellen, *muss* man aber nicht.«

»Ich würde das trotzdem nicht mehr mitmachen, wenn ich belogen würde«, meinte Greg.

»Das musst du ja auch, wie gesagt, nicht«, sagte ich. »Du kannst das frei entscheiden. So oder so wird es bei deiner Entscheidung kein echtes Problem und auch keinen echten Missstand geben.«

»Ich kann also auch eine Beziehung beenden, ohne dass ich das als Missstand ansehe«, erkannte Greg.

»Ja, natürlich«, bestätigte ich. »Man muss aus Unstimmigkeiten in der Beziehung keinen Missstand machen, damit man sich von seinem Partner trennen darf. Du darfst immer machen, was du willst. Du musst das weder mit einer Missstandsbeurteilung noch mit einer Problembeurteilung rechtfertigen.«

»Und auch nicht damit, dass ich darunter emotional leide wie ein räudiger Hund«, erkannte Greg.

»Auch das nicht«, stimmte ich zu. »Du hast in deinen Beziehungen Willensfreiheit. In Wirklichkeit hast du ja in deinen bisherigen Beziehungen trotzdem immer im Wohlstand gelebt – sowohl in existenzieller als auch sozialer Hinsicht. Du hast es nur nicht gefühlt. Welche Wohlstandsbeurteilungen wären denn deinen tatsächlichen Lebensumständen angemessen gewesen?«

»Na, vor allem einmal die Beurteilung, dass ich selbst in Ordnung bin«, meinte Greg. »Und zwar auch dann, wenn ich nicht so ganz einfach bin. Ich hatte immer das Gefühl, nicht gut genug zu sein, weil ich ja gemerkt habe, wie oft ich rumgezickt habe.«

»Eine Wohlstandsbeurteilung wäre also schon einmal

gewesen, dass du gut genug bist«, erkannte Angelo. »Und wie war es mit deinen Beziehungspartnern? Waren die auch gut genug?«

»Es fällt mir schwer, das zuzugeben, denn ich habe zu meinen Exen kein gutes Verhältnis mehr. Doch in Wirklichkeit waren die natürlich auch alle in Ordnung«, erklärte Greg.

»Und war noch etwas in Ordnung in deinen Beziehungen, obwohl deine Partner nicht immer offen und ehrlich kommuniziert haben?«, fragte Angelo.

»Da war in Wirklichkeit sehr vieles in Ordnung«, antwortete Greg. »Eigentlich war alles in Ordnung. Ich habe dem Negativen immer nur viel zu viel Bedeutung beigemessen, weil ich nicht wusste, dass ich das alles gar nicht als Problem ansehen muss. Ich konnte da echt nicht anders. Ich habe meine Beziehungen fast komplett im Kampfmodus geführt. Das war vermutlich auch der Grund dafür, warum meine Partner nicht offen und ehrlich mit mir kommuniziert haben. Ich habe ihnen ja immer gleich den Kopf abgerissen, wenn sie meinen Sollvorstellungen nicht entsprochen haben.«

»Wie glücklich hättest du denn in deinen Beziehungen sein können, wenn du nichts mehr als Problem angesehen hättest?«, wollte Bodo wissen.

»Ich hätte vermutlich die ganze Zeit über grüne Gefühle haben können«, meinte Greg.

»Gibt es noch mehr solcher Beispiele, wo du in deinen Beziehungen etwas unnötigerweise als Problem angesehen hast?«, fragte Bodo.

»Da könnte ich dir eine laaange Liste schreiben«, meinte Greg lachend. »Ich war zum Beispiel sauer, wenn mein Partner nicht genug Zeit in unsere Beziehung investiert hat. Dann hatte ich oft das Gefühl, dass ich in schwierigen Zeiten nicht genügend Unterstützung von ihm bekommen habe. Dann hat es mir oft an Wärme und Zuneigung gemangelt. Grundsätzlich hatte ich Schwierigkeiten zu vertrauen, und dafür habe ich dann auch immer meinen Partner verantwortlich gemacht. Ich hatte Probleme damit, wenn wir unterschiedliche Interessen und Hobbys hatten. Wegen Geld hatten wir auch immer Streit. Vor allem, wenn wir gemeinsame Kasse hatten und mein Partner dann das Geld für irgendeine Scheiße rausgehauen hat, ohne das mit mir abzustimmen. Ja, und in sexueller Hinsicht hatte ich auch immer mehr oder weniger Mangel. Und die Aufteilung der Haushaltsaufgaben hat auch nie so richtig funktioniert. Es ist immer alles an mir hängen geblieben.

Soll ich weitermachen?! Ich hätte noch unzählige weitere gefühlte Missstände anzubieten. Dass die Karriere ständig über die Beziehung gestellt wurde. Einige meiner Partner scheiß eifersüchtig waren. Teilweise auch neidisch auf meinen Erfolg. Dann fühlte ich mich auch oft eingeengt. Gleichzeitig hatte ich aber auch ein Problem damit, wenn sich mein Partner von mir eingeengt gefühlt hat. Konflikte zu bewältigen, die es in einer Beziehung immer gibt, war auch meistens ganz große Kacke. Die meisten Menschen sind nicht konfliktfähig. Zumindest die nicht, mit denen ich eine Beziehung hatte.«

»In einer Partnerbeziehung scheint es viele Gelegenheiten zu geben, etwas als Problem oder Missstand anzusehen«, erkannte Angelo beeindruckt.

»Doch wenn man über unser Wissen verfügt, dann kann das ganz anders laufen«, gab Emily zu bedenken. »Mit mir könnte es ein Partner richtig schön haben. Ich würde diesen ganzen Stress sicher nicht machen. Ich würde nichts mehr als Problem beurteilen und dann auch nicht ständig so einen Stress machen.«

»Ich ebenfalls nicht«, meinte Maya. »Ich würde meinen Partner als reine Bereicherung ansehen, ohne ständig dies und jenes von ihm haben zu wollen. Und Rumgezicke gab es bei mir sowieso noch nie.«

»Bei mir auch nicht«, pflichtete ihr Emily bei. »Mit mir wäre es auch sicher nie langweilig. Mir fällt immer etwas Lustiges oder Spannendes ein.«

»Geht mir genauso«, meinte Maya. »Über Langeweile hat sich bei mir noch keiner beschwert. Und über Eifersucht auch nicht. Ich bin überhaupt nicht eifersüchtig. Ich würde meinen Partner nie kontrollieren oder einengen wollen.«

»Das würde ich natürlich auch nie tun«, pflichtete ihr Emily bei. »Mit mir gäbe es auch keine Probleme, wenn es um die Lösung von Konflikten geht. Ich bin da sehr kompromissbereit und suche immer eine Lösung, die für beide passt.«

»Dito«, meinte Maya. »Dass Streiten angeblich sein muss, habe ich noch nie verstanden. Ich finde, man kann alles sehr gut ohne Streit und Kampfmodus lösen.«

»Das finde ich auch«, meinte Emiliy. »Wie sieht es denn bei euch aus?«, fragte sie Bodo, Lenyo und Angelo, wobei ich das Gefühl hatte, dass sie eigentlich nur die Antwort von Angelo interessierte. »Was habt ihr so für Zukunftspläne? Wollt ihr Karriere machen, oder seid ihr eher Familienmenschen?«

»Das weiß ich noch gar nicht so genau«, meinte Lenyo. »Ich bin noch nicht so lange raus bei den Amish People und deshalb noch in der Orientierungsphase.«

»Und ihr beide?«, fragte Emily, schaute aber nur Angelo dabei an.

»Ich bin ebenfalls noch in der Selbstfindungsphase«, meinte Angelo. »Meine Karriere läuft ja bereits ganz gut. Privat muss ich mich noch orientieren. Doch erst einmal werde ich euch bei eurem Projekt mit dem virtuellen ELLA-Camp unterstützen. Das finde ich sehr stabil.«

»Wie hast du denn so schnell Karriere gemacht nach deinem Ausstieg bei den Amish People?«, wollte Maya wissen.

»Ich habe mit einem Geschäftspartner zusammen in einer Hinterhofgarage angefangen«, antwortete Angelo. »Wir haben einen Biosensor auf der Basis von Molekularelektronik entwickelt, der zur kontinuierlichen Überwachung des Blutzuckerspiegels verwendet wird. Der Sensor wird auf die Haut aufgeklebt und misst den Glukosespiegel in der interstitiellen Flüssigkeit, die sich zwischen den Zellen befindet. Wir haben das Patent für diesen Sensor dann an eine namhafte Firma verkauft und viel Geld dafür bekommen. Daher kann ich euch jetzt bei eurem Projekt unterstützen, was mir ein großes persönliches Anliegen ist.«

»Sehr beeindruckend!«, meinte Emily. »Es wird mir ein großes Vergnügen sein, mit dir zusammenzuarbeiten.«

»Mir ebenfalls«, sagte Maya. »Molekularelektronik aus der Hinterhofgarage! Das ist wirklich sehr beeindruckend.«

»Ich hatte, ehrlich gesagt, großes Glück, dass mein Geschäftspartner ein absolutes Technik-Genie ist«, meinte Angelo. »Ich war nur für das Geschäftliche zuständig. Von Molekularelektronik selbst habe ich wenig Ahnung.«

»Und weißt du schon, ob du irgendwann einmal Kinder haben möchtest?«, fragte Maya.

»Keine Ahnung«, antwortete Angelo sichtlich überfordert.

»Muss ja nicht sein«, meinte Maya sofort.

»Ich bin da total flexibel«, meinte Emily. »Wenn es passt, dann passt es, und wenn nicht, dann kann es auch zu zweit sehr schön sein. Die Liebe ist das Einzige, was zählt.«

»Ja, das sehe ich genauso«, sagte Angelo, was ein sehr breites Lächeln in Emilys Gesicht zauberte.

»Es wäre schön, wenn die Liebe allein genügen würde«, widersprach Greg. »Doch es fällt mir, ehrlich gesagt, sehr schwer, das zu glauben. Nach meinen Erfahrungen gibt es in Partnerbeziehungen leider auch dann unendlich viel Konfliktpotenzial, wenn beide Partner sich über alles lieben. Ob das nun Differenzen bezüglich unterschiedlicher Zukunftsvisionen sind oder Schwierigkeiten beim klaren Ausdruck von Gedanken und Gefühlen, Misstrauen oder Unsicherheit in Bezug auf den Partner oder unterschiedliche Lebensstile oder Lebensziele oder eine fehlende emotionale oder physische Nähe, unterschiedliche Bedürfnisse oder auch einfach nur Unzufriedenheit im Schlafzimmer.

Auch der liebe Haushalt sorgt immer wieder für Konfliktpotenzial. Ich hatte auch sehr häufig Schwierigkeiten mit den Eltern meiner Beziehungspartner oder anderen Familienmitgliedern, weil die mich nicht akzeptieren wollten. Die meisten Probleme in einer Beziehung entstehen jedoch meiner Meinung nach durch unrealistische Erwartungshaltungen und durch den darauf folgenden zweiten Erziehungsweg.«

»Was ist der zweite Erziehungsweg?«, fragte Emily. »Das Wort habe ich noch nie gehört.«

»Du kennst sicherlich den zweiten Bildungsweg, oder?«, fragte Greg.

»Ja, natürlich«, antwortete Emily.

»Der zweite Erziehungsweg ist ganz ähnlich«, meinte Greg grinsend. »Du suchst dir einen Partner aus der unteren Mittelklasse und versuchst den dann zu einem Luxusschlitten oder einem heißen Sportwagen zu machen.«

»Und das geht?«, fragte Bodo verwundert.

»Absolut!«, antwortete Greg grinsend. »So wie man ja auch aus einem Stück Kohle einen Diamanten pressen kann. Du musst nur über einen langen Zeitraum hinweg genügend Druck ausüben. Das funktioniert super! Zumindest wenn du vorhast, deinem Partner das Leben zur Hölle zu machen. Manche schaffen es sogar, ihren Partner auf diese Weise komplett kaputtzumachen.«

Bodo schaute irritiert.

»Das war Sarkasmus«, klärte ich ihn auf. »Es hilft nicht, wenn man den Partner verändern will. Es ist sicherlich der häufigste Grund, warum Menschen in Partnerbeziehungen sehr unglücklich sind. Doch das scheinen sehr viele Menschen nicht zu verstehen. Sie gehen eine Beziehung nach der nächsten ein und tun immer wieder das Gleiche.«

»Ich habe noch keine Männer kennengelernt, die das nicht tun«, meinte Greg.

»Frauen sind da auch nicht besser«, wandte Ava ein. »Ich muss gestehen, dass ich das bei Jason auch jahrelang versucht habe. Ich wusste einfach nicht, wie falsch das ist und wie sehr man einem Menschen damit wehtun kann.«

»Doch wenn man gar nichts mehr als Problem oder Missstand beurteilt, wie Mary uns das beigebracht hat, dann sollte es alle diese Probleme eigentlich gar nicht mehr geben«, meinte Emily.

»Ja, theoretisch schon«, stimmte Greg zu. »Doch dafür müssten dann schon beide Partner über unser Wissen verfügen. Und das würde aktuell bedeuten, dass du deinen Partner fürs Leben hier in der Villa finden müsstest.«

»Na gut, das ist natürlich nicht ganz so einfach«, stimmte Emily zu und schaute zu Angelo rüber, der sich jedoch aufs Kartoffelschälen konzentrierte und ihren intensiven Blick daher gar nicht registrierte.

»Ich für meinen Teil werde keine Beziehung mehr mit jemandem eingehen, der nicht über unser Wissen verfügt«, meinte Greg. »Auf die Scheiße habe ich echt keinen Bock mehr. Ich hatte meinen Glauben an die Liebe schon fast verloren. In den letzten Wochen habe ich jedoch gesehen, wie Partnerbeziehungen aussehen können, wenn beide nichts mehr als Problem beurteilen. Ich glaube daher wieder an die Liebe. Doch ich glaube nicht mehr daran, dass Beziehungen ohne unser Wissen dauerhaft glücklich bleiben können.«

»Da hat Greg leider nicht ganz unrecht«, meinte Ava. »Jason und ich wären vermutlich bereits getrennt, wenn Mary nicht gewesen wäre. Wenn mir jemand vor drei Wochen erzählt hätte, wie glücklich wir beide jetzt miteinander sein würden, hätte ich das niemals für möglich gehalten.«

»Ich habe, ehrlich gesagt, ebenfalls nicht mehr daran geglaubt, dass ich jemals wieder eine Partnerschaft eingehe«, meinte Brian. »Mary hat mir jedoch so dermaßen das Blech weggehauen, dass ich gar nicht anders konnte. Und es war die beste Entscheidung, die ich jemals in meinem Leben getroffen habe. Ich gehöre eigentlich nicht zu den Menschen, die aufgrund von emotionalen Höhenflügen leichtfertig Entscheidungen treffen. Als ich Mary gefragt habe, ob sie mich heiraten will, war ich mir vollkommen sicher, dass es mit uns klappen würde. Das war keine übereilte Gefühlsentscheidung.

Ava und Jason haben viel zu dieser Sicherheit beigetragen. Genau wie Linh und Marcus, Kevin und Emma oder unser lieber Dylan mit seiner Tyler. Bei allen ist sofort offensichtlich, dass es die Probleme, die normale Paare so haben, gar nicht gibt. Ich denke jedoch, dass es nicht nur dem Umstand geschuldet ist, dass wir hier alle nichts mehr als Problem oder Missstand beurteilen.

Meiner Meinung nach sind es vor allem die Gefühlsziele gewesen, die den meisten Beziehungsstress verursacht haben. Und auch die vielen idiotischen Sollvorstellungen, die wir aufgrund der großen Täuschung glauben erfüllen zu müssen. Die vielen Müssens, Brauchens und die völlig überzogenen Haben- und Seinwollens und vieles mehr.

Wenn ich mir so anschaue, was ich heute alles weiß, dann frage ich mich schon, wie normale Partnerbeziehungen überhaupt funktionieren können. Wir haben alle in den letzten Wochen so unglaublich viel gelernt über uns selbst und das Leben, dass wir jetzt Beziehungen auf einer viel stabileren Basis aufbauen können.

Die meisten Menschen wissen einfach nicht, was sie alles nicht wissen. Ich kann daher Greg gut verstehen. Hätte ich früher schon gewusst, was ich heute alles weiß, wäre ich vermutlich auch keine Beziehung mehr mit jemandem eingegangen, der nicht über unser Wissen verfügt. Den Stress hätte ich mir sicherlich nicht mehr angetan.

Als Single kann man ja genauso glücklich sein. Es kommt ja nicht darauf an, ob man eine Partnerbeziehung hat oder nicht, sondern was man daraus macht. Doch einer allein kann keine glückliche Partnerschaft führen, wenn der andere aus allem ständig ein Problem macht. Oder wenn er ständig irgendwelchen Gefühlszielen hinterherrennt oder so blind seinem Bauchgefühl vertraut, dass man mit ihm gar nicht mehr vernünftig reden kann. Oder eben dieser zweite Erziehungsweg oder, oder, oder. Wie Greg ja schon gesagt hat, die Liste an gefühlten Problemen, die man in einer Partnerbeziehung erschaffen kann, ist unendlich.

Ich glaube, es ist wirklich an der Zeit, dass wir daran etwas ändern. Unser Wissen könnte ein Segen für alle Paare sein. Es könnte ein Segen für die Liebe sein. Ich glaube, es gibt keinen anderen Lebensbereich, wo unser Wissen so wichtig ist wie in der Partnerbeziehung. Ich kenne in meinem gesamten privaten Umfeld kein einziges Paar, das auch nur annähernd eine wirklich glückliche Beziehung führt. Jeder antwortet immer nur, dass es *gerade kompliziert* ist, wenn man ihn danach fragt, ob in seiner Beziehung alles in Ordnung ist.«

»Und diesen ständigen Stress leben die meisten Eltern ihren Kindern auch noch vor«, meinte Maya. »Das war bei meinen Eltern auch nicht anders. Man denkt dann später selbst, es sei normal, dass Beziehungen nun einmal kompliziert sind. Doch das ist, wie Mary schon einmal sagte, vielleicht *üblich*, aber *normal* ist das nicht. Das müsste alles gar nicht sein, wenn die Menschen sich selbst und ihren Partner besser verstehen würden.

Die ständigen Habenwollens, Seinwollens, Brauchens

und Müssens machen wirklich jede Beziehung zu einem permanenten Kampf. Daher sind die Paare, die wir hier bei uns haben, wirklich zu beneiden. Genau so etwas wünsche ich mir ebenfalls von ganzem Herzen.«

»Ja, das sehe ich ganz genauso«, stimmte Emily zu und schaute zu Angelo rüber. »Wir erleben hier miteinander etwas ganz Besonderes. Mit jedem von uns wäre eine Partnerbeziehung möglich, wie es sie auf dieser Welt nur sehr selten gibt.«

»Dann sollten wir das bei unserem virtuellen ELLA-Camp vielleicht in den Vordergrund stellen«, meinte Angelo. »Wenn es so selten ist, dass Partnerbeziehungen problemfrei funktionieren und die Liebe sich kaum frei entfalten kann, dann könnte unser ELLA-Camp ja ein Segen für die gesamte Menschheit sein. Und wir selbst hätten dann ebenfalls eine sehr viel größere Auswahl an tollen Beziehungspartnern.«

»Ich finde unsere Auswahl eigentlich schon sehr gut«, meinte Emily und sah Angelo lächelnd an.

Kapitel 14:

Leben im Tuniversum oder der Un-Sinn des Lebens

Nachdem wir mit Avas Vorbereitungen fertig waren, gingen Brian und ich noch einmal auf unser Zimmer. Brian meinte, er sei müde und wolle sich kurz hinlegen, um für den Abend fit zu sein. Als wir uns dann aufs Bett legten, merkte ich jedoch schnell, dass er in Wirklichkeit gar nicht so müde war, wie er in der Küche gesagt hatte.

Er begann mich zu küssen und mir die Kleider auszuziehen. Ich befreite ihn daher ebenfalls aus seiner Kleidung und freute mich auf unser gemeinsames Tunwollen. An diesem Nachmittag erfuhr ich, dass es tatsächlich noch weitere Möglichkeiten gab, Sex zu haben, als nur diese Missionarsstellung, die ich bereits kannte. Das war überaus faszinierend.

Wir blieben im Bett, bis wir hörten, dass unsere Nerds aus dem NSA-Stützpunkt wieder da waren. Ich hatte vor, mit ihnen allen noch vor dem Abendessen einen Workshop zu machen, denn Avas Vier-Gänge-Menü würde sich vermutlich bis in den späten Abend hinziehen.

Wir standen also auf, duschten schnell und gingen dann runter zu den anderen. Die Sonne würde bald untergehen. Kevin hatte in der Zwischenzeit eine Gruppe auf unserem Smartphone angelegt und verschickte sogleich die Botschaft, dass sich alle im Garten zu einem weiteren Workshop einfinden sollten. Fünf Minuten später saßen wir wieder wie üblich im großen Kreis.

»Ich möchte heute Abend mit euch über die Zielsetzung sprechen, ein glückliches, erfolgreiches und erfülltes Leben führen zu wollen«, sagte ich, um unseren Workshop zu beginnen. »Ich hätte dazu vorab eine Frage an euch. Wem von euch ist es wichtig, dass es ihm gut geht?«

Alle lachten und hoben die Hand.

»Wir sprechen hier von unserem angeborenen Ur-Motiv«, fuhr ich fort. »Selbstverständlich wollen wir alle, dass es uns gut geht. Doch ist euch auch bewusst, dass es bei diesem Ur-Motiv eine Habenwollen-, eine Seinwollen- und auch eine Tunwollen-Komponente gibt?«

»Jetzt, wo du es sagst …«, meinte Dylan. »Aber bewusst war mir das nicht.«

»Lasst mich noch eine zweite Frage stellen«, bat ich die Gruppe. »Wir wissen alle, dass nur unsere Tunwollens uns ein glückliches und erfülltes Leben bescheren können. Wir haben heute Mittag auch noch einmal über die Motivation gesprochen, anderen etwas Gutes tun zu wollen. Doch wie sieht es bei euch selbst aus? Wer nutzt in seinem Alltag konsequent seine Möglichkeiten, um sich selbst Gutes zu tun?«

Niemand zeigte auf. Manche zuckten verwundert mit den Achseln.

»Der springende grüne Punkt ist, dass wir alle glücklich, erfolgreich und erfüllt *sein* wollen«, fuhr ich fort. »Auch wollen wir Glück, Erfolg und Erfüllung *haben*. Doch in Wirklichkeit gibt es da kein *Sein* und auch kein *Haben*. Glück, Erfolg und Erfüllung sind keine Seins-Zustände. Und es ist auch nichts, was man besitzen kann. Wir können jedoch ein glückliches, erfolgreiches und erfülltes Leben *führen*. Doch das ist ein ganz eindeutiges Tunwollen. Doch das scheint unserem System nicht so ganz klar zu sein – weder dem bewussten noch dem unbewussten. Daher rennen wir dem Haben- oder Seinwollen hinterher.

Und genau das Gleiche tun wir auch mit unserem Ur-Motiv. Wir wollen dafür sorgen, dass es uns gut geht. Und auch hier wollen wir haben und sein. Dafür sind wir auch bereit, uns richtig anzustrengen. Doch diese Anstrengungen sind alles Tunmüssens und keine Tunwollens. Wir tun diese Dinge, um zu erreichen, dass es uns gut geht, oder zu vermeiden, dass es uns schlecht geht. Doch in Wirklichkeit ist auch das Gutgehen kein Haben und kein Sein. Wir können es uns nur gut gehen lassen, was gleichbedeutend damit ist, uns selbst aktiv Gutes zu *tun*. Doch warum tun wir es nicht einfach? Bietet unser Alltag denn so wenige Möglichkeiten für diese Tunwollens?«

»Ehrlich gesagt, fällt mir da so spontan gar nichts ein, mit dem ich mir selbst etwas Gutes tun könnte«, meinte Isaac.

»Dann würde ich vorschlagen, wir sammeln jetzt erst einmal ein paar Ideen dazu. Womit könnten wir uns denn selbst etwas Gutes tun?«, fragte ich in die Runde.

»Wellness«, meinte Ava. »Zum Beispiel ein entspannendes Bad nehmen, sich massieren lassen, Spa-Behandlungen genießen oder sich verwöhnende Gesichtsmasken gönnen.«

»Körperliche Bewegung«, sagte Dylan. »Joggen, Rad fahren, Schwimmen, Fitnesskurse oder einfach nur spazieren gehen in der Natur.«

»Sich mit Freunden oder der Familie treffen«, meinte Sophia. »Gemeinsame Aktivitäten unternehmen, Zeit mit geliebten Menschen verbringen und positive zwischenmenschliche Beziehungen pflegen.«

»Künstlerische Aktivitäten wie Malen, Schreiben, Musizieren, Basteln oder Tanzen«, sagte Ava.

»Zeit in der Natur verbringen«, schlug Emma vor. »Spaziergänge im Wald, Picknicks im Park, Campingausflüge oder einfach nur das Sonnenlicht und die frische Luft im Freien genießen.«

»Sich bewusst Zeit für Ruhepausen nehmen, sich zurücklehnen und ein gutes Buch lesen, Naturgeräusche hören, meditieren oder einfach nur entspannen«, schlug Stella vor.

»Mit Delfinen schwimmen«, sagte Linh, woraufhin alle zustimmend applaudierten.

»Das Ausüben von Hobbys wie Gartenarbeit, Kochen, Fotografie, Reisen, Spiele spielen«, sagte Ava.

»Sich Zeit nehmen, um über die eigenen Gedanken, Gefühle und Bedürfnisse nachzudenken«, meinte Tyler.

»Musik hören oder ein Konzert besuchen«, schlug Dylan vor.

»Mit dem Hund spielen, spazieren gehen oder ihn streicheln«, sagte Emily.

»Sich mit Freunden treffen«, ergänzte Jason.

»Oder mit Freunden oder dem Partner neue Orte erkunden, Abenteuerreisen unternehmen, Outdoor-Aktivitäten wie Klettern, Rafting oder Trekking ausprobieren«, schlug Kevin vor.

»Kunst und Kultur erleben«, sagte Ava. »Museumsbesuche, Theateraufführungen oder Kunstausstellungen.«

»Lachen und Humor«, meinte Nuno.

»Lieblingsorte besuchen, wo man sich wohlfühlt«, sagte Maya.

»Sich in die Welt eines guten Buches vertiefen, neue Geschichten und Ideen entdecken und sich in Fantasiewelten verlieren«, meinte Linh.

»Sich bewusst Zeit nehmen, um allein zu sein, innere Ruhe zu finden und persönliche Interessen zu verfolgen, ohne dabei von äußeren Einflüssen abgelenkt zu werden«, fügte Connor hinzu.

»Es gibt also viele Tunwollens, mit denen wir uns selbst etwas Gutes tun könnten«, sagte ich und ergriff damit wieder das Wort. »Wir können alle diese Dinge genießen, Spaß dabei haben, unsere Neugier damit befriedigen, spielen, unsere Bedürfnisse befriedigen, Schönes und Gutes wahrnehmen und wertschätzen, die Seele baumeln lassen, uns selbst Liebe entgegenbringen, uns anerkennen, uns spüren, wahrnehmen, wertschätzen. Wir können neue Erfahrungen machen, miteinandern und unzählige weitere Dinge mehr. Wer von euch nutzt diese Möglichkeiten systematisch in seinem Alltag?«

Niemand meldete sich.

»Kaum«, sagte Ava. »Auf jeden Fall nicht so, wie ich es eigentlich tun könnte«, fügte sie hinzu.

»Doch warum tun wir es so selten?«, fragte ich. »Wir wollen doch, dass es uns gut geht. Das ist unser höchstes Ziel. Wir könnten es uns doch offensichtlich jeden Tag gut gehen lassen.«

»Wenn wir uns dann mal Zeit dafür nehmen würden«, meinte Kevin. »Ich denke, dass es daran liegt. Wir haben ständig etwas zu erledigen. Jagen ständig irgendwelchen Haben- und Seinwollens hinterher.«

»Zeit wäre bei mir nicht so das Thema«, meinte Issac. »Zeit hätte ich schon, aber ehrlich gesagt habe ich nicht das Gefühl, dass all diese Dinge mir überhaupt etwas bringen. Bei mir kommt da kein Genuss auf. Ich glaube, ich weiß gar nicht so richtig, wie Genuss eigentlich geht. Wie genießt man denn überhaupt?«

»Indem man sich Zeit für die schönen Dinge des Lebens nimmt«, antwortete Ava.

»Ja, aber was ist, wenn diese schönen Dinge dann einfach keine schönen Gefühle auslösen?«, wandte Isaac ein. »An der Zeit liegt es bei mir, wie gesagt, nicht. Es kommt einfach kein schönes Gefühl bei mir auf, wenn ich etwas genießen will. Spaß haben geht, aber beim Genießen denke ich immer sofort: *Und jetzt?!* Ich weiß nicht, wie andere Menschen das machen, aber bei mir kommt da einfach nichts.«

»Ist es dir vielleicht nicht wichtig genug, dir selbst etwas Gutes zu tun?«, fragte ich. »Was würde denn passieren, wenn du das in deinen Meta-Daten gefühlt wichtiger machst?«

»Dann käme ein Missstandsgefühl auf«, antwortete Isaac.

»Und um welchen Missstand ginge es da?«, fragte ich.

»Keine Ahnung«, antwortete er und zuckte mit den Achseln. »Eigentlich will ich einfach nur glücklich sein. Mehr will ich ja gar nicht. Der Erfolg ist mir nicht so wichtig. Und Erfüllung eigentlich auch nicht. Vielleicht liegt es immer noch daran, dass ich mich zu sehr glücklich *fühlen* will, anstatt glücklich zu *sein*. Das Gefühlsziel hat sich zwar schon deutlich abgeschwächt durch unsere Workshops, aber ganz weg ist es noch nicht. Mein Wunsch, mich glücklich fühlen zu wollen, ist definitiv noch zu stark. Das merke ich sofort, wenn ich bewusst genießen will. Das ist dann wie beim Einschlafen. Wenn ich bewusst aufpasse, dass ich jetzt bloß schnell einschlafe, damit ich dann morgen auch wirklich ausgeschlafen bin, kann ich das Schlafen gleich vergessen. Ich stehe mir da offensichtlich immer noch selbst im Weg mit meinem Ziel, mich glücklich *fühlen* zu wollen, obwohl dieses Gefühlsziel wirklich schon sehr viel schwächer geworden ist.«

»Wer hat denn ebenfalls den Eindruck, dass dieses Gefühlsziel bei ihm schon deutlich schwächer geworden ist?«, fragte ich in die Runde.

Alle zeigten auf.

»Ich muss mich nicht mehr permanent glücklich fühlen«, meinte Arjun. »Das Einzige, was mich jetzt noch stört, ist das unterschwellige Missstandsgefühl, das ich die ganze Zeit über spüre. Ich habe aber keine Ahnung, was dieses Permanentgefühl auslöst. Vermutlich ist es einfach nur das Ziel selbst, dieses Missstandsgefühl nicht mehr haben zu wollen. Doch ich denke, das verschwindet dann auch noch, wenn wir mit unserem Bottom-up-Prozess einfach weitermachen. Bis jetzt hat der sehr gut funktioniert.«

»Hätte dein Leben vom Gefühl her noch einen Sinn, wenn du es nicht schaffen solltest, dieses permanente Missstandsgefühl irgendwann abzustellen?«, fragte ich.

»Ja, das schon«, antwortete Arjun. »So schlimm ist dieses Gefühl ja nicht mehr. Es ist nur noch ein Rest von dem, was ich früher immer gespürt habe. Aber wenn ich mir vorstelle, dass ich den Rest meines Lebens nur noch starke Mangel- oder Missstandsgefühle hätte und nie mehr glücklich wäre, dann würde meine Antwort sicherlich noch immer anders ausfallen.«

»Das wäre bei mir auch noch so«, sagte Isaac.

»Wer hätte ebenfalls noch immer das Gefühl, dass das Leben keinen Sinn mehr hätte, wenn wir uns immer nur noch schlecht und überhaupt nicht mehr gut fühlen würden?«, fragte ich in die Runde.

Alle bis auf Brian, Linh, Marcus und die Engel hoben die Hand.

»Wie wir alle wissen, führt die angeborene Aversion gegen unangenehme Gefühle und die Appetenz für die angenehmen automatisch zur Entstehung von Gefühlszielen«, erläuterte ich. »Unser unbewusstes System wird von den Gefühlszielen in dem Moment ablassen, wo es erkennen kann, dass diese Ziele grundsätzlich immer nur genau das Gegenteil bewirken. Das System wird sie dann zu Un-Zielen erklären. Also zu etwas, was wir ganz sicher nicht als Zielsetzung annehmen sollten. Im Moment hält es jedoch noch an dem ein oder anderen Un-Ziel fest. Es lockert sich immer mehr durch die vielen Beispiele, die dem System klipp und klar beweisen, dass die Gefühlsziele ohne Ausnahme immer nur schädlich sind. Doch ich glaube, dass es noch eine Abkürzung gibt, mit der wir uns die Umsetzung erleichtern können. Und die Tatsache, dass Brian, Linh, Marcus und meine Amish-Freunde eben nicht aufgezeigt haben, bestätigt mich in dieser Annahme.

Es geht um den Sinn des Lebens. Wenn man das Gefühl hat, dass das Leben keinen Sinn mehr hätte, würde man sich nur noch schlecht und nie wieder gut fühlen, dann ist das Glücklichsein in unserem unbewussten System zum Sinn des Lebens erklärt worden. Das passiert vermutlich automatisch, wenn man nicht bewusst einen höheren Sinn des Lebens annimmt.

Wir wurden bei den Amish People in dem Glauben erzogen, dass wir Menschen ein Teil eines größeren göttlichen Plans sind und dass unsere Handlungen und Entscheidungen dazu dienen sollten, diesen Plan zu erfüllen. Die Amish sehen den höheren Sinn des Lebens darin, Gott zu dienen, ein moralisch rechtschaffenes Leben zu führen und die Gemeinschaft zu stärken, um das Reich Gottes auf Erden zu fördern.

Folgt man diesem Sinn des Lebens, haben die Gefühlsziele eine weit geringere gefühlte Wichtigkeit, als es beim modernen Zivilisationsmenschen der Fall ist, der sich über den spirituellen Sinn des Lebens in der Regel nicht mehr so viele Gedanken macht. Der überwiegende Teil der Weltbevölkerung will derzeit einfach nur glücklich sein. Die Vereinten Nationen haben deshalb das Streben nach Glück als ein *grundlegendes menschliches Ziel* anerkannt.

Der Sinn unseres Lebens stellt per Definition das höchste Ziel in unserem Leben dar. Und da unser Großhirn unter Lebensglück automatisch versteht, dass wir uns dabei auch glücklich und nicht ständig nur unglücklich fühlen, fällt es unserem unbewussten System natürlich schwer, von unseren Gefühlszielen abzulassen. Den Sinn unseres Lebens zu erfüllen, hat die höchste gefühlte Wichtigkeit in unserem System. Die emotionale Schwelle zur Notwendigkeit ist also weit überschritten. So nach und nach reduzieren wir mit unseren Beispielen systematisch die gefühlte Wichtigkeit unserer Gefühlsziele, sodass unser System dann irgendwann loslassen wird.

Das könnte sich jedoch eventuell wesentlich einfacher gestalten, wenn wir uns über den Sinn des Lebens einmal ein wenig tiefgründigere Gedanken machen würden. Die erste Frage, die sich hier stellt, ist: Kann es wirklich der Sinn des Lebens sein, einfach nur glücklich sein zu wollen? Wenn es so wäre, dann sollte es doch eigentlich auch funktionieren, oder nicht? Wie kann es sein, dass es letztendlich immer nur genau das Gegenteil bewirkt, wenn wir dieses Ziel anstreben, wenn das doch der Sinn des Lebens ist?!

Kurzfristig sieht es oftmals so aus, als seien wir auf dem richtigen Weg, wenn wir Glück anstreben. Wir erreichen immer irgendwelche Etappenziele, die wir uns gesteckt haben. Doch langfristig passiert ja ganz systematisch immer genau das Gegenteil. Je mehr wir nach Glück streben, desto unglücklicher werden wir. Irgendwann lebt man dann nur noch im gefühlten Missstand. Würde das wirklich so laufen, wenn es tatsächlich der höhere Sinn unseres Lebens wäre, dass wir versuchen sollen, möglichst glücklich zu sein?«

»Wir können also von unseren Gefühlszielen so schwer ablassen, weil wir ein glückliches, erfolgreiches und erfülltes Leben zu unserem Lebenssinn erklärt haben«, erkannte Isaac.

»Genau das ist der springende grüne Punkt!«, bestätigte ich. »Deshalb tun wir uns auch so schwer damit, uns selbst etwas Gutes zu tun. Entweder weil die guten Gefühle durch diese Sollmaßstäbe gar nicht erst richtig entstehen können, oder weil unser Streben nach Glück,

Erfolg und Erfüllung uns kaum Zeit und Energie übrig lässt, um unser Leben tatsächlich zu genießen. Anderen etwas Gutes zu tun, fällt uns deutlich leichter, weil es da nicht immer nur um Glück, Erfolg und Erfüllung geht.«

»Obwohl man durchaus sehr bemüht sein kann, seine Partnerin glücklich machen zu wollen«, meinte Jason. »Doch es funktioniert natürlich nicht. Wenn man das versucht, wird immer alles nur schlimmer statt besser.«

»Es tut mir so leid, Schatz!«, sagte Ava mitfühlend und nahm liebevoll seine Hand.

»Da kannst du ja nichts dafür«, meinte Jason. »Den Blödsinn habe ich ganz allein zu verantworten. Ich wollte dich unbedingt glücklich machen. Ich wollte, dass du dich wohlfühlst mit mir. Dass du dich geliebt und beschützt fühlst. Das war mir das Wichtigste im Leben überhaupt. Und damit habe ich das wohl tatsächlich zum Sinn meines Lebens erklärt. Ich hätte nie gedacht, dass das so nach hinten losgehen kann. Ich bin sehr froh, dieses Un-Ziel jetzt erkannt zu haben. Nur wie ich genau davon ablassen kann, weiß ich noch nicht«, meinte er und schaute mich fragend an.

»Indem wir uns bewusst machen, dass Glück nicht der Sinn des Lebens sein kann«, sagte ich. »Welchen Sinn sollte das Verfolgen einer Zielsetzung haben, die immer nur Leid über uns bringt und die letztendlich sogar die gesamte Menschheit vernichten kann, wenn die Menschheit nicht davon ablässt?! Ich sehe da weder einen weltlichen noch einen höheren spirituellen Sinn.

Glück, Erfolg oder Erfüllung als höchstes Ziel im Leben zu verfolgen, ist ganz offensichtlich falsch und nicht der Sinn des Lebens. Es ist der Un-Sinn des Lebens. Und wenn wir das erkennen, lässt unser System sehr schnell von seinen fatalen Gefühlszielen los.«

»Ich verstehe vollkommen, was du sagst«, meinte Ava. »Aber es fühlt sich völlig falsch an, Glück, Erfolg und Erfüllung nicht mehr anzustreben. Mir verdreht es da echt gerade wieder meine Hirnwindungen. Auf der einen Seite habe ich es aber auch zur Genüge selbst erlebt, dass diese Zielsetzungen mich tatsächlich langfristig eher unglücklich machen.«

»Nicht *eher*, sondern *ganz massiv*!«, widersprach Jason. »Es hat dich fast kaputtgemacht. Und es hat unsere Ehe fast kaputtgemacht. Wir wollten immer mehr und mehr und kriegten dadurch immer weniger. Für mich ist das jetzt ganz klar der Un-Sinn des Lebens und nicht der Sinn. Ich fühlte mich gerade regelrecht befreit von einer unglaublichen Last und vor allem von sehr viel Frust.«

»Intuitiv geht unser Großhirn wie immer davon aus, dass wir unsere Ziele verfolgen müssen, wenn wir sie erreichen wollen«, sagte ich. »Das ist ja auch richtig. Wenn wir erfolgreich sein wollen, dann ist es sicherlich sinnvoll, das auch anzustreben. Doch bei Glück und Erfüllung sieht das anders aus. Das sind nämlich einfach keine Ziele, die man erreichen könnte. Es hat keinen Sinn, sich etwas zum Ziel zu setzen, was man gar nicht erreichen kann. Glück und Erfüllung sind die automatischen Folgewirkungen einer guten Lebensweise. Es ist eine Art und Weise, wie wir den Weg des Lebens gehen. Doch es ist ein Weg und kein Ziel. Es gibt da kein Ankommen. Es gibt nur ein Tun.

Es gibt nichts Gutes, es sei denn, man tut es, hat BeautyQueen gesagt. Genau das ist der Punkt. Wir leben in einem Tuniversum. Und in diesem Tuniversum gibt es das Glück und die Erfüllung als Sein oder Haben einfach nicht. Auch ist es nichts, was wir auf direktem Wege tun können. Wir können nur eine sinnvolle Lebensweise annehmen. Glück und Erfüllung sind dann die automatischen Folgen. Die automatischen Folgen zu wollen, hat jedoch keinen Sinn. Man muss die richtigen Dinge tun, damit es die Folgen hat, die man möchte. Aber die Folgewirkungen einfach nur haben zu wollen, wird ganz sicher nichts Sinnvolles bewirken.

Daher hat es keinen Sinn, Glück und Erfüllung auf direktem Wege anzustreben. Und schon gar nicht, das auch noch zum Sinn des Lebens zu erklären und damit zum gefühlt wichtigsten Ziel überhaupt zu machen. Wir versuchen ein Ziel zu erreichen, das es gar nicht als Ziel gibt. Es gibt nur den Weg. Und auf diesem Weg gibt es unzählige Möglichkeiten, sich selbst und anderen Gutes zu tun, das von Herzen gerne zu machen und auch gut zu können. Unsere 3Gs begleiten uns permanent durchs Leben. Sie sind immer da. Wir müssen nur unsere Sinne dafür öffnen.«

»Dann wäre es wohl das Beste, wenn ich die 3Gs zum Sinn des Lebens erklären würde«, meinte Ava.

»Noch besser wäre es, wenn du einen höheren Sinn

finden würdest, der die 3Gs automatisch beinhaltet«, meinte Brian.

»Und was könnte dieser höhere Sinn sein?«, fragte Ava ratlos.

»Du kannst dich sicherlich noch an die nette kleine Geschichte über den Großen Geist erinnern, die Mary uns bei Shameless in Paradise erzählt hat«, meinte Brian.

»Ach du Scheiße!«, sagte Ava mit weit aufgerissenen Augen und hielt sich am Arm von Jason fest.

»Was war das für eine Geschichte?«, wollte Stella daraufhin verwundert von Avas Reaktion wissen.

»Es ging um eine gottähnliche außerirdische Superintelligenz, die ich Großer Geist genannt habe«, erläuterte ich. »Ich habe da nur ein wenig rumgesponnen, um eine Weltanschauung zu erfinden, die nach rein logischen Gesichtspunkten widerspruchsfrei ist. Die eben auch dann noch einen Sinn ergibt, wenn man das aus der Perspektive eines allmächtigen, allwissenden und unsterblichen Wesens heraus betrachtet. Solch ein Wesen wäre in seinem Erleben automatisch durch seine Allwissenheit und Allmacht deutlich eingeschränkt. Es könnte weder Sterblichkeit noch irgendetwas Neues erleben. Es würde ja alles bereits kennen, wenn es tatsächlich allwissend wäre.

Dieser Große Geist könnte sich also gar nicht vorstellen, was Unwissenheit oder Sterblichkeit überhaupt bedeutet. In meiner Geschichte stammte diese außerirdische Lebensform aus einer weit entfernten Galaxie und war schon zehn Milliarden Jahre alt. In seiner eigenen

Evolution hatte es so etwas wie Gut und Böse nie gegeben, weil im Gegensatz zur Erde auf der Heimatwelt dieses Wesens nur eine einzige Lebensform existierte. Fressen und gefressen werden, wie es auf der Erde passiert ist, gab es in der Evolution meines Großen Geistes also nicht.

Um sich selbst zu erfahren, kam der Große Geist dann auf die Idee, das Leben auf der Erde zu erschaffen. Er wollte eine andere Art von Evolution erleben. Etwas, was er noch nie zuvor erlebt hatte. Und dazu gehörte auch die Willensfreiheit, sich zwischen Gut und Böse entscheiden zu können. Und wie es für so einen unfassbar großen und intelligenten Geist logisch wäre, wollte er diesen Entscheidungsprozess zwischen dem Guten und dem Bösen dann natürlich auf alle erdenklichen Arten und Weisen erleben. Und er wollte nicht nur als Zuschauer dabei sein. Er wollte das alles selbst erleben. Daher verkörperte er sich in einer noch völlig unwissenden und machtlosen Ur-Zelle, die noch längst nicht über ein Bewusstsein verfügte. Als Ur-Zelle vergaß der Große Geist völlig, wer er in Wirklichkeit war, und gab sich voll und ganz dem neuen Erfahrungsprozess der irdischen Evolution hin.

Lange Rede, gar kein Sinn: Wir alle sind in meiner kleinen Geschichte der Große Geist, der hier auf der Welt ist, um die Erfahrung der Willensfreiheit zu machen. Denn die Willensfreiheit war auf seiner ursprünglichen Heimatwelt eine absolute Selbstverständlichkeit. Es war so selbstverständlich, dass er gar keine Vorstellung davon hatte, was Willensfreiheit überhaupt bedeutet. Also erschuf er eine Erfahrungswelt, um das herauszufinden. Diese Welt ist, wie ihr euch sicherlich denken könnt, die Erde. Und wenn es um Willensfreiheit geht, dann ist natürlich die Entscheidung zwischen Gut und Böse ganz elementar.

Also erschuf der Große Geist eine einfache vermehrungsfähige biologische Zelle, die eine Evolution nach sich ziehen würde, bei der es genau um diese Entscheidung zwischen Gut und Böse ging. Die Zelle teilte sich also, wie man das ja von allen biologischen Zellen so kennt, und vermehrte sich exponentiell. Zunächst ernährten sich diese Zellen von Chemikalien, die sie in der irdischen Tiefsee an hydrothermalen Quellen fanden. Etwas anderes gab es ja auch noch nicht. Doch im Laufe der Evolution fingen dann einige Zellen aufgrund mutierter Gene an, andere Zellen als Nahrungsquelle anzusehen. Genau das hatte der Große Geist von Anfang an beabsichtigt. Das war der Beginn der irdischen Evolution und der Beginn des Entscheidungsprozesses zwischen Gut und Böse.

Dass die Zielsetzung bei diesem Entscheidungsprozess in Wirklichkeit schon vorgegeben war, störte den Großen Geist nicht. Er hatte sich ja selbst in dieser einen Zelle und in allen weiteren Zellen und Lebensformen verkörpert, die je daraus hervorgegangen sind, und dabei vollkommen vergessen, wer er in Wirklichkeit war. Aus der Perspektive dieser einfachen Lebensformen auf der Erde erkannte er zunächst auch nicht, dass die Evolution langfristig nur zu einer Spezies führen kann, die sich zum Guten entscheidet. Denn jede andere Spezies würde irgendwann ihre eigene Lebensgrundlage und damit sich selbst vernichten. Aber bis dahin würde der Große Geist natürlich eine fast unendliche Anzahl an Erfahrungen gemacht haben, die ihm auf breiter Basis ein Bewusstsein dafür ermöglichte, was Willensfreiheit tatsächlich bedeutet.

Die Entscheidung zum Positiven war, wie gesagt, letztendlich vorgegeben. Doch damit meine Geschichte funktioniert, musste es ja auch einen Grund geben, warum man sich als irdisches Individuum dafür entscheidet, gegenüber anderen Lebensformen negativ zu handeln. Daher sorgte der Große Geist dafür, dass andere Lebewesen als Nahrungsgrundlage besser geeignet waren als die Chemikalien, die in der Tiefsee vorhanden waren. Und so erschuf er das vermeintlich Böse.

Positiv oder negativ liegt natürlich immer im Auge des Betrachters. Eine Löwin empfindet es nicht als negativ, eine Antilope zu töten. Die Antilope sieht das aus ihrer Perspektive heraus sicherlich ein wenig anders.«

»Diese Geschichte ist meiner Meinung nach deutlich plausibler als die, in der der liebe Gott in sieben Tagen die Welt erschaffen hat«, meinte Ava.

»Es ist auch sehr viel plausibler als die Vorstellung, dass Gott die Menschen nur erschaffen hat, um sie dann für alle Ewigkeit mit der Hölle zu bestrafen, weil sie sich nicht an seine Gebote oder Verbote gehalten haben«, fügte Linh hinzu. »Einige Menschen würden solche Gedanken vermutlich als blasphemisch ansehen. Doch ehrlich gesagt, empfinde ich es als sehr viel schändlicher, Gott einen solch miesen Charakter zu unterstellen. Ich glaube an Gott. Doch nicht an einen Gott, der alle mit der Hölle bestraft, die nicht an ihn oder Jesus Christus glauben wollen.«

»Ja, das war auch immer mein größter Kritikpunkt an unserem Glauben«, stimmte ihr Malaika zu. »In einigen Amish-Gemeinden legt man die Bibel wesentlich toleranter aus, als es in unserer der Fall war.«

»Natürlich war das nur eine Geschichte, die Mary da erzählt hat«, meinte Linh. »Doch irgendetwas hat diese Geschichte tief in mir berührt. Ich kann es nicht anders erklären, aber irgendwie fühlt es sich einfach wahr an. Ich weiß vom Kopf her, dass du dir das alles nur ausgedacht hast«, sagte Linh, direkt an mich gerichtet. »Doch vom Gefühl her fühlt es sich so an, als hättest du uns die Wahrheit gesagt. Ich kann dieses Gefühl nicht begründen. Es ist einfach da. Und das Seltsame daran ist, dass mein unbewusstes System da irgendwie automatisch drauf reagiert hat. Ich bin heute Morgen aufgewacht und war irgendwie anders. Die ganze Welt war anders. Irgendwie ergab plötzlich alles einen Sinn. Es passte einfach alles zusammen.

Auch mein Fettnäpfchen, dass ich mich ständig *besser fühlen* will, ergab plötzlich einen Sinn. Mit diesem Gefühlsziel kämpfe ich schon die ganze Zeit. Ich weiß, dass es nur Mangelgefühle erzeugt, wenn ich mich besser fühlen will, als ich mich fühle. Und ich weiß, dass ich diese Mangelgefühle wieder zum Anlass nehme, mich besser fühlen zu wollen, was dann erneut die Mangelgefühle erzeugt. Ich hatte diesen Teufelskreis bereits durchschaut. Und doch konnte ich ihn nicht durchbrechen. Ja und heute Morgen stehe ich auf, und er ist einfach weg! Mein Ziel, mich besser fühlen zu wollen, einfach weg! Mein System hatte endlich von diesem fatalen Gefühlsziel abgelassen.

Heute Abend ist mir erst klar geworden, warum das passiert ist. Ich habe gestern im Gespräch mit Mary, Brian und Marcus erkannt, dass es unmöglich der Sinn des Lebens sein kann, sich gut zu fühlen. Dafür wurden unsere Gefühle nicht geschaffen. Sie sind entstanden, weil sie für unser Überleben wichtig waren. Rein weltlich betrachtet besteht der Sinn des Lebens schlicht und ergreifend im Überleben. Doch das hat mir nie genügt. Ich hatte immer das Gefühl, dass da mehr sein muss. Und ich glaube, da ist auch mehr!

Beweisen kann ich das natürlich nicht, aber irgendwie brauche ich dafür auch keinen Beweis. Zumindest jetzt nicht mehr. Früher hätte ich das sicherlich anders gesehen. Doch seit gestern gehen mir immer wieder die Gedanken durch den Kopf, was wäre, wenn Marys Geschichte vielleicht viel näher an der Wahrheit läge, als sie das selbst glaubt. Alles ergäbe plötzlich einen Sinn. Sogar mein penetrantes Gefühlsziel, mich besser fühlen zu wollen. Das wäre dann nämlich eine notwendige Versuchung.

Ohne solche Versuchungen würde der ganze Entscheidungsprozess nämlich gar nicht funktionieren.

Wenn wir wirklich hier sein sollten, um uns frei für die helle Seite zu entscheiden, dann braucht es für diesen Prozess einfach auch eine alternative Wahlmöglichkeit. Es muss auch die dunkle Seite geben. Es muss die Irrwege genauso geben wie die richtigen Wege. Anders geht es einfach nicht.

Als ich mit diesen Gedanken heute Morgen aufwachte, war mir noch nicht klar, was das alles in mir verändern würde. Ich hatte die ganze Zeit gegen mein Gefühlsziel angekämpft. Jetzt erkannte ich, dass es als Verführung zum Prozess einfach dazugehört, dass ich mich besser fühlen will, als ich mich für gewöhnlich fühle. Ich fühlte mich total versöhnt mit mir selbst, meinem unbewussten System, meinen Gefühlen, mit der ganzen Welt. Ja, und plötzlich lässt mein System einfach los!«

»Du denkst, dass allein schon die Möglichkeit, dass an meiner Geschichte mit dem Großen Geist etwas dran sein könnte, dein System zum Loslassen veranlasst hat?«, fragte ich begeistert.

»Ja, genau das denke ich«, bestätigte sie. »Ich weiß, dass du dir diese Geschichte mit deiner unfassbaren Intelligenz mal eben mir nichts, dir nichts aus den Fingern gesaugt hast. Du hast einfach nur geschaut, was von der Logik her einen Sinn ergeben würde. Doch was ist, wenn das nicht zufällig alles so logisch ist? Vielleicht muss man einfach nur logisch genug denken, um die Wahrheit zu erkennen. Ich weiß es nicht. Aber ich finde es schon sehr ungewöhnlich, dass die Weltanschauung aus deiner

Geschichte nur positive Auswirkungen hat. Ich habe keine, aber auch gar keine schädlichen Auswirkungen finden können, die aufgrund dieser Weltanschauung entstehen können.

Früher hätte ich das nicht erkennen können, weil ich unsere Innenwelt nicht gut genug verstanden hatte. Doch wenn ich jetzt deine erfundene Geschichte mit jeder beliebigen anderen spirituellen oder wissenschaftlichen Weltanschauung vergleiche und unser aktuelles Wissen über unsere Innenwelt mitberücksichtige, dann ist das Ergebnis einfach unfassbar!

Alle anderen Weltanschauungen haben ihre Vor- und Nachteile. Es gibt keine, die überall immer nur Nutzen bringt und niemals schädlich ist. Außer deiner!«, betonte Linh. »Wenn aber eine Theorie in der Praxis immer nur positive und nie negative Ergebnisse bringt, dann drängt sich mir automatisch die Frage auf, ob diese Theorie dann nicht tatsächlich einfach die Wahrheit darstellt. Oder wenigstens ganz nahe an der Wahrheit dran ist. Man wird die Wahrheit nie beweisen können. Auch diese nicht, falls es die Wahrheit sein sollte.

Doch das ist mir mittlerweile egal, weil es einfach immer nur gut ist, diese Weltanschauung als Grundlage für alle meine Beurteilungen und Entscheidungen zu verwenden. Und mit dem, was du jetzt über den höheren Sinn des Lebens erzählt hast, ist das ganz klar die Weltanschauung meiner Wahl.

Dass diese Welt einfach nur aus Zufall entstanden sein soll, kann ich sowieso nicht mehr glauben, nach dem, was Marcus gestern Abend alles über die Feinabstimmung der Naturkonstanten erläutert hat. Auch das kann man natürlich nicht beweisen, aber an den Gott des Zufalls glaube ich seitdem ganz sicher nicht mehr.

Und was mir auch klar geworden ist: Das Universum wird sich seiner selbst tatsächlich bewusst. Wir sind der Beweis dafür. Wir leben ja nicht in einem Universum. Wir sind integraler Bestandteil des Universums. Und zwar der bewusste Teil, der über das Universum und damit über sich selbst nachdenkt. Wir sind das Universum, das sich seiner selbst bewusst wird. Und das tut es bereits seit mindestens 13,8 Milliarden Jahren.

Die Elementarteilchen, aus denen wir bestehen, sind bereits beim Urknall entstanden. Jedes einzelne ist so alt wie das Universum selbst. Und wir bestehen aus diesen Elementarteilchen, was bedeutet, dass diese Elementarteilchen angefangen haben, über sich selbst nachzudenken, sich ihrer selbst bewusst zu werden. Ich kann mir einfach nicht vorstellen, dass sich das Universum aus reinem Zufall dahin entwickelt hat, dass es anfängt zu denken und zu fühlen und sich seiner selbst bewusst zu werden. Doch wir tun es! Wir denken und fühlen und machen Erfahrungen. Und ich habe das Gefühl, dass jeder einzelne Gedanke, jedes einzelne Gefühl und jede einzelne Erfahrung und Erkenntnis wichtig sind. Es sind die Gedanken, Gefühle und Erfahrungen des Universums.

Das alles sind Tatsachen. Und die passen einfach verdammt gut zu der Geschichte, die Mary erzählt hat. Wir sind ein denkendes und fühlendes Universum. Und dieses Universum hat ganz offensichtlich ein Bewusstsein. Bis jetzt kennen wir nur unseres, doch das genügt als Beweis, um zu wissen, dass unser Universum eine bewusste Lebensform darstellt, die über sich selbst nachdenkt und sich tatsächlich selbst erfährt und ergründet.

Und da alle Elementarteilchen auf Quantenebene miteinander verschränkt sind, scheint das alles ein einziger gigantisch Großer Geist zu sein, der das tut. Dass dieser Große Geist rein zufällig entstanden sein soll, ist so unwahrscheinlich, dass man sich das als Mensch überhaupt nicht vorstellen kann. Alleine schon, dass die Elementarteilchen nach dem Urknall zufällig stabil waren, war bereits so unwahrscheinlich, als würde man Tausende von Jahre lang eine Münze werfen, die ohne eine einzige Ausnahme jedes Mal genau auf der Kante landet.

Dass diese Elementarteilchen dann Atome formten, die danach in Sternen zu schwereren Elementen fusionierten, war noch einmal genauso unwahrscheinlich. Dass diese Atome in der Lage waren, Moleküle zu bilden, welche die Eigenschaften haben, so gigantisch große Molekülketten zu bilden, wie unsere DNA sie darstellt, die sich dann auch noch zufällig selbst replizieren kann, ohne eine externe Energiezufuhr zu brauchen, und nicht zuletzt die Tatsache, dass daraus dann Organismen entstehen, die aus 70 Billionen dieser Zellen bestehen, die sich auch noch so systematisch anordnen, dass daraus ein denkender und fühlender Mensch wird, das alles kann unmöglich einfach nur ein Zufall sein. Das zu glauben, kommt mir mittlerweile total absurd vor.

Ich glaube daher, dass die Herangehensweise von Mary, eine Weltanschauung zu erfinden, die keine Widersprüche aufweist, automatisch sehr nahe an die Wahrheit herangekommen ist. Im Grunde genommen macht die Wissenschaft ja nichts anderes. Wir entwickeln Theorien und überprüfen diese in der Praxis auf Widersprüche. Und wenn es keine gibt, behaupten wir schnell, es sei eine bewiesene Tatsache.

Ich bewerte die Tatsache, dass in Marys Theorie kein einziger Widerspruch enthalten ist und dass diese Theorie in der Praxis nur positive und keinerlei negative Konsequenzen mit sich bringt, als mindestens genauso relevant, wie es bei jeder anderen wissenschaftlichen Theorie der Fall ist. Aus meiner Sicht ist sie damit genauso stichhaltig begründet wie beispielsweise die Evolutions-Theorie, die wir auch alle als Wahrheit ansehen.

Von dem Moment an, als ich diese Theorie als mögliche Wahrheit angesehen habe, hat sich mein komplettes Denken und Fühlen verändert. Das ist quasi über Nacht geschehen. Und es hat sich alles zum Positiven verändert. Irgendwie scheint seitdem alles von selbst zu geschehen, was wir uns mit unserem Bottom-up-Prozess erarbeiten wollten. Mein System sieht einfach gar nichts mehr als Problem, nichts mehr als Missstand oder Mangel, Gefühlsziele haben ihre Bedeutung verloren, und alles ergibt plötzlich einen Sinn. Jeder Moment meines Lebens hatte und hat einen Sinn. Alles ist richtig und gut und war es immer schon. Und seitdem will ich nur noch Gutes tun. Alles andere erscheint mir absurd zu sein.«

»Wow, ich bin sehr beeindruckt von deinen Ausführungen«, sagte ich begeistert. »Nun freue ich mich noch mehr als bisher darüber, dass du mittlerweile so reichhaltigen Gebrauch von Worten machen kannst.«

»Ich habe einiges nachzuholen«, meinte Linh lächelnd.

»Ganz offensichtlich«, stimmte ich begeistert zu. »Und was du zu sagen hast, ist äußerst bemerkenswert. Mir ist ebenfalls aufgefallen, dass die Weltanschauung aus meiner Geschichte tatsächlich nur Positives und überhaupt nichts Negatives hervorbringt. Ob es diesen Großen Geist nun tatsächlich gibt oder nicht, spielt meiner Meinung nach dabei überhaupt keine Rolle. Es geht vielmehr um die Sichtweise, dass das Leben auf der Erde einem höheren Sinn und Zweck dienen könnte. Und es ist tatsächlich kaum vorstellbar, dass eine Fantasie-Theorie, die weit weg ist von der tatsächlichen Realität, in der Praxis trotzdem zufällig nur positive und keinerlei negative Auswirkungen mit sich bringen soll. Wir können natürlich nicht wissen, ob diese Weltanschauung nahe an der Wahrheit liegt oder nicht. Doch das wissen wir von allen anderen Weltanschauungen natürlich ebenfalls nicht! Es sind alles nur Annahmen und Einschätzungen. Die Wahrheit kennt niemand.«

»Doch alle haben das Gefühl, die Wahrheit zu kennen«, meinte Brian.

»Ja, das ist normal«, stimmte ich zu. »Unser Großhirn

mag es überhaupt nicht, wenn wir nicht wissen, was wahr ist, weil es dann nicht weiß, woran es sich überhaupt noch orientieren soll. Daher nimmt es dann einfach etwas als wahr an. Wir vergessen immer sehr schnell, dass unsere gefühlten Wahrheiten in Wirklichkeit auch nur Annahmen darstellen. Und daran sollten wir uns jetzt erst einmal wieder erinnern.

Dass der Sinn des Lebens darin bestehen soll, sein persönliches Lebensglück zu verwirklichen, war einfach auch nur eine Annahme. Fatalerweise eine, welche derzeit die Mehrzahl der gesamten Weltbevölkerung teilt und die sich aufgrund unserer kognitiven Verzerrungen sogar noch intuitiv richtig anfühlt.

Wenn Linh jedoch mit ihrer Vermutung richtigliegt, dann wären diese kognitiven Verzerrungen und die sich daraus ergebenden Verführungen fester Bestandteil unseres Erfahrungsprozesses, wegen dem wir alle hier sind. Ein Prozess, der bereits seit vier Milliarden Jahren andauert. Unsere Gefühlsziele grundsätzlich als Verführung anzusehen, könnte unserem unbewussten System sehr gut dabei helfen, von seinen Gefühlszielen abzulassen.

Verführungen muss man nicht bekämpfen, wenn man sie als solche durchschaut hat. Man lässt einfach davon ab, wenn man erkennt, dass sie nichts als Unheil bringen. Der Kampf gegen die eigenen Gefühlsziele oder andere potenziell schädliche Zielsetzungen wie Glück und Erfüllung wäre damit beendet.

Ich möchte noch einmal daran erinnern, dass Glück

und Erfüllung deshalb schädliche Ziele sind, weil sie als Ziele gar nicht existieren. Es gibt keinen bleibenden Zustand des Lebensglücks oder der Erfüllung, den man erreichen könnte. Glück und Erfüllung sind dynamische Lebensprozesse und keine Zustände. Es ist die Art und Weise, wie wir unseren Lebensweg gehen. Ein glückliches und erfülltes Leben ist mit anderen Worten ein Weg und kein Ziel.

Die Vorstellung von Glück als Lebenszustand ist eine Fata Morgana. Wir glauben, in der Ferne das Paradies zu sehen, und dass wir nur dorthin gelangen müssen. Doch da, wo wir bei einer Fata Morgana das Paradies sehen, ist in Wirklichkeit die Hölle. Dort ist kein Wasser, kein Essen, keine Sicherheit. Dort sind nur Skorpione, Schlangen, Hitze, Einsamkeit, Mangel, Missstand und Leid.

Diese Fata Morgana als Versuchungen anzusehen, die zu einem Erfahrungsprozess dazugehören, bei dem es um die freie Willensentscheidung zwischen positiv und negativ geht, ermöglicht es dem Großhirn, auf eine viel sinnvollere Weise damit umzugehen. Wir können die Versuchungen dann durchschauen, anstatt ihr mit Kraftanstrengungen widerstehen zu müssen.

Genau diese Möglichkeiten hatten die großen Weltreligionen in ihren Anfängen sicherlich nicht. Die Menschen wussten über ihre Innenwelt damals einfach noch viel zu wenig. Daher sind dann wohl die einfachen Vorstellungen von Himmel und Hölle entstanden, denn diese Vorstellungen führten dazu, dass die Menschen sich zum Positiven entschieden anstatt zum Negativen.

Doch natürlich war das nur eine Notlösung und auch keine echte freie Willensentscheidung. Wenn man jemandem mit der Hölle droht, falls er sich nicht zum Guten entscheidet, dann ist das sicherlich alles andere als eine freie Entscheidung.

Jahrtausendelang haben die Menschen sich darum bemüht, ihren Versuchungen zu widerstehen, und haben immer wieder gesündigt. Die Versuchungen als Fata Morgana zu *erkennen,* ist ein ganz anderer Prozess, als ihnen *widerstehen* zu müssen. Beim Erkennen hat das Großhirn die Führung, beim Widerstehen das Reptiliengehirn.«

»Ich sehe die Versuchungen nicht mehr als Problem an«, erklärte Linh. »Das Durchschauen der Versuchungen ist eine ganz klare Aufgabe. Ich empfinde das als sehr faszinierende Aufgabe. Diese Herausforderung nehme ich gerne an. Das sah gestern Abend noch ganz anders aus. Da hätte ich mein penetrantes Gefühlsziel, *mich besser fühlen zu wollen,* noch am liebsten auf den Mond geschossen.«

Kapitel 15:
Eine Chance für die Liebe

Da Ava bei der Zubereitung der 44 Mahlzeiten Unterstützung benötigte, hatte sich unsere ursprüngliche Küchen-Mannschaft wieder bei ihr eingefunden, um ihr beim Kochen zu helfen. Viel gab es jedoch für uns nicht zu tun, da sie im Grunde genommen eigentlich doch alles mehr oder weniger selbst machte.

Emily und Maya bemühten sich erneut, Angelo näherzukommen, der das jedoch immer noch nicht registrierte. Er kam gar nicht auf die Idee, dass die beiden Mädels ein romantisches Interesse an ihm haben könnten. Lenyo und Bodo erkannten das ebenfalls nicht. Für alle anderen war es jedoch mehr als offensichtlich, denn vor allem Emily legte sich mächtig ins Zeug.

»Die Matratze, die wir von euch bekommen haben, ist tatsächlich extrem weich«, sagte sie zu Angelo und Lenyo. »Ich schlafe da gar nicht gut drauf. Da würde ich tatsächlich lieber bei euch auf dem Fußboden schlafen. Ist da vielleicht noch ein Platz frei?«, fragte sie. »Ihr habt einen schönen Holzboden. Bei uns sind es Steinfliesen. Die sind dann nachts einfach doch zu kalt. Außerdem käme ich mir irgendwie komisch vor, wenn ich mich neben das Bett auf den Fußboden lege, während Maya im Bett liegt. Auch hätte ich die ganze Nacht Angst, dass sie dann vielleicht auf mich drauftritt, wenn sie mal auf die Toilette muss oder so. Wäre es daher für euch okay, dass ich einfach bei euch schlafe?«

»Das geht leider nicht«, sagte Lenyo. »Bei den Amish People schlafen unverheiratete Männer und Frauen immer strikt getrennt. Das bin ich noch so gewohnt. Ich könnte da nicht schlafen.«

»Aber das ist doch bestimmt kein echtes Problem, oder?«, meinte Emily.

Lenyo zuckte überfordert mit den Achseln, denn natürlich wollte er nicht, dass ein Mensch bei ihnen im Zimmer schlief. Und Angelo ebenfalls nicht. Im Moment verbrachten die beiden ihre Nächte im Klassensaal bei Ella wie die anderen Secret-Angels auch. Und das könnten sie dann nicht mehr tun.

»Aber ich will mich auf keinen Fall aufdrängen«, sagte Emily. »Sagt einfach, wenn es nicht passt. Dann ist das auch okay.«

»Es passt nicht«, antwortete Angelo, daher wie von Emily gewünscht, was sie sichtlich schockierte.

Sie warf mir einen verzweifelten Blick zu, doch ich wusste nicht, wie ich ihr helfen sollte. Greg schien das alles sehr zu amüsieren.

»Wenn du möchtest, kannst du auch gerne bei uns im Zimmer auf dem Fußboden schlafen«, bot er grinsend an. »Ich gehe dann einfach zu den Jungs, dann hast du mehr

Platz bei Nuno. Der schläft übrigens wie ein Stein. Der steht nachts nie auf, um auf die Toilette zu gehen. Da musst du also keine Angst haben, dass er auf dich drauftritt.«

»Da hätte ich trotzdem zu viel Angst und könnte nicht schlafen«, erwiderte Emily. »Aber danke für das Angebot«, sagte sie und warf Greg einen leicht angesäuerten Blick zu, den Angelo nicht sehen konnte.

»Greg!«, sagte Ava. »Kannst du mal kurz herkommen und das hier halten?«

Er ging zu ihr rüber und nahm die Pfanne, die sie ihm in die Hand drückte. Dabei sagte sie etwas zu ihm, was ich aber nicht verstehen konnte, weil sie sehr leise redete. Ich konnte es auch nicht von ihren Lippen ablesen, denn sie sprach seltsamerweise mit geschlossenem Mund durch die Zähne. Greg schien es jedoch zu verstehen, denn er nickte zustimmend.

»Vielleicht erzählt ihr mal ein bisschen davon, wie Partnerbeziehungen so bei den Amish People funktionieren«, meinte Ava, während sie ihrer Arbeit weiter nachging. »Das würde mich sehr interessieren. Wie lernt ihr euch zum Beispiel kennen?«

»Die Partnersuche findet nur innerhalb der Amish-Gemeinschaft statt«, antwortete Lenyo. »Wobei familiäre und gemeinschaftliche Netzwerke eine wichtige Rolle spielen. Eltern, ältere Geschwister und andere Gemeindemitglieder können potenzielle Partner vorschlagen oder bei der Vermittlung helfen.«

»Das ist krass«, meinte Maya. »Dann sucht ihr euch eure Partner also gar nicht selbst aus?«

»Doch, das schon«, sagte Lenyo. »Die Gemeinde hilft nur dabei.«

»Und was tut ihr so, um euch besser kennenzulernen, wenn euch jemand vorgeschlagen wurde?«, wollte Emily von Angelo wissen.

»Wenn ein Mann und eine Frau einander kennenlernen möchten, können sie gemeinsame Aktivitäten wie Kirchenversammlungen, Gemeindeveranstaltungen oder soziale Zusammenkünfte nutzen«, erklärte Angelo. »Diese Treffen bieten die Möglichkeit, sich besser kennenzulernen und eine Verbindung aufzubauen.«

»Überaus spannend«, meinte Emily. »Ja, und wie entsteht daraus eine echte Beziehung?«

»Wenn ein Paar beschließt, eine Beziehung einzugehen, geben sie normalerweise ihre Absicht bekannt«, antwortete Angelo. »Dies kann bedeuten, dass sie sich ihren Eltern oder der Gemeindeleitung offenbaren, um ihre Absicht zu erklären und um Segen für ihre Beziehung zu bitten.«

»Und wann beschließt ein Paar bei den Amish, eine Beziehung miteinander einzugehen?«, wollte Emily wissen.

»Bevor eine endgültige Entscheidung getroffen wird, haben Paare oft eine gewisse Zeit, um ihre Beziehung zu prüfen und zu überlegen, ob sie füreinander bestimmt sind«, antwortete Angelo. »Diese Zeit kann dazu genutzt werden, um sich intensiver kennenzulernen und gemeinsam zu beten.«

»Ihr betet also gemeinsam und findet dabei dann heraus, ob ihr zusammenpasst oder nicht?«, fragte Maya irritiert.

»Ja, genau«, bestätigte Angelo. »Wenn die Beziehung dann gedeiht und beide Partner überzeugt sind, dass sie füreinander bestimmt sind, können sie den Bund der Ehe eingehen. Die Hochzeit findet dann in der Gemeinde statt und ist eine feierliche Angelegenheit, an der Familie und Freunde teilnehmen. Nach der Heirat beginnen die Paare damit, eine Familie zu gründen und gemeinsam ein Leben im Einklang mit ihren religiösen Überzeugungen zu führen.«

»Wow, das klingt ja nach einem wirklich aufregenden Leben!«, sagte Greg, während er noch immer die Pfanne festhielt, die ihm Ava in die Hand gedrückt hatte.

»Ja, das kann alles sehr aufregend sein«, bestätigte Angelo, ohne zu merken, dass Greg ihn eigentlich nur auf den Arm nehmen wollte.

Ava ging dann an Greg vorbei und trat ihm dabei zufällig gegen das Schienbein, weshalb er seine Pfanne abstellen und sich das Bein reiben musste.

»Ups! Sorry«, sagte Ava.

»Kein Problem«, meinte Greg, während er sich das Schienbein rieb.

»Hängt ihr immer noch an diesen alten Traditionen?«, wollte Emily von Angelo wissen.

»Was genau meinst du?«, fragte der.

»Na, könntet ihr euch vielleicht vorstellen, eine Frau auch auf eine modernere Art und Weise kennenzulernen?«, fragte sie.

»Theoretisch spricht da nichts dagegen«, meinte Angelo.

»Und wärst du dafür offen?«, hakte sie nach.

»Zum Kennenlernen schon«, antwortete er. »Doch bevor ich eine Partnerbeziehung mit einer Frau eingehen könnte, müsste ich natürlich erst einmal meine Beziehung zu Gott klären.«

»Aha, verstehe«, meinte Emily sichtlich ernüchtert und warf mir erneut einen verzweifelten Blick zu.

»Und genau das tun wir ja hier im Grunde genommen gerade alle«, sagte ich deshalb. »Unser Workshop heute Abend hat, dies betreffend, sicherlich viele Fragen aufgeworfen. Vielleicht geht ihr daher wieder nach draußen zu den anderen. Die unterhalten sich bestimmt immer noch genau über dieses Thema. Der Austausch mit Menschen, die ganz anders über Gott denken, könnte durchaus eine Bereicherung sein. Und ich denke, wir kommen hier gut ohne euch zurecht. Ava scheint alles super im Griff zu haben.«

»Ja, geht ihr ruhig«, pflichtete Ava mir bei. »Wir schaffen das hier gut ohne euch.«

»Ja, das ist eine gute Idee«, meinte Angelo, woraufhin er, Lenyo und Bodo nach draußen in den Garten gingen.

Emily sah sehr ernüchtert aus und schüttelte hoffnungslos den Kopf, während sie den dreien zusah, wie sie die Villa verließen.

»Ich glaube, das hat keinen Sinn«, sagte sie resigniert, als die drei weg waren. Ich sah, wie ihre Augen feucht wurden.

»Du hast dich aber wohl so richtig in Angelo verschossen, was?!«, meinte Greg und ging zu Emily rüber, um sie in den Arm zu nehmen. »Armes Ding«, meinte er und strich ihr eine Haarsträhne aus dem Gesicht. »Tut mir sehr leid für die blöden Sprüche eben. Mir war nicht klar, dass es dir so ernst ist.«

Emily weinte bittere Tränen in Gregs Arm, was mir sehr leidtat. Ich hätte ihr so gerne etwas gesagt, was ihr wieder Hoffnung gegeben hätte, doch ich wusste weder, wie lange Angelo vorhatte, als Mensch im Paradies zu bleiben, noch, welche geschlechtliche Ausrichtung er haben würde, wenn er in seine Geschlechtsreife käme. Und dann war ja immer noch unklar, ob er sich überhaupt in Emily verlieben würde oder ob sie vielleicht gar nicht sein Typ war.

»Du sehnst dich wohl sehr nach einem Partner«, sagte ich zu ihr.

»Bevor ich Angelo getroffen habe, überhaupt nicht«, meinte sie. »Ich kapier das nicht. So habe ich mich noch nie gefühlt. Das überfordert mich total. Ich find's schrecklich. Und ich befürchte, dass ich mich hier komplett zum Affen gemacht habe.«

»Das ist Liebe, babe«, meinte Greg. »Die tut manchmal eben auch weh. Und manchmal machen wir uns eben zum Affen. Doch noch ist das letzte Stück Torte mit Angelo nicht gegessen. Du hörst jetzt auf zu jammern, stehst wieder auf, richtest deine Krone, und dann geht's weiter! Ich werde dich morgen mal wieder so richtig schön machen«, versprach er. »Und dann werden wir sehen, ob der Junge vielleicht doch Augen im Kopf hat. In seinem Alter müssten ihm die Hormone eigentlich aus jeder Pore quillen«, meinte er. »Wollen wir mal sehen, ob wir das nicht noch ein bisschen schlimmer machen können! Wie alt ist der Junge eigentlich?«, wollte Greg wissen.

»Er ist 24 Jahre alt«, sagte ich. »Lenyo ist 23 und Bodo 21.«

»Das sind ja alles noch Babys«, meinte Greg. »Wie süß!«

»Auf mich wirkt Angelo ganz und gar nicht wie ein Baby«, widersprach Emily. »Mit seinen 24 Jahren ist er ja auch schon ein extrem erfolgreicher Geschäftsmann. Außerdem bin ich nur ein paar Jahre älter. Dann bin ich eben auch noch ein Baby. Und falls er noch nie eine Freundin hatte… Tja, ich hatte ja auch noch nie einen Freund. Das wäre mir sogar ganz recht. Ich brauche keinen erfahrenen Mann, der mir ständig irgendetwas beibringen will.«

Irgendwie hatten Gregs Worte etwas Positives bei Emily bewirkt. Das freute mich sehr. Sie wirkte wieder viel hoffnungsvoller.

Zum Essen hatten die Jungs den großen Frühstückstisch von der Terrasse ins Foyer der Villa getragen und ihn zusammen mit dem Tisch, der dort stand, zu einer großen Tafel zusammengestellt. Emily schaffte es dann erneut, direkt neben Angelo zu sitzen. Und dieses Mal hatte ihr Maya sogar dabei geholfen. Offensichtlich hatte sie beschlossen, den Weg für Emily frei zu machen, nachdem sie mitgekriegt hatte, wie ernst es Emily mit Angelo tatsächlich war.

Avas Abendmahl war der absolute Oberkracher, wie Dylan es schließlich auf den springenden grünen Punkt gebracht hatte. Die ganze Gruppe applaudierte so laut, dass die Wände der Villa wackelten.

Der Abend war spät geworden. Die Nerds würden bald wieder zurück zum NSA-Stützpunkt fahren. Da Emily wieder ein wenig traurig aussah, fragte ich Dylan, ob er mir nochmals kurz seine Gitarre ausleihen würde. Ich wollte ein Lied für Emily singen, ohne jedoch allen zu verraten, dass es um sie ging. Sie würde es sicher merken. Genauso wie alle anderen, die mit uns in der Küche gewesen waren.

»Ich widme diesen Song allen Menschen, die im Moment gerade eine schwere Zeit durchmachen und Angst haben, dass die Sonne für sie vielleicht nie wieder scheint«, sagte ich zur Gruppe, während ich die ersten Akkorde auf der Gitarre spielte. Dann fing ich an zu singen.

»Du kannst es noch nicht sehen, doch dein Leben wird wieder schön. Vermutlich denkst du jetzt, ich spinne. Doch es war schon immer so, auf Regen folgt Sonnenschein. Und die schweren Zeiten werden bald verrinnen.

Es sieht so aus, doch es ist kein Problem. Es wird alles gut, du wirst schon sehn. Hör auf zu jammern! Dein Leben wird der Hammer. Du machst es! Ja, du schaffst es!

Du stehst jetzt wieder auf, Krone richten, weitergehen! Du schaust nach vorne und nicht zurück, dann kannst du's sehn! Es ist nur ein Gefühl, dass die Sonne nie mehr scheint. Doch in Wirklichkeit ist alles sehr viel heller, als du meinst.

Hey du, hör auf, dich so zu stressen. Hör zu, es ist heller, als du meinst. Es braucht nur seine Zeit, um zu sehen, wofür es gut war. Doch das Leben wird dich sehr bald wieder lieben.

Es sieht so aus, doch es ist kein Problem. Es wird alles gut, ja, du wirst schon sehen. Hör auf zu jammern! Dein Leben wird der Hammer. Du machst es! Ja, du schaffst es!

Du stehst jetzt wieder auf, Krone richten, weitergehen. Du schaust nach vorne und nicht zurück, dann kannst du's sehen. Es ist nur ein Gefühl, dass die Sonne nie mehr scheint. Doch in Wirklichkeit ist alles sehr viel heller, als du meinst.

Wieder aufstehen, Krone richten, weitergehen. Schau nach vorne, nicht zurück, dann kannst du's sehen. Es ist nur ein Gefühl, dass die Sonne nie mehr scheint. Doch in Wirklichkeit ist alles sehr viel heller, als du meinst.

Du glaubst, du bist verloren, doch das Leben wird dich finden. Vermutlich denkst du jetzt wieder, ich spinne. Doch du fängst einfach neu an und machst es diesmal besser. Und die schweren Zeiten werden bald verrinnen.

Es sieht so aus, doch es ist kein Problem. Es wird alles gut, ja, du wirst schon sehen. Hör auf zu jammern! Dein Leben wird der Hammer. Du machst es! Ja, du schaffst es!

Dann stehst du wieder auf, Krone richten, weitergehen. Du schaust nach vorne und nicht zurück, dann kannst du's sehen. Es war nur ein Gefühl, dass die Sonne nie mehr scheint. Doch in Wirklichkeit war alles immer heller, als du meinst.

Wieder aufstehen, Krone richten, weitergehen. Schau nach vorne, nicht zurück, dann kannst du's sehen. Es war nur ein Gefühl, dass die Sonne nie mehr scheint. Doch in Wirklichkeit war alles immer heller, als du meinst.

Heller, als du meinst. Heller, als du meinst. Es war nur ein Gefühl, dass die Sonne nie mehr scheint. Doch in Wirklichkeit war alles immer heller, als du meinst.«

Die Meute tobte wie üblich, wenn jemand ein Lied sang, und Emily warf mir berührt einen Kussmund zu.

»Dieser Song wäre genau mein Ding«, meinte Dylan begeistert. »Den würde ich sehr gerne covern, wenn das für dich okay wäre. Oder am besten noch mit dir und deinen Freunden zusammen siebenstimmig. Das wäre der Oberhammer!«

Als wir an diesem Abend schlafen gingen, fühlte ich mich sehr erfüllt von diesem schönen Abend. Ich dachte an Emily und Angelo und wünschte mir von Herzen, dass die beiden vielleicht irgendwann das gleiche Partnerglück erleben würden, wie Brian und ich es miteinander teilten. Die Gespräche des Tages in der Küche hatten mir bewusst gemacht, wie besonders das war, was wir hatten. Mir war nicht klar gewesen, wie schwierig es für normale Paare sein musste, eine glückliche Beziehung zu führen mit all den vielen Müssens, Brauchens,

Habenwollens, Gefühlszielen und so weiter. Eigentlich grenzte es schon fast an ein Wunder, dass Partnerbeziehungen überhaupt einigermaßen funktionierten.

Ich beschloss, mir dieses Thema am nächsten Tag noch einmal genauer anzuschauen und auch Ella dazu zu konsultieren. Ich verstand erst jetzt, wie anspruchsvoll die Aufgabe der Love-Angels sein musste. Ich hatte sie immer schon als sehr wertvoll eingeschätzt. Doch so langsam wurde mir bewusst, wie wichtig die Love-Angels für die Menschen tatsächlich waren.

Sex hatten Brian und ich an diesem Abend keinen mehr. Aber das hatte ich auch nicht erwartet, denn Brians Batterien würden sicherlich noch bis morgen benötigen, um sich wieder aufzuladen. Er hatte an diesem Nachmittag wirklich alles gegeben.

Als ich am nächsten Morgen recht früh erwachte, stand ich beschwingt auf und ging ins Badezimmer, um mich dort neu zu materialisieren. Da Brian noch tief und fest schlief, entschied ich, Ella kurz einen Besuch abzustatten. Die anderen Secret-Angels außer Nuno waren ebenfalls noch im Klassensaal, was mich sehr freute. Ich beschloss, die Gelegenheit zu nutzen und Angelo den Sachverhalt mit Emily zu erklären. Möglicherweise wäre es ihm dadurch ja möglich, sich etwas einfühlsamer ihr gegenüber zu verhalten.

»Und was könnte ich tun, um es ihr leichter zu machen?«, fragte Angelo ratlos.

»Das weiß ich leider auch nicht so genau«, antwortete ich.

»Eine unerwiderte Liebe tut weh«, meinte Ella. »So hat die Natur das bei den Menschen eingerichtet. Viel machen kannst du nicht. Der Schmerz der unerwiderten Liebe soll dafür sorgen, dass Emily von dem Wunsch loslässt, mit dir eine Beziehung einzugehen. Du könntest sie höchstens bei diesem Loslassprozess unterstützen.«

»Und wie kann ich das machen?«, hakte Angelo nach.

»Das ist tatsächlich nicht so einfach«, meinte Ella. »Wenn du beispielsweise homosexuell wärst, dann wäre es für sie leicht, von dir abzulassen. Ihr System würde sofort verstehen, dass es keinen Sinn hat, eine Partnerbeziehung mit dir zu wollen. Oder wenn du anstreben würdest, ein katholischer Pfarrer zu werden, der sich dem Zölibat verpflichtet. Das würde es ihr ebenfalls leichter machen. Aber so ganz ohne Schmerz geht das alles nicht vonstatten.«

»In Partnerschaften gibt es offensichtlich sehr viele Situationen, unter denen die Menschen leiden«, sagte ich. »Genau über dieses Thema wollte ich gerne heute mit dir sprechen, wenn das okay ist.«

»Natürlich, sehr gerne«, meinte Ella. »Was möchtest du denn darüber wissen?«

»Mir ist klar geworden, dass die Menschen auf ihrem derzeitigen Wissensstand kaum eine reale Chance auf eine langfristig glückliche Partnerbeziehung haben. Gleichzeitig sehnen sie sich aber alle sehr nach Liebe und Partnerglück. Das dürfte wohl der mit Abstand häufigste soziale Missstand sein, den es im Paradies überhaupt gibt.«

»Ja, dem würde ich uneingeschränkt zustimmen«, meinte Ella. »Genau deshalb gibt es die Love-Angels.«

»Auf der einen Seite ist das natürlich alles andere als schön für die betroffenen Menschen, doch auf der anderen Seite bietet genau dieser soziale Missstand auch die größte Chance für das Überleben der Menschheit«, sagte ich.

»Das musst du mir genauer erklären«, bat Ella.

»Ich verwende einmal ausnahmsweise den Begriff *Problem*, um diese Chance auf den springenden grünen Punkt zu bringen«, sagte ich. »Es ist ganz einfach. Die Menschen haben weltweit ein großes Problem, das sie sehr quält und für das bisher noch kein Mensch eine wirklich funktionierende Lösung gefunden hat. Doch wir haben diese Lösung. Das müssen wir den Menschen jetzt eigentlich nur noch begreiflich machen.

Die Ursache der unzähligen Beziehungsmissstände, mit denen sich die Menschen so sehr herumquälen, besteht ja ganz offensichtlich in ihrer Unwissenheit. Hier kommt einfach alles zusammen, was wir bei unserer Mission bisher herausgefunden haben. Die ganzen unnötigen Brauchens und Müssens, die vielen schädlichen Habenwollens und Seinwollens, die Gefühlsziele, die Sollvorstellungen, die Neigung, ständig etwas als Problem zu beurteilen und dem Reptiliengehirn damit die Führung der Partnerbeziehung zu überlassen, die vielen Missstandsbeurteilungen in Bezug auf den Partner oder die Beziehung, ihre Prinzipienreiterei, ihr Rudelkampf, ihre Zweifel daran, ob sie gut genug sind, um geliebt zu werden, und so weiter und so fort.

Wir haben den Menschen in den letzten Wochen alles beigebracht, was sie für eine tatsächlich glückliche Partnerbeziehung benötigen. Die Menschen müssten es jetzt nur noch anwenden. Bei den Paaren in unserer Villa ist das offensichtlich. Sie tun es. Und da gibt es auch keine sogenannten Beziehungsprobleme mehr. Noch nicht einmal mehr bei Ava und Jason, die kurz vor dem Aus ihrer Beziehung standen. Jetzt haben sie höchstens noch ein paar alte abgespeicherte negative Sichtweisen, die sich durch unseren Bottom-up-Prozess von selbst auflösen werden.

Ich glaube, dass das soziale Leid der Menschen ein Segen für die Menschheit sein kann, weil wir die Menschen von diesem Leid erlösen können. Sie können glückliche Partnerbeziehungen führen. Sie müssen nur bereit sein zu lernen. Und ich glaube, dass hier der stärkste Antrieb liegt. Es gibt vermutlich kaum eine andere Zielsetzung im Leben der Menschen, für die sie bereit wären, so viel zu tun wie für eine glückliche Partnerbeziehung. Sicherlich noch für das Wohl ihrer Kinder, was jedoch auch wieder einen starken Zusammenhang mit der Partnerbeziehung hat. Und vielleicht noch für ihren Wohlstand, ihren Erfolg im Leben oder ihre Gesundheit.

Wir wollten einen Weg finden, wie wir den Menschen eine Zukunft geben können. Die eine Hälfte dieses Weges besteht in dem Wissen, das wir den Menschen gegeben haben. Die andere Hälfte besteht darin, dass die

Menschen dieses Wissen auch erwerben wollen. Für die meisten Menschen ist lernen anstrengend. Sie brauchen eine starke Motivation, damit sie es tun. Denn die Tatsache, dass das erforderliche Wissen im Paradies jetzt verfügbar ist, nützt ihnen allein noch nichts.

Wir haben den Menschen das erforderliche Wissen gegeben, mit dem sie ihre Welt retten können. Jetzt müssen sie es noch annehmen. Und dafür brauchen sie Motivation, denn nicht alle Menschen wollen einfach nur aus bloßem Interesse neues Wissen erwerben. Eine glückliche Partnerbeziehung ist vermutlich der stärkste Antrieb dafür. Die einen wollen einen Partner finden, mit dem sie glücklich sein können, die anderen wollen, dass ihre Beziehung glücklich bleibt oder wieder glücklich wird. Und wir bieten allen diesen Menschen die beste Chance dazu, die es im Paradies je gab. Das müssen sie nur noch erkennen.

Ich hatte das bisher selbst nicht gesehen, weil ich dachte, dass es den Menschen nur darum geht, sich gut und nicht schlecht zu fühlen, oder dass sie ein glückliches, erfolgreiches und erfülltes Leben führen wollen. Doch wenn man sich genauer anschaut, weshalb sie in ihrem Alltag die meisten Problemgefühle und Missstandsgefühle empfinden, dann sind es ganz klar ihre sozialen Beziehungen. Daher sollten wir die Menschen auch genau an dieser Stelle abholen.«

»Das hört sich vielversprechend an«, meinte Ella. »Und du hast recht, wir haben den Menschen bereits alles gegeben, was sie für glückliche Beziehungen brauchen. Sie müssten es tatsächlich jetzt nur noch tun. Und als Nebenprodukt bringen sie dadurch auch automatisch alles andere im Paradies in Ordnung, denn das hat ja alles ein und dieselbe Ursache.«

»Ich denke, ich werde mit unseren Menschen heute einen Workshop durchführen, in dem es genau um dieses Thema geht«, sagte ich. »Was das betrifft, habe ich auch eine Idee, wie wir es Emily leichter machen können, von ihrem Partnerwunsch mit dir abzulassen«,

sagte ich zu Angelo. »Doch dazu hätte ich noch ein paar Fragen an dich als Love-Angel, liebe Ella.«

»Was möchtest du denn wissen?«, fragte sie.

»Wie schätzt du denn die Chancen ein, dass Menschen eine glückliche Partnerbeziehung führen können, wenn nur einer von beiden über unser Wissen verfügt?«

»Das kann man so pauschal nicht sagen«, meinte Ella. »Es kommt darauf an, wie viele negative Sichtweisen die Menschen in ihren Partnerschaften annehmen. Da sind sie sehr unterschiedlich. Manche sind extrem schnell mit dem Partner oder der Beziehung unzufrieden und wollen das dann auch immer alles sofort klären. Und manche wären eigentlich ganz zufrieden mit ihrer Beziehung, wenn ihr Partner nur nicht ständig so einen Stress machen würde wegen jeder Kleinigkeit.

Wenn der Unzufriedene über unser Wissen verfügt und der Zufriedene nicht, dann kann es sicherlich funktionieren. Umgekehrt wohl eher nicht. Der Zufriedene allein kann keine glückliche Partnerbeziehung führen, wenn der Unzufriedene weiterhin ständig manipuliert oder streitet. Auch dann nicht, wenn er nichts mehr als Problem oder Missstand ansieht. Für eine glückliche Beziehung braucht es immer beide Partner. Für eine unglückliche benötigt es hingegen nur einen.«

»Der zweite Erziehungsweg muss also wirklich abgestellt werden«, stellte ich fest. »Kennst du diesen Ausdruck?«, fragte ich Ella.

»Ja, das ist mir ein Begriff«, meinte sie. »Alle Love-Angels sind damit vertraut. Es ist der häufigste Grund für eine unglückliche Beziehung. Und auch der häufigste Grund, warum viele Menschen keine Partnerbeziehung mehr eingehen wollen, weil es jedes Mal wieder auf diesen zweiten Erziehungsweg hinausläuft. Doch es ist natürlich nicht der einzige Grund, warum Paare wieder auseinandergehen.

Im Grunde genommen scheitern die Beziehungen immer an irgendeiner Form von Negativität. Entweder wird etwas als negativ angesehen, oder es wird negativ gehandelt oder etwas Negatives beabsichtigt. Und manchmal fehlt auch das erforderliche Maß an Positivität. Nur die Abwesenheit der Negativität genügt nicht für eine glückliche Partnerbeziehung.«

»Und was würdest du hier alles unter Negativität verstehen?«, wollte ich wissen.

»Viele Menschen beurteilen beispielsweise ständig als negativ, was der andere tut oder nicht tut oder wie er ist oder nicht ist«, erklärte Ella. »Das kann im schlimmsten Fall eine Problembeurteilung sein, aber auch die Missstandsbeurteilung, dass etwas nicht gut, nicht gut genug, nicht in Ordnung oder zu schlecht ist. Es kann auch die Sinnlosigkeitsbeurteilung sein, die dazu führen kann, dass die Beziehung grundsätzlich infrage gestellt wird, oder die Gefahrenbeurteilung, die dazu führen kann, dass die Menschen ihren Partner ständig kontrollieren, einengen oder bedrängen.

Es muss aber nicht immer die negative *Beurteilung* sein. Es werden auch viele negative *Annahmen* getroffen. Diese können sich beispielsweise auf die gemeinsame Zukunft beziehen, dann wäre es eine negative Erwartungshaltung. Die negativen Annahmen können sich aber auch auf alles beziehen, was man nicht sicher weiß. Viele Menschen vermuten beispielsweise ständig negative Absichten oder Charaktereigenschaften bei ihrem Partner wie Egoismus oder Untreue oder dass er grundsätzlich nicht loyal sein könnte und solche Dinge. Es gibt unzählige Möglichkeiten, schädliche negative Annahmen zu treffen.

Am meisten werden Beziehungen jedoch durch negative *Handlungen* belastet. Hier liegt der zweite Erziehungsweg weit vorne, der dazu führt, dass der Partner sich nicht so akzeptiert und geliebt fühlen kann, wie er ist, weil ja ständig an ihm herummanipuliert wird. Das Streiten belastet die Beziehungen dann natürlich auch ganz erheblich. Und negative Handlungen wie Fremdgehen, den Partner im Stich lassen oder ihn abwerten und andere toxische Verhaltensweisen führen ebenfalls sehr schnell entweder zu einem Beziehungsende oder einer unglücklichen Beziehung.«

»Ich gehe davon aus, dass die negativen Handlungen die Folge einer negativen Sichtweise sind«, sagte ich.

»Ja, das ist richtig«, bestätigte Ella.

»Dann wäre es vermutlich sinnvoll, genau da anzusetzen«, schlussfolgerte ich. »Die Ursachen der vielen negativen Beurteilungen und Annahmen kennen wir ja. Das sind die ganzen Sachverhalte, die wir unseren Menschen in den letzten Wochen vermittelt haben. Die Menschen müssten daher jetzt in der Lage sein, dieses Wissen in der Praxis anzuwenden, um an der Stelle der ursprünglichen negativen Beurteilungen und Annahmen jetzt positive Sichtweisen und gute 3G-Tunwollens zu finden. Genau das werden wir heute in der Gruppe üben.«

»Das hört sich gut an«, meinte Ella. »Ich schlage vor, dass ihr bei den 3G-Tunwollens danach schaut, was man der *Beziehung* Gutes tun kann. Was davon tut man von Herzen gerne? Und was glaubt man auch gut genug zu können? Ich denke, das ist in diesem Zusammenhang besser, als nur dem Partner oder sich selbst etwas Gutes tun zu wollen. In einer Partnerschaft gibt es eigentlich kein Ich und Du. Da gibt es nur ein Wir.«

»Das ist eine tolle Idee!«, sagte ich begeistert. »Dann werde ich mich jetzt wieder verabschieden. Ich danke dir für die wertvollen Informationen. Und euch sehe ich gleich beim gemeinsamen Frühstück«, sagte ich zu den Secret-Angels. »Dann bis später.«

Brian war bereits wach, als ich mich in unserem Badezimmer materialisierte. Er stand gerade unter der Dusche und zuckte vor Schreck zusammen, als ich dort plötzlich erschien.

»Sorry, ich wollte dich nicht erschrecken«, sagte ich. »Ich dachte, du wärst noch im Bett.«

»Daran muss ich mich echt noch gewöhnen!«, meinte er lachend. »Unfassbar, dass das alles Wirklichkeit ist.«

»Guten Morgen, Lieblingsmensch«, sagte ich und ging zu ihm unter die Dusche.

»Guten Morgen, mein Engel«, erwiderte er meinen Gruß und gab mir einen zärtlichen Kuss.

»Ich war gerade bei Ella und den anderen Secret-Angels«, berichtete ich. »Wir haben eine neue Idee, wie wir sehr viele Menschen erreichen können mit unserem Wissen. Und zwar geht es um das Thema Partnerbeziehung. Das scheint von allen Aufgaben, die ein Mensch während seines Lebens annehmen kann, offenbar die schwierigste zu sein. Ich bin sehr, sehr froh, dass wir beide das so gut hinkriegen. Das ist offensichtlich keine Selbstverständlichkeit. Und das sollte es auch nie werden. Deshalb würde ich sehr gerne etwas Gutes für unsere Beziehung tun.«

»Was möchtest du denn tun?«, fragte Brian.

»Da habe ich leider noch keine klare Idee«, antwortete ich. »Aber ich möchte heute Morgen einen Workshop mit allen machen. Daher wäre es ganz gut, wenn mir da vorher noch etwas einfallen würde. Hast du vielleicht eine Idee, was ich unserer Beziehung Gutes tun könnte? Ella meinte, es sei sinnvoll, nicht zu überlegen, was ich dir oder mir selbst Gutes tun kann, sondern tatsächlich der *Beziehung* und damit *uns*. Eine Beziehung sei kein Ich und kein Du, meinte sie, sondern ein Wir. Diese Sichtweise finde ich sehr gut. Nur eine konkrete Idee habe ich, wie gesagt, noch nicht.«

»Ich finde, du tust die ganze Zeit schon etwas sehr Gutes für die Beziehung«, meinte Brian. »Zumindest tust du mir damit etwas außergewöhnlich Gutes.«

»Du meinst Sex?!«, fragte ich erfreut.

»Das auch«, antwortete er lachend. »Aber ich meinte ausnahmsweise mal etwas anderes. Du tust etwas, was für dich vermutlich eine Selbstverständlichkeit darstellt, was aber in Wirklichkeit bei den Menschen absolut außergewöhnlich ist.«

»Und was ist das?«, fragte ich ahnungslos.

»Du nimmst mich, wie ich bin. Und du akzeptierst auch dich selbst, wie du bist. Du willst weder mich noch dich ändern oder optimieren oder an irgendwelche Sollvorstellungen anpassen. Du manipulierst nicht, du bedrängst mich nicht, du zickst nie rum, du lässt mich wirklich einfach sein, wie ich bin. Und das habe ich noch nie zuvor in einer Partnerbeziehung erlebt. Noch nicht einmal im Ansatz! Und das hat mich so beeindruckt, dass ich beschlossen habe, das mit dir ganz genauso zu versuchen.

Ich bin ehrlich. Ich habe in der Vergangenheit ebenfalls ständig versucht, meine Partnerinnen an meine Gefühlsziele und Sollvorstellungen anzupassen. So, wie ich jetzt bin, war ich früher nicht. Da dachte ich noch, dass meine Gefühlsziele und Sollvorstellungen echte Bedürfnisse sind, die eine Partnerin dann auch erfüllen muss, wenn es passen soll.

Durch dich habe ich erkannt, dass das überhaupt nicht stimmt. Zum ersten Mal in meinem Leben fühle ich mich in einer Partnerbeziehung nicht eingeengt. Ich fühle mich mit dir nicht nur glücklich, sondern auch gleichzeitig frei. Liebe und Freiheit hatten sich zuvor bei mir immer gegenseitig ausgeschlossen. Allein die Tatsache, dass das möglich ist, hat dazu geführt, dass ich ein besserer Mensch sein will. Ich hatte mich deshalb bereits zum Positiven entschieden, bevor ich wusste, dass du ein Engel bist und dass das der Sinn des Lebens ist.«

»Das ist aber schön!«, sagte ich berührt. »Ich möchte dir bestätigen, dass auch du mich so sein lässt, wie ich bin. Und mir ist bewusst, dass es nicht einfach zu akzeptieren war, dass ich zur Hälfte eine andere Spezies bin. Auch das ist in meinen Augen alles andere als eine Selbstverständlichkeit. Ich fühle mich von dir bedingungslos geliebt.«

»Ich mich von dir ebenfalls«, sagte er und küsste mich liebevoll.

»Dann ist also Akzeptanz etwas sehr Wertvolles, mit dem man einer Beziehung etwas Gutes tun kann«, stellte ich fest. »Und das ist etwas, was ich von Herzen gerne tue.«

»Und gleichzeitig etwas, was du sehr gut kannst«, bestätigte Brian. »Ich vermute mal, dass es hier am Können liegt, dass die meisten Menschen damit Schwierigkeiten haben.«

»Aber Akzeptanz ist keine Frage des Könnens«, gab ich zu bedenken. »Es ist ausschließlich eine Frage des Wollens. Es ist ein klares Tunwollen. Das kann jeder, wenn er es will.«

»Es sei denn, man beurteilt die Dinge, die man nicht akzeptieren will, als Problem«, meinte Brian. »Dann kann das Großhirn sie nicht akzeptieren, weil das Reptiliengehirn oder das soziale Gehirn sie nicht akzeptieren wollen.«

»Ja, da hast du recht«, erkannte ich. »So gesehen ist es eigentlich gleichzeitig eine Frage des Wollens und des Könnens. Wenn man jedoch über unser Wissen verfügt, sollte es eigentlich nur noch eine Frage des Wollens sein. Wir werden uns das nachher einmal im Workshop genauer anschauen. Ich bin sehr gespannt, wie gut das mittlerweile unseren Menschen gelingt.«

Als wir zum Frühstück kamen, fiel mir gleich auf, dass Emily sich wieder einen Platz neben Angelo gesichert hatte. Mir war klar, dass ihr das jetzt wehtun würde, was ich mit Angelo verabredet hatte, doch ich wusste auch, dass es langfristig keinen anderen Weg gab. Sie würde loslassen müssen, wenn ihr Leid irgendwann ein Ende haben sollte.

»Wer von euch hat denn grundsätzlich Interesse daran, irgendwann eine Partnerbeziehung einzugehen?«, fragte ich, als alle am Frühstückstisch saßen.

Alle außer Angelo hoben die Hand, was Emily aufs Äußerste irritierte.

»Angelo«, sprach ich ihn direkt an. »Du bist der Einzige, der keine Beziehung will. Das ist ungewöhnlich.

Willst du uns verraten, warum du keine Partnerbeziehung eingehen willst?«

»Ich habe nach reichlichen Überlegungen während meiner Zeit bei den Amish People ein Keuschheitsgelübde abgelegt, um mich voll und ganz auf meine Beziehung zu Gott zu konzentrieren«, erklärte Angelo. »Obgleich ich nicht mehr Mitglied der Amish-Gemeinde bin, empfinde ich meine Entsagung von romantischen Beziehungen trotzdem weiterhin als Teil eines gelobten Lebensweges. Ich habe meine Beziehung zu Gott noch nicht vollends geklärt, doch ich tendiere dazu, diesen Lebensweg auch weiterhin zu beschreiten.«

Emily war geschockt. Nach dem Frühstück bat sie Angelo dann um ein Gespräch. Was sie dabei genau besprochen hatten, wusste ich nicht. Doch die beiden verhielten sich nach diesem Gespräch so, als seien sie Bruder und Schwester. Gleichzeitig hatte ich das Gefühl, dass Emily ihr Ziel noch nicht komplett aufgegeben hatte. Es kam mir eher wie ein Trick vor, mit dem sie Angelo weiterhin nahe sein wollte. Vermutlich hoffte sie insgeheim, dass er sich doch noch in sie verlieben und sein Keuschheitsgelübde ablegen würde. Jedenfalls schien ihr Leid deutlich gelindert zu sein.

Ich fand diese Entwicklung sehr sinnvoll. Angelo konnte sich zwar jetzt noch nicht vorstellen, dass er sich tatsächlich in eine menschliche Frau verlieben könnte, doch sobald er in die Geschlechtsreife kommen würde, konnte sich das ganz schnell ändern. Ich war daher gespannt, was die Zukunft noch bringen würde.

Kapitel 16:

3Gs für die Beziehung

»Ich möchte mich heute mit euch einem Stattdessen widmen, das wohl zu den wertvollsten im Leben eines Menschen überhaupt gehört«, sagte ich, um unseren Workshop zu beginnen. Wir hatten uns nach dem Frühstück wieder im großen Kreis in den Garten gesetzt. »Es geht um das Thema Partnerbeziehung. Eine glückliche Beziehung zu führen, gehört wohl zu den schwierigsten Aufgaben, denen man sich als Mensch überhaupt widmen kann. Eine unglückliche Beziehung hingegen scheint sehr leicht zu realisieren zu sein. Für eine glückliche Beziehung braucht es immer zwei Menschen, für eine unglückliche genügt schon einer.«

»Das ist wohl wahr!«, meinte Ava lachend.

»Der Hauptgrund für eine unglückliche Beziehung scheint in dem Bestreben zu liegen, seinen Partner oder sich selbst ändern zu wollen, damit es in der Beziehung besser passt.«

»Nach dem Motto: Was nicht passt, wird passend gemacht«, meinte Greg. »Ja, da klingelt es bei mir.«

»Das Stattdessen würde darin bestehen, den Partner

so sein zu lassen, wie er ist«, sagte ich. »Und das erfordert die Fähigkeit, ihn auch tatsächlich so lieben zu können, wie er ist. Das Gleiche gilt für sich selbst.«

»Ja, da klingelt es immer noch«, meinte Greg lachend. »Ich glaub, ich hab Tinnitus!«

»Wir haben bisher immer darüber nachgedacht, was wir uns selbst oder anderen Menschen Gutes tun können«, fuhr ich fort. »Heute wollen wir, was das betrifft, einmal eine etwas andere Perspektive annehmen, denn in einer Partnerbeziehung gibt es kein Ich und kein Du. Es gibt nur das Wir. Und diesem Wir können wir etwas sehr Gutes tun, indem wir uns selbst und unseren Partner voll und ganz akzeptieren. Doch das ist aufgrund unserer vielen Müssens, Brauchens und Wollens alles andere als einfach.

Wir werden uns heute gemeinsam anschauen, ob uns, was das angeht, noch etwas an Wissen fehlt, oder ob dieses Stattdessen jetzt zu einem echten 3G-Tunwollen gemacht werden kann. Grundsätzlich ist Akzeptanz eine Frage des Wollens und nicht des Könnens. Aus der Perspektive des Großhirns kann das jedoch anders aussehen. Wenn das soziale Gehirn oder das Reptiliengehirn etwas nicht akzeptieren *wollen*, dann kommt es dem Großhirn so vor, als *könnten* wir den jeweiligen Sachverhalt nicht akzeptieren. Doch Akzeptanz ist trotzdem ein Wollen und kein Können. Es ist wichtig, das im Hinterkopf zu behalten, damit man nicht anfängt, gegen das Reptiliengehirn oder das soziale Gehirn zu kämpfen, wenn die etwas nicht akzeptieren wollen.

Ich schlage vor, dass wir auch bei diesem Thema wieder unseren Bottom-up-Prozess verwenden und einfach Beispiele durchgehen. Ich werde euch dabei immer wieder die gleichen Fragen stellen. Da die Gründe, warum man bei sich selbst oder dem Partner etwas nicht akzeptieren will, letztendlich immer in irgendwelchen negativen Beurteilungen oder Annahmen bestehen, werde ich euch folgende Fragen stellen: Müsst ihr das negativ sehen? Wollt ihr das negativ sehen? Was könnt ihr, was das angeht, der Beziehung Gutes tun? Tut ihr das gerne? Und könnt ihr das auch gut genug?

Wir wollen also aus allen gefühlten Akzeptanz-Problemen 3G-Tunwollens machen. Wir suchen jetzt für unseren Bottom-up-Prozess erst einmal nach Beispielen, die gar nicht euch selbst betreffen müssen. Die meisten Menschen treffen in ihren Beziehungen zahlreiche Missstands- und Problembeurteilungen. Weiterhin treffen sie negative Annahmen über die Absichten des anderen, zweifeln am Guten, kämpfen gegen das Schlechte und glauben häufig, sich schützen zu müssen. Sie kämpfen auch innerhalb der Beziehung um ihren Rang und darum, dass der Partner die eigenen Gefühlsziele und Sollvorstellungen erfüllen soll. Auch wird schnell mal ums Prinzip gestritten. Fangen wir mit den Problembeurteilungen an. Was beurteilen viele Menschen in Partnerbeziehungen für gewöhnlich als Problem?«

»Dass der Partner zu wenig romantisch ist«, meinte Ava.

»Oder dass er zu romantisch ist«, meinte Greg. »Das geht genauso.«

»Müsst ihr das negativ sehen?«, fragte ich.

»Auf keinen Fall als Problem«, meinte Ava. »Und als Missstand natürlich auch nicht«, fügte sie hinzu.

»Wollt ihr das negativ sehen?«, fragte ich weiter.

»Früher hätte ich es ganz sicher als negativ ansehen wollen«, meinte Ava. »Ich wollte mich geliebt fühlen. Und Romantik war eine wichtige Möglichkeit für mich.«

»Wenn dieses Gefühlsziel im Hintergrund steht, dann wird die fehlende Romantik natürlich sehr schnell als Problem oder Missstand beurteilt«, stimmte ich zu. »Und führt diese negative Beurteilung dann letztendlich dazu, dass die Beziehung besser wird?«, wollte ich von Ava wissen.

»Na, das ganz sicher nicht!«, sagte sie lachend.

»Würdest du die fehlende Romantik daher immer noch als negativ ansehen wollen?«, hakte ich nach.

»Nein, auf keinen Fall!«, bestätigte sie. »Ich möchte heute lieber geliebt *sein*, anstatt mich geliebt *fühlen* zu wollen. Das war ein sehr schädliches Gefühlsziel.«

»Wie könntest du bei diesem Thema deiner Beziehung etwas Gutes tun?«, fragte ich weiter.

»Na, die Liebe wertschätzen, die wirklich da ist, anstatt zu versuchen, mir meinen Mann so zu backen, dass er meine Gefühlsziele erfüllt«, antwortete sie.

»Wie wertvoll ist die Wertschätzung der Liebe für eine Partnerbeziehung auf einer Skala von 0 bis 10?«, wollte ich wissen.

»Die glatte 10!«, sagte Ava. »Das ist das Wichtigste überhaupt.«

»Und tust du das gerne?«, fragte ich nach dem zweiten G.

»Von Herzen gerne«, meinte Ava. »Dem Gernetun würde ich ebenfalls eine glatte 10 geben.«

»Und kannst du das auch gut genug?«, fragte ich weiter nach dem dritten G.

»Kann ich das gut genug?«, fragte sie Jason daraufhin. »Sag's ganz ehrlich. Denn wenn ich es nicht gut genug kann, dann möchte ich es wirklich lernen.«

»Du kannst das fantastisch gut«, meinte Jason. »Ich bin ehrlich. Früher konntest du es nicht gut. Da hast du mir ständig die Hölle heiß gemacht. Aber jetzt kriegst du auch hier die volle Punktzahl. Es ist wunderschön, mit dir verheiratet zu sein. Am liebsten würde ich dich gleich noch einmal heiraten.«

Ava war sehr berührt und küsste Jason liebevoll auf den Mund.

»Boah, wenn das keine Romantik ist, dann weiß ich nicht mehr, was Romantik sein soll«, meinte Greg sichtlich gerührt. »Ich hasse Romantik übrigens. Habe ich das schon gesagt?«, fügte er grinsend hinzu.

»Ich glaube, mit deiner Entscheidung, lieber geliebt sein zu wollen, anstatt dich geliebt fühlen zu wollen, hast du deiner Beziehung etwas sehr Gutes getan«, sagte ich zu Ava.

»Ja, das glaube ich auch«, meinte sie glücklich lächelnd. »Ich würde das sehr gerne dem Bild von meinem

Lebensweg hinzufügen. Wäre das okay? Ich brauche auch nicht lange. Mein Symbol ist ein Herz, da brauche ich gar nicht lange zu überlegen. Und ich werde viele Herzen auf meinem Lebensweg platzieren. Und eines davon habe ich immer direkt bei mir, während ich diesen Weg mit Jason gemeinsam gehe.«

Ava schloss kurz die Augen und integrierte ihr Symbol in ihren Lebensweg. Alle aus der Gruppe taten das Gleiche.

»Dann kommen wir mal zum nächsten Beispiel«, sagte ich, als alle damit fertig waren. »Nehmen wir einmal zur Abwechslung eine negative Annahme. Welche Annahmen könnten einer Beziehung Schaden zufügen?«

»Man könnte an der Treue seines Partners zweifeln«, meinte Stella.

»*Müssen* wir das tun?«, fragte ich als Erstes.

»Müssen auf keinen Fall«, meinte Stella. »Ich würde die Beziehung beenden. Aber ich sterbe nicht, wenn er untreu ist. Ein echtes Problem gibt es da nicht.«

»*Wollen* wir die negative Annahme treffen, dass der Partner untreu sein oder werden könnte?«, fragte ich weiter.

»Da zuckt es noch kurz bei mir aufgrund meiner persönlichen Erfahrungen«, meinte Greg. »Aber es hat ja trotzdem keinen Sinn, den Partner ständig zu kontrollieren. Wenn er es tun will, wird er es ja trotzdem tun.«

»Wird die Beziehung denn besser, wenn man diese negative Annahme trifft?«, hakte ich nach.

»Garantiert nicht!«, meinte Stella.

»Die negative Annahme hat also keinen echten Nutzen, sondern bringt allenfalls Schaden«, fasste ich zusammen. »Wollen wir es nicht trotzdem tun? Es gibt Milliarden Menschen, für die es normal ist, das zu tun. Kann es wirklich falsch sein, wenn es so viele Menschen für richtig halten?«

»Ja, das kann es definitiv!«, sagte Dylan lachend. »Das ist wie mit den Fliegen«, fügte er hinzu. »Nur weil Abermilliarden von Fliegen Scheiße fressen, muss ich das nicht auch tun.«

»Geiler Scheiß!«, meinte Nuno, woraufhin die gesamte Gruppe wie üblich lachte.

»Es hat keinen Sinn, etwas kontrollieren zu wollen, was wir in Wirklichkeit gar nicht kontrollieren können«, sagte ich, um noch einmal auf das Thema Untreue zurückzukommen. »Wenn man sich sicherer fühlen möchte, dann kann man das natürlich tun und sich einbilden, dass es funktioniert. Doch ist dieses Gefühlsziel es wirklich wert, der Beziehung mit dieser negativen Unterstellung Schaden zuzufügen?«

»Auf keinen Fall«, meinte Stella. »Es hat, wie du sagst, nur einen scheinbaren Sinn, wenn man sich einbildet, damit die Beziehung sichern zu können. Doch das ist definitiv nur eine Kontrollillusion.«

»Wir müssen diese negative Annahme nicht treffen und wollen es bei genauerer Betrachtung auch nicht mehr«, fasste ich zusammen. »Aber was wollen wir stattdessen? Wie können wir unserer Beziehung hier etwas Gutes tun?«

»Vertrauen!«, meinte Brian. »Jede Beziehung baut auf Vertrauen auf. Wird das Vertrauen gebrochen, ist die Beziehung beendet. Doch wenn man nicht bereit ist, einen Vertrauensvorschuss zu leisten, dann hat die Beziehung in Wirklichkeit von Anfang an gar keine Chance. Zumindest eine glückliche Beziehung kann es dann nicht geben.

Ich weiß, wovon ich hier spreche. Ich habe meine früheren Beziehungen alle genau auf diese Weise kaputt gemacht. Es ging nicht so sehr ums Fremdgehen. Ich konnte meinen Partnerinnen grundsätzlich nicht vertrauen. Mir wird jedoch gerade klar, dass es auch hier nicht ums Können ging. Ich hätte es gekonnt, wenn ich es gewollt hätte. Ich habe mich jedenfalls mittlerweile längst zum Vertrauen entschieden, und ich glaube, dass ich damit etwas Gutes getan habe.«

»Wie wertvoll ist Vertrauen für eine Beziehung auf einer Skala von 0 bis 10?«, fragte ich.

»Ganz klar 10«, meinte Brian.

»Und wie gerne bringst du mir dieses Vertrauen entgegen?«, fragte ich weiter.

»Von Herzen gerne«, meinte er. »Also auch eine 10.«

»Und kannst du das auch gut genug?«, fragte ich, um unsere 3Gs zu vollenden.

»Ja, das kann ich tatsächlich mittlerweile sehr gut«, sagte er. »Ich vertraue dir zu hundert Prozent – immer und überall.«

Mich berührte plötzlich sehr, was er gesagt hatte, und ich küsste ihn dafür voller Liebe.

»Nächstes Beispiel!«, rief Greg plötzlich, während wir

uns küssten. »Wie gesagt, ich hasse Romantik!«, fügte er lachend hinzu. »Nein, Spaß! Macht ruhig weiter. Ich warte gerne, bis ihr fertig rumgeleckt habt.«

»Ich hätte ein Beispiel«, meinte Kevin dann. »Der eine Partner fühlt sich vernachlässigt oder verunsichert, weil der andere nicht genügend auf seine Bedürfnisse eingeht.«

»Ich würde das mit dem Vertrauen sehr gerne vorher noch in mein Bild integrieren«, überlegte Stella. »Ich hätte auch schon ein Symbol dazu. Und zwar ein Herz mit einem Schlüssel. Dieses Symbol vereint das Herz, das für Liebe und Verbundenheit steht, mit einem Schlüssel, der für Vertrauen und Intimität steht. Es symbolisiert für mich die Idee, dass Vertrauen der Schlüssel zu einer starken und gesunden Beziehung ist.«

»Ja, das ist ein sehr schönes Symbol«, stimmte Brian ihr zu. »Das würde ich ebenfalls gerne in meinen Lebensweg integrieren.«

Erneut schlossen alle die Augen und fügten ihr Symbol für Vertrauen ihrem Lebensweg hinzu.

»Dann kommen wir jetzt zu deinem Vorschlag, lieber Kevin«, sagte ich, als alle damit fertig waren. »Der eine Partner fühlt sich also vernachlässigt oder verunsichert, weil der andere nicht genügend auf seine Bedürfnisse eingeht. *Muss* man das als negativ ansehen?«

»Was jetzt genau?«, wollte Kevin wissen. »Dass der eine sich vernachlässigt oder verunsichert fühlt oder dass der andere nicht genügend auf die Bedürfnisse eingeht?«

»Stimmt, das sind ja eigentlich zwei gefühlte Probleme oder Missstände«, erkannte ich. »Ich schlage vor, wir betrachten beide.«

»Man muss weder das eine noch das andere als Problem oder Missstand ansehen«, meinte Kevin. »Das ist allenfalls eine Aufgabe. Zumindest auf die Bedürfnisse einzugehen. Die Gefühlsziele sind natürlich keine sinnvollen Aufgaben. Es sei denn, man sieht das Loslassen dieser Gefühlsziele auch als Aufgabe an. Dann schon. Dann ist es eine sehr wertvolle Aufgabe.«

»Und *wollen* wir das als etwas Negatives ansehen?«, fragte ich weiter.

»Wirklich negativ ist es nicht«, meinte Kevin. »Wir leben ja im grünen Bereich. Es ist allenfalls weniger gut, aber noch lange nicht schlecht. Vielleicht ist es ja auch nur anders gut. Also auf eine Weise gut, die man noch gar nicht erkannt hat. Auf jeden Fall bringt es nur Schaden, wenn man das negativ sieht. Die Beziehung wird dadurch nicht besser.«

»Und wie könnte man der Beziehung etwas Gutes tun?«, fragte ich weiter.

»Sich über die Bedürfnisse innerhalb der Beziehung austauschen«, schlug Kevin vor. »Man muss sich ja erst einmal kennenlernen. Und dazu gehört es ja auch, dass man die Bedürfnisse und Wünsche des Partners kennenlernt. Die kann man nicht einfach vorhersehen. Niemand von uns ist ein Hellseher.«

»Wie wertvoll ist es für eine Beziehung, dass man die Bedürfnisse und Wünsche des Partners kennt?«, wollte ich wissen.

»Auf unserer Skala wieder eine 10,0, denke ich«, meinte Kevin.

»Und wie gerne tust du es?«, fragte ich weiter.

»Auch eine 10,0«, antwortete er.

»Und wie gut kannst du es?«, war meine letzte Frage.

»Da ist noch Luft nach oben«, vermutete er. »Ich denke, so eine 5,6 könnte ungefähr hinkommen.«

»Und ist das gut genug?«, fragte ich.

»Das ist auf jeden Fall gut genug!«, antwortete Emma für Kevin. »Ich würde dir da auch mittlerweile locker eine 8 oder 9 geben. Die 5,6 war vielleicht vor einer Woche noch so. Aber mittlerweile ist das schon viel, viel besser.«

»Damit haben wir ein weiteres sehr wertvolles 3G-Tunwollen für die Beziehung gefunden«, sagte ich. »Damit sind es jetzt schon drei. Die Wertschätzung der Liebe, das Vertrauen und das gegenseitige Kennenlernen. Wollt ihr das ebenfalls als Symbol in euren Lebensweg integrieren?«

»Ja, sehr gerne«, antwortete Emma, und alle schlossen die Augen.

»Dann kommen wir zum nächsten Beispiel«, sagte ich. »Hat jemand eine Idee?«

»Ein Paar kriegt ein Kind«, sagte Isaac.

»Ich verstehe zwar das Beispiel nicht auf Anhieb«, sagte ich. »Aber ich versuche es einfach trotzdem einmal mit unseren Standardfragen. Also erste Frage: Muss man das als etwas Negatives ansehen?«

»Bei einem Freund von mir war es so«, erklärte Isaac.

»Nachdem das Kind da war, ging es 24/7 nur noch ums Kind. Vor allem die Mutter ging ganz in ihrer Rolle auf. Mein Freund war in ihren Augen nur noch ein Störfaktor. Zu Anfang dachte er noch, dass das nur in den ersten Monaten so sein wird. Doch sie hat das durchgezogen, bis sie sich vier Jahre später schließlich getrennt haben.«

»Ja, aber dann hat das nicht am Kind gelegen, sondern an der Frau«, wandte Sophia ein.

»Ja, das ist richtig«, stimmte Isaac zu.

»In diesem Fall würde ich sagen, dass man die Verhaltensweise der Frau als Missstand ansehen sollte, weil solch eine Umgangsform in einer Partnerbeziehung tatsächlich negativ ist«, sagte ich. »Doch muss man es als Problem ansehen?«

»Das hat mein Freund getan«, bekannte Isaac. »Aber das war natürlich nicht gut. Er hat mächtig gelitten deswegen. Er hätte es auf jeden Fall besser als Aufgabe angesehen. Ein Missstand in der Beziehung war es auf jeden Fall. Da brauchen wir nicht drum herumzureden. Aber er hätte da ganz anders mit umgehen können, wenn er es nicht als Problem angesehen hätte. Dann hätte er ihr sicherlich gleich von Anfang an schon gesagt, dass das für ihn so nicht geht. Vermutlich hätten sie sich dann viel früher getrennt, was wirklich besser für ihn gewesen wäre.«

»Das Beste, was er also für die Beziehung hätte tun können, wäre gewesen, sich zu trennen«, erkannte ich.

»Ja, er hat wirklich alles versucht«, stimmte Isaac zu.

»Er war dann auch beim Therapeuten, der ihm das Gleiche geraten hat. Seine Frau war zu einer Paar-Therapie nicht bereit. Sie wollte ihn tatsächlich einfach nur so schnell wie möglich loswerden.«

»Und ist da in deinem Gefühl hängen geblieben, dass ein gemeinsames Kind ein Problem ist?«, fragte ich.

»Ich glaube, dass ich es bis jetzt so empfunden habe«, gab er zu. »Aber ich merke, dass sich das bereits aufgelöst hat. Das Kind war nicht der Grund für die Trennung. Sie hat ihn vermutlich nie geliebt und ihm das nur so lange vorgespielt, bis sie gekriegt hat, was sie wollte. Er hatte wirklich eine sehr schlimme Zeit. Hätte ich damals gewusst, was ich heute weiß, hätte ich ihm helfen können. Manchmal wünschte ich, ich hätte eine Zeitmaschine.«

»Ja, aber was kann man tun, wenn die Liebe einseitig ist?«, fragte Emily.

»Wenn es nicht nur ein vorübergehendes Ungleichgewicht ist, dann kann man sie nur loslassen«, sagte ich. »Die Liebe kann man nun einmal nicht erzwingen. Weder bei sich selbst noch bei jemand anderes. Wie gesagt: Für eine glückliche Beziehung braucht es beide Partner, für eine unglückliche kann hingegen einer allein sorgen, wie man an Isaacs Beispiel sehen kann.«

Emily atmete tief durch und nickte zustimmend.

»Kommen wir zu unserem nächsten Beispiel«, sagte ich. »Womit haben Paare noch gefühlte Probleme? Was beurteilen sie als negativ, oder wo treffen sie schädliche negative Annahmen?«

»Ungerechtigkeit oder Egoismus in der Beziehung«, schlug Lucas vor.

»Müssen wir das negativ sehen?«, fragte ich.

»Müssen natürlich nicht«, antwortete Lucas. »Positiv sehen kann ich Ungerechtigkeit oder Egoismus jedoch auch nicht. Doch das heißt nicht, dass ich das automatisch als Problem ansehen muss. Es kommt ja auf die Relevanz an und nicht nur aufs Prinzip.«

»Und wollen wir Ungerechtigkeit und Egoismus als negativ ansehen?«, fragte ich als Nächstes.

»Eigentlich schon, wenn ich ehrlich bin«, meinte Lucas. »Wie gesagt, kommt es dabei aber auf das Ausmaß an. Es muss schon eine relevante Ungerechtigkeit sein und kein Pupskram.«

»Wer ist ebenfalls der Meinung, dass er das als negativ ansehen möchte?«, fragte ich in die Runde.

Alle zeigten auf.

»Es hat keinen Sinn, etwas als positiv anzusehen, was in Wirklichkeit negativ ist«, sagte ich. »Das bringt keinen Nutzen, sondern immer nur Schaden – wie immer, wenn man die Realität nicht so sieht, wie sie wirklich ist.«

»So etwas würde man als toxische Positivität bezeichnen«, erklärte Nuno. »Es gibt viele Menschen, die ohne Sinn und Verstand alles positiv sehen wollen, weil es bessere Gefühle erzeugt oder weil ihre Weltanschauung ihnen das gebietet. Doch das ist nur dann sinnvoll, wenn es auch wirklich positiv ist. Genauso, wie es auch nur sinnvoll ist, etwas als negativ anzusehen, wenn es tatsächlich negativ ist. Es bringt weder in der einen Richtung noch in der anderen etwas, die Welt anders sehen zu wollen, als sie ist.«

»Das leuchtet ein«, sagte Lucas.

»Wer ist der Meinung, dass man einer Beziehung etwas Gutes tun kann, indem man sie so sieht, wie sie wirklich ist – weder negativer noch positiver?«, fragte ich.

Alle meldeten sich.

»Da wäre ich, ehrlich gesagt, alleine nicht drauf gekommen«, gab Ava zu. »Doch wenn ich da genauer hinschaue, dann wird mir sofort klar, dass es in den allermeisten Beziehungen wesentlich mehr Positives als Negatives gibt, wenn die Paare bei der Wahrheit bleiben würden. Sie müssten eigentlich nur die rote Brille ihrer ganzen Müssens, Brauchens, Wollens und Sollens absetzen. Dann würden sie auch bei diesem Thema schnell erkennen, in welchem Paradies sie leben.«

»Wie wertvoll wäre es denn für eine Beziehung, dass beide die rote Brille absetzen und die Beziehung so sehen, wie sie wirklich ist?«, fragte ich.

»Das ist wohl das Allerwichtigste überhaupt«, erkannte Ava. »Noch wichtiger als alles andere. Also auf unserer Skala von 0 bis 10 mindestens eine 20.«

»Das geht gar nicht«, meinte Bodo irritiert.

»Das sagt man nur so«, erklärte ich ihm. »Es ist eine Redensart, die bei uns nicht verwendet wird. Wie gerne willst du deine Beziehung ohne die rote Brille sehen?«, fragte ich Ava.

»Sehr, sehr gerne«, beteuerte sie. »Vom Kopf her eine

10. Das Gefühl braucht noch kurz, weil das für mich ein komplett neuer Gedanke ist, auch wenn er so logisch ist wie nur was. Doch es ändert sich im Gefühl bereits. Es ist sehr, sehr wichtig, und ich tue das auch sehr gerne. Und so langsam kriege ich auch das Gefühl, dass ich es gut genug kann.«

»Das werden nicht viele Menschen können«, meinte Linh. »Mir war das bisher auch nicht so klar. Doch ohne das ganze Wissen, dass du uns in den letzten Wochen vermittelt hast, hätte das keiner von uns gekonnt. Keiner hätte die rote Brille absetzen können. Ich finde das echt elementar. Ohne dieses Wissen hätten wir weiterhin alles Mögliche als Problem beurteilt, weiterhin völlig blind und taub für die Realität unsere Gefühlsziele verfolgt und so weiter. Wir hätten auch kein einziges der bisherigen 3G-Tunwollens annehmen können. Die Entscheidung zum Positiven wäre überhaupt nicht möglich. Allenfalls die Entscheidung zu dieser toxischen Positivität, von der Nuno gesprochen hat. Und die braucht natürlich in Wirklichkeit kein Mensch. Die ist sicherlich genauso schädlich wie die toxische Negativität.«

»Hat jemand einen Vorschlag für ein Symbol, mit dem wir das Absetzen der roten Brille in das Bild unseres Lebensweges integrieren können?«, fragte ich.

»Na, einfach die rote Brille absetzen und vielleicht als Mahnmal irgendwo hinstellen«, schlug Brian vor. »Am liebsten würde ich sie ja einfach wegwerfen, aber ich will meine Umwelt auch in meinem Bild nicht verschandeln«, fügte er lächelnd hinzu.

Nachdem alle ihr Symbol gefunden und in ihr Bild integriert hatten, ergriff ich wieder das Wort. »Dann würde ich vorschlagen, gehen wir für unseren Bottom-up-Prozess noch ein paar weitere Beispiele durch, damit das unbewusste System weiterhin lernen kann, die Partnerbeziehung korrekt einzuschätzen und gute 3Gs für die Beziehung zu finden. Wer hat noch ein Beispiel anzubieten?«

»Ich hatte bisher nur einmal eine Beziehung«, sagte Maya. »Aber für mich war es das Schlimmste, dass mein Partner mich damals ständig als peinlich bezeichnet hat.«

»Und was fand er an dir so peinlich?«, fragte Bodo. »Du bist doch eine total tolle Frau.«

»Vielen Dank«, sagte Maya sichtlich berührt. »Er fand alles Mögliche an mir peinlich. Wie ich mich gekleidet habe. Meine Frisur, wie ich mich bei seinen Eltern am Tisch verhalten habe oder auch, wenn wir uns mit Freunden getroffen haben. Ich bin halt ein Nerd. Und dazu stehe ich mittlerweile auch. Er war keiner. Und er wollte mich immer zu jemandem machen, den er überall stolz vorzeigen kann. Habe ich etwas Dummes gesagt, war es ihm peinlich. Habe ich etwas Schlaues gesagt, ebenfalls, weil ich dann meine Intelligenz zur Schau gestellt habe. Mein Sozialverhalten war ihm eigentlich grundsätzlich peinlich. Er hat sich ständig geschämt mit mir.«

»Dann hat er dich also dem zweiten Erziehungsweg unterzogen, um dich zu dem zu formen, was er haben wollte«, erkannte ich.

»Ja, hat er«, bestätigte Maya. »Und das rund um die Uhr. Er hat keine Gelegenheit ausgelassen. Es gab keinen einzigen Tag, an dem er das nicht getan hat. Gegen Ende der Beziehung bestimmt hundertmal am Tag. Ich bin irgendwann gegangen, weil ich es nicht mehr ausgehalten habe. Ich glaube, ich hatte mich ihm komplett unterworfen und mich so ähnlich verhalten, wie Arjun das getan hatte bei seiner Unterwerfung.«

»Hast du auch versucht, ihn zu ändern?«, fragte ich.

»Ja, das habe ich«, bekannte sie. »Am Anfang noch nicht, da dachte ich, dass er von selbst irgendwann damit aufhört. Aber als es immer schlimmer wurde, habe ich versucht, mich zu schützen. Am Anfang habe ich noch mit ihm gestritten, doch das war einfach nicht meins. Ich hasse Streit wie die Pest. Deshalb habe ich mich vermutlich irgendwann unterworfen und ständig versucht, ihn milde zu stimmen. Sogar dann, wenn er eigentlich ganz friedlich war. Das war echt schon chronisch. Das war keine situative Unterwerfung, sondern ganz klar eine chronische. Und dadurch ging es mir richtig schlecht. Deshalb musste ich die Beziehung beenden. Es ging nicht anders. Ich habe es einfach nicht mehr ausgehalten.«

»Und was hat er gesagt, als du die Beziehung beendet hast?«, wollte Emily wissen.

»Na, was wohl?!«, erwiderte Maya lachend. »Dass ich peinlich bin, natürlich! Wie kann eine Frau wie ich mit einem Mann wie ihm Schluss machen?! Das hat sein Ego gar nicht verkraftet. Aber das war mir egal. Ich war froh, dass ich wieder frei war. Am Anfang hat es noch wehgetan, aber das ging schnell vorbei. Seitdem hatte ich keine Beziehung mehr. Ich wollte nicht mehr. Doch mittlerweile bin ich wieder offen dafür, vor allem seit ich das mit der Unterwerfung kapiert habe. Doch diesen zweiten Erziehungsweg will ich trotzdem nicht noch einmal erleben. Und das werde ich auch nicht. Das kann ich euch versprechen!«

»Das scheint aus emotionaler Sicht wirklich sehr übel zu sein, wenn das jemand mit einem macht, den man liebt«, sagte ich. »Dann unterwirft man sich aus Liebe. Das ist sicher keine gute Idee. Muss man das also machen?«

»Nein, auf keinen Fall«, sagte Maya. »Das macht es definitiv nur schlimmer. Hätte ich mich nicht unterworfen, wäre ich schon viel früher gegangen. Was ich erlebt habe, war eindeutig eine toxische Negativität. Natürlich gab es nicht nur schlechte Zeiten. Zuweilen hat er mich auch mit Lob und Zuneigung überschüttet. Im Nachhinein habe ich erst kapiert, dass das zum zweiten Erziehungsweg dazugehört. Immer wenn ich kurz davor war zu gehen, war er wieder lieb und hat versucht, mich damit zu halten. Aber letztendlich nur, damit ich dableibe und er mich weiterhin zu dem formen kann, was er haben will. Es hat lange dauert, bis ich das kapiert habe.«

»Hättest du dieser Beziehung mit dem heutigen Wissen in irgendeiner Form etwas Gutes tun können?«, fragte ich.

»Da bin ich unsicher«, gab sie zu. »Vielleicht, wenn

ich mich nicht unterworfen hätte. Ich hätte versuchen können, ihm klarzumachen, wie schädlich und schändlich es in meinen Augen tatsächlich ist, wenn man so etwas mit einem Menschen tut, von dem man echt geliebt wird. Ob er es verstanden hätte, weiß ich nicht. Man muss ja doch einiges verstanden haben über die Natur des Menschen, um das zu kapieren. Ich glaube, dafür war er tatsächlich noch nicht weit genug.«

»Dann würde ich vorschlagen, sprechen wir mal kurz über das Thema *Partnerwahl*«, sagte ich. »Eine der wichtigsten Dinge, die wir für eine glückliche Beziehung tun können, ist eine gute Partnerwahl. Wenn man hier falsch entscheidet, kann es schnell passieren, dass man in den Strudel des zweiten Erziehungsweges gerät. Offenbar gibt es ja sehr viele Menschen, die das tun.«

»Mindestens zwei Drittel, wenn nicht mehr«, nahm Maya an.

»Nach meinen Erfahrungen sind es eher 99 Prozent«, vermutete Greg.

»Was könnten wir hier gleich zu Beginn beim Kennenlernen tun, um unserer zukünftigen Beziehung etwas Gutes zu tun?«, fragte ich. »Was ist also hier unser Stattdessen?«

»Ich denke, es wäre sinnvoll, bereits über diesen Unsinn des zweiten Erziehungsweges zu sprechen, bevor man überhaupt eine Beziehung eingeht«, meinte Maya. »Wenn man schon mittendrin ist, ist es deutlich schwieriger, das wieder abzustellen. Es ist viel besser, wenn man bereits in der Kennenlernphase seine Grenzen transparent macht. Dann muss man sich nämlich später nicht abgrenzen. Abgrenzen ist immer eine Kampfansage, weil man dem anderen ja sagen muss, dass es nicht in Ordnung ist, was er tut. Doch wenn man sich gerade kennenlernt, ist man froh darüber, wenn man versteht, wie der andere tickt. Die Grenzen des anderen kennenzulernen, gehört zum Kennenlernprozess mit dazu. Ich denke, dass man sich bei diesem Thema auch schnell einig ist, denn niemand wird gerne dem zweiten Erziehungsweg unterzogen. Auch nicht die Menschen, die es selbst tun.«

»Wie wertvoll könnte solch ein Gespräch für eine zukünftige Beziehung sein?«, fragte ich.

»Extrem wertvoll«, meinte Maya.

»Und würdest du das gerne tun?«, fragte ich weiter.

»Beim Kennenlernen auf jeden Fall«, versicherte sie. »In der Beziehung dann Grenzen zu setzen, tue ich, wie gesagt, nicht gerne. Das würde ich nur tun, wenn ich meinen Partner an meine Grenzen erinnern muss. Ich verstehe natürlich, dass es für die meisten Menschen extrem schwer sein muss, seinen Partner nicht ändern zu wollen, wenn sie nicht über unser Wissen verfügen und alles Mögliche immer noch als Problem ansehen. Daher wäre ich, was das angeht, schon tolerant. Ich würde da viel verzeihen. Doch nicht in unbegrenztem Ausmaß. Was ich mit meinem Ex durchgemacht habe, würde ich nie wieder mit mir machen lassen. Lieber bleibe ich Single.

Am liebsten würde ich jedoch eine Beziehung mit

einem Partner eingehen, der das auch alles weiß. Ich habe Augen im Kopf. Ich sehe ja, wie es unseren Paaren hier geht. So etwas hätte ich auch sehr gerne. Da bin ich ehrlich. Falls also jemand von euch Interesse haben sollte, dann bitte melden!«, sagte sie in die Runde und lachte ein wenig verlegen.

»Hat jemand eine Idee, wie man einer bereits vorhandenen Beziehung etwas Gutes tun könnte, wo der zweite Erziehungsweg noch läuft?«, fragte ich die Gruppe.

»Auf jeden Fall schon einmal selbst damit aufhören«, meinte Dylan. »Das ist, denke ich, schon mal das Wichtigste. Und dann nicht gleich auf das Gegenseitigkeitsprinzip pochen, weil man ja schließlich selbst damit aufgehört hat und man jetzt glaubt, das Gleiche vom Partner erwarten zu dürfen. Ich denke, dass man da auch einfach drüber reden sollte. Vor allem, wenn es der Partner übertreibt.

Ich könnte mir vorstellen, meiner Partnerin dabei eine recht große Toleranz entgegenzubringen, weil ich ja weiß, wie schwierig das ist, wenn man nicht über unser Wissen verfügt. Doch was Maya berichtet hat, würde ich auch nicht mitmachen. Meine Toleranz hätte Grenzen. Ich würde meine Partnerin jedoch auch nicht dazu drängen, ebenfalls alles zu lernen, was ich hier gelernt habe. Das ist sicherlich genauso toxisch und vermutlich nicht viel besser als der zweite Erziehungsweg.«

»Also Akzeptanz und Toleranz«, fasste ich zusammen. »Das wären hier unsere Stattdessens. Wie wertvoll sind diese Werte für eine Beziehung?«

»Ich würde Respekt noch dazunehmen«, meinte Dylan. »Die Wertschätzung hatten wir ja schon einmal genannt. Aber das wären so meine vier 3Gs für die Beziehung: Wertschätzung, Respekt, Akzeptanz, Toleranz, Liebe, Vertrauen, Loyalität und Ehrlichkeit. Ja und natürlich Gerechtigkeit und Fairness.«

»Aha, deine *vier* wichtigsten 3Gs«, fasste es Greg lachend. »Gut, dass du Musiker geworden bist und kein Mathematiker.«

»Das war natürlich nur eine grobe Schätzung«, meinte Dylan grinsend. »Es können auch fünf gewesen sein.«

»Diese *fünf* Werte«, sagte ich, um den Scherz mitzumachen, »könnten natürlich auch als Habenwollen oder Seinwollen verstanden werden. Das würde den zweiten Erziehungsweg wieder befeuern. Ich wollte das nur sicherheitshalber anmerken. Aber vermutlich hast du sie schon als Tunwollens verstanden, oder?«

»Absolut«, bestätigte Dylan. »Für mich sind das reine Tunwollens. Ich will das wirklich selbst tun. Selbst wenn Tyler das nicht tun würde – was ja glücklicherweise nicht der Fall ist. Ich möchte mit meinem Handeln Liebe, Vertrauen, Wertschätzung, Respekt, Akzeptanz, Toleranz und Ehrlichkeit in die Beziehung einbringen.«

»Und Gerechtigkeit, Fairness und Loyalität«, fügte ich hinzu. »Diese drei Werte gehörten ja ebenfalls noch, genau wie die sieben von dir gerade genannten, zu deinen fünf wichtigen Beziehungswerten.«

»So ist es«, bestätigte Dylan amüsiert.

»Wie wichtig sind diese Beziehungswerte auf deiner Skala?«, wollte ich wissen.

»Alle ganz weit oben«, sagte er.

»Und wie gerne bringst du diese Werte in deine Beziehung ein?«, fragte ich weiter.

»Von Herzen gerne«, antwortete er. »Und ich kann das auch gut. Mittlerweile jedenfalls. Wenn du mich vor zwei Wochen gefragt hättest, hätte ich vermutlich noch den zweiten Erziehungsweg verteidigt, weil ich das als einzige Möglichkeit gesehen habe, wie ich in einer Beziehung glücklich sein kann. Es ist auch ein krasses Gefühl, dass ich mit einer Frau zusammen sein kann, die mich nicht dem zweiten Erziehungsweg unterziehen will. Auch der Gedanke, dass wir nie echte Beziehungsprobleme haben werden, weil wir beide immer alles nur noch als Aufgabe ansehen, ist vom Gefühl her für mich immer noch unglaublich. Ich bin unsagbar froh darüber, wie alles bisher gelaufen ist«, meinte er und küsste Tyler zärtlich.

»Ja, aber was machen wir, wenn wir jemanden lieben, der nicht so ganz unseren Sollvorstellungen entspricht?«, fragte ich.

»Den lehnen wir einfach so lange ab, bis er sich ändert«, meinte Greg.

»Ich habe dazu einen Song geschrieben, bei dem ihr alle mitsingen könnt«, sagte Nuno grinsend. »Wollt ihr ihn hören?«

Die Gruppe applaudierte und lachte schon, bevor sie den Song überhaupt gehört hatte.

»Dürfte ich dazu nochmals deine Gitarre ausleihen?«, fragte Nuno Dylan.

»Klar«, sagte der in freudiger Erwartung und ging auf sein Zimmer, um sie zu holen.

»Der Song heißt *Lehn das lieber ab!*«, erklärte Nuno in der Zwischenzeit der Gruppe. »Die Zeile, die ihr mitsingen sollt, lautet: *Lehn das lieber ab, denn sonst bleibt das so!*«

Zwei Minuten später war Dylan mit seiner Gitarre zurück. »Da bin ich ja mal gespannt«, sagte er zu Nuno und gab ihm die Gitarre.

»Ich widme diesen Song dem zweiten Erziehungsweg«, sagte Nuno. Also ich werde beispielsweise singen: *Sie lässt dich wieder warten. Stehst du gar nicht drauf.* Und ihr singt dann im Chor: *Lehn das lieber ab, denn sonst bleibt das so!* Alles klar?«, fragte er und begann zu singen.

»Sie lässt dich wieder warten. Stehst du gar nicht drauf. Lehn das lieber ab, denn sonst bleibt das so!

Stundenlang vorm Spiegel. Ist es endlich gut?! Lehn das lieber ab, denn sonst bleibt das so!

Wieder zickt sie rum. Kannst du nicht mehr hören. Lehn das lieber ab, denn sonst bleibt das so!

Auto springt nicht an. Kannst du nicht gebrauchen. Lehn das lieber ab, denn sonst bleibt das so!

Ärger auf der Arbeit. Chefin kocht vor Wut. Lehn das lieber ab, denn sonst bleibt das so!

Scherze kann sie nicht verstehen. Hat nicht viel Humor. Lehn das lieber ab, denn sonst bleibt das so!«

Dann gab er uns ein Zeichen, dass wir jetzt nicht

mehr mitsingen sollten, und sang etwas anderes, was wohl ein Refrain sein sollte.

»Say einfach no no, I will not have that. I make that not mit. I have no time for so what. Hörma, I will not have that. I make that not mit. I have no time for so what.«

Die Meute lachte sich kaputt über diesen Text. Nuno sang weiter. »Versuch es erst mal lieb. Wenn das nicht reicht, sei lauter lieb. Wer dann aber nicht hört, der wird halt abgelehnt. Lass dir nichts gefallen, das hast du nicht verdient. Wenn einer dich blockiert, dann wird er abgelehnt. Das hast du gar nicht nötig, das musst du dir nicht geben. Wer das nicht respektiert, ja der wird abgelehnt.«

Daraufhin gab er uns mit einem Nicken ein Zeichen, dass wir wieder mitsingen sollten.

»Wetter viel zu schlecht. Regnerisch und kalt. Lehn das lieber ab, denn sonst bleibt das so!

Speck an Bauch und Hintern, Falten im Gesicht. Lehn das lieber ab, denn sonst bleibt das so!

Magen macht Probleme. Knie tun auch schon weh. Lehn das lieber ab, denn sonst bleibt das so!

Fühlst dich ständig scheiße. Keiner hat dich lieb. Lehn das lieber ab, denn sonst bleibt das so!«

Dann kam wieder der Refrain, den alle Secret-Angels wieder siebenstimmig mitsangen.

»Say einfach no no, I will not have that. I make that not mit. I have no time for so what. Hörma, I will not have that. I make that not mit. I have no time for so what.«

Die Menschen kugelten sich erneut vor Lachen. Nuno gab uns mit einem deutlichen Nicken ein Zeichen, dass wir alle wieder mitsingen sollten.

»Minus aufm Konto. Nix im Portemonnaie. Lehn das lieber ab, denn sonst bleibt das so!

Sprit schon wieder teurer. Hast du keinen Bock drauf. Lehn das lieber ab, denn sonst bleibt das so!

Steuern sollst du zahlen. Siehst du gar nicht ein. Lehn das lieber ab, denn sonst bleibt das so!

Und das Universum. Ist dir viel zu groß. Lehn das lieber ab, denn sonst bleibt das so!«

Damit war sein Lied beendet, und alle lachten herzhaft und applaudierten begeistert.

»Den Song kannst du gerne covern«, schlug Nuno grinsend Dylan vor.

»Ich werd's mir überlegen«, meinte Dylan lachend.

Kapitel 17:
Bedingungslose Akzeptanz

Nach dem Workshop zogen wir uns Badekleidung an, nahmen uns ein paar Badetücher und gingen an den Strand, in der Hoffnung, unsere Freunde aus dem Meer dort wieder anzutreffen.

Dylan hatte in einem Schrank im Fitnessareal einen Ball und ein Volleyball-Netz gefunden, das er jetzt zusammen mit ein paar der Jungs am Strand aufbauen wollte. Da der Strand direkt vor unserer Villa am breitesten war, bauten sie das Netz gleich dort auf. Sicherlich würde der Ball trotzdem öfter mal im Wasser landen, was aber nicht unbeabsichtigt war.

Außer Dylan und Brian hatte zuvor von den Jungs noch niemand Volleyball gespielt. Angelo, Bodo und Lenyo gaben jedoch an, ebenfalls ein wenig spielen zu können. Sicherlich würden sie sich dann an das Können von Dylan und Brian anpassen, um nicht aufzufallen. Brian beschloss, beim Aufbau zu helfen und dann eine Runde mitzuspielen.

Der Rest der Truppe saß wieder in kleineren Gruppen am Strand verteilt. Die meisten schienen nach dem

Workshop noch einige Tunwollens in ihren Lebensweg zu integrieren, denn sie schlossen zwischendurch immer mal wieder die Augen.

Ich ging dann zu Stella, Sophia, Emily und Maya, die als Einzige irgendetwas anderes zu tun schienen.

»Was macht ihr denn Schönes?«, fragte ich, nachdem ich mich zu ihnen gesetzt hatte.

»Wir reden gerade über unser Single-Dasein«, antwortete Emily.

»Ich bin zwar keine Single-Lady mehr, aber dürfte ich mich trotzdem an eurer Gesprächsrunde beteiligen?«, fragte ich.

»Selbstverständlich«, sagte Sophia freundlich. »Du bist uns immer herzlich willkommen. Wir haben gerade festgestellt, dass wir mittlerweile alle vier für eine Partnerbeziehung offen wären. Doch wo finden wir gute Männer? Ich teile mir ja zurzeit das Zimmer mit Connor, doch als Partner würde er für mich echt nicht infrage kommen.«

»Eric für mich ebenfalls nicht«, meinte Stella, die ihr Bett mit Eric teilte.

»Ja und deine Freunde von den Amish sind schon noch verdammt jung«, fuhr Sophia fort. »Angelo wäre der Einzige, der vom Alter her noch einigermaßen infrage käme, doch der hat sich ja anderweitig entschieden.«

»Ja, leider!«, stöhnte Emily frustriert. »Ich befürchte, dass er sich auch nicht so schnell umentscheiden wird. Er wirkt sehr entschlossen. Ich habe die Hoffnung noch nicht komplett aufgegeben, doch ich befürchte, dass ich mir Angelo wieder aus dem Kopf schlagen muss.«

»Und wie sieht es mit dem Rest eurer männlichen Kollegen aus?«, fragte ich.

»Isaac fängt langsam an, mich zu interessieren«, bekannte Stella. »Aber sonst eigentlich auch keiner.«

»Einer genügt ja«, meinte Emily. »Für mich ist leider keiner dabei. Die Gefühle, die Angelo bei mir ausgelöst hat, hatte ich noch nie zuvor in meinem Leben. Sein bescheuertes Zölibat-Gelübde ist echt ein harter Schlag für mich.«

»Für mich ist auch keiner dabei«, meinte Sophia.

»Und bei mir war es auch nur Angelo, der mich interessiert hätte«, sagte Maya. »Wir alle wissen auch gar nicht, wie man überhaupt Männer richtig kennenlernt. Wir hatten noch nie irgendwelche Dates. Die einzige Beziehung, die ich bisher hatte, hat sich mehr oder weniger zufällig ergeben, als ich auf der Hochzeit meiner Cousine war.«

»Wir haben überlegt, ob wir Dylan und Brian danach fragen sollen, was uns jedoch, ehrlich gesagt, allen ziemlich peinlich wäre«, meinte Stella. »Ava könnten wir natürlich auch fragen, doch die ist schon ewig mit Jason zusammen und was Dates betrifft, vermutlich nicht mehr auf dem aktuellen Stand. Und die Dates von Greg sind vermutlich für uns ein wenig zu extravagant.«

»Vielleicht gibt es irgendwelche Kurse oder Workshops, wo man das Daten erlernen kann«, sagte ich.

»Ja, vermutlich gibt es so etwas«, überlegte Sophia.

»Doch was machen wir dann mit diesem zweiten Erziehungsweg? Da haben wir nämlich alle so gar keinen Bock drauf.«

»Das scheint tatsächlich eine große Herausforderung zu sein«, stimmte ich zu. »Doch es gibt ja bestimmt auch Männer, die das nicht so krass betreiben wie dein Ex«, sagte ich zu Maya. »Vermutlich merkt man recht schnell, ob das einer übertreibt. Wenn ihr es selbst nicht tut, dann sollte das doch eigentlich genügen.«

»Ich hätte lieber einen Mann, der das gar nicht mehr macht«, meinte Sophia. »Jemand, der das ebenfalls alles weiß, was wir hier gelernt haben. Das würde alles so viel einfacher machen.«

»Ich gehe davon aus, dass es zukünftig immer mehr von diesen Menschen geben wird«, sagte ich. »Wir wollen dieses Wissen ja auf breiter Basis publik machen. Am besten in Form einer weltweiten Lebenswerte-Bewegung, in der sich jeder engagieren kann, der dieser Welt etwas Gutes tun will. In dieser Bewegung wird es sehr viele Möglichkeiten geben, wie man sich kennenlernen kann. Denn das Einzige, was man für den Bottom-up-Prozess braucht, sind Menschen, mit denen man darüber sprechen kann. Es müssen nicht immer gleich Workshops sein. Drüber zu reden, sollte in den meisten Fällen genügen. Und dabei lernt man sich ja automatisch auch ohne Dating sehr gut kennen. Sicherlich wird es in den sozialen Medien dann Gruppen dazu geben.«

»Mir wäre so etwas wie hier lieber, wo man ganz real

24/7 zusammen ist«, versicherte Emily. »Ich habe den größten Teil meines Lebens in der virtuellen Welt zugebracht. Doch mit echten Menschen jeden Tag zusammenzuleben, ist einfach etwas ganz anderes. Das ist wie das Schwimmen mit den Delfinen. Ich kann darüber lesen, oder ich kann es wirklich tun. Und ich will es tun. Ich lebe in einem Tuniversum, wie du es so schön auf den Punkt gebracht hast. Ich möchte einen Mann zum Anfassen.«

»Die Idee mit dem virtuellen ELLA-Camp, das Lola dann leitet, ist ja super, um das neue Wissen in die Welt zu bringen«, meinte Sophia. »Doch so etwas sollte es einfach auch im realen Leben geben. So wie hier, wo man wirklich zusammenwohnt, das alles gemeinsam umsetzt und sich dabei automatisch kennenlernt.«

»Solche realen ELLA-Camps wird es vermutlich im Rahmen unserer Lebenswerte-Bewegung ebenfalls geben«, überlegte ich. »Doch das wird natürlich alles noch eine Weile dauern.«

»Dann warte ich lieber so lange, bevor ich anfange, mir einen Partner über eine Dating-App zu suchen«, versicherte Sophia. »Das ist einfach nicht mein Ding.«

»Mir fällt das Warten, ehrlich gesagt, gerade sehr schwer«, gab Emily zu. »Und ich glaube, das liegt nicht nur an Angelo. Ich will nicht mehr länger allein sein. Ich spüre einfach, dass mir da etwas fehlt. Ich wusste das schon immer, doch ich habe es verdrängt, weil ich sicher war, dass ich sowieso nie eine Beziehung haben werde. Doch durch die Workshops ist mir klar geworden, dass ich sehr wohl eine Beziehung haben kann. Auch das Make-over von Greg hat da einiges dazu beigetragen. So hässlich bin ich nämlich gar nicht, wie ich immer geglaubt habe.«

»Du bist überhaupt nicht hässlich«, bestätigte ich ihr noch einmal. Sie hatte mich ja schon einmal auf dieses Thema angesprochen. »Ihr seid alle vier sehr tolle Frauen – innerlich wie äußerlich! Der Mann an eurer Seite wird sich glücklich schätzen, so eine tolle Frau gefunden zu haben.«

»Ich weiß auch nicht, wieso ich mir damit auf einmal so einen Riesenstress mache«, meinte Emily. »So schlimm wie jetzt war es noch nie. Ich fühle mich permanent einsam, obwohl ich hier den ganzen Tag umgeben bin von wirklich tollen Menschen, die alle zu meinen Freunden geworden sind. Dieses ständige Einsamkeitsgefühl ist echt eine Qual. Ich kriege das einfach nicht mehr abgestellt.«

»Wollen wir uns einmal gemeinsam anschauen, womit du das Gefühl erzeugst?«, bot ich an.

»Ach ja, ich erzeuge das Gefühl ja eigentlich«, sagte sie nachdenklich.

Offenbar hatte sie diese Tatsache zwischenzeitlich wieder vergessen. »Denkst du noch, was du fühlst, oder fühlst du schon, was du denkst?«, fragte ich sie deshalb.

»Wow, krass!«, meinte sie. »Ich glaube, ich denke immer noch, was ich fühle.«

»Und was sind das für Gedanken, die dir so durch den

Kopf gehen, wenn du dich einsam fühlst?«, wollte ich wissen.

»Vor allem, dass unsere Zeit hier in der Villa nicht ewig andauern wird«, meinte sie. »Danach sitze ich dann wieder irgendwo bei der NSA den ganzen Tag allein vor einem Bildschirm und schreibe irgendwelche Codes. Und am Abend versuche ich dann, so schnell es geht, einzuschlafen, damit der Tag endlich vorbei ist.«

»Aber du hast jetzt Freunde bei der NSA«, wandte ich ein. »Da werdet ihr euch nach Feierabend doch bestimmt treffen können.«

»Ja, das stimmt schon«, räumte sie ein. »Aber ich habe das Gefühl, dass mir einfach die Intimität mit einem Partner fehlt. Und den werde ich bei der NSA nicht finden.«

»Du denkst also wirklich noch, was du fühlst«, stellte ich fest. »Und diese Gedanken erzeugen dann natürlich wieder Einsamkeitsgefühle, denn offensichtlich hast du das Gefühl, diese partnerschaftliche Intimität zu brauchen. Das Gefühl, dass einem etwas fehlt, gibt es ja nur, wenn es auch ein entsprechendes Brauchen gibt. Was hast du noch so für Gedanken durch deine Einsamkeitsgefühle?«, fragte ich.

»Dass ich an meiner Attraktivität zweifle, hast du ja schon mitgekriegt«, meinte sie. »Ich denke oft, dass mich keiner haben will. Ich will das nicht denken, aber diese Gedanken kommen einfach«, ergänzte sie mit feuchten Augen. »Ich muss auch ständig daran denken, dass ich kaum Möglichkeiten habe, jemanden kennenzulernen. Und auch, dass ich einen Mann haben will, um eventuell schwierige Zeiten zusammen durchzustehen. Außerdem habe ich das Gefühl, dass mein Leben ziemlich trostlos ist, wenn ich es mit niemandem teilen kann, mit dem ich eine tiefe emotionale Bindung habe.

Hier drin habe ich ein soziales Netzwerk, das mich in schwierigen Zeiten auffängt. Das habe ich gemerkt, als es mir wegen Angelo so schlecht ging. Und dafür bin ich unendlich dankbar. Euch allen!«, sagte sie bewegt zu uns. »Doch wenn das hier zu Ende ist, befürchte ich, dass wir uns alle nach und nach wieder aus den Augen verlieren. Ich habe Angst, dass ich dann niemanden mehr habe, der mir richtig nahesteht und mit dem ich meine Gedanken und Gefühle teilen kann.«

»Du glaubst also einen Partner zu brauchen, mit dem du deine Gedanken und Gefühle teilen kannst und der dir emotionalen Halt gibt, wenn es dir mal nicht gut gehen sollte«, erkannte ich.

»Dem würde ich uneingeschränkt zustimmen«, sagte sie, während eine Träne ihre Wange herunterkullerte.

»Und warum glaubst du, einen Partner dafür zu *brauchen*?«, wollte ich wissen. »Wieso gehst du davon aus, dass es dir emotional schlecht gehen wird?«

»Es geht mir ja bereits schlecht«, antwortete sie. »Da muss ich ja gar nicht lange drauf warten. Ich leide die ganze Zeit schon. Und es hört einfach nicht auf – egal, was ich versuche.«

»Und was genau hört nicht auf?«, wollte ich wissen.

»Das quälende Missstandsgefühl – die Einsamkeit«, antwortete sie.

»Kann es vielleicht sein, dass du hauptsächlich deshalb einen Partner willst?«, fragte ich.

»Wenn ich dieses quälende Gefühl nicht mehr hätte, dann bräuchte ich keinen Partner«, meinte sie. »Dann wäre ich endlich frei. Mein Leben ist ja gar nicht schlecht. Ich muss auch nicht bei der NSA bleiben. Ich kann überallhin und ein neues Leben anfangen. Jobs finde ich bei meiner Qualifikation überall. Nur eben keinen Mann. Und wenn ich keinen Mann finde, dann werde ich dieses scheiß Einsamkeitsgefühl vermutlich nie los.«

»Dann steckst du voll in diesem Gefühlsziel fest«, stellte Maya fest. »Du willst das Einsamkeitsgefühl loswerden.«

»Ich habe mich mein ganzes Leben lang einsam gefühlt«, bekannte Emily. »Damit muss doch irgendwann endlich mal Schluss sein. Ich will das nicht mehr fühlen.«

»Das verstehe ich sehr gut«, sagte ich. »Einsamkeitsgefühle können einen sehr penetrant quälen. Daher verstehe ich deine Ablehnung diesem Gefühl gegenüber wirklich sehr gut. Doch ich befürchte, dass du das Gefühl durch deine Ablehnung erst erzeugst. *Lehn das lieber ab, denn sonst bleibt das so,* funktioniert hier jedenfalls ganz sicher nicht.

Du denkst, einen Partner zu brauchen, damit du dieses Gefühl nicht haben musst. Doch dieses selbst definierte Brauchen erzeugt das Einsamkeitsgefühl erst. Dein soziales Gehirn würde von sich aus kein Einsamkeitsgefühl erzeugen in den sozialen Umständen, in denen wir hier alle zusammenleben. Du bist den ganzen Tag inmitten deines Rudels. Und es ist ein sehr tolles Rudel, indem du extrem gute soziale Kontakte und freundschaftliche Bindungen hast. Du hast nur nicht das, was du dir in den Kopf gesetzt hast.

Die Sichtweise, einen Partner zu brauchen, hat ganz offensichtlich die emotionale Schwelle zur Notwendigkeit überschritten. Das ist der einzige Grund, warum dein soziales Gehirn die Einsamkeitsgefühle erzeugt. Du glaubst, einen Partner zu brauchen, und das glaubst du, weil du dich einsam fühlst und das Gefühl loswerden willst. In Wirklichkeit fühlst du dich aber nur einsam, weil du glaubst, einen Partner zu brauchen, verstehst du?«

»Ja und was mache ich jetzt?«, fragte sie ratlos. »Wie komme ich da wieder raus?«

»Entweder, indem du einen Partner findest, oder indem du die Beurteilung korrigierst, einen Partner zu brauchen«, sagte ich.

»Einen Partner zu finden, wäre mir lieber«, meinte sie.

»Doch das wird schwer, solange du glaubst, einen zu brauchen«, erklärte ich. »Menschen wollen in einer Partnerschaft geliebt und nicht benutzt werden. Wenn du das Gefühl hast, einen Partner zu brauchen, dann ist die Liebe ständig davon überschattet. Wie würdest du dich fühlen, wenn du einen Mann kennenlernst, der dir sagt, dass er eine Partnerin braucht, damit sein Missstandsgefühl weggeht?«

»Nicht gut«, erkannte sie betroffen. »Ich wüsste nie, ob er mich wirklich liebt. Aber wie komme ich von dem Brauchen los?«

»Wir sprechen hier über eine Sichtweise«, antwortete ich. »Das ist kein echtes Brauchen. Du brauchst in Wirklichkeit keinen Mann, um zu überleben, und auch nicht, um ein schönes Leben zu haben. Diese Sollvorstellung hat sich dein Großhirn ausgedacht. Und dem Großhirn geht es bekanntlich um die Gefühle. Du glaubst einen Mann zu brauchen, um dich glücklich und nicht unglücklich zu fühlen – insbesondere nicht dieses Einsamkeitsgefühl.«

»Ja, das ist wohl so«, erkannte Emily. »Ich habe das Gefühl, dass ein Leben ohne einen Partner einfach nicht schön sein kann, weil ich mich dann ständig immer nur einsam fühlen würde.«

»Du steckst in einem Teufelskreis«, sagte ich. »Du fühlst dich einsam, weil du glaubst, einen Mann zu brauchen, damit dein Leben schön sein kann. Und dein Leben kann nicht schön sein, solange du dich einsam fühlst. Da beißt sich die Schlange in den Schwanz.«

»Ja, und wie komme ich aus diesem Teufelskreis jetzt raus?«, fragte sie noch einmal ratlos.

»Indem du dein unechtes Brauchen korrigierst«, antwortete ich. »Einen anderen Weg gibt es da nicht. Solange du glaubst, dass dein Leben ohne einen Partner nicht schön sein kann, hängst du in diesem Brauchen-Teufelskreis fest. Doch das ist eine willkürlich definierte Sollvorstellung deines Großhirns und kein echtes Brauchen. Man braucht keinen Partner, um ein schönes Leben zu haben.«

»Das fühlt sich bei mir leider ganz anders an«, meinte Emily.

»Das ist klar«, sagte ich. »Doch dein Gefühl ist keine Wahrheit. Es ist nur eine alte Einschätzung, die in deinem unbewussten System abgespeichert ist. Die falsche Einschätzung besteht in der Vorstellung, dass das Leben ohne einen Partner nicht schön sein kann. Und da du ein schönes Leben haben willst, hast du die Partnerbeziehung deshalb zu einer Sollvorstellung und sogar zu einem Müssen erklärt. Dein Großhirn versteht aber unter einem schönen Leben etwas ganz anderes als die beiden anderen Gehirne. Deshalb hat es diese falsche Einschätzung angenommen. Und die veranlasst dein soziales Gehirn dazu, ein Missstandsgefühl zu erzeugen – dein Einsamkeitsgefühl.«

»Und was verstehen das Reptiliengehirn und das soziale Gehirn unter einem schönen Leben?«, fragte Sophia.

»Den beiden geht es grundsätzlich immer um ihre Bedürfnisse«, erklärte ich. »Das Reptiliengehirn will genug zu essen haben, einen warmen und trockenen Platz zum Schlafen und Schutz vor Feinden. Das soziale Gehirn will die Zugehörigkeit zu einem Rudel, einen guten Rang und Verbündete. Und das Großhirn hat auch noch ein Bedürfnis. Es will sich weiterentwickeln und wachsen.«

»Und wenn diese sieben Bedürfnisse erfüllt sind, dann

sehen das Reptiliengehirn und das soziale Gehirn das Leben bereits als schön an?«, fragte Sophia.

»Noch nicht ganz«, antwortete ich. »Die Beurteilung, ob das Leben *schön* ist, beziehen sie zwar auf die sieben Bedürfnisse, doch es gibt für diese Beurteilung noch einmal eigene Beurteilungskriterien. Die sind intuitiv auch gut nachzuempfinden. Was ist schöner? Ein leichtes Leben oder ein schweres Leben?«

»Ein leichtes Leben, natürlich«, antwortete Sophia.

»Ein helles Leben oder ein düsteres Leben?«, fragte ich weiter.

»Ein helles«, antwortete Emily.

»Ein einengendes Leben oder eines, das euch viel Freiraum lässt?«, wollte ich wissen.

»Freiraum«, sagte Maya.

»Ein kraftraubendes Leben oder ein vitalisierendes?«, fragte ich.

»Ein vitalisierendes«, versicherte Sophia.

»Ein helles, leichtes, freies und vitalisierendes Leben ist also schöner als ein düsteres, schweres, einengendes und kraftraubendes«, fasste ich zusammen.

»Das ist ziemlich eindeutig«, meinte Stella. »Aber wann ist das Leben hell, leicht, frei und vitalisierend aus der Sicht des Reptiliengehirns und des sozialen Gehirns?«

»Leichtigkeit bedeutet, dass wir unsere Bedürfnisse leicht erfüllen können«, sagte ich. »Wenn es schwer ist, sie zu erfüllen, ist das natürlich nicht so schön. Und ein helles Leben haben wir, wenn wir in Sicherheit leben können. Hell steht für friedlich und freundlich, düster hingegen für bedrohlich und sorgenvoll. Wenn wir im hellgrünen Bereich leben, ist das also schön. Müssten wir im dunkelroten Bereich leben, wäre das äußerst unschön.

Und wenn wir für die Erfüllung unserer Bedürfnisse viele Möglichkeiten haben, die uns noch Freiraum übrig lassen für unsere Tunwollens, dann ist das ebenfalls schön. Sind wir in Bezug auf die Erfüllung unserer Bedürfnisse stark eingeengt und zahlreichen Müssens unterworfen, dann ist das unschön. Wenn uns die Bedürfniserfüllung viel Kraft kostet und uns auslaugt, dann ist das wieder nicht schön. Ist die Bedürfniserfüllung mit vielen Tunwollens gekoppelt, die uns vitalisieren und uns Kraft spenden, dann ist das etwas sehr Schönes.«

»Das sind also die Kriterien für ein schönes Leben«, sagte Stella. »So gesehen haben wir in Wirklichkeit eigentlich alle ein schönes Leben. Denn wir leben alle im grünen Bereich, wo das Leben leicht und hell ist und uns viel Freiraum lässt, unsere vitalisierenden Tunwollens auszuleben.«

»Genauso ist es«, stimmte ich zu. »Wir leben hier wirklich im Paradies. Doch wenn das Großhirn sich seine eigenen Habenwollens, Seinwollens, Brauchens und Müssens ausdenkt, dann treffen wir in diesen Wohlstandsbedingungen trotzdem ständig Missstandsbeurteilungen und haben dann das Gefühl, eher in einer Hölle zu leben als im Paradies. Und das ist bei dir leider passiert, liebe Emily. Dein soziales Gehirn will Zugehörigkeit zum Rudel, einen guten Rang und Verbündete. Aber es muss kein Partner sein. Das ist ein Hättegern, aber kein Muss.

Wenn wir daher sagen, dass wir kein schönes Leben haben können, wenn wir keinen Partner haben, dann ist das einfach nicht wahr. Das Großhirn kann natürlich trotzdem auf seine eigenen Sollvorstellungen beharren, doch wird es dadurch ganz sicher nicht das kriegen, was es eigentlich will.

Dem Großhirn geht es ja bekanntlich immer um die Gefühle. Es will das schöne Gefühl haben, dass das Leben schön ist. Es will sich mit anderen Worten glücklich fühlen. Doch ob dieses Gefühl erzeugt wird oder nicht, hängt nicht davon ab, ob die vom Großhirn ausgedachten Sollvorstellungen erfüllt werden, sondern nur davon, welche Beurteilungen über das eigene Leben getroffen werden.

Würde das Großhirn dabei die korrekten Kriterien der anderen beiden Gehirne verwenden, dann würde es sofort erkennen, dass das Leben schon längst schön ist. Doch dieser Gedanke erzeugt trotzdem nicht jedes Mal schöne Gefühle. Belohnungsgefühle erzeugen das Reptiliengehirn und das soziale Gehirn ja immer nur für sehr kurze Zeit. Ein schönes Leben zu *haben*, bewirkt daher kein anhaltendes schönes Lebensgefühl. Wenn man das nicht weiß, entsteht natürlich schnell Frust und ein negatives Lebensgefühl. Leider ist dann dieses negative Gefühl ein dauerhaftes, denn Missstandsgefühle halten so lange an, wie der beurteilte Missstand besteht.

Das Leben ständig schön *finden* zu wollen, ist daher ein fatales Gefühlsziel, weil es gar nicht realisiert werden kann. Man kann ständig schöne Dinge *tun*, was dann auch ständig schöne Gefühle erzeugt, aber das sind eben Tunwollen-Gefühle und keine Belohnungsgefühle, weil man ein schönes Leben *hat*. Wie du weißt, sind die Tunwollens für unser Lebensglück hundertmal wichtiger als die Habenwollens. Und das gilt auch für das schöne Leben, das wir *haben* wollen. Es ist besser, ein schönes Leben *führen* zu wollen, indem man schöne Dinge *tut*. Eben die 3G-Tunwollens.«

»Und wie kann ich jetzt von diesem falschen Habenwollen ablassen?«, wollte Emily wissen.

»Indem du dir bewusst machst, dass es nicht funktioniert«, antwortete ich. »Es ist einfach nicht möglich, ständig das Gefühl zu haben, dass dein Leben schön ist. Dein System erzeugt dieses Belohnungsgefühl nur, wenn es einen konkreten Anlass dazu gibt. Und es tut das nur für kurze Zeit. Du würdest das Leben daher auch mit Partner nicht permanent schön finden können. Du könntest es permanent und wahrheitsgemäß als schön beurteilen, doch das würde trotzdem kein permanentes schönes Gefühl erzeugen. Was dein Großhirn sich da vorgestellt hat, ist eine Illusion. So funktioniert das mit den Gefühlen nicht.

Du kannst es dir mit deinem Partner schön *machen*, indem ihr schöne Dinge *tut*. Ihr werdet dann situativ schöne Gefühle erleben. Doch diese Gefühle sind immer nur situativ. Grundsätzliche glückliche Gefühle gibt es nicht.

Die Tunwollens bestimmen dein Lebensglück. Und das gilt ganz unabhängig davon, ob du einen Partner hast oder nicht. Dein Glück hängt immer nur von der Qualität und Anzahl deiner 3G-Tunwollens ab. Ich denke, dass es individuell unterschiedlich ist, ob die Menschen mehr 3G-Tunwollens in einer Partnerschaft ausleben können oder als Single. Singles können also glücklicher sein als Paare und umgekehrt. Es kommt nur darauf an, was man aus der jeweiligen Lebensweise macht.

Du kannst alles positiv sehen, was du nicht negativ sehen musst, und dir Raum schaffen für deine 3G-Tunwollens. Das ist das Beste, was du für dein Lebensglück tun kannst. Doch das gelingt nur, wenn du deine Gefühle bedingungslos akzeptierst, wie sie kommen und gehen. Solange du deine unangenehmen Gefühle nicht akzeptieren willst, wirst du nie von deinen Gefühlszielen loskommen.

Solange du den starken Drang hast, Einsamkeitsgefühle vermeiden zu wollen, wird dein Großhirn alles nach diesem Gefühlsziel beurteilen und ständig negative Beurteilungen über deine situative oder generelle Gefühlslage treffen. Und diese negativen Beurteilungen machen unglücklich, was dein System dann erneut negativ beurteilt. Schnell kommt es auf die Idee, einen Partner zu brauchen, damit du dich nicht mehr so schlecht fühlst. Und diese Brauchen-Beurteilung erzeugt dann wieder die Einsamkeitsgefühle.

Mach dir daher bewusst, dass es so nicht funktionieren würde. Kein Partner kann dafür sorgen, dass du dein Leben schön findest und dich gut und nicht mehr schlecht fühlst. Das ist auch nicht der Sinn und Zweck einer Partnerschaft. Bei einer Partnerschaft geht es nicht um die Gefühle. Es geht um soziale Bedürfnisse.

Alle deine sozialen Bedürfnisse können in Wahrheit hell und leicht mit viel Freiraum für vitalisierende Tunwollens befriedigt werden. Das Leben bietet dir dazu jeden Tag unzählige Möglichkeiten. Und wenn du anfängst, die zu nutzen, dann werden es immer mehr. Doch wenn du das Gefühlsziel verfolgst, dich nicht mehr einsam fühlen zu wollen, dann interessieren diese tollen Möglichkeiten dein unbewusstes System gar nicht. Und deshalb befriedigst du deine sozialen Bedürfnisse dann nicht, wodurch ein Einsamkeitsgefühl entsteht. Dann willst du nur eine Lösung für dein Einsamkeitsproblem, und die sieht dein System derzeit noch in einer Partnerschaft.

Wir haben es also wieder einmal mit einem hartnäckigen Gefühlsziel zu tun, dem du deine Einsamkeitsgefühle zu verdanken hast. Was beim Loslassen helfen könnte, wäre vermutlich die Erkenntnis, dass sich die Gefühle im Laufe der Evolution nicht entwickelt haben, damit das Großhirn sie vermeidet oder anstrebt. Das ist einfach wider die menschliche Natur. Wenn man es trotzdem tut, dann wehrt sich die Natur logischerweise.

Genauer gesagt, zeigt sie einem mit einem deutlichen Hinweisschild, dass man in dieser Richtung nichts anderes als Leid zu erwarten hat.

Offenbar ist dieses Schild schwer zu verstehen, sonst würden nicht fast alle Menschen weiterhin nach glücklichen Gefühlen streben und die unglücklichen vermeiden oder abstellen wollen. Doch die Natur zeigt uns dieses Hinweisschild wirklich überaus deutlich. Es gibt keinen einzigen Menschen auf der ganzen Welt, der glücklich ist, weil er seine unglücklichen Gefühle ablehnt oder seine glücklichen anstrebt. Diese Gefühlsziele bringen immer nur Leid und nichts als Leid.«

»Und was mache ich jetzt?«, fragte Emily sichtlich betroffen.

»Wie gesagt, es gibt nur einen Weg«, antwortete ich. »Das Gegenteil von Ablehnung ist Akzeptanz. Das ganze unnötige Leid wird erst aufhören, wenn du dich tatsächlich um deine sozialen Bedürfnisse kümmerst und anfängst, deine Gefühle bedingungslos zu akzeptieren. Und zwar so, wie sie sind. Ohne sie ändern zu wollen.«

»Davor habe ich Angst«, sagte sie.

»Du hast Angst, dass deine Gefühle dadurch noch schlimmer werden«, sagte ich. »Das verstehe ich. Doch genau das Gegenteil wird passieren. Das kann ich dir versichern. Schauen wir uns das noch einmal genauer an. Spielen wir das einmal rein logisch durch, ohne darauf zu achten, was das Bauchgefühl dazu sagt, denn das ist durch die kognitive Verzerrung der emotionalen Bewertung hier komplett auf dem falschen Kurs, was dein ständiges leidvolles Gefühl dir auch sehr deutlich bestätigt. Schalten wir also einmal den Verstand ein und schauen uns die Angelegenheit einmal unvoreingenommen unabhängig von dem an, was dein Bauchgefühl dazu sagt. Im Moment glaubst du, einen Partner zu brauchen, weil das Einsamkeitsgefühl sonst nicht weggeht, richtig?«

»Richtig«, bestätigte Emily.

»Wenn du das Einsamkeitsgefühl voll und ganz akzeptieren würdest, würdest du es dann noch loswerden wollen?«, fragte ich weiter.

»Theoretisch nicht, aber das ist ganz schwer zu simulieren«, meinte sie.

»Du hast es ja simuliert«, sagte ich. »Wir durchdenken es ja nur theoretisch mit dem Verstand. Du musst das nicht nachempfinden können. Das geht durch die kognitive Verzerrung, wie gesagt, gar nicht. Es genügt also vollkommen, wenn du das logisch verstehst.«

»Okay, logisch verstehen kann ich das natürlich«, meinte sie. »Wenn ich das Gefühl akzeptieren würde, würde ich es logischerweise einfach da sein lassen und es nicht mehr wegmachen wollen.«

»Du hast bisher geglaubt, einen Partner zu brauchen, damit du dieses Gefühl wegmachen kannst«, fuhr ich fort. »Das ist der Grund für dein Brauchen. Was aber passiert mit diesem Brauchen, wenn du dein Gefühl gar nicht mehr wegmachen willst, weil du es einfach akzeptierst?«

»Dann wäre es kein Brauchen mehr«, erkannte Emily.

»Und wie würde dein soziales Gehirn darauf reagieren, wenn du ihm jetzt nicht mehr ständig sagst, dass du einen Partner brauchst, aber keinen hast?«, hakte ich nach. »Was für ein Gefühl würde es dann erzeugen?«

»Sicherlich schon einmal kein Einsamkeitsgefühl mehr«, erkannte sie.

»Welche Gefühle würde es denn erzeugen, wenn du die Beurteilung triffst, dass du in Wirklichkeit alles hast, was du brauchst, weil dein Leben hell und leicht ist und du sehr viel Freiraum hast, deine vitalisierenden Tunwollens auszuleben?«, fragte ich weiter. »Würde es dann noch Mangelgefühle oder Missstandsgefühle oder gar Problemgefühle erzeugen?«

»Nein, ganz sicher nicht«, meinte sie. »Wenn ich ihm sage, dass ich im Paradies lebe, dann würde es auch entsprechende Gefühle erzeugen – also schöne Gefühle.«

»Und was trägt eher zu der Beurteilung bei, dass du alles hast, was du brauchst? Die Ablehnung deiner Gefühle, weil sie nicht so sind, wie du sie haben willst, oder die Akzeptanz deiner Gefühle?«

»Tatsächlich die Akzeptanz meiner Gefühle«, erkannte sie nachdenklich. »Wenn ich sie tatsächlich einfach akzeptiere, dann habe ich gar keine Gefühlsziele mehr. Dann lasse ich meine Gefühle endlich Gefühle sein und kümmere mich lieber um meine Tunwollens.«

»Das ist echt krass!«, meinte Stella. »Dass die Gefühlsziele große Kacke sind, habe ich ja mittlerweile kapiert. Aber dass man sich einfach nur auf wahre Beurteilungen fokussieren und seine Gefühle einfach nur akzeptieren muss, war mir bisher trotzdem nicht klar. Gilt das für alle Gefühle? Ist das überall das gleiche Prinzip?«

»Überall das gleiche Prinzip«, bestätigte ich. »Gefühle sind dynamische Informationsverarbeitungsprozesse, auf die das Großhirn überhaupt keinen willentlichen Einfluss nehmen kann. Wir können einen Einfluss auf unsere Beurteilungen ausüben, aber nicht darauf, welche neurochemischen Botenstoffe unsere Hormondrüsen dadurch ausschütten. Es hat keinen Sinn, etwas willentlich beeinflussen zu wollen, was man gar nicht willentlich beeinflussen kann. Es gibt daher keinen anderen sinnvollen Weg als die bedingungslose Akzeptanz aller Gefühle. Denn es ist alles andere als weise, etwas nicht akzeptieren zu wollen, was man gar nicht ändern kann. Wir können das gerne noch anhand einiger weiterer Beispiele durchspielen.«

»Das würde mir, glaube ich, sehr viel bringen«, meinte Stella.

»Mir ebenfalls«, pflichtete Emily ihr bei.

»Ich glaube, uns allen«, sagte Maya, und Sophia nickte zustimmend.

»Wir machen das wieder als Bottom-up-Prozess«, schlug ich vor. »Ich nenne euch Beispiele, und ihr schaut, ob dabei Ablehnung oder Akzeptanz besser ist. Fangen wir also an. Jemand sieht es als Problem an, nicht genug Kontrolle über seine Emotionen zu haben. Er oder sie wird beispielsweise oft von Angst oder Wut überwältigt. Was passiert hier, wenn man die Angst- oder Wutgefühle einfach akzeptiert?«

»Akzeptieren heißt nicht, dass ich meine Wut dann einfach an anderen auslasse, oder?«, fragte Sophia.

»Nein, das hat nichts miteinander zu tun«, sagte ich. »Aber wir können uns anschauen, wodurch das eher passiert. Wenn du deine Wutgefühle ablehnst oder wenn du sie akzeptierst.«

»Wenn ich sie ablehne, gehen sie davon nicht weg«, meinte Sophia. »*Lehn das lieber ab, denn sonst bleibt das so* ist ja wirklich völliger Blödsinn. Ich bin dann höchstens noch zusätzlich wütend, weil ich mich wütend fühle, und aktiviere schön kopflos den Kampfmodus. Außerdem fühle ich mich dann total machtlos meinen Wutgefühlen ausgeliefert, was es ganz sicher nicht besser macht. Nein, Ablehnung ist hier echt bescheuert. Das führt nur zu negativen Beurteilungen und damit wieder zu negativen Gefühlen.«

»Und wenn du deine Wut- und Angstgefühle einfach akzeptierst?«, hakte ich nach.

»Dann bin ich schon mal nicht mehr wegen meiner Gefühle wütend und auch nicht machtlos, wenn ich meine Angst nicht in den Griff kriege«, meinte Sophia.

»Wie oft hättest du denn noch Anlass dazu, tatsächlich wütend oder ängstlich zu sein, wenn du *alle* deine Gefühle bedingungslos akzeptieren würdest?«, fragte ich. »Wie du weißt, gehen 99,9 Prozent aller Problembeurteilungen auf unsere Gefühlsziele zurück.«

»Krass!«, meinte sie fassungslos. »Die hätte ich ja dann alle nicht mehr. Ich hätte überhaupt keinen Grund mehr dazu, wütend oder ängstlich zu sein. Ich hätte auch keinen Grund mehr für irgendeine andere negative Beurteilung. Es ist ja in Wirklichkeit so gut wie alles grün. Es würde nur noch dieses eine Promille übrig bleiben. Das ist echt krass!«

»Die Ablehnung der Gefühle bewirkt 99,9 Prozent aller negativer Beurteilungen und damit auch 99,9 Prozent der gefühlten Probleme. Die bedingungslose Akzeptanz ließe noch 0,1 Prozent davon übrig«, fasste ich zusammen.

»Das ist wirklich unfassbar«, bemerkte Stella kopfschüttelnd.

»Kommen wir zum nächsten Beispiel«, sagte ich. »Eine Person sieht es als Problem an, nicht genug Selbstvertrauen oder Selbstsicherheit zu haben und sich ständig unsicher oder ängstlich zu fühlen.«

»Würde ich die Unsicherheits- oder Angstgefühle einfach wieder akzeptieren und auch sonst alle unangenehmen Gefühle und auch die Abwesenheit von schönen Gefühlen, dann gäbe es gar keinen Grund mehr für Unsicherheit oder Angst. Höchstens dann, wenn es eine reale Gefahr in meinem Leben gäbe. Aber wie du schon sagtest, geht es ja in 99,9 Prozent aller gefühlten Probleme letztendlich immer nur um die Gefühle. Mein System hätte also gar keinen Grund mehr dafür, Angst und Unsicherheit zu erzeugen.«

»Und wenn du die Gefühle nicht so akzeptierst, wie

sie sind, und sie lieber ändern oder kontrollieren willst?«, hakte ich nach.

»Scheiße auf der ganzen Linie!«, sagte sie. »Dann kann ich nie sicher sein, ob nicht wieder irgendetwas passiert, weshalb ich schlechte Gefühle kriege oder mein gefühltes Glück plötzlich zerstört wird.«

»Nächstes Beispiel«, sagte ich. »Jemand lehnt es ab, nicht genug Freude oder Glück in seinem Leben zu erleben und sich ständig unzufrieden oder deprimiert zu fühlen.«

»Grande Katastrophe«, meinte Maya. »Damit treffe ich ständig negative Beurteilungen und mache die Freude oder das Glück zum Problem. Genauso wie die Unzufriedenheit und das Sich-deprimiert-Fühlen. Und diese Problembeurteilung blockiert dann automatisch alle glücklichen Gefühle.«

»Und wenn du den Mangel an Freude und Glück nicht zum Problem erklärst, sondern nur zum Missstand?«, fragte ich.

»Trotzdem Kacke!«, meinte sie. »Nur weil ich den Mangel ablehne, geht er ja nicht weg.«

»Und wenn du ihn akzeptierst?«, wollte ich wissen.

»Wenn ich den Mangel akzeptiere?«, wiederholte Maya meine Frage nachdenklich. »Das ist verrückt. Vom Gefühl her bleibt der Mangel, wenn ich ihn akzeptiere.«

»Wenn es einen echten Mangel gäbe, dann wäre das ja auch so«, sagte ich. »Wenn du nicht genug zu essen hast und dich nicht darum kümmerst, dann wirst du verhungern. Doch einen Mangel an schönen Gefühlen gibt es in Wirklichkeit nicht. Diesen Unsinn hat sich das Großhirn ausgedacht. Es ist ein reiner Fantasiemangel, der in der realen Welt nicht existiert.«

»Dann würde überhaupt kein Mangelgefühl erzeugt, weil ich ja gar keine Mangelbeurteilung treffen würde«, meinte Maya. »Denn es mangelt mir ja in Wirklichkeit an nichts. Ich müsste hier nur gnadenlos bei der Wahrheit bleiben, wie Ava es vorgeschlagen hat. Die Gefühle bedingungslos akzeptieren und mich dann um meine Tunwollens kümmern. Das scheint mir das beste Lebenskonzept zu sein. Die glücklichen Gefühle zum Mangel zu erklären, ist dagegen wirklich komplett bescheuert!«, sagte sie und schüttelte den Kopf dabei.

»Nächstes Beispiel«, kündigte ich an. »Jemand will nicht akzeptieren, dass er sich ständig überwältigt oder hilflos angesichts seiner eigenen Emotionen fühlt.«

»Das ist ja auch schwer zu akzeptieren«, meinte Emily. »Ist ja genau mein Thema.«

»Akzeptanz ist jedoch keine Frage des Könnens«, sagte ich. »Es ist immer eine freie Willensentscheidung. Wir können alles akzeptieren, wenn wir es wollen. Es ist wichtig, das zu erkennen, sonst versucht man wieder eine Wollen-Aufgabe zu lösen, als sei es eine Können-Aufgabe. Fürs Wollen muss man sich einfach nur die Wahlmöglichkeiten anschauen. Und hier gibt es nur zwei. Entweder wir akzeptieren etwas, oder wir lehnen es ab und wollen es ändern. Das ist, wie gesagt, immer eine freie Willensentscheidung.«

»Wenn ich alle meine Gefühle bedingungslos akzeptieren würde, wäre es mir theoretisch völlig egal, ob ich mich überwältigt oder hilflos fühle gegenüber meinen Emotionen«, überlegte Stella. »Genauer gesagt, kämen diese Gefühle gar nicht mehr zustande. Die entstehen ja nur, wenn ich meine Gefühle kontrollieren, wegmachen oder ändern will. Da ich keinen willentlichen Einfluss auf meine Gefühle habe, muss dieses Vorhaben ja scheitern, und dann fühle ich mich logischerweise machtlos, hilflos oder überwältigt.«

»Kannst du das ebenfalls erkennen, Emily?«, fragte ich.

»Theoretisch schon«, meinte sie. »Aber das ist echt krass schwer nachzuempfinden.«

»Du musst das nicht nachempfinden«, sagte ich. »Es genügt völlig, wenn du es logisch verstehst. Dein Gefühl ist hier einer kognitiven Verzerrung unterworfen. Daher warte nicht darauf, bis sich das Gefühl geändert hat. Die Wahrheit ist viel wichtiger als das falsche Gefühl. Wie Maya eben bereits erwähnt hat, ist es neben der bedingungslosen Akzeptanz wichtig, gnadenlos bei der Wahrheit zu bleiben. Deine Beurteilungen kannst du beeinflussen, deine Gefühle nicht.

Das Gefühl sollte sich der Beurteilung anpassen und nicht umgekehrt. Sonst wirst du nie fühlen, was du denkst, sondern immer nur denken, was du fühlst. Und dann kommst du aus deinem emotionalen Teufelskreis nie raus. Kommen wir also zum nächsten Beispiel. Eine Person findet keinen inneren Frieden oder Gelassenheit und fühlt sich ständig gestresst. Das kann man ablehnen oder akzeptieren. Was ist theoretisch besser, Emily?«

»Sicher wieder die Akzeptanz«, meinte sie. »Aber lass mich das mal genauer durchdenken. Wenn man es nicht akzeptieren will, dass man sich gestresst fühlt, macht das sogar eher noch mehr Stress, weil man das Gefühl selbst ja gar nicht beeinflussen kann. Und wenn man nicht akzeptieren will, dass man keinen inneren Frieden oder Gelassenheit findet, dann wird man ihn dadurch ganz sicher ebenfalls nicht finden. Würde man jedoch alle Gefühle bedingungslos akzeptieren, wie sie sind, und wirklich bei der Wahrheit bleiben mit seinen Beurteilungen, dann hätte man ja wieder in 99,9 Prozent aller Fälle gar keinen Grund für Stress. Man wäre automatisch gelassen und mit sich selbst im Frieden. Das ist wirklich krass, aber es stimmt tatsächlich!«

»Jemand will nicht akzeptieren, dass er nicht genug Selbstfürsorge aufbringt oder Selbstliebe empfindet und sich deshalb ständig selbst vernachlässigt«, schlug ich als nächstes Beispiel vor. »Lehn das lieber ab, denn sonst bleibt das so?«

»Ganz bestimmt nicht«, verneinte Sophia. »Wenn ich das ablehne, dann bleibt es so. Es ist genau umgekehrt. Wenn ich meine mangelnde Selbstfürsorge oder Selbstliebe als Problem oder Missstand ansehe, dann erzeuge ich damit nur weitere Problem- oder Missstandsgefühle. Und dann muss ich mich wieder gefühlt um diesen Missstand kümmern, anstatt mir selbst etwas Gutes zu tun. Man sollte lieber seine Gefühle bedingungslos akzeptieren, bei der Wahrheit bleiben und sich um seine Tunwollens kümmern. Das ist wirklich ein gutes Lebenskonzept.«

»Sich ständig unzureichend oder unterlegen fühlen«, schlug ich als Nächstes vor. »Bedingungslose Akzeptanz oder Ablehnung? Was ist besser?«

»Na, das lehn ich dann doch lieber mal ab, denn sonst bleibt das womöglich noch so!«, meinte Stella und lachte. »Was fabrizieren wir denn da die ganze Zeit für eine gequirlte Kacke!«, sagte sie fassungslos. »Das ist doch unglaublich!«

»Ich entnehme deinen Worten, dass du Akzeptanz sinnvoller findest, richtig?«, fragte ich.

Stella schüttelte weiterhin fassungslos den Kopf. Dann sagte sie: »Ähm, ja, natürlich! Wenn ich mich gar nicht daran stören würde, mich unzulänglich oder unterlegen zu fühlen und auch sonst alle meine Gefühle einfach akzeptieren würde, dann gäbe es so gut wie nie Situationen in meinem Leben, in denen ich mich unzulänglich oder unterlegen fühlen müsste. Zumindest nicht, wenn ich alles wahrheitsgemäß beurteile. Das ist echt komplett bescheuert!«

»Unser Bottom-up-Prozess trägt so langsam Früchte«, sagte ich erfreut. »Also nächstes Beispiel: Wir fühlen uns schuldig oder beschämt über unsere Handlungen oder Entscheidungen. Akzeptanz oder Ablehnung?«

»Gefühlt immer noch Ablehnung«, meinte Emily. »Aber ich merke, dass sich da so langsam was bewegt. Es ist ja tatsächlich so bescheuert, wie Stella gesagt hat. Ich will mich auf keinen Fall schuldig oder beschämt fühlen. Doch wenn ich akzeptieren würde, dass ich auf diese Gefühle gar keinen willentlichen Einfluss habe, auf meine Beurteilungen hingegen schon, dann gäbe es wohl wirklich so gut wie nie Situationen im Leben, wegen denen ich mich schuldig oder beschämt fühlen müsste. Wenn ich meine Gefühle hingegen ablehne, wie ich das jetzt auch bei Angelo getan habe, dann schäme ich mich schon ein bisschen dafür, wie ich mich gestern Abend verhalten habe, als ich Angelo und Lenyo fragte, ob ich bei ihnen schlafen kann.«

»Krasse Nummer!«, meinte Stella. »Du wolltest echt bei den beiden schlafen?«

»Ja, das war echt ultrapeinlich«, gab Emily zu.

»Und wie peinlich wäre es noch, wenn du diese peinlichen Gefühle einfach akzeptieren würdest?«, fragte ich. »Mehr oder weniger?«

»Tatsächlich weniger«, sagte sie und musste plötzlich lachen.

»Warum lachst du?«, fragte ich verwundert.

»Keine Ahnung«, antwortete sie sichtlich amüsiert. »Aber irgendwie finde ich es gerade lustig. Mir ist der Gedanken durch den Kopf geschossen, dass ich das irgendwann einmal meinen Enkelkindern erzählen werde.«

»Dann greift der Bottom-up-Prozess bei dir jetzt auch so langsam«, stellte ich fest. »Peinlichkeit und Humor liegen immer sehr nahe beieinander. Offenbar hat dein System sich gerade für den Humor entschieden, was zeigt, dass du die Gefühle jetzt schon viel stärker akzeptiert haben musst. Dann machen wir noch ein bisschen weiter, um diesen Erfolg zu festigen. Jemand sieht es als Problem oder Missstand an, nicht genug emotionale Stabilität oder Resilienz zu haben und sich ständig von kleinen Rückschlägen oder Herausforderungen überwältigt zu fühlen. Akzeptanz oder Ablehnung?«

»Es bleibt, wie es ist«, behauptete Maya. »Es wird einfach nicht besser, wenn wir es ablehnen – eher schlimmer. Eigentlich sogar ganz klar schlimmer!«, korrigierte sie ihre Aussage. »Würde ich hier alle Gefühle bedingungslos akzeptieren, wie sie kommen und gehen, gäbe es gar keinen Grund mehr für eine emotionale Instabilität. Zumindest nicht, wenn ich bei meinen Beurteilungen bei der Wahrheit bleibe. Es passiert ja eigentlich nur, wenn man sich in die Gefühle reinsteigert. Und ohne Gefühlsziele steigert man sich nirgendwo rein. Krass!«

»Das hatten wir im Workshop zwar schon, aber trotzdem aus diesem Blickwinkel auch noch einmal«, sagte ich. »Glück und Erfüllung im Leben beziehungsweise das Gefühl der Sinnlosigkeit, wenn man sich nicht so glücklich und erfüllt fühlt, wie man das gerne möchte. Akzeptanz oder Ablehnung?«

»Ganz klar Ablehnung«, versicherte Stella ironisch grinsend, »denn sonst bleibt das ja so!«

»Wenn man sich da für Ablehnung entscheidet, wird man sich ständig fragen, wo der Sinn des Ganzen ist und was der ganze Scheiß eigentlich soll«, meinte Sophia.

»Keine Lebenszufriedenheit, kein Lebenssinn, desillusioniert und entmutigt«, sagte ich. »Wollen wir das ablehnen, damit das nicht so bleibt?«

»Ganz bestimmt!«, versicherte Stella lachend. »Bei bedingungsloser Akzeptanz aller Gefühle löst sich der ganze Quatsch von selbst auf. Man muss einfach nur akzeptieren, dass man sich so fühlt, wie man sich gerade fühlt, und sich lieber um korrekte Beurteilungen kümmern. Es ist echt krass! Die emotionalen Probleme lösen sich auf, wenn man sich nicht darum kümmert, und werden immer schlimmer, wenn man meint, sich darum kümmern zu müssen.«

»Das passiert, weil es diese Probleme in Wirklichkeit ja gar nicht gibt«, sagte ich. »Es gibt weder ein Problem noch einen Missstand noch sollten die Gefühle als Ziele gesehen werden. Das ist einfach alles wider die menschliche Natur. Damit aufzuhören, ist alles, was wir tun müssen. Die sinnvollen Stattdessens heißen hier einfach nur bedingungslose Akzeptanz aller Gefühle und bei seinen Beurteilungen gnadenlos bei der Wahrheit bleiben.«

»Ich hatte immer das Gefühl, ich müsste mehr Dankbarkeit und Wertschätzung für die guten Dinge im Leben empfinden«, meinte Maya. »Ich merke, dass ich auch damit in die falsche Richtung gerannt bin. Die Gründe, warum ich so wenig Dankbarkeit und Wertschätzung empfunden hatte, lagen einfach wieder in meinen Gefühlszielen. Ich war so gut wie immer im Problemmodus. Da hatte ich gar keine Zeit für Dankbarkeit und Wertschätzung. Wenn, dann nur aus einem

Gefühl der Verpflichtung heraus. Doch wenn ich alle Gefühle einfach akzeptiere, wie sie kommen und gehen, dann gibt es keinen Problemmodus mehr. Dann empfinde ich ganz von allein Wertschätzung und Dankbarkeit.«

»Das ist eine tolle Erkenntnis«, sagte ich. »Wieder ein Zeichen, dass unser Bottom-up-Prozess anfängt zu greifen.«

»Selbstakzeptanz und Selbstliebe, anstatt ständig mit Selbstzweifeln oder Selbstkritik rumzueiern«, sagte Sophia. »Das war immer mein Thema. Gibt's nicht mehr, wenn ich wirklich alle Gefühle bedingungslos akzeptiere und bei meinen Beurteilungen immer bei der Wahrheit bleibe.«

»Selbstmotivation, Zielstrebigkeit, Aufschieberitis, Überforderung. Das waren so meine Baustellen«, meinte Maya. »Gibt's auch nicht mehr, wenn ich meine Gefühle akzeptiere und dadurch keine Gefühlsziele mehr verfolge.«

»Bei mir waren es außer den Einsamkeitsgefühlen die mangelnde Leidenschaft und Begeisterung«, meinte Emily. »Ich habe mich ständig leer und unerfüllt gefühlt. Wenn es funktionieren würde, dass man das einfach nur ablehnen muss, damit das nicht so bleibt, dann hätte sich das ganz sicher schon längst geändert. Ich glaube, langsam kommt das auch bei mir im Gefühl an, dass ich meine Gefühle wohl besser mal akzeptieren sollte, wie sie sind. Klar gibt es unangenehme Gefühle. Manche tun auch richtig weh, wie das jetzt bei Angelo auch ist. Doch wenn ich nicht akzeptieren will, dass ich auf meine Gefühle keinen willentlichen Einfluss habe, wird es dadurch immer nur noch schlimmer. Die Ablehnung bringt keine positiven Gefühle hervor.«

»Negatives gebiert immer nur Negatives«, sagte ich.

»Ich habe zwar immer noch Angst«, sagte Emily, »aber ich will es nicht mehr ablehnen, wenn ich mich sozial isoliert oder einsam fühle oder nicht genug Verbundenheit und Nähe zu anderen Menschen empfinde. Das macht es ja wirklich immer nur schlimmer. Ich denke, dass Akzeptanz hier der einzig sinnvolle Weg ist. Die bedingungslose Akzeptanz ist zwar eine ganz schöne Nummer, doch vermutlich muss man dafür einfach nur genügend Beispiele durchgehen. Ich merke jedenfalls, dass sich irgendwie ein Schalter bei mir umgelegt hat durch die Beispiele, die wir jetzt durchgegangen sind. Und tatsächlich fühle ich mich euch dadurch jetzt sogar schon viel näher. Das ist echt krass. Vielleicht brauche ich gar keinen Partner, um mich nicht einsam zu fühlen.«

»Das brauchst du ganz sicher nicht!«, bestätigte Sophia und krabbelte zu ihr rüber, um sie in den Arm zu nehmen.

»Ich muss gar nicht weinen«, stellte Emily erstaunt fest und lächelte.

Kapitel 18:
Du bist eine 10

Die Jungs hatten angefangen, Volleyball zu spielen. Zuerst hatten sie ein wenig geübt, dann wollten sie ein Match machen. Ich beschloss, ihnen dabei zuzuschauen, und setzte mich dazu auf das kleine Mäuerchen, das den Garten unserer Villa vom Strand trennte. Brian sah heiß aus, wie er sich beim Volleyball bewegte. Ich spürte, wie schon wieder ganz bestimmte Hormone in meinem Körper erzeugt wurden.

Keine Minute später setzten sich Ava, Greg und Nuno zu mir auf die Mauer, um den Jungs ebenfalls zuzuschauen.

»Sind ganz schnuckelig, eure Jungs von den Amish«, sagte Greg zu Nuno und mir sichtlich begeistert von ihrem Anblick. »Natürlich nichts im Vergleich zu dir, mein Großer!«, fügte er für Nuno hinzu.

»Ich bin also auch schnuckelig?«, fragte Nuno erfreut.

»Ich würde eher *stattlich* sagen«, meinte Greg grinsend.

»Und ist stattlich besser oder schlechter als schnuckelig?«, wollte Nuno wissen.

»Ich persönlich finde stattlich viel besser«, meinte Greg. »Schnuckelig bin ich ja selbst.«

»Dann finde ich schnuckelig besser«, sagte Nuno amüsiert.

»Ihr zwei seid echt süß!«, meinte Ava lächelnd. »Schade, dass ihr kein Liebespaar seid.«

»Aber wir lieben uns doch«, beteuerte Nuno.

»Für immer und ewig«, stimmte Greg mit ein. »Was auch immer kommen mag. Ich liebe dich, mein Großer!«

»Ich dich auch, mein Schnuckelhase«, erwiderte Nuno berührt.

»Schnuckelhase?!«, wiederholte Ava lachend. »Ihr zwei seid wie ein Ehepaar, das schon seit 100 Jahren zusammen ist.«

»Dann freue ich mich auf die nächsten hundert Jahre«, sagte Nuno und hielt Greg die Ghettofaust hin.

»Auf immer und ewig«, bekräftigte Greg amüsiert und erwiderte die Geste.

Kurz darauf setzte sich dann auch Jason zu uns auf die Mauer. Wir machten ihm Platz, damit er neben Ava sitzen konnte.

»Und das ist mein stattlicher Gatte«, sagte Ava stolz und gab Jason einen Kuss.

»Stattlich ist übrigens besser als schnuckelig«, klärte Nuno Jason auf.

»Aha«, meinte Jason. »Das ist gut zu wissen. Volleyball habe ich, glaube ich, vor dreißig Jahre das letzte Mal gespielt«, meinte er. »Ich glaube, ich werde nachher mal ausprobieren, ob ich das noch kann.«

»Ich musste im Sportunterricht in der Highschool das letzte Mal Volleyball spielen«, erzählte Greg. »Ich habe es gehasst, wie so ziemlich alles, was mit der Highschool zu tun hatte.«

»Bei den Amish-People haben wir auch ab und zu gespielt«, berichtete Nuno.

»Du auch?«, fragte mich Greg.

»Nein, ich nicht«, antwortete ich. »Mannschaftssportarten wie Volleyball wurden bei uns als unpassend für Mädchen oder Frauen angesehen.«

»Ich habe aber nicht so schnuckelig gespielt wie Bodo, Angelo oder Lenyo«, sagte Nuno. »Mein Spielstil war schon immer eher stattlich.«

»Ich hatte immer meine Tage, wenn wir in der Schule Volleyball gespielt haben«, bekannte Ava.

»Darum habe ich euch Mädels echt beneidet!«, meinte Greg anerkennend.

So saßen wir auf der Mauer, schauten den Jungs beim Spielen zu und alberten herum, wie wir es in der Residenz auch immer getan hatten. Die Mannschaft von Dylan hatte den ersten Satz gegen die Mannschaft von Brian gewonnen. Diese forderte Revanche. Der nächste Satz ging erneut an die Mannschaft von Dylan.

Zwischenzeitlich hatten sich immer mehr unserer Leute um das Spielfeld herum versammelt, um bei dem Match zuzuschauen. Dylan kam auf die Idee, dass wir ein Turnier veranstalten könnten. Er suchte deshalb Leute für eine dritte Mannschaft. Nuno und Jason waren sofort bereit, ein stattliches Spiel zu absolvieren, und gingen zusammen aufs Spielfeld. Greg hätten sie auch gerne mit dabeigehabt, doch der gab an, jetzt Lust auf BeautyQueen zu haben, weshalb er zurück in die Villa ging, um sich zu stylen.

Zusammen mit Nuno und Jason gingen dann Linh, Marcus, Kevin und Emma auf den Platz. Brian setzte sich zu Ava und mir auf die Mauer. Alle anderen hatten es sich im Sand auf der anderen Seite des Spielfelds gemütlich gemacht.

»Hat's Spaß gemacht?«, fragte ich Brian.

»Ja, total«, antwortete er.

»Du hast supersexy ausgesehen«, sagte ich.

»Danke«, meinte er lächelnd. »Ich habe mir auch alle Mühe gegeben.«

»Um zu gewinnen oder um sexy auszusehen?«, fragte Ava amüsiert.

»Gewinnen interessiert mich nicht«, meinte Brian lächelnd.

»Ich find's schön, mit euch beiden mal allein quatschen zu können«, sagte Ava leise. »Mir ist das gestern mächtig eingefahren, warum wir in Wirklichkeit alle hier sind. Seitdem hat sich mein Blick auf die Welt noch einmal komplett verändert.«

»Du meinst den Sinn des Lebens hier im Paradies?«, hakte ich nach.

»Ja, das ist echt krass«, meinte sie. »Das zu wissen, ändert einfach alles.«

»Und was hat sich bei deinem Blick auf die Welt seitdem geändert?«, fragte ich interessiert.

»So genau kann ich das gar nicht sagen, aber seitdem ist echt alles grün«, sagte sie. »Auch das, was vorher dunkelrot war.«

»Bei mir ist es so, dass ich Leid nicht mehr als negativ ansehe«, meinte Brian. »Natürlich will ich lieber Glück als Leid erleben, doch Leid ist trotzdem nichts Schlechtes. Es ist genauso ein Wegweiser wie das Glück auch. Leid ist daher auf eine andere Art und Weise gut. Nicht weil es schön ist, sondern weil es wertvoll dafür ist, meinen Weg im Leben zu finden. Ohne Glück und Leid wäre der Erfahrungsprozess und damit auch der Sinn des Lebens überhaupt nicht möglich.«

»Das bringt es ziemlich genau auf den Punkt«, stimmte Ava zu. »Leid ist einfach *anders gut*. Klar will ich deshalb jetzt kein Leid erleben …«

»Aber du kannst das Leid als Bestandteil deines Lebens jetzt besser akzeptieren«, erkannte ich. »Vor allem auch die leidvollen Gefühle. Die sind jetzt nichts Schlechtes mehr für dich. Sie gehören ja zu deinen Wegweisern. Du wirst sie jetzt nicht mehr ablehnen. Das ist hochinteressant. Dadurch wirst du dann auch die Wegweiser viel besser verstehen können.«

»Wieso kann ich dadurch die Wegweiser besser verstehen?«, wollte Ava wissen.

»Die meisten Menschen verwenden aufgrund ihrer Gefühlsziele ja die Gefühle selbst als Wegweiser und geraten dadurch ständig in die Scheiße«, erklärte ich. »Nur weil sich etwas schlecht anfühlt, ist es ja noch lange nicht tatsächlich schlecht. Und was sich gut anfühlt, kann ja in Wirklichkeit trotzdem schlecht sein. Die Wegweiser Glück und Leid sind daher gar nicht immer so leicht zu verstehen. Man muss in einem sehr viel größeren Kontext hinschauen und dabei Kopf, Herz und Bauch zu einer Einheit zusammenschalten, um erkennen zu können, ob der eingeschlagene Weg tatsächlich nützlich oder vielleicht doch eher schädlich ist. Die drei Gehirne zusammen sind da ein gutes Team.

Doch die drei arbeiten nur sinnvoll zusammen, wenn man die leidvollen Gefühle nicht ablehnt und den glücklichen nicht hinterherrennt. Macht man die Gefühle zu Zielen, kann man sich an Glück und Leid kaum noch orientieren. Die Gefühlsziele erzeugen ja ständig emotionales Leid, wo es gar keine echten Probleme oder Missstände gibt.

Wenn man die Gefühle jedoch einfach akzeptiert, wie sie sind, dann rennt man nicht mehr seinen Gefühlszielen hinterher. 99,9 Prozent aller Irrwege lösen sich dann von selbst auf. Und dann kristallisiert sich ganz leicht heraus, welche Wege wirklich ins Glück führen und welche in Wirklichkeit doch schädlich sind. Wenn man sich daran orientiert, ob ein Weg letztendlich nützlich oder schädlich ist, dann ist es gar nicht so schwer, seinen Weg zu finden und den Sinn des Lebens zu erfüllen.

Ich werde heute Abend im Workshop dieses Thema ausführlich behandeln. Die bedingungslose Akzeptanz aller Gefühle scheint genauso wie der Beschluss, gnadenlos bei der Wahrheit zu bleiben, der Schlüssel zur Erfüllung des Lebenssinns zu sein.«

»Geht auch Liebe statt Akzeptanz?«, fragte Ava.

»Was genau meinst du damit?«, wollte ich wissen.

»Bei mir hat sich irgendwie so eine Art Liebe zu meinen Gefühlen entwickelt«, erklärte sie. »Das ist mehr als Akzeptanz. Ich liebe meine Gefühle. Und zwar alle – die leidvollen genauso wie die glücklichen.«

»Das hört sich interessant an«, sagte ich. »Wie genau liebst du denn deine Gefühle?«

»Es gibt zwei Gründe, warum ich sie liebe«, meinte sie. »Zum einen natürlich, weil ich ohne ihre Hilfe gar nicht in der Lage wäre, Glück und Leid als Wegweiser in meinem Leben richtig zu deuten. Ich könnte diesen Erfahrungsprozess, wegen dem wir alle hier sind, gar nicht bewältigen ohne meine Gefühle. Die leidvollen Gefühle sind da nur *anders gut* als die glücklichen. Sie sind alles andere als angenehm, aber sie sind für den echten Sinn des Lebens super wertvoll!«, betonte sie.

»Solange man den Sinn des Lebens darin sieht, sich gut und nicht schlecht zu fühlen, scheinen die leidvollen Gefühle schlecht zu sein«, stimmte ich ihr zu. »Deshalb entsteht auch so viel Leid in Form der emotionalen Teufelskreise, wenn man diesen falschen Sinn des Lebens verfolgt. Das Leben hilft uns auch hier mit einem sehr deutlichen Hinweisschild, damit wir das Streben nach glücklichen Gefühlen als Irrweg erkennen. Und warum liebst du deine Gefühle noch?«, fragte ich. »Du hast gesagt, dass es zwei Gründe gibt.«

»Der zweite Grund ist, dass es eben *meine* Gefühle sind«, erklärte Ava. »Sie sind ein Teil von mir. Ich liebe die negativen Gefühle nicht nur, weil sie in Wirklichkeit alle wertvoll sind, sondern auch, weil sie zu mir gehören. Alle Gefühle gehören zu mir – auch die quälenden, leidvollen und schmerzlichen. Wir gehören zusammen.

In der Liebe ist es egal, ob es gerade angenehm oder unangenehm ist. Meine Kinder würde ich auch in den Momenten lieben, wo sie mir Leid zufügen. Oder meinen Jason. In guten wie in schlechten Zeiten. Ich liebe sie nicht nur, wenn sie mir schöne Gefühle bescheren. Und das Gleiche gilt auch für meine Gefühle. Meine Gefühle mögen manchmal anstrengend oder auch unangenehm sein. Doch es sind *meine* Gefühle.

Kinder können auch anstrengend oder unangenehm sein. Oder auch die Eltern, der Partner, die Geschwister – ja sogar der Hund. Und trotzdem liebt man sie einfach. *Liebe deine Gefühle wie dich selbst!* Das wäre aus meiner Sicht ein guter Leitsatz für jeden Menschen. Wir alle gehen den Weg zum Positiven gemeinsam mit unseren Gefühlen. Sie sind ein unverzichtbarer Bestandteil dieses Prozesses – sozusagen die treusten und loyalsten Weggefährten, die man sich nur vorstellen kann.«

»Da ist was dran«, gab Brian zu. »Kein einziges Gefühl ist tatsächlich gegen mich. So etwas wie böse Gefühle gibt es nicht. Unangenehme Gefühle sind nicht weniger wertvoll für mich als angenehme. Sie sind nur *anders gut,* wie du sagst. Sie sind alle auf meiner Seite. Für mich und nicht gegen mich. Und dabei ist es egal, wie schmerzhaft die Gefühle auch sein mögen. Sie sind anders gut und niemals schlecht.

Ich finde es sehr wichtig, dass man das erkennt. Meiner Meinung nach gehört das ganz klar zu dem Erfahrungsprozess auf dem Weg zum Positiven dazu. Denn wie du uns schon bei Shameless in Paradise gesagt hast, genügt es für diesen Prozess nicht, nur positiv sein zu *wollen*. Das Leben will, dass wir es auch tatsächlich *tun*. Und das geht nicht ohne die Erkenntnis, dass letztendlich alle Gefühle wertvoll sind, weil sie uns helfen, diesen Erfahrungsprozess erfolgreich zu durchlaufen. Ohne unsere leidvollen Gefühle hätten wir überhaupt keine Chance.

Ich möchte zukünftig alles in meinem Leben danach beurteilen, ob es mir dabei hilft, mich zum Positiven zu entscheiden. Negative Erfahrungen helfen da genauso wie positive. Wenn ich wegen diesem Erfahrungsprozess hier bin, dann sollte dieser Prozess auch die Beurteilungsgrundlage für alles sein. Und das eben 20 000-mal pro Tag.

Jeder, der wüsste, dass dies tatsächlich der Sinn des Lebens ist, würde sich genauso entscheiden. Und dann fällt es leicht, von seinen Gefühlszielen oder irgendwelchen anderen Brauchens, Müssens, Sollens und Wollens loszulassen, die uns in Wirklichkeit ja nur unglücklich und krank machen und gleichzeitig sogar noch unsere sozialen Beziehungen und die ganze Welt zerstören.«

»Das würde natürlich alles sehr viel einfacher machen«, stimmte ich zu. »Die Menschen würden sofort erkennen, wie grün das Paradies tatsächlich ist. Sie würden alles positiv sehen, was sie nicht negativ sehen müssen, würden nur noch Gutes tun wollen, hätten Motivation ohne Ende für ihre 3Gs und würden dadurch glücklich und erfüllt leben. Leidvolle Gefühle hätten sie fast gar keine mehr. Die Brauchens, Müssens, Wollens und Sollens würden automatisch neu definiert. Doch leider dürfen wir den Menschen das nicht beweisen.«

»Aber wir dürfen die Menschen darauf hinweisen, wie nützlich diese Weltanschauung tatsächlich ist«, meinte Brian. »Und das ist sicherlich schon einmal die halbe Miete. Was ich dabei noch sehr wichtig finde: Die Menschen sollten diesen Sinn richtig verstehen, sonst entscheiden sie sich nur für das Positive, weil sie glauben, das tun zu müssen. Das wäre keine freie Willensentscheidung. Es wäre ein Tunmüssen und kein Tunwollen.

Zu Anfang ist mir das auch passiert. Ich wollte alle meine Entscheidungen bewusst kontrollieren. Ich dachte, dass die Entscheidung zum Positiven die Aufgabe ist. Doch das ist sie nicht. Der Erfahrungsprozess ist die Aufgabe. Am besten ist es, wenn man bewusst überhaupt gar nicht versucht, irgendetwas zum Positiven zu entscheiden, sondern sich einfach nur klarmacht, wie wichtig der Erfahrungsprozess selbst ist. Ich habe diesen Erfahrungsprozess in meinen Meta-Daten gefühlt wichtiger gemacht. Das hat genügt. Dann will mein unbewusstes System 20 000-mal pro Tag von sich aus die richtigen Entscheidungen treffen und alles positiv sehen, was ich nicht negativ sehen muss. Da muss ich dann gar nicht mehr kontrollieren.

Der Sinn des Lebens besteht nicht darin, sich zum

Positiven zu entscheiden. Er besteht in dem Erfahrungsprozess selbst. Der Weg ist das Ziel. Hätte der Große Geist – der wir ja alle selbst sind – sich einfach nur zum Positiven entscheiden wollen, dann hätte er es ja einfach tun können. Doch er wollte diese Erfahrung machen. Deshalb sind wir alle hier. Um alle positiven *und* negativen Erfahrungen zu machen, die zu diesem Prozess dazugehören.

Meine Beurteilungsgrundlage, die ich 20 000-mal pro Tag anwenden möchte, ist also nicht die Zielsetzung, positiv handeln zu wollen. Die Beurteilungsgrundlage ist die Weltanschauung, dass alles, was passiert, wertvoll für meinen Erfahrungsprozess ist. Der Erfahrungsprozess ist das Beurteilungskriterium. Ist eine Erfahrung gut oder schlecht, damit ich irgendwann erkennen kann, dass einzig und allein die Entscheidung zum Positiven sinnvoll ist? Das ist die Lernerfahrung, um die es geht. Und dafür ist tatsächlich jede Erfahrung wertvoll – auch die, die wehtut.

Bei meiner alten Weltanschauung war mehr oder weniger das gesamte Leben ziemlich sinnlos. Ich habe daran geglaubt, dass der Zufall das Universum erschaffen hat. Warum ich das als realistisch angesehen habe, weiß ich gar nicht. Mittlerweile weiß ich es ja besser, doch auch das, was Marcus über die Feinabstimmung des Universums erläutert hat, hätte mich vermutlich stark am Zufall zweifeln lassen.

Jedenfalls ist mir heute klar, dass der Glaube an den Zufall eine schädliche Weltanschauung ist. Das Leben hat aus dieser Perspektive keinen wirklichen Sinn. Und das einzige Motiv, das dann scheinbar noch einen Sinn ergibt, ist der Wunsch des Großhirns nach schönen Gefühlen. Und zu was das führt, wissen wir ja mittlerweile alle.«

»Das sehe ich genauso«, pflichtete ihm Ava bei. »Schmerzhafte, leidvolle und quälende Gefühle sind für den Erkenntnisprozess auf dem Weg zum Positiven einfach genauso wertvoll wie die glücklichen Gefühle. Sie sind für den tatsächlichen Sinn und Zweck gut, für den sie geschaffen wurden. Die Beurteilungskriterien angenehm ist gleich gut und unangenehm ist gleich schlecht sollten mal so langsam über Bord geworfen werden. Dann gibt es auch keine Problem- oder Missstandsbeurteilungen mehr wegen den Gefühlen, und wir verstehen sehr viel besser, was unser Reptiliengehirn und unser soziales Gehirn uns mit den jeweiligen Gefühlen eigentlich sagen wollen.«

»Dann möchte ich deine Frage mit einem klaren *Ja* beantworten«, sagte ich zu Ava.

»Welche Frage?«, fragte sie verwundert.

»Na, die Frage, ob du die Gefühle auch lieben darfst, anstatt sie bedingungslos zu akzeptieren?«, sagte ich.

»Die hatte ich schon wieder komplett vergessen«, meinte sie lachend.

»Es war aber eine sehr gute Frage«, sagte ich. »Ich werde sie heute Abend als Wahlmöglichkeit beim Workshop anbieten. Entweder bedingungslose Akzeptanz der Gefühle oder dein neues Motto: *Liebe deine Gefühle wie dich selbst!*«

In diesem Moment kamen Maya, Emily, Stella und Sophia zu uns. »Dürfen wir uns zu euch setzen?«, fragte Emily.

»Natürlich, gerne«, sagte ich.

»Und dürfte ich dir noch eine Frage stellen zu dem Thema, das wir eben besprochen haben?«, fragte sie freundlich.

»Gerne«, antwortete ich. »Worum geht es denn?«

»Wir haben versucht, einen Realitätsabgleich zu machen«, erläuterte Emily. »Maya hat mich gefragt, wie schön mein Leben vom Gefühl her ist und wie schön es in Wirklichkeit ist. In Wirklichkeit hätte ich meinem Leben da eine +7 gegeben nach den Kriterien des Reptiliengehirns und des sozialen Gehirns. Doch vom Gefühl her war es eher eine -7. Wir haben diese Frage dann einige Male wiederholt, doch meine gefühlte negative Beurteilung ließ sich einfach nicht ändern. Ich hatte das Gefühl, dass die Wahrheit mein System gar nicht zu interessieren scheint.«

»Dann hält dein System vermutlich noch immer an deinem Gefühlsziel fest«, sagte ich.

»Das haben wir auch erst gedacht«, meinte Maya. »Doch vom Vermeiden des Einsamkeitsgefühls hat sie echt abgelassen.«

»Es fühlt sich eher so an, als käme diese -7 nicht aus meinem Großhirn, sondern von viel weiter unten«, überlegte Emily.

»Also aus dem Reptiliengehirn oder dem sozialen Gehirn«, schlussfolgerte ich. »Dann sehen die beiden wohl noch einen Missstand bei einem der sieben Bedürfnisse. Gehen wir sie einfach einmal der Reihe nach durch. Wie leicht und hell kannst du vom Gefühl her deine existenziellen Bedürfnisse erfüllen? Also genug zu essen zu haben, einen warmen und trockenen Platz zum Schlafen und Schutz vor Gewalt?«

»Die sind alle susi erfüllt«, meinte Emily. »Auch vom Gefühl her. Also eigentlich sogar die 10.«

»Dann scheint es also schon einmal nicht das Reptiliengehirn zu sein, das dein Leben nicht schön findet«, erkannte ich. »Fragen wir also nach den Bedürfnissen des sozialen Gehirns. Wie leicht und hell kannst du vom Gefühl her deine Zugehörigkeit zu deinem Rudel erfüllen?«

»Das scheint nicht so schwer zu sein«, meinte Emily. »Es fühlt sich auf jeden Fall leicht an. Mein echtes Rudel ist ja eh die USA. Doch auch hier in der Villa in unserem kleinen Rudel fühle ich mich mittlerweile total zugehörig. Und das ist ganz von selbst entstanden. Dafür habe ich ja gar nichts getan. Offenbar muss man wirklich nur Zeit mit Menschen verbringen, mit denen man gemeinsame Tunwollens teilt, dann passiert das von allein.«

»Und wie sieht es mit deiner Rangordnung im großen Rudel und hier bei uns im kleinen Teilrudel aus?«, wollte ich wissen. »Hast du vom Gefühl her einen gleichwertigen Rang oder fühlst du dich unterlegen?«

»Da ist es komisch«, meinte Emily. »Da scheine ich irgendwie zwei Gefühle zu haben. Auf der einen Seite fühle ich mich hier total gleichrangig. Hier ist ja wirklich niemand mehr, der noch um einen höheren Rang buhlt oder andere unterordnen will. Doch wenn ich tiefer reinspüre, dann geht es mir schon noch so ein bisschen, wie das bei Arjun der Fall war. Kann das soziale Gehirn da gleichzeitig zwei verschiedene Gefühle erzeugen?«

»Ich vermute eher, dass dein Großhirn und dein soziales Gehirn hier unterschiedliche Beurteilungen getroffen haben und dass beide Beurteilungen ein Gefühl erzeugen«, sagte ich. »Dein Großhirn hat den aktuellen Status quo deines Rangs sicherlich richtig beurteilt. Aber in deinem sozialen Gehirn könnte noch eine alte Beurteilung abgespeichert sein, die du als Kind vorgenommen hast. Das sollten wir uns einmal gemeinsam anschauen.«

»Das mit den beiden Gefühlen ist noch nicht lange so«, wandte Emily ein. »Erst seit deinem Gespräch mit Arjun über die Unterwerfung. Ich hatte mich als Kind und später auch als Jugendliche ebenfalls unterworfen. Bei mir war es aber nicht so wie bei Arjun, dass ich mich aus Angst vor Gewalt unterworfen habe. Gewalt gab es in meinem Leben nicht.«

»Und warum hast du dich unterworfen?«, fragte ich neugierig.

»Das weiß ich eigentlich gar nicht so genau. Ich hatte auf jeden Fall immer schon das Gefühl, dass ich im Rudel ganz unten stehe«, antwortete sie. »Möglicherweise, weil ich in der Schule gemobbt und ausgegrenzt wurde, so wie viele hier. Aber auch in meiner Familie hatte ich das Gefühl.

Ich habe einen Zwillingsbruder, und meine Eltern wollten von Anfang an lieber einen Sohn haben. Sie haben mich zwar dann auch geliebt, aber ich habe als Kind schon gemerkt, dass sie meinen Bruder mehr lieben. Wenn sie hätten entscheiden müssen, wer von uns beiden überlebt, dann hätten sie sich ganz klar für meinen Bruder entschieden. Das hört sich vermutlich schlimm an, aber für mich war das ganz normal. So bin ich eben aufgewachsen. Mein Bruder war offensichtlich mehr wert als ich.«

»Das hört sich tatsächlich schlimm an«, sagte ich. »Aus der Sicht des sozialen Gehirns ist das auch schlimm. Du warst ganz klar deinem Bruder untergeordnet. Und das sieht dein soziales Gehirn als überlebensrelevanten Missstand an.«

»Doch mein Bruder oder meine Eltern haben mich nie unterworfen«, meinte Emily. »Das hat nie einer von mir gefordert. Und dennoch habe ich es getan.«

»Das ist eine instinktive Verhaltensweise aus dem sozialen Gehirn«, erklärte ich. »In Wirklichkeit gab es zwar für die Unterwerfung keinen Anlass, was dein Großhirn auch richtig erkannt hat, doch dein soziales Gehirn handelte hier rein instinktiv.

Ein rangniedriges Mitglied eines Rudels hat aus der Sicht des sozialen Gehirns nicht die gleichen Rechte und Privilegien wie ein ranghohes. Wenn es sich daher erdreistet, die gleichen Rechte oder Privilegien in Anspruch zu nehmen oder gar einzufordern, wird das vom sozialen Gehirn der anderen Rudelangehörigen als Affront aufgefasst, was zu einer körperlichen Züchtigung, Erniedrigung, Ablehnung, Verurteilung, Ausgrenzung oder auch einer gewaltsamen Unterwerfung führen kann. Daher unterwirft sich das soziale Gehirn der meisten Menschen lieber freiwillig, bevor es für seinen Affront zur Rechenschaft gezogen wird.

Manche Menschen lehnen sich in solchen Umständen jedoch auch gegen den niedrigen Rang auf. Hier kommt es darauf an, mit welcher genetischen Disposition man geboren wurde. Manche Menschen werden sozusagen schon hochrangig geboren. Sie wollen dann instinktiv an die Spitze. Für diese Menschen ist es immer ganz besonders belastend, wenn sie sich unterwerfen müssen, weil sie eigentlich als Anführer geboren wurden. Die Diskrepanz zwischen ihrer genetischen Veranlagung und ihrem tatsächlichen Rang ist besonders groß. Daher ist auch das Leid, das diese Menschen erfahren, besonders groß.«

»Ich denke nicht, dass das auf mich zutrifft«, hielt Emily dagegen. »Ich fühle mich nicht wie ein geborener Anführer. Vom Gefühl her gehöre ich in die Mitte. Ich würde mich als Anführer gar nicht wohlfühlen.«

»Aber du bist auch kein geborener Untertan«, sagte ich. »Du strebst genetisch einen gleichwertigen Rang an. Das ist bei den meisten Menschen der Fall. Nur wenige fühlen sich wohl damit, einen unteren Rang zu haben, und auch nur wenige fühlen sich ganz oben wohl.«

»Einen gleichwertigen Rang hatte ich in meiner Familie eindeutig nicht«, erkannte Emily. »Und auch in der Schule fühlte ich mich nicht gleichrangig.«

»Dein Mobbing in der Schule könnte die Folge aus deiner grundsätzlichen Unterwerfung gewesen sein«, sagte ich. »Wenn man sich grundsätzlich unterwürfig verhält, provoziert dieses Verhalten das soziale Gehirn der anderen Menschen zu Unterordnungs- oder sogar zu Unterwerfungs-Maßnahmen. Die wissen dann gar nicht, warum sie sich dir gegenüber eigentlich so schlecht verhalten. Sie werden von ihrem sozialen Gehirn dazu veranlasst, ohne dass ihr Großhirn das kapiert.

Im Moment hast du also noch zwei Gefühle aus zwei verschiedenen Gehirnen. Dein Großhirn hat kapiert, dass du gleichrangig bist, dein soziales Gehirn hat noch die Sichtweise, die du in deiner Kindheit wegen deinem Bruder angenommen hast. Wir sollten daher einen Realitätsabgleich durchführen, damit dein soziales Gehirn die Wahrheit von heute erfährt. Dazu ist es wichtig, dass dein Großhirn den Grund kennt, warum du in Wirklichkeit gleichrangig bist. Hier hat dein Großhirn in deiner Kindheit aus Unwissenheit eine falsche Einschätzung vorgenommen, die wir jetzt korrigieren sollten.

Als Kind bist du davon ausgegangen, dass deine Eltern dir den Rang in deiner Familie zuweisen. Später hast du das Prinzip vermutlich auf dein soziales Umfeld übertragen. Dann waren es die anderen Kinder und Jugendlichen in der Schule, die über deinen Rang bestimmt haben.

Doch in Wirklichkeit können weder deine Eltern noch die Kinder in der Schule noch die Erwachsenen in deinem jetzigen sozialen Umfeld über deinen Rang bestimmen. Der Einzige, der deinen Rang bestimmt, ist der Staat – also das große Rudel. Wir leben nicht mehr in der Steinzeit, wo der Stärkere dem Schwächeren einfach ungestraft auf die Glocke hauen kann. Oder wo einen andere Rudelmitglieder aus dem Rudel ausgrenzen können. Diese Zeiten sind längst vorbei.«

»Das hast du uns ja eigentlich auch schon alles genau erklärt«, meinte Emily. »Sowohl unsere Zugehörigkeit zum Rudel ist absolut susi als auch unser Rang. Überlegenheit oder Unterlegenheit spielt gar keine Rolle mehr in der modernen Zivilisation für unseren tatsächlichen Rang. Wenn die Leute dieses Spiel mit dem Rang trotzdem spielen wollen, dann können sie das gerne tun. Doch in Wirklichkeit kann niemand einen anderen unterwerfen oder unterordnen, weil er ihm überlegen ist. Die Leute können immer nur reden. Und was irgendwelche Mobber oder Hater da zu mir sagen, kann mir, um es einmal mit Nunos Worten auszudrücken, gepflegt am Arsch vorbeigehen. Ich muss da einfach nicht mitspielen.«

»So ist es«, bestätigte ich. »In einer Demokratie haben alle per Gesetz den gleichen Rang. Da kann dich niemand mehr unterwerfen, ohne eine Straftat zu begehen. Völlig egal, wie überlegen er sein mag oder wie wertvoll er von anderen Menschen im Rudel gesehen wird. Es hat einfach niemand mehr Macht über dich. Es gibt keine Aristokraten oder Adligen mehr und auch keine Menschen, die andere wie Untermenschen behandeln dürfen. In einer Demokratie haben alle den höchsten Rang.

Auf einer Skala von 0 bis 10 sind wir also alle in Wirklichkeit eine 10. Hast du das auch so im Gefühl?«, wollte ich wissen.

»Die 10 auf keinen Fall«, verneinte Emily. »Gleichwertig vermutlich schon, aber irgendwie nicht gleichwertig hochwertig. Sondern eher gleichwertig mittelwertig.«

»Das sollten wir korrigieren«, sagte ich. »Denn sonst denkt dein soziales Gehirn, dass es zwar im Moment niemanden gibt, der über dir steht in unserem kleinen Rudel, doch da draußen in der großen weiten Welt könnte das ja ganz anders aussehen. Tut es aber nicht.

Nun hast du ja zwei Gefühle in Bezug auf deinen Rang. Das eine erzeugt dein Großhirn, das andere dein soziales Gehirn. Wir wollen das Gefühl aus deinem sozialen Gehirn korrigieren. Erinnere dich dazu an die Zeit, in der dein soziales Gehirn diesen Rang angenommen hat. Deine Eltern haben deinen Bruder bevorzugt. Und damals hattest du das Gefühl, dass deine Eltern über deinen Rang bestimmen. Wie wahr fühlt es sich heute noch an, dass deine Eltern oder auch dein aktuelles soziales Umfeld deinen Rang bestimmen können? Wie wahr fühlt es sich an auf unserer Skala von 0 bis 10?«

»Es ist schon weniger geworden«, meinte Emily. »Aber eine 7 dürfte es noch haben.«

»Du weißt, dass diese vermeintliche Wahrheit nur eine kindliche Einschätzung war, weil du es damals noch nicht besser wusstest«, sagte ich. »Heute weißt du, dass nur der Staat deinen Rang bestimmt. Und der geht nicht nach Sympathie. Der gibt einfach allen Staatsangehörigen den höchsten Rang. Darauf haben sich alle geeinigt, als die Verfassung der Vereinigten Staaten von Amerika beschlossen wurde. Niemand steht im Rang über dir, und niemand steht unter dir. In Wirklichkeit sind wir alle Zehner. Was macht diese Erkenntnis mit deinem Gefühl?«

»Das fühlt sich gut an«, meinte Emily mit einem Lächeln im Gesicht.

»Wie wahr fühlt es sich jetzt noch an, dass dein soziales Umfeld über deinen Rang bestimmen kann?«, hakte ich nach.

»So gut wie gar nicht mehr«, meinte Emily. »Höchstens noch eine 2 oder so.«

»Und wie wahr ist es in Wirklichkeit?«, fragte ich weiter.

»Null«, sagte sie. »Das ist überhaupt nicht wahr.«

»Und wie wahr ist es vom Gefühl her, dass du wie wir alle eine 10 bist?«, wollte ich wissen. »Dass du sowohl gleichrangig als auch hochrangig bist?«

»Ich denke, so eine 5. Aber der Gedanke fühlt sich unglaublich gut an. Wenn ich wirklich eine 10 bin und alle anderen ebenfalls, dann ist das der absolut geilste Scheiß, den ich mir überhaupt nur vorstellen kann«, meinte sie mit einem Strahlen in den Augen.

»Und wie ist es in Wirklichkeit?«, hakte ich nach. »Sind wir alle und damit natürlich auch du Zehner in unserem großen Rudel?«

»Ja, das sind wir tatsächlich«, stimmte sie zu. »Laut Verfassung sind wir das. Und jeder, der etwas anderes behauptet, hat keine Ahnung. Das kann mir wirklich komplett am Arsch vorbeigehen. Ich bin eine 10. Und ihr seid auch alle eine 10. Und die Leute, die das nicht wahrhaben wollen, sind trotzdem eine 10. Auch alle, die mich gemobbt oder schlecht behandelt haben. Sie wussten es eben nicht besser und waren ihrem Instinkt bisher ausgeliefert. Ich empfinde jetzt tatsächlich Mitgefühl für meine Hater von damals. Das ist echt unglaublich. Aber sie wussten es ja einfach nicht besser. Sie waren ihren Instinkten genauso ausgeliefert, wie ich das war. Irgendwie kann ich ihnen jetzt sehr viel besser verzeihen, wenn ich daran denke, dass sie genauso Zehner waren wie ich. Das ist echt der Oberhammer!«

»Wie ist es jetzt vom Gefühl her?«, fragte ich. »Wo stehst du im Rang?«

»Ich bin eine 10!«, sagte sie begeistert. »Wir sind alle eine 10! Das ist so krass.« Plötzlich stockte Emily. »Eben kommt ein sehr ungutes Gefühl auf«, sagte sie dann. Was ist das denn jetzt?!«, fragte sie ungehalten. »Ich habe plötzlich wieder das Gefühl, doch keine 10 zu sein. Was soll denn der Scheiß?!«

»Vielleicht sollten wir das mal lieber ablehnen, denn sonst bleibt das noch so!«, sagte ich lachend. »Aber Ernst beiseite. Mach dir keine Sorgen. Das Gefühl, das sich da meldet, ist sicherlich nur eine Frage von deinem sozialen Gehirn an dein Großhirn. Wir werden diese Frage lieber beantworten, anstatt sie abzulehnen.«

»Und was soll das für eine Frage sein?«, fragte Emily ratlos.

»Vermutlich meldet sich das nächste soziale Bedürfnis in der Hierarchie der drei sozialen Bedürfnisse«, sagte ich. »Die höchste Priorität hat die Zugehörigkeit zum Rudel. Dann kommt die Rangordnung und als Letztes das Bedürfnis, gute Verbündete zu finden – also Freunde oder einen Partner.«

»Womit wir wieder beim Thema wären«, meinte sie ein wenig zerknirscht.

»Es gibt hier kein Problem, liebe Emily«, sagte ich. »Das ist nur eine Frage, die wir beantworten sollten. Du hattest dir Sorgen um deine Attraktivität gemacht. Betrachten wir das einmal ein wenig umfassender. Wenn es darum geht, Verbündete zu finden, dann geht es erst einmal um deine Beliebtheit im Rudel. Beliebte Rudelmitglieder finden leichter Verbündete als unbeliebte. Wie würdest du hier deinen Rang einschätzen vom Gefühl her? Wo stehst du also im Beliebtheitswert? Schauen wir uns das einmal auf einer Skala von -10 bis +10 an.

Null würde bedeuten, dass du weder beliebt noch unbeliebt bist. Es ist den anderen völlig egal, ob du da bist oder nicht. Du störst niemanden, aber es hat auch niemand sonderlich Interesse an dir. -10 würde bedeuten, dass du so unbeliebt bist, dass dich alle loswerden wollen. Und bei +10 bist du der beliebteste Mensch im ganzen Rudel. Wo stehst du auf dieser Skala vom Gefühl her?«

»Vom Gefühl her bin ich ganz klar eine Null«, erkannte Emily kopfschüttelnd.

»Das würde auch zur Unterwerfung passen«, sagte ich. »Menschen, die sich unterwerfen, versuchen unsichtbar zu sein. Sie wollen niemanden provozieren und nicht auffallen – weder negativ noch positiv. Daher sind sie so neutral wie möglich und denken dann auch, dass sie nicht sonderlich beliebt sind. Doch in Wirklichkeit kann das ganz anders aussehen. Du bist hier bei uns ganz sicher keine Null. Hier gibt es viele Menschen, die dich mögen. Du bist hier auf jeden Fall beliebt. Vom Kopf her weißt du das auch sicherlich, du kannst es nur nicht richtig fühlen, weil in deinem sozialen Gehirn noch etwas anderes abgespeichert ist. Das werden wir gleich ändern. Was meinst du? Wer bestimmt in Wirklichkeit über deinen Beliebtheitswert? Ist es auch hier der Staat?«

»Nein, natürlich nicht«, meinte sie. »Der Staat kann mir die gleichen Rechte und Privilegien geben wie allen anderen. Aber er kann ja nicht bestimmen, dass mich alle mögen müssen.«

»Und wer ist es dann?«, fragte ich. »Kannst du deinen Beliebtheitswert vielleicht einfach selbst bestimmen?«

»Ich denke, nicht«, verneinte Emily nachdenklich. »Den bestimmen schon die anderen. Sie entscheiden selbst, ob sie mich mögen oder nicht.«

»Und was kannst du tun, wenn du auf der Beliebtheitsskala weiter oben stehen möchtest?«, fragte ich.

»Vielleicht lustig und lieb sein. Oder hilfsbereit oder so. Keine Ahnung«, meinte sie achselzuckend.

»Du könntest versuchen, dich beliebt zu *machen*«, fasste ich zusammen. »Das ist genau die Maßnahme, die in deinem sozialen Gehirn als Instinkt abgespeichert ist. In der Steinzeit hat diese Maßnahme auch gepasst. Da lebtest du in einem kleinen Rudel, das in der Regel nicht mehr als 50 bis 150 Personen umfasste. Das nächste Rudel war Hunderte von Kilometern entfernt. Wenn du also beliebt sein wolltest, dann musstest du die Menschen in deinem Rudel von deinen Qualitäten überzeugen – dich also mit anderen Worten bei ihnen beliebt machen. Heute gibt es jedoch eine sehr viel einfachere und wirksamere Möglichkeit.«

»Und die wäre?«, fragte Emily ahnungslos.

»Du kannst dir dein soziales Umfeld aussuchen«, sagte ich. »Das konntest du als Kind natürlich noch nicht. Weder konntest du dir deine Eltern und deinen Bruder aussuchen noch die Kinder in deiner Schulklasse. Doch jetzt bist du erwachsen. Jetzt hast du die Freiheit, selbst zu entscheiden, mit welchen Menschen du deine Zeit verbringst.

Das bedeutet, dass zwar immer noch dein soziales Umfeld selbst bestimmt, wie sehr sie dich mögen und schätzen, doch du bestimmst dein soziales Umfeld. Du kannst damit deine Beliebtheit also quasi selbst bestimmen.

Daher kannst du weiterhin versuchen, dich bei den Menschen in deinem Umfeld beliebt zu machen, oder du kannst einfach schauen, wer dich spontan sympathisch findet und mit diesen Menschen mehr Zeit verbringen. Das soziale Gehirn entscheidet über die Sympathie innerhalb von einer Sekunde. Wenn du da die Augen offen hältst, erkennst du sofort, wem du sympathisch bist. Dazu kommt noch, dass Sympathie in 95 Prozent aller Fälle auf Gegenseitigkeit beruht.

Es ist daher nicht schwer, Menschen zu erkennen, deren soziales Gehirn sympathisch auf dich reagiert. Du kannst da auch einfach von dir selbst ausgehen. 19 von 20 Personen, die dir sympathisch sind, werden auch dich sympathisch finden. Und wenn du mit denen Zeit verbringst bei einem gemeinsamen Tunwollen, dann entwickelt sich aus der Sympathie unter Umständen ein gegenseitiges Mögen. Und das kann dann später, wenn ihr noch mehr Zeit miteinander verbringt, zur Vertrautheit und dann zur Verbundenheit werden. Dann entstehen Freundschaften, Lieblingsmenschen oder auch Partnerbeziehungen.

Du hast also jetzt zwei Wege zur Auswahl, liebe Emily. Du kannst dich bei anderen beliebt machen, indem du versuchst, deren Sollvorstellungen zu erfüllen, ihnen zu gefallen, sie zufriedenzustellen und so weiter. Oder du kannst einfach danach schauen, wer dir sympathisch ist. Nach Menschen Ausschau halten, mit denen du gemeinsame Interessen und Tunwollens teilst, und dann schauen, wer dir von diesen Menschen sympathisch ist. Welcher der beiden Wege ist der bessere?«

»Das ist eine Scherzfrage, oder?!«, fragte Emily lachend. »Sich bei anderen beliebt zu machen, kommt mir jetzt wie ein Sichanbiedern vor. Es macht doch überhaupt keinen Sinn, irgendwen davon überzeugen zu wollen, dass er mich mögen soll. Das ist grober Unfug! Eigentlich ist es sogar Manipulation.«

»Und wie ist das bei Angelo?«, hakte ich grinsend nach.

»Ach du Scheiße!«, sagte Emily kopfschüttelnd über sich selbst. »Da habe ich genau das versucht. Ist ja wieder einmal megapeinlich. Aber da ich eine 10 bin, darf ich auch mal peinlich sein – sogar megapeinlich!«, sagte sie und und bog sich vor Lachen.

»Schauen wir uns noch einmal deine Meta-Daten an«, schlug ich vor, nachdem sie sich ausgelacht hatte. »Wie wahr ist es vom Gefühl her, dass du dir dein soziales Umfeld aussuchen kannst?«

»Na ja, immer und überall kann ich das nicht«, meinte sie. »Auf der Arbeit habe ich nun einmal meine Kollegen. Die kann ich mir nicht einfach alle aussuchen. Aber ich kann mir auch da diejenigen aussuchen, mit denen ich mehr Kontakt halte. Das geht schon. Aber außerhalb der Arbeit habe ich mehr oder weniger freie Auswahl. Ich kann ja einfach nach Menschen Ausschau halten, welche die gleichen Tunwollens verfolgen, und dann schauen, wo es eine gegenseitige Sympathie gibt. Daher ist es auf jeden Fall wahr, dass ich mir mein soziales Umfeld in einem sehr großen Ausmaß selbst aussuchen kann. Und damit kann ich dann auch meine Beliebtheit in einem hohen Maß selbst bestimmen. Das fühlt sich echt gut an! Auf der anderen Seite merke ich gerade, dass ich gar nicht bei allen Menschen beliebt sein möchte. Nur bei denen, die mir ebenfalls sympathisch sind. Auch ist die Beliebtheit ja nicht das Einzige im Leben, was wichtig ist.«

»Das stimmt«, sagte ich. »Die Beliebtheit ist nur eines von sieben Grundbedürfnissen. Man sollte daher sein soziales Umfeld nicht allein nur von diesem einen Bedürfnis abhängig machen. Die anderen Bedürfnisse sind ja ebenfalls wichtig. Auch das Bedürfnis des Großhirns finde ich hier erwähnenswert. Das will sich weiterentwickeln und in seinen Fähigkeiten wachsen. Und da sind manchmal auch die Menschen hilfreich, die einem nicht sonderlich sympathisch sind.«

»Das ist echt krass!«, meinte Emily. »Bisher hätte ich alles darangesetzt, beliebt zu sein. Das erschien mir irgendwie das Wichtigste überhaupt zu sein, um aus der Einsamkeit rauszukommen. Aber es stimmt. Wenn ich meine Beliebtheit weitestgehend selbst bestimmen kann, dann muss ich hier keine 10 haben. Es ist völlig in Ordnung, dass es Leute gibt, die mich nicht mögen und umgekehrt, weil es ja auch genügend Menschen gibt, die mich mögen. Ich muss da gar nicht so viel Wert drauf legen. Und schon gar nicht muss ich mich darum bemühen, bei anderen beliebt zu sein. Das ist wirklich komplett bescheuert. Das werde ich ganz sicher nie wieder tun.«

»Kannst du schon eine Zahl nennen, wie wahr es sich anfühlt, dass du dir dein soziales Umfeld und damit deine Beliebtheit in hohem Ausmaß selbst auswählen kannst?«

»Das ist schon eine 9 oder 10«, meinte sie. »Es fühlt sich noch ein wenig unglaublich an, weil es so geil ist, aber es fühlt sich auch gleichzeitig wahr an. Es ist ja auch wahr. Ich bin ein Zehner unter lauter anderen Zehnern. Ich kann gehen, wohin ich will, tun, was ich will, mit wem ich es will. Und offensichtlich gibt es Menschen, die mich mögen. Und dafür muss ich tatsächlich nichts tun. Das ist ja auch hier in der Villa ganz von selbst passiert. Ich habe hier wirklich das Gefühl, dass man mich mag. Und ich mag die anderen auch alle total gerne. Tatsächlich sogar alle hier. Das finde ich ganz schön krass. Es sind nicht nur ein paar wenige, die ich mögen kann. Ich mag sie tatsächlich allesamt total gerne«, sagte sie mit einem Tränchen in den Augen.

»Und wir mögen dich genauso«, beteuerte Maya und umarmte Emily ganz herzlich.

»Mensch, kann das Leben schön sein!«, sagte Emily schluchzend und gleichzeitig lachend, nachdem wir sie alle von ganzem Herzen umarmt hatten.

»Wir sind alle Zehner«, meinte Maya. »Das haut so rein! Einfach unfassbar. Und wir können uns unsere Beliebtheit selbst gestalten. Einfach nur Hammer! Ich glaube, jetzt hat es bei mir den Schalter wirklich endgültig umgelegt. Ich weiß nicht, womit ich jetzt noch ein Problem im Leben haben sollte. Das Leben ist einfach nur schön!«

»Apropos schönes Leben«, sagte ich. »Wie ist das denn jetzt bei dir, liebe Emily? Du hattest eben noch das Gefühl, dass dein Leben eine -7 hat, obwohl du es vom Kopf her mit einer +7 bewertet hättest. Wie schön ist dein Leben denn jetzt vom Gefühl her?«

»Im Moment würde ich ihm eine glatte 10 geben«, sagte sie fassungslos. »Als Zehner, der umgeben ist von lauter anderen Zehnern, kann man das Leben doch nur schön finden. Aber es muss auch gar keine 10 sein. Auch im grünen Bereich wird das Leben sicherlich mal mehr, mal weniger schön sein. Aber eben immer grün! Ich denke, die 7 ist schon verdammt gut. Mal ist es eine 1 und manchmal tatsächlich eine 10. Ich mag es, wenn es nicht immer gleich ist. Daher darf das ruhig auch mal schwanken. Aber das gute Gefühl, dass ich sowieso immer im grünen Bereich bin, das bleibt.«

»Möchtest du diese Sichtweise vielleicht noch in das Bild deines Lebensweges integrieren?«, fragte ich.

»Auf jeden Fall!«, sagte Emily überaus motiviert.

»Da mache ich sofort mit!«, meinte Maya. Alle anderen schlossen ebenfalls die Augen, um ein Symbol für diese Sichtweise zu finden und es in ihr Bild zu integrieren.

»Ich danke euch so sehr!«, sagte Emily danach emotional und umarmte uns alle noch einmal ganz herzlich.

»Ich freue mich unglaublich auf unseren Workshop heute Abend«, sagte ich. »Da werden wir das, was wir heute gemacht haben, mit allen gemeinsam machen. Erst die bedingungslose Akzeptanz aller Gefühle, dabei gnadenlos bei der Wahrheit bleiben und dann erkennen, dass wir alle Zehner sind. Ich glaube, dann ist der Drops für alle echt gelutscht. Unser Bottom-up-Prozess sollte damit seinen Zweck erfüllt haben.«

»Dann geht es also jetzt in die Praxis«, stellte Brian

fest. »Wir haben alles gelernt, was wir für die Entscheidung zum Positiven brauchen. Dann sollten wir uns jetzt lustige Missionen für unsere Show einfallen lassen, wo die Teilnehmer das neue Wissen in ihren Alltag einfließen lassen können. Mehr ist ja nicht mehr zu tun.«

»Ja, das stimmt«, sagte ich begeistert. »Oder wir laden uns für unsere neue Show Menschen ein, die an einer glücklichen Partnerbeziehung interessiert sind. Das können Singles, aber auch Paare sein. Diese Menschen brauchen dann gar keine Missionen mehr, um genügend Beispiele für die Anwendung des neuen Wissens zu haben.«

»Das stimmt«, meinte Brian und lachte herzhaft. »Die haben Missionen genug. Ich finde die Idee super. An dem Thema werden sicherlich sehr viele Menschen Interesse haben. Und es wäre auch mal ein guter Kontrast zu den üblichen Trash-Dating-TV-Shows.«

»Bei dieser Show wäre ich auch sehr gerne mit dabei«, sagte Emily.

»Ich ebenfalls«, stimmte Maya zu.

Stella und Sophia hoben die Hand und grinsten, um zu signalisieren, dass sie ebenfalls gerne mitmachen wollten.

»Dann haben wir ja schon unsere ersten vier Kandidatinnen«, sagte ich. »Sehr schön. Ich werde heute Abend beim Workshop dann mal fragen, wer sonst noch mit dabei sein möchte. Aber wir brauchen dann auch noch einige weitere Paare und Singles. Ich glaube, da wird unsere Villa vermutlich doch zu klein sein für diese Show.«

»Oder wir fangen erst einmal mit deutlich mehr Menschen irgendwo anders mit einem ELLA-Camp und lustigen und spielerischen Missionen an, damit sich die Leute kennenlernen können«, schlug Brian vor. »Da kann es dann auch noch ganz allgemein darum gehen, ein schönes Leben zu führen. Und diejenigen Teilnehmer, bei denen sich dann etwas in Richtung Beziehung entwickelt, die laden wir dann zusammen mit einigen interessierten Paaren in die Show hier in der Villa ein. Wir machen einfach beides: ELLA-Camp und Show.«

»Das hört sich super an!«, meinte Ava begeistert. »Das könnte wirklich eine echt gute Show werden. Da würde ich gerne ebenfalls Regie führen, wenn ich darf. Ich glaube, damit könnte ich echt etwas zu unserer Lebenswerte-Bewegung beitragen. Das wäre auf jeden Fall ein 3G für mich.«

»Na, dann machen wir das so«, sagte ich begeistert. »Dann bist du jetzt die Regisseurin unserer Show.«

»Und wie nennen wir die dann?«, fragte Ava.

»Da wird uns bestimmt noch was Gutes einfallen«, sagte ich. »Jetzt freue ich mich erst einmal auf unseren letzten Workshop heute Abend. Das wird einfach der Hammer, wenn wir alle gemeinsam unseren letzten Drops lutschen!«

In diesem Moment spürte ich plötzlich die Anwesenheit unserer Freunde aus dem Meer. »Sie sind wieder da!«, rief ich begeistert, damit alle am Stand es hören konnten.

Nachwort

Die Handlung dieser vierteiligen Trilogie war von vorne bis hinten frei erfunden. Einzig und allein, dass die Engel Schleimpilze sind, das ist natürlich wahr! Aber Ernst beiseite. Diese Buchreihe könnte für dich mehr sein als nur ein Roman. Sie könnte ein lustiges und lehrreiches Spiel werden, das dein Leben schöner macht und dich mit vielen tollen Menschen zusammenbringt, die an den gleichen Tunwollens Interesse haben. Du könntest dabei Spaß haben, viel lernen und gleichzeitig viele Freunde oder sogar einen Lebenspartner*in finden.

Ich lade dich hiermit herzlich dazu ein, gemeinsam mit uns *Secret-Angel* zu spielen. Die meisten meiner Leser haben in ihrem eigenen Bekanntenkreis kaum jemanden, der sich mit dem gleichen Gedankengut beschäftigt, oder der sich den gleichen Tunwollens widmen möchte. Viele meiner Leser fühlen sich sogar einsam. Dem möchte ich mit diesem Spiel ein Ende setzen.

Das Spiel funktioniert ganz einfach. Du nimmst die Perspektive eines Secret-Angels an und siehst die Welt einfach einmal aus den Augen von Nuno, Mary oder einem der anderen Secret-Angels. Deiner Fantasie sind hier keine Grenzen gesetzt. Dann triffst du dich virtuell in den sozialen Medien oder auch im echten Leben mit anderen Secret-Angels, um euch über eure Erfahrungen auszutauschen oder auch um Leute zu finden, mit denen man gemeinsam auf Mission gehen kann Dazu eignet sich auch das Metaverse sehr gut, das in den nächsten Jahren vermutlich immer populärer werden wird.

Viele meiner Leser sind bereit, sich für dieses Spiel zu engagieren. Sie gründen Gruppen in den sozialen Medien oder bieten Möglichkeiten an, wie man sich persönlich treffen kann. Ich stelle eine zentrale Webseite zur Verfügung, wo jeder solche Veranstaltungen oder Gruppen eintragen kann. Interessenten können sich dann dort informieren und sich den verschiedenen Gruppen anschließen.

Das Ganze ist eine private und gemeinnützige Aktion, bei der keine finanziellen Interessen im Vordergrund stehen. Wohin das alles letztendlich führen wird, kann ich zum jetzigen Zeitpunkt, da ich dieses Nachwort schreibe, noch nicht abschätzen. Aber ich glaube, es wird toll und es wird groß! Hier mal einige Beispiele von einfachen Missionen, mit denen unser Spiel beginnen könnte.

Beispiel Nr. 1: Stell dir vor, du bist Secret-Angel Mary Soul oder einer der anderen Secret-Angels auf geheimer Mission im Paradies. Du hast gerade deinen menschlichen Avatar bekommen. Gefühle sind für dich noch etwas völlig Neues. Du bist überaus fasziniert von den mysteriösen emotionalen Handlungsimpulsen, die dein Avatar bei deinem Aufenthalt im Paradies erzeugt – sowohl von den angenehmen als auch von den unangenehmen Gefühlen. Sie begeistern dich alle.

Deine erste Mission führt dich in deinen persönlichen Lebensalltag, den du jetzt mit den Augen eines Secret-Angel betrachtest. Du bist also tatsächlich in einer Welt der Sterblichen – was für ein Abenteuer! Am Abend kommst du dann in den Klassensaal (beispielsweise eine Social-Media-Gruppe) und tauschst dich dort mit anderen Secret-Angels über deine Erfahrungen aus.

Dieses Spiel gibt dir einen neuen Blickwinkel auf dein eigenes Leben, deine Gefühle und deine sozialen Beziehungen. Das macht nicht nur Spaß, sondern kann auch viele tolle Einsichten mit sich bringen. Aber vor allem integrierst du das gelernte Wissen aus dieser Buchreihe spielerisch und mühelos in deinen Lebensalltag. Und wenn du mit anderen Secret-Angels über deine Erfahrungen sprichst, sorgt das noch einmal dafür, dass das theoretische Wissen aus dieser Buchreihe für dich zur gelebten Weisheit wird.

Beispiel Nr. 2: Wie du gelesen hast, kann es sehr viel Gutes bewirken, wenn du dich dazu entscheidest, alles positiv zu sehen, was du nicht negativ sehen musst. Doch das ist in unserem Alltag manchmal gar nicht so einfach. Wenn du jedoch die Ereignisse in deinem Alltag zwischendurch immer mal wieder kurz mit den Augen eines Secret-Angels betrachtest, erkennst du sehr schnell, warum bestimmte Dinge tatsächlich gar nicht so negativ sind, wie du sie bisher empfunden hast. Und das kannst du dann auch immer besser begründen.

Gute und wahrheitsgemäße Begründungen sind für unser unbewusstes System sehr wertvoll, denn begründete Beurteilungen sind sehr viel machtvoller als unbegründete. Und auch hier triffst du dich am Abend oder am Wochenende wieder im Klassensaal mit anderen Secret-Angels, um dich über die Gründe auszutauschen, warum man solche Ereignisse oder Umstände tatsächlich nicht negativ sehen muss und warum man es durchaus berechtigterweise positiv sehen kann. Mit der Zeit wird deine gesamte Sicht der Welt bei diesem Spiel immer positiver.

Gleichzeitig bist du mit deinen Begründungen und Erfahrungen eine große Bereicherung für andere Secret-Angels und die natürlich auch für dich. Wir inspirieren uns alle mit unseren neuen Sichtweisen über das Leben gegenseitig. Das kann ein echtes 3G-Tunwollen für uns alle werden. Wir tun etwas sehr Gutes, wenn wir uns mit unseren Erfahrungen und Ideen einbringen, wir tun es gerne, und wir können das auch gut.

Beispiel Nr. 3: Mach dir bewusst, dass du in Wirklichkeit eine 10 bist und alle anderen Menschen ebenfalls. Und dann schaust du, was sich dadurch in deinem Alltag tatsächlich alles verändert. Oder du triffst dich mit anderen Secret-Angels im realen Leben in einem Restaurant zum gemeinsamen Dinner oder bei einem Spaziergang durch die Fußgängerzone, mit der Absicht, alle Menschen, denen ihr begegnet, als Zehner anzusehen. Du wirst staunen, wie fremde Menschen auf euch reagieren.

Denkbar wäre auch eine Smartphone-App, über die gemeinsame Secret-Angel-Missionen in der realen Welt koordiniert werden können, wie Schatzsuchen, Ausflüge, Schnitzeljagden, Spiele, Grillfeste, Tanz- oder Musikveranstaltungen, Dinner-Partys, Flashmobs und viele andere Abenteuer. Bei solchen Missionen könnte man andere Secret-Angels im realen Leben treffen und sich persönlich kennenlernen. Auch könnte man gemeinsam losziehen, um anderen Menschen Gutes zu tun. Die Möglichkeiten für bereichernde Secret-Angel-Missionen sind schier unendlich.

Das Secret-Angel-Spiel kann jedoch nicht nur für mehr Spaß im Leben und deine persönliche Weiterentwicklung genutzt werden. Hier kannst du auch Freunde oder eine*n Partner*in finden. Das kannst du auch gerne zu deiner ganz persönlichen geheimen Mission machen. Freundschaften und Partnerbeziehungen zwischen den Secret-Angels werden sicherlich keine Seltenheit bleiben. Vor allem, weil die Secret-Angel-Missionen als gemeinsame Tunwollens die beste Möglichkeit darstellen, wie sich auf ganz natürliche Weise beste Freundschaften und Partnerbeziehungen entwickeln können. Es müssen nur genügend Menschen bei diesem Spiel mitmachen.

Wie du sicherlich bemerkt hast, enthält diese Buchreihe eine immense Fülle an neuen Informationen über unsere Gefühle und darüber, wie wir unsere sozialen Beziehungen verbessern können. Es sind neue Erkenntnisse, die zuvor auf der Welt nirgendwo verfügbar waren. Dieses neue Wissen kann unser aller Leben deutlich schöner machen und vielleicht sogar dafür sorgen, dass nachfolgende Generationen eine schönere Welt vorfinden werden. Das wünsche ich mir jedenfalls von ganzem Herzen.

Mein größter Wunsch wäre es, dass sich aus diesem Secret-Angel-Spiel eine weltweite Community entwickelt, bei der sich die Menschen mit Rat und Tat gegenseitig bereichern. Ich möchte dich herzlich dazu einladen, das neue Wissen als Secret-Angel in die Welt hinauszutragen und andere Menschen beim Verstehen und Anwenden zu unterstützen. Sei es direkt beim Secret-Angel-Spiel oder auch im Gespräch mit Freunden, der Familie, dem Partner, den eigenen Kindern oder auch in spirituellen oder psychologischen Social-Media-Gruppen, oder wo auch immer sich die Gelegenheit dazu bietet. Dem Einfallsreichtum sind hier keine Grenzen gesetzt. Es gibt viele Gelegenheiten, wo das neue Wissen hilfreich sein kann.

Ich möchte in dieser Welt etwas Positives bewirken. Und das neue Wissen könnte wirklich etwas verändern, wenn es genügend Menschen erreicht. Doch das schaffe ich nicht allein. Aus diesem Grund habe ich beschlossen, meine Bücher kostenlos auf YouTube als Hörbuch zur Verfügung zu stellen. Ich hoffe darauf, dass es viele Menschen gibt, die Lust darauf haben, bei der Verbreitung und Anwendung des neuen Wissens mitzuhelfen. Jeder kann dazu beitragen, dass unsere Welt ein wenig schöner wird, und wenn das viele tun, dann wird sie viel schöner.

Für mich gibt es nichts Erfüllenderes, als anderen Menschen mit meinem Wissen Gutes zu tun. Das tue ich von Herzen gerne und kann es, glaube ich, auch ganz gut. Wenn es dir genauso geht, dann würde ich mich sehr freuen, wenn du ebenfalls ein Secret-Angel werden möchtest.

Fühl dich von Herzen lieb gedrückt, mein Engel!

Dein Bodo

Über den Autor

Mein beruflicher Werdegang als Forscher und Mental-Trainer begann bereits als Jugendlicher Ende der 70iger-Jahre. Zunächst erlernte ich einige Coaching- und Therapie-Formate wie Hypnose, NLP und einige weitere psychologische und spirituelle Konzepte. Anfang der 90iger wurde mir dann klar, dass ich mehr wollte, als Menschen dabei zu helfen, ihre Probleme zu lösen. Ich wollte sie glücklich machen.

1995 schrieb ich dann meine ersten Bücher zum Thema Lebensglück – damals noch unter dem Autoren-Pseudonym *Ella Kensington*. Einige davon wurden Spiegel-Online-Bestseller, was mir einen großen Erfolg bei meinen Seminar-Veranstaltungen ermöglichte. Ich verkaufte seither über eine Million Bücher und durfte mehr als 40 000 Menschen in meinen Seminar-Veranstaltungen als Teilnehmer begrüßen. Damit gehöre ich zu den erfolgreichsten Persönlichkeits-Trainern im deutschsprachigen Raum.

Im Jahr 2000 realisierte ich das ELLA-Camp nach dem Vorbild meines Erfolgsromans *Mary, die unbändige, göttliche Lebenslust*. Einige Jahre später gründete ich den Glückstrainer-Beruf und bildete Trainer aus.

Damals arbeitete ich bereits vorwiegend mit eigenen Methoden und Konzepten, die ich aufgrund der reichhaltigen Erfahrungen mit meinen vielen Teilnehmern ständig weiterentwickeln konnte. Ich habe nie aufgehört zu forschen. Ich betrachtete mich immer zur Hälfte als Trainer und zur anderen Hälfte als Forscher. Im Laufe der Zeit wurden meine Methoden und Konzepte dann immer effektiver und bekannter. Bis ich dann 2011 den Sprachcode entschlüsseln konnte, mit dem unsere drei Gehirne intern miteinander kommunizieren. Dieser Sprachcode war konkurrenzlos effektiv. Andere Methoden und Konzepte waren als Ergänzung nicht mehr erforderlich.

Ich dachte damals, dass meine Forschungsreise damit beendet wäre, doch in Wirklichkeit fing es da erst richtig an. Ich konnte mithilfe dieses Sprachcodes und den Erfahrungen von vielen Tausend Menschen, die meine Coaching-Methode anwendeten, in Verständnistiefen unserer Psyche vordringen, die bis dahin in der psychologischen und spirituellen Fachwelt völlig unbekannt waren.

Die neuen Möglichkeiten führten dazu, dass ich mich jetzt acht Jahre lang zurückzog, um meine Ressourcen vollständig auf die Forschung zu konzentrieren. Nun ist meine Forschungsreise abgeschlossen, weshalb ich mich darauf freue, das neue Wissen gemeinsam mit vielen anderen Menschen aus der Secret-Angel-Bewegung in die Welt zu tragen.

Die Secret-Angels im Internet:
Homepage: bodo-deletz.de
YouTube: youtube.com/@bodo-deletz